LES TISSERANDS DE SARAMYR

RENDEZ-VOUS AILLEURS

collection dirigée par Bénédicte Lombardo

CHRIS WOODING

LES TISSERANDS DE SARAMYR

LA CROISÉE DES CHEMINS, TOME I

Traduit de l'américain
par Marianne Thirioux

Fleuve Noir

Titre original :
The Weavers of Saramyr
The Braided Path, vol. 1

Première publication par Gollancz, Londres.

ISBN 2-265-07883-2

Montagnes de Lakmar
Tmorn
Route de la Poussière
Aspa
Pelis
Passage de Camaran
Jinka
canal d'Abanahn
Vieille route de la Côte
Baie de Mataxa
Kemas
Chemin de l'Ouest
Asita
Axekami
Grande route des Épices
Rivière de Zan
Maza
Faille de Xarana

NORD-OUEST de
SARAMYR
PRINCIPAUX VILLAGES,
ROUTES
ET RIVIÈRES
Monts Makara
Monts Aon
Montagnes de Tchamil
Danath
Adderach
Forêt de Yuna
Ren
Rivière de Kerryn
Rivière d'Ahkam
Lac Sazazu
Chemin de l'Est
Rivière de Rahn
Lac Than
Lac Cuiki
Tchomaska
Lac Eriri
Rivière Sa
DS'02

1

Kaiku avait vingt moissons la première fois qu'elle mourut.

Elle ne se rappelait absolument pas comment elle était parvenue en ce lieu. Les souvenirs lui échappaient : l'extase, la sensation de tranquillité qui imprégnait chaque fibre de son corps les avaient rendus insaisissables. Et ces visions. De telles visions l'auraient fait pleurer si elle avait pu. Pour elle, le monde était un chatoiement doré, plusieurs millions de fils infimes qui se bousculaient dans ses yeux, qui s'agitaient, qui ondulaient. Ils l'entraînaient et la taquinaient gentiment, la poussaient tranquillement vers une destination invisible. Une fois, ils se séparèrent pour définir une forme qui glissa entre eux, aperçu lointain d'une chose immense et monstrueuse, telles les baleines qu'elle observait s'éloigner de la côte depuis la maison de vacances de Mishani. Elle tenta de la capturer avec son œil mais elle disparut instantanément, et une seule couture suffit pour refermer la tapisserie.

« Ce sont les Champs d'Omecha », songea-t-elle. Mais comment était-ce possible ? Elle n'avait pas encore passé la Porte, pas encore rencontré Yoru le gardien, le nain rieur et bedonnant à la peau rouge, aux oreilles et aux défenses de cochon, arborant le sempiternel pichet de vin qu'Isisya lui avait donné pour apaiser sa longue veillée. Non, ce n'étaient pas les Champs ; simplement les abords de la Porte, le doux chemin qui menait au royaume des morts bénis.

Elle ne ressentait ni remords ni chagrin. Elle était tellement emplie d'harmonie que, dans son cœur, il n'y avait de place pour rien d'autre. Elle crut pouvoir sortir d'un coup du miracle qu'était ce monde doré et chatoyant dans lequel elle dérivait. C'était pour cela que les moines se battaient quand ils s'asseyaient en tailleur des années durant sur un pilier pour méditer ; c'était ce que recherchaient les vieux fanatiques dans leurs fumoirs quand ils tiraient sur leurs pipes de racine d'amaxa brûlée. L'aboutissement.

Mais brusquement, il y eut un déchirement, une brûlure atroce dans sa poitrine. Elle sentit un frisson parcourir les fibres étincelantes qui la caressaient, les sentit se retirer… puis, atrocement, elle eut conscience qu'on l'éloignait, qu'on la ramenait d'où elle venait. Elle crut percevoir la Porte se dessiner au loin et Yoru rire, puis lever son pichet en guise d'adieu. Elle voulait hurler, mais elle n'avait pas de voix. La beauté la désertait, s'échappait de son cœur, se vidait comme de l'eau dans un seau troué. Elle lutta pour résister mais la force l'entraîna de plus en plus fort, la brûlure se fit de plus en plus vive et elle fut aspirée…

Ses yeux s'ouvrirent d'un coup, dans le vague. Des lèvres se trouvaient sur les siennes, de douces lèvres qui appuyaient fort, et ses poumons la brûlaient à mesure qu'un souffle agonisant pénétrait de force en elles. Un visage, trop proche pour pouvoir le définir, des cheveux noirs effleurant sa joue.

Elle se contracta convulsivement, d'un seul spasme bref, et les lèvres se détachèrent des siennes. Leur propriétaire se retira et la vue de Kaiku finit par s'accommoder. Elles se trouvaient sur son tapis de couchage dans sa chambre et Asara, sa servante, était à califourchon sur ses hanches. Elle replaça sa longue cascade de cheveux soyeux derrière ses épaules et regarda sa maîtresse avec des yeux d'une obscurité liquide.

— Vous vivez, alors, dit-elle d'un ton étrange.

Kaiku regarda autour d'elle, apeurée et perplexe. Quelque chose de mauvais flottait dans l'air. Des éclairs pourpres étincelaient dans la nuit au-dehors, et la violence de la pluie sous-tendait les épouvantables rugissements stridents dans le ciel. Ce n'était pas un tonnerre ordinaire. La tempête lunaire que son père prévoyait depuis des jours se produisait enfin.

Autour d'elle, tout se remit en place, créant un ordre dans sa conscience fracturée. Les visions autrefois familières lui parurent brusquement étrangères et incohérentes à cause d'une irréalité qui s'installait lentement. Les tortillons et les boucles des volets aux sculptures complexes sonnaient faux, subtilement déphasés, et lorsqu'ils cliquetèrent au vent, ils produisirent un bruit semblable à un serpent du désert. Les profondes ombres nocturnes qui se rassemblaient sur les poutres cirées du plafond semblaient la regarder méchamment. Même la petite châsse d'Ochra qui reposait dans un coin de la chambre très peu meublée avait changé : l'élégante composition florale guya semblait de mèche avec la tempête, dans une conspiration sinistre, et les pictogrammes magnifiquement marquetés qui composaient le nom de l'empereur des dieux semblaient fourmiller et s'agiter discrètement.

Derrière Asara, elle distingua un pied chaussé d'une sandale qui dépassait de l'ourlet d'une robe blanche ordinaire. Sa propriétaire était étendue, inerte, sur le sol de bois dur.

Karia.

Elle s'assit et repoussa Asara. Karia, son autre servante, était affalée de tout son long, comme si elle dormait, mais Kaiku devina par un terrible instinct qu'elle dormait d'un sommeil dont elle ne se réveillerait jamais.

— Qu'est-ce qui se passe ? souffla-t-elle en tendant le bras pour toucher sa compagne d'antan.

— Nous n'avons plus le temps, répondit Asara sur un ton impatient que Kaiku entendit pour la première fois. On doit y aller.

— Dites-moi ce qui s'est passé ! fit Kaiku d'un ton sec, peu habituée à ce qu'une subalterne lui parle sur ce ton.

Asara l'attrapa violemment par les épaules et lui fit mal. L'espace d'un instant, l'idée folle que celle-ci puisse la frapper traversa Kaiku.

— Écoutez ! siffla-t-elle.

Kaiku obéit, principalement parce qu'elle était choquée qu'Asara, habituellement douce et servile, la traite ainsi. Un *autre* bruit se fit entendre par-dessus le grincement épouvantable de la tempête lunaire et du tatouage martelant de la pluie. Un tapotement lent d'insecte, provenant du dessus : le bruit d'une chose qui avançait sur le toit. Elle leva les yeux puis les reposa sur Asara : son regard était empli de terreur.

— *Shin-shin*, murmura sa servante.

— Où est mère ? s'écria Kaiku.

Elle se leva d'un bond et se dirigea vers la porte voilée de rideaux.

Asara l'attrapa par le poignet et la tira brutalement vers elle. Son expression, sinistre, confirma à Kaiku que toutes ses craintes étaient avérées. Elle ne pouvait plus rien faire pour sa famille à présent. Elle sentit ses forces l'abandonner, tomba à genoux et faillit s'évanouir.

Quand elle releva la tête, des larmes ruisselaient sur son visage. Asara tenait un fusil dans une main et, dans l'autre, un masque, un objet horrible en laque rouge et noir, incarnant le visage mauvais d'un esprit malveillant. Elle le cacha sans cérémonie sous sa robe puis posa les yeux sur sa maîtresse. La chevelure châtain agrémentée de plumes de Kaiku était tout emmêlée, en bataille autour de son visage, et elle ne portait qu'une fine chemise de nuit blanche ainsi que le bracelet orné de pierreries qu'elle n'ôtait jamais. L'espace d'un instant, Asara la plaignit. Elle n'avait aucune idée de ce qui se passait, de ce qu'elle risquait. Pas moins de cinq minutes plus tôt, elle était morte, son cœur s'était arrêté, son sang s'était refroidi. Peut-être regrettait-elle maintenant de ne pas être restée dans cet état mais Asara avait d'autres projets pour elle.

Un hurlement résonna ailleurs dans la maison – fluet, cassé. La grand-mère. Elle attrapa Kaiku et l'entraîna vers la porte. Un raclement semblable à celui d'une scie traversa la maison : la voix de la tempête lunaire. Puis, un peu plus tard, le bruit d'un shin-shin, cliquetant sur les ardoises du toit. Quelque chose fila à toute allure devant les volets puis rampa devant le mur extérieur du bâtiment. En le voyant, Kaiku frissonna.

Asara lui prit la main et la regarda dans les yeux. Ils étaient fous et emplis de panique.

— Écoutez-moi, Kaiku, dit-elle d'une voix ferme mais calme. On doit courir. Vous comprenez ? Je vais vous emmener en sécurité.

Tremblante, elle fit oui de la tête. Asara fut satisfaite.

— Restez avec moi, dit-elle.

Et elle entrouvrit légèrement le rideau de la porte puis sortit sur le balcon derrière.

La petite maison tranquille de Ruito tu Makaim – père de Kaiku et lettré d'une certaine renommée – était construite dans une clairière au beau milieu d'une région boisée luxuriante, un square en cuvette clôturant un jardin central. Elle avait été construite en respectant un certain penchant pour l'esthétique dont était adepte le peuple de Saramyr, en réduisant l'ostentation au strict minimum, bien que la beauté sobre de sa forme fût choisie pour s'harmoniser avec ses alentours. La simplicité austère de ses murs clairs contrastait avec les volets de bois sculptés et les linteaux de pierre arrondis en formant des cornes gracieuses à chaque extrémité. Elle reposait dans une sérénité inquiétante, même sous la tempête hurlante. Une pelouse extrêmement bien entretenue l'entourait, un pont simple formait une voûte au-dessus d'un ruisseau et un chemin, si immaculé qu'il aurait aussi bien pu avoir été installé la veille, menait à la porte d'entrée. À la lisière de la clairière, les abords les plus désordonnés de la nature avaient été supprimés au nom de la perfection ; ce n'était que là où se terminait la clairière que la forêt retrouvait sa prédominance et peuplait jalousement le territoire.

L'étage supérieur comportait un long balcon qui faisait tout le tour du mur intérieur, surplombant les jardins de rocaille et les chutes d'eau miniatures, les ponts minuscules et les arbres sculptés. Toutes les chambres, celle de Kaiku y compris, donnaient sur ce balcon ; et ce fut sur ce même balcon qu'elles sortirent, Asara armée de son fusil chargé.

C'était le début de l'été ; la nuit était chaude et la pluie qui s'abattait sur la maison débordait des gouttières sculptées pour se déverser en torrents dans le jardin en contrebas. De minces piliers s'étendaient depuis la barrière de bois qui arrivait à hauteur de taille jusqu'au toit en pente. L'air était empli de bourdonnements et de crépitements, la voix de milliers de gouttes à gouttes et d'éclaboussures, et pourtant pour Kaiku, cela ressemblait à un silence lugubre et elle entendait son cœur marteler ses oreilles.

Asara regarda d'un côté puis de l'autre, se méfiant du balcon vide. Ses mains serraient très fort le fusil. C'était un morceau de métal long et fin, dont le canon était sigillé et la mire intelligemment façonnée sous la forme d'une déferlante. Beaucoup trop cher et trop élégant pour une servante comme Asara ; elle avait dû le voler dans la maison.

Kaiku sursauta lorsque Asara avança brusquement, visant le jardin avec son arme. Quelque chose de sombre traversait les jardins de rocaille, d'une rapidité surhumaine, courant sur quatre pattes grêles : il était trop rapide pour la servante qui se retira sans faire feu.

Elles longèrent le balcon jusqu'aux marches. Kaiku était presque paralysée de peur mais elle se força à avancer. Trop de choses s'étaient produites, trop rapidement. Elle se sentait accablée et impuissante, mais Asara, au moins, semblait avoir la situation en main. Elle la suivit. Elle n'avait que ça à faire.

Elles parvinrent en haut des marches sans encombre. En bas, il faisait noir. Ce soir, aucune lanterne n'avait été allumée et il n'y avait pas âme qui vive. Le ciel rugit de nouveau ; Kaiku leva instinctivement les yeux. Les nuages étaient déchiquetés, ballottés par les vents changeants, virevoltant et ondulant, se touchant de temps à autre lorsqu'un éclair pourpre comblait un trou entre deux ou perçait la terre.

Elle était sur le point de dire quelque chose à Asara lorsqu'elle aperçut le shin-shin.

Il surgissait de l'obscurité sans faire de bruit, à un bout du balcon, démon ténébreux qui fit trembler Kaiku de terreur. Elle avait du mal à le distinguer, ne percevait que son profil, tant il semblait ne faire qu'un avec l'obscurité qui le dissimulait. Mais ce qu'elle parvenait à voir lui suffisait. Son torse était semblable à celui d'un humain, mais ses avant-bras et ses pattes avant étaient affreusement allongés et fuselés en formant une pointe fine : on aurait dit un homme marchant sur quatre échasses. Il était grand, beaucoup plus grand qu'elle, et il dut se ratatiner pour tenir sous le toit du balcon. Elle ne distingua aucun autre détail, à part les yeux. Ils luisaient dans l'obscurité comme des lampes, deux points de luminosité identiques, étincelant dans les ténèbres.

Asara lâcha un juron impoli et entraîna Kaiku avec elle en bas des marches. Celle-ci n'eut pas besoin de se faire prier : tout avait abandonné son esprit à cet instant et le seul besoin urgent qui persistait était de s'enfuir loin du démon qui les traquait. Elles entendirent le vacarme qu'il produisit quand il les prit en fuite et elles descendirent les marches quatre à quatre dans la pièce ombragée en dessous.

Le hall d'entrée était grand et spacieux, agrémenté de porches de bois minutieusement sculptés menant dans les autres pièces du rez-de-chaussée. Cette demeure était construite pour la chaleur suffocante de l'été ; de fait, il n'y avait pas de portes intérieures et des paravents joliment teints se tenaient çà et là, amovibles afin de mieux faire entrer l'air frais du soir. L'éclair surnaturel de la tempête lunaire tremblota à travers les volets ornementaux, illuminant la pièce.

Kaiku faillit dégringoler les dernières marches mais Asara l'écarta brusquement et braqua son arme en haut de l'escalier, sur le porche donnant sur le balcon. Peu après, la silhouette grêle du shin-shin apparut furtivement, ses yeux flamboyant sur l'ovale foncé de son visage. Asara fit feu et la détonation du fusil produisit un bruit sec et assourdissant dans la maison. Le pas de porte se vida brusquement : le démon avait été découragé, du moins pour quelque temps. Asara rechargea son fusil par la culasse et poussa Kaiku vers la porte menant à l'extérieur.

— Asara ! Là-bas ! D'autres ! cria Kaiku.

En effet, deux autres créatures étaient cachées derrière les piliers enténébrés dans le hall d'entrée.

Asara serra le poignet de sa maîtresse et elles restèrent immobilisées sur place. La main de Kaiku était sur la porte mais elle n'osa pas l'ouvrir et courir : les créatures l'auraient terrassée avant même qu'elle n'ait parcouru dix mètres. La peur brute et suffocante qui l'avait envahie depuis le moment même où elle avait ouvert les yeux lui enserra alors la gorge. Elle était muette de panique, désorientée, prise dans un cauchemar éveillé.

Lentement, les shin-shin arrivèrent dans le hall, ployant leurs torses sous les voûtes quand ils positionnèrent leurs longues jambes fuselées avec la grâce d'un insecte. Ils étaient d'autant plus épouvantables que les yeux de Kaiku refusaient de se poser sur eux à proprement parler et n'enregistraient que des fragments de leur forme. Seul le scintillement de leurs yeux était perceptible. Elle avait conscience qu'Asara cherchait quelque chose –

une lanterne, éteinte, sur un rebord de fenêtre. Les démons se rapprochèrent en rampant, sans s'écarter des ténèbres les plus profondes.

— Tenez-vous prête, murmura Asara.

Et, peu après, elle jeta la lanterne au milieu de la pièce. Le shin-shin tournoya en entendant le bruit et, au même instant, Asara leva son arme et tira dans la nappe de pétrole par terre.

D'un seul coup, la pièce s'éclaira, magnifique rideau de flammes, puis les démons hurlèrent dans leur langue mystérieuse et s'éparpillèrent maladroitement loin de l'éclat de lumière. Mais Kaiku avait déjà passé la porte et courait pieds nus, dans la tempête, vers les arbres qui entouraient la maison. Asara était juste derrière, laissant le feu lécher les murs de bois et les paravents de papier. Elles cavalèrent sous la pluie, s'aplatissant sous les grands hurlements qui venaient du ciel. N'osant pas se retourner, ignorant si Asara la suivait, Kaiku plongea dans la forêt.

Les trois lunes étaient sorties ce soir, rassemblées tout près des nuages qui remuaient lentement. L'immense Aurus, l'aînée et la plus grosse, Iridima, plus petite mais plus claire, la peau parsemée de rigoles bleues ; et Neryn, la minuscule lune verte, la plus timide des trois, qui montrait rarement son visage. D'après la légende, lorsque les trois sœurs étaient ensemble, elles se battaient et déchiraient le ciel et les hurlements étaient les pleurs de Neryn quand ses sœurs se moquaient gentiment de sa peau verte. Le père de Kaiku racontait un autre conte : les tempêtes lunaires étaient simplement le résultat de la pesanteur combinée des lunes qui détraquait l'atmosphère. Quelle que fût la raison, c'était une sagesse répandue que lorsque les trois lunes étaient là, des tempêtes lunaires n'allaient pas tarder. Et ces soirs-là, les Enfants des Lunes parcouraient la terre.

Kaiku traversa la forêt en haletant et en gémissant. De fines branches la fouettaient de toutes parts, cinglant ses bras et son visage de lanières mouillées. Sa chemise de nuit était trempée, sa chevelure collée à ses joues, ses pieds visqueux et recouverts de boue. Elle s'enfuyait à l'aveuglette, comme si elle pouvait distancer la réalité. Son esprit refusait encore d'enregistrer l'énormité de ce qui s'était produit ces dernières minutes. Elle avait l'impression d'être une enfant, impuissante, seule et terrorisée.

Enfin, l'inévitable se produisit. Ses pieds nus heurtèrent un rocher plus glissant qu'il n'en avait l'air et elle tomba la tête la première, atterrissant lourdement sur une racine qui saillait des couches de boue délavées. La douleur lui arracha de nouvelles larmes et elle resta par terre dans la gadoue, crasseuse et trempée, en pleurs.

Mais elle n'eut aucun répit. Elle se sentit attrapée par-derrière, par Asara, qui la tira pour qu'elle se remette debout. Elle poussa de petits cris incohérents mais Asara était sans pitié.

— Je connais un endroit sûr, dit-elle. Venez avec moi. Ils ne sont pas loin.

Et elles se remirent à courir, plongeant tête baissée dans la forêt, trébuchant et glissant à mesure de leur course. L'air semblait les entraîner, tentait de les soulever, chargé d'une étrange énergie. Il jouait des tours à leurs sens, rendait tout plus ou moins réel. Grand-mère Chomi avait coutume de mettre sa petite-fille en garde : si elle sautait trop haut dans une tempête lunaire, elle risquait bien de ne jamais redescendre mais de dériver dans le ciel. Kaiku chassa cette pensée, se rappela plutôt le hurlement qu'elle avait entendu un peu plus tôt. Sa grand-mère était partie. Tous étaient partis. Elle savait sans savoir, au vide dans son cœur.

Elles sortirent des arbres au bord d'un ruisseau rocheux, en crue et en colère contre les pluies. Asara regarda rapidement de droite à gauche, ses longs cheveux trempés d'un noir des plus foncés et lourds de sueur. Elle prit sa décision en quelques minutes et choisit de descendre le courant, entraînant Kaiku derrière elle. Cette dernière était pratiquement à bout de forces : elle titubait et sa tête dodelinait.

Le ruisseau se jetait dans une vaste clairière, une cuvette d'eau peu profonde d'où saillaient plusieurs îles et rives herbues, jonchées de rochers nus à moitié enfouis et de bouquets de buissons dépouillés. La plus grosse île, au loin, servait de socle à un grand arbre ancien qui dominait extraordinairement le décor rien que par sa taille. Son tronc était deux fois plus épais qu'un homme était grand, tordu et noueux avec l'âge, et ses branches s'étendaient en formant un grand éventail – des feuilles or, marron et vert répandaient sur l'eau un délicat rideau de gouttelettes. Même sous la pluie, la clairière avait l'air sacré, un lieu d'une beauté intacte. L'air y était différent, empreint d'une fragilité et d'une tranquillité cristallines, semblables à celles d'un souffle que l'on retient. Même Kaiku perçut le changement, la sensation d'une présence en cet endroit, d'une conscience froide, lente et douce qui caractérisait leur arrivée avec un intérêt languissant.

Le bruit d'une brindille qui se cassa alerta Asara ; elle se retourna d'un coup pour voir l'un des shin-shin perché dans les arbres à leur droite se déplacer de branche en branche avec une dextérité incroyable tout en gardant ses yeux de lanterne rivés sur elles. Elle entraîna Kaiku dans l'eau qui leur arrivait aux genoux et trempait leurs robes. D'urgence, elles gagnèrent la plus grosse île sur laquelle elles grimpèrent. Kaiku s'effondra dans l'herbe. Asara l'y laissa et se précipita vers l'arbre. Elle posa ses paumes et son front contre le tronc et murmura doucement, en remuant rapidement les lèvres.

« Grand ipi, esprit vénéré de la forêt, nous t'implorons de nous offrir ta protection. Ne laisse pas ces démons des ténèbres souiller ta clairière avec leur corruption. »

Un frisson sembla parcourir l'arbre, déclenchant une cascade de gouttelettes.

Asara s'éloigna du tronc et retourna aux côtés de Kaiku. Elle s'accroupit, dégagea les mèches raides et ternes de son visage et passa en revue la lisière de la clairière. Elle les sentait rôder dans le coin. Trois d'entre eux, voire plus, les traquaient dans ce périmètre, tapis dans les arbres, sans jamais quitter leur proie de leurs yeux brillants.

Asara observa, son fusil à portée de main. Elle n'était pas prêtre mais connaissait suffisamment bien les esprits de la forêt. L'ipi les protégerait, au moins parce qu'il ne laisserait pas les démons s'approcher des bois. Les ipis étaient les gardiens de la forêt, et leur influence était nulle part plus grande que dans leurs propres clairières. Les créatures tournaient en rond, leurs pattes telles des échasses qui les faisaient avancer d'avant en arrière. Elle sentait leur frustration. Leur proie était à portée de vue et, toutefois, les shin-shin n'osaient pas pénétrer dans le domaine d'un ipi.

Au bout d'un moment, Asara fut convaincue qu'elles étaient sauves. Elle mit ses mains sous les épaules de Kaiku et la tira sous la protection des grosses racines de l'arbre où la pluie était ténue. Kaiku ne se réveilla pas. Asara la regarda un instant, trempée et gelée, et éprouva une sorte de compassion pour elle. Elle s'accroupit à côté de sa maîtresse et lui caressa doucement la joue du dos de la main.

— La vie peut être cruelle, Kaiku, dit-elle. J'ai peur que vous ne commenciez tout juste à l'apprendre.

La tempête lunaire faisant rage bien au-dessus de leurs têtes, elle s'assit à l'abri du gros arbre et attendit que l'aube se lève.

2

Le crépitement bruyant du feu réveilla Kaiku, qui ouvrit les yeux d'un coup. Asara était à ses côtés, agitait une petite marmite calcinée qui pendillait sur un trépied de fer au-dessus du feu. Deux poissons-serpentins embrochés sur une branche doraient sur le feu. Le soleil était haut dans le ciel et l'air était lourd et chaud. Une fragrance fraîche et légèrement terreuse constituait leur unique environnement avec une odeur de terreau humide qui séchait après la pluie torrentielle de la nuit précédente.

— Salutations, Kaiku, dit Asara sans la regarder. Je suis retournée à la maison ce matin et j'ai sauvé ce que j'ai pu. (Elle lui tendit un tas de vêtements.) Il ne restait pas grand-chose mais la pluie a éteint l'incendie avant qu'il ne consume tout. Nous avons de quoi manger, des vêtements et une belle somme d'argent.

Kaiku se releva puis regarda les alentours. Elles ne se trouvaient plus dans la clairière détrempée. Elles étaient assises sur la déclivité d'un terrain au sol sablonneux, congestionné par des galets et sans végétation, à l'exception de quelques arbrisseaux. Les arbres surveillaient le bord de la dépression, projetant des ombres qui contrastaient fortement dans la lumière aveuglante, et les bruits journaliers de la forêt pépiaient et gazouillaient autour d'elle. Asara l'avait-elle transportée ?

La première chose qu'elle remarqua était l'absence de son bracelet.

— Asara ! Le bracelet de grand-mère ! Il a dû tomber… Il…

— Je l'ai pris. Je l'ai laissé en offrande à l'ipi, en remerciement de sa protection.

— Elle m'a donné ce bracelet pour ma huitième moisson ! s'écria Kaiku. Je ne l'avais jamais enlevé !

— Le but d'une offrande c'est de sacrifier quelque chose de précieux, dit posément Asara. L'ipi nous a sauvé la vie. Je n'avais rien à lui donner mais vous, si.

Kaiku la fixa, incrédule, mais Asara ne sembla pas s'en rendre compte. Elle lui désigna les alentours d'un geste vague.

— Comme je me suis dit qu'il valait mieux ne pas faire de feu dans la clairière de l'ipi, je vous ai emmenée ici.

Kaiku laissa retomber sa tête. Elle était trop épuisée pour protester davantage. Asara l'observa un instant en silence.

— Je dois savoir, dit calmement Kaiku. Ma famille…

Asara reposa la cuillère qu'elle remuait dans la marmite, s'agenouilla devant Kaiku et lui prit les mains.

— Ils sont morts.

La gorge de Kaiku se serra mais, d'un hochement de tête, elle lui montra qu'elle avait compris.

— Que s'est-il passé ?

— Ne préféreriez-vous pas manger d'abord et reprendre des forces ?

Kaiku leva la tête et regarda Asara.

— Je dois savoir, répéta-t-elle.

Asara relâcha ses mains.

— La plupart d'entre vous ont été empoisonnés, dit-elle. Vous êtes morts dans votre sommeil. Je soupçonne l'une des servantes de cuisine mais je n'en suis pas sûre. Qui que ce fût, ils ont été inefficaces. Votre grand-mère n'a rien mangé au dîner hier soir, de fait elle était toujours en vie lorsque les shin-shin sont arrivés. Je crois que quelqu'un a envoyé les démons pour tuer les servantes et supprimer les preuves. Sans témoins, le crime ne serait pas résolu.

Elle s'assit plus confortablement sur les fesses.

— Qui ? demanda Kaiku. Et pourquoi ?

— À ces questions, je n'ai aucune réponse, fit-elle. Pour l'instant.

Asara se leva et retourna à sa marmite, tournant de temps à autre le poisson. Un certain laps de temps s'écoula avant que Kaiku n'ajoute autre chose.

— Ai-je été morte, Asara ? A cause du poison ?

— Oui, répliqua la servante. Je vous ai ressuscitée.

— Comment ?

— J'ai volé le souffle de quelqu'un et je l'ai mis en vous.

Kaiku songea à Karia, son autre servante, qu'elle avait vue étendue par terre, morte, sur le sol de sa chambre.

— Comment est-ce possible ? murmura-t-elle, redoutant la réponse.

— Il y a beaucoup de choses que vous ne comprenez pas, Kaiku, répondit Asara. J'en fais partie.

Kaiku commençait à s'en rendre compte. Asara avait toujours été la servante idéale : calme, obéissante et de confiance, maître dans l'art de peigner vos cheveux et de préparer vos vêtements. Kaiku l'avait préférée à Karia, plus têtue, et discutait souvent avec elle, partageait des secrets ou jouait à des jeux. Mais il y avait toujours eu une frontière, une cloison qui les empêchait de devenir vraiment proches. L'entente tacite entre deux personnes de caste différente. Kaiku était bien née, pas Asara ; l'une avait donc le devoir de servir l'autre et de lui obéir. Il en était ainsi à Saramyr, il en avait toujours été ainsi.

Et pourtant, Kaiku comprit alors que ces deux dernières années avaient été une illusion. Elle n'était pas la personne qu'elle croyait. Cette Asara avait un calme d'acier, une âme de métal froid. Cette Asara lui avait sauvé la vie en volant celle d'une autre, avait brûlé sa maison, avait pris le témoignage d'amour de sa grand-mère le plus précieux et l'avait offert avec impunité. Cette Asara l'avait sauvée des démons.

Qui était-elle, en vérité ?

— Le ruisseau n'est pas loin, Kaiku, dit Asara en le désignant avec sa cuillère. Vous devriez vous laver et vous changer. Vous allez attraper froid comme ça.

Il ne lui avait pas échappé que, depuis la nuit dernière, elle avait cessé d'appeler Kaiku « maîtresse », comme l'exigeait son rang.

Kaiku obéit. Elle se dit qu'elle devrait avoir honte de son apparence, à moitié dénudée, sa fine chemise de nuit toute chiffonnée et crasseuse. Pourtant cela lui semblait sans importance, vu tout ce qu'il s'était passé. Épuisée en dépit de ses heures de sommeil, elle alla au ruisseau où elle jeta sa robe souillée, se lava de fond en comble, nue sous le soleil brûlant. La sensation de l'eau et de la chaleur sur sa peau nue ne lui procura aucun plaisir. Son corps n'était que le récipient de son chagrin.

Elle enfila les vêtements qu'Asara lui avait apportés, estimant que c'était une tenue solide pour voyager. Bottes de cuir, pantalon beige informe, chemise ouverte au col de la même couleur qui irait mieux à un homme. Elle n'avait pas lieu de se plaindre. Elle avait toujours été un garçon manqué et elle se sentait aussi à l'aise dans les ornements d'un paysan que dans ceux d'une jeune noble. Son frère aîné avait été son compagnon le plus proche et elle avait été en concurrence avec lui pour tout. Ils s'étaient constamment battus pour faire du cheval, du tir et du corps à corps. Fusil ou forêt n'étaient donc pas étrangers à Kaiku.

Lorsqu'elle retourna au feu de camp, l'air grouillait de flocons étincelants, dérivant doucement du ciel comme de la neige. Ils chatoyaient à mesure que le soleil les attrapait ; des flocons de lumière vive de toutes parts. Cela s'appelait chute d'étoiles, phénomène auquel on assistait uniquement à la suite d'une tempête lunaire. De minuscules cristaux plats de glace fondue étaient engendrés au cours du maelström du conflit des trois sœurs, suffisamment minces pour tomber en flottant. La beauté après le chaos. Tant avait été écrit sur la chute d'étoiles, et c'était un thème récurrent dans certains des plus beaux poèmes d'amour. Pour l'heure, elle n'avait pas le pouvoir de l'émouvoir.

Asara lui tendit un bol de poissons-serpentins, de légumes et de riz salé.

— Vous devriez manger, lui dit-elle.

Kaiku s'exécuta, se servant de ses doigts comme elle le faisait enfant et savourant à peine son repas. Asara se mit derrière elle et démêla doucement ses cheveux avec un peigne en bois. C'était un geste d'une bonté surprenante, au vu des événements, un geste d'intimité de la part d'une fille qui semblait désormais une étrangère.

— Merci, dit Kaiku lorsque Asara eut terminé.

Des mots qui allaient bien au-delà d'une simple reconnaissance. Inutile de remercier une servante pour un service qu'elle était censée rendre. Ce qui paraissait n'être que de simples civilités était en fait l'acceptation tacite qu'Asara ne lui était plus soumise. Qu'Asara ne la corrige pas le prouvait bien.

Kaiku n'était pas surprise. Asara avait modifié sa façon de s'adresser à elle et lui parlait comme si elle était son égale socialement parlant, bien que pas suffisamment proche pour la qualifier d'amie. Cela en disait énormément sur leurs nouvelles relations.

La langue de Saramyr était d'une complexité insondable pour un étranger, un tas d'inflexions tonales, de titres honorifiques et de qualificatifs qui véhiculaient des couches de sens denses, dépassant largement les simples mots d'une phrase. Il existait des dizaines de façons différentes de s'adresser les uns aux autres, en fonction de diverses situations, chacune étant modulée par d'infimes changements dans la prononciation et la structure. Divers procédés étaient utilisés pour s'adresser aux enfants, un pour les garçons, un pour les filles et un autre pour les nouveau-nés, suivant leur sexe. Il existait de nombreuses manières de s'adresser aux supérieurs sociaux, en fonction de l'importance de l'écart de rang entre l'allocutaire et l'orateur, et un mode unique lorsque l'on s'adressait à l'empereur ou l'impératrice. Il existait des manières de discourir entre amants, variant également selon les degrés d'intimité : s'adresser à haute voix à qui que ce soit à part à l'objet de sa passion était considéré comme un sacrilège virtuel. Il existait des façons de s'adresser à la mère, au père, au mari, à l'épouse, aux marchands et aux commerçants, aux prêtres, aux animaux, des façons de prier et de réprimander, des manières vulgaires et scatologiques. Il existait même plusieurs modes neutres, utilisés lorsque l'interlocuteur ignorait l'importance relative de celui à qui il s'adressait.

En outre, la langue était divisée en haut saramyrrique – employé par les nobles et ceux qui pouvaient se permettre de l'apprendre – et le bas saramyrrique, utilisé par les paysans et les servants. Ces deux langues ayant beau être interchangeables à l'oral – le bas saramyrrique étant simplement une version légèrement plus crue que sa forme supérieure – elles étaient complètement différentes à l'écrit. Le haut saramyrrique était la province des nobles d'où la paysannerie était exclue. C'était la langue de l'apprentissage, dans laquelle la philosophie, l'histoire et la littérature étaient écrites, mais ses pictogrammes ne voulaient rien dire pour le peuple. Les couches supérieures de la société étaient violemment divisées des couches inférieures par une frontière d'ignorance soigneusement entretenue, et cette frontière était la forme écrite du haut saramyrrique.

— Les shin-shin ont peur de la lumière, déclara Asara sur le ton de la conversation, en jetant de la terre sur le feu pour l'éteindre. Ils ne viendront pas tant qu'il fait jour. D'ici à ce qu'ils reviennent, nous serons parties.

— Où allons-nous ?

— Dans un endroit plus sûr que celui-ci, répondit Asara. (Elle surprit l'expression de Kaiku, vit la frustration qu'avait provoquée sa réponse puis lui en fournit une un peu moins vague.) Un endroit secret. Où il y a des amis, où nous pourrons comprendre ce qui s'est passé ici.

— Vous en savez plus que vous le prétendez, Asara, l'accusa Kaiku. Pourquoi ne me dites-vous rien ?

— Vous êtes désorientée, répondit-elle. Vous êtes allée aux Portes d'Omecha pas plus tard que le dernier lever de soleil, vous avez perdu votre famille et supporté plus de choses que personne ne pourrait endurer. Faites-moi confiance, vous en saurez davantage plus tard.

Kaiku traversa la cuvette et affronta son ancienne servante :

— Je veux le savoir maintenant.

Asara l'observa. Elle était jolie, malgré les ravages temporaires du chagrin sur son visage. Des yeux noisette qui semblaient rire quand elle était heureuse, un petit nez, légèrement incliné, des dents blanches et régulières. Ses cheveux couleur fauve en dégradé court, ornés de plumes, taquinaient ses joues et son visage dans la coupe à la mode que les jeunes femmes arboraient dans la capitale. Asara la connaissait depuis suffisamment longtemps pour savoir qu'elle avait tendance à être têtue, à insister, bornée, quand elle avait décidé qu'elle voulait quelque chose. Elle en eut justement un aperçu et, à cet instant, elle éprouva une légère admiration pour la femme qu'elle avait trompée tout ce temps. Elle s'était à moitié attendue à ce que le chagrin de la nuit dernière la brise mais, à son grand étonnement, elle réalisa qu'elle avait tort. Kaiku avait du courage, aussi. Très bien. Elle en aurait besoin.

Asara ramassa un sac de cuir séché et le lui tendit.

— Venez avec moi.

Kaiku s'en empara et le glissa sur son dos. Asara prit l'autre ainsi que le fusil qui séchait auprès du feu. La pluie de la nuit dernière avait trempé la chambre de poudre et il n'était pas encore réutilisable.

Elles pénétrèrent dans la forêt. La chute d'étoiles faisait scintiller les branches, dérivant lentement autour d'elle, s'accumulant par terre pour former un doux saupoudrage avant de fondre complètement. Kaiku sentit un nouvel accès de larmes gonfler sa poitrine mais lutta pour les réprimer. Elle avait besoin de comprendre, de trouver un peu de sens à ce qui s'était produit. Sa famille avait disparu, et pourtant, ça ne lui paraissait pas encore réel. Elle devait s'armer de courage. Résolument, elle repoussa sa douleur dans un petit coin amer de son esprit et l'y laissa. C'était le seul moyen qu'elle trouvait pour continuer à marcher. L'autre alternative était d'être folle de chagrin.

— Nous vous surveillions depuis longtemps, finit par avouer Asara. Votre maison et votre famille, également. En partie parce que nous savions que votre père compatissait à notre cause, que l'on pourrait le persuader de finir par nous rejoindre. Il avait des relations à la Cour impériale de par son patronage. Mais c'était principalement à cause de vous, Kaiku. De votre condition.

— Condition ? Je n'ai pas de condition, répondit Kaiku.

— Je reconnais que j'avais des doutes quand on m'a envoyée ici, répliqua son ancienne servante. Mais même moi, j'avais remarqué les signes.

Kaiku s'efforça de réfléchir mais sa tête était confuse et l'explication d'Asara suscitait de toute évidence plus de questions que de réponses. Elle lui demanda donc sans ambages :

— Que s'est-il passé hier soir ?

— Votre père, dit Asara. Vous devez vous rappeler comment il était quand il est revenu de son dernier voyage.

— Il a dit qu'il était malade… commença Kaiku puis elle s'arrêta.

Elle avait l'air idiote. La maladie qu'il avait simulée avait été un prétexte.

Elle se souvenait *très bien* comment il était. Pâle et blafard, il était aussi calme et léthargique ; mais il avait l'air perdu, une espèce d'absence dans son comportement. Grand-mère avait été pareille à la mort de grand-père voilà sept ans. Une sorte d'incrédulité et de stupéfaction, similaire à celle qui frappait les soldats trop longtemps exposés au grondement des canons, lui avait-on dit.

— Oui, acquiesça-t-elle. Quelque chose s'est passé, quelque chose dont il n'a pas parlé. Savez-vous ce que c'était ?

— Et vous ?

Kaiku secoua la tête. Elles parcoururent quelques pas péniblement, en silence. La forêt les avait ensevelies à présent, et elles zigzaguaient à travers les arbres clairsemés, trébuchant sur les racines et les grosses pierres qui jonchaient le sol extrêmement accidenté. Sur leur droite, une crête de terre saillait à hauteur de taille, bordée par un gant d'ombre qui s'agitait doucement et servait les intérêts des grosses abeilles rouges. Le soleil tapait dur au-dessus de leurs têtes, baignant la terre humide d'une chaleur indolente qui rendait le monde béat et léthargique. N'importe quel autre jour, Kaiku se serait perdue dans cette tranquillité car elle avait toujours été une enfant admirative et respectueuse de la nature ; mais la beauté des alentours n'avait désormais plus le pouvoir de la toucher.

— Je l'ai observé ces dernières semaines, dit Asara. Je n'ai rien appris de plus. Peut-être a-t-il fait du tort à quelqu'un, un puissant ennemi. Je ne peux faire que des suppositions. Mais je ne doute pas que c'est lui qui est à l'origine de votre perte hier soir.

— Pourquoi ? Il n'était qu'un érudit ! Il lisait des *livres*. Pourquoi quelqu'un souhaiterait le tuer… nous tuer tous ?

— A cause de ça, dit Asara et elle sortit de sous sa grosse robe le masque que Kaiku l'avait vu emporter. (Elle le brandit devant elle. Son visage en laque noire et rouge la lorgna d'un air stupide.) Il l'a rapporté avec lui la dernière fois qu'il est rentré.

— Ça ? Ce n'est qu'un masque.

Asara dégagea ses cheveux de son visage et regarda la jeune fille d'un air grave.

— Kaiku, les masques sont les armes les plus dangereuses au monde. Plus que les fusils, plus que les canons, plus que les esprits qui hantent la nature. Ils sont…

Asara s'arrêta brusquement lorsque le pas de Kaiku devint chancelant et qu'elle tituba, en proie à des vertiges.

— Vous vous sentez mal ?

Kaiku cilla, sourcils froncés. Quelque chose s'était retourné dans ses intestins, un ver brûlant de douleur qui bougeait et se contorsionnait. Peu après, cela recommença, plus fort cette fois, pas dans ses intestins mais plus bas, dans son utérus, comme un bébé qui donne un coup de pied.

— Asara, souffla-t-elle, tombant à genoux, la main tournée en dehors, par terre devant elle. Il y a… quelque chose…

Puis elle s'épanouit, pure fleur d'agonie, dans son estomac et son aine, arrachant violemment un cri dans sa gorge. Mais elle ne s'estompa pas, au contraire, elle se développa toute seule, se réchauffa, une pression terrifiante de plus en plus forte. Elle se cramponna à elle mais elle ne se calma pas. Elle ferma les yeux bien fort, des larmes de choc et d'incompréhension ruisselant aux coins de ses yeux.

— Asara… aidez…

Elle posa sur elle un regard suppliant, mais le monde tel qu'elle le connaissait avait disparu. Ses yeux ne virent pas d'arbres ni de pierres ni de feuilles mais un millier de millions de lumières, un grand diorama tridimensionnel de fils chatoyants, s'agitant et ployant pour monter et descendre autour des objets qui bougeaient en lui. Elle perçut le nœud brillant du cœur d'Asara au sein de l'ensemble des mailles de son corps ; elle perçut l'ondulation dans les fils de l'air lorsqu'un oiseau des environs le déchira en le perforant ; elle perçut les lignes du soleil éclaboussant la forêt quand il traversa obliquement la canopée, et le scintillement de la chute d'étoiles tout autour.

Je meurs de nouveau, songea-t-elle, *comme la dernière fois.*

Mais ce n'était pas comme la dernière fois, car il n'y avait pas de félicité, pas de sérénité, pas de paix intérieure. Juste quelque chose d'immense, prenant de plus en plus d'ampleur jusqu'à ce qu'elle comprenne que sa peau devait se fissurer, et qu'elle serait déchirée. Ses iris s'assombrirent puis devinrent rouge sang ; l'air s'agitait autour d'elle, froissait ses vêtements et soulevait ses cheveux. Elle vit l'expression d'Asara se transformer en peur, les fils de son visage s'entortiller. Puis tourner les talons et s'enfuir en courant, tête baissée à travers les arbres.

Kaiku hurla et, par sa bouche, la force de l'embrasement trouva sa libération.

Les arbres les plus proches explosèrent et furent pulvérisés ; ceux qui se trouvaient un peu plus loin s'enflammèrent et devinrent des torches fumantes en une seconde. L'herbe dora, la pierre roussit, la chaleur enveloppa l'air. La puissance sortit de son corps à toute allure, semblant déchirer ses poumons, son cœur, puis les brûler de l'intérieur. Mais elle ne cessa de hurler jusqu'à ce qu'elle s'évanouisse.

Elle ignorait combien de temps l'inconscience l'avait gardée en elle avant de la relâcher dans la réalité, mais quand cela se produisit, le calme était revenu. L'air était enfumé, puis elle perçut le crépitement vif et la chaleur des arbres qui brûlaient.

Elle se souleva sur un coude, ses muscles noueux se contractant convulsivement, son ventre la faisant atrocement souffrir. Haletante, elle se mit sur pieds et trouva l'équilibre. Elle était vivante, lui disait sa douleur. Lentement, elle balaya du regard le cercle carbonisé des ruines qui l'entourait et les arbres qui fumaient de mauvaise grâce, plus loin. Déjà l'humidité des pluies de la veille triomphait des langues de flammes affamées et le feu cessait progressivement.

Elle lutta pour réconcilier cette scène avec celle qu'elle vivait lorsque la douleur l'avait frappée mais n'y parvint pas. Des surfaces de rochers carbonisés, saillant d'une terre durcie et asséchée. Des feuilles roussies racornies en poings squelettiques. Des arbres avaient été coupés en deux, grossièrement décapités ou pulvérisés. La soudaineté même de la destruction était presque incompréhensible ; elle avait du mal à croire qu'elle se trouvait encore au même endroit que celui où elle était quand elle s'était évanouie.

Le masque, intact, par terre à côté d'elle, le regard vide et moqueur. Elle se dirigea vers lui d'un pas chancelant et s'en empara. Il y avait une lassitude terrible dans son corps, une couverture brumeuse qui recouvrait tous ses sens et qui l'étouffait en l'entraînant vers le sommeil, l'inconscience ou la mort – elle ignorait quoi, mais les accueillait tous de la même manière.

Ses yeux se posèrent sur la forme blanche chiffonnée à côté d'elle. Hébétée, elle s'en approcha en titubant, fourrant négligemment le masque dans sa ceinture.

C'était Asara. Elle était étendue dans une cuvette où la détonation l'avait projetée. Un côté d'elle avait essuyé le plus gros de la détonation, de toute évidence. Sa robe était carbonisée, ses cheveux brûlés fumaient. Sa main et sa joue étaient affreusement balafrées. Elle était allongée, molle et immobile.

Kaiku se mit à trembler. Elle recula, les larmes brouillant sa vue, ses doigts tirant sur son visage comme si elle pouvait retirer la chair et retrouver l'ancienne Kaiku en dessous, celle qui avait existé pas plus tard qu'hier, avant que le chaos et la folie ne l'étranglent. Avant qu'elle ne perde sa famille. Avant qu'elle ne tue sa servante.

Elle laissa échapper un sanglot étouffant, un bruit malsain. Elle secoua la tête en reculant, tentant de nier ce qu'elle avait vu. Mais le poids de la vérité l'écrasa, la preuve de ses yeux l'accusa. La panique s'insinua puis la submergea et, dans un cri, elle s'enfuit dans la forêt où elle fut engloutie.

Asara resta étendue là où elle l'avait trouvée, parmi la fumée et les ruines, la chute d'étoiles tombant doucement sur elle, pour scintiller brièvement avant de mourir.

3

Les jardins sur le toit du Donjon impérial auraient pu, à première vue, sembler interminables à un enfant, vaste labyrinthe s'étirant sur plusieurs niveaux de chemins pierreux et de tonnelles ombragées, d'endroits secrets et de planques magiques. L'impératrice héritière, Lucia tu Erinima, future promise au trône de Saramyr, n'était pas dupe. Elle avait visité tous ses nombreux remparts et estimait que cet endroit tenait davantage d'une prison que d'un paradis, rapetissant de jour en jour.

Pour passer le temps, elle descendit un sentier grossièrement pavé, ses doigts traînant sur un treillis de vigne à sa gauche. Quelque part dans les environs, elle entendit le froufrou d'un chat chassant les écureuils noirs qui s'enroulaient autour des troncs d'arbres, minces et élégants. Le jardin était un ensemble de feuillage et de fleurs des plus délicates, provenant de tout le monde connu, disposés autour d'une multitude de bancs ornementaux abrités, de statues et de sculptures ingénieuses. Des gerbes de fleurs exotiques s'agitaient sous la brise infime ; des oiseaux sautillaient et descendaient en piqué, leurs gosiers vibrant tandis qu'ils échangeaient des chants en staccato en jacassant. Au loin, les quatre flèches des tours du Donjon perçaient le ciel, pâlies par la brume légère et, plus près, le dôme du grand temple qui surmontait le centre du toit du Donjon était visible par-delà les rangées soigneusement disposées d'arbres chapapa et kamaka. Aujourd'hui, le temps était chaud et embaumé, promesse d'un été qui ferait bientôt son apparition. Le soleil était haut dans le ciel, l'œil unique de Nuki, le dieu brillant, dont le regard illuminait le monde. Elle jouit de son rayonnement en observant les écureuils sauter à travers les cimes des arbres et descendre les troncs en vrille.

Le peuple de Saramyr avait toujours eu tendance à avoir une peau bronzée et une beauté parfaite, et le contraste avec la pâleur de Lucia était saisissant. Il l'était encore plus avec ses cheveux. Car les vraies blondes étaient rares à Saramyr et son visage rond était encadré par une cascade blond de lin qui tombait dans son dos. Elle portait une robe vert clair et des bijoux simples ; ses précepteurs exigeaient qu'elle apprenne à être élégante même si personne ne la voyait. Elle écoutait, comme elle faisait toujours, avec une expression vide et rêveuse et ils se retiraient, exaspérés.

Elle leur obéissait, en revanche. L'expression dans ses yeux était souvent prise pour de l'inattention mais ce n'était pas le cas.

Elle enviait ses précepteurs, parfois. Ils avaient l'aptitude merveilleuse de se concentrer sur une seule chose à l'exclusion de toutes les autres. C'était gênant qu'ils ne comprennent pas sa situation comme elle comprenait la leur ; mais Zaelis, au moins, savait pourquoi elle avait rarement l'air attentive et concentrée. Elle avait beaucoup plus à penser que ceux qui ne disposaient que de cinq sens.

Quand elle apprit à parler – à six mois – elle sut déjà que c'était mal. Elle le sentit, comme le sentent d'instinct les nouveau-nés, à la tristesse dans les yeux de sa mère quand elle regardait son bébé. Avant même que Lucia n'ait commencé à manifester extérieurement son talent, sa mère l'impératrice savait. Elle fut cachée au monde et enfermée dans cette cage dorée, dans le cœur tentaculaire et enténébré du Donjon impérial. Depuis, elle était prisonnière.

Le chat surgit d'un bouquet d'arbres sur un chemin alentour dans une démarche nonchalante et insouciante. Il la toisa avec un manque de respect offensant puis reporta son attention sur les écureuils qui filaient au-dessus de lui, observant ceux qui se dirigeaient dangereusement au niveau du sol. Peu après, il les prit en chasse. Elle sentit la panique chez les écureuils tandis que le chat avançait d'un pas maladroit, leurs pensées d'animaux rapides retentissant en elle. Voilà des mois que le chat traînait dans les jardins, s'étant frayé un chemin nul ne savait comment, et pourtant les écureuils étaient aussi surpris par sa présence qu'ils l'avaient été la première fois. Les écureuils n'apprenaient jamais.

Les animaux étaient ses amis, car elle n'en avait pas d'autres. Enfin, elle supposait que Zaelis était son ami et sa mère aussi, dans un genre étrange. Mais à part eux, elle était seule. La solitude était tout ce qu'elle connaissait. Elle se satisfaisait de sa propre compagnie, et pourtant quand elle rêvait, c'était de liberté.

Sa mère Anais, impératrice Blood de Saramyr et dirigeante du pays, lui rendait visite au moins une fois par jour quand elle n'était pas contrainte par des affaires officielles. Étant à l'origine de sa détention, Lucia envisageait parfois de la détester mais elle ne haïssait personne. Elle était trop indulgente pour cela, trop disposée à comprendre ce que ressentaient les autres. Elle n'avait encore jamais rencontré quelqu'un de trop malfaisant pour ne lui trouver aucune qualité compensant ses défauts.

Quand elle confia cela à Zaelis, celui-ci lui rappela qu'elle ne connaissait pas grand monde.

C'était sa mère qui lui avait appris à garder ses talents secrets, sa mère qui avait veillé à ce que ses précepteurs se taisent et ne révèlent pas la véritable nature de l'enfant à qui ils enseignaient. C'était aussi sa mère qui avait confirmé ce qu'elle savait déjà : que les gens la détesteraient, la craindraient s'ils apprenaient qui elle était. C'était pour cela qu'on la cachait.

L'impératrice avait imploré le pardon de sa fille une centaine de fois pour la garder enfermée loin du monde. Elle ne désirait rien de plus que de libérer Lucia mais c'était simplement trop dangereux. Le chagrin d'Anais était, prétendait-elle, aussi intense que celui de sa fille. Lucia aimait sa mère car elle la croyait.

Mais des nuages sombres s'amoncelaient au-delà de l'horizon, elle le savait. Récemment, une menace invisible avait hanté ses rêves.

Souvent, quand elle dormait, elle arpentait les couloirs du Donjon impérial, par-delà les confins de ses appartements. Parfois, elle rendait visite à sa mère, mais celle-ci ne la voyait jamais. Lucia observait l'impératrice coudre, prendre un bain ou regarder par les fenêtres du Donjon. Parfois, Lucia l'écoutait consulter ses conseillers au sujet des affaires du royaume. D'autres fois, elle traversait les appartements des servants quand ils comméraient, faisaient la cuisine et copulaient. De temps en temps quelqu'un la voyait, et la panique s'ensuivait. Mais la plupart faisaient simplement comme s'ils ne la voyaient pas.

Une fois, lorsqu'elle interrogea sa mère sur certaines choses qu'elle avait vues dans ses rêves, son visage s'attrista et elle embrassa sa fille sur le front sans rien dire. De cela, Lucia comprit qu'elle ne devait plus en parler, mais elle comprit également que ce n'étaient pas des rêves ordinaires, et que ce dont elle était témoin était réel.

Par ses rêves, elle apprit sur le monde extérieur, sans jamais quitter sa chambre. Et pourtant, le périmètre du Donjon la déconcertait : elle était incapable de vagabonder en dehors de celui-ci. La cité d'Axekami qui entourait le Donjon impérial était simplement trop éloignée de son expérience. Elle ne pouvait pas en rêver. Elle avait uniquement élargi les murs de sa geôle.

Voilà un peu plus d'un an qu'elle s'était mise à marcher dans son sommeil et, peu de temps après, la dame du rêve avait fait son apparition. Mais il y a quinze jours, elle avait brusquement découvert qu'un nouvel inconnu lui rendait visite dans l'obscurité. À présent, elle se réveillait en sueur, tremblante, le corps tendu par la peur de cette présence anonyme qui la traquait dans les couloirs de son cauchemar, rôdant inexorablement derrière elle.

Elle ignorait qui c'était mais elle savait ce que cela signifiait. Quelque chose de mauvais l'avait trouvée, peut-être la chose même de laquelle sa mère avait tenté de la cacher. Un changement s'annonçait. Elle ignorait si elle devait s'en réjouir ou en avoir peur.

À l'extrémité du jardin sur le toit, quelque chose s'agita. Les jardiniers y avaient travaillé ces derniers temps, déterrant les fleurs d'hiver mortes pour les remplacer par des fleurs d'été. Une brouette était à l'arrêt au milieu du chemin, des fourches et des pelles de guingois à côté d'elle. Audessous de l'épais paravent d'arbres, la terre qui venait d'être retournée était humide, noire et fertile au soleil, attendant les graines à qui elle pourrait donner vie.

Le gazon vibra. D'abord un petit mouvement puis un gros bruit lorsque l'homme enterré en dessous se leva, se débarrassant de la terre. Un homme grand et mince, approchant de sa cinquantième moisson, aux cheveux gris et courts et arborant une barbe de plusieurs jours. En silence, il se releva et se libéra, puis cracha le petit tube épais de bambou qui lui avait servi d'appareil respiratoire. Il s'épousseta du mieux possible et se redressa.

Purloch tu Irisi avait toujours eu de la chance mais cette fois, c'était ridicule. Il avait déjà bravé suffisamment de dangers pour repousser l'intrus même le plus déterminé. Il s'était faufilé devant des sentinelles, avait descendu en rappel des parois à pic, et était passé devant des postes d'observation en rampant. Il avait sauté sur quinze mètres, dans le vide, sur un mur sombre en ne se fiant qu'à ses instincts pour trouver le bord et l'attraper. Franchement, il croyait qu'il devrait être mort ou aurait dû se faire attraper depuis. Il s'était toujours vanté d'être le meilleur monte-en-l'air de la cité, capable de pénétrer n'importe où. Mais même lui avait été à deux doigts d'être découvert trois fois depuis la nuit dernière, et deux fois avait-il frôlé la mort. L'impératrice héritière était plus étroitement surveillée que le plus précieux des bijoux.

Sa confiance avait été rudement mise à l'épreuve depuis les événements de la nuit passée. Il avait du mal à croire que la chance l'avait mené si loin mais doutait qu'elle l'accompagne encore plus loin. Son temps lui était compté. Tout ce qu'il souhaitait, c'était en terminer avec son affaire et s'en sortir en un seul morceau.

La personne qui était venue lui faire cette offre était de toute évidence un mercenaire, envoyé pour protéger l'identité du véritable cerveau qui se cachait derrière. Purloch en avait rencontré suffisamment pour le savoir. Et l'offre était si intrigante, surtout pour un homme qui se vantait autant de son boulot comme Purloch. Pénétrer dans les appartements de l'impératrice héritière… une telle chose était quasi impossible !

Mais le mercenaire était remarquablement bien informé, avait des plans détaillés du château sous la main et des renseignements sur les mouvements des sentinelles et leurs défauts ; et le prix qu'il proposait permettrait à Purloch de se retirer et de vivre riche pour le restant de ses jours. Imaginez ! Terminer son illustre carrière sur une euphorie aussi grisante ! Il entrerait dans la légende de la pègre et sa vie de prises de risques serait révolue.

L'appât était convaincant mais la mission trop dangereuse pour être entreprise en toute confiance. Il prit donc l'homme en filature jusque chez lui et l'observa quand il rencontra un autre individu plus tard ce jour-là, et cet individu en croisa un autre le lendemain soir ; ainsi, grâce à lui, Purloch finit par retracer la source de l'offre. Il lui avait fallu tout son savoir-faire pour les suivre, bien qu'ils ne se soient pas rendu compte qu'il les filait. Ils étaient indubitablement bons. Il était assurément meilleur.

La source, donc : Barak Sonmaga, chef des Blood Amacha. Ils étaient influents parmi les grandes familles et de vieux adversaires des Blood Erinima, à laquelle appartenaient l'impératrice et sa fille. Purloch fut incapable de pressentir quoi que ce soit des projets des Blood Amacha mais il conjecturait qu'on l'associait à quelque chose d'énorme, un pion dans l'échiquier qui opposait deux des plus grandes familles de l'empire.

C'était un risque terrible maintenant qu'il en connaissait les enjeux. Mais il ne pouvait refuser, quoiqu'il dût reconnaître que l'ampleur de la tâche le médusait. Il avait pris toutes les précautions possibles – y compris le châtiment qu'il infligerait à son employeur au cas où il se ferait doubler d'une façon ou d'une autre – mais, au final, l'argent et la gloire étaient bien trop prestigieux pour les ignorer.

À présent, il regrettait de ne pas avoir écouté la raison et refusé l'offre.

Pendant des jours, il s'était fait passer pour un servant, avait observé les formes et les rythmes du château avant de partir. Pénétrer dans le Donjon avait été la partie la plus simple ; il existait des chemins oubliés, des sentiers que l'histoire avait perdus mais qu'il avait exhumés. Mais c'était le lent processus pour trouver comment pénétrer les moyens de défense mêmes qui était le véritable art. Même avec les renseignements détaillés que lui avait donnés son employeur, c'était abominablement difficile de concevoir la façon d'approcher l'impératrice héritière. Seuls quelques élus l'avaient déjà vue – les gardes en qui on avait le plus confiance, les précepteurs les plus honorés – et le cercle de personnes qui l'entouraient était si fermé que s'infiltrer par l'artifice ou la tromperie était nécessairement voué à l'échec.

Mais Purloch était patient, et intelligent. Il avait discuté avec les bonnes personnes, posé les bonnes questions sans même éveiller les soupçons sur lui. Et bien vite, sa chance arriva.

Il avait mis un point d'honneur à sympathiser avec certains jardiniers, un groupe honnête et candide dont la loyauté à leur seigneur ne faisait pas l'ombre d'un doute, inspirée par le respect presque religieux que les paysans éprouvaient pour leurs maîtres et maîtresses. Ils n'avaient pas le droit, sous peine de mort, de parler à l'impératrice héritière, bien qu'ils ne l'aient jamais vue, car le jardinage était fait uniquement en journée lorsque Lucia ne se trouvait pas à l'extérieur. Mais ils furent malgré tout suffisamment instructifs, dans leur genre. Il était évident qu'ils étaient honorés d'être les jardiniers de la future dirigeante de Saramyr et ils parlaient inlassablement des menus détails de leur travail. L'avant-veille, Purloch avait appris qu'ils allaient bientôt creuser de nouveaux parterres pour planter une nouvelle fournée de fleurs d'été qui ne faneraient pas à la chaleur. Cela lui avait donné l'idée dont il avait besoin. Et c'était ainsi que le plan avait germé.

Il avait infiltré le jardin la nuit, vu que cela aurait sûrement été impossible de jour. Il y avait trop de gardes, trop de fusils, même pour lui : ce serait simplement suicidaire. Mais avec l'obscurité pour couverture, et les lunes presque cachées sous l'horizon, il avait réussi. Presque.

Une fois à l'intérieur, il avait cherché un endroit où se cacher. Grâce à un léger poison versé dans les boissons des jardiniers, ceux-ci avaient été obligés de passer le lendemain au lit – il n'avait pas envie que ses intestins soient transpercés par une fourche quand il serait allongé sous le gazon. Il s'enterra lui-même comme un expert avant le crépuscule puis attendit le point du jour dans son cocon de terre.

Son contact l'avait informé que les gardes fouillaient les jardins le matin avant que l'impératrice héritière n'ait l'autorisation de se lever. Ils étaient tout aussi conscients que Purloch que les ombres dissimulatrices de la nuit pourraient donner à un intrus une chance infime de passer devant les sentinelles, et même cette chance infime était de trop. L'information était bonne. Purloch entendit le cliquetis des piques quand ils passèrent près de lui. Mais ils avaient déjà fouillé le jardin un millier de fois auparavant et n'avaient jamais rien trouvé ; de fait, leur fouille était purement superficielle. Ils ne se doutèrent jamais de rien. La terre nouvellement retournée du parterre de fleurs ne trahit en rien la perturbation qu'avait suscitée Purloch quand il s'y était enterré.

À présent, les gardes étaient partis et l'enfant était là, seule. Il était temps de faire ce qui devait être fait. Avançant discrètement et silencieusement, il défit la boucle du poignard à sa ceinture.

Il trouva la petite fille dans un petit ovale pavé bordé d'arbres. Un chat jouait avec sa queue tandis que l'impératrice héritière l'observait avec une expression étrangement détachée. Tellement absorbé par ses cabrioles, le chat ne l'entendit même pas approcher. Lucia si, en revanche, bien qu'il n'eût pas fait le moindre bruit. Elle regarda lentement dans les feuillages, pile dans sa direction et lui demanda :

— Qui êtes-vous ?

L'homme surgit de derrière un arbre tumisi et le chat sursauta. Lucia observa le nouveau venu d'un œil insondable.

— Mon nom n'a aucune importance, répondit Purloch.

De toute évidence, il était nerveux, jetait des coups d'œil autour de lui, pressé de s'en aller.

Lucia le regarda placidement.

— Demoiselle, je dois vous prendre quelque chose, dit-il en dégainant son poignard.

Autour d'eux, l'air explosa en une frénésie de mouvements, un battement d'ailes noires qui toucha tous les sens, et Purloch hurla puis tomba à genoux, le bras sur son visage pour se protéger du tumulte.

Aussi rapidement que cela avait commencé, ce fut terminé. Purloch baissa son bras et son souffle resta coincé dans sa gorge.

L'enfant était masquée par les corbeaux. Ils la cachaient, perchés sur ses épaules et ses bras, tel un manteau de plumes noires. Ils l'entouraient, aussi, tapis épais de créatures. Dix de plus étaient perchés sur les branches alentour. De temps en temps, l'un d'eux s'agitait, se lissait les plumes ou changeait de position, mais tous l'observaient avec leurs redoutables yeux de fouine noirs.

Purloch était frappé de stupeur, de terreur.

— Que vouliez-vous prendre ? demanda Lucia d'un ton doux.

Son expression et son ton ne reflétaient en rien la malveillance que projetaient les corbeaux.

Purloch déglutit. Il n'était conscient que des corbeaux. Les oiseaux la *protégeaient*. Et il savait, avec une épouvantable certitude, qu'ils le mettraient en lambeaux ensanglantés sur une seule pensée de l'enfant.

Il tenta de parler mais rien ne sortit. Il déglutit et réessaya :

— Une… mèche de vos cheveux, jeune fille. Rien de plus.

Il baissa les yeux sur le poignard dans sa main et réalisa que, dans sa hâte d'obtenir son prix et de s'échapper, il avait été stupide. Il n'aurait pas dû sortir le poignard.

Lucia avança lentement vers lui, les corbeaux se mettant de côté pour la laisser passer. Purloch la fixa avec une peur non déguisée, ce monstre d'enfant. *Qu*'était-elle ?

Et pourtant, ce qu'il vit dans son regard bleu clair n'était pas monstrueux. Elle savait qu'il n'était pas un assassin. Elle ne le trouvait pas malfaisant, elle éprouvait de la sympathie pour lui, pas de la haine. Et, par-dessus tout cela, une sorte de tristesse, l'acceptation d'une espèce de fatalité qu'il ne comprenait pas.

Doucement, elle prit le poignard dans sa main et coupa une mèche de sa cascade de cheveux blonds. Elle la mit dans sa paume.

— Retournez voir vos maîtres, dit-elle doucement, les corbeaux s'agitant sur son épaule. Commencez ce qui doit être commencé.

Purloch prit une inspiration frémissante et inclina la tête, toujours à genoux.

— Merci, murmura-t-il, toujours honteux.

Puis il disparut, se volatilisa entre les arbres tandis que Lucia le regardait et se demandait quelles seraient les conséquences de ce qu'elle venait de faire.

4

Ce fut quatre jours après le meurtre de sa famille que l'on retrouva Kaiku. Celui qui la découvrit était un jeune acolyte d'Enyu, la déesse de la terre, rentrant au temple après une journée frustrante de méditation ratée. Il s'appelait Tane tu Jeribos.

Il avait failli ne pas la voir quand il était passé à côté d'elle, enfouie sous un amoncellement de feuilles au pied d'un arbre kiji au tronc épais. Il avait l'esprit ailleurs. C'était, supposait-il, tout le problème. Les prêtres lui avaient enseigné la théorie sous-jacente à l'osmose avec la nature, appris à devenir vierge et vide afin de pouvoir entendre battre le cœur lent de la forêt ; oui, il comprenait bien la théorie. C'était juste que la mettre en pratique s'avérait quasiment impossible.

Vous ne pourrez sentir la présence d'Enyu et de ses filles si vous n'êtes pas calme intérieurement. C'était le mantra exaspérant que lui débitait maître Olec chaque fois qu'il s'énervait. Mais dans quelle mesure pouvait-il être calme ? Il s'était détendu au maximum de ses capacités, avait évacué de son esprit tout ce qui l'encombrait mais ce n'était jamais suffisant. Doublement frustrant car il excellait dans d'autres disciplines, et ses autres maîtres étaient ravis de ses progrès. Cette leçon semblait rester hors de sa portée et il ne parvenait pas à comprendre pourquoi.

Il tournait et retournait d'autres pensées maussades dans sa tête lorsqu'il aperçut la forme enfouie sous les feuilles. Cette vision le fit sursauter ; sa première réaction fut d'attraper la carabine de chasse dans son dos. Puis il vit ce que c'était : une jeune femme, inerte. Il s'approcha prudemment. Il avait beau ne percevoir aucune menace de sa part, il avait vécu toute sa vie dans les forêts de Saramyr et était bien placé pour savoir que tout pouvait être dangereux, jusqu'à preuve du contraire. Les esprits revêtaient plusieurs formes, et tous n'étaient pas sympathiques. En fait, ils devenaient de plus en plus hostiles à mesure qu'avançaient les saisons, et les animaux de plus en plus sauvages.

Il donna un petit coup sur l'épaule de la jeune fille, prêt à reculer si elle bougeait brusquement. Comme elle ne répondait pas, il la bouscula de nouveau. Cette fois, elle bougea et gémit doucement.

— M'entendez-vous ? demanda-t-il, mais la fille ne répondit pas.

Il la secoua de nouveau, et ses yeux s'ouvrirent d'un coup, exaltés, errants. Elle le regarda mais ne sembla pas le voir. Elle soupira quelque chose d'incohérent, murmura, et replongea dans son sommeil.

Tane jeta un coup d'œil autour de lui afin de trouver un indice sur elle mais il ne voyait rien dans la douce lumière du soir à l'exception de la forêt épaisse. Elle semblait affamée, exténuée et malade. Il dégagea ses cheveux châtains emmêlés sur son visage et posa une main sur son front. Sa peau brûlait. Ses yeux bougeaient nerveusement derrière ses paupières.

Alors qu'il l'examinait, sa main effleura les feuilles qui la recouvraient et il s'arrêta pour en prendre une. Elle venait de tomber. En fait, elles venaient toutes de tomber. L'arbre les avait jetées sur la fille inerte pas plus d'une demi-journée auparavant. Il sourit intérieurement. Aucun arbre-esprit n'abriterait de mauvais esprit de la sorte. Il se releva et inclina la tête.

— Merci, esprit de l'arbre, d'avoir protégé cette jeune fille, dit-il. Veuillez transmettre ma gratitude à votre maîtresse Aspinis, fille d'Enyu.

L'arbre ne lui répondit pas, mais ils ne répondaient jamais. C'étaient de jeunes arbres, pas comme l'ancien ipi. Tout juste conscients mais insensés. Comme des nouveau-nés.

Tane prit la fille dans ses bras. Elle était un peu plus lourde qu'il s'y était attendu mais, à sa silhouette agile, il était évident que c'était du muscle, pas de la graisse. Bien que Tane ne fût pas lui-même très corpulent, la vie dans la forêt l'avait aguerri et avait tendu ses muscles, et il n'eut aucun mal à la porter. Le trajet jusqu'au temple était court et elle ne se réveilla pas.

Le temple était caché tout au fond de la forêt, sur les rives de la rivière de la Kerryn. La rivière coulait des montagnes en direction du nord-est, serpentant au cœur de la forêt de Yuna avant de décrire une courbe à l'ouest et de couler vers la capitale. Le bâtiment en lui-même était bas et élégant, sans ostentation pour éclipser le paysage tout autour. Les Temples pour Enyu et ses filles étaient d'une simplicité délibérée, par pure humilité, hormis dans les cités où les couleurs voyantes étaient virtuellement indissociables d'un lieu de culte. Il était décoré de teintes simples, crème et blanches, maintenu par des poutres de frêne noir, décrivant ingénieusement des lignes et des périmètres sur toute la structure. Il faisait deux étages, le second construit après le premier afin de profiter du point de vue sur la colline. De discrètes invocations étaient inscrites sur le cadre des portes principales en forme de cromlech, mises en valeur par du bois non verni, mantra à la déesse de la nature aussi simple et paisible que le temple même. Une cloche de prière était accrochée au-dessus d'une petite châsse uniquement sur un côté des portes, cairn de pierres à l'intérieur duquel se trouvaient des bols d'encens fumant, des lis à longue tige et des fruits disposés sur un rebord devant une icône d'Enyu : une statuette d'ours en bois sculpté qui protégeait son ourson d'une patte majestueuse.

Un pont en courbe décrivait un arc d'un bord de la Kerryn à l'autre, des piliers sculptés gravés à l'eau-forte avec toute sorte d'oiseaux, bêtes et poissons qui plongeaient dans le lit de la rivière. Celle-ci était d'un bleu foncé mélancolique, dont la transparence naturelle était ternie par les sels et les minéraux qu'elle transportait depuis les montagnes Tchamil. Elle réfléchissait le soleil en ailerons d'une clarté ourlée de pourpre, tachetant le dessous lisse du pont d'un jeu infini de lumières aqueuses et mouvantes. L'effet, intentionnel, était celui de calme, de beauté, d'idylle.

Tane consulta ses maîtres, et un prêtre âgé l'examina. Il en conclut qu'elle était affamée et brûlante de fièvre, comme l'avait diagnostiqué Tane, mais qu'elle ne souffrait pas d'autres affections graves. Elle récupérerait à force de soins.

— Elle est sous votre responsabilité, lui dit maître Olec. On verra si vous arrivez à vous concentrer sur quelque chose, pour changer.

Tane connaissait trop bien la vieille langue flétrie d'Olec pour se formaliser. Il l'installa dans une chambre d'ami à l'étage. La pièce était sobre et blanche, avec un tapis de couchage dans un coin sous les grandes fenêtres carrées dont les volets étaient bien fermés à cause de la chaleur de l'été qui approchait. À l'instar de la plupart des fenêtres à Saramyr, il n'y avait pas besoin de verre – la majorité de l'année il faisait trop chaud et les volets suffisaient à protéger du mauvais temps.

À mesure que la soirée avançait vers un coucher de soleil rouge foncé, Tane prépara du thé de rebouteux, d'achillée et d'échinacée pour calmer sa fièvre. Il le lui fit siroter puis avaler le plus chaud possible, à raison d'une demi-tasse toutes les deux heures. Elle gémit, grimaça et ne se réveilla pas mais elle avala la mixture. Il apporta un seau d'eau froide et épongea son front, nettoya son visage et ses joues. Il examina sa langue en lui faisant délicatement ouvrir la bouche. Il vérifia son pouls à sa gorge et à son poignet. Quand il eut fait tout ce qu'il pouvait, il s'installa sur un tapis d'osier et la regarda dormir.

Les prêtres l'avaient déshabillée – c'était indispensable pour déterminer si elle avait été piquée par des épines empoisonnées, des morsures d'insectes, tout ce qui pourrait influer sur sa guérison – et lui avaient donné une chemise de nuit vert clair. Elle était donc étendue sous un drap fin enroulé autour de ses jambes, et posé sur ses côtes, qu'elle ôtait quand elle s'agitait. Il faisait trop chaud pour dormir sous quoi que ce soit, surtout avec sa fièvre, mais Tane avait été contraint de le faire par égard pour sa pudeur. Il s'était déjà occupé de malades, jeunes ou vieux, hommes ou femmes, et les prêtres le savaient et lui faisaient confiance. Mais celle-ci l'intéressait plus que tout. D'où venait-elle et comment avait-elle pu se mettre dans un état pareil ? Son impotence provoquait à elle seule le besoin chez lui de l'aider. Elle était handicapée et totalement seule. Les esprits savaient quel genre de supplice elle avait subi en se promenant dans la forêt : elle avait de la chance d'être encore en vie.

— Qui êtes-vous donc ? demanda-t-il doucement, fasciné.

Ses yeux vagabondèrent sur les lignes de ses pommettes, un peu trop marquées, mais elles s'adouciraient bien vite quand elle aurait recouvré la santé. Il observa ses lèvres se serrer quand elle prononça des mots à moitié formés dans ses rêves. La lumière extérieure commençait à décroître et pourtant il resta à son chevet, s'interrogeant sur elle.

La fièvre retomba deux jours plus tard mais elle ne récupéra pas immédiatement pour autant. Elle avait combattu la maladie mais n'avait pas vaincu ce qui tourmentait ses journées et hantait ses rêves. Une semaine durant, les souffrances la rendirent presque catatonique : elle était incapable de sortir du lit et pleurait presque constamment. Très peu de choses de ce qu'elle disait avaient un sens et les prêtres se mirent à douter de sa santé mentale. Pas Tane. Il était resté à son chevet quand elle pleurait et divaguait et les quelques fragments qu'il parvint à comprendre l'amenèrent à conclure qu'elle avait enduré une épouvantable tragédie, subi une perte qu'aucun humain ne devrait éprouver.

Il fut dispensé de ses obligations moins urgentes pendant qu'il s'occupait de sa patiente mais maintenant qu'elle allait physiquement mieux, il pouvait faire très peu de choses pour elle. Il la fit manger, bien qu'elle n'eût aucun appétit. Il lui prépara un léger sédatif – une teinture de cohosh bleu et d'agripaume – pour apaiser quelques-uns de ses pires accès de chagrin. Il concocta une infusion de houblon, de scutellaire et de valériane pour qu'elle puisse dormir la nuit. Et il resta assis auprès d'elle.

Puis, un matin, quand il entra dans sa chambre avec un petit déjeuner à base d'œufs de canard et de gâteaux de blé, il la trouva à la fenêtre en train de contempler la Kerryn et les arbres au-delà. Les insectes bourdonnaient dans l'air matinal. Il s'arrêta sur le pas de la porte.

— Salutations, dit-il automatiquement. (Elle se retourna en sursautant.) Vous sentez-vous mieux ?

— Vous êtes celui qui s'est occupé de moi, dit-elle. Tane ?

Il la gratifia d'un petit sourire et inclina la tête.

— Voudriez-vous manger quelque chose ?

Kaiku opina et s'assit en tailleur sur son tapis, en remettant bien sa chemise de nuit sur elle. Elle avait peu de souvenirs de ces deux dernières semaines. Il lui restait des impressions, des moments désagréables de peur, de faim ou de tristesse, mais aucun souvenir des circonstances qui les entouraient. Elle se rappelait ce visage, en revanche : ce crâne chauve et rasé, ces traits bronzés et réguliers, ces yeux vert pâle et les robes beige clair qu'il portait toujours. Elle n'avait jamais imaginé qu'un prêtre pût être jeune – pour elle, ils étaient tous vieux et hargneux, dissimulaient leur sagesse derrière une carapace d'acariâtreté. Celui-ci dégageait une espèce de sérieux qu'elle associait habituellement aux ordres mais elle se souvenait aussi de moments de joie, quand il faisait des blagues et riait tout seul. À son élocution, elle devina qu'il venait d'une famille modérément riche, un peu au-dessus de la paysannerie mais probablement du coin. Il avait beau être cultivé, il n'était sûrement pas de haute naissance. Grâce aux complexités de la langue saramyrrique, on pouvait deviner les origines d'une personne uniquement à la façon dont elle l'utilisait. L'élocution de Tane était plus relâchée et moins impitoyablement soignée que la sienne.

— Combien de temps ? demanda-t-elle en mangeant lentement.

— Dix jours depuis que nous vous avons trouvée. Vous erriez déjà depuis quelque temps, répondit Tane.

— Dix jours ? Esprits, on aurait dit une éternité ! J'ai cru que ça ne passerait jamais. J'ai cru… (Elle leva les yeux sur lui.) J'ai cru que je ne pourrais jamais m'arrêter de pleurer.

— Le cœur se soigne, avec le temps, dit Tane. Les larmes sèchent.

— Ma famille a disparu, dit-elle brusquement.

Elle avait besoin de le dire haut et fort, de se tester, de voir si elle en était capable. Les mots ne suscitèrent aucune nouvelle douleur en elle. Elle avait maîtrisé son chagrin, s'en était lassée. Bien que cela ait pris beaucoup de temps, grâce à son entêtement naturel, elle ne se laisserait pas abattre. Sa douleur s'était tarie et bien qu'elle doutât qu'elle la quittât entièrement un jour, elle ne la submergerait plus.

— Ils ont été assassinés, ajouta-t-elle.

— Ah, fit Tane.

Il ne voyait pas quoi dire d'autre.

— Le masque, poursuivit-elle. J'avais un masque avec moi… je crois.

— Il était dans votre sac, fit Tane. Il est intact.

Elle lui rendit son assiette, après avoir très peu mangé.

— Merci, dit-elle. De vous occuper de moi. J'aimerais me reposer.

— Ce fut un honneur, répondit-il en se levant. Voudriez-vous une infusion pour vous aider à dormir ?

— Je ne crois pas que j'en aurai besoin, maintenant, fit-elle.

Il se dirigea vers la porte mais s'arrêta.

— Je ne connais pas votre nom…

— Kaiku tu Makaima, répondit-elle.

— Kaiku, il y a quelqu'un dont vous avez parlé plusieurs fois dans votre délire, dit-il en se retournant pour la regarder. Quelqu'un qui, avez-vous dit, se trouvait avec vous dans les bois. Asara. Peut-être est-elle encore…

— Un démon l'a tuée, répondit Kaiku, les yeux rivés au sol. Elle est morte.

— Je vois, répondit Tane. Je reviendrai bientôt.

Et sur ce, il sortit.

Un démon l'a tuée, songea Kaiku. *Et je suis ce démon.*

Elle se reposa un moment, affaiblie par son supplice. Elle se sentait plus épuisée qu'elle aurait jamais cru pouvoir l'être, plus exténuée qu'elle se souvenait l'avoir jamais été. Cette sensation réveilla un souvenir qu'elle n'avait pas ressenti depuis des mois, une piqûre de douleur aléatoire qui surgit pour titiller sa plaie toute neuve. Elle s'arma de courage. Elle n'oublierait pas. Certaines choses valaient le coup que l'on s'en souvienne.

C'était dans la maison de campagne de Mishani sur la côte, où son frère Machim et elle séjournaient souvent. Ils avaient toujours eu l'esprit de compétition, et grandir avec un frère lui avait laissé des tendances désespérément peu féminines – parmi lesquelles un entêtement qui frisait la tête de mule. Un matin, Machim et elle se laissèrent entraîner dans leur jeu habituel consistant à se vanter de qui était meilleur dans quoi. Les enjeux étaient de plus en plus élevés jusqu'à ce qu'ils conçoivent une épreuve d'endurance incluant tir à l'arc, natation, escalade, course et tir qui dépassaient largement les aptitudes de la plupart des athlètes et encore plus celles de deux jeunes gens peu entraînés. Tout simplement parce qu'ils n'étaient pas disposés à céder, tous deux acceptèrent de tenter le coup.

Le tir à l'arc, ils s'en sortirent sans problème – ils devaient lancer dix flèches et, quand ils mettaient dans le mille, ils devaient aller à la plage en courant et traverser la baie à la nage jusqu'aux falaises. Machim y arriva avant elle. Nager s'avéra difficile, car elle essaya de rattraper son frère et de compenser l'avantage qu'il avait pris dès le départ. Elle gagna du terrain sur les falaises. Cependant, la douleur dans leurs corps était lancinante et leurs muscles tremblaient. Machim faiblissait sérieusement et à peine arriva-t-il au sommet qu'il s'effondra comme une masse, à bout de souffle. Kaiku aurait alors pu abandonner et crier victoire mais cela ne lui suffisait pas. Elle redescendit la colline en courant jusqu'à la maison de Mishani, où ils avaient construit un champ de tir de fortune. Son corps la brûlait, elle voyait tout flou, elle avait envie de vomir, mais elle ne s'arrêterait pas. Elle arriva à la maison mais l'effort de soulever le fusil fut trop pour elle et elle s'évanouit.

On la mit au lit et, depuis, elle n'avait jamais ressenti de fatigue telle que celle qu'elle avait éprouvée ce jour-là. Le challenge avait sapé toutes ses forces et elle avait l'impression qu'elle aurait bien du mal à survivre. Mishani la réprimanda pour son entêtement. Son frère se faufila subrepticement et la félicita pour sa victoire quand ils furent seuls.

Cette expérience avait beau avoir été atroce, celle-ci était pire. Son âme même était exténuée, épuisée par l'effort d'expulser le chagrin dû à la mort de sa famille. Elle réalisa que penser à son frère ne suscitait plus aucune larme, juste une douleur quelconque. Eh bien, elle pourrait supporter ça, si elle le devait.

Ce n'était pas uniquement d'avoir perdu sa famille qui la déconcertait, c'était le pouvoir… la force terrible qui avait pris la vie d'Asara dans la forêt. Quelque chose était sorti d'elle, quelque chose d'atroce et de mauvais, un pouvoir de destruction pure et de flammes. *Était*-elle un démon ? Ou en avait-elle un en elle ? Pouvait-elle même se permettre de fréquenter d'autres personnes après ce qu'elle avait fait à… ?

— Non, fit-elle à voix haute, pour ajouter de la force à sa dénégation. Penser ainsi ne servait à rien. Elle avait déjà fui l'horreur, à présent elle devrait l'affronter. Quelle que fût la cause de la mort d'Asara, ce n'était pas en se cachant du monde qu'elle l'exorciserait. De plus, elle n'avait nullement montré l'intention de se reproduire dans le temps depuis ce premier événement cataclysmique. Elle sentit une dure spirale de détermination grandir en elle. Elle méprisa soudain cette nouvelle facette. Elle le comprendrait, vivrait avec lui et le détruirait si nécessaire. Elle ne transporterait pas ce mal innommé le reste de sa vie. Elle s'y refusait.

Asara. Elle avait été la clé. Elle avait parlé d'une cause. Ils avaient surveillé son père dans l'espoir de le persuader de les rejoindre. Et ils l'avaient surveillée, elle aussi, deux années entières.

C'était principalement à cause de vous, Kaiku. De votre condition.

Condition ? Parlait-elle de la flamme cruelle qui lui avait pris la vie ?

Depuis combien de temps sommeillait-elle en elle, alors, vu qu'Asara était venue la voir deux ans avant que cette *condition* ne se manifeste toute seule ? Elle repensa aux circonstances qui avaient entouré son arrivée. L'une de ses anciennes servantes avait disparu sans un mot, sans prévenir, c'était vrai. Cela avait-il quelque chose de suspect ? Pas à ce moment-là – après tout, elle n'était qu'une servante – mais rétrospectivement, cela l'inquiétait. Non, elle devait réfléchir à avant cela. Elle avait entendu des légendes sur les esprits de la forêt qui devenaient méchants. Elle connaissait les histoires de l'achicita, les vapeurs de démons qui surgissaient au plus chaud de l'été et se faufilaient dans les narines des hommes et des femmes endormis, les rendant malades de l'intérieur. Elle connaissait les baum-ki, qui mordaient les chevilles comme des serpents et laissaient dormir leur poison dans leur corps, qui se transmettait ensuite par la salive ou d'autres fluides plus intimes d'une personne à une autre et devenait mortel uniquement lorsqu'il touchait un bébé dans l'utérus, tuant mère et enfant en une hémorragie unique et terrible.

C'était la seule explication qui lui paraissait raisonnable. Il y avait quelque chose à l'intérieur, quelque chose d'inconnu, quelque chose qui se déchaînait et tuait. Le shin-shin était-il après elle pour revendiquer ce qui se trouvait en elle, quoi que ce fût ? Que portait-elle ? Était-ce la *condition* dont avait parlé Asara ?

Mais Asara était morte et n'avait laissé que des interrogations. Quel genre de chose était-elle pour aspirer le souffle d'une personne et le donner à quelqu'un d'autre ? Un autre démon, envoyé pour s'occuper du sien ? Qui étaient ses maîtres, ceux qui l'avaient envoyé ? Et dans quoi avait été impliqué son père, pour qu'une telle tragédie punisse sa maison ?

Elle dormit, et ses rêves étaient emplis d'un visage noir et rouge, un esprit qui caquetait et la hantait dans l'obscurité avec la voix de son père.

Les prêtres l'autorisèrent à utiliser leur clairière sacrée pour faire une offrande à Omecha, moissonneur silencieux, dieu de la mort et de la vie après la mort. Elle se trouvait le long d'un sentier étroit et tortueux qui grimpait la colline en zigzaguant à l'arrière du temple. Tane ouvrait la voie, et lui prenait la main lorsqu'elle titubait. Pour avoir passé tant de temps en convalescence, ses muscles étaient terriblement faibles et la pente était presque trop raide pour elle. Mais Tane était là, respectant un silence déférent, et avec son aide, elle y arriva.

La clairière était un lieu d'une beauté surnaturelle, jonchée de pierres basses, blanches et lisses, qui dépassaient des sous-bois, sur lesquelles étaient gravés des pictogrammes complexes peints en rouge. Visiblement, il n'y avait ni frontière ni lisère artificielle pour la séparer de la forêt environnante – en fait, sans les pierres et la châsse, Kaiku n'aurait jamais imaginé le moins du monde qu'il s'agissait d'un lieu sacré. Un petit ruisseau coulait dans la clairière, la rive la plus éloignée saillant plus haut que la plus proche, et un grand et vieil arbre kamaka le surplombait, ses racines épaisses décrivant des nœuds sur la terre, et ses vrilles feuillues pendillant mélancoliquement au-dessus de l'eau en cordes fleuries. Sur la rive la plus proche du ruisseau se trouvait la châsse, un peu plus grande que celle du temple. Elle avait été gravée dans le tronc d'un jeune arbre et l'intérieur était orné de carillons éoliens et de minuscules manuscrits de prières ; des fleurs fraîches avaient été disposées à l'intérieur et des bâtonnets d'encens fumaient dans des petits pots de terre glaise de part et d'autre.

Elle gratifia Tane d'un hochement de tête et d'un pâle sourire ; il inclina la tête et murmura une prière rapide à Enyu pour quitter la clairière et redescendit le sentier.

Seule, Kaiku inspira et mit de l'ordre dans ses pensées. Il n'y avait aucune émotion là-dedans ; elle les avait toutes épuisées. C'était rituel. Son chagrin l'avait dévorée de l'intérieur puis s'était consumé tout seul dans le vide. Il ne restait plus que l'inéluctable, ce que l'honneur et la tradition exigeaient d'elle. Elle accepta sans se plaindre. Tout s'était désagrégé autour d'elle mais cela, au moins, était inviolable, et elle y trouvait un certain réconfort.

Elle s'agenouilla parmi l'encens dans la robe votive grise que les prêtres lui avaient donnée car elle ne possédait aucune tenue de cérémonie et il était indispensable d'être respectueux en ce lieu. Elle pria ses ancêtres de guider sa famille par la Porte et de passer devant Yoru-le-rieur pour pénétrer dans les Champs dorés. Elle donna leur nom haut et fort à Omecha, de sorte que sa femme Noctu puisse les consigner dans son grand livre et enregistrer les actes qu'ils avaient accomplis dans la vie. Et enfin, elle pria Ocha, empereur des dieux et également dieu de la guerre, de la vengeance et de l'effort. Elle implora la force pour atteindre son objectif, demanda sa bénédiction pour trouver celui qui avait anéanti sa famille. S'il l'aidait, elle jurait de les venger, quel qu'en fût le prix.

Et, sur ce serment, sa route fut tracée.

Quand elle quitta la clairière, elle se sentit quelque peu exorcisée. Elle avait laissé une partie d'elle, la partie confuse, effrayée et lourde de chagrin. Un nouveau chemin l'attendait à présent. C'était ce qu'exigeait l'honneur de sa famille. Elle ne les laisserait pas mourir et tomber dans l'oubli ; elle réparerait cette injustice. Il n'y avait pas d'autre choix qui s'offrait à elle.

Après être retournée au temple avec Tane, elle réclama le masque aux prêtres et le regarda souvent, le tournant entre ses mains. Qu'était-ce et que signifiait-il ? Parfois elle caressait l'idée de le mettre mais se ravisait. Même si Asara ne l'avait pas mise en garde, elle avait entendu suffisamment de légendes sur les Tisserands pour être prudente.

Les masques sont les armes les plus dangereuses au monde.

Le lendemain matin, Tane lui apporta des vêtements avec son petit déjeuner.

— Vous êtes restée couchée trop longtemps, dit-il. Venez dehors. Vous devriez voir ça.

Le cerveau embrumé, Kaiku opina. Elle n'avait pas particulièrement envie de faire quoi que ce soit mais accepter sa proposition lui semblait plus facile que la refuser. Quand il fut parti, elle se leva, s'étira et enfila non sans mal ses vêtements de voyage que les prêtres avaient lavés et raccommodés. Quelqu'un – Tane, probablement – avait ajouté une large ceinture pourpre, tache de couleur dans le beige et le marron. Elle la noua lâchement autour de la taille, la laissant pendiller le long de la cuisse. Cela rendait ses atours un peu plus féminins, au moins. Elle laça la chemise ouverte à la gorge et s'examina sans conviction. Un sourire effleura ses lèvres, davantage ironique qu'amusé. Avec la ceinture, elle avait l'air d'un bandit haut en couleur.

Elle rejoignit Tane dehors, sous la lumière éblouissante du soleil. C'était le moment idéal pour sortir avant que la chaleur grandissante ne devienne incommodante. Elle appréciait l'ardeur du regard de Nuki à une vague distance, mais il ne semblait pas être aussi pénétrant qu'à l'époque où sa famille était encore en vie. Les oiseaux rinji se laissaient porter par la Kerryn, contorsionnant leurs longs cous blancs pour tenter de happer les poissons et les coccinelles qui s'aventuraient trop près. Tane les observait d'un œil distrait.

— Ils sont là tôt cette année, fit-il remarquer. L'été sera long et chaud.

Kaiku se protégea les yeux du soleil et suivit la procession languissante du regard. Plusieurs prêtres avaient marqué une pause dans leur travail et examinaient les oiseaux d'un air pensif. Enfants, Machim et elle mettaient le cap sur la rive de la rivière tous les matins au début de l'été pour attendre que les rinji descendent de leurs nids dans les montagnes des plaines qui abritaient une meilleure nourriture. Leurs longues pattes dégingandées et leurs grandes ailes déployées, ils glissaient avec une grâce naturelle, chevauchant les courants de la Kerryn en direction des plaines.

Lorsque le premier rinji disparut de leur vue – ils n'étaient qu'une douzaine en tête de l'exode imminent – Tane conduisit Kaiku sur la rive ; mais, à la demande de celle-ci, ils traversèrent le pont, s'assirent sur la rive sud et contemplèrent l'étendue chatoyant de bleu foncé vers l'humble temple.

— C'était comme cela que nous les regardions tout le temps, dit-elle en guise d'explication. Machim et moi.

Observer les oiseaux aller de gauche à droite et non le contraire avait fait resurgir des souvenirs et l'avait mise mal à l'aise, sans qu'elle ne sache pourquoi.

Tane hocha la tête. Qu'il s'agisse d'une préférence toute simple ou qu'elle tente de recréer les moments d'affection qu'elle avait partagés avec son frère mort, il était prêt à céder à tous ses caprices.

— On dirait qu'il y en a de moins en moins chaque année, dit Tane. D'après ce qu'il transparaît des montagnes, leurs pondoirs ne sont plus sûrs.

Kaiku arqua un sourcil :

— Pourquoi ?

— Moins d'œufs éclosent chaque année, c'est un fait, répondit-il en frottant son crâne chauve et en faisant crisser sa paume sur sa barbe de plusieurs jours. Mais ils disent qu'il y a des choses dans les montagnes qui, maintenant, montent jusqu'où ils ont fait leur nid. Et ces choses se multiplient. Ce n'était pas comme ça il y a dix ans.

Kaiku se surprit à se demander brusquement pourquoi Tane avait pris la peine de l'emmener ici, pourquoi ils étaient assis côte à côte à parler d'oiseaux.

— Je les observe tous les ans depuis toujours, dit-elle. Et en automne, je veille pour essayer de voir où ils repartent.

C'était une remarque futile, une observation jetée nonchalamment dans la conversation, mais Tane la prit comme une incitation à suivre le fil de ses pensées.

— Les belles choses meurent, dit-il d'un ton grave, regardant en amont là où la Kerryn tournait à travers les arbres et disparaissait. De plus en plus, de plus en plus vite. Les prêtres le sentent ; *je* le sens. C'est dans la forêt, dans la terre. Les arbres savent.

Ne sachant que répondre à cela, Kaiku garda le silence.

— Pourquoi ne pouvons-nous rien y *faire* ? fit-il mais sa question était purement rhétorique, expression d'une frustration impuissante.

Toute la journée, ils observèrent les oiseaux descendre la rivière et, en effet, ils étaient beaucoup moins nombreux que dans les souvenirs de Kaiku.

Elle resta au temple une semaine de plus, reprenant des forces. L'attente l'irritait mais les prêtres insistèrent et elle croyait qu'ils avaient raison. Elle était trop faible pour s'en aller et avait besoin de temps pour mettre un plan sur pied, pour décider où aller et comment.

Toutefois, il n'y avait pas vraiment de doute quant à sa destination. Une seule personne pouvait l'aider à apprendre les circonstances qui entouraient la mort de son père et une seule personne à qui elle pouvait faire complètement confiance, croyait-elle. Mishani, son amie d'enfance et fille de Barak Avun tu Koli. Elle faisait partie de la Cour impériale à Axekami et était dans le secret des machinations qui s'y tramaient. Kaiku ne l'avait pas beaucoup vue depuis qu'elles avaient toutes les deux fêté leur dix-huitième moisson, Mishani s'étant empêtrée dans la politique des Blood Koli ; pourtant, elle se surprit à s'enthousiasmer à l'idée de revoir son amie.

Elle se promena souvent avec Tane cette semaine-là, se balada dans la forêt ou le long de la rivière. Tane était intéressé par son passé, par qui elle était et comme elle était arrivée sous cet arbre où il l'avait trouvée. Elle parla librement de sa famille ; ça lui faisait du bien de se rappeler leurs victoires, leurs habitudes, leurs petites manies. Mais elle ne parla jamais de ce qui était survenu chez elle cette nuit-là, et ne fit plus aucune allusion à la destinée d'Asara. Il était d'une compagnie agréable, et elle l'aimait bien, quoiqu'il ait tendance à s'assombrir inexplicablement de temps en temps et, là, elle le trouvait désagréable et le laissait tranquille.

— Vous vous en allez bientôt, dit Tane alors qu'ils marchaient côte à côte entre les arbres derrière le temple.

C'était l'heure qui séparait les oblations du matin de l'étude et le jeune acolyte lui avait demandé de le rejoindre. Les oiseaux pépiaient de toutes parts et la forêt bruissait d'animaux cachés.

Kaiku tripota une mèche de cheveux. C'était une habitude de l'enfance pour laquelle sa mère avait coutume de la réprimander. Elle avait cru s'en être débarrassée mais, apparemment, elle lui avait repris récemment.

— Bientôt, acquiesça-t-elle.

— Je souhaiterais que vous me disiez pourquoi vous êtes aussi pressée. Fuyez-vous les assassins de votre famille ou tentez-vous de les retrouver ?

Elle lui jeta un coup d'œil furtif, légèrement surprise. Il n'avait jamais été aussi direct avec elle.

— De les retrouver, répondit-elle.

— La vengeance est une motivation malsaine, Kaiku.

— Je n'ai plus aucune autre motivation, mon ami, dit-elle.

Mais, ami, il ne l'était que de nom. Elle ne le laisserait pas être intime avec elle, ne lui divulguerait rien qui ait une véritable valeur. Ça ne servait à rien de chercher plus de chagrin. Elle savait qu'elle le quitterait ; c'était nécessaire car elle ne connaissait toujours pas la nature du démon en elle et elle craignait de lui faire du mal, comme elle en avait fait à Asara. De même, elle redoutait terriblement de mettre Mishani en danger par sa présence, mais elle savait que si on le demandait à Mishani, elle prendrait délibérément le même risque et Kaiku ferait la même chose pour elle. Cela la réconforta, au moins. Les liens de loyauté qui les unissaient ne faisaient pas l'ombre d'un doute. Et il n'y avait pratiquement pas d'autre choix, de toute façon : c'était la seule solution qu'elle voyait.

— J'aimerais bien que vous restiez, dit-il solennellement.

Elle s'arrêta et lui lança un regard curieux.

— Un peu plus longtemps, rectifia-t-il, s'empourprant légèrement.

Elle sourit, et s'illumina. L'espace d'un instant, elle fut quelque peu tentée. Physiquement il l'attirait, c'était incontestable. Son crâne rasé, son corps tendu et musclé par des besognes extérieures et un régime ascétique, son intensité bien cachée : c'étaient des qualités qu'elle n'avait jamais rencontrées chez les gens bien nés qu'elle avait fréquentés dans les cités. Mais ils avaient beau avoir passé pas mal de temps ensemble la semaine dernière, elle avait le sentiment de ne rien avoir appris sur lui. Pourquoi était-il devenu prêtre ? Qu'est-ce qui l'avait conduit à aider et à soigner les autres, comme il le professait ? Il était aussi fermé qu'elle. Tous deux avaient érigé des barrières autour d'eux, ne baissaient jamais la garde. Il n'avait jamais été plus près de l'honnêteté. Elle profita de l'ouverture :

— Que suis-je pour vous, Tane ? demanda-t-elle. Vous m'avez trouvée, vous m'avez sauvé la vie et vous êtes occupé de moi tout le long. De cela, je vous serai éternellement reconnaissante. Mais pourquoi ?

— Je suis prêtre, c'est ma… ma vocation, dit-il en fronçant les sourcils.

— Ça ne suffit pas, fit-elle en croisant les bras sous sa poitrine.

Il lui lança un regard noir, blessé qu'elle puisse lui mettre ainsi la pression.

— J'ai perdu une sœur, expliqua-t-il. Elle serait à peine plus jeune que vous. Je n'ai pas pu l'aider mais vous, oui. (Il regarda par terre, en colère, et érafla le sol avec ses sandales.) J'ai aussi perdu ma famille. Nous avons tout cela en commun.

Elle voulut lui demander pourquoi mais elle n'en avait pas le droit. Elle ne partagerait pas ses secrets avec lui, ni lui avec elle. En cela donc se dressait une barrière entre eux, et elle était inattaquable.

— L'un des prêtres descendra le courant pour aller au village de Ban demain, fit-elle en décroisant les bras. De là, je pourrai prendre un skiff jusqu'à la capitale.

— Et vous pensez que votre amie Mishani pourra vous aider ? demanda Tane, quelque peu amer.

— Elle est mon seul espoir, répliqua Kaiku.

— Alors je vous souhaite un bon voyage, dit Tane, bien que le ton de sa voix suggérât le contraire. Et puisse Panazu, dieu de la pluie et des rivières, veiller sur votre route. Je dois retourner à mes études.

Sur ce, il s'en alla avec raideur pour retourner au temple. Kaiku l'observa jusqu'à ce que les arbres le dissimulent. En un autre moment, un autre lieu… peut-être y aurait-il pu y avoir quelque chose entre eux. Pour l'heure, d'autres soucis l'attendaient. Elle pensa au masque dans sa chambre, caché derrière une poutre du plafond. Elle se demanda comment elle irait à Axekami et ce qu'elle y trouverait.

Elle pensa au futur et en eut peur.

5

Cela devait bien arriver un jour, songea Anais. *Je ne faisais que repousser l'inéluctable. Mais, par les esprits ! comment ont-ils découvert ?*

L'impératrice Blood de Saramyr se trouvait dans ses appartements ; son profil élancé se dessinait dans le soleil vif du milieu de journée, le souffle chaud des rues parvenant même jusqu'à elle, de si loin en contrebas où s'étendait la grande cité d'Axekami, cœur de l'empire de Saramyr. Elle s'étirait au bas de la colline, débauche de couleurs et de bâtiments, de longs temples rouges poussant entre les marchés tape-à-l'œil ; des bains publics d'un blanc soyeux nichés près des musées aux dômes verts ; des théâtres et des tanneries, des forges et des auspices. Au loin, les méandres bleu vif de la rivière de la Kerryn traversaient cette profusion pour retrouver sa sœur, la Jalaza, et se mélangeaient pour former la Zan. Axekami était construite sur le confluent des trois rivières, et leur courant majestueux découpait nettement la cité en districts reliés par des ponts orgueilleux.

Elle laissa son regard vagabonder sur la capitale, sur *sa* cité, clé de voûte d'une civilisation qui se propageait sur des milliers de kilomètres à travers tout un continent et englobait des millions de personnes. Ici, la vie ne s'arrêtait jamais, incessante chaleur étouffante d'industrie pullulante, de pensée et d'art. Des orateurs dissertaient dans le Square des Orateurs devant des foules qui se réunissaient pour les conspuer ou les applaudir ; des manxthwas et des chevaux se bousculaient dans leurs enclos, tandis que des marchands haranguaient les passants et jacassaient entre eux ; des philosophes étaient assis pour méditer et, de l'autre côté de la rue, de nouveaux amants s'accouplaient avec ferveur. Des érudits débattaient dans les parcs ; du sang jaillissait sur les carrelages lorsque la lame d'un boucher tranchait la gorge d'un taureau banathi ; des fantaisistes exécutaient des contorsions incroyables, le regard lubrique ; des marchés étaient conclus, défaits, et reconclus. Axekami était le centre d'activité d'un empire qui s'étendait si loin que l'on pouvait uniquement l'entretenir par le biais de communication instantanée via les Tisserands, pivot administratif, politique et social sur lequel reposait toute l'immensité de Saramyr. Anais l'adorait, adorait son aptitude constante à se régénérer, l'agitation de l'innovation et de l'activité, mais elle savait aussi la craindre quelque peu ; et elle sentait justement le spectre de la peur l'effleurer.

Le Donjon impérial se dressait, magnifique, sur la crête d'une colline, sur ses gardes. C'était un vaste édifice d'or et de bronze, d'une forme pyramidale tronquée, le sommet aplati et surmonté d'un temple extraordinaire à Ocha, empereur des dieux. Il grouillait de piliers et d'arcs, scindés par d'énormes statues qui saillaient des murs ou qui serpentaient le long de la façade grandiose pour s'enrouler autour de colonnes brillantes. De chaque côté s'élevaient quatre grandes tours élancées au-dessus du corps principal du Donjon, chacune dédiée à l'un des Gardiens des Quatre Vents. Des ponts étroits passaient entre les tours et le Donjon, recouvrant les abîmes entre les tours. Le tout était entouré d'un grand mur, orné de sculptures et de volutes sur toute sa longueur, uniquement interrompu par une porte majestueuse où un arc en or s'élançait vers le ciel, sur lequel étaient inscrites des bénédictions.

Anais détourna les yeux de cette vue. La pièce était vaste et aérée, ses murs et son sol étant en pierre lisse et à moitié réfléchissante, connue sous le nom de *lach*. Trois grandes voûtes lui permettaient de voir la cité ; plusieurs autres plus petites d'accéder aux autres pièces. Une fontaine qui coulait goutte à goutte constituait la clé de voûte, de la forme de deux raies manta, dont les ailes se touchaient quand elles dansaient.

Des messages étaient arrivés toute la journée, tant portés en main propre que par l'intermédiaire du Tissage, demandant une assemblée. Ses alliés se sentaient trahis, ses ennemis encensés, et elle ne pouvait rien faire pour les calmer. La seule héritière du trône de Saramyr était une Aberrant. Elle aurait dû être assassinée à la naissance.

Le seigneur Tisserand Vyrrch se trouvait dans la pièce avec elle, dernière personne au monde qu'elle avait envie de voir en ce moment. Les Tisserands étaient ceux qui tuaient et elle sentait une désapprobation noire dans chaque syllabe qu'il prononçait. Il était toutefois suffisamment raisonnable pour ne pas l'admonester de leur avoir caché son enfant, même si elle connaissait le fond de sa pensée. Cet idiot dépravé espérait-il sincèrement qu'elle abandonnerait son enfant unique à leurs bons soins ?

— Vous devez être très prudente, maîtresse, gloussa-t-il. Extrêmement prudente, même. Peu de choix s'offrent à vous si vous souhaitez éviter une catastrophe.

Le seigneur Tisserand portait son Masque, et de cela, au moins, elle était reconnaissante. Ses traits atrocement déformés étaient dissimulés derrière un visage bronze, et le Masque en lui-même avait beau être pénible à regarder, il valait mieux que ce qui se trouvait derrière. Il représentait un visage dément, les traits déformés par ce qui pourrait être de la douleur, de la folie ou un plaisir concupiscent ; sa vue même lui donnait la chair de poule. Elle savait qu'il était vieux, très vieux, et pour les Véritables Masques, être âgé signifiait être puissant. Elle n'osait pas imaginer combien d'esprits avaient été perdus dans ce Masque ni ce qu'il restait de celui de Vyrrch…

— Que conseillez-vous donc, seigneur Tisserand ? répliqua-t-elle, dissimulant son dégoût grâce à un talent né à l'issue de plusieurs années de pratique.

En silence, elle le défia de suggérer de faire exécuter sa fille.

— Vous devrez avoir l'air conciliante, pour le moins. Vous les avez trompés et ils comptent sur vous pour que vous le reconnaissiez. Ne sous-estimez pas la haine que nous, de Saramyr, éprouvons pour les Aberrants.

— Ne soyez pas ridicule, Vyrrch ! aboya-t-elle.

Elle avait beau être mince, menue et avoir l'air innocente, elle pouvait être intraitable quand elle le voulait.

— Elle n'est pas une Aberrant, poursuivit-elle. C'est juste une enfant douée d'un don. *Mon* enfant.

— Je connais parfaitement la sémantique de ce mot, maîtresse, fit-il d'une voix rauque en bougeant son corps tassé. Il était vêtu d'une robe de cérémonie en lambeaux, patchwork de fibres, de perles, de morceaux de natte et de peaux d'animaux, démontés pour être réutilisés d'une manière démentielle. Tous les Tisserands portaient les mêmes atours. Anais n'avait jamais éprouvé le désir de fouiller dans leur monde pour leur demander pourquoi.

Les Tisserands étaient responsables de la pratique qui consistait à tuer des enfants aberrants depuis plus de cent ans. Ils étaient doués pour localiser les signes, parcouraient le Tissage avec leurs sens surnaturels pour dénicher la corruption dans la pureté de la forme humaine. La réclusion avait beau être de mise chez eux – ils préféraient rester dans le confort de maisons nobles ou dans leurs monastères montagnards – ils faisaient une exception pour les Aberrants. Des Tisserands parcouraient villes, villages et cités, apparaissaient à des festivals ou des rassemblements, apprenaient au peuple à reconnaître un Aberrant, les sommaient de dénoncer les créatures qui se cachaient parmi eux. La visite d'un Tisserand en ville frisait l'événement religieux et les gens se rassemblaient dans la peur et le respect mêlés d'intimidation, tant dégoûtés qu'attirés par ces hommes étranges arborant leurs Masques. Ils écoutaient alors leurs enseignements, et transmettaient cette sagesse à leurs enfants. Le contenu de ces doctrines avait beau ne jamais varier, les Tisserands étaient infatigables, et leur parole s'était tellement enracinée dans le psychisme du peuple de Saramyr qu'elle était devenue aussi familière que les poèmes de l'enfance, ou le son de la voix maternelle.

Vyrrch attendit que le regard d'Anais se calme pour poursuivre :

— Ce que je pense de cette affaire n'est pas important. Vous devez vous préparer au courroux des familles. L'enfant que vous avez porté est un Aberrant à leurs yeux. Ils feront peu de différence entre Lucia et les enfants déformés, aveugles et estropiés auxquels, nous, Tisserands, avons affaire chaque jour. Tous deux sont… *déviants*. Jusqu'à aujourd'hui, ils croyaient que la lignée d'Erinima avait une héritière. Souffrante peut-être – j'imagine que c'était votre excuse pour nous l'avoir cachée ? – mais une héritière, quoi qu'il en soit. À présent, ils découvrent que ce n'est pas le cas et de nombreuses possibilités vont…

— *Si*, c'est le cas, Vyrrch, fit Anais, blême. Mon enfant *prendra* le trône.

— En tant qu'Aberrant ? gloussa Vyrrch. J'en doute.

Anais se tourna vers la fontaine pour qu'il ne voie pas sa mâchoire se serrer. Elle savait que Vyrrch disait vrai. Le peuple n'accepterait jamais d'être dirigé par une Aberrant. Et pourtant, quel autre choix s'offrait à eux ?

Hormis la vitesse phénoménale à laquelle elle avait appris à parler, Lucia avait montré peu de signes extérieurs de ses capacités jusqu'à ce qu'elle ait deux moissons. Mais Anais savait. Si elle était honnête avec elle-même, elle avait su instinctivement, dès les premiers mois de sa grossesse, que l'enfant dans son utérus était anormal. Au début, elle n'osait pas le croire, mais ensuite, lorsqu'elle affronta la réalité de la situation, elle s'en moquait. Elle n'envisagea pas de le dire à son médecin ; il aurait conseillé d'empoisonner l'enfant dans l'utérus. Non, elle n'aurait abandonné Lucia pour rien au monde.

Peut-être avait-ce été sa chute. Peut-être, si elle *avait* abandonné Lucia, aurait-elle porté de nombreux bébés en pleine santé par la suite. Mais elle avait fait son choix, et suite à des complications, elle était devenue stérile en accouchant. Elle ne pourrait plus avoir d'enfants. Lucia était le seul enfant qu'elle aurait jamais. L'unique héritière du royaume de Saramyr.

Ainsi avait-elle caché son enfant au monde, sachant que le monde la mépriserait. Ils ignoreraient sa nature douce, ses yeux rêveurs et ne verraient que la créature *non humaine*, quelque chose à dénicher et à détruire avant que ses graines ne polluent la pureté du peuple de Saramyr. Elle avait cru que l'enfant pourrait apprendre à cacher ses malformations, les maîtriser et les étouffer ; mais cet espoir était anéanti à présent. Sang du cœur ! comment l'avaient-ils découvert ? Elle avait tellement veillé à protéger Lucia du regard de ceux qui risqueraient de lui faire du mal.

Ce pays était malade, songea-t-elle amèrement. Malade et maudit. Tous les ans, de plus en plus d'enfants naissaient Aberrants, de plus en plus étaient kidnappés par les Tisserands. Les animaux, également, et les plantes. Les fermiers rouspétaient que le sol même était maléfique, à mesure que des récoltes entières poussaient difformes. La maladie se propageait depuis des décennies, et personne ne savait même ce que c'était, et encore moins d'où elle venait.

La porte s'ouvrit d'un coup, d'une violence qui la fit trembler, et son mari entra d'un pas furieux, tour noire de rage.

— Qu'est-ce que c'est que ça ? cria-t-il en l'attrapant par le bras et la tirant brutalement vers lui. *Qu'est-ce que c'est que ça ?*

Elle se libéra brusquement de son emprise et il la laissa. Il savait où résidait le pouvoir dans leur relation. Elle était l'impératrice Blood, dirigeante par la lignée. Il n'était qu'empereur par le mariage, un mariage qui pourrait être annulé si Anais le désirait.

— Bienvenue, Durun, répliqua-t-elle d'un ton sarcastique, le gratifiant d'un regard noir. La chasse a été bonne ?

— Que s'est-il passé en mon absence ? cria-t-il. Les choses que j'ai entendues… notre enfant… qu'avez-vous fait ?

— Lucia est *exceptionnelle*, Durun. Comme vous le sauriez peut-être, si vous l'aviez vue plus d'une fois par an. Ne prétendez pas qu'elle est *notre* enfant. Vous n'avez joué aucun rôle dans son éducation.

— Alors c'est vrai ? C'est une Aberrant ? hurla Durun.

— Non ! dit Anais d'un ton brusque au moment même où Vyrrch disait : « Oui ».

Durun regarda sa femme d'un air ébahi et elle soutint son regard, imperturbable. Un silence tendu s'ensuivit.

Elle savait comment il réagirait. L'empereur était on ne peut plus prévisible. La plupart du temps, elle le méprisait avec ses atours noirs moulants et ses longs cheveux bruns brillants qui tombaient tout droit de chaque côté de son visage. Elle détestait son allure fière et son nez de faucon, son visage en lame de couteau et ses yeux foncés. Leur mariage avait été purement politique, arrangé par ses parents avant leur mort ; mais s'il lui avait permis de se faire des alliés sûrs et utiles chez les Blood Batik, elle payait en supportant ce fanfaron indolent de mari. Il avait beau avoir de bons côtés, il ne les montrait pas en ce moment.

— Vous avez accouché d'une Aberrant ? murmura-t-il.

— Vous en avez engendré une, riposta-t-elle.

Un accès de douleur subite traversa son visage.

— Savez-vous ce que cela signifie ? Savez-vous ce que vous avez fait ?

— Savez-vous quelle était l'alternative ? répliqua-t-elle. Tuer mon seul enfant et faire disparaître Erinima ? Jamais !

— Vous auriez mieux fait, siffla-t-il.

Un carillon tinta à la porte, anticipant sa riposte.

— Un autre message vous attend, dit Vyrrch dans son gloussement guttural.

Jetant un dernier regard coléreux à son mari, Anais ouvrit la porte à la volée et passa à toute allure devant le servant avant qu'il n'ait le temps de lui dire ce qu'elle savait déjà. Durun repartit comme un ouragan dans ses appartements. De cela, Anais était reconnaissante. Elle n'avait toujours aucune idée de la façon dont elle gérerait la colère des familles bien nées mais elle savait qu'elle s'en sortirait bien mieux si Durun n'était pas à ses côtés.

Les appartements du seigneur Tisserand Vyrrch étaient un monument de dégradation. Ils étaient miteux et sombres, chauds et mouillés comme un marécage dans la chaleur du début de l'été. Les volets hauts – bien fermés alors qu'ils auraient dû être ouverts pour faire entrer de l'air frais – étaient drapés dans des couches de matières colorées et de tapisseries. Le lit immense et somptueux s'était effondré dans un coin de la pièce, les draps étaient sales et tachés. Au milieu trônait une baignoire octogonale. Ses eaux étaient troubles, jonchées de morceaux flottants de débris et de fèces. Au fond, un garçon nu regardait désespérément vers le haut.

Partout étaient dispersées les preuves des appétits terribles du seigneur Tisserand quand il se trouvait dans ses fureurs post-Tissage. Toutes sortes d'aliments à divers stades de pourriture étaient éparpillés un peu partout. De jolis fils de soie étaient déchirés et déchiquetés. Du sang souillait le sol çà et là. Un fouet se trouvait sous le lit cassé. Un cadavre gisait *dans* le lit, vieux de plusieurs semaines, son âge et son sexe étant par bonheur devenus non-identifiables. Un immense narguilé fumait tout seul, sans surveillance, dans un marécage de vin renversé et de vêtements mouillés.

Et, en son centre, son corps blanc et atrophié revêtu de haillons, le seigneur Tisserand était assis en tailleur, portant son Masque.

Le Véritable Masque du seigneur Tisserand Vyrrch était un très très vieil objet. Ses origines remontaient à Frusric, l'un des plus grands Pères bordeurs qui n'avait jamais existé. Frusric avait façonné son propre bronze, l'avait finement martelé pour qu'il soit suffisamment léger à porter. C'était un chef-d'œuvre : le visage d'un dieu oublié depuis fort longtemps, l'expression à la fois démente et horriblement saine et malveillante, des sourcils épais au-dessus d'yeux pareils à des cavités obscures. Le visage semblait pleurer de désespoir, ou hurler de haine, ou crier de colère, suivant l'angle selon lequel le touchait la lumière.

Frusric avait donné le nouveau Masque à Tamala tu Jekkyn, qui l'avait porté jusqu'à sa mort prématurée ; il fut ensuite transmis à Urric tu Hyrst, maître Tisserand en personne. Depuis Urric, il était ensuite passé par sept propriétaires sur plus de cent ans, jusqu'à ce qu'il tombe entre les mains de Vyrrch, à qui son maître l'avait donné, ayant reconnu chez le jeune homme un grand talent tel qu'il n'en avait jamais vu.

Les Véritables Masques prenaient tout ce que possédaient leurs propriétaires, les épuisaient, les pourrissaient intégralement ; ils gardaient ensuite une partie de ce qu'ils avaient pris et le transmettaient au porteur suivant. Ils les *changeaient*, les imprégnaient de parcelles de l'esprit, des souvenirs et de la personnalité de leur propriétaire précédent. À chaque propriétaire, ils prenaient et transmettaient davantage, jusqu'à ce que l'esprit ne puisse plus supporter le conflit d'influences, de rêves et d'expériences. Plus le Masque était vieux, plus il gagnait de pouvoir et plus vite il conduisait son porteur à la folie. De petits apprentis seraient morts du choc d'avoir simplement revêtu ce Masque ; Vyrrch avait été immobilisé trois saisons mais il le maîtrisait. Et le pouvoir qu'il lui avait transmis n'était ni plus ni moins splendide.

Ce qu'il lui avait enlevé, en revanche, était moins glorieux. Il avait près de quarante moissons, mais il craquait et avait du mal à respirer comme un homme trois fois plus âgé. Son visage était devenu hideux. Un millier de décompositions et de cancers moins importants bouillonnaient dans son corps brisé et la douleur était constante. Et bien qu'il ne s'en fût pas rendu compte, le Masque érodait subtilement sa santé mentale comme tous les autres, jusqu'à ce que, de jour en jour, il fût de plus en plus prêt à sombrer dans la folie.

Mais il ne ressentait aucune de ces douleurs dans son corps car il Tissait, et l'extase que cela lui procurait l'emportait sur un océan de béatitude.

À l'instar de la majorité des Tisserands, on lui avait appris à visualiser la sensation à sa façon à lui. La matière brute du Tissage était irrésistible et de nombreux novices avaient trouvé sa beauté à la limite du supportable et avaient perdu leur volonté de s'en aller. Ils erraient pour l'éternité, quelque part entre ses fils, perdus dans leur propre paradis privé, fantômes brillants devenus stupidement les esclaves du Tissage.

Pour Vyrrch, le Tissage était un abysse, une obscurité sans fin dans laquelle il était un grain de lumière infinitésimal. Et pourtant il était loin d'être vide. De grands tunnels en boucle serpentaient à travers l'obscurité, gris, vagues et légèrement irisés, tels d'immenses vers qui se débattaient et se balançaient, leurs têtes et leurs queues perdues dans l'éternité. Les vers étaient les fils du Tissage, et il flottait entre eux dans l'obscurité, où il n'y avait que le néant, uniquement le plaisir pur, simple et complet de la désincarnation. Créature uniquement faite de sensations, il sentait la vibration sympathique des fils, un vent lent qui soufflait en lui et attaquait ses nerfs. À la lisière de sa vue, d'énormes formes semblables à des baleines glissaient dans l'obscurité. Il n'avait jamais compris ce qu'elles étaient : pur produit de son imagination ou autre chose d'entièrement différent ? Il n'avait pas trouvé la réponse car elles lui échappaient sans aucun effort, restant toujours hors de sa portée. Finalement, il avait cessé d'essayer, et quant à elles, elles l'ignoraient car il était indigne d'elles.

Sans bruit, il glissa rapidement entre les fils immenses, tel un moucheron sur leurs flancs qui se soulevaient. En lisant leurs vibrations, il trouva le fil qu'il recherchait et, s'armant de courage, il plongea en lui, traversa son revêtement à toute allure pour gagner le tumulte grondant à l'intérieur, où le chaos l'engloutit.

À présent, il était une chose infime, une étincelle qui courait le long des synapses du fil à une vitesse étourdissante, sélectionnant des embranchements ici et franchissant d'autres pistes là, allant et venant d'un pas léger, plus rapidement que son esprit pouvait l'appréhender. D'un fil à l'autre, il oscillait, descendait un petit couloir à toute allure puis un autre, un million de changements effectués en moins d'une seconde, jusqu'à ce qu'il finisse par atteindre la terminaison d'un seul fil, et se libère d'un coup.

Sa vue s'éclaircit à mesure qu'il recouvrait ses sens, et il se retrouva dans une petite pièce faiblement éclairée. En un sens, elle était quelconque, à l'exception de la pierre jaune-rouge de ses murs qui s'effritaient, et des pictogrammes dont ils étaient enduits de façon désordonnée, formant des phrases et des marmottements primitifs qui ne voulaient rien dire, des promesses et perversions obscures. Les divagations d'un fou. Deux lanternes tremblotaient par à-coups, faisant bouger et danser les bords des briques sombres. Une porte en bois écaillée se referma derrière lui. Bien qu'il fût loin de trouver un signe grâce auquel identifier son environnement, des murs suintait une résonance familière à sa perception exacerbée. C'était Adderach, le monastère des Tisserands.

La pièce était vide, mais il sentit approcher trois de ses camarades. En attendant, il songea aux nouvelles qu'il devait annoncer.

Il n'arrivait pas à croire qu'elle ait pu rester cachée aussi longtemps. Que l'impératrice héritière pût être une Aberrant… comment cela avait-il pu lui échapper ? Ce ne fut que lorsqu'il se mit à entendre les rapports de servants terrorisés, comme quoi une petite fille spectrale arpentait les corridors du Donjon la nuit, qu'il commença à soupçonner que quelque chose clochait. De fait, il avait entrepris de mener l'enquête, cherchant dans le Donjon des preuves de résonances, des tremblements dans le Tissage qui montreraient que quelqu'un le manipulait, comme une araignée sent la mouche voleter dans sa toile.

Il ne trouva rien. Et pourtant il y avait quelque chose. Quoi que ce fût qui provoquât ces manifestations était soit trop subtil pour être détecté, même par lui, soit venait d'un ordre totalement différent.

Enfin, ses recherches portèrent leurs fruits et il trouva la piste d'un spectre errant qui arpentait les couloirs du Donjon, provoquant un infime frémissement dans l'air, si léger qu'il était presque imperceptible. Pourtant il avait beau sentir qu'il se rapprochait de plus en plus, il ne la rattrapa jamais ; elle lui échappait toujours. La frustration le rongea ; ses efforts devinrent presque frénétiques, et pourtant cela ne semblait que faciliter d'autant plus ses fuites. Jusqu'au jour où l'un de ses espions entendit par hasard Anais consulter un médecin à propos des rêves étranges de sa fille et il fit le rapprochement.

Comme beaucoup, il n'avait jamais posé les yeux sur l'impératrice héritière mais il l'avait espionnée de temps en temps. L'impératrice héritière était beaucoup trop importante pour lui pour qu'il respecte le désir de sa mère qu'elle soit protégée et vive dans le secret. Il comprit immédiatement qu'elle n'était pas aussi malade qu'Anais le prétendait, mais il perçut également qu'il existait un tas de bonnes raisons pour qu'on ne fasse pas de mal à une enfant aussi importante que celle-ci. Il l'avait simplement imputé à la paranoïa que nourrissait Anais quant à sa fille unique – le seul enfant qu'elle aurait jamais – et avait tout oublié. Rien ne lui avait alors paru urgent et, au fil des saisons, il oublia tout, ses pensées glissant à travers son esprit de plus en plus embrouillé puis s'évanouissant.

Ce fut parce qu'il croyait à ses propres capacités qu'il décida de ne pas tenir compte de la petite impératrice héritière à partir de ses investigations initiales autour du spectre ; il aurait sûrement senti quelque chose si elle avait été aussi insolite que cela. Au début, il n'avait pas regardé plus attentivement sinon il l'aurait découvert quand il avait commencé à l'espionner.

La nuit où il avait entendu parler des rêves de l'impératrice héritière, il s'était servi de son Masque pour la chercher, pour deviner qui elle était réellement. C'était quelque chose qu'il aurait dû faire voilà fort longtemps. Pourtant quand il essayait, elle était introuvable. Il savait qui elle était et où elle se trouvait mais elle était invisible à ses yeux. Sa conscience semblait glisser sur elle ; elle était inattaquable. La rage que provoquait cet échec était immense et coûta la vie de trois enfants. Tout ce temps, il y avait eu une Aberrant sous son nez mais il lui avait fallu huit ans pour la voir.

À présent il savait qu'il avait affaire à quelque chose sans précédent. Il réfléchit à qui elle était, à ce que cela pourrait signifier et il la craignit.

Et pourtant, il avait encore besoin de preuves, et d'une preuve qui, en aucun cas, ne permettrait de faire le rapprochement avec lui. Il avait donc envoyé un message au Tisserand de Sonmaga tu Amacha, conseiller du Barak, qui avait employé un tas d'intermédiaires pour obtenir une mèche de cheveux de l'impératrice héritière. Quiconque suivant la piste verrait qu'elle le conduirait à la porte de Sonmaga tu Amacha ; le seul qui connaissait l'implication de Vyrrch était Bracch, le Tisserand de Sonmaga.

Seul un Tisserand pouvait apporter la preuve concluante d'une Aberration à condition qu'il voie physiquement la personne ou qu'il ait un morceau du corps de l'individu à examiner. Avec la mèche de cheveux, Bracch pouvait convaincre Sonmaga de la vérité.

La petite fille représentait une menace qu'il fallait éliminer. La situation avait beau être loin d'être désespérée, elle avait le potentiel de devenir un grand danger pour les Tisserands. Avec un peu de chance, les Baraks et les grandes familles s'occuperaient d'elle pour lui mais sinon... eh bien, il faudrait probablement employer des méthodes plus directes.

La porte de la pièce s'ouvrit alors et les silhouettes en haillons des trois Tisserands entrèrent en traînant les pieds. Pour eux, il avait l'air d'une apparition flottante, à peine perceptible à la lumière faible et vacillante.

— Salutations, seigneur Tisserand Vyrrch, croassa un individu dont le masque était un enchevêtrement d'écorces et de feuilles façonnées pour ressembler grossièrement à un visage barbu. J'espère que vous avez des nouvelles ?

— De graves nouvelles, mes frères, répondit Vyrrch d'un ton doux. De graves nouvelles...

6

La maison de ville des Blood Koli se trouvait sur la rive ouest du Quartier impérial d'Axekami. Le bâtiment original avait été amélioré au fil des années, en ajoutant une aile par-ci, une bibliothèque par-là, jusqu'à ce que la masse basse et immense s'étale sur toute l'étendue de l'enclos qui la protégeait. Son toit était en ardoise noire, sculpté et pointu en arêtes ; les murs couleur ivoire étaient simples et ordinaires, leur uniformité étant interrompue par quelques angles de choix ou des hachures ornementales d'étroites poutres de bois en croisillons. Derrière la maison se trouvait un petit groupe de bâtiments tout aussi austères : quartiers pour les gardes, écuries et entrepôts. Le reste du terrain était occupé par un jardin, bien entretenu et d'une beauté spartiate. Des chemins caillouteux en courbe décrivaient un arc autour d'un étang rempli de poissons colorés, passaient devant une fontaine sculptée et un banc ombragé. Le tout était entouré d'un mur haut avec une seule porte, qui séparait le terrain des larges rues du District impérial. Le soleil matinal tapait dur sur la cité, et l'air était lourd et humide. Pas trop loin, la ziggourat dorée du Donjon impérial se dessinait indistinctement sur la crête d'une colline, plus haute que tous les bâtiments de la cité.

Dans la maison de ville, Mishani tu Koli était assise en tailleur à son bureau et tenait les comptes de la pêche de la dernière saison. Les Blood Koli possédaient une grosse flottille de pêche qui opérait sur la baie de Mataxa, dont provenait la plus grosse partie de leurs recettes et de leur puissance politique. Il était de notoriété publique que les crabes et les homards estampillés Blood Koli étaient les plus tendres et les meilleurs – et donc les plus chers – de Saramyr. Tel était l'avantage du contenu minéral unique des eaux de la baie, prétendait le père de Mishani. Depuis bientôt deux ans, elle avait été rigoureusement formée à tous les aspects des affaires et des terres de la famille. En tant qu'héritière des terres des Blood Koli et du titre de Barakesse à la mort de son père, elle était censée pouvoir prendre la responsabilité de les diriger. Ainsi, elle tenait les comptes, donnait des petits coups de pinceau par-ci par-là à mesure qu'elle faisait des annotations, barrait une ligne, concentrée sur un objectif unique, inquiétant de par son intensité.

Mishani était une jeune femme de taille moyenne, mince et aux os très fins, frisant la fragilité. Son visage maigre et pâle, et cependant très beau, reflétait la sérénité. Aucune expression involontaire ne traversait jamais son visage : elle était d'une maîtrise absolue. Aucun vacillement de ses sourcils tracés au crayon ne trahirait sa surprise, à moins qu'elle ne l'ait décidé ; aucun tic de ses lèvres étroites ne montrerait un petit sourire satisfait, à moins qu'elle n'ait souhaité l'exprimer. Son petit corps était presque englouti sous la masse soyeuse de ses cheveux noirs qui lui arrivaient aux chevilles quand elle était debout. Sa chevelure était domptée par des bandelettes de cuir bleu foncé qui la séparaient en deux grandes nattes de chaque côté de son visage et une longue cascade qui tombait librement dans son dos.

Un carillon retentit de l'autre côté de la porte ourlée de rideaux qui menait à sa chambre. Elle finit la ligne de comptes sur laquelle elle travaillait puis fit tinter une petite cloche argentée en guise de réponse, pour indiquer qu'elle donnait la permission d'entrer. Une servante se présenta gracieusement, se pencha légèrement, porta les bouts de ses doigts à ses lèvres et croisa un bras sur sa taille, forme féminine de salutation d'un supérieur social.

— Vous avez une visiteuse, maîtresse Mishani. Il s'agit de maîtresse Kaiku tu Makaima.

Mishani la regarda mollement l'espace d'un instant puis un petit rictus se dessina lentement sur ses lèvres avant de se transformer en grand sourire de joie. La servante lui sourit en retour, ravie que sa maîtresse soit si heureuse.

— Dois-je la faire entrer, maîtresse ?

— Faites, répondit-elle. Et apportez-nous des fruits et de l'eau glacée.

La servante s'en alla et Mishani rangea son matériel d'écriture et se refit une beauté. En deux ans, depuis sa dix-huitième moisson, elle avait été extrêmement occupée et avait eu peu de temps à consacrer à ses amis, mais Kaiku avait été sa compagne tout au long de leur enfance et de leur adolescence et leur longue séparation l'avait chagrinée. Elles s'étaient écrit très souvent, dans le style très chargé et poétique du haut saramyrrique, se confiant leurs rêves, leurs espoirs et leurs craintes. Ça n'était pas suffisant, visiblement. Mais que cela ressemblait à Kaiku de débarquer comme ça sans prévenir ! Elle n'avait jamais été du genre à respecter le protocole ; elle avait toujours l'air de penser, manifestement, qu'elle était au-dessus de cela, que cela ne s'appliquait pas à elle.

— Maîtresse Kaiku tu Makaima, déclara la servante de l'autre côté de la porte, puis Kaiku entra.

Mishani la prit dans ses bras et elles s'étreignirent. Enfin elle recula, garda les mains de Kaiku dans les siennes, leurs bras formant un pont entre elles.

— Tu as perdu du poids, dit-elle. Et tu es pâle. Tu es malade ?

Kaiku rit. Elles se connaissaient depuis trop longtemps pour ne pas être d'une franchise brutale.

— Quelque chose comme ça, dit-elle. Mais toi, tu as plus que jamais l'air d'une jeune femme noble. La vie de la cité doit bien te réussir.

— La baie me manque, reconnut Mishani en s'agenouillant sur l'un des tapis élégants qui jonchaient le sol. Je l'avoue, cela m'exaspère de devoir passer mes journées à compter le poisson, à évaluer le prix des bateaux et à ce qu'on me le rappelle chaque jour. Mais je commence à apprécier de faire les comptes.

— Vraiment ? fit Kaiku, incrédule, en s'asseyant en face de son amie. Ah, Mishani, le travail répétitif et ennuyeux, ça a toujours été ton fort !

— J'imagine que je dois le prendre comme un compliment vu que c'était toi qui étais toujours trop frivole et trop fantasque pour suivre les cours, enfant.

Kaiku sourit. Rien que le fait de voir son amie éloignait les terreurs qu'elle avait endurées. Elle était la mémoire vivante de l'époque antérieure à la tragédie. Elle avait un peu changé : si l'on enlevait ce qui restait de son enfance, ses petits traits fins devenaient féminins. Et elle parlait sur un ton plus formel que dans les souvenirs de Kaiku, ton qu'elle avait probablement emprunté à la cour. Mais en dépit de tout cela, elle était toujours la même Mishani, et cela eut l'effet d'un baume sur le cœur blessé de Kaiku.

La servante fit formellement sonner le carillon et entra ; elle n'avait pas besoin que sa maîtresse fasse tinter la cloche de permission quand celle-ci l'avait déjà conviée. Elle dressa une table basse en bois à côté de Kaiku et de Mishani, y déposa un saladier de fruits tranchés et versa de l'eau glacée dans deux verres. Enfin, elle ajusta les paravents pour optimiser les infimes souffles du vent qui agitaient la matinée ensoleillée, puis s'en alla discrètement. Kaiku l'observa et se souvint d'une autre servante, d'une époque antérieure à la tragédie, avant que la mort ne la frôle.

— Alors Kaiku, que me vaut l'honneur de cette visite ? demanda Mishani. La route est longue de la forêt de Yuna à Axekami. Restes-tu longtemps ? Je vais te faire préparer une chambre. Et tu auras besoin de vêtements convenables. Que *portes*-tu donc ?

Le sourire de Kaiku semblait fragile, laissant transparaître de la tristesse. Les yeux de Mishani se teintèrent à leur tour de chagrin et de compassion.

— Que s'est-il passé ? s'enquit-elle.

— Ma famille est morte, répondit simplement Kaiku.

Mishani réprima automatiquement sa surprise, ne trahit aucune réaction. Puis, se souvenant à qui elle parlait, elle se détendit et laissa libre cours à son horreur, recouvrant sa bouche de sa main, sous le choc.

— Non, souffla-t-elle. Comment ?

— Je te raconterai, dit Kaiku. Mais il n'y a pas que ça. Je ne suis peut-être plus comme dans tes souvenirs, Mishani. Quelque chose est en moi, quelque chose… *d'étranger*. J'ignore ce que c'est mais c'est dangereux. Je te demande ton aide, Mishani. *J'ai besoin* de ton aide.

— Bien sûr, répliqua Mishani en prenant de nouveau les mains de son amie. Tout ce que tu veux.

— Pas de précipitation, fit Kaiku. Écoute d'abord mon histoire. Tu es en danger, rien qu'en te trouvant à côté de moi.

Mishani se cala bien dans sa chaise et fixa son amie. Une telle gravité était inhabituelle chez Kaiku. Elle avait toujours été la volontaire, la bornée, celle qui emprunterait tout chemin qui lui conviendrait. À présent, son ton était celui d'une coupable.

— Alors raconte-moi, dit-elle. Et n'oublie rien.

Kaiku lui raconta tout, un conte qui commença par sa propre mort et se termina par son arrivée à Axekami, après avoir acheté un passage sur un skiff en aval de Ban avec l'argent qu'elle avait trouvé dans son sac. Elle lui parla d'Asara, combien sa servante digne de confiance s'était révélée ne pas être celle qu'elle croyait, et lui raconta comment Asara était morte. Elle lui confia que les prêtres d'Enyu l'avaient sauvée et lui parla du masque qu'Asara avait pris chez elle, masque que son père avait rapporté lors de son dernier voyage. Et elle lui fit part de son serment à Ocha : elle vengerait le meurtre de sa famille.

Quand elle eut terminé, Mishani était extrêmement calme. Kaiku l'observa, comme si elle pouvait deviner ce qui se tramait sous sa façade immobile. Ce nouveau sang-froid n'était pas familier à Kaiku, c'était quelque chose que Mishani avait acquis en accompagnant son père dans les cours de l'impératrice ces deux dernières années. Là-bas, chaque mouvement et chaque nuance pouvait trahir un secret ou coûter une vie.

— Tu as le masque ? demanda-t-elle enfin.

Kaiku le sortit de son sac et le tendit à son amie. Mishani le regarda attentivement et le retourna sous ses yeux. Le malicieux visage rouge et noir la regarda d'un air ironique. Beau et laid à la fois, il n'avait toutefois rien de plus que les nombreux masques qu'elle avait vus, que portaient les acteurs au théâtre. Il avait l'air parfaitement normal.

— Tu as essayé de le mettre ?

— Non, fit Kaiku. Et si c'était un Véritable Masque ? Je deviendrais folle ou je mourrais, ou pire.

— Très sage, répliqua Mishani d'un ton songeur.

— Dis-moi que tu crois mon histoire, Mishani. Il faut que je sache que tu ne doutes pas de moi.

Mishani opina du chef, faisant trembler sa volumineuse cascade de cheveux noirs en même temps.

— Je te crois, dit-elle. Bien sûr que je te crois. Et je ferai tout ce que je peux pour t'aider, chère amie. (Kaiku souriait de soulagement, des larmes perlant dans ses yeux. Mishani lui rendit le masque.) Quant à lui, j'ai un ami qui étudie les coutumes des Pères bordeurs. Peut-être pourrait-il nous éclairer.

— Quand pouvons-nous le voir ? demanda Kaiku, excitée.

Mishani la gratifia d'un regard impassible.

— Ce ne sera pas aussi simple.

Les appartements de Lucia tu Erinima étaient cachés tout au fond du cœur du Donjon impérial, soigneusement surveillés et hors d'atteinte. Les pièces étaient nombreuses mais il y avait toujours des gardes ou des tuteurs qui faisaient les cent pas ou des bonnes d'enfants ou des cuisiniers qui travaillaient dur. Le monde de Lucia était constamment en effervescence, et pourtant elle était seule. Elle était encore plus prisonnière que jamais et les visages qui l'entouraient la regardaient avec inquiétude, songeant combien la vie de cette pauvre enfant devait être misérable, car le monde la détestait.

Mais Lucia n'était pas triste. Elle avait fait beaucoup de nouvelles rencontres ces dernières semaines, véritable tourbillon par rapport à la vie qu'elle menait avant que le voleur ne lui prenne une mèche de cheveux. Sa mère lui rendait souvent visite, accompagnée de gens importants, des Baraks, des ur-Baraks, des marchands et des officiels. Lucia se montrait toujours d'une sagesse exemplaire. Parfois ils la regardaient avec un dégoût à peine dissimulé, d'autres fois avec de l'appréhension ou de la gentillesse. Ceux qui arrivaient, prêts à la mépriser, repartaient médusés, se demandant comment une enfant aussi belle et intelligente pouvait héberger le mal contre lequel les Tisserands les mettaient en garde. Certains laissaient leurs préjugés derrière eux quand ils sortaient ; d'autres les serraient jalousement contre leur poitrine.

— Votre mère est très courageuse, disait Zaelis, son précepteur préféré. Elle montre à ses alliés et à ses ennemis quelle fille bonne et intelligente vous êtes. Parfois, la peur que l'on a de l'inconnu est bien, bien pire que la réalité.

Lucia en convint, de son air préoccupé et rêveur. Elle savait qu'il y avait plus et plus profond mais ces réponses arriveraient en temps et heure.

Elles arrivèrent alors qu'elle se trouvait en compagnie de Zaelis, en un doux après-midi, et que l'impératrice Blood Anais amena l'empereur.

Elle était assise sur un petit tapis près des longues fenêtres triangulaires de sa salle d'étude, où le soleil s'infiltrait en dessinant de grandes dents éblouissantes et en se projetant sur les carreaux couleur sable devant elle. Zaelis lui enseignait le catéchisme de la naissance des étoiles, lui donnant les questions et les réponses sur son ton de basse rauque et éraillé. Elle connaissait cette histoire par cœur : Abinaxis, l'Étoile unique, avait explosé et s'était répandue dans tout l'univers, et de ce chaos était née la première génération des dieux. Assise bien droite et l'air, comme d'habitude, distrait, Lucia écoutait et se souvenait, tandis qu'au fond de sa tête, elle entendait les murmures des esprits du vent de l'ouest siffler des absurdités en affluant dans la cité.

Zaelis marqua une pause lorsqu'un coup de vent souffla dans la pièce et Lucia leva brusquement les yeux, comme si quelqu'un avait parlé derrière son épaule.

— Que disent-ils, Lucia ? lui demanda-t-il.

Lucia reposa son regard sur Zaelis ; lui seul estimait que ses dons étaient précieux et non pas honteux. Tous les précepteurs, les bonnes d'enfants et le personnel avaient juré le secret sous peine de mort en ce qui concernait ses dons ; ils détournaient systématiquement les yeux s'ils la voyaient jouer avec les corbeaux et la faisaient taire si elle racontait ce que le vieil arbre dans le jardin lui avait confié. Mais Zaelis l'encourageait, croyait en elle. En fait, sa ferveur inquiétait un peu Lucia, parfois.

— Je ne sais pas, dit-elle. Je ne les comprends pas.

— Un jour, peut-être, vous les comprendrez, répondit Zaelis.

— Peut-être, répliqua Lucia avec brusquerie.

Elle sentit l'arrivée de Durun avant même de l'entendre. L'intensité de sa passion l'effrayait. Il était une boule de feu, brûlant toujours de colère, d'orgueil, de haine ou d'envie. En l'absence de tout ce qui chauffait son sang, il sombrait dans l'ennui. Il n'éprouvait pas de plus belles émotions, n'avait aucun intérêt intellectuel et ne se livrait pas à la moindre introspection. Sa flamme rugissait aveuglément, ou pas du tout.

L'empereur pénétra dans la pièce à grandes enjambées et s'arrêta devant eux, sa cape noire retombant à contrecœur sur ses larges épaules. Anais l'accompagnait. Zaelis se leva et lui fit la révérence de mise ; Lucia en fit de même.

— Alors c'est elle, dit Durun, ignorant totalement Zaelis.

— C'est la même que *celle* que vous avez vue auparavant, chaque fois que vous avez pris la peine de lui rendre visite, rétorqua Anais.

Vu leur attitude, il était évident qu'ils venaient de se disputer. Le visage d'Anais était tout rouge.

— Je n'avais alors aucune idée que je recelais une vipère, répondit froidement Durun. (Il jaugea Lucia. Elle lui rendit son regard avec un calme placide.) S'il n'y avait pas cette distance dans ces yeux, je croirais que c'est une enfant normale.

— *C'est* une enfant normale, rétorqua Anais d'un ton brusque. Vous êtes aussi mauvais que Vyrrch. Il me harcèle, impatient d'avoir l'opportunité de… (Elle s'arrêta et jeta un coup d'œil furtif à Lucia.) Devons-nous faire cela devant elle ?

— Vous lui avez dit, j'imagine ? Que la cité s'insurgeait contre elle ?

Zaelis ouvrit la bouche et la referma. Il se gardait bien d'interférer pour le compte de l'enfant. Si l'empereur n'écoutait pas sa femme, il écouterait encore moins un érudit.

— Vos ambitions mèneront ce pays à la ruine, Anais, l'accusa Durun. Votre arrogance à vouloir faire une impératrice de cette abomination déchirera Saramyr. Chaque vie perdue vous restera sur la conscience !

— Alors soit, siffla-t-elle. Des guerres ont été menées pour des causes bien moins importantes. Regardez-la, Durun ! C'est une belle enfant… *votre* enfant ! Elle est tout ce que vous pourriez souhaiter avoir comme fille, comme impératrice. Ne vous laissez pas aveugler par de la haine dissimulée par la *tradition* et les *usages* ! Vous écoutez trop les Tisserands et réfléchissez trop peu par vous-même !

— Vous aussi, répliqua-t-il. Avant d'engendrer *ça* ! (Il désigna brutalement Lucia du doigt qui observait impassiblement leur échange.) Voilà que vous utilisez des arguments que vous auriez méprisés avant ! C'est une Aberrant ! Et ce n'est pas mon enfant !

Sur quoi, il se retourna dans un grand mouvement de cape mélodramatique et s'en alla d'un air digne. Le visage d'Anais était tendu de rage mais il suffit d'un regard lancé à sa fille pour qu'il s'adoucisse. Elle s'agenouilla à côté de Lucia de sorte que leurs visages soient à la même hauteur et la serra dans ses bras.

— Ne l'écoute pas, mon enfant, murmura-t-elle. Ton père ne comprend pas. Il est en colère mais il apprendra. Ils apprendront tous.

Lucia ne répondit pas, mais elle répondait rarement.

7

Six journées ensoleillées s'étaient écoulées au temple d'Enyu sur les rives de la Kerryn et, à chaque jour qui se levait, Tane se sentait de plus en plus loin de sa paix intérieure.

Il s'était baladé loin aujourd'hui, une fois acquittés ses devoirs de la matinée. En tant qu'acolyte, les prêtres lui donnaient le loisir de le faire. La vie à Enyu ne consistait pas en rituels et en corvées mais en une communion avec la nature. Chacun allait de sa méthode pour calmer son état d'esprit. Tane cherchait encore la sienne.

Le monde basculait vers la frontière grisante qui séparait le printemps de l'été et les journées étaient chaudes et remplies de moucherons. Tane gravit péniblement les sentiers de la forêt, chemise nouée autour de la taille et torse nu, à l'exception de la sangle du fusil accroché dans son dos. Son corps mince et bronzé ruisselait de sueur dans les confins humides des arbres. Le soleil se dirigeait vers l'ouest ; il devrait bientôt faire demi-tour, au risque de se retrouver coincé dans la forêt une fois l'obscurité tombée. Les malheurs arrivaient avec la nuit, aujourd'hui plus que jamais.

Le mécontentement régnait partout. La forêt semblait mélancolique, même sous le soleil. Les prêtres rouspétaient que la corruption avait envahi la terre, que même le sol s'acidifiait. La déesse Enyu s'affaiblissait, souffrant sous l'influence d'un mal aux origines inconnues. À cette pensée, Tane sentit sa frustration s'accroître. À quoi servaient-ils, ces prêtres de la nature, s'ils ne pouvaient rien faire, à part se lamenter sur le mal de la terre qui les frappait ? À quoi bon ces invocations, ces sacrifices et ces bénédictions s'ils ne pouvaient défendre la déesse qu'ils prétendaient aimer ? Ils parlaient, parlaient et personne ne faisait rien. Une guerre était menée par-delà le voile de la vision humaine et le camp de Tane était tout simplement en train de la perdre.

Mais ces questions n'étaient pas les seules choses qui le tourmentaient et anéantissaient ses tentatives pour trouver la sérénité. Il avait beau travailler dur pour se distraire, il se surprit à être incapable d'oublier la jeune femme qu'il avait trouvée enfouie sous les feuilles au pied d'un arbre bienveillant. Des images, des sons et des odeurs, immortalisés dans ses souvenirs, refusaient de disparaître alors que d'autres s'évanouissaient. Il se rappelait son expression de surprise, ses cheveux qui fouettaient son visage quand elle pivotait sur elle-même pour le trouver derrière elle quand elle ne s'y attendait pas, l'odeur de ses larmes quand il l'observait, chagrinée. Il connaissait la forme de son visage, paisible dans son sommeil, davantage que le sien. Il se maudit de soupirer pour elle comme un enfant et pourtant il pensait à elle et les souvenirs se renouvelaient à chacune de ses visites.

Il constata que ses pas l'emmenaient vers une source, où de l'eau froide tombait en cascade d'une paroi rocheuse accidentée dans un bassin avant de s'égoutter dans la pierre. Il était déjà venu ici quelques fois, les jours les plus chauds de l'été, et là, cela sembla une idée merveilleuse de se rafraîchir avant de rentrer chez lui. Il gravit péniblement un chemin boueux pour gagner le bassin, caché derrière les amas d'arbres. Il se déshabilla et plongea dans l'eau glacée, savourant le choc délicieux de l'impact. Lavant à grande eau la sueur salée à l'aide de sa paume, il plongea puis refit surface plusieurs fois avant que la température de l'eau ne commence à être désagréable puis nagea jusqu'au bord pour ressortir.

Il y avait une femme dans les arbres, appuyée contre un fusil, l'observant.

Il s'arrêta net, ses yeux se posant sur son propre fusil sur son tas de vêtements au bord du bassin. Il pourrait très bien s'en emparer avant qu'elle ne lève son arme mais il n'aurait aucune chance d'amorcer et de tirer le premier. Si telle était son intention. En fait, elle semblait plutôt amusée.

Elle était extrêmement belle, même vêtue de sa tenue de voyage marron austère. Elle avait les cheveux longs, parsemés de mèches rouges dans un noir onyx naturel, et ils étaient lâchés pour tomber naturellement autour de son visage. Elle ne portait pas de maquillage, ni d'ornements dans les cheveux : les mèches teintes étaient sa seule concession au manque de naturel. Sa beauté était entièrement dépourvue d'artifices.

— Vous nagez bien, remarqua-t-elle d'un ton sec.

Tane hésita un instant puis sortit pour récupérer ses vêtements. La nudité ne le dérangeait pas et il refusait qu'on lui parle de haut pendant qu'il pataugeait dans l'eau. Elle l'observa – tout aussi imperturbable – enfiler son pantalon sur les courbes mouillées et musclées de ses jambes et de ses fesses. Il n'alla pas jusqu'à prendre son fusil. Elle n'avait pas l'air hostile, au moins.

— Je cherche quelqu'un, dit l'étrangère après un moment. Une femme qui s'appelle Kaiku tu Makaima. (Il ne fut pas assez rapide pour dissimuler la réaction sur son visage.) Je vois que vous connaissez ce nom, ajouta-t-elle.

Tane passa ses mains sur sa figure, ôtant l'eau sur son crâne rasé.

— Je sais qu'elle a subi un grand malheur entre les mains de quelqu'un, dit-il. Êtes-vous ce quelqu'un ?

— Sûrement pas, répondit-elle. Je m'appelle Jin. Je suis une Messagère impériale.

Elle balança son fusil sur son dos et s'approcha de lui, remonta sa manche pour lui dévoiler son avant-bras. Un long tatouage complexe s'étendait de son poignet à l'intérieur de son coude : l'estampe de la Guilde des Messagers. Tane hocha la tête.

— Tane tu Jeribos. Acolyte d'Enyu.

— Ah. Alors le temple n'est pas loin.

— Pas loin, acquiesça-t-il.

— Peut-être pourriez-vous me montrer ? Il ne va pas tarder à faire noir et la forêt n'est pas sûre.

Tane la regarda de la tête aux pieds avec une once de suspicion mais il n'avait jamais réellement envisagé de la repousser. Son accent et ses manières témoignaient d'une bonne éducation et probablement qu'elle était bien née, et de plus, c'était le devoir de chaque homme et de chaque femme d'offrir abri et assistance à un Messager impérial. Et que son message fût pour Kaiku l'intriguait grandement.

— Venez avec moi, alors, dit-il.

— Me parlerez-vous de ce… grand malheur sur la route ? demanda Jin.

— Me parlerez-vous du message que vous avez pour elle ?

Jin rit.

— Vous savez que je ne peux pas, répondit-elle. J'ai juré sur ma vie de ne le remettre qu'à elle.

Tane la gratifia soudain d'un grand sourire, lui montrant qu'il plaisantait. Sa frustration venait de disparaître, remplacée par de la bonne humeur. Ses humeurs étaient souvent changeantes ; c'était quelque chose en lui qu'il avait accepté depuis longtemps. Il supposait qu'il y avait une raison à cela, quelque part dans son passé ; mais son passé était un endroit qu'il aimait très peu revisiter. Son enfance était assombrie par la terreur de l'ombre qui se tenait sur le pas de sa porte, la nuit, le souffle lourd, les mains uniquement emplies de douleur.

Ils parlèrent sur le chemin en rentrant au temple, alors que la nuit approchait. Jin l'interrogea sur Kaiku et il raconta ce qu'il savait de sa visite. Il ne fit aucune mention de sa destination, en revanche. Il n'avait nulle envie de révéler quoi que ce soit à un étranger, Messager impérial ou pas. Il avait envie de protéger Kaiku car c'était lui qui lui avait sauvé la vie, lui qui l'avait soignée jusqu'à ce qu'elle recouvre la santé, et il chérissait ce lien. Il voulait être sûr de Jin avant de l'envoyer sur la route d'Axekami.

Alors qu'ils marchaient, Tane se rendit compte, à sa grande déception, qu'il avait mal évalué le temps qu'il faudrait pour revenir du ruisseau au temple. Peut-être avait-il inconsciemment ralenti le pas pour se caler sur celui de Jin et il avait été tellement préoccupé par sa conversation qu'il n'avait rien remarqué. Quelle que fût la raison, les dernières lueurs du jour pleuraient du ciel et il leur restait encore un kilomètre et demi à parcourir. La masse d'Aurus qui se dressait indistinctement rayonnait de blanc à travers les arbres, basse à l'horizon. Iridima, la lune la plus claire, ne s'était pas encore levée et Neryn resterait fort probablement cachée ce soir.

— C'est encore loin ? demanda Jin.

Elle s'était poliment retenue de lui demander s'ils s'étaient perdus depuis un bon moment.

— Tout près, fit-il. (Il était gêné d'avoir mal évalué la distance mais ce n'était pas pour autant qu'il avait perdu sa belle humeur, loin de là. La lune, à elle seule, suffisait à l'éclairer.) Ne vous inquiétez pas si on ne voit plus rien. J'ai grandi dans la forêt, j'ai une excellente vision nocturne.

— Moi aussi, répondit Jin.

Tane la regarda, prêt à lui offrir d'autres paroles encourageantes, mais il fut trop choqué quand il vit ses yeux briller au clair de lune, deux soucoupes de blanc vif réfléchi, comme les yeux d'un chat. Puis ils entrèrent dans l'ombre et ce fut terminé. La voix de Tane s'assécha dans sa poitrine et il lui tourna le dos, marmonnant une bénédiction protectrice en silence. Il réaffirma sa résolution de ne rien dire de Mishani, l'amie de Kaiku, jusqu'à ce qu'il fût certain qu'elle ne lui voulait aucun mal.

Ils étaient presque arrivés au temple lorsque Tane ralentit brusquement. Jin se retrouva à ses côtés en un instant.

— Quelque chose ne va pas ? murmura-t-elle.

Tane lui jeta un coup d'œil furtif. Il était toujours un peu troublé par ce qu'il avait vu dans ses yeux. Mais ça n'avait rien à voir avec elle, présuma-t-il. La forêt ressentait le *mal*. Cet instinct était trop fort pour qu'il l'ignore.

— Les arbres ont peur, marmonna-t-il.

— Ils vous le disent ?

— En un sens, oui.

Il n'avait ni le temps ni l'envie de développer.

— Alors je vous crois, dit Jin en dégageant ses cheveux de son visage. Sommes-nous près de chez vous ?

— Juste de l'autre côté de ces arbres, marmonna Tane. C'est ce qui m'inquiète.

Ils avancèrent prudemment, en silence cette fois. Tane remarqua avec satisfaction que Jin avançait sans bruit à travers la forêt. Son humeur sombra rapidement en mauvais pressentiment. Il défit la sangle de son fusil et l'agrippa très fort, à mesure qu'ils traversaient les ombres bleues en direction de la clairière où se trouvait le temple.

En lisière des arbres, ils s'accroupirent et regardèrent l'étendue en pente de la colline herbeuse entre la rivière à leur gauche et le temple. Des lumières brûlaient doucement à certaines fenêtres. Le vent secouait légèrement les arbres. Le grand disque d'Aurus dominait l'horizon devant eux, dérivant lentement loin de la lisière des arbres. Pas un insecte ne jacassait, pas un animal ne hurlait. Tane sentit la chair de poule parcourir son crâne.

— Est-ce toujours aussi tranquille ? s'enquit Jin.

Tane ignora sa question, observant la scène. Les prêtres étaient en général à l'intérieur à la tombée de la nuit. Il observa le temple un peu plus longuement, espérant qu'une lumière s'allumerait ou s'éteindrait, qu'un visage apparaîtrait à l'une des fenêtres, tout ce qui pourrait montrer des signes de vie à l'intérieur. Mais rien.

— Peut-être que je suis idiot, dit-il, prêt à se lever et à sortir de sa cachette.

Jin lui prit le bras, d'une étreinte étonnamment forte.

— Non, dit-elle, vous n'êtes pas idiot.

Il la regarda et vit quelque chose dans son expression qui la trahit.

— Vous savez ce que c'est, dit-il. Vous savez ce qui ne va pas.

— J'ai des soupçons, répondit-elle. Attendez.

Tane se réinstalla dans sa cachette et se concentra sur le temple. Il connaissait chacun de ses plans couleur crème, chaque poutre de cendre noire qui supportait chaque mur, chaque fenêtre carrée et simple. Il savait que l'étage supérieur était construit en retrait de l'étage inférieur, pour s'encastrer parfaitement dans la côte de la colline. Ce temple était son chez-lui depuis fort longtemps et pourtant il n'avait jamais eu le sentiment d'être chez lui, en dépit de tous ses efforts. Il n'avait jamais vraiment été chez lui nulle part, en dépit de tous les efforts qu'il avait faits pour s'adapter.

— Là-bas, dit Jin.

Mais Tane l'avait déjà vu sur le toit, du côté du temple, hors du champ visuel, telle une énorme araignée à quatre pattes : un *shin-shin*. Il avançait à pas furtifs, avec précaution, son torse noir pendillant entre le berceau que formaient ses pattes semblables à des échasses, les yeux brillant comme des lanternes. Tandis que Tane l'observait, de plus en plus terrorisé, il en aperçut un autre descendre précipitamment des arbres, traverser la clairière en quelques minutes pour se coller à l'un des murs extérieurs, pratiquement invisible. Puis un troisième, suivant le premier sur le toit, balayant du regard la limite des arbres où ils étaient accroupis.

— Par la grâce d'Enyu… souffla-t-il.

— On doit y aller, dit Jin d'un ton insistant en posant une main sur son épaule. On ne peut pas les aider.

Mais Tane n'avait pas l'air de l'entendre, car il vit à cet instant l'un des prêtres apparaître à une fenêtre du haut, écoutant dans un froncement de sourcils le silence de la forêt, sans avoir conscience des formes noires et grêles qui rampaient sur le toit juste au-dessus de lui.

— Vous ne pouvez pas vous battre ! siffla Jin. Vous n'avez aucune arme contre eux !

— Je ne laisserai pas mes prêtres mourir dans leurs lits, cracha-t-il.

Se débarrassant d'elle d'un coup d'épaule, il se leva et tira en l'air. La détonation fut assourdissante dans le silence. Les yeux brillants du shin-shin le fixèrent brusquement.

— Démons dans le temple ! hurla-t-il. Démons dans le temple !

Sur quoi il amorça et tira de nouveau. Cette fois, le prêtre disparut de la fenêtre et il entendit les cris de l'homme quand il se précipita au cœur du bâtiment.

— Idiot ! dit Jin avec rage. Vous allez nous tuer tous les deux. Courez !

Elle l'entraîna, il vacilla sur ses jambes et la suivit, la sensation des yeux du shin-shin qui le sondaient lui ayant dérobé tout son courage.

L'un des shin-shin descendit non sans mal du toit du temple et se précipita dans leur direction. Un autre surgit de la limite des arbres et se dirigea vers eux. Deux autres ombres traversèrent la clairière à toute vitesse, se faufilèrent par les fenêtres ouvertes du temple avec une facilité insidieuse et, de l'intérieur, le premier hurlement se fit entendre.

Tane et Jin coururent à travers les arbres, esquivant les branches qui battaient l'air et les racines qui formaient des voûtes en travers de leur chemin. Des choses les fouettèrent dans la nuit, trop rapidement pour qu'ils voient ce que c'était. Derrière, ils entendaient les crissements des shin-shin, produisant un bruit de scie dans l'obscurité chaude, qui s'interpellaient. Tane avait la tête qui tournait, la moitié de son esprit concentrée sur ce qui se passait au temple, l'autre moitié sur sa fuite. Courir était fuir ses instincts – il voulait aider les prêtres, c'était sa coutume, c'était sa façon de *réparer* les crimes de son passé. Mais il en connaissait suffisamment sur les shin-shin pour discerner la vérité dans les mots de Jin. Il ne pouvait rien faire contre eux. À l'instar de la plupart des démons, ils méprisaient le contact du fer, mais même le fer dans une balle de fusil ne les arrêterait pas longtemps. Les attaquer serait suicidaire.

— La rivière ! cria brusquement Jin, ses cheveux noirs et rouges giflant son visage. Allons à la rivière ! Les shin-shin ne savent pas nager.

— La rivière est trop forte ! répliqua automatiquement Tane. (Puis la solution lui vint :) Mais il y a un bateau !

— Amenez-nous là-bas ! fit Jin.

Tane passa devant elle d'un bond, les conduisit sur une pente en diagonale en bas du flanc de colline. La pente descendait de plus en plus et, d'un seul coup, il entendit un cri et sentit quelque chose le frapper par-derrière. Jin avait trébuché, incapable de contrôler sa vitesse, et tous deux roulèrent et descendirent la pente en dégringolant. Tane heurta un tronc d'arbre avec suffisamment de force pour se casser un os mais Jin était quelque peu empêtrée avec lui et quand elle dégringola devant lui, elle l'entraîna dans sa chute. Ils firent une halte en bas d'un large fossé naturel, un ruisseau d'antan. Jin s'arrêta à peine pour récupérer et se remit debout en une seconde, entraînant Tane avec elle. Elle ramassa son fusil quand il tomba bruyamment à côté d'elle. Les crissements du shin-shin étaient affreusement près, presque sur eux.

— Par ici ! siffla Tane en l'entraînant vers lui.

Il y avait une vaste cuvette où les racines d'un arbre empiétaient sur les bords du fossé, formant un surplomb. Tane défit les sangles de son fusil – qui ne s'étaient miraculeusement pas détachées de son épaule durant la chute – et descendit non sans mal, faisant passer son corps de justesse. Il y avait juste assez de place pour que Jin en fasse autant, en se collant à lui. Quelques instants plus tard, ils entendirent un doux bruit sourd quand un shin-shin descendit des arbres et atterrit fermement dans le fossé.

Tous deux retinrent leur souffle. Tane perçut le pouls de Jin contre sa poitrine, sentit l'odeur de ses cheveux. En temps normal, cela l'aurait excité – les prêtres d'Enyu n'avaient pas fait vœu de célibat, comme le faisaient d'autres ordres – mais la situation dans laquelle ils se trouvaient lui coupa toute ardeur. De leur cachette au niveau du sol, ils pouvaient seulement voir les bouts pointus des pattes-échasses du shin-shin bouger en poursuivant sa proie. Il les avait perdus de vue quand ils avaient dégringolé et les cherchait de nouveau. Une légère chute de poussière fut le seul signe annonciateur de l'arrivée du second démon dans le fossé : celui qui avait suivi leur piste le long de la pente et que leur disparition médusait tout autant.

Tane entama un mantra silencieux dans sa tête. C'en était un qu'il n'avait pas récité depuis qu'il était enfant, un poème inventé qui ne voulait rien dire, qui, selon lui, pouvait le rendre invisible s'il se concentrait suffisamment. Mais, à l'époque, il se cachait de quelque chose de complètement différent. Quelques instants plus tard, il l'adapta pour y inclure une courte prière à Enyu : *Protège-nous, Déesse de la Terre, cache-nous à leur vue.*

Les bouts pointus des pattes du shin-shin avançaient au clair de lune, exprimant leur incertitude. Ils savaient que leur proie était là et pourtant ils ne la voyaient pas. Tane sentit l'épouvante glaciale de leur présence s'infiltrer dans sa peau. L'étroite fente de vision entre le corps de Jin et le surplomb des racines épaisses et le sol risquait de se remplir d'un instant à l'autre avec les yeux brillants du shin-shin, et, s'ils étaient découverts, ils seraient sans défense. Il crut sentir leurs regards rivés sur lui, pénétrer la terre pour les trouver blottis ici.

Le temps semblait s'étirer. Tane sentit ses muscles se tendre en réponse à la tension. L'un des shin-shin bougea brusquement, faisant sursauter Jin. Mais quoi qu'il ait vu, ce n'était pas eux. Il retourna vers son compagnon et ils reprirent leur étrange attente. Tane serra les dents et se concentra sur son mantra pour se calmer. Cela lui fit peu de bien.

Puis, un nouveau bruit, cette fois, lourd et maladroit. Le shin-shin prit place en guise de réponse. Tane connaissait ce bruit mais n'arrivait pas à le replacer dans ses souvenirs. Les pas d'un animal mais lequel ?

Un ours qui bâillait en grognant décida pour lui.

Les shin-shin étaient de nouveau en proie au doute, le mouvement de leurs pieds trahissant leur réaction. L'ours gronda de nouveau, se mit lourdement sur ses pattes avant et avança lentement. Les démons poussèrent un cri strident, firent une espèce de cliquetis et filèrent comme des flèches, tentant de le faire fuir en l'effrayant ; mais, implacable, il se dressa sur ses pattes puis piétina de nouveau dans un grondement féroce. Un galop souple s'ensuivit lorsque l'ours courut vers eux, pas intimidé le moins du monde par leur apparition. Les shin-shin se dispersèrent lorsqu'il longea le fossé d'un pas lourd, poussant de petits cris et sifflant leur déplaisir, ; mais ils cédèrent et, en quelques minutes, ils s'en allèrent, repartirent dans les arbres à la recherche de leur proie perdue.

Tane relâcha le souffle qu'il réprimait, bien qu'ils ne furent pas encore hors de danger. Ils entendaient l'ours approcher dans le grand fossé, l'entendaient renifler bruyamment en les cherchant.

— Mon fusil… murmura Jin. S'il nous trouve…

— Non, siffla-t-il. Attendez.

Puis, d'un seul coup, l'ours surgit dans la cuvette, son museau marron aux poils durs remplissant leur vue quand il les renifla. Jin se cramponna à la gâchette de son fusil pour lui faire peur mais Tane lui saisit le poignet.

— Le shin-shin va entendre, murmura-t-il. Nous n'avons pas peur des ours dans la forêt d'Enyu.

Au fond de lui, il était moins confiant que ses paroles le laissaient entendre. Si autrefois les bêtes de la forêt avaient été amies avec les prêtres d'Enyu, la corruption dans la terre les avait rendues de moins en moins prévisibles ces derniers temps.

Le museau mouillé de l'ours tressaillit quand il les sentit. Jin était paralysée d'appréhension. Puis, dans un ultime grognement, le museau se retira. L'ours s'allongea lourdement devant leur cachette et y resta.

Jin s'agita.

— Pourquoi ne nous a-t-il pas attaqués ? marmonna-t-elle.

Tane arborait un étrange sourire.

— Les ours sont les créatures d'Enyu, comme les poissons-chats sont celles de Panazu, les singes celles d'Aspini et la raie, le renard ou le faucon, celles de Misamcha. Remerciez-le, Jin. Je pense qu'il nous a sauvé la vie.

Jin sembla y réfléchir un instant.

— Nous devrions rester ici, dit-elle enfin. Les shin-shin nous attendront si nous sortons avant l'aube.

— Je pense qu'il a la même idée, dit Tane en lui montrant des yeux la grosse masse de fourrure qui les empêchait de sortir.

L'ours resta devant leur cuvette toute la nuit et, malgré leurs désagréments, tous deux dormirent. Jin rêva de feu et d'une épouvantable chaleur caniculaire ; Tane, comme toujours, rêva de pas qui approchaient de la porte de sa chambre et de la terreur grandissante qui les accompagnait.

8

Le seigneur Tisserand Vyrrch longeait les corridors du Donjon impérial en traînant les pieds, son corps ratatiné et atrophié dissimulé sous sa robe faite de bric et de broc, son visage décati caché derrière la figure de bronze d'un dieu fou et ancien. Autrefois, il avait arpenté ces couloirs bien droit, d'une démarche longue et la tête haute. Mais c'était avant que le Masque ne le déforme, ne le pervertisse de l'intérieur. Comme tous les Véritables Masques, sa substance était envahie par l'essence de pierres magiques et ces pierres ne donnaient rien sans rien prendre. Son corps était criblé de cancers, tant bénins que malins. Ses os se cassaient, ses genoux se tordaient, sa peau se ternissait de partout. Mais tel était le prix du pouvoir et, du pouvoir, il en avait à revendre. Il était le seigneur Tisserand, le Tisserand même de l'impératrice, et il ne manquait de rien.

Les Tisserands étaient indispensables à la vie dans les échelons supérieurs de la société de Saramyr. Grâce à eux, les nobles communiquaient instantanément sur de longues distances sans devoir recourir à des messagers. Ils pouvaient espionner leurs ennemis ou surveiller leurs alliés ou leurs amants. Les Tisserands les plus efficaces pouvaient tuer sans se faire ni voir ni détecter, moyen pratique de supprimer les indésirables ; seul un autre Tisserand pouvait retrouver l'origine du crime et encore, rien n'était garanti.

Mais le rôle le plus important du Tisserand était dissuasif : le seul moyen de se défendre contre un Tisserand était d'avoir recours à un autre Tisserand. Ils étaient là pour empêcher leurs semblables d'espionner leurs employeurs, voire de tenter de les tuer. Si un noble avait un Tisserand à son service, alors ses ennemis se devaient d'en avoir un pour se protéger. Et ainsi de suite avec leurs ennemis, et leurs prochains. Les premiers Tisserands avaient commencé à apparaître deux siècles et demi auparavant et, depuis, ils faisaient partie des meubles de la vie noble. Aucune grande famille ne manquait de Tisserands ; en être dépourvu représentait un gros handicap. Et bien que grandement vilipendés et méprisés, même par leurs employeurs, ils étaient appelés à rester.

Le prix à payer pour acquérir un Tisserand était certes salé, et l'employeur ne cessait de payer jusqu'à la mort du Tisserand. L'argent était un problème, évidemment, mais cette somme n'était pas versée au Tisserand en personne mais aux Pères bordeurs dans les temples car ils fabriquaient les Masques que portaient les Tisserands et c'était le prix d'achat d'un tel Masque. Quant au Tisserand, il ne disposait que de ces prérogatives : quel que soit le confort qu'il recherchait, il l'aurait ; ses besoins seraient tous satisfaits ; ses lubies aussi. Et on prendrait soin de lui s'il ne pouvait le faire lui-même.

Tisser était un marché dangereux. Les Tisserands frôlaient la folie chaque fois qu'ils se servaient de leurs pouvoirs et il leur fallait des années d'entraînement pour maîtriser les énergies propres à leurs Masques. Ceux-ci étaient essentiellement narcotiques, en réalité. Les sublimes délices du Tissage entraînaient l'esprit et le corps dans une euphorie vertigineuse mais lorsque le Tisserand revenait à lui, il subissait un contrecoup analogue. Parfois il se manifestait sous la forme d'une dépression terrible, suicidaire ; parfois sous la forme de l'hystérie, parfois sous la forme d'une rage insensée ou d'une envie insatiable. Les besoins de chaque Tisserand étaient différents, et chacun avait des désirs distincts à satisfaire de peur que le Tisserand ne s'en prenne à lui-même. Un Tisserand mort était simplement un cadavre hors de prix.

Les Tisserands étaient des mercenaires, qui vendaient leurs services au plus offrant. À leur honneur, une fois achetés, ils étaient loyaux : il n'y avait jamais eu de cas où un Tisserand s'enfuyait pour une autre famille pour un prix plus élevé. Mais tous nourrissaient une loyauté supérieure à Adderach, le grand monastère montagnard qui constituait le cœur de leur organisation. Les Tisserands feraient tout et n'importe quoi pour leurs employeurs, tueraient même d'autres Tisserands – difficile de garder bonne conscience face aux atrocités qu'ils commettaient dans leurs périodes post-Tissage – mais ils ne compromettraient ni Adderach ni ses projets. Car Aderrach était le plus grand monastère, et les monastères gardaient les pierres magiques et sans elles, les Tisserands n'étaient rien.

Vyrrch arriva devant la porte de ses appartements, à l'extrême sud du Donjon. Il y rencontra quelques personnes. Bien qu'il y eût des servants à portée de voix dont la tâche était de satisfaire à tous les désirs qui le prenaient, ils avaient appris qu'il valait mieux rester en dehors de son chemin sauf extrême urgence. Les préférences de Vyrrch étaient inhabituelles mais il n'était pas rare que les requêtes d'un Tisserand deviennent de plus en plus aléatoires et bizarres à mesure que la folie le gagnait.

Un été, il était devenu de plus en plus paranoïaque, affirmant qu'on allait lui voler ses affaires, convaincu que des silhouettes qui murmuraient conspiraient pour dévaliser ses appartements de leur parure. Il ressassa ces pensées jusqu'à ce qu'il atteigne le point de la persécution et plusieurs servants furent exécutés pour avoir volé des choses qui n'avaient tout bonnement jamais existé. Après, il décréta qu'aucun servant n'aurait l'autorisation d'entrer dans ses appartements ; ils n'étaient accessibles que par une seule porte fermée à clé et il était le seul à la posséder. Derrière cette porte se trouvait un lacis de pièces dans lesquelles aucun servant n'avait pénétré depuis plusieurs années.

Il ôta la lourde clé de cuivre du fil sur lequel elle pendait autour de son cou blanc et maigre et déverrouilla la porte massive au bout du couloir. Dans un gros effort, il l'ouvrit. Peu après, quelque chose sortit comme une flèche et passa devant ses pieds à toute allure. Il pivota sur lui-même juste à temps pour apercevoir un chat, la fourrure brûlée par endroits, qui dévalait le couloir. La surface calme de son Masque se rembrunit momentanément ; il ne se souvenait même pas avoir réclamé un chat. Il se demanda ce qu'il avait fait pour mériter ça.

Il entra dans ses appartements plongés dans l'obscurité, ferma la porte puis la verrouilla derrière lui. La puanteur qui en émanait lui était imperceptible – c'était l'odeur de sa propre chair corrompue, mélangée à une douzaine d'autres exhalaisons tout aussi infectes. La lumière de l'extérieur était atténuée par des couches de rideaux de soie, à présent ternis par la poussière et la fumée de hookah, assombrissant encore plus les pièces, même à midi. Il entra dans la pièce principale en traînant les pieds, où se trouvait la baignoire octogonale. Vyrrch l'avait débarrassée de son joyau – le garçon nu noyé – en commandant un aquarium plein de poissons-ciseaux qu'il avait jetés dans le bain. Ils n'avaient pas mis beaucoup de temps à régler son compte au garçon, chacun leur tour, mais à présent l'eau était rouge foncé et des morceaux de chair flottaient. Le gros morceau décrépit qui partageait son lit était encore là, constata-t-il avec dégoût. Ça commençait à l'offusquer. Il ne tarderait pas à s'en occuper. Pour l'heure, toutefois, il avait une tâche plus importante à accomplir.

L'impératrice affronterait le conseil le lendemain. C'était un moment dangereux pour elle et susceptible d'entraîner la ruine des Blood Erinima. Les nobles et les grandes familles avaient évalué la situation de Lucia depuis et avaient constitué des alliances, conclu des marchés. Ils étaient prêts à faire part de leurs menaces, minutieusement préparées, prêts à exprimer leurs intentions quant à la prétention de Lucia à la couronne : l'appuyer ou s'y opposer.

Vyrrch avait passé ces dernières années à transmettre des communiqués entre les alliés des Blood Erinima, plus nombreux que prévu. La nouvelle que l'Aberration de Lucia n'était pas trop dangereuse ni extérieurement visible avait quelque peu apaisé la tempête ; et bon nombre des amis les plus fidèles des Blood Erinima avaient choisi de rester à leurs côtés. Même les Blood Batik, lignée à laquelle appartenait le mari d'Anais, avait donné son soutien malgré l'aversion manifeste de Durun pour l'enfant. Ils estimaient que la tradition de l'héritage par le sang devait être respectée. D'autres familles plus petites cherchant l'opportunité de s'élever, s'étaient également révélées en prenant la défense de Lucia. Elles espéraient que s'allier à l'impératrice en temps de besoin leur permettrait d'obtenir récompense et reconnaissance.

Vyrrch était quelque peu consterné, mais pas dégoûté. L'opposition – qui croyait en le bien du pays plus qu'à la tradition – était sans aucun doute aussi forte et il restait encore beaucoup de familles qui ne s'étaient pas décidées. Le débat pouvait prendre une tournure comme une autre.

C'était bien l'intention de Vyrrch d'ajouter son propre poids à l'orientation du débat, et non pas en faveur de son employeur. L'accession de Lucia au trône étant dangereuse pour les Tisserands et pour Adderach, il s'employait tranquillement à trahir l'impératrice et sa fille.

Il s'installa à sa place habituelle près du bassin, jambes croisées et recroquevillé, pelotonné sur lui-même. Une fois qu'il se fut immobilisé, il attendit que la douleur dans ses articulations disparaisse doucement, et lui permette de reprendre son souffle muqueux. Il se détendit autant que possible car son corps lui causait des douleurs constantes. Petit à petit, il médita, permettant même à la douleur de s'engourdir et de disparaître, sentant la chaleur ardente de la poussière de pierre magique incrustée dans son Masque. Elle semblait réchauffer son visage, bien que la température ne grimpât pas, et sa surface se mit à chatoyer d'une teinte vert-ocre.

La sensation de pénétrer dans le Tissage revenait à sortir d'eaux sombres en nageant pour gagner les ciels clairs au-dessus. La pression du souffle qu'il retenait augmentait dans ses poumons, ce sentiment d'être au bord de l'explosion, l'anticipation du moment de soulagement, puis, cinglant les eaux dans une grande expulsion d'air, et il flottait de nouveau dans les abysses euphoriques, entre les fils gargantuesques du Tissage.

La béatitude qui le submergea était surnaturelle, rendant toute autre sensation pâle en comparaison. Il vibra l'espace d'un instant, en proie à un sentiment dépassant de loin toute joie que pouvait apporter le plaisir physique. Puis, dans un grand effort de volonté, il se serra la bride, gardant l'extase à un niveau qu'il pouvait tolérer et qui lui convenait. L'art du Tisserand était issu d'une terrible discipline car le Tissage était synonyme de mort pour ceux qui n'y étaient pas formés.

Il alla tout seul dans un territoire qu'il visitait souvent sur ordre de sa maîtresse. C'était le domaine de Tabaxa, un jeune et talentueux Tisserand qui travaillait au service du Barak Zan tu Ikati. Mais cette fois il ne venait pas transmettre de message ni parlementer. Cette fois, il y pénétrait incognito.

Blood Itaki était un ancien allié des Blood Erinima. Les deux familles avaient trop de conflits d'intérêt pour devenir un jour des amis fidèles mais ils étaient rarement en désaccord ; le plus souvent, ils restaient respectueusement neutres l'un envers l'autre. Les Blood Itaki, bien que pas particulièrement riches ou ne possédant pas énormément de terres, disposaient d'un étalage impressionnant de familles vassales qui leur avaient fait serment d'allégeance. Dans leurs meilleurs jours ils avaient été la famille souveraine et de nombreux traités conclus jadis tenaient encore aujourd'hui grâce à leur gestion soigneuse. Les Blood Itaki n'étaient pas la famille la plus puissante du pays mais lorsque l'on incluait les forces qu'ils mettaient sur la table, ils devenaient un facteur à prendre en compte.

Barak Zahn avait conclu un marché avec l'impératrice – en secret – signifiant qu'il la soutiendrait durant le conseil du lendemain. Anais se gardait bien d'envoyer un message par l'intermédiaire de Vyrrch si elle n'avait pas à le faire, et elle avait sagement décidé de ne pas se fier à sa loyauté dans cette affaire. Cela faisait plaisir à Vyrrch de voir qu'elle répugnait à être obligée de se servir de lui pour communiquer à distance car elle était parfaitement consciente du point de vue du Tisserand concernant

Lucia. Elle avait donc préféré inviter le Barak à la rencontrer en personne au Donjon. Mais c'était le domaine de Vyrrch et il se passait peu de choses en ces murs dont il n'était pas au courant : il écoutait de loin, à l'insu des conspirateurs.

Anais comptait énormément sur le soutien des Blood Itaki pour l'aider à gagner le conseil à sa cause ou, tout au moins, pour les empêcher de devenir ouvertement hostiles. Vyrrch avait d'autres idées en tête : il avait l'intention de faire changer le Barak d'avis.

C'était une entreprise dangereuse, mais c'était une époque dangereuse. S'il était découvert, cela signifierait un scandale pour l'impératrice – ce qui n'était pas plus mal – mais cela donnerait aussi à Anais l'excuse dont elle avait besoin pour se débarrasser de lui. Il existait des règles pour empêcher les employeurs d'expulser les Tisserands une fois qu'ils devenaient ennuyeux comme cela se produisait inévitablement, mais commettre un acte de sabotage sans son ordre brisait ces règles.

La position des Tisserands dépendait de leur loyauté. Les nobles leur en voulaient d'être indispensables tout en méprisant le fait de devoir prendre soin des besoins primitifs et ignobles des Tisserands ; pourtant, sans eux, le vaste empire serait désespérément estropié. C'était un équilibre étrange, une relation symbiotique de dégoût mutuel et, pourtant, malgré toute la force des Tisserands, ils n'étaient dans la société de Saramyr que de simples outils aux mains des nobles qui les employaient et en tant qu'outils, ils pouvaient être rejetés. Personne ne pouvait se sentir en sécurité avec des créatures qui savaient lire leurs secrets les plus intimes et, toutefois, ce serait pire que ces secrets soient lus par un rival.

Les Tisserands se trouvaient sur des charbons ardents et si l'on voyait quelqu'un d'aussi éminent que Vyrrch ébranler son employeur, les répercussions retarderaient les projets d'Aderrach de plusieurs décennies. Si on les soupçonnait de ne pas être totalement loyaux, la rétribution serait terrible et leur sécurité dépendait des nobles qui n'agissaient pas de concert pour les supprimer. Anais adorerait avoir un nouveau Tisserand et à présent Vyrrch était trop infirme pour survivre sans patron.

Vas-y doucement, songea Vyrrch mais ces mots semblaient perdus dans la félicité du Tissage.

Tabaxa n'étant pas un adversaire facile, la stratégie reposait donc entièrement sur la ruse. Le Barak ou son chien de garde ne devaient pas savoir que Vyrrch était venu ici et avait subtilement remanié ses pensées en les retournant contre l'impératrice.

Tabaxa avait tissé son domaine en un réseau de toiles dont les fils arachnéens s'étendaient à l'infini. C'était la visualisation la plus courante de la Toile que les maîtres apprenaient à leurs élèves mais Vyrrch ne put s'empêcher d'éprouver un petit titillement de respect et d'intimidation en la voyant.

L'immensité de la toile défiait toute perspective. Elle pendillait dans une obscurité parfaite, s'étendait couche après couche sur des angles qui défiaient toute logique, arrimés par des fils si infinis que la perspective les avait dilués pour tomber dans l'oubli. C'était beaucoup plus complexe que la simple géométrie de la construction d'une araignée ; là, non contraintes par les lois de la physique, des toiles se coudaient incroyablement sur des angles où l'œil refusait de s'arrêter, se rejoignant en créant des abstractions qui n'auraient pas pu exister dans le monde à l'extérieur du Tissage. Entre les fils épais, des rideaux vaporeux de fils arachnéens légers et transparents semblaient se balancer sous un vent froid, le souffle du tombeau de l'abysse. Un vague carillon résonnait à mesure que l'immense édification murmurait et s'agitait.

Vyrrch était obligé de s'adapter, de modifier sa perception pour égaler celle de son adversaire. Il savait qu'il n'était pas vraiment là, que ce n'était qu'une méthode pour permettre à son fragile cerveau humain de voir les complexités du Tissage sans devenir fou. Il flotta dans le néant, esprit désincarné explorant doucement ses sens, cherchant des brèches dans la défense. Plusieurs filets de toile d'étendaient devant lui, chacun représentant une alarme différente qu'apporterait Tabaxa. Vyrrch était impressionné. C'était une installation soigneuse et subtile mais pas assez pour qu'un seigneur Tisserand ne puisse le pénétrer.

Il adapta sa vision à une autre fréquence de résonance, et constata, à sa grande joie, qu'une grande partie de la toile avait disparu. De toute évidence, Tabaxa n'avait pas veillé suffisamment à blinder son domaine contre tout le spectre. Très peu de Tisserands pouvaient modifier leur propre résonance à un niveau différent – en un sens, entrer dans une nouvelle dimension au sein du Tissage. Vyrrch le pouvait. Satisfait, il avança tout discrètement, antenne de pensée invisible atteignant tout autour de lui, effleurant les fils sans jamais les toucher. Il sentait le roulement de la présence de Tabaxa, une grosse araignée noire faisant cent fois sa taille, ruminant quelque part.

Un tremblement surprit ses pensées et, dans son esprit, il vit quelque chose descendre d'en haut, un voile spectral, plat et transparent, dériver à travers les brèches de la toile. Presque immédiatement il en sentit d'autres pas loin. Aucune ne semblait se diriger vers lui, de fait il ne bougea pas quand elles passèrent devant lui telles de minces volutes de fumée éthérées.

Il est intelligent, songea Vyrrch. *C'est la première fois que j'assiste à cela.*

Il s'agissait de sentinelles, des alarmes errantes qui existaient sur un plan élevé dans la résonance du Tissage. Si Vyrrch avait tenté de pénétrer la toile telle qu'il l'avait originellement trouvée, il aurait été incapable de les voir jusqu'à ce qu'elles le heurtent et alertent leur créateur.

Le seigneur Tisserand appréciait. Lentement, patiemment, il pénétra de plus en plus dans la carcasse de fils arachnéens du domaine de Tabaxa. Le vent illusoire gémit dans la structure des alarmes, les faisant bouger côte à côte. En fait, Tabaxa avait programmé le réseau d'alarmes pour qu'elles varient légèrement à travers le Tissage, au mieux pour surprendre des intrus insoupçonnables, mais l'effet se manifesta aux sens de Vyrrch sous la forme d'un frémissement de la toile. Vyrrch dut s'esquiver lorsqu'un énorme fil d'argent passa brusquement devant lui. Il se fit tout petit, étroit foyer de conscience, et se faufila en avant, de plus en plus loin.

Ce fut alors qu'il trébucha sur l'alarme.

Vyrrch paniqua tandis que la toile autour de lui se transformait en un vacarme assourdissant, en une cacophonie de résonances ahurissante. L'espace d'un instant, il battit l'air puis se reprit et en chercha l'origine. Rien ! Il n'y avait rien ! Il avait fait attention ! Il sentit le mouvement soudain et urgent de Tabaxa quand il souleva sa masse et redescendit la toile à toute allure, à la recherche de l'intrus. Vyrrch essaya de bouger, de sortir avant d'être identifié, mais il était coincé, sa conscience prise au piège. Frénétiquement, il recula vers une résonance normale et là, à sa consternation, il se retrouva englouti dans une chose grotesque et glissante, à moitié nébuleuse, à moitié solide, une amibe ignoble qui enserra très fort son esprit.

Vyrrch jura. Tabaxa ne s'était pas contenté d'utiliser des alarmes qui étaient visibles exclusivement dans le spectre supérieur – les fantômes vaporeux qu'il avait vus plus tôt – mais il s'était également servi de ceux que l'on pouvait voir uniquement dans le spectre normal. Vyrrch avait été pris par surprise, il aurait dû permuter entre les deux résonances.

Brusquement enragé, il anéantit l'amibe en une seule pensée, et défit ses fils, furieux. Mais Tabaxa se trouvait presque au-dessus de lui à présent, forme obscure et massive, huit pattes qui cliquetaient tandis qu'il longeait les fils de son tissage à toute allure pour voir ce qui n'allait pas. C'était trop tard pour éviter un conflit, trop tard pour s'échapper et rester anonyme. Tabaxa savait que lui, Vyrrch, était venu ici.

Sang du cœur ! s'exclama-t-il, furieux. *Je ne peux plus rien faire à présent.*

Il arracha la toile d'alarmes, la laissant en lambeaux derrière lui, et entra en collision avec le corps d'araignée de son adversaire. Son monde se décomposa en une incroyable multitude de fils, une tapisserie déchaînée de minuscules nœuds et enchevêtrements et il se retrouva *dans* les fils, les contrôla. Tabaxa était là, lui aussi. Vyrrch sentit sa défiance et sa colère. Il était médusé et se demanda comment Vyrrch avait pénétré dans son domaine mais il avait hâte d'anéantir le vieux Tisserand. Il ne ferait pas de quartier, et n'en demanderait pas.

Le conflit dépassa largement les confins de la conscience. Chacun cherchait une chaîne menant vers l'autre, de fait ils s'esquivaient et se feintaient le long des fils, se trouvant brusquement emmêlés à eux, atteignant des impasses ou des boucles qui faisaient office de pièges ou d'appâts. Chacun voulait embrouiller l'autre suffisamment longtemps pour pénétrer les moyens de défense tout en court-circuitant simultanément les leurs. En manipulant les fils du Tissage, ils donnaient des coups et les esquivaient, avançaient et reculaient furtivement, créaient des labyrinthes dans lesquels se perdrait leur adversaire, ou défaisaient frénétiquement un nœud complexe pour créer une chaîne qui menait à l'ennemi.

Mais, au bout du compte, l'expérience l'emporta et Tabaxa se ficha dedans. Vyrrch l'avait appâté avec une chaîne tentante qu'il prit impétueusement. Mais elle donnait sur une impasse où Vyrrch attendait. Avec une vitesse et un talent inégalés chez les Tisserands, il fabriqua un nœud insoluble derrière Tabaxa et le prit au piège. Tabaxa tenta d'esquiver les fils, de sortir du piège mais il tombait systématiquement sur un autre piège puis un autre et il fut trop tard. Vyrrch était déjà parti, se réfugiait sous ses défenses et Tabaxa ne put sortir à temps. Vyrrch avait identifié un nœud dans le mur de Tabaxa qui s'effilochait et il l'arracha d'un coup avant de se précipiter dans l'esprit de Tabaxa comme un crochet de boucherie dans une carcasse, s'y installa et le *déchira*…

Il sentit la violence de l'hémorragie de son ennemi quand il se retira, sentit les tisons de la conscience de Tabaxa qui se retiraient de son corps mourant. Tabaxa était même en proie à des spasmes sur le sol de sa chambre, le cerveau arraché de l'intérieur par la seule volonté de Vyrrch. Le seigneur Tisserand lui-même se retirait, l'agonie s'estompant rapidement derrière lui à mesure qu'il sortait du Tissage à toute allure, suivant les fils le ramenant à son propre corps, jurant et rageant.

Les yeux de Vyrrch s'ouvrirent d'un coup dans la pièce obscure et crasseuse où il était assis. Il poussa un cri strident de frustration, consumé par une colère qu'il ne pouvait supporter. Il avait été négligent ! Lui, Vyrrch, le seigneur Tisserand, avait été pris dans un piège qu'il aurait dû éviter sans peine, qu'il *aurait évité* un an plus tôt. Qu'est-ce qui n'allait pas chez lui ? Pourquoi son esprit ne parvenait-il pas à rassembler ses pensées, ses leçons, ses instincts comme avant ? Il était probablement le Tisserand le plus extraordinaire du pays et, pourtant, il s'était retrouvé embrouillé dans la ruse de Tabaxa et avait été contraint de le tuer pour protéger son identité. Et tout cela sans s'approcher du Barak Zahn. Un échec. Un échec sur toute la ligne.

Vyrrch se leva d'un coup, un autre petit cri s'échappant de sous son Masque. Il ramassa le corps non identifiable sur son lit et le jeta dans la baignoire ensanglantée. Il écrasa un ornement de cristal qui se trouvait dans un coin de sa chambre et qu'il ne se souvenait pas avoir vu auparavant. Il se brisa en mille morceaux sur le carrelage, une fortune détruite en quelques minutes. Comme un éclair, il balança tout dans ses appartements, cassant et jetant tout ce qu'il pouvait ramasser, hurlant comme un enfant piquant une colère avant de se jeter par terre et d'écorcher le sol jusqu'à ce que ses ongles se cassent.

La douleur de ses ongles cassés l'apaisa momentanément, calme avant la tempête. Il resta allongé, haletant un instant, avant de se relever et de se diriger, chancelant, vers un micro dans le mur, relié par un tuyau sonore aux quartiers de ses servants personnels.

— Amenez-moi un enfant ! cria-t-il d'une voix râpeuse. Un enfant, je me fiche de sa race. Amenez-moi un enfant et… ma trousse à outils. Et à manger ! Je veux de la viande. De la viande !

Il n'attendit pas de réponse. Il se jeta de nouveau par terre et y resta, ses côtes émaciées se soulevant, attendant, bavant de jouissance anticipée. Il ignorait ce qui se passerait lorsque l'enfant serait là. Il ignorait toujours ce qui se passerait. Mais il savait que cela lui plairait.

9

Le terrain des Blood Tamak se trouvait de l'autre côté du Quartier impérial des Blood Koli mais Mishani décida de s'y rendre à pied. Premièrement, c'était une journée magnifique, une brise fraîche soufflait du nord et soulageait la chaleur habituellement étouffante de la cité. Deuxièmement, elle préférait que ses petites affaires de l'après-midi restent secrètes.

Les rues du Quartier impérial étaient plus larges que les voies publiques habituelles de la cité et moins encombrées. De grands arbres anciens bordaient la route et chaque matin les feuilles étaient balayées des dalles rectangulaires. Des fontaines ou des gouttières ornementales clapotaient et coulaient goutte à goutte dans des bassins où les passants pouvaient boire pour étancher leur soif. Des charrettes passaient dans un bruit de ferraille, remplies de marchandises à ras bord. Mishani passa plusieurs portes, chacune appartenant à une grande famille, chacune arborant son emblème ancestrale ouvrée. Le Quartier impérial était principalement constitué des maisons de ville des diverses familles – pas seulement les grandes familles qui assistaient aux conseils mais aussi d'une multitude de petits nobles.

Elle jeta un œil au Donjon impérial, dont les plans en biais étincelaient au soleil. Un de ces conseils se tenait en ce moment et elle devrait y assister. L'impératrice héritière était une Aberrant et l'impératrice, dans son orgueil démesuré, semblait bien résolue à la faire monter sur le trône. Mishani n'aurait jamais cru cela possible – non seulement que Lucia ait pu avoir le droit d'atteindre huit moissons pour commencer mais aussi que l'impératrice soit assez stupide pour croire que les grandes familles autoriseraient une Aberrant à diriger Saramyr. Son père serait en colère qu'elle n'ait pas été là pour soutenir sa condamnation de l'impératrice, mais il y avait autre chose à quoi elle devait assister et ce devrait être fait tant que tous les regards seraient braqués sur le Donjon.

Les divisions provoquées par les révélations dans la Famille impériale avaient été rapides et féroces. Des alliés de longue date s'étaient séparés dans le dégoût, divisés par leur incapacité à pardonner le point de vue de l'autre. Des disputes avaient éclaté et avaient tourné en vendetta. La plupart étaient dues aux hommes et à leur affectation, songea Mishani avec une grimace de mépris. Son père était un exemple. Lui et Barak Chel des Blood Tamak étaient des alliés politiques et de bons amis un mois plus tôt.

Mishani l'avait souvent accompagné lors de ses visites dans la maison de ville des Blood Tamak. Puis, que Chel soutienne l'impératrice dans cette histoire de succession déclencha un débat dans lequel tous deux se dirent des choses regrettables et aujourd'hui, ils étaient des ennemis amers et ne s'adressaient pas la parole.

Cela était malheureusement contraire aux intérêts de Mishani, car dans la maison des Blood Tamak vivait un vieux sage érudit du nom de Copanis dont le domaine de compétence s'étendait notamment aux masques antiques. Et quel que fût l'état des relations entre leurs deux familles, elle était bien résolue à le voir. Le risque qu'elle courait n'était pas négligeable. Sa réputation en prendrait un grand coup si on la surprenait en train de défier les souhaits de son père, sans parler de la gêne que susciterait sa présence dans la maison de son ennemi. Mais les enjeux étaient grands. Le seul indice dont disposait Kaiku sur le meurtre de son père était le masque, caché sous les robes bleues de Mishani, et si quelqu'un pouvait l'éclairer à ce sujet, c'était Copanis.

Elle devait juste aller le voir.

Inquiète pour son amie, elle emprunta une route sinueuse qui traversait le Quartier impérial, des grand-places ensoleillées et jonchées de mosaïques, des cloîtres ombragés abritant des restaurants, descendit des ruelles immaculées et étroites où des chats maigres à poils courts rôdaient furtivement, traversa un petit parc où des couples flânaient et des artistes étaient assis en tailleur sur l'herbe, leurs pinceaux effleurant leurs toiles. Elle était extrêmement attirée par le Quartier impérial et la plupart du temps elle le trouvait terriblement alléchant, un lieu de beauté et d'intrigue, où les machinations accessoires de la cour se jouaient dans les jardins et sous les arcades. Elle était consciente qu'il était extrêmement aseptisé et rigidement policé par rapport au remue-ménage moite dans le reste de la cité, mais elle était ravie d'éviter la pression et la bousculade quand elle le pouvait, et préférait le calme et la beauté de ces rues à celles du District du Marché ou du Quartier pauvre.

Mais aujourd'hui, son esprit était ailleurs que sur les paysages et les bruits qui l'entouraient. Son inquiétude pour Kaiku dévorait entièrement ses pensées. Si ce que Kaiku lui avait confié était vrai – et elle ne doutait pas que Kaiku, tout au moins, le croie – alors la situation était grave. Elle était convaincue d'être possédée par quelque chose, ce qui était déjà dramatique ; l'autre hypothèse – qu'elle soit folle et ait tout simplement inventé l'histoire du shin-shin et de l'embrasement d'Asaria par réaction hystérique à la mort de sa famille – ne valait guère mieux. Et pourtant, elle paraissait lucide, ce qui concourait à nier ces deux possibilités, à moins que la folie ou la possession ne soient d'un genre plus insidieux, qui ne se présentait pas sous la forme d'une démence folle mais plutôt sous celle d'une manie subtile.

Un frisson la parcourut, une fleur froide qui neutralisa le soleil éclatant de l'après-midi sur sa peau. Sang du cœur ! et si elle était possédée ? Mishani connaissait les histoires des esprits obscurs qui hantaient les forêts et les montagnes, les endroits secrets, cachés et élevés du monde ;

mais ils lui avaient toujours semblé lointains, incapables de la toucher. Elle avait entendu parler de l'hostilité grandissante des bêtes ; cela avait été une inquiétude mineure mais qui persistait dans les milieux de la cour depuis longtemps. Les prêtres d'Enyu et leurs sympathisants n'arrêtaient pas d'en parler. Était-ce donc exagéré de croire en la possibilité que son amie se soit fait… *infester* par les esprits enhardis ?

Elle secoua la tête. Que connaissait-elle aux esprits ? Elle se faisait peur avec des conjectures et des hypothèses. Il y aurait des réponses, il *devait* y avoir des réponses, et Kaiku et elle les découvriraient ; mais d'abord une autre tâche l'attendait.

Le terrain des Blood Tamaka se trouvait sur le flanc d'une colline, le corps principal de sa maison soutenu par une falaise de pierre artificielle pour qu'elle soit droite. C'était un bâtiment ramassé au toit plat, aux murs beiges peu lambrissés de bois foncé et ciré, sans aucun des ornements, statues votives ou icônes qui se trouvaient habituellement à l'extérieur des maisons de Saramyr. En dessous, s'étendaient des jardins, une pelouse peu avenante avec des sentiers dallés qui serpentaient et des gerbes de fleurs, spartiate même selon les normes minimalistes de Saramyr.

Mishani connaissait bien l'agencement car elle en avait souvent fait le tour lors des visites de son père. D'un côté du terrain, une étroite volée de marches de grès partait de la rue pour donner sur celles juste derrière qui se trouvaient plus haut dans la colline. Là, se dressait la porte réservée aux servants utilisée pour les courses discrètes. Ce fut ici que Mishani s'assit et attendit.

Elle avait parfaitement minuté son arrivée. Pas moins de cinq minutes plus tard, une petite servante au teint cireux apparut et entrouvrit la porte. Elle écarquilla les yeux quand elle reconnut qui se trouvait là.

— Maîtresse Mishani, haleta-t-elle, bouche bée. (Elle balaya les marches du regard.) Vous ne devriez pas être ici.

— Je sais, Xami, répondit-elle. On va au marché chercher de la farine ? (Xami opina du chef.) C'est bien ce que je pensais. Toujours ponctuelle. Votre maître devrait être content de vous.

— Mon maître… votre père… il ne faut pas qu'on nous voie en train de parler ! balbutia Xami.

Mishani incarnait le calme élégant. Son ton était paisible mais ferme.

— Xami, j'ai un service à vous demander.

— Maîtresse… commença-t-elle, la mort dans l'âme.

Elle se tenait toujours sur le pas de la porte, celle-ci la dissimulant à moitié, comme un écran de protection entre elles.

Mishani tendit le bras et prit la main de la servante dans la sienne où chuchota le froissement de l'argent. De l'argent en *papier*, en d'autres termes des shirets impériaux.

— Rappelez-vous les services que je vous ai rendus, à l'époque où les dirigeants de nos maisons étaient amis.

Xami rangea l'argent dans sa robe sans le regarder. Ses grands yeux humides hésitaient, indécis. Mishani avait fait passer bien des fois des lettres d'amour entre elle et un servant de la maison des Koli. C'était alors une distraction intéressante – et de plus, les tentatives maladroites de Xami pour écrire des poèmes dans l'écriture vulgaire du bas saramyrrique n'avaient jamais manqué de lui tirer un petit sourire narquois – mais à présent, cela pourrait également servir un objectif politique bien utile.

— Laissez-moi entrer, Xami, dit Mishani. Vous ne m'avez pas vue ; vous ne serez pas responsable si je me fais prendre. Je vous le promets.

Xami réfléchit encore un peu. Puis, plus parce qu'elle craignait qu'on les voie ensemble que parce qu'elle en avait envie, elle ouvrit la porte en grand. Mishani entra et Xami sortit furtivement en refermant la porte derrière elle.

Mishani se retrouva dans une ruelle étroite remplie de plantes grimpantes qui menait à l'arrière de la maison principale qui abritait les quartiers des servants. La majorité d'entre eux – en fait, la majorité de la maison – se trouvait au Donjon en ce moment, car pour des affaires d'État les nobles aimaient arriver en grande pompe et dans la magnificence dès qu'ils en avaient la possibilité. Pas Copanis. C'était un érudit, pas un servant. Le Barak Chel était son mécène.

Cela lui fit penser au père de Kaiku, Ruito tu Makaima, et la mit mal à l'aise. S'il avait eu un mécène, peut-être aurait-elle eu un point de départ, quelqu'un sur qui rejeter les soupçons, qui aurait pu avoir une raison de les tuer, lui et sa famille, mais c'était une impasse. Ruito s'était trouvé dans la situation rare d'être suffisamment riche pour survivre sans mécénat, ayant mis plusieurs œuvres de philosophie en circulation parmi les lettrés de l'Empire qui avaient généré assez de revenus pour qu'il puisse s'affranchir depuis longtemps.

Mishani se dirigea vers l'arrière de la maison. Elle refusait de se cacher, au contraire elle marchait tout droit comme si elle était la propriétaire des lieux, ses longs cheveux noirs virevoltant autour de ses chevilles à chacun de ses pas. Les servants qui étaient encore là devaient se livrer à des tâches domestiques mais, heureusement, aucune qui ne les ait fait sortir et elle put se faufiler dans la maison par l'entrée de derrière sans se faire remarquer.

L'intérieur était minimaliste et très peu meublé, avec des lattes de plancher en bois verni et, de temps en temps, quelques tentures murales ou des tapis qui attiraient l'œil. Chel aimait sa demeure comme il aimait ses petits plaisirs – respectables et rares. À l'étage se trouvaient les appartements familiaux et les pièces ancestrales où étaient conservés les secrets de la maison. Elle n'aurait aucune chance d'y pénétrer : elles étaient toujours gardées. Mais le bureau de Copanis était au rez-de-chaussée, au fond. Croyant en sa bonne étoile et en Shintu, le dieu de la chance, elle descendit un large couloir en espérant que personne ne viendrait la défier.

Shintu lui sourit visiblement car elle arriva devant le bureau sans croiser âme qui vive. Chose rare, il disposait d'une porte et non d'un paravent ou d'un rideau ; le vieil érudit chérissait son intimité. Elle frappa à la porte. Une minute plus tard, quelqu'un l'ouvrit, irrité, comme s'il s'était caché derrière juste pour saisir l'occasion de surprendre celui qui avait osé l'interrompre.

Son expression passa de l'ennui à la stupéfaction quand il vit de qui il s'agissait. Mais avant qu'il ne pût protester, elle mit un doigt à ses lèvres et se glissa dans le bureau en fermant la porte derrière elle.

Une chaleur désagréable flottait dans le bureau de Copanis même si les volets étaient ouverts pour faire entrer un peu d'air. Une table basse était jonchée de parchemins et de manuscrits mais, partout, des concessions étaient faites à la décoration absente dans le reste de la maison. Une main sculptée, un crâne avec des bijoux de verre en guise de dents, une effigie de Naris, dieu des érudits et fils d'Isisya, déesse de la paix, de la beauté et de la sagesse. C'était un désordre sans nom mais qui reflétait bien l'intensité de son auteur.

— Ça alors ! dit-il. Maîtresse Mishani, fille de mon pire ennemi nouvellement aigri. Je suppose que vous avez besoin de quelque chose d'extrêmement important pour venir me voir ainsi. Et pour manquer le conseil avec l'impératrice, qui plus est.

Mishani dévisagea le vieillard avec un sourire intérieur qui ne transparut pas sur son visage. Il avait toujours été vif, cette vieille noix d'érudit maigre et coriace. Ses vêtements semblaient pendre, comme sa peau, sur sa charpente efflanquée – mais ses yeux brillaient toujours fébrilement et il était capable de dominer de la tête et des épaules des intellectuels deux fois plus jeunes que lui.

Mishani décida de se dispenser de tout préambule. Elle sortit le Masque.

— Ceci appartient à une amie chère, dit-elle. Nous avons besoin d'urgence de tout savoir sur lui. Je ne peux vous en dire plus.

Copanis le scruta un moment. Il montrait qu'il réfléchissait mais il n'était pas difficile de voir combien ses yeux étaient attirés par le Masque. Il était trop irascible pour avoir peur de contrecarrer l'autorité de son maître et n'avait jamais été du genre à garder son savoir pour lui, quand il pouvait en faire profiter autrui. Arquant espièglement un sourcil, il prit le Masque et le retourna dans ses mains.

— Vous prenez un grand risque en venant ici, murmura-t-il.

— Je cherche à réparer un mal grave et à aider une amie dans une situation désespérée, répliqua-t-elle. Le risque est minime par rapport à cela.

— Vraiment ? dit-il. Bien, je ne vous demanderai rien, maîtresse Mishani. Mais j'ose dire que je peux vous aider avec mes petits moyens.

Il déposa le masque dans un petit berceau en bois de sorte qu'il soit face au soleil qui filtrait à travers les fenêtres. Ensuite, il trouva un petit pot de céramique de ce qui semblait être de la poussière. Il le renversa sur le visage du Masque. Mishani observa, fascinée – sous couvert, comme d'habitude, d'un mur d'impassibilité – la poussière qui semblait étinceler au soleil.

— Tirez les volets, dit-il. Pas ceux-là, les autres.

Mishani obéit, plongeant la pièce dans l'obscurité jusqu'à ce qu'il reste un seul volet qui fasse briller le visage poussiéreux du Masque. Au bout d'un moment, Copanis ferma lui-même ce volet, plongeant la pièce dans l'obscurité totale. Il tourna le Masque afin que tous deux puissent le voir. La poussière scintillait légèrement, phosphorescente dans l'obscurité, mais cette vie fut provisoire et elle disparut.

Copanis éternua. Il demanda à Mishani de rouvrir les volets. Elle s'exécuta, supportant son ton péremptoire parce qu'elle avait besoin de son aide. Ensuite, il s'assit en tailleur à son bureau et ôta la poussière du Masque, puis le retourna dans ses mains et l'examina. Il l'approcha de son visage en veillant bien à ce qu'il ne le touche pas. Il ferma les yeux et passa un bref instant à psalmodier doucement, comme s'il méditait. Mishani attendit patiemment, agenouillée en face de lui, ses cheveux formant une flaque autour d'elle.

Enfin, il ouvrit les yeux.

— C'est bien un Véritable Masque, dit-il. Mais infusé de poussière de pierre magique. Et il y a du pouvoir en lui. Toutefois il est très jeune. Moins d'un an, j'estimerais qu'il n'a pas eu plus de deux porteurs antérieurs, dont aucun ne possédait de force mentale remarquable. Il a beaucoup de valeur, naturellement, mais pour les Véritables Masques, il est faible, comme un nouveau-né.

— Vous pouvez deviner tout cela ? Je suis impressionnée, dit Mishani.

Il haussa les épaules.

— Je ne peux vous donner que des informations extrêmement vagues. Un Véritable Masque prend la force de ses porteurs… ou plutôt, il la leur sape. Il y a des moyens de distinguer un Véritable Masque d'un masque ordinaire et de le deviner à son âge, mais on ne peut pas faire grand-chose de plus. Il existe un moyen simple d'en savoir plus mais évidemment je ne peux le conseiller.

— Et c'est… ?

— De le mettre, maîtresse, dit Copanis dans un sourire revêche.

— Quiconque le mettrait mourrait sûrement, à moins d'être un Tisserand et formé aux arts.

— Ah, pas forcément. Une idée fausse et répandue, répondit Copanis en s'étirant. (Ses vertèbres craquèrent comme des feux d'artifice.) Plus le Masque est vieux, plus le danger est grand, mais un masque jeune et faible comme celui-ci… eh bien, vous ou moi pourrions le mettre sans ressentir d'effets néfastes. Des cauchemars, peut-être. Désorientation. Cela dit, je répète que je ne saurais le conseiller. Il subsiste malgré tout un facteur de risque. Si l'esprit s'avérait être sensible, la folie et la mort s'ensuivraient sûrement. Le risque est minime mais il existe.

Mishani réfléchit.

— Pouvez-vous me dire d'où il vient ?

— Ah, c'est simple. Les poinçons sont évidents. Vous voyez ce motif d'ondulation dans le bois à l'intérieur ? Et la dentelure, là, pour recevoir le philtre du porteur ? Cela vient de l'un des Pères bordeurs de Fo, quoique de quelle partie de l'île, je ne peux le dire. Je dirais du nord, simplement parce que les marques n'ont pas l'influence du continent sur la sculpture. Celui qui l'a sculpté avait soit peu de contacts avec les ports du sud de Fo et avec les gens, soit il a rejeté l'art des Pères bordeurs du continent. (Il le lui rendit, le visage noir et rouge semblant leur faire un grand sourire moqueur.) C'est tout ce que je peux vous dire.

— C'est plus que ce que j'espérais, répondit-elle en le saluant d'un signe de tête. Vous avez toute ma reconnaissance. Maintenant je dois y aller, je vous ai déjà mis en danger.

Il se leva, les jointures de ses genoux produisant un petit bruit sec, et gloussa :

— Un petit danger, maîtresse. Venez, je vais vous aider à sortir. Laissez-moi tâter le terrain pour vous, ensuite vous pourrez passer par la porte des servants. Vous savez où elle est ?

— Oui, répondit Mishani en se levant, ses cheveux tombant en cascade autour d'elle.

— Je m'en doutais bien, répondit-il.

Kaiku n'était pas habituée à passer les mois d'été dans la cité ; son père avait toujours envoyé sa famille dans leur propriété plus fraîche de la forêt de Yuna pendant qu'il travaillait. Même si ce n'était pas encore la misérable chaleur du milieu de l'été, Kaiku avait commencé à somnoler et eu envie de faire la sieste et elle avait dormi en attendant le retour de Mishani.

Dans ses rêves, les shin-shin étaient revenus.

Cette fois, ils étaient encore plus sombres et nébuleux que dans ses souvenirs. Ils avançaient, dignes et invisibles, dans les couloirs de sa mémoire, présences épouvantables d'où émanaient la mort, qu'elle ne pouvait pas voir mais qu'elle sentait. Elle s'enfuit dans un labyrinthe qui ressemblait à la maison de son père dans la forêt mais paraissait infiniment plus grand et interminable. Elle trouva des portes, des écoutilles, des coins qui mirent un terme à ses frissons car elle savait avec la certitude de son rêve, que la mort était tapie par là, *sentait* qu'ils attendaient juste derrière avec une patience vorace et terrifiante. Et chaque fois qu'elle tombait sur l'une de ces invisibles barrières de peur, elle partait en courant dans l'autre sens, la peau moite tellement la fin approchait. Mais où qu'elle aille, ils étaient partout, inéluctables.

Battant désespérément l'air, piégée pour l'éternité, elle savait qu'elle n'avait pas d'échappatoire et pourtant, elle essaya. À un moment donné, elle prit conscience d'une autre présence, encore plus malveillante que le shin-shin. Celle-ci vivait en elle, dans son nombril, son utérus et son aine, et elle s'accroissait chaque fois qu'elle y pensait, se nourrissant de son attention. Elle tenta désespérément de se distraire mais il était impossible de ne pas percevoir la chose en elle, dans sa peau, et elle sentit sa jubilation folle se nourrir de sa terreur. Désespérée, conduite par une prescience illogique qu'elle devait sortir de cette maison avant que cette nouvelle entité ne la dévore, elle fonça, essayant de nouvelles routes avec une panique croissante, trouvant tous les chemins bloqués par le shin-shin invisible, caché. Elle avait mal à la poitrine, et son cœur battait de plus en plus fort, mais elle ne pouvait s'arrêter même si son corps la brûlait de fatigue, et d'un seul coup, ce fut trop et…

Ses yeux s'ouvrirent en grand sur l'agonie et la chambre s'enflamma.

Elle se jeta hors de son tapis de couchage dans un cri, avertie par un instinct qui la fit réagir avant que son esprit conscient se pût se mettre en branle. Elle avait de la chance, elle avait été tellement rapide que les crépitements des flammes qui provenaient du tissage du tapis ne firent que la lécher et furent trop brefs pour faire autre chose que brûler succinctement sa chemise de nuit. Elle se leva non sans mal, passa frénétiquement sa chambre en revue. Le rideau qui habillait la porte d'entrée était en flammes, les volets des fenêtres fumaient, carbonisés, flammes bleues invisibles dans le soleil étincelant. Le bois d'œuvre de la chambre était calciné mais n'attrapait pas la lumière ; une composition de fleurs guya dans un vase était réduite en cendres. Une tenture murale, qui avait jadis représenté la victoire finale du premier empereur, Jaan tu Vinaxis, sur le peuple primitif ugati qui avait occupé ses terres dans le passé, était en feu. De la fumée fine et mortelle s'élevait partout autour d'elle.

Elle se précipita immédiatement à la porte, par réaction automatique, puis recula quand elle vit qu'elle était infranchissable tant que le rideau brûlait. Les fenêtres n'étaient pas non plus envisageables. Ce qui la terrifiait encore plus que sa peur animale du feu, c'était qu'elle savait qu'elle était coincée à cause de lui. Elle essaya d'appeler à l'aide, mais avaler de l'air lui fit mal à la poitrine. Tous ses muscles agonisaient et le sang semblait bouillir et brûler en battant dans ses veines. Le démon en elle était revenu dans son sommeil et la tourmentait avec des feux intérieurs et extérieurs.

S'armant de courage pour affronter cette torture, elle trouva sa voix et hurla, espérant alerter les servants de son état désespéré. Mais à peine l'eut-elle fait que le rideau de flammes se mit à battre l'air et elle vit Mishani derrière lui, donner des coups à l'aide d'une longue pique à lame, qui faisait partie de l'ensemble décoratif dans le corridor à l'extérieur. Elle donna un coup au tissu qui se désintégrait et il tomba en miettes par terre, où une servante jeta un seau d'eau savonneuse et le réduisit en une bouillie noire. Protégeant son visage avec un bras enveloppé de sa robe bleue, Mishani appela son amie. Kaiku courut vers elle, dans un soulagement désespéré. Mishani la fit sortir de la pièce, dans le couloir. Des voix s'élevaient partout dans la maison, tandis que les servants couraient pour chercher de l'eau.

Kaiku aurait pu étreindre son amie si la servante n'avait pas poussé un souffle d'horreur. Kaiku la regarda, confuse, et la fille trembla et décrivit un signe pour conjurer le mal. Le visage de Mishani était de marbre. Elle attrapa le poignet de la servante et la tira brutalement pour lui faire face.

— Sur votre vie, vous jurez de ne parler de cela à personne, dit-elle d'une voix lourde de menace. Sur votre *vie*, Yokada.

La servante opina du chef, terrorisée.

— Partez, lui ordonna Mishani. Allez chercher de l'eau. (Comme Yokada s'en allait avec reconnaissance, elle se tourna vers Kaiku.) Ferme les yeux, Kaiku. Laisse-moi te guider. Fais comme si tu étais aveuglée par la fumée.

— Je…

— Je suis ton amie, fais-moi confiance, dit Mishani.

Kaiku, sous le choc et encore effrayée, fit ce qu'elle lui avait demandé.

Mishani faisait plusieurs centimètres de moins que Kaiku mais elle paraissait beaucoup plus âgée à cet instant, et le ton de sa voix ne souffrirait aucun débat. Elle prit son amie par la main et l'entraîna au loin, si vite que Kaiku craignait de trébucher. Elle ouvrit les yeux pour voir où étaient ses pieds et Mishani lui siffla de les fermer. Des servants passèrent devant elle en courant dans un fracas de pas et elle entendit l'eau clapoter dans les seaux. Au bout d'un moment, Mishani tira un rideau et la conduisit dans sa chambre.

— Maintenant, tu peux les ouvrir, dit Mishani, l'air las.

C'était le bureau de Mishani. La table basse, simple, était encore recouverte par des rangées nettes de tableaux de comptes, un encrier et un pinceau. Plusieurs étagères contenaient d'autres manuscrits, tous bien rangés. Des esquisses de clairières et de rivières tranquilles étaient accrochées aux murs, à côté d'un grand miroir elliptique car Mishani divertissait souvent des clients dans son bureau et comprenait l'importance de l'apparence.

— Mishani… je… ça s'est passé de nouveau, balbutia Kaiku. Et si tu avais été avec moi ? Par les esprits… et si…

— Regarde-toi dans le miroir, dit Mishani.

Kaiku se tut, regarda son amie puis le miroir. Brusquement, elle redouta ce qu'elle risquait de voir. Elle frissonna tandis qu'un spasme de douleur tourmentait son corps.

— J'ai besoin de me reposer, Mishani… je suis tellement fatiguée, soupira-t-elle.

— Le miroir, répéta Mishani.

Kaiku se retourna et se mit devant en penchant la tête. Elle n'osait pas voir ce que son amie voulait qu'elle voie.

— *Regarde-toi !* siffla Mishani.

Et il y avait une dureté dans sa voix qu'elle n'avait jamais entendue auparavant, une dureté qui lui fit peur. Elle leva les yeux.

— Oh, murmura-t-elle, posant ses doigts sur sa joue.

Ses yeux, lui rendant son regard, n'étaient plus noisette. Les iris étaient d'un rouge foncé artériel, les yeux d'un démon.

— Alors c'est vrai, dit-elle lentement, d'une voix entrecoupée. Je suis possédée.

Mishani se tenait au niveau de son épaule devant le miroir, la tête inclinée en avant de sorte que ses cheveux tombaient sur son visage, cachant son regard.

— Non, Kaiku, dit-elle. Tu n'es pas possédée. Tu es une Aberrant.

10

La chambre du conseil du Donjon impérial n'était pas vaste mais son opulence compensait ce qui lui manquait en taille. Les murs et les gradins de la pièce semi-circulaire baignaient dans la magnificence, depuis l'énorme lustre en or et en cristal, jusqu'aux volutes ornées sur les avant-toits et les balcons. La majorité de la pièce était laquée de rouge écarlate et bordée d'or foncé ; le plafond était sculpté en un relief représentant une bataille ancienne alors que le sol était en pierre noire réfléchissante. Le mur plat du fond – où l'orateur se levait pour parler à ceux qui se trouvaient dans les gradins semi-circulaires en dessous – arborait une peinture murale gigantesque de deux créatures recouvertes d'écailles qui faisaient la guerre dans le vide, leurs corps en flammes, en se livrant un combat mortel au-dessus d'une cité terrifiée.

L'assemblée était silencieuse lorsque Anais tu Erinima, impératrice Blood de Saramyr, avança devant la peinture murale, dans une robe d'un rouge foncé similaire à celui de la pièce. Ses cheveux blond filasse étaient attachés en sa longue tresse habituelle, un diadème d'argent ornant son front. À côté d'elle marchait un vieil homme en robe de cérémonie grise, une capuche masquant son visage de sorte que seuls son long nez crochu et sa barbe poivre et sel dépassaient. De hautes fenêtres cintrées illuminaient la scène, plus vives sur le côté ouest où le soleil se dirigeait vers l'après-midi.

Anais détestait cette salle. Les couleurs la mettaient en colère et la rendaient agressive ; c'était un piètre choix pour une salle de débat. Mais c'était la chambre du conseil depuis des générations, ayant traversé les guerres et la paix, la famine et l'opulence, le malheur et la joie ; la tradition l'avait virtuellement laissée telle quelle depuis des siècles.

Peut-être serais-je celle qui la changerait, songea Anais en elle-même, dissimulant sa nervosité par la bravade. *Peut-être changerais-je bien des choses, avant que mes jours ne soient comptés.*

Elle prit place sur l'estrade centrale, silhouette menue et plus naïve qu'elle ne l'était en réalité, face à l'assemblée. L'Orateur se tenait à côté d'elle dans sa robe grise. Face à elle, sur trois gradins qui s'élevaient à perte de vue, les représentants des trente plus grandes familles de Saramyr. Ils étaient assis derrière des stalles ingénieusement sculptées, regardant leur dirigeante de haut. Elle passa la pièce en revue, cherchant ses alliés, cherchant ses ennemis… et finit par trouver Barak Zahn tu Itaki, qui jusqu'à quelques minutes plus tôt avait été son allié. À présent, elle ignorait quelle place elle occupait dans son estime.

Dans sa poche, elle avait une lettre du Barak, l'informant de la mort soudaine et extrêmement suspicieuse de son Tisserand, Tabaxa. Elle ne disait rien de plus. La lettre lui avait été remise par un servant juste avant qu'elle ne pénètre dans la salle. Si ce coup avait été calculé pour la perturber, c'était admirablement réussi. À présent, elle le scrutait dans les stalles, grand homme avec une petite barbe blanche et des joues creusées de petite vérole, tentant de deviner ce qu'il voulait dire, mais son visage était de marbre et ne trahissait en rien ses pensées.

Par les Esprits, croit-il que j'ai fait ça ? s'interrogea-t-elle. Puis elle se demanda ce qu'elle ferait si le Barak lui enlevait son soutien alors que sa situation était déjà suffisamment précaire.

« L'impératrice Blood de Saramyr, Anais tu Erinima » annonça l'Orateur puis ce fut à elle de prendre la parole. Elle prit son souffle, ne montrant rien de la peur qu'elle ressentait.

— Honorables familles de Saramyr, commença-t-elle, sa voix habituellement douce et tendre brusquement dure et claire, je déclare ce conseil ouvert. Merci d'être présents, je sais que certains d'entre vous sont venus de loin.

Elle marqua une pause, laissant s'évanouir les échos de ses civilités avant de descendre dans l'arène.

— Je suis sûre que vous êtes au courant de l'affaire qui nous concerne. Le sujet de ma fille est d'une grande importance pour vous tous et pour Saramyr même. Je suis au courant de la division qu'a générée cette situation tant parmi les grandes familles que parmi les nobles. Si l'on parvient à trouver un compromis pour apaiser cette division, alors j'ai l'intention de faire des compromis. De nombreux aspects de cette affaire vont entraîner des négociations. Mais tenez-vous-le pour dit : ma fille est des Blood Erinima et la fille de l'impératrice Blood. Certains peuvent dire que c'est une Aberrant, d'autres pas ; c'est une question de point de vue. Mais ce point est discutable dans les lois de succession. Elle est la seule héritière de ma couronne et elle sera l'impératrice Blood après moi.

Le conseil, comme il fallait s'y attendre, protesta bruyamment. Anais leur fit face sans broncher ni baisser les yeux. Beaucoup d'entre eux espéraient qu'elle aurait entendu raison et décidé d'abdiquer, au moins pour épargner la vie de sa fille. Mais Anais n'avait jamais été plus sûre de rien. Son enfant ferait un aussi bon dirigeant que n'importe qui, meilleur que la plupart. Quels que soient les dangers qu'elle courût, elle ferait monter son enfant sur le trône.

À moins, bien sûr, que le conseil ne la destituât.

Les trente grandes familles étaient en théorie vassales de la famille dirigeante mais cela marchait rarement exactement ainsi. Les Blood Erinima dirigeaient Saramyr ; en d'autres termes, ils parlaient – en théorie – pour toutes les familles. Les Baraks possédaient chacun de vastes étendues de terre, divisant en réalité Saramyr en parcelles gérables. Les Baraks subdivisaient ensuite leurs terres en ur-Baraks qui s'occupaient de plus petites portions et les ur-Baraks laissaient la gestion des villages dans leur territoire aux Marks. Avec autant de familles puissantes qu'il y en avait à Saramyr, la question de la loyauté n'était jamais nettement définie.

Le conseil des grandes familles ne représentait que les Baraks et certains des ur-Baraks plus influents qui n'avaient que des liens de sang. Bien qu'il y eût une forte propension à soutenir la famille dirigeante, attisée par la tradition et le sens de l'honneur, cela ne constituait aucune garantie. Le conseil s'était déjà retourné contre ses souverains et pour bien moins. Un vote de confiance du conseil était accablant et ne laissait que deux options réelles : abdication ou guerre civile. L'histoire de Saramyr était entachée de coups sanglants. La famille dirigeante avait beau avoir toujours eu la plus grande armée, de loin – sa position lui permettant d'avoir la protection des gardes impériaux qui avaient fait serment d'allégeance à la couronne seule et pas aux Blood –, une alliance entre plusieurs Baraks puissants pourrait toujours les défier et gagner.

L'Orateur leva le bras ; sa main était un petit tube de bois sur une fine corde rouge. Il la tourna rapidement et une haute mélopée funèbre parcourut la salle. Lorsqu'elle cessa, le silence se fit de nouveau. Les yeux d'Anais parcoururent l'assemblée. Elle discerna d'autres membres des Blood Erinima dans les stalles, approuvant sa déclaration. Ses vieux ennemis des Blood Amacha semblaient furieux, bien qu'elle remarquât que l'expression du Barak Sonmaga était presque suffisante. Il savourait le combat.

— A ceux qui s'opposent à moi, je dis cela ! cria-t-elle. Vous êtes aveuglés par vos préjugés ! Pendant trop longtemps vous avez écouté les Tisserands, pendant trop longtemps on vous a dicté quoi penser à ce sujet. Beaucoup d'entre vous n'ont même jamais vu d'Aberrant. Beaucoup d'entre vous ignorent même ce qu'est un Aberrant. Ceux d'entre vous qui ont rencontré ma fille savent comme elle est douce et gentille. Elle n'a aucune malformation. Elle possède peut-être des perceptions supérieures aux nôtres, des sens que nous ne comprenons pas, mais n'est-ce pas pareil pour les Tisserands ? Elle n'a fait de mal à rien ni à personne ; elle est aussi équilibrée qu'une enfant peut l'être. Et si une intelligence exceptionnelle est un trait de caractère indésirable pour un dirigeant de Saramyr, alors laissons-nous plutôt diriger par des demi-cerveaux et voyons pendant combien de temps notre fier pays tiendra !

Un nouveau silence s'abattit un bref instant. Elle était dangereusement à deux doigts de défier tout net les Tisserands et qui savait quel désastre cela allait engendrer ? Anais était ravie qu'aucun Tisserand ne soit présent ; ils ne jouaient aucun rôle dans la politique du pays. Pourtant elle était sûre qu'ils écoutaient quelque part…

Barak tu Sonmaga tu Amacha se leva. Elle aurait dû deviner qu'il serait le premier. L'Orateur annonça son nom.

— Impératrice, personne ne doute de l'amour que vous portez à Lucia, dit Sonmaga. (C'était un homme au torse large, à la barbe noire et aux sourcils épais.) Qui d'entre nous ne ferait pas de même s'il s'agissait de notre fils ou de notre fille ? Qui parmi nous pourrait supporter de mettre son enfant entre les mains des Tisserands s'il était… anormal ?

Anais ne réagit pas aux mots qu'il avait choisis. C'était dans le but délibéré de la provoquer.

— Mais c'est une affaire bien plus importante que vos sentiments, impératrice, poursuivit-il, baissant d'un ton. Plus importante même que les nôtres, ici, dans ce conseil. Le *peuple* est le principal problème. Le peuple de Saramyr. Et je vous dis qu'ils ne *supporteront pas* qu'une Aberrant monte sur le trône. Elle a peut-être le potentiel d'une grande dirigeante – je suis sûr qu'aucune mère ne penserait moins de son enfant – mais pendant combien de temps dirigera-t-elle efficacement, si elle est vilipendée par le peuple en dessous d'elle ?

Anais garda son sang-froid :

— Barak Sonmaga, le peuple a le temps de s'habituer à elle. D'ici à ce qu'elle monte sur le trône, ils auront appris à l'accepter. Ils, comme beaucoup d'honorables Baraks et Barakesses dans cette chambre, constateront que leur avis changera en voyant ma fille et sa vraie nature.

Sonmaga ouvrit la bouche pour reprendre la parole mais Anais, se rappelant brusquement une autre remarque qu'elle avait l'intention de faire, le devança.

— Et n'oubliez jamais, Barak Sonmaga, les leçons du passé. Notre peuple a enduré la tyrannie sous la folie de l'empereur Cadis tu Othoro. L'incompétence de l'empereur Emen tu Gor les a conduits à la famine et à la ruine puis ils ont enduré de terribles épidémies que l'on pouvait parfaitement éviter sous son successeur, car il refusait d'épurer les cités. Rien de tout cela n'a amené le peuple à faire la révolution. Je propose une enfant à l'intelligence extraordinaire, à la santé mentale parfaite et d'un naturel aimable, et la seule chose qui la dessert c'est d'être différente. J'ai peine à croire que le peuple prendra les armes à cause de cela. Je dis que vous exagérez, Barak Sonmaga tu Amacha. Ce n'est un secret pour personne que vous avez vos préférences quant à celui qui devrait s'asseoir sur le trône.

Sonmaga lui coula un regard noir. Une accusation aussi directe frisait l'insulte mais c'était aussi quasiment la vérité. Les Blood Amacha n'avaient jamais été une famille dirigeante et avaient toujours convoité le trône. Il le savait pertinemment et ne pouvait en prendre ombrage sans affaiblir sa propre position. Anais, quant à elle, balaya froidement la pièce du regard. Elle ne regarda pas les représentants des Blood Gor à qui elle avait malheureusement rappelé leurs échecs passés. Blood Othoro avait heureusement dépéri depuis fort longtemps et emporté sa folie avec lui. Son regard se posa sur Barak Zahn et s'y attarda un instant mais il était toujours imperturbable. Sa lettre l'avait considérablement énervée ; elle ignorait si elle pouvait compter sur son soutien ou non. Le marché qu'ils avaient conclu pouvait tomber à l'eau s'il soupçonnait Anais d'avoir tenté de le tuer lui ou son Tisserand… mais pourquoi irait-il croire une chose pareille ? Ils étaient des alliés, n'est-ce pas ?

Un vieux Barak se leva alors, le corps mince drapé dans des robes épaisses.

— Barak Mamasi tu Nira, annonça l'Orateur.

— Je vous prie de bien vouloir prendre cette affaire en considération, fit

Mamasi. (Il était neutre, pour ce qu'en savait Anais. Il n'aimait pas impliquer sa famille dans des conflits d'aucune sorte s'il pouvait l'éviter.) Contraindre le conseil à voter ne peut qu'entraîner une catastrophe. L'opinion parmi les Baraks est fortement divisée, vous le savez. Abdiquez, impératrice, pour le bien du pays et de votre fille. Si vous restez, une guerre civile s'ensuivra forcément et la vie de Lucia serait en grand danger si vous perdiez cette guerre.

— Barakesse Juun tu Lilira, annonça l'Orateur quand celle-ci se leva et fit signe pour lui montrer qu'elle souhaitait parler pour soutenir Mamasi.

— Aujourd'hui, plus que jamais, nous devons rester unis, déclara l'ancienne Barakesse. Le pays même se retourne contre nous. Le mal hante les collines et les forêts, et s'enhardit de jour en jour. Mes villages sont assiégés par des esprits mauvais, la terre tombe malade et les récoltes dépérissent. Une guerre civile ne ferait qu'accroître notre détresse. Je vous en prie, impératrice, pour le bien de votre peuple.

— Je refuse ! s'écria Anais. Mon abdication ne ferait qu'affaiblir davantage le pays, plus que Lucia ne le ferait jamais. Il y a au moins trois maisons qui détiennent suffisamment de pouvoir pour défier le trône. Je ne citerai aucun nom et je ne présume pas connaître leurs intentions mais une guerre de succession s'ensuivrait si les Blood Erinima renonçaient à toute prétention à la couronne et vous le savez tous !

Nouveau silence. Elle disait la vérité. Les Blood Batik faisaient valoir leurs droits par le mariage mais en aucun cas Anais ne mettrait la responsabilité de Saramyr entre les mains de son propre à rien et coureur de jupons de mari. Les Blood Amacha revendiquaient leurs droits par le pouvoir simple ; ils possédaient la majorité du pays et une grande armée privée. Et les Blood Kerestyn étaient les plus puissants de tous : ils étaient la famille dirigeante avant Erinima et n'avaient jamais perdu le désir de réclamer la couronne.

— Je sais quelle horreur le mot « Aberrant » suscite en nous tous, poursuivit-elle. Mais je sais également qu'il existe plusieurs interprétations de ce mot. Toute Aberration n'est pas mauvaise ; tous les Aberrants ne sont pas mauvais. Il a fallu que mon enfant naisse pour que je m'en rendre compte mais aujourd'hui je le sais. Et je voudrais que vous le sachiez tous aussi.

Elle leva la main pour devancer un autre de ses adversaires.

— Je demande le vote du conseil pour soutenir la prétention à la couronne de ma fille.

— Que le conseil vote ! lança l'Orateur.

Anais resta là où elle se trouvait, les mains croisées, moites de sueur. Elle sentait qu'elle tremblait intérieurement. Si le conseil approuvait à la majorité, elle pourrait s'estimer sauvée pour un moment. Comme l'avait dit la Barakesse, personne ne souhaitait de guerre civile. Mais si ses partisans la laissaient tomber, elle courait un terrible danger. Abdiquerait-elle vraiment, même pour l'amour de son enfant ? Au moins, dans ce cas, Lucia vivrait…

— Blood Erinima, famille de mon cœur. Que dites-vous ? demanda-t-elle.

— Nous vous soutenons, comme toujours, impératrice, dit sa grand-tante Milla.

En tant qu'aïeule, elle était chef de famille même si sa nièce était impératrice.

Anais parcourut la chambre du regard, scrutant les gradins somptueux. Elle devrait interroger chacune des trente familles tour à tour, et l'ordre dans lequel elle les questionnerait était capital. Les familles qui hésitaient risqueraient de se laisser influencer si un allié plus puissant prenait la tête. Avec les Blood Erinima, c'était facile. Elle interrogea ensuite trois autres familles, toutes l'ayant assurée de leur soutien. Une quatrième, sur qui elle avait cru pouvoir compter, décida de rester neutre.

Puis, estimant qu'il valait mieux ne pas utiliser tous ses alliés si tôt dans le vote, elle choisit un ennemi évident : les Blood Amacha.

— Nous nous opposons à vous, impératrice, de toutes nos forces et avec toute notre énergie, répondit Barak Sonmaga, quelque peu inutilement.

Elle interrogea plusieurs autres familles et reçut des réponses partagées. L'influent Barak Koli vota contre elle, sa fille Mishani brillant par son absence. Blood Nabichi soutint inopinément l'impératrice. Mais il restait une famille que toutes les familles moins importantes attendaient : les Blood Itaki. Leur soutien était vital pour piéger ceux qui s'abstenaient de prendre position.

— Blood Itaki, dit-elle, sa voix résonnant à travers la chambre. Que dites-vous ?

Barak Zahn tu Itaki déplia son corps maigre, grand et élancé, derrière sa stalle. Il observa soigneusement Anais. Celle-ci croisa son regard sans baisser les yeux.

Je ne lui ai fait aucun mal, songea-t-elle. *Je n'ai rien à craindre.*

— Blood Itaki soutient la prétention de votre fille, Anais tu Erinima, dit le Barak et quand il se rassit, Anais sentit ses genoux se dérober sous elle.

Le rituel consistant à interroger chaque famille était très éprouvant pour les nerfs et, quand il fut terminé, aucune majorité claire n'en ressortit. Ses partisans et ses adversaires étaient de force égale et très peu s'étaient abstenus. Le conseil était divisé, scindé en son centre.

Anais sentit un frisson de vive inquiétude et de soulagement la parcourir. Si le conseil avait voté en masse contre elle, elle aurait été tentée d'envisager d'abdiquer, quoi que cela coûtât aux Blood Erinima. Sa fille aurait sûrement payé de sa vie si Anais avait tenté de la faire monter sur le trône sans aucun soutien. Mais à présent sa route était tracée. Bien que cela fût risqué, elle avait suffisamment de force en elle pour oser cela, même si elle tentait fortement la perspective d'une guerre civile. Lorsqu'ils quitteraient la chambre, les Blood Amacha réuniraient leurs alliés et les Blood Kerestyn, les leurs. Le seul réconfort qu'elle trouvait était que l'opinion était divisée, alors que son comité de soutien était aussi solide qu'elle pouvait l'espérer.

— Ma fille prendra le trône, dit-elle. Je vous souhaite à tous un bon voyage.

Et sur ce, elle s'en alla, son sang-froid menaçant de lâcher quand elle descendit de l'estrade. Mais elle ne s'autoriserait pas à pleurer avant d'être seule dans ses appartements.

*
* *

Ce fut environ une heure plus tard que Barak Zahn vint lui rendre visite dans ses appartements.

En temps normal, Anais ne recevait aucun visiteur après un conseil. Mais pour lui, elle faisait une exception. Ils se connaissaient depuis suffisamment longtemps pour se passer de formalisme et elle avait donc fait entrer Zahn dans une pièce remplie de chaises somptueuses où fumait délicatement un brasero ; elle ne portait qu'une robe toute simple et ses cheveux, qu'elle venait de brosser, étaient détachés. Le décor était relaxant et accueillant, calculé pour le mettre à l'aise. Là, certaines concessions avaient été faites au luxe sur la beauté esthétique et la pièce baignait dans une atmosphère douillette, avec des tapis sur le sol en *lach* et des rideaux de perles colorées ornant les voûtes des fenêtres grandes et étroites.

— Zahn, fit-elle dans un grand sourire. Je suis ravie de vous voir.

— Moi aussi, Anais, dit-il. Bien que j'espérais que les circonstances fussent quelque peu différentes.

Elle lui désigna une chaise et s'assit en face de lui.

— Une époque troublée, en effet, dit-elle.

— Je ne peux pas rester, Anais, fit Zahn en se grattant le cou avec son pouce d'un air absent. L'après-midi avance et je dois rentrer dans mes terres. Je suis venu ici afin de vous mettre en garde.

Anais adopta une attitude attentive.

— Un servant a trouvé Tabaxa, mon Tisserand, mort, dit Zahn en fronçant légèrement les sourcils. Il a été abattu très soudainement, visiblement, et saignait des oreilles et des yeux, et pourtant il ne portait aucune marque.

— On dirait que c'est un autre Tisserand qui a fait ça, lança Anais. Ou peut-être du poison.

Zahn poussa un grognement négatif.

— Pas du poison. Le servant a ôté le masque de Tabaxa et il a prononcé un mot avant de mourir. Très clairement.

Anais rassembla brusquement les pièces du puzzle : pourquoi Zahn lui avait envoyé cette lettre, pourquoi il lui avait semblé aussi froid dans la chambre du conseil.

— Vyrrch, dit-elle.

Zahn ne répondit pas mais ses yeux lui firent comprendre qu'elle avait raison.

— Alors pourquoi… ?

— Étiez-vous au courant, Anais ? lui demanda Zahn, titubant brusquement vers elle.

— Non ! répondit-elle immédiatement.

Zahn marqua une pause, à moitié en dehors de sa chaise, puis se rassit dans un soupir.

— Comme je le pensais, dit-il. Un simple mot est une corde mince à laquelle accorder beaucoup d'importance, Anais. Mais vous devez surveiller votre seigneur Tisserand. Peut-être cherche-t-il à vous amoindrir. Avez-vous songé à ce que cela signifierait pour les Tisserands si Lucia prenait la couronne et qu'il n'y ait *pas* de révolution ?

L'air sombre, Anais acquiesça d'un signe de tête.

— Elle tourne en ridicule tout ce qu'ils enseignent sur les Aberrants. Cela fait si longtemps qu'ils tuent des enfants aberrants, et si jeunes... Lucia est la preuve vivante qu'ils ne deviennent pas toujours mauvais, si tant est que cela se produise. Si elle devient impératrice, ils redoutent ce qu'elle fera.

— Peut-être, dit Zahn, est-ce quelque chose qui doit être fait.

Anais hocha légèrement la tête, posant son regard sur les fenêtres où l'œil de Nuki veillait avec bienveillance sur Axekami derrière les rideaux de perles.

— Pourquoi avez-vous voté pour moi, Zahn, si vous croyiez que j'avais envoyé Vyrrch vous espionner ?

— Parce que je vous fais confiance, dit-il. Nous avons été tour à tour alliés et adversaires depuis fort longtemps mais vous n'avez jamais rompu de marché avec moi. De plus, je l'avoue, je voulais voir comment vous réagiriez quand vous me verriez. J'aurais pu deviner, je pense, si vous aviez été coupable.

— Peut-être, fit Anais dans un vague sourire. Toutefois, je vous suis reconnaissante de votre confiance.

— Je dois y aller maintenant, dit Zahn en se levant. Ce n'est pas la peine de me raccompagner. Je vous en prie, Anais, tirez la leçon de tout cela : ne tournez pas le dos à Vyrrch. Il est mauvais et il tuerait votre enfant s'il le pouvait.

— Et je ne peux rien faire contre lui sans preuve, répondit-elle d'un air triste. Et peut-être même pas si j'avais des preuves. Au revoir, Zahn. J'espère que nous nous reverrons bientôt.

— Certes, dit le Barak.

Et il laissa Anais méditer, seule, dans la chaleur lourde de l'après-midi.

11

Le soleil se levait, rouge sang, derrière la barge qui avançait doucement vers l'ouest, vers Axekami. On l'appelait le Surananyi – la furie de Suran. Quelque part dans les déserts orientaux de Tchom Rin, de violents ouragans tourmentaient les terres désolées, soufflant de la poussière rouge dans le ciel pour troubler la lumière de l'œil unique de Nuki.

D'après la légende, Panazu, dieu des rivières et de la pluie, s'était tellement entiché de Narisa, fille de Naris, qu'il avait demandé à un vieil apothicaire sage de lui concocter une potion qui la ferait tomber amoureuse de lui. Mais le vieil apothicaire n'était autre que Shintu l'illusionniste, déguisé, et Shintu jeta un sort sur Panazu pour qu'il croie que la première femme qu'il verrait était sa bien-aimée Narisa. Cela se produisit lorsqu'il revint chez lui et la première à l'accueillir fut sa sœur Aspinis, déesse des arbres et des fleurs. Panazu, croyant que sa sœur était Narisa, choisit le moment pour verser furtivement sa potion dans le verre d'Aspinis et elle tomba sous son influence. Ils s'accouplèrent et, au petit matin, lorsque leurs yeux s'éclaircirent, ils furent horrifiés par ce qu'ils avaient fait.

Mais le pire était à venir ; ils étaient le fils et la fille d'Enyu, déesse de la nature et de la fertilité, et de leur accouplement naquit un enfant. Ils n'osèrent pas le dire à leur mère car l'enfant n'était pas naturel, car issu de l'inceste, et ils savaient parfaitement que leur mère ne pouvait excuser tout ce qui ne respectait pas ses lois. Aspinis s'enfuit, pour cacher sa honte. Mais elle était aimée des dieux et leur manqua fortement ; Ocha et Isisya ordonnèrent donc que tous la recherchent jusqu'à ce qu'ils la retrouvent.

Ainsi commença l'année des Temples vides, lorsque le peuple de Saramyr souffrit atrocement car les dieux détournèrent leur visage de la terre et parcoururent le Royaume doré pour retrouver leurs parents perdus. Les récoltes dépérirent, des vents cruels soufflèrent, la famine toucha le pays. Même Nuki se détourna d'eux et le soleil fut faible cette année-là. Et le peuple avait beau se presser dans les temples pour prier pour leur délivrance, leurs dieux n'étaient pas là.

Puis, la joie. Aspinis revint du désert et tout le Royaume doré fêta son retour. À Saramyr les récoltes prospérèrent, les poissons abondèrent et le bétail engraissa. Aspinis ne parla pas de l'endroit où elle était allée ; mais Shintu qui avait deviné ce qui s'était passé, menaça de tout raconter à sa mère Enyu sauf si elle lui révélait où se trouvait le bébé. Aspinis – qui n'avait pas la moindre idée du rôle de Shintu dans cette histoire – lui apprit que le bébé était dans une grotte bien cachée dans le désert où elle avait dû mourir depuis longtemps.

Shintu, désireux de voir les résultats de ce qu'il avait fait, voyagea jusqu'à la grotte où il trouva le bébé, non pas mort mais bien vivant. Les serpents et les lézards la nourrissaient, lui apportaient de petits morceaux, et c'était une chose affreuse et ridée, avec de longs cheveux emmêlés et des yeux bizarres, un vert et un bleu. Mais Shintu eut alors pitié d'elle et ramena le bébé chez lui, s'occupa d'elle en secret, et l'appela Suran. Elle devint une fille amère, car, comme les dieux, elle se rappelait ce qu'on lui avait fait bébé et quand elle fut adulte, elle quitta Shintu et repartit dans le désert pour vivre parmi les lézards et les serpents, pour devenir l'antithèse de tout ce que défendaient ses parents qu'elle détestait. Suran était l'exclue, la déesse des déserts, de la sécheresse et de la peste et, quand elle faisait rage, tout Saramyr voyait rouge.

Tane avait le cœur lourd quand il s'assit sur le gaillard d'avant de sa barge, sentant le lent tangage de son bateau qui le portait en avant. C'était une petite embarcation peu pratique, remplie à ras bord de minerais et de minéraux provenant des montagnes de Tchamil. Les cris grossiers des bateliers résonnaient dans ses oreilles, braillant dans leur dialecte haché, des oiseaux qui pépiaient virevoltaient au-dessus de lui, prenant à tort la barge pour un bateau de pêche et espérant un petit déjeuner ; des haussières craquaient et le bois d'œuvre gémissait. Tout autour de lui, la vie, et pourtant il se sentait sans vie.

Il jeta un œil aux planches entre ses genoux, leur couleur assombrie par le soleil rouge sang, et suivit le grain du bois du regard. Comme ces lignes lui ressemblaient, songea-t-il. Elles voyageaient en solitaire, s'effleuraient parfois les unes les autres mais ne se touchaient jamais. Parfois, elles étaient englouties par un nœud ou une volute, entraînées dans un enchevêtrement. Mais toujours elles ressortaient de l'autre côté, retournaient à un chemin solitaire et sans but. Lui-même se sentait battre l'air intérieurement, cherchant à tâtons une corde d'objectif souillée qui échappait à son emprise. Que valait-il, sur des milliers, sur des millions, de quel droit espérait-il le bonheur interdit d'être comme les autres ? Les dieux offraient leurs dons et leur bénédiction comme ils le voulaient et il y avait sûrement beaucoup d'autres hommes plus méritants que lui. Il avait beau être un prêtre, il était encore inférieur à ces simples bateliers car il était entré dans les ordres pour expier son passé, pas par grandeur d'âme ni générosité. Pour se déculpabiliser et retrouver son innocence. Combien de vies, combien de sacrifices faudrait-il avant que les dieux ne soient satisfaits ?

Il ressentit de la peine pour les prêtres du temple qu'il avait laissés mais pas de véritable chagrin. Jin et lui étaient retournés dans l'ancienne maison de Tane au point du jour et l'avaient trouvée dans un chaos total. Les prêtres étaient dispersés au hasard comme des poupées dont on s'était débarrassé. Ils parurent à peine réels à Tane quand il les identifia un à un ; uniquement des effigies, comme si les visages qu'il avait connus ces dernières années avaient été remplacés par des sculptures cireuses aux yeux ternes et vitreux et à la bouche sèche, béante, révélant des langues pourpres pendillant.

— Ils cherchaient quelque chose, dit Jin.

— Ou quelqu'un, ajouta Tane.

Il supposa que le silence de Jin signifiait qu'elle avait deviné à qui il faisait référence.

Plus tard, il sortit les prêtres du temple et les déposa sur l'herbe. Là, il énuméra leurs noms en silence en priant Noctu, pour qu'elle puisse enregistrer leur mort et en informer son mari Omecha. Il dit une autre prière à Enyu tandis que Jin attendait patiemment et il terminait tout juste lorsqu'il entendit Jin retenir sa respiration pour le prévenir que quelque chose n'allait pas.

Quand il ouvrit les yeux, il vit les ours. Ils attendaient en lisière de la clairière, de grosses formes noires tapies dans les feuillages, observant, attendant. Tane les salua d'un signe de tête, puis entraîna Jin vers le bateau que les prêtres utilisaient pour faire l'aller et le retour jusqu'au village voisin de Ban.

— Il n'y aura pas d'enterrement ? demanda-t-elle.

— Ce ne sont pas nos coutumes, répondit-il. Les bêtes de la forêt les prendront. Leur chair retournera dans le cycle de la nature, leurs âmes aux Champs d'Omecha.

Ils avaient acheté un passage sur une barge de Ban. Durant leur voyage de six jours, Tane avait largement eu le temps de faire une introspection. Il chercha en lui le puits de la perte mais ne trouva rien. L'absence le déroutait. Son chez-lui, tous les visages qu'il avait connus, ses tuteurs et amis, et même le vieux maître Olec, tous avaient disparu en une nuit. Pourtant il n'arrivait pas à être chagriné et, en fait, il ressentait une excitation coupable à l'idée de s'en aller. Peut-être n'avait-il jamais appartenu à tout cela, et ne se l'était-il tout simplement jamais avoué jusqu'à aujourd'hui. Peut-être était-ce pour cela qu'il ne parviendrait jamais à trouver la paix intérieure qu'il recherchait.

Enyu a un autre chemin pour moi, songea-t-il. *Elle m'a épargné le massacre et m'a mis sur ma route. Moi, le moins méritant des adeptes.*

Cette pensée le rendit étrangement heureux.

Le soleil était haut dans le ciel oriental quand ils arrivèrent à Axekami mais n'avait toujours pas débarrassé le voile de poussière du désert qui pendillait et la capitale de Saramyr regardait d'un air mauvais le rouge qui l'enveloppait. Pour pénétrer dans la cité même il fallait traverser des baraques tentaculaires des nomades des rivières dont les huttes sur pilotis et les appontements bancals jonchaient les rives de la rivière. Des vieillards ratatinés, maigres et nerveux, faisaient les cent pas à l'aide de leur canne, semblant jouer leur vie quand ils coupaient la route à la barge. Le capitaine de l'embarcation ne ralentit pas et ne leur prêta pas attention. Des nomades étaient assis devant leurs maisons et leurs boutiques en bois, grattaient du cuir ou tissaient, et ils jetèrent un œil suspicieux ou indifférent à l'imposante barge qui descendait la Kerryn. Les nomades faisaient uniquement confiance à leurs semblables, et personne ne leur faisait confiance.

Jin vint s'asseoir à côté de Tane alors que les baraques faisaient place à des bâtiments, principalement des entrepôts et initialement des chantiers navals. Elle replaça ses cheveux derrière son épaule et contempla l'eau couleur lie-de-vin.

— Je pense que vous souhaitez trouver cette Kaiku tu Makaima pour d'autres raisons, pas uniquement pour m'aider à lui transmettre mon message.

Tane lui jeta un coup d'œil de biais ; elle regardait toujours par-dessus le plat-bord. Il scruta son profil : il était parfait. Elle était d'une grande beauté et, ce qui était curieux, c'était qu'elle semblait de plus en plus belle chaque jour. Elle semblait même *trop* parfaite. Même les grandes beautés arboraient des imperfections : une tache de rousseur, de légères aspérités au-dessus des lèvres ou les couleurs des iris légèrement marbrées. L'imperfection accentuait justement leur beauté. Mais Jin n'avait même pas cela.

Elle le laissait perplexe. Au cours de leurs conversations ces six derniers jours, elle avait révélé une intelligence lumineuse et une grande expérience. Ça plus son physique, elle avait le monde à ses pieds. Il avait du mal à imaginer quelque chose qu'elle ne sache pas faire, aucune position qu'elle ne puisse facilement atteindre si elle en avait la volonté. Pourquoi alors, Messagère impériale ? Pourquoi choisir une route dangereuse et poussiéreuse, toujours être en mouvement, ne jamais se poser ? Qui *était*-elle, en vérité ?

Elle se tourna alors vers lui comme si elle attendait quelque chose, et il comprit qu'elle voulait une réponse. Il ne lui en donna pas. Qu'elle imagine ce qu'elle voulait. Même lui ne parvenait pas à savoir pourquoi il suivait la trace de Kaiku, juste qu'elle était la seule destination qui lui restait maintenant que son chez-lui avait disparu.

— Pensez-vous que nous la trouverons ? demanda-t-il enfin.

— Je peux trouver sans peine cette Mishani dont vous parlez. C'est Mishani tu Koli, fille du Barak Avun. Si Kaiku est avec elle, notre tâche en est d'autant plus facilitée.

Tane opina du chef. Il espérait qu'il n'avait pas fait d'erreur en révélant ce qu'il savait à Jin, mais il aurait eu du mal à faire autrement. Ils étaient compagnons, du moins pour quelque temps, et il ignorait comment trouver quelqu'un dans une cité de la taille d'Axekami sans elle. Pourtant, les soupçons qu'il portait sur elle n'avaient pas été facilités par ce qu'elle savait manifestement sur les shin-shin, et l'avaient amené à s'interroger de nouveau sur la lumière étrange qu'il avait vue dans ses yeux dans la forêt.

— Nous n'avons plus rien à craindre d'eux, du moins pour l'instant, lui avait-elle dit. Quoi qui les ait fait venir dans votre temple, ils ne peuvent nous poursuivre sur l'eau. Peut-être devineront-ils où nous allons, et peut-être nous suivront-ils sur l'eau vers la rive nord mais, une fois près d'Axekami, ils ne s'aventureront pas plus avant. La cité est l'endroit des hommes, pas celui des esprits.

— Et ils arrêteront alors de nous poursuivre ? avait demandé Tane.

— Les shin-shin sont persévérants et ils ne lâchent pas si facilement leur proie. Mais s'ils nous poursuivent, ils abandonneront peut-être quand nous arriverons dans la cité. Ou nous attendront à l'extérieur dans l'espoir de nous suivre de nouveau quand nous repartirons.

Tane avait voulu lui demander comment une Messagère impériale avait appris autant de choses sur les esprits et les démons mais, au bout du compte, il avait décidé qu'il préférait ne pas le savoir.

L'immense capitale enflait autour d'eux : des dômes, des flèches et des temples affluaient, suivaient la Kerryn de près. Au nord, la terre décrivait une pente sur laquelle s'élevaient les immeubles, jusqu'à ce qu'elle soit trop raide pour être constructible et se dresse pratiquement à pic, au-dessus de laquelle s'érigeait le majestueux Donjon impérial, son revêtement brûlant de rouge-or sous le soleil voilé par la poussière. Les rues de la cité étaient un canevas de touches de blanc, de vert vieilli, de colonnes, de fontaines et de parcs. Ici, un fouillis d'entrepôts dans le pire état d'abandon, là une galerie, un clocher, une bibliothèque, d'élégantes voussures de pierre et de bois et des inscriptions dans de beaux métaux sur les portes d'entrée. Une énorme porte de prière traversait la frontière du District impérial, grande ellipse de pierre et d'or, aux bords éblouissants, même sous les rayons voilés de l'œil de Nuki.

Au sud, se trouvait le célèbre District des Rivières où il n'y avait pas de routes, uniquement des canaux, un endroit à la fois délicieusement prisé et extrêmement dangereux. Il était aussi chaotique et magnifique que le reste de la cité, mais concentré sur une plus petite superficie, avec des bâtiments d'une architecture extraordinaire serrés les uns contre les autres sur de minuscules îles irrégulières. Ceux qui faisaient des allées et venues ou qui avançaient avec leur canne le long des canaux, aidés par les hommes des barques, étaient enveloppés dans des vêtements extravagants et peu pratiques, comme pour faire rougir la société respectable ; mais, dans le District de la Rivière, rien n'était trop extrême.

Tane apprécia tout cela, émerveillé. Il s'était déjà rendu à Axekami une fois de temps à autre mais elle avait toujours le pouvoir de l'impressionner. La tranquillité des forêts avait été son monde où le seul bruit était la détonation d'un fusil de chasse ou le claquement d'un feu. Il entendait déjà le nuage de bruit, le battage qui provenait de la cité, plusieurs milliers de voix qui baragouinaient, le bruit de ferraille des charrettes, le mugissement des manxthwas qui avançaient dans les rues d'un pas pesant. La cité semblait grouiller sur les bords de la rivière, attendant de le consumer dès qu'il s'éloignerait du sanctuaire de la barge, vacarme inéluctable qui rendrait un homme fou. Tane en avait peur et le désirait à la fois.

On pouvait dire la même chose, songea-t-il, de son avenir.

Kaiku s'agenouilla devant le miroir dans la chambre d'ami très peu meublée et se regarda. Le visage qui lui rendit son regard lui semblait à présent peu familier, bien que le rouge de ses iris ait disparu depuis longtemps et qu'ils aient retrouvé leur marron naturel. Le monde n'avait pas tourné qu'une fois depuis qu'on l'avait mise au courant de son état et pourtant elle avait le sentiment qu'elle avait toujours été comme ça, étrangère à ses propres perceptions.

Au-dehors, elle entendait les bruits des servants qui rentraient de l'enterrement. Mishani serait avec eux. Kaiku avait estimé que s'y rendre ne lui semblait pas indiqué.

Elle n'avait pas pleuré. Elle ne pleurerait pas. *Garde tes larmes pour éteindre la flamme*, s'était-elle dit dans un moment fantasque, mais la vérité, c'était qu'elle n'éprouvait pas de tristesse. Le chagrin l'avait ravagée, dépassant le seuil de tolérance, et pourtant il ne l'avait pas totalement brisée. Au contraire, elle sentait un point dur d'amertume dans sa poitrine, une petite pierre qui se formait dans les cavités de son cœur comme une perle polluée à l'intérieur d'une huître. Elle était malade de chagrin, malade de douleur. Comment croire à quoi que ce soit maintenant, même à la preuve de ses yeux et de ses oreilles, alors que vingt moissons de bonheur et de sécurité étaient allées et venues dans sa vie pour être fracassées en un seul jour de tragédie ? En quoi avoir de nouveau confiance ? En comparaison, le chagrin et les remords étaient inutiles. Il ne restait plus qu'à baisser les bras, ou à aller de l'avant.

Elle choisit la dernière option.

Mishani s'était refermée comme un éventail depuis l'incendie de la veille. Par bonheur, l'incendie fut rapidement maîtrisé et fit peu de dégâts dans la maison mais ceux qu'il avait causés à leur relation étaient incommensurables. Son amie d'antan était froide avec elle, vernis implacable fermé à double tour. Et même si elle parlait, ses paroles était dénuées de sentiment et apparemment il lui fallait produire un grand effort pour faire la conversation.

— Tu es morte, Kaiku, avait-elle dit la veille dans l'après-midi à la suite de son accusation. Ce n'est pas inhabituel qu'un Aberrant reste à l'état de latence pendant des années jusqu'à ce que… quelque chose le réveille. Pendant tout ce temps, tu l'as porté en toi sans le savoir.

— Comment le sais-tu ? avait-elle demandé, prête à tout pour nier ce qu'insinuait son hôte. Tu n'es pas un prêtre, comment le sais-tu ? Comment sais-tu que ce qui est en moi n'est pas un démon, un esprit malveillant ?

Mishani détourna les yeux.

— Nos tuteurs nous ont appris peu de choses sur les Aberrants, à toi et moi. Ils nous ont appris les bonnes manières, la calligraphie, l'élocution, mais rien sur les Aberrants. Ils n'étaient pas convenables pour de jeunes femmes nobles comme nous. Mais j'ai appris beaucoup de choses depuis que je suis à la cour, Kaiku, et je sais qu'ils préoccupent même les plus grandes familles.

Elle parlait doucement, comme si elle craignait que quelqu'un l'entende, bien que l'absence de portes dans la majorité des maisons de Saramyr signifiât qu'avoir l'oreille qui traînait était fortement désapprouvé et répéter ce que l'on avait entendu frôlait l'obscénité.

— Nos prises dans la baie de Mataxa sont davantage souillées chaque année. Chacune apporte de plus en plus de crabes à trois pattes, des poissons avec des nageoires en trop, des homards sans yeux. Des Aberrations.

Sa voix était tendue, réprimant le dégoût. Que Kaiku puisse ne serait-ce que le deviner signifiait que Mishani voulait qu'elle sache ce que cela lui inspirait. Kaiku entendait les bruits de servants se précipiter pour éteindre le feu qu'elle avait allumé, le cliquetis des poignées des seaux, le froufroutement de l'eau, les cris d'alarme. Ils semblaient incroyablement distants.

— J'ai vu une fille dans un village sur la terre de ma famille, poursuivit-elle, dos à sa visiteuse. Elle était hideuse à regarder, un monstre de peau et de cheveux fondus, aveugle et éclopée. Où qu'elle pose les mains, des fleurs poussaient. Même sur la peau, Kaiku. Même sur du métal. Nous l'avons trouvée enfermée dans un enclos à bétail. Elle avait tué sa mère quand elle était bébé après que la pauvre autorisa sa fille à toucher son visage. Les yeux de la mère étaient transpercés par des racines de fleurs, et elle s'était étranglée sur des fleurs qui poussaient dans sa bouche. (Elle marqua une pause, peu encline à continuer mais elle le fit.) Je n'ai jamais vu personne possédée par un esprit mais j'ai vu et entendu de nombreux Aberrants et j'ai entendu parler de plusieurs qui mettaient le feu rien qu'en se trouvant dans la pièce. La plupart se sont brûlés à mort, le reste fut exécuté par les Tisserands. Ces porteurs de feu avaient deux choses en commun, toutefois. Tous étaient des femmes. Tous avaient les yeux que tu avais quand les flammes ont jailli. Tes yeux rouges. (Elle regarda enfin Kaiku en face et son regard était dur et grave.) Les Aberrants sont dangereux, Kaiku. *Tu* es dangereuse. Et si je m'étais trouvée dans cette pièce avec toi ?

C'était hier. Depuis, elle l'avait laissée seule, lui accordant un minimum d'attention et lui laissant le temps de réfléchir à son état. Elle avait beaucoup réfléchi.

Elle entendit les pleurs des servants qui s'approchaient de la maison. Yokada, la servante qui avait été le seul témoin de l'état de Kaiku quand elle s'était s'échappée de la pièce en flammes, était morte. On avait dit qu'elle avait laissé un brasero consumer la chambre de Kaiku, provoquant l'incendie. Elle avait avalé du poison la nuit dernière, suicide pour expier son crime. Kaiku doutait que ce suicide fût volontaire. Elle se demanda si Yokada avait même su qu'elle buvait du poison.

Mishani passait impitoyablement de plus en plus de temps à la cour.

Kaiku n'avait aucune illusion. Avoir le moral à zéro lui permettait d'avoir un point de vue merveilleusement clair des choses. Mishani ne la protégeait pas, elle se protégeait *elle*. La réputation des Blood Koli en prendrait un sacré coup si l'on découvrait qu'ils hébergeaient une Aberrant. Pire, que l'héritière de la famille était amie avec cette créature impure pendant toute leur enfance et leur adolescence. La souillure serait donc sur la famille de Mishani, on la fuirait. Leurs biens perdraient de la valeur, et des histoires sur les étranges poissons de la baie de Mataxa commenceraient à circuler. La présence de Kaiku dans leur maison suffirait à ruiner les Blood Koli. Mishani ne pouvait courir le risque que la langue bien pendue d'une servante détruise des générations de bâtisseurs d'empire.

Mishani entra dans la chambre sans faire sonner le carillon. Elle trouva

Kaiku toujours assise devant le miroir. Kaiku se retourna pour fixer le reflet de la jeune femme dans la glace.

— Mes servantes m'ont dit que tu n'avais rien mangé ce matin, dit-elle.

— J'ai eu peur de trouver quelque chose d'empoisonné dans ma nourriture, répondit Kaiku, de son ton glacial et excessivement formel, changeant son mode d'élocution comme si elle s'adressait à un adversaire.

Mishani ne trahit aucune réaction. Elle croisa posément le regard de Kaiku dans le miroir, son petit visage mince perdu sous la masse de ses cheveux noirs.

— Je ne suis pas monstrueuse au point de commanditer ta mort, Kaiku, quoi que tu sois devenue.

— Peut-être, répondit Kaiku. Ou peut-être as-tu énormément changé ces dernières années. Peut-être ne t'ai-je jamais réellement connue.

Ce retournement de situation perturba Mishani. Kaiku n'avait pas honte de ce qu'elle était, comme elle aurait légitimement dû ; au contraire, à son ton elle condamnait Mishani pour ne pas être une bonne amie, pour ne pas être digne de confiance. Kaiku avait toujours été bornée et entêtée mais être une Aberrant était sûrement indéfendable ?

Kaiku se leva et affronta Mishani. Elle faisait quelques centimètres de plus qu'elle et la regardait de haut.

— Je vais m'en aller, fit-elle. C'est bien ce que tu es venue me demander, non ?

— Je n'avais pas l'intention de le *demander*, Kaiku, répondit Mishani. Je t'ai dit ce que je savais à propos du Masque. Mieux vaut que tu ailles à Fo et que tu cherches des réponses par toi-même. Tu comprends, j'en suis sûre.

— Je comprends beaucoup de choses, répondit Kaiku. Certaines moins acceptables que d'autres.

Un long silence s'ensuivit.

— C'est au nom de notre amitié que je ne t'ai pas fait tuer, Kaiku. Tu sais combien tu es dangereuse pour notre famille. Tu sais qu'en révélant que tu es une Aberrant, tu pourrais nous faire énormément de mal.

— Et être exécutée par les Tisserands, rétorqua Kaiku. Je ne vais pas gâcher ma vie comme ça. Elle est précieuse. C'était aussi ce que tu pensais, autrefois.

— Autrefois, acquiesça Mishani. Mais les choses ont changé.

— *Je* n'ai pas changé, Mishani, répondit Kaiku. Si j'avais été malade de la fièvre des os, tu serais restée assise à côté de moi et tu m'aurais veillée, même au risque de l'attraper toi-même. Si j'avais été traquée par des assassins, tu m'aurais protégée et te serais servie de tous les pouvoirs de ta famille pour me sauver, quitte à te mettre toi-même en danger. Mais ça… ça tu ne peux le pardonner. Je souffre, Mishani. Je n'ai pas choisi d'être une Aberrant. Alors pourquoi me le reprocher ?

— Parce que je vois ce que tu es maintenant, répondit-elle. Et tu me dégoûtes.

Kaiku sentit le coup de ses paroles, presque similaire à une douleur physique. Il n'y avait plus rien à dire.

— Il y a des vêtements dans cette commode, dit Mishani. De quoi manger dans les cuisines. Prends ce que tu veux. En échange, je te demande cette courtoisie. Pars après le coucher de soleil, pour que personne ne te voie.

Kaiku releva fièrement le menton.

— Je ne te demande aucun service et ne t'en rendrai aucun. Je veux uniquement ce qui m'appartient : le Masque de mon père. Et les vêtements et le sac avec lesquels je suis arrivée. Je m'en irai dès que tu me les auras rendus.

— Comme tu veux, répondit Mishani.

Elle marqua alors une pause, comme si elle voulait ajouter autre chose. Mais le moment passa et elle s'en alla.

Kaiku sortit audacieusement par la porte de devant, une fois que les servants lui eurent rapporté ses affaires. Barak Avun – le père de Mishani – était absent ; elle se vit donc épargner le dilemme de le remercier pour son hospitalité et de lui dire au revoir. Elle sentit que les servants l'observaient quand elle s'en alla. Voir l'amie de leur maîtresse noble partir en pantalon et bottes – en vêtements de voyage – était plutôt étrange. Peut-être certains d'entre eux lui imputaient même le suicide de Yokada. Elle s'en fichait. Ils ne connaissaient rien de ses affaires. Ils n'étaient que des servants.

J'ai un objectif, songea-t-elle. *Une destination. J'irais sur l'île de Fo. Et là je trouverai ceux qui ont tué ma famille.*

L'après-midi était torride, extrêmement lourde, maintenant que le soleil s'était élevé, prenant de l'avance sur la poussière rouge obscurcissante du Surananyi, et il faisait si clair que ses yeux se plissèrent brusquement. Les rues du District impérial étaient propres, larges et belles comme jamais. Elle avait de l'argent dans son sac. Les docks seraient sa première destination. Elle ne penserait pas à Mishani, ni à ce qu'on lui avait fait, jusqu'à ce qu'elle soit loin de cet endroit. Elle ne reviendrait pas sur le passé.

Elle quitta le terrain des Blood Koli, tourna pour gagner une petite rue étroite protégée par des arbres en surplomb et faillit bousculer Tane, arrivant dans l'autre sens, en compagnie d'une femme.

La surprise les paralysa tous les deux un moment avant que Kaiku ne retrouve sa voix.

— Tane, dit-elle enfin. Salutations. La chance de Shintu, non ?

Cette expression formulait la stupéfaction face à une coïncidence peu probable. Dans leur cas, se retrouver ici.

— Ce n'est pas de la chance, répondit-il. Nous vous cherchions. Voici Jin, Messagère impériale.

Kaiku se tourna vers la femme qui l'accompagnait et perdit toutes ses couleurs. Le bruit des oiseaux de la cité qui gazouillaient dans les arbres bordant la ruelle sembla s'évanouir. Elle prit conscience que, dans ce passage étroit, elle était tout sauf invisible pour quiconque se promenant dans la rue principale.

— Quelque chose ne va pas ? demanda Tane en posant une main sur son épaule, inquiet. Êtes-vous malade ?

L'esprit de Kaiku tourbillonna pour refuser d'admettre l'évidence alors que ses sens lui forçaient la main et lui disaient tout le contraire. Une différence subtile dans la structure osseuse, la naissance des cheveux, les lèvres, la peau… mais rien de tout cela ne comptait. Elle vit les yeux, et la reconnut. Aussi impossible fût-il, elle la reconnut.

— Elle n'est pas malade, dit Jin en attrapant Kaiku par le devant de sa chemise et en la tirant brutalement pour qu'elles se retrouvent face à face, leurs nez se touchant presque.

Tane était trop interloqué pour intervenir.

— Vous me connaissez, n'est-ce pas, Kaiku ?

Kaiku hocha la tête, brusquement terrifiée.

— Asara, souffla-t-elle.

— Asara, acquiesça la femme.

Et Kaiku sentit la piqûre tranchante d'une lame sur son ventre.

12

Le temple de Panazu dominait le District de la Rivière d'Axekami, son bleu criard contrastant violemment avec les verts, les pourpres, les blancs et les jaunes des bâtiments environnants, et les submergeant d'une grandeur absolue. Il s'élevait très haut, étroit en largeur mais s'étendait au loin, jusqu'au petit groupe d'habitations hors de prix et outrageusement tape-à-l'œil blotties sur la petite île de terre. Des accotements escarpés et arrondis de pierre bleue formaient des remous et des crêtes, comme des tourbillons et des vagues, et des fenêtres convexes d'argent marbré vert glissaient élégamment sur sa façade. Panazu était le dieu de la pluie, des tempêtes et des rivières ; il était donc logique que, là où il n'y avait pas de routes mais des canaux, il règne en maître absolu.

Le District de la Rivière était un archipel de bâtiments découpé en formes irrégulières par le passage des canaux qui traversaient les rues, asymétriques, comme des fissures dans une dalle brisée. Il se trouvait juste au sud de la Kerryn, groupe très chargé de maisons, de tripots, de théâtres, d'échoppes et de bars. Il y a bien longtemps, cela avait été un simple tas de vieux entrepôts et de chantiers, pratiques pour stocker de petits articles ; mais à mesure qu'Axekami se développa et s'agrandit et que des barges de cargaison arrivèrent régulièrement, les canaux étroits et le petit espace à construire dans le District de la Rivière nécessitèrent de déménager vers des entrepôts plus vastes et plus accessibles sur la rive nord de la Kerryn. Le District de la Rivière devint un havre pour les criminels et la classe populaire pendant de nombreuses années jusqu'à ce qu'un groupe de nobles décide que l'excentricité de vivre dans un endroit dépourvu de routes était irrésistible. Les prix peu élevés des terres provoquèrent une soudaine ruée et, en une décennie, de grandes parties du District de la Rivière furent englouties par des projets architecturaux déments, chaque nouveau venu tentant de surpasser son voisin. Le nouvel afflux de clients fortunés fit exploser l'élément criminel déjà présent : les taudis de drogués et les bars miteux de prostituées ne tardèrent pas à être remplacés par d'exquis tripots et bordels. Le District de la Rivière était pour les jeunes, les riches et les désœuvrés, les débauchés et les fournisseurs de débauche. C'était un endroit dangereux, un coupe-gorge ; mais qui disait danger disait attraction et, de fait, il prospéra.

— Je croyais qu'elle était morte, fit Kaiku.

Tane la regarda de la tête aux pieds. Des traits de lumière brillant à travers les planches au-dessus d'eux dessinèrent des zébrures vives sur son visage à l'envers. La pièce était sombre, d'une chaleur étouffante. C'était la première chose qu'elle avait dite depuis qu'Asara – celle qu'il avait appelée Jin – les avait laissés là.

— Qui est-elle ? demanda Tane.

Il était assis sur un banc de pierre, sur l'un des gradins carrés qui descendaient dans une fosse peu profonde au milieu de la pièce. Cet endroit avait été un hammam, autrefois. Aujourd'hui il était vide et la désuétude flottait dans l'air.

— Je ne sais pas, répondit Kaiku. (Elle se tenait sur le gradin en dessous, de l'autre côté de la fosse.) Elle a été ma servante pendant deux ans, mais je suppose que je n'ai jamais su qui elle était. Elle n'est pas celle que vous voyez.

— J'avais des doutes, avoua Tane. Mais elle arborait la marque des Messagers impériaux. Porter ce tatouage sans approbation impériale est passible de peine de mort.

— Elle a été brûlée, dit Kaiku, l'écoutant à peine. J'ai vu son visage, brûlé et balafré. C'est elle et pourtant ce n'est pas elle. Elle est… elle est plus belle qu'avant. Différente. Je dirais que c'est la sœur d'Asara ou une cousine… s'il n'y avait pas ces yeux. Mais elle a été brûlée, Tane. Comment a-t-elle pu guérir ainsi ?

Asara était en colère. Kaiku sentait encore la pression de son poignard sur sa peau, ce premier geste quand ils s'étaient retrouvés devant le domaine des Blood Koli. L'espace d'un bref instant, elle s'était attendue à ce qu'Asara aille jusqu'au bout, enfonce son poignard d'acier dans ses muscles afin de se venger de ce que Kaiku lui avait fait.

Mais que lui *avait-elle fait* ? Jusqu'à cet instant, elle avait cru que sa malédiction incontrôlable avait tué sa servante et sauveuse, or, à présent elle découvrait qu'elle s'était trompée. Ce n'était pas facile à admettre.

— Vous m'avez laissée mourir là-bas, Kaiku, avait dit Asara. Je vous ai sauvé la vie et vous m'avez laissée mourir.

Tane avait été trop surpris pour réagir jusqu'alors mais à cet instant il fit un geste et tenta de protester quant à la manipulation d'Asara.

— Ne bougez pas, Tane, siffla Asara. J'ai donné énormément pour m'assurer qu'elle resterait en vie et je ne vais pas la tuer maintenant. Mais je n'ai pas les mêmes scrupules en ce qui vous concerne, si vous essayez de m'arrêter. Vous serez mort avant même que votre main ne touche votre épée.

Tane l'avait crue. Il se rappela l'éclair de lumière qu'il avait vu dans ses yeux dans la forêt, songeant qu'il ignorait à qui ou à quoi il avait affaire.

— J'ai cru que je vous avais tuée, dit Kaiku d'une voix plus calme qu'elle ne l'était en réalité. J'étais terrorisée. Je me suis enfuie.

Elle avait envisagé de s'excuser mais se ravisa. S'excuser reviendrait à reconnaître sa culpabilité. Elle n'implorerait pas le pardon pour ce qu'elle avait fait, d'autant moins qu'Asara l'avait trompée.

— Oui, vous vous êtes enfuie, dit Asara. Et s'il en était autrement, je vous ferais du mal pour ce que vous m'avez fait. Mais j'ai une tâche à accomplir et vous en faites partie. Venez avec moi. (Elle se tourna vers Tane, le visage toujours aussi beau, bien que très dur.) Vous pouvez nous accompagner ou vous en aller, comme vous le souhaitez.

— Où ? répondit Tane mais il avait déjà pris sa décision. Il n'abandonnerait pas Kaiku ainsi.

— Au District de la Rivière, répondit Asara.

Elle avait rengainé son poignard quand ils prirent la route, les mettant tous deux en garde de ne pas tenter de s'échapper. Aucun n'en avait l'intention. Bien qu'il y eût de la violence dans ses gestes, ils sentaient qu'Asara n'était pas déterminée à leur faire du mal. Lorsque Kaiku fit le bilan de tout ce qu'elle savait sur Asara, elle parvint à une unique conclusion : Asara essayait de l'emmener quelque part depuis la nuit même où sa famille était morte. Si elle avait l'intention de la kidnapper, elle l'aurait fait depuis longtemps. C'était autre chose. Kaiku faisait partie de l'objectif d'Asara et elle devina que celui-ci impliquait de l'emmener dans le District de la Rivière de sa propre volonté. Elle ne pouvait nier qu'elle était quelque peu curieuse de découvrir *pourquoi*.

Ils avaient traversé la Kerryn au grand pont de Gilza jusqu'aux rues pavées et tape-à-l'œil qui bordaient les maisons du District. La profusion soudaine d'extravagance était écrasante, comme si le pont formait une barrière entre la cité même et cette cité infernale, peuplée d' excentriques portant des vêtements aux couleurs vives et de créatures peinturlurées. Des manxthwas passèrent devant eux à pleine puissance, chargés de brides incrustées de bijoux et montés par des hommes et des femmes qui semblaient tout juste échappés d'un asile théâtral. Aucun véhicule à roues n'était autorisé, alors qu'ils auraient été fort pratiques sur les petites rues pavées entre les magasins et les canaux, mais les barques à fond plat et les minuscules canots à rames y remédiaient largement, explosions de couleurs contrastant avec l'eau presque pourpre.

Asara les avait emmenés dans un lot de terrain abandonné, derrière une boutique peinte de façon frappante qui se proclamait fournisseur de stupéfiants. Le lot était presque vide à l'exception d'un bâtiment bas en bois qui avait apparemment servi de hammam autrefois et d'une piscine vide. Tout le reste n'était que dalles poussiéreuses et vestiges d'autres bâtiments plus majestueux.

— Attendez-moi là, fit Asara en les poussant dans l'ancien hammam. Ne me faites pas partir à votre recherche. Vous le regretterez.

Sur ce, elle était partie. Ils entendirent le grincement d'un verrou sur la porte, histoire de s'assurer encore plus qu'ils ne se sauveraient pas. Elle n'avait répondu à aucune de leurs questions sur la route, ne les avait nullement éclairés quant à leur destination. Elle les avait simplement laissés dans l'ignorance, des heures durant, jusqu'à ce que le soleil se couche à l'ouest.

Pendant ce temps, Tane et Kaiku parlèrent. Tane lui raconta le destin des prêtres au temple ; Kaiku lui apprit ce qu'elles avaient découvert sur l'origine du Masque de son père. Mais bien que leur conversation fût aussi décontractée que lors de leur première rencontre, ils restèrent sur leurs gardes, et chacun garda pour lui certaines choses dont il refusait de parler. Kaiku ne parla pas de son affliction ni de la raison pour laquelle Mishani l'avait renvoyée, ni de ce qui s'était passé entre Asara et elle dans la forêt. Tane ne lui avoua pas ce que lui inspirait la mort des prêtres, l'excitation grandissante et étrange qu'il ressentait à partir à la dérive, envoyé vers une nouvelle destinée.

Ainsi ils attendirent et spéculèrent, sans éprouver de crainte ni l'un ni l'autre. Après avoir surmonté le choc initial, Kaiku fut heureuse de laisser les événements suivre leur cours. Qu'on la tue serait le pire qui pourrait arriver. Vu son état, elle se demanda négligemment si cela ne vaudrait pas mieux.

Les rais de lumière filtrant par les planches au-dessus de leurs têtes – planches autrefois scellées avec du goudron qui s'était effrité ou avait pourri voilà bien longtemps – étaient fortement inclinés, grimpant sur le mur oriental, lorsque la porte s'ouvrit et qu'une inconnue pénétra dans l'obscurité étouffante.

Elle était grande, telle une tour obscure. Sa robe était noire, ornée d'une épaisse collerette de plumes de corbeaux sur les épaules. Deux croissants rouge foncé décrivaient une courbe depuis son front, sur ses paupières et jusqu'à ses joues ; ses lèvres arboraient des triangles rouges et noirs, alternés comme des dents pointues. Ses cheveux, aussi noirs que sa robe, étincelaient de mèches bleu-nuit sous les rayons du soleil et étaient attachés en deux longues et épaisses queues-de-cheval. Un bandeau argenté ornait son front, incrusté d'une petite pierre précieuse rouge.

Elle entra dans la pièce avec grâce. Asara la suivait et ferma la porte derrière elles.

— Bienvenue, ronronna-t-elle d'une voix semblable au bruit de griffes de chat gainées de velours. Je m'excuse pour ce lieu de rendez-vous mais le secret est indispensable ici.

— Qui êtes-vous ? demanda Tane, examinant ses atours extravagants. Une sorcière ?

— La sorcellerie est de la superstition, Tane tu Jeribos, dit-elle. Je suis beaucoup plus désagréable. Je suis une Aberrant.

Tane lui coula un regard noir puis dirigea sa colère vers Asara.

— Pourquoi l'avez-vous amenée ici ?

— Calmez-vous, Tane, intercéda Kaiku, bien qu'elle-même ressentît un frisson de dégoût en entendant le mot « Aberrant », réaction instinctive et cependant paradoxale vu son état. Laissez-nous écouter.

Tane jeta un regard virulent aux trois femmes dans la pièce puis s'étrangla de rire.

— Je n'écouterai pas le discours de quelqu'un comme elle.

— Alors partez, dit Asara. Personne ne vous en empêche.

Tane regarda la porte puis Kaiku :

— Vous venez ?

— Elle doit rester, dit Asara. Au moins jusqu'à ce qu'elle entende ce que l'on a à dire.

— Alors je vous attends dehors, dit-il.

Et sur ce, il se dirigea vers la porte à grandes enjambées et sortit.

— Un ami à vous ? demanda la grande femme à Kaiku d'un ton légèrement ironique.

— Apparemment oui, répondit Kaiku. Mais qui sait ?

L'inconnue la gratifia d'un vague sourire de compréhension.

— Tant mieux qu'il soit parti. Je préférerais que les choses dont je dois vous parler restent privées, par égard pour vous. Il pourra revenir plus tard.

— Kaiku tu Makaima, dit Kaiku en se présentant, afin de connaître par des moyens détournés le nom de celle à qui elle s'adressait.

— Je suis Cailin tu Moritat, sœur de l'Ordre rouge, répondit-elle. Nous vous surveillons depuis un bon moment.

— C'est ce que m'a dit Asara, fit Kaiku en jetant un coup d'œil furtif à son ancienne servante. (C'était ce qu'elle avait insinué dans la forêt, le lendemain matin après que le shin-shin était venu chez elles, mais Kaiku ignorait alors ce qu'elle voulait dire.) Que voulez-vous de moi ?

Cailin ne répondit pas directement.

— Vous changez, Kaiku, dit-elle. Je suis sûre que vous le savez maintenant. Les feux brûlent en vous.

Incapable de croiser le regard d'Asara, Kaiku garda les yeux rivés sur Cailin.

— Vous savez ce que c'est ?

— Oui, répondit-elle.

Kaiku passa une main dans ses cheveux, brusquement nerveuse, redoutant de lui poser une autre question. Toutes deux se tenaient sur le gradin de pierre le plus bas, chacune d'un côté. Elle faisait face à Cailin de l'autre côté du trou de vapeur étouffante, toutes deux baignées par la lumière claire-obscure de l'extérieur. Des grains dansaient dans l'air entre elles.

— Alors je suis une Aberrant ?

— Oui, répondit Cailin. Comme moi et comme Asara. Mais n'attachez pas trop d'importance à ce mot, Kaiku. J'ai connu des Aberrants qui se sont donné la mort par honte, incapables de supporter le poids de leur titre. (Elle baissa les yeux sur Kaiku de derrière les croissants rouges peints sur son visage.) Vous, je le crois, êtes plus forte que cela. Et je peux vous apprendre à ne pas avoir honte.

Kaiku la regarda d'un air calculateur.

— Et à part ça, que pouvez-vous m'apprendre ?

Asara nota avec approbation la différence de comportement entre cette Kaiku et celle qu'elle avait tirée hors de la maison en flammes. Elle avait beaucoup souffert et appris de nombreuses vérités désagréables ; pourtant elle était insoumise. Peut-être la foi qu'avait mise Cailin en elle était-elle bien fondée.

— Vous ne savez pas maîtriser ce qui vous touche, poursuivit Cailin. En ce moment, cela se manifeste sous la forme du feu, de la destruction, de colères d'enfants. Je peux vous apprendre à l'apprivoiser. Je peux vous aider à faire des choses dont vous n'auriez jamais rêvé.

— Et que me demanderez-vous en échange ?

— Rien, répondit-elle.

— J'ai du mal à le croire.

Cailin restait très calme en parlant, mince statue enveloppée dans l'ombre.

— Nous sommes peu nombreux dans l'Ordre rouge. Les Tisserands approchent la majorité de nos éventuels candidats avant nous ; c'est cela ou ils se brûlent involontairement jusqu'à la mort ou se tuent, horrifiés de ce qu'ils sont ou de ce qu'ils ont fait. Nous leur apprenons à affronter ce qu'ils ont avant que cela ne les consume. Ensuite ils choisissent leur propre chemin. Chacun d'entre nous est libre de s'en aller pour vivre la vie qu'il souhaite. Certains deviennent comme moi, et apprennent aux autres. Je vous apprendrai, Kaiku, avant que vos pouvoirs ne vous tuent ou tuent ceux qui vous entourent, à vous donc de décider ou non de vous joindre à nous. Je prendrai ce risque.

Kaiku n'était pas convaincue. Elle ne parvenait pas à faire concorder l'apparence physique et le comportement de cette femme à un altruisme aussi manifeste. Que se *cachait* derrière cette proposition d'aide, alors ? Était-ce un simple narcissisme ? Un désir de mouler l'autre à son image ? Ou était-ce quelque chose de plus ?

— Est-*elle* l'une d'entre vous, de cet Ordre rouge dont vous parlez ? demanda Kaiku en désignant Asara d'un signe de tête.

— Non, répondit Asara et elle ne développa pas plus avant.

Kaiku soupira et s'assit sur le gradin de pierre.

— Expliquez-vous, dit-elle à Cailin.

Cailin s'exécuta :

— L'Ordre rouge est constitué de ceux qui ont une Aberration particulière. Vous avez un pouvoir en vous que nous appelons *kana*. Il se manifeste sous différentes formes mais seulement chez les femmes. C'est un privilège de notre sexe. Les Aberrations ne sont pas toujours aléatoires, Kaiku. Certaines surviennent puis se répètent, encore et encore. C'est ce que vous avez. Ce n'est ni un handicap ni une malédiction, Kaiku. C'est un don incommensurable. Mais dangereux pour ceux qui n'y sont pas formés.

« Ces dernières années, nous avons appris à trouver ceux qui portent ce pouvoir, même s'il ne s'est pas lui-même manifesté. Certains exhibent ce pouvoir très tôt ; au cours de la petite enfance – ils sont généralement attrapés par les Tisserands puis exécutés. Mais d'autres, comme vous, ne découvrent leur talent que lorsqu'il est déclenché par un traumatisme ou une passion extrême. Vous disposez d'un grand potentiel, Kaiku. Nous le savons depuis longtemps.

— Vous avez envoyé Asara pour me surveiller, dit Kaiku, rassemblant les pièces du puzzle. Pour attendre que ce… *kana* se manifeste en moi. Et ensuite elle devait m'amener à vous.

— Exactement. Mais des événements ont joué contre nous, comme vous le savez.

Kaiku laissa tomber sa tête, les avant-bras croisés sur ses genoux. Puis, les petites ailes de cheveux châtains se mirent à trembler quand elle rit doucement.

— Quelque chose vous amuse ? s'enquit Cailin d'une voix tant glaciale que crispée.

— Pardonnez-moi, dit-elle dans son hilarité en relevant la tête. Toute cette tragédie… tout ce qui m'est arrivé et voilà que vous me proposez un *apprentissage*.

— Je vous propose de vous sauver la *vie*, rétorqua Cailin d'un ton sec.

Visiblement, elle n'appréciait pas l'humour.

Le rire de Kaiku s'évanouit peu à peu. Elle releva espièglement la tête et regarda Cailin.

— Votre proposition m'intrigue, n'en doutez pas. Apparemment il se passe bien des choses dont je ne suis pas au courant et je suis pressée d'apprendre. Mais je ne peux accepter.

— Ah, votre père, fit Cailin, la froideur dans sa voix s'accentuant.

— J'ai juré de me venger à Ocha en personne. Je ne peux mettre ma tâche de côté pour vous. Je voyagerai jusqu'à Fo et je trouverai celui qui a fabriqué le Masque de mon père.

— Vous l'avez encore ? demanda Asara, surprise.

Kaiku acquiesça d'un signe de tête.

— Puis-je le voir ? demanda Cailin.

Kaiku rechigna tout d'abord mais elle le sortit de son sac. Elle contourna le gradin et le donna à Cailin.

Un vent chaud souffla dans l'air calme du hammam abandonné, agitant les plumes de la collerette de Cailin quand elle l'examina.

— Votre pouvoir est dangereux, dit-elle. Et soit il vous tuera, soit vous vous ferez tuer sous peu. Je vous offre la chance de vous sauver. Si vous refusez maintenant, peut-être ne vivrez-vous pas pour avoir une seconde chance.

Kaiku l'observa un long moment.

— Parlez-moi du Masque, dit-elle.

Cailin leva les yeux.

— N'avez-vous pas entendu ce que j'ai dit ?

— Je vous ai entendu, dit Kaiku. Ma vie m'appartient et je prends les risques que j'ai choisis.

Cailin soupira.

— Je crains que votre intransigeance ne marque la fin de votre vie, alors, déclara-t-elle. Permettez-moi de vous faire une proposition. Je vois que vous êtes prise par cette stupidité. Je vous parlerai du Masque à condition que vous me promettiez de revenir vers moi ensuite et de m'écouter jusqu'au bout.

Kaiku inclina la tête pour signifier un accord tacite.

— Tout dépend de ce que vous allez me dire.

Cailin la jaugea, lentement, prenant la mesure de son caractère, y cherchant de la tromperie ou de la supercherie. Quoi qu'elle y ait trouvé, elle ne le montra pas, mais rendit le Masque à Kaiku.

— Ce Masque est comme une carte. Un guide. D'où il provient, c'est un endroit que vous ne trouverez pas, un lieu caché de la vue des hommes et des femmes ordinaires. Il vous montrera le chemin. Portez-le quand vous approchez de votre destination. Et il vous emmènera chez lui.

— Je ne vois aucun intérêt à être sibylline, Cailin, dit Kaiku.

— C'est simplement la vérité, répondit-elle. Ce Masque brisera une barrière invisible. L'endroit que vous cherchez sera caché. Vous aurez besoin de lui pour le trouver. C'est tout ce que je peux vous dire.

— Ça ne suffit pas.

— Alors peut-être cela vous aidera-t-il. Il y a un monastère tisserand quelque part dans les montagnes du nord de Fo. Les chemins qui y mènent sont perdus depuis longtemps. On pourrait croire qu'ils ont disparu mais ce serait sans compter les charrettes d'approvisionnement qui arrivent régulièrement au village d'avant-poste de Chaim. Ils fournissent les Masques des Pères bordeurs au monastère, des masques non traités pour le théâtre, la décoration, etc. Ils les échangent contre de la nourriture et d'autres choses plus inhabituelles. (Elle fit un geste dédaigneux de la main.) Allez à Chaim. Peut-être trouverez-vous ce que vous cherchez.

Kaiku réfléchit un moment. Cela concordait avec les suppositions de Copanis, au moins.

— Très bien, dit-elle. Si ce que vous dites se vérifie alors je reviendrai vers vous et nous pourrons continuer à parler.

— Je doute que vous viviez aussi longtemps, répondit Cailin.

Et sur ce, elle s'en alla d'un air digne et laissa Asara et Kaiku seules.

Asara souriait vaguement dans l'obscurité étouffante.

— Vous savez qu'elle aurait pu vous forcer à rester.

— J'imagine que c'était ce qu'elle souhaitait, dit Kaiku.

— Vous avez vraiment une propension à l'obstination, Kaiku.

La jeune fille ne prit pas la peine de répondre.

— Avons-nous terminé ? demanda-t-elle plutôt.

— Pas encore. J'ai une requête, dit Asara.

Elle dégagea de ses épaules la longue cascade de cheveux parsemés de rouge et leva le menton, arrogante.

— Amenez-moi à Fo avec vous.

Le front de Kaiku se plissa.

— Dites-moi pourquoi je devrais le faire, Asara.

— Parce que vous me devez beaucoup et que vous êtes une femme d'honneur.

Kaiku ne fut pas convaincue et le montra.

— Je vous ai trompée, Kaiku, mais je ne vous ai jamais trahie, dit-elle. Vous ne devez pas avoir peur de moi. Vous et moi avons un objectif en commun. Les circonstances qui entourent la mort de votre famille m'intéressent autant que vous. Je serais morte avec vous si les shin-shin avaient été plus rapides et, de cela, je dois me venger. Et ai-je besoin de vous rappeler que vous n'auriez même pas ce Masque si je n'avais pas été là et que vous ne seriez plus en vie ? Le souffle dans vos poumons est là parce que *je* l'y ai mis.

Kaiku hocha la tête d'un air péremptoire.

— J'imagine que vous ne me donnez pas vos véritables raisons. Je ne vous fais pas confiance, Asara, mais je vous le dois bien, en effet, dit-elle. Vous pouvez m'accompagner. Mais vous n'aurez pas ma confiance tant que vous ne l'aurez pas regagnée.

— Très bien, répondit Asara. Je me fiche bien de votre confiance.

— Et Tane ? demanda Kaiku. Vous l'avez amené ici. Que fait-on de lui ?

— Tane ? répondit Asara. J'avais besoin de son bateau. Il est un peu arriéré mais pas désagréable. Il viendra si vous l'acceptez, Kaiku. Il cherche les mêmes réponses que nous, car qui que ce soit qui ait envoyé les shin-shin pour tuer votre famille étaient les mêmes responsables du massacre dans son temple.

Kaiku regarda Asara. L'espace d'un instant, elle se sentit accablée, écrasée par le rythme des événements, comme portée par une vague, incapable de s'empêcher d'avancer à toute vitesse vers l'inconnu. Elle capitula.

— Tous les trois alors, dit-elle. Nous partirons demain matin.

Les terres des Blood Amacha se trouvaient entre les grands fourchons d'un embranchement dans la rivière de la Kerryn, à plusieurs kilomètres à l'est d'Axekami. Là, le courant qui venait des montagnes Tchamil se divisait, coupé en deux par les formations rocheuses non érodables qui saillaient de la terre en rangées accidentées. Au nord des montagnes, comme la plupart de la circulation, la Kerryn devenait plus régulière, les poissons étaient plus nombreux et il n'y avait qu'un courant calme en aval qui menait à la majestueuse capitale d'Axekami. Au sud, en revanche, le nouvel affluent était agité et dangereux : la rivière Rahn, peu profonde, rapide et peu fréquentée.

La Rahn coulait à l'est des terres des Blood Amacha avant de descendre en courbe dans les terres accidentées de la faille de Xarana où elle se jetait en une immense cascade. Seuls les voyageurs les plus téméraires, dans des embarcations à peine plus grosses qu'un canoë, étaient capables de négocier les chutes d'eau en transportant leur bateau en bas des flancs rocheux jusqu'aux eaux moins dangereuses en contrebas, mais la faille de Xarana comportait ses propres dangers et peu osaient s'aventurer en ce lieu hanté. La faille coupait en réalité tout voyage fluvial entre Axekami et les terres fertiles vers le sud, contraignant les voyageurs à entreprendre un très long voyage côtier.

Depuis l'embranchement des rivières, les crêtes rocheuses s'adoucissaient en collines, formant des barrages de gradins de terre. Des rizières descendaient le long du flanc de la colline en l'enveloppant, en dessinant des terrasses éblouissantes. Des chemins ruraux passaient entre elles et d'énormes voies d'irrigation prenaient de l'eau de la rivière pour irriguer les rizières. Au sommet de la colline la plus haute s'étendait la demeure des Blood Atacha, imposant fatras de bâtiments entourant un donjon central à la forme irrégulière. Le donjon comportait de hauts murs de pierre grise et était recouvert de tours et de toits pentus en ardoise rouge. Sa construction permettait de profiter de la géographie du sommet de la colline, une aile dominant un rocher escarpé rocailleux, et une autre reposant contre le déclin de la colline quand le mur qui circonscrivait la bâtisse n'avait pas besoin d'être aussi haut. Les bâtiments tout autour étaient presque uniformément coiffés d'un toit rouge et beaucoup étaient en bois marron foncé pour suivre les couleurs de l'étendard d'Amacha.

À l'ouest du donjon, les collines s'aplanissaient quelque peu et il n'y avait pas de rizières mais de grands vergers, des andains vert foncé parsemés de fruits clairs : oranges, likiri, baies ombrées, grosses boules pourpres de kokomach. Et de l'autre côté... de l'autre côté, les troupes des Blood Amacha étaient à l'exercice sur les plaines, une immensité d'armures marron et rouge, d'acier brillant, forte de cinq mille hommes.

Ils s'entraînaient en formations, vastes assemblées géométriques de piquiers, de fusiliers, d'épéistes, de cavalerie. Dans la chaleur étouffante du milieu de journée à Saramyr, ils grommelaient et transpiraient dans des combats simulés, de fausses attaques, retraites et regroupements. Même dans leur armure légère de cuir séché renforcé, ils s'en sortaient admirablement sous l'œil mauvais de Nuki, leurs formations rapides et pleines d'aisance. Une armure de métal n'était pas pratique pour se battre à Saramyr, le soleil étant trop vif la majorité de l'année, et la chaleur dans une armure complète tuerait un homme sur le champ de bataille. Les soldats de Saramyr se battaient sans casque ; s'ils devaient porter quoi que ce soit, c'était un bandeau ou un foulard pour se protéger de l'insolation. Leurs disciplines de combat reposaient sur la vitesse et la liberté de mouvement.

Ailleurs, les maîtres épéistes entraînaient leurs divisions aux duels, leur apprenaient des mouvements, des parades, des coups et des manœuvres. Puis ils les enchaînaient tous en une suite de grâce mortelle, leurs corps dansant sinueusement autour des pointes tremblotantes de leurs épées. Des bouches à feu visaient de gros rochers éloignés et leur forte explosion résonnait à travers les terres. La balistique était testée et ses capacités évaluées.

Les Blood Amacha se préparaient à la guerre.

Barak Sonmaga tu Amacha traversa solennellement la chaleur et la poussière du terrain de manœuvre, ses oreilles résonnant aux cris enthousiastes de la bataille autour de lui, aux ordres aboyés et aux réponses frénétiques des groupes qui s'entraînaient. L'air sentait la sueur et le cuir trempé, les chevaux et la puanteur sulfureuse des décharges de bouches à feu et de fusils. Il sentit sa poitrine se gonfler d'orgueil. Quels que soient ses doutes, ses craintes pour ce pays qu'il adorait, il ne put s'empêcher d'être envahi par la conscience que cinq mille troupes étaient prêtes à donner leur vie sur ses ordres. Non pas qu'il appréciât leur loyauté – après tout, c'était leur devoir, et le devoir avec la tradition comptaient parmi les piliers sur lesquels était construite leur société – mais le sentiment de *pouvoir* absolu que cela lui inspirait lui donnait l'impression d'être tout près des dieux.

Il avait passé la matinée à faire des inspections, à conférer avec ses ur-Baraks et ses généraux, à tenir des discours aux troupes. Sa décision de les faire s'entraîner sans une seule pause pendant la partie la plus chaude de la journée avait été vivement approuvée par ses subordonnés car les soldats devaient savoir se battre dans toutes les circonstances. Non pas que le

Barak se fût attendu à un dissentiment au cas où ils auraient refusé : la discipline des armées de Saramyr était légendaire et Sonmaga n'était pas habitué à ce que ordres soient contestés.

En proie à une humeur brusquement poétique, il éperonna son cheval et traversa les rangées de soldats en direction du donjon, qui se dessinait au loin à l'est, que les voiles du soleil rendaient plus pâle et à moitié réel. Mais sa destination n'était pas le donjon, au contraire ; au bout d'une courte chevauchée, il ramena son cheval au pas et grimpa le flanc de la colline qui surplombait les plaines poussiéreuses et là, il descendit.

Il se tenait sur un promontoire bas, où un petit morceau de pierre avait transpercé la montée régulière de la colline, pour fournir un terrain plat. Derrière lui et un peu plus haut se trouvaient les premiers murs de pierres sèches qui marquaient la lisière de ses vergers et, derrière, la terre herbue était subsumée dans un tas de feuilles, de troncs, de racines et de fruits. Il laissa son cheval pour fouler l'herbe et marcha sur le promontoire d'où il surveilla les rangs de ses troupes.

L'ampleur du spectacle lui coupa le souffle mais l'immensité des plaines qui rendaient même son armée insignifiante le mortifia. En comparaison, les formations massives des hommes ressemblaient à des fourmis, leur splendeur éclipsée par le monde tout autour. Le ciel était d'un bleu de bijou parfait, qu'aucun nuage ne perturbait. Le courant de la Kerryn était un filet aveuglant d'une clarté affolante, clignant sous la lumière vive de l'œil de Nuki, traçant son chemin irrépressible vers Axekami, tapi sous l'horizon. Les plaines étaient jonchées d'amas d'arbres, de routes sales, d'un hameau par-ci, par-là. Sonmaga s'imagina qu'il allait voir un troupeau de banathi traverser lentement le panorama mais la brume de chaleur rendait sa vision plus qu'incertaine.

Sonmaga récita une prière silencieuse pour remercier les dieux. Ce n'était pas un homme tendre mais quelle douceur il réservait à des moments tels que celui-ci ! La nature lui inspirait respect et intimidation. Cette terre aussi, et il l'adorait. Il balaya du regard les minuscules formations de ses troupes en contrebas et sentit ses doutes se dissiper. Quoi qu'il ressorte de cela, il saurait qu'il avait fait ce que son cœur lui avait dicté. Il y avait des affaires plus importantes en jeu que la couronne.

Il ne refusa pas d'admettre intérieurement qu'il voulait le pouvoir. Élever Blood Amacha au statut de famille souveraine sauvegarderait éternellement son nom dans l'histoire et l'honneur serait immense. Mais un coup d'État se produirait selon *ses* conditions, *ses* coutumes. Il ne voulait pas de guerre civile, pas maintenant. Ce n'était pas le bon moment, c'était trop précipité. Les événements avaient conspiré pour lui forcer la main.

Mais il y avait une motivation plus grande de gagner que le simple pouvoir. L'amour profond et éternel que vouait Sonmaga à la terre le rendait sensible à cela et le fléau qu'il voyait se développer dans les entrailles de la terre l'effrayait profondément. Il décelait la preuve dans ses propres vergers, le déclin trop progressif pour le remarquer jusqu'à ce qu'il fasse les comptes au fil des ans et réalise que de plus en plus de fruits pourrissaient sur les branches, de plus en plus d'arbres se flétrissaient ou se tordaient.

Bien que le fléau eût à peine touché ses terres par rapport à d'autres endroits moins chanceux, il l'abhorrait, comme si la corruption s'insinuait lentement en lui en même temps que dans la terre. Et il y avait les Aberrants, les enfants du fléau, ceux qui étaient nés paysans sur ces terres, et il redoutait que lorsque le moment viendrait où il se marierait et aurait un enfant, il risquerait de devenir comme eux, vagissant, difforme et épouvantable. Il lui briserait lui-même le cou s'il voyait un enfant de lui Aberrant.

Et maintenant, Lucia. L'impératrice héritière, une Aberrant ? Il n'existait pas de plus grand affront aux dieux, à la nature, au *sens*. Ce n'était pas le moment de *tolérer* ces créatures, une tolérance qui s'amplifierait sûrement si Lucia montait sur le trône. C'étaient les symptômes d'un mal qui tuait Saramyr, et les encourager à prospérer relevait de la pure folie.

Non, le désir du pouvoir n'aurait pas suffi à ce que Sonmaga fasse la guerre à son impératrice, pas en ce moment. Mais pour arrêter la progression du poison dans la terre ? Pour cela, il oserait presque tout.

Il sortit la lettre de sa poche et la relut, la lettre scellée de l'estampille de Barak Avun tu Koli, et il se demanda s'il serait capable de renverser la situation.

13

L'île de Fo se trouvait sur la côte nord-ouest abrupte de Saramyr, à une journée de route sur les vagues teintées de rouge de la chaîne de Camaran. Le vent s'était rafraîchi à mesure que l'après-midi s'écoulait et il roucoulait et sifflait dans les enfléchures de l'énorme jonque, faisant onduler les voiles qui bourgeonnaient dans son dos, telles les nageoires d'une splendide créature des mers. La *Marée d'Été* était un navire marchand appartenant au consortium de commerce le plus riche de Jinka, et cela se voyait. Son plat-bord était moulé de telle sorte qu'il ressemblait à des vagues houleuses, allant de la proue à la poupe, et parmi elles badinaient des phoques et des baleines, des esprits des mers et des bêtes imaginaires des grandes profondeurs. Les voiles étaient splendides, d'immenses membrures de bois poli soutenant d'imposants éventails de toile beige, et ornées de l'estampe rouge du consortium. Elle était d'une grande beauté, transportant une cargaison de choses magnifiques : soie, parfums, épices, ainsi que plusieurs passagers dont deux observaient l'île abandonnée se rapprocher.

Kaiku se prélassait contre l'épaisse rambarde de chêne du pont le plus avant, ses cheveux ornés de plumes fouettant sans répit ses joues bronzées. Ça ne faisait pas particulièrement grande dame, dans la mesure où son père était de haute naissance, mais ses vêtements n'étaient pas non plus féminins et elle avait toujours été un garçon manqué. Elle portait un pantalon en tissu lourd et ample, et des bottes tissées en cuir pour resserrer son pantalon. De plus, elle avait mis une chemise bleue légère à l'envers – la plupart des hommes portaient leurs chemises à l'envers – et attachée autour de sa taille avec une large ceinture à nœud. Sentant le soleil sur sa peau, elle s'étira comme un chat, se livrant à la chaleur avec délices. Tane, debout à côté d'elle, la regardait d'un œil avide.

Une semaine s'était écoulée depuis qu'ils avaient quitté Axekami et avaient pris une barge vers l'amont pour Jinka. Voyager en amont allait forcément moins vite sur un bateau dépourvu de voiles mais le courant de Jabaza n'était pas fort à cette époque de l'année et la barge avait embauché beaucoup d'hommes au gouvernail. Ces hommes basanés sortaient rarement sur le pont ; ils passaient leur voyage à faire leurs besognes quotidiennes sous la chaleur accablante de la barge, à tourner les immenses roues à aubes qui faisaient avancer le bateau à contre-courant. Pendant trois jours, ils avaient observé le sommet aplati du mont Makara s'élever lentement à l'horizon jusqu'à ce qu'il forme une grosse masse au-dessus des montagnes avoisinantes, d'un bleu-vert pâle, et qu'ils voient les volutes de fumée sortir de sa gueule volcanique.

Cette étape du voyage, d'Axekami à Jabaza, avait été facile et agréable, et il avait fait beau temps. Pourtant les souvenirs qu'en gardait Tane étaient gâchés par le dégoût. Car le voyage n'avait pas été complètement tranquille. Les passagers de la *Marée d'Été* comptaient un Tisserand, en route pour Jinka.

Celui-ci disposait d'une cabine à part, au fond du bateau, où il passait pratiquement tout son temps. Un garçon de cabine veillait à tous ses besoins, un garçon d'environ vingt ans au visage juvénile qui lui apportait à manger et enlevait son pot de chambre. Il s'appelait Runfey et constituait une présence toujours souriante à bord de la barge, son rire haut résonnant souvent dans le bateau.

Un jour, alors que la nuit allait tomber, Kaiku fut frappée de vertiges soudains. Tane se trouvait alors avec elle, Asara était ailleurs, seule, comme elle préférait en général.

Kaiku gémissait à voix haute qu'elle avait la tête qui tournait puis, lorsqu'elle s'aperçut de la présence de Tane, elle se tut. Tane ne put s'empêcher d'être irrité lorsqu'elle garda son secret pour elle, quel qu'il fût. Il ne feignit pas de la comprendre mais s'assit auprès d'elle jusqu'à ce que ses vertiges se calment. Vingt minutes plus tard, les bruits commencèrent.

Kaiku était allée se coucher et Tane était tout seul dehors, regardant les lunes se lever dans l'obscurité qui s'épaississait. La rivière était une abysse qui ondulait paisiblement, perceptible dans la lumière d'Iridima. Le seul bruit était le doux clapotement de l'eau sur la coque de la barge et le craquement du bois d'œuvre. Tane s'était alors senti étrangement paisible, plus calme qu'il ne l'avait été depuis longtemps, même dans la forêt lorsqu'il essayait de maîtriser ses méditations.

Les hurlements et cris de fureur commencèrent d'un seul coup, provenant de la cabine du Tisserand. Tane, curieux, s'en approcha. Le Tisserand semblait dans une colère noire, cassant des objets et se débattant dans tous les sens. Deux gardes postés devant sa porte ne tentèrent nullement de disperser le petit attroupement de marins qui s'étaient rassemblés à cause du bruit mais ne laisseraient entrer personne. Personne à l'exception de Runfey.

Un autre garde l'emmena à la porte du Tisserand en le prenant par le bras. Il ne se débattait pas mais la peur flagrante dans ses yeux quand ils croisèrent ceux de Tane le hanterait longtemps après. Les gardes ouvrirent la porte, et tout se calma à l'intérieur, dans une espèce de silence de prédateur qui glaça Tane. Puis ils firent entrer Runfey et refermèrent la porte derrière lui.

Tane et six marins restèrent là cette nuit-là et perçurent les hurlements de Runfey quand le Tisserand déchargea sa colère sur lui. Ils l'entendirent le supplier, l'implorer quand il le battit, hurler et gémir quand il fut victime d'autres tortures que Tane n'avait aucune peine à imaginer, l'entendirent pleurer quand il fut violé à plusieurs reprises. Pendant deux heures, ils furent témoins des horreurs qui se passaient dans la cabine, tandis que la fureur post-Tissage de leur vil invité s'apaisait toute seule. Personne ne bougerait, car tourner le dos serait une honte impardonnable ; et pourtant personne n'osa non plus intervenir.

Ce ne fut que lorsque le silence tomba que Tane s'en alla pour se recueillir. Il priait encore au plus profond de la nuit lorsqu'il entendit un floc, quelque chose que l'on faisait lourdement passer par-dessus bord. Plus personne ne revit Runfey. Plus personne ne reparla de lui. Le lendemain, le train-train avait repris et Kaiku n'était même pas consciente qu'il s'était passé quelque chose. Tane avait décidé de ne pas lui en parler ; ça ne ferait de bien à personne.

Après ça, ils s'étaient dirigés vers l'ouest dans le canal d'Abanahn. Tane sentit une bouffée d'orgueil patriotique inhabituelle en le voyant. Il n'en avait entendu parler que dans les contes ; une vaste voie navigable artificielle qui reliait le Jabaza à la côte, l'un des plus majestueux chefs-d'œuvre d'ingénierie de Saramyr. De vastes murs de pierre blanche s'élevaient de chaque côté, jonchés de tours, de portes et de verrous. D'immenses mécanismes avec des dents d'engrenage qui faisaient la moitié de leur barge n'étaient pas activés mais Tane avait entendu dire comment on les utilisait pour élever des portes infranchissables afin d'empêcher les ennemis de remonter le canal depuis la mer et d'atteindre l'intérieur des terres de Saramyr. Ils passèrent sous une porte de prière en courbe de taille monolithique, décrivant un arc d'un côté à l'autre du canal, arborant une inscription offrant la bénédiction de Zanya, déesse des voyageurs. Dans les deux sens naviguait une telle profusion de barges et de bateaux aux couleurs voyantes que Tane passait toutes ses journées sur le pont à les observer, ébahi, comme un enfant regarde une procession. Des moments tels que celui-ci lui rappelèrent combien sa vie avait été douloureusement limitée jusqu'à présent, passée presque exclusivement dans la forêt de Yuna.

Ce qu'il vit de Jinka était encore plus trépidant que les rues d'Axekami. Ils débarquèrent sur les docks dans le brouhaha de centaines de débardeurs, le craquement et le gémissement de poulies et de cordes épaisses quand ils déchargèrent des cageots et des ballots, le rire bruyant des marins dans les tavernes. Le Tisserand était parti faire ses affaires ailleurs et Asara les emmena voir un capitaine de bateau qu'elle prétendait connaître. Celuici ne sembla pas la reconnaître mais, après quelques mots échangés en privé, il rayonna et dit qu'il serait ravi de s'occuper de leur transport. Asara garda le silence.

Ils avaient donc passé la nuit dans une auberge du temple, propre et respectable. Les auberges du temple étaient des lieux de repos que possédait le clergé d'un dieu ou d'un autre, et le seul endroit où ils ne risquaient pas d'être dérangés par des prostituées, des ivrognes ou des assassins s'ils restaient au port. Les shin-shin tracassaient Tane, incapable de dissiper leur souvenir et se rappelant la remarque d'Asara à propos des démons qui pourraient les suivre quand ils quitteraient la sécurité de la capitale. Mais ils étaient arrivés à Axekami par l'eau et en étaient repartis par l'eau, et apparemment ils avaient dû perdre leur piste. Rien ne les dérangea cette nuit-là.

À l'aube, ils furent emmenés sur le *Vent d'Été* et mirent le cap sur Fo.

Tane était adossé à la rambarde, à côté de Kaiku. Elle rayonnait à la lumière occidentale. Pas aussi belle que Jin – *Asara*, se corrigea-t-il – mais possédée par un pouvoir d'attraction différent, bien plus fort. Peut-être cela était-il lié à la façon dont il avait fait sa connaissance, à sa vulnérabilité totale. Elle avait fait appel à son besoin de soigner, et il lui avait rendu sa force grâce à ses soins. Peut-être étaient-ce leurs points communs : tous deux avaient perdu leur famille, tous deux avaient leurs secrets. Ou peut-être était-ce quelque chose d'entièrement différent.

Lucia rêvait.

Ses rêves avaient toujours été étranges, informés par des murmures qui ne voulaient rien dire, provenant de la vie qui l'entourait. Quand elle rêvait, elle entendait les pensées lentes et enfantines des arbres dans les jardins sur le toit, le baragouin du vent, les corbeaux à la détermination obsessionnelle, et les ruminations incroyablement anciennes de la colline sur laquelle se tenait le Donjon, pour qui la réalisation d'une seule pensée prendrait beaucoup plus de temps qu'une vie humaine entière. Lucia ne connaissait jamais le silence, et les bruits tout autour d'elle se traduisaient en images étranges quand elle dormait.

Depuis peu, elle n'était plus somnambule. La présence invisible qui avait brusquement commencé à la harceler était trop effrayante et trop dangereuse. Toutefois, elle sentait son attention monstrueuse ronger les bords de sa conscience, même en ce moment. Elle était vorace, affamée, frustrée par sa nature insaisissable. Elle ne la laisserait pas l'attraper.

Depuis qu'elle s'était mise à explorer le Donjon dans ses rêves, elle avait quelque peu appris à maîtriser ses capacités. Alors qu'au début elle ne pouvait choisir le lieu où elle se retrouvait quand elle fermait les yeux et n'était que spectatrice de ses propres errances, elle n'avait pas tardé à deviner comment se guider et décider quels endroits visiter. Et surtout, elle avait appris à ne *plus* être somnambule, afin de pouvoir le réfréner si elle le souhaitait et dormir sans être perturbée. Elle se sentait rarement reposée après avoir passé une nuit à se balader dans les corridors du Donjon durant son sommeil, mais au tout début, sa curiosité sur le monde hors de sa prison la faisait faire d'incessants allers et retours. Le jour, elle était une rumeur pour le peuple du Donjon ; la nuit elle était un fantôme.

Mais d'autres choses avaient également changé. Quoi qu'elle eût mis en branle quand elle avait donné une mèche de cheveux à l'inconnu dans le jardin, cela prenait de l'ampleur et elle le sentait de jour en jour.

Elle rêvait qu'elle se tenait au bord d'un grand et haut rocher escarpé, un grand promontoire qui diminuait sur des kilomètres vers les rochers déchiquetés en contrebas. Sous elle le paysage s'étendait à perte de vue, incroyable chaos de corniches et de pierres brisées, de vallées et de plateaux obstrués d'arbres. L'endroit était envahi d'esprits, invisibles dans leurs trous, et ils gazouillaient et chuchotaient entre eux dans la nuit.

La nuit. Les trois lunes s'agitaient devant elle dans un ciel de velours, si près qu'elles se chevauchaient. Aurus semblait suffisamment proche pour qu'elle puisse la toucher, se dessinant, immense, dans l'obscurité parsemée d'étoiles. Elle n'était pas le moins du monde perturbée par l'impossibilité que ces trois lunes puissent être si proches sans que le maelström furieux d'une tempête lunaire ne s'abatte sur la terre. Avec la logique simple du sommeil, elle savait que ce n'était pas encore le bon moment.

Elle sentit que la dame du rêve l'observait avant même de se retourner pour la regarder. Le haut plateau de pierre abrupt sur lequel elle se tenait saillait d'un bois épais et, dans l'obscurité de la limite des arbres, elle discerna la forme floue et indistincte d'une mystérieuse inconnue. C'était une tache noir et blanc, un dessin d'enfant au charbon, grande et mince avec une cape tout autour d'elle comme les ailes d'une chauve-souris. Toujours trop loin pour qu'elle la voie distinctement, échappant à la vue de Lucia. Celle-ci l'avait trouvée quand le monstre invisible ne le pouvait mais Lucia n'avait pas peur de la dame du rêve. Il n'y avait pas de méchanceté, juste une intensité déconcertante. Elle était souvent présente dans les rêves de Lucia mais à l'écart, l'observant en silence d'un endroit éloigné, sur un toit ou dans une grotte, le regard inébranlable quand elle suivait l'impératrice héritière. Parfois elle parlait et Lucia avait beau ne pas aimer sa voix, ses paroles étaient très claires et elle lui racontait des choses sur le monde extérieur. Lucia, désespérément curieuse, discutait avec la dame du rêve dès qu'elle le pouvait ; mais souvent la nouvelle venue ne répondait pas, se contentait simplement de l'observer d'un air déconcertant, toujours de très loin. Lucia ne savait que faire de cela mais avait l'impression que la dame du rêve lui avait dit exactement ce qu'elle souhaitait qu'elle sache, rien de plus.

Pourtant, au fil du temps, elle apprit qui était la dame du rêve et se mit à la considérer comme une sorte d'étrange amie.

Ce soir, elle ne parlait pas, semblait-il. Elle flottait dans l'obscurité, brume à moitié visible, et la fixait. Lucia l'ignora. Elle avait entre-temps appris qu'il était inutile de faire quoi que ce soit d'autre. Distraitement, elle sentit la malveillance invisible la chercher de nouveau. Elle était loin et ne représentait aucune menace pour elle.

Il n'y avait aucun bruit, à l'exception du soupir du vent frais et de l'appel des esprits dans le paysage crevassé en contrebas. Lucia alla jusqu'au bord d'un pas nonchalant et baissa les yeux, ses cheveux blonds tombant en cascade sur son épaule. Quand elle se retourna, la dame du rêve avait disparu.

Cela lui fit peur. Elle était bel et bien habituée aux visites de la dame du rêve mais ses disparitions soudaines étaient toujours surprenantes. Avant, elle avait disparu uniquement lorsque la présence obscure qui la harcelait était devenue trop forte, s'était approchée de trop près. Elle avait dit à Lucia qu'elle ne devait pas aller vers la présence, qu'elle ne devait pas se faire découvrir. Lucia en avait convenu mais lorsqu'elle lui demanda quelle était cette présence, la dame du rêve ne répondit pas.

À présent, pourtant, l'air semblait s'alléger, revêtir un goût cuivré et les poils fins sur la peau de Lucia se hérissèrent. Elle eut l'impression d'être soulevée, tirée en l'air vers le ciel, bien que ses pieds restent fermement à terre. L'atmosphère s'était chargée et les esprits cachés dans le panorama sous elle étaient devenus silencieux.

Elle sentit une main lui toucher l'épaule, beaucoup plus grosse qu'une main humaine, de minces doigts blancs aux ongles crochus. Son cœur sembla ralentir et s'arrêter. Elle n'osa pas se retourner. Elle les sentait ; leur présence donnait la chair de poule à sa conscience. Des choses folles, sans âge, interminables, les trois sœurs qui régnaient sur la terre lorsque les trois satellites se partageaient l'espace dans le ciel nocturne. Les Enfants des Lunes.

Le contact, à la fois effrayant et divin, l'emplissait de terreur, de respect et d'intimidation dans les mêmes proportions. Elle ferma très fort les yeux, sachant que derrière elle il n'y avait pas de terre ferme, que les esprits flottaient dans l'air au-dessus du précipice, massifs, froids et terrifiants. Elle ne pouvait supporter de les regarder, ne pouvait supporter le vide sans fond de leurs yeux où bouillonnaient des motivations aussi étrangères à l'humanité que l'étaient celles des dieux. Et bien qu'une partie d'elle sût qu'il s'agissait d'un rêve, cela ne la réconforta pas, car les rêves ne constituaient aucun refuge pour des êtres tels que ceux-ci.

Des mots furent énoncés mais ils sortirent sous la forme d'un bruit de sciage horrible et ténu, qui fit frissonner Lucia. Elle ne pouvait espérer les comprendre. Elle trembla, pencha la tête, la lèvre inférieure tremblotante et les yeux fermés à double tour.

Puis ils se trouvèrent devant elle et non plus derrière, tous les trois se dessinant indistinctement, et bien qu'elle ne pût les voir, elle perçut leurs silhouettes à travers ses paupières. Elle sentit quelque chose effleurer le bord de ses cheveux, et elle frissonna. Un ongle. Il l'effleura de nouveau, insufflant une nouvelle panique et un nouvel émerveillement en elle : le courant étrange qui passait en elle par ce contact. Il lui fallut un instant fébrile pour réaliser ce que faisait l'esprit. Il la caressait, se servant uniquement d'un doigt, comme le ferait quelqu'un sur un animal doux ou une mère sur son nouveau-né. Il l'apaisait. La voix surgit de nouveau, et une fois de plus elle fut terrible à l'oreille ; mais cette fois un peu plus douce, d'une qualité tonale qui transcendait la langue et le sens.

Lucia ignorait ce qu'ils voulaient. Elle ignorait même si « vouloir » était une notion qui s'appliquait à eux. Mais elle récita une minuscule prière aux sœurs-lunes puis ouvrit les yeux et regarda leurs enfants.

La chambre à coucher impériale était paisible, plongée dans l'obscurité. De tièdes brises nocturnes soufflaient par des fenêtres cintrées élégamment sculptées, agitant les minces voiles qui pendaient devant elles. Contre un mur, l'énorme lit était un paysage roulant de draps opulents, or, blanc et rouge écarlate. À chaque coin se tenait l'un des Gardiens des Quatre Vents, sculptés dans des métaux précieux et s'élevant dans l'air au-dessus du ciel de lit qui recouvrait l'ensemble de la structure majestueuse.

Anais tu Erinima, impératrice Blood de Saramyr, se tenait près d'une coiffeuse en bois somptueux, adossée délicatement au mur, un verre de vin ambre en argent à la main. Ses cheveux blonds étaient détachés, tombant autour de son visage faussement innocent et sur sa chemise de nuit de soie noire. Le *lach* couleur jais du sol était froid sous ses pieds nus – à part ses propriétés réfléchissantes, le *lach* était une pierre réputée pour sa réluctance à garder la chaleur, et de fait, permettait de maintenir une pièce fraîche.

Elle sirota son vin et attendit, entretenant sa rage.

Qu'elle le détestait ! Comme si l'empereur Durun ne lui en avait pas déjà suffisamment fait voir, cette histoire avec Lucia l'avait rendu cent fois pire. Visiblement, il se donnait beaucoup de mal pour la mettre en colère et l'humilier. Son ivrognerie, qui avait déjà tendance à être incontrôlable, était à présent effroyable. Il faisait ribote dans des fêtes, beuglait et vomissait jusqu'à ce que même ses compagnons de chasse semblent mal à l'aise. Les chasses elles-mêmes étaient une bénédiction pour lui car elles l'éloignaient du Donjon pour quelques jours. Mais il s'en servait comme excuse pour faire faux bond à des invités importants et rentrait chez lui en titubant, dans un état pire que celui dans lequel il était parti.

Elle bouillait de colère en y repensant. Au moins, elle avait eu sa petite revanche – sa famille, les Blood Batik, lui avait témoigné son soutien au conseil. Mais, en soi, c'était une arme à double tranchant ; si les Blood Batik avaient pris parti contre elle, elle aurait au moins eu le réconfort d'annuler son mariage avec Durun. À présent elle était obligée de le supporter car elle ne pouvait se passer du soutien des siens. Durun était trop têtu et d'une impétuosité de taureau pour se plier à sa famille dans cette affaire et sa frustration était évidente. Lui et son père Barak Mos – un fauteur de troubles à l'égal de son fils – s'étaient souvent braillé dessus ces dernières semaines ; mais, à l'issue de chaque confrontation, Durun se voyait congédié avec le désir accru de le mettre dans l'embarras. Après ça, le Barak était allé, pour la première fois, jusqu'à présenter ses excuses à Anais, lui demandant de pardonner les fautes de son fils et lui promettant de les réparer à l'avenir. Anais savait combien cela avait été dur pour lui de surmonter son orgueil démesuré et elle en fut touchée, mais cela n'apaisa pas sa colère d'un iota.

Le manque de discrétion de Durun avec les femmes du Donjon était un secret de Polichinelle depuis des années. En général, il préférait les plus jeunes – les filles impressionnables de petits nobles qui visitaient la cour, trop flattées par les attentions de l'empereur pour songer aux conséquences. D'autres fois, il couchait avec des servantes qui n'osaient pas lui dire non. Parfois, il ramenait les putes des bordels au Donjon. Au début, ça ne s'était produit qu'en de rares occasions et Anais l'avait toléré. Ce n'était pas un mariage de passion mais de raison politique, et elle était ravie de pouvoir le rendre plus supportable par n'importe quel moyen. Mais petit à petit il devint de moins en moins discret et les rumeurs commencèrent à circuler.

Anais s'était sentie tout d'abord humiliée par toute cette histoire, obligée par l'idée qu'elle devrait être suffisamment bonne au lit pour le garder sur son oreiller ; mais comme toujours elle ne se trouvait pas dans une situation où elle pourrait faire l'odieux affront à Blood Batik de divorcer de son fils préféré. C'était la force de leur mariage qui avait amené les Blood Erinima là où ils étaient et elle ne pouvait pas tout gâcher, pas même quand les vœux qu'ils s'étaient échangés étaient aussi ouvertement violés.

Enfin, elle cessa d'y accorder de l'importance. Le laissa faire ce qu'il voulait. En gros, elle ne le considérait plus comme un mari. Parfois, seulement parfois, quand il appliquait la flamme de ses passions à quelque chose qui valait le coup – ou plus rarement, à elle – elle avait un aperçu de l'homme qu'il aurait pu être, du mariage qu'ils auraient pu avoir. Mais ces moments étaient trop brefs et trop éloignés et suffisaient juste à la frustrer de cet échec. Il perdait son temps sur des passions idiotes, se battait, buvait et courait la gueuse.

Mais Durun était allé trop loin.

Ce soir, il était revenu de la chasse, soûl comme une barrique, et avait commandé un festin pour lui et ses compagnons. Là, dans le hall, ils s'étaient goinfrés et avaient bu du vin à grands traits. Durun, grisé par son triomphe d'avoir tué un ours sans aucune aide, s'était encore moins bien tenu qu'à l'accoutumée. Lorsque l'une des servantes était venue lui servir un autre verre – une fille ordinaire, mince et au visage gracieux dont le manque d'intelligence ou de beauté était compensé par une poitrine disproportionnée – il l'avait allongée sur la table, éparpillant de la nourriture grasse et renversant des verres de vin, et l'avait prise, là. La bonne d'Anais, qu'elle avait chargée de livrer un message à l'empereur à son retour de la chasse, était arrivée à ce moment-là. Elle l'avait trouvé entre les jambes de la servante, les seins exposés entre les pans déchirée de sa chemise, haletant à chaque coup de butoir qu'il lui donnait, tandis que les compagnons de Durun s'étaient rassemblés autour et applaudissaient. Elle avait rapporté une version des événements légèrement moins imagée à l'impératrice.

Anais était livide. Les rumeurs étaient une chose ; les gens pouvaient faire semblant de les ignorer. Mais ceci était intolérable. L'empereur de Saramyr, en rut comme un animal dans un hall rempli de servants et de fils de nobles, se moquant de son infidélité au vu et au su de tous, c'était plus qu'elle ne pouvait en supporter.

Les pas lourds et chancelants qui approchaient de la chambre annoncèrent l'arrivée de son époux volage. Il ouvrit la porte à la volée et entra d'un pas pesant, titubant. Avec ses traits taillés au couteau, son allure était fière et hautaine, malgré son état. Il vit Anais debout près de la coiffeuse et referma la porte derrière lui. Repoussant en arrière sa longue chute de cheveux noirs – tachés de graisse et collés par le vin – il la regarda en arquant un sourcil.

— Femme, dit-il. Vous avez l'air en colère.

Elle traversa la chambre en trois enjambées et lui jeta son verre de vin à la figure.

— Espèce de semblant d'homme dégoûtant ! siffla-t-elle.

Il postillonna et attrapa instinctivement le verre de vin dans ses mains. Il tomba par terre dans un grand bruit sur le sol de *lach* et roula avant de s'arrêter. Elle le gifla, violemment. Il recula, plus surpris que blessé. Elle le frappa de nouveau, encore plus violemment. Une petite partie d'elle lui disait qu'une impératrice ne devait pas se comporter ainsi, mais le vin et sa fureur refoulée l'emportèrent. Elle voulait lui faire du mal, encouragée par ses premières attaques, et le frappa de nouveau, puis encore, le tapa avec ses poings.

Il se débarrassa de son ahurissement initial alors que la douleur s'infiltrait dans son cerveau embrumé par l'alcool. Le prochain coup d'Anais fut arrêté par une main gantée de noir, agrippant son poignet. Instinctivement, elle le frappa avec l'autre main mais il l'attrapa aussi et la ceintura. Elle se débattit désespérément, voulant brusquement s'échapper. Elle vit la lueur dans ses yeux et craignit d'être allée trop loin. Il était beaucoup plus gros et plus fort qu'elle et il la retenait avec une facilité toute naturelle.

— Lâchez-moi ! siffla-t-elle. Salaud !

Ses yeux noirs la menacèrent de douleur et elle se contorsionna pour se dégager de son étreinte. Puis il la souleva brusquement par les bras et la cogna violemment contre le mur, suffisamment pour lui couper le souffle.

— Sang du cœur, Anais ! dit-il d'une voix rauque. Voilà trop longtemps que vous aviez cette sorte de combat en vous !

Puis il l'embrassa, durement et sauvagement, lui mordit les lèvres et la langue. Elle se débattit contre lui, produisant des bruits de protestation par le nez, et il la frappa de nouveau contre le mur.

— Maintenant, vous allez vous tenir tranquille ? demanda-t-il.

Elle s'affaissa.

— Salaud, répéta-t-elle mais ce mot était dépourvu de toute force.

Il recula et la lâcha. Elle le regarda un moment dans l'obscurité, d'un œil à la fois torve et prudent. Esprits ! elle le détestait vraiment, mais elle le désirait aussi. Ce n'étaient que son cœur et son esprit qui étaient faibles et stupides ; quand il la dominait ainsi, quand elle était acculée sous lui, elle pouvait imaginer qu'il était l'homme puissant et dangereux qu'elle espérait avoir comme mari, et non le fainéant indolent qu'elle avait.

Eh bien, pourquoi ne pas prendre le plaisir qu'elle pouvait lui enlever ? Il lui en restait si peu… Et elle n'avait besoin que de son corps…

Se jetant en avant, elle lui attrapa la tête. Ses doigts semblables à des griffes accrochées derrière son crâne l'attirèrent pour l'embrasser aussi sauvagement qu'il l'avait fait précédemment. Elle sentait le vin dans son haleine, mélangé à d'autres odeurs moins agréables, mais cela n'apaisa en rien son ardeur brusquement éveillée. Il la repoussa contre le mur et cette fois, elle lut une envie animale sur son visage. Il ne *la* désirait pas, pas elle particulièrement, il désirait une femme, n'importe quelle femme. Eh bien, cela lui conviendrait. Elle désirait un homme et il ferait l'affaire pour l'instant.

Il saisit le devant de sa chemise de nuit et la déchira à moitié, en un grand geste. Elle s'était armée de courage mais elle était toujours submergée par sa puissance, attirée vers lui de force. Il la repoussa de nouveau, et dans un deuxième geste, il la déchira complètement. Elle était devant lui, sa silhouette pâle et mince nue dans l'obscurité, ses petits seins durs s'élevant et se rabaissant avec son souffle. Puis ils tombèrent l'un sur l'autre.

Leur accouplement fut violent et brutal, chacun se servant du corps de l'autre sans la moindre tendresse. Anais déchira les vêtements de son mari d'un coup, aussi avidement qu'il avait déchiré les siens, passa ses mains sur les muscles tendus de son corps et la mince couche de graisse qui les recouvrait, héritage de trop d'alcool et d'une alimentation trop riche. Ils ne firent pas de quartier et n'en demandèrent pas ; il l'empala inlassablement, tandis qu'ils roulaient sur le lit, chacun cherchant la position dominante. Enfin, elle l'immobilisa et il se laissa fléchir. Elle se colla à lui, accélérant le rythme. En dépit de son état d'ébriété et de ses nombreux défauts, il était encore généreusement doté, mieux que la plupart des hommes, et Anais en profita sans pitié. Le lendemain matin, ils seraient comme d'habitude, ergoteurs et méchants, mais pour l'instant, avec le poids du royaume sur ses épaules et plus de soucis qu'elle ne pouvait l'imaginer, elle se laissa submerger par la passion dont elle avait tellement soif et y trouva sa libération.

Elle voulait lui dire qu'elle le détestait, mais les mots, quand ils surgirent au cœur de l'orgasme, exprimèrent tout le contraire.

14

Lorsque la nuit tomba, Asara chassa.

Ils étaient arrivés au port de Pelis avant le coucher de soleil, des vents favorables ayant facilité leur traversée. Les voiles pliées et le gréement des autres bateaux qui s'agitaient au port étaient des silhouettes qui se dessinaient sur le rouge-orangé de l'horizon occidental. Les ombres s'étiraient et l'air s'emplissait du bruit paillard des chikkikii qui grinçaient et entrechoquaient leurs élytres depuis leurs cachettes invisibles. Les débardeurs et les marins omniprésents avaient beau œuvrer ici comme dans chaque port de commerce, le travail se déroulait à un rythme plus tranquille, plus décontracté comme pour rendre hommage à la nuit qui tombait. Des bars éclairés à la lanterne et des boutiques au style provincial tournaient au ralenti dans la chaleur du jour qui se couchait. C'était l'heure des amants qui marchaient bras dessus bras dessous, l'heure de séduire derrière des volets fermés.

Kaiku fut totalement absorbée par l'atmosphère de l'endroit, avant même que le *Vent d'Été* ne pénètre dans la baie en grinçant et que les amarres ne soient jetées aux hommes sur les docks. Un fossé si mince le séparait du continent et pourtant même un étranger devinait en un seul regard que les choses étaient différentes à Fo. Asara était venue plusieurs fois auparavant et l'avait toujours détesté pour les raisons mêmes qui séduisaient Kaiku. À Pelis, tout était paisible et qui disait paix disait ennui pour Asara. Elle avait hâte de continuer, d'aller dans les parties les plus sauvages de Fo, où la vie n'était pas aussi facile.

Une fois à quai, Asara déclara qu'elle les retrouverait dans la ruelle nord le soir et qu'ils partiraient le lendemain matin s'ils le pouvaient. Elle conseilla à Kaiku de s'acheter un fusil ; elle aurait besoin d'être protégée là où ils iraient. À cette pensée, Kaiku s'enthousiasma. Elle avait toujours été une excellente tireuse et les événements récents avaient démontré qu'elle manquait d'entraînement. Tane et elle allèrent faire des provisions et acheter des armes.

Asara resta seule, comme elle aimait.

Ce fut chose aisée que de leur faire entreprendre le voyage sur une roulotte de commerce jusqu'à Chaim. Ses visites précédentes lui avaient appris qui aller voir, bien qu'elle fût physiquement radicalement différente, et que personne ne la reconnût. Une seule roulotte partait le matin, mais elle était suffisamment bien gardée et convenait à leurs besoins. Elle appréhenda le responsable de la roulotte au moment où il supervisait le chargement de la cargaison. Il leur fit un très bon prix pour le voyage. C'était si simple de manipuler les hommes, belle comme elle était. Elle était froidement consciente de l'effet que produisait sa beauté sur la gente masculine. Elle passa par tous les gestes de la séduction, même si elle s'ennuyait intérieurement, le gratifiant d'une série de sourires, de rires, de mouvements corporels et de petits contacts : l'état d'excitation de sa victime était plus que flagrant. Parfois son numéro nécessitait une petite adaptation en fonction de l'individu. Elle soupira intérieurement quand elle s'en alla, une fois le marché conclu. Quels animaux écervelés que les hommes ! Comme des chiens, facilement dressables, implorant des petites gâteries, avide de chaleur et de nourriture. Elle éprouvait du respect pour personne – à quelques exceptions notables – mais au moins, la majorité des femmes avaient un minimum de dignité. Les hommes étaient tout bonnement gênants.

Sa transaction terminée, elle retrouva Tane et Kaiku, qui lui apprirent dans quelle auberge ils séjourneraient. Asara la connaissait bien ; c'était un bon choix, sécurisé. Elle leur demanda d'y retourner se reposer ; elle avait des affaires à régler avant de partir. Ils se contentèrent de son explication, se gardant bien de fourrer leur nez dans ses affaires. Des questions entouraient leur voyage : où étaient les brûlures dont elle avait souffert ? Pourquoi avait-elle l'air différente ? Le choc de Tane fut plus gratifiant quand elle apparut sur le pont de la barge en manches courtes et qu'il vit que le tatouage de la Guilde des Messagers qui faisait toute la longueur de l'intérieur de son bras n'était plus qu'une tache foncée comme une contusion. Le lendemain, il avait totalement disparu. Elle ne leur donna aucune réponse. Elle se fichait bien de leur curiosité.

Elle arpenta la ville alors que les ténèbres noir d'encre de la nuit suintaient dans les rues étroites et pittoresques. Aurus et Neryn partageaient le ciel, la grosse lune perle et sa minuscule sœur verte. Iridima, la plus claire, était invisible ; son orbite l'avait emmenée ailleurs, semblait-il. Dans le rougeoiement pâle teinté de vert, Asara flâna le long de ruelles éclairées à la lanterne, tuant le temps. Elle passa dans une rue bondée de bars et de restaurants, des silhouettes s'agitant derrière les vitres alors que des conversations et des rires se faisaient entendre. Mais tout lui paraissait étranger et lui donnait le sentiment d'être inexplicablement seule. Cet endroit était empreint d'un charme désuet, avec ses balcons, ses balustrades torsadées de métal et ses ruelles accidentées, mais il n'avait pas le pouvoir de toucher Asara.

Progressivement, la ville de Pelis glissa doucement dans le sommeil. Elle attendit, aussi patiente qu'une araignée. Elle avait déjà choisi sa proie pour la nuit, l'avait repérée rentrer chez elle en se dandinant, soufflant comme un bœuf de tirer sa grosse carcasse dans les rues pavées abruptes. En général, elle préférait les femmes – les courbes sensuelles de leurs corps, leurs fragrances l'attiraient – mais sa rencontre avec le responsable de la roulotte avait fait naître en elle un désir pervers pour un individu bouffi et dégoûtant. C'était un poissonnier, vu son odeur, et il vivait dans une maison ordinaire à l'angle d'une rue tranquille. Habituellement, elle aurait passé plus de temps à l'étudier avant de frapper – à s'assurer qu'il vivait seul, à observer ses habitudes – mais ce soir, elle serait quelque peu téméraire. Elle ne pouvait pas savoir quand une autre chance se représenterait et le besoin en elle était pressant.

Son fusil, elle l'avait caché sous des buissons ; il ne lui servirait qu'à la faire entrer chez lui. Elle hanta la rue jusqu'à ce qu'elle soit sûre que personne ne l'observait puis traversa jusqu'au mur de la maison et se fit toute petite en se collant contre lui. Le rez-de-chaussée était tranquille mais, au deuxième étage, les volets étaient ouverts pour faire entrer la brise nocturne estivale. Asara testa la texture du mur. C'était de la pierre locale, rugueuse et érodée qui lui donnait une prise plus que suffisante.

Elle regarda une dernière fois autour d'elle puis grimpa. En quatre mouvements rapides, elle escalada le mur jusqu'au rebord de la fenêtre et regarda à l'intérieur. La pièce était éclairée par la lune ourlée de vert, et jonchée des vêtements volumineux du poissonnier, en tas désordonné sur le sol carrelé. Elle était simple et peu meublée, construite pour être fraîche et aérée afin de lutter contre la chaleur. Le poissonnier lui-même était une montagne de chair sur un tapis dans un coin, roulé sur le côté, lui tournant le dos, à moitié recouvert par un minuscule drap. Ses épaules, parsemées de mèches de cheveux, s'élevaient et se rabaissaient dans son sommeil. Elle se faufila à l'intérieur par-dessus le rebord de fenêtre et tomba au sol sans un bruit.

Elle avança à pas de loup, jetant des coups d'œil méfiants au pas de porte enténébré et sans rideaux qui menait au reste de la maison. Quand elle arriva au bord de son tapis de couchage, elle se raidit et replaça ses cheveux derrière son oreille, le regardant de haut. Elle sentait la transpiration nocturne acide qui émanait de sa peau, rehaussée par l'odeur piquante du poisson qu'il avait mangé et vendu. Et autre chose, une vague odeur : parfum et coït. Ses yeux se rivèrent sur une dépression peu profonde dans le tapis à côté de sa masse, trop petite et légère pour que ce soit lui qui l'ait faite.

Elle se retourna au moment même où la femme apparut sur le pas de la porte, revenant d'où ses désirs nocturnes, quels qu'ils fussent, l'avaient conduite. Elle était vêtue d'un simple peignoir gris, ses cheveux noirs emmêlés et les yeux gonflés de sommeil. Un très bref instant, elle resta immobilisée sur place quand elle vit Asara penchée sur son amant, puis elle hurla.

Asara fondit sur elle en un éclair. Elle donna un coup au visage de la femme, la fit tournoyer en la tirant par les cheveux et par les bras puis elle heurta le mur et s'effondra. Morte, inconsciente ou juste sonnée, Asara n'avait pas le temps de s'occuper d'elle. Le poissonnier sortit du lit en titubant, s'éloigna frénétiquement d'elle d'une démarche de crabe sur les genoux et les coudes, un petit cri d'alarme et d'ahurissement s'échappant de ses lèvres. Elle l'immobilisa d'une main sur sa gorge flasque et coinça ses bras avec ses genoux ; il fut trop lent pour résister et lorsqu'il réalisa ce qu'elle avait fait, il était trop tard. Elle s'assit sur le renflement de son ventre poilu, sentant qu'il donnait inutilement des coups de pied derrière elle, tentant de donner un coup de genou dans ses côtes mais contrarié par le vide qui les séparait. Elle jeta un œil à la femme, toujours affalée contre le mur, ses cheveux recouvrant son visage. Puis elle reporta son attention sur le poissonnier qui battait inefficacement l'air sous elle alors qu'il faisait facilement le double de son poids. Ses faibles cris furent étranglés par son étreinte. Ses yeux étaient écarquillés de peur.

— Chut, dit-elle doucement. Je veux juste un baiser.

Elle avança les lèvres vers lui aussi rapidement qu'un serpent attrape une souris et aspira.

Le poissonnier se raidit comme si quelque chose le déchirait intérieurement, quelque chose qui n'était pas physique, qui jaillissait dans leurs bouches. Cela scintillait et étincelait ; un courant vif, effréné, qui tremblotait entre leurs lèvres quand elle la lui vola. L'espace de quelques longues secondes, il eut l'impression d'être un fantôme, disparaissant dans les rayons de l'aube, puis l'horreur dans ses yeux déclina, ses pupilles s'assombrirent et son corps se détendit dans la mort. Asara le relâcha dans un souffle, s'essuyant la bouche du revers de la main. Sa tête heurta violemment le sol carrelé dans un bruit écœurant. Elle prit quelques profondes inspirations, appréciant la chaleur grandissant en elle, puis s'éloigna de lui.

Elle ne comprenait pas ce qui se trouvait dans son corps et qui la faisait se sentir ainsi. Elle ne pouvait faire aucune comparaison anatomique. Arbitrairement, elle pensait que c'était un anneau, une volute serrée de tubes de chair nichée juste entre son estomac et sa colonne vertébrale. Quand il était repu, il était épais, et elle sentait sa présence chaude ; quand il avait faim, il était flasque et maigre et l'espace à partir duquel il s'était ratatiné la faisait souffrir d'un vide cent fois pire que la faim. Utiliser ses talents le vidait, comme l'exercice ouvre l'appétit. Quand elle n'en avait pas besoin, la faim ne la tenaillait que rarement, suffisamment pour que son corps tienne l'assaut de l'âge en échec. Mais récemment, depuis sa première rencontre avec les shin-shin, elle avait été contrainte de s'en servir avec excès.

Se soigner après que Kaiku l'avait laissée presque morte fut presque trop pour elle. Elle avait été aidée par deux forestiers qui étaient venus mener une enquête sur l'incendie et avaient, à la place, découvert une servante défigurée et brûlée. La nourriture qu'ils lui avaient donnée lui permit de recouvrer la santé plus que qu'importe quel autre soin qu'ils auraient pu lui prodiguer. Se débarrasser de la peau brûlée sur son visage et ses mains et faire repousser ses cheveux lui avaient pris du temps et demandé beaucoup d'effort et de force, et cette force devait bien provenir de quelque part. Altérer ses traits tenait plus d'une lubie, ce qu'elle fit après avoir complètement récupéré à sa grande satisfaction. Elle avait fait bien attention à ne pas être d'une beauté trop exceptionnelle, en se faisant passer pour la servante de Kaiku, et avait veillé à rester belle pendant deux ans.

Mais elle avait tendance à être vaniteuse et décida que le moment était venu de céder une fois de plus à sa frivolité. Le moindre changement dans son physique la faisait passer de jolie à un objet de désir. Que ce devait être épouvantable, pensa-t-elle, pour ceux qui étaient condamnés à garder le visage avec lequel ils étaient nés.

Mais, songea-t-elle avec regret, elle n'avait jamais connu le sien.

Brusquement sentimentale, elle se dirigea vers la femme et repoussa sa tête en arrière. Une contusion noire se formait déjà sur sa joue. Elle était inconsciente mais respirait toujours. Asara pencha la tête d'abord d'un côté puis de l'autre. Elle n'était pas jolie, mais possédait une certaine volupté. Si elle n'était pas venue, n'avait pas vu le visage d'Asara, alors celle-ci l'aurait laissée vivre. Mais à présent elle ne pouvait pas.

Asara prit la femme dans les bras, dégagea ses cheveux de son visage, puis posa les lèvres sur la bouche entrouverte de sa victime.

L'impératrice Anais tu Erinima arpentait les couloirs du Donjon impérial, d'humeur exécrable. Elle avait à peine eu le temps de prendre son bain après une journée de réunions, de discussions et de rapports, puis avait appris la nouvelle que Barak Mos, le père de son mari et la deuxième puissance après Blood Batik, était arrivé, porteur d'un message pour elle. Elle aurait fait attendre n'importe qui d'autre – à l'exception peut-être de Barak Zahn – mais Mos était trop important pour prendre le moindre risque de l'offenser. Batik était le seul allié le plus fort qu'elle avait et tout était bon à saisir en ce moment.

Son itinéraire l'emmena à la lisière du Donjon où des voûtes sculptées surplombaient la douce nuit en contrebas. Neryn jetait des coups d'œil furtifs derrière sa majestueuse sœur Aurus, bulle vert clair au bord du disque en fusion à la peau perle qui se dressait de façon imposante dans le ciel parsemé d'étoiles. De minces serpentins de nuages ourlés par la lune dérivaient dans la chaleur indolente de l'obscurité estivale. En contrebas, la cité était un filet de lumières de lanternes, plus paisible et tranquille qu'elle ne l'était en réalité. Elle n'avait rien désiré de plus, cette nuit, que se détendre sur un balcon, siroter du vin et laisser les soucis des semaines précédentes l'abandonner. Mais cela ne risquait pas d'arriver, semblait-il.

C'était tous les jours la même chose. Elle avait à peine un moment à elle le jour et ses nuits n'étaient pas plus idylliques. Chaque matinée apportait une nouvelle crise, une manifestation de protestation quelque part, la nouvelle que le célèbre agitateur Unger tu Torrhyc semait le trouble parmi le peuple, un autre noble qui voulait lui demander un service ou faisait des menaces voilées, une allégeance modifiée, un soupçon de tromperie, un rendez-vous, une démission, un serment… Tout était important à présent, tout devait être pris en compte. Elle avait incité Saramyr à la révolte, pour le meilleur ou pour le pire. À présent, elle était entourée d'ennemis, et peu d'entre eux se révélaient vraiment tels qu'ils étaient.

Le seul aspect positif de tout ce chaos était surprenant. Sa relation avec son époux s'était quelque peu apaisée ; en vérité, une partie de sa fatigue était liée au fait qu'elle passait ses frustrations sur lui dans la chambre à coucher, avec vigueur et chaque nuit. Comme tous les soucis du royaume réclamaient de l'attention à grands cris, et chaque jour encore plus intensément, son besoin de se relâcher se manifestait de plus en plus. Durun était comme elle et elle ne pouvait en dire autant de tous les hommes. Et si on ne pouvait dire qu'ils s'appréciaient, Durun avait cessé d'être aussi hostile envers elle et elle remarqua qu'il avait arrêté de trouver des excuses pour s'absenter du Donjon afin de pouvoir se trouver dans la chambre à coucher quand elle y était.

Elle aurait dû s'en rendre compte plus tôt. Le meilleur moyen de le tenir en laisse était de le garder dans son lit. C'était un arrangement qui leur profitait à tous les deux, mais rien de plus. Pour elle en tout cas.

Elle avançait rapidement dans le couloir, ses chaussures cliquetant sur le *lach* marbré du sol, quand elle remarqua le seigneur Tisserand Vyrrch surgir d'une porte devant elle. Un ver de dégoût familier se contorsionna dans son estomac lorsqu'elle vit la silhouette pliée avancer en traînant les pieds, cachée sous une robe de patchwork en haillons, des matières non assorties cousues couche après couche, en désordre. Le visage bronze hideux et immobile se tourna vers elle sous sa capuche en loques.

— Ah, impératrice Anais, croassa-t-il en simulant la surprise.

Elle comprit à son ton que leur rencontre n'était pas fortuite mais elle n'avait pas la patience de le supporter.

— Vyrrch, répondit-elle d'un ton suffisamment cassant pour être impoli.

— Nous devons parler, vous et moi, dit-il.

Elle passa devant lui sans ralentir.

— J'ai peu de choses à dire à quelqu'un qui désire la mort de mon enfant.

Vyrrch, surpris, la rattrapa de sa démarche bizarre et hachée. Ses os avaient beau être tordus et corrompus, il n'était pas aussi lent que son apparence le laissait entendre.

— Attendez ! criait-il, outré. Vous n'osez pas vous éloigner de moi !

Ses fanfaronnades la firent rire.

— L'évidence démontre le contraire, répliqua-t-elle, savourant sa gêne alors qu'il boitillait et tombait derrière elle.

— Vous n'oserez pas ! siffla-t-il.

Et d'un seul coup, Anais eut l'impression qu'on la tirait violemment, une espèce de grande force, une main invisible qui l'agrippait et la faisait tourner pour qu'elle soit face à lui. Elle tituba, momentanément ébahie, puis la main disparut.

Vyrrch la contempla d'un air glacial derrière son masque.

— Je devrais vous faire exécuter pour ça, dit Anais, les joues s'empourprant de rage.

Vyrrch ne se laissa pas intimider.

— Nous ne sommes pas contents de vous, Anais. Absolument pas contents. Si vous vous débarrassez de moi, aucun Tisserand ne me remplacera. Nous sommes liés à Adderach avant tout. Et vous œuvrez contre les intérêts de notre race. Aucun de nous ne prétendra au titre de seigneur Tisserand si l'on me destitue. Croyez-vous que vous survivrez à la guerre civile que vous provoquez chez nous tous sans Tisserand pour vous défendre ?

— Mon Tisserand œuvre pour me *trahir*, siffla-t-elle. Croyez-vous que je n'en aie pas conscience ? Peut-être serais-je mieux sans Tisserand.

— Peut-être, répondit-il. Quoique, sans aucun moyen de contacter vos intérêts lointains – à moins, bien sûr, que vous ne souhaitiez revenir à des messagers à cheval ou des oiseaux voyageurs – j'ai du mal à imaginer que vous continuerez à être une impératrice efficace.

Elle crut discerner un sourire dans sa voix brisée et fanée et cela décupla sa colère, mais elle se maîtrisa, refroidit et endurcit sa fureur comme du métal nouvellement forgé plongé dans de l'eau glacée.

— Ne me menacez pas, Vyrrch. Vous savez pertinemment que si l'on soupçonnait la main des Tisserands de s'ingérer dans la politique du pays, mes ennemis comme mes alliés vous détruiraient. Votre race aliénée est accessoire au gouvernement, elle n'en fait pas partie ; et vous savez aussi bien que moi que les grandes familles ne vont pas tarder à voir un Aberrant sur le trône et non un Tisserand. Vous avez beau vous être tellement insinué dans les bonnes grâces que vous pensez que l'on ne peut pas se passer de vous. Vous êtes là parce que nous vous tolérons, et vous feriez bien de vous en souvenir. Comme des chiens rebelles, vous serez abattus si vous tentez de mordre votre maître. Et, somme toute, les Tisserands s'enhardissent beaucoup trop.

— Vous croyez ? ironisa Vyrrch. Peut-être, après avoir persuadé le peuple d'accepter d'être dirigé par un monstre aberrant, alors persuaderez-vous les grandes familles de se débarrasser de nous ? Je ne pense pas que cela soit envisageable, n'est-ce pas ?

— Ne me parlez pas de *monstre*, espèce de chose ignoble ! Le déplaisir des Tisserands ne m'intéresse nullement. Vous ne faites pas partie du gouvernement de ce pays et vous n'avez pas voix au chapitre. J'ai une réunion et je vais être en retard.

Elle tourna les talons, s'en alla d'un air digne et Vyrrch ne la rappela pas. Mais elle sentit son regard lui brûler le dos quand elle descendit le couloir.

Barak Mos était un homme de grande prestance, même si, physiquement, il n'était pas aussi grand que son fils. Il avait de gros os, un torse large, des bras épais, et il était quelque peu courtaud – avec sa forte mâchoire barbue, sa tête plate et ses jambes courtes. Il donnait une impression de solidité impressionnante. Mesurant à peine plus d'un mètre quatre-vingts, Anais semblait toute petite à côté de lui mais elle ne l'avait jamais affronté en colère et l'avait toujours connu gentil avec elle. Quoi qu'il en soit, elle avait suffisamment subi les crises de colère de son fils pour pouvoir répondre au pied levé à celles de son père.

Elle le retrouva dans une pièce de ses appartements qu'elle aimait particulièrement, dominée par un bas-relief en ivoire massif représentant deux oiseaux rinji se dépassant en plein vol, leurs longs cous et leurs ailes blanches déployées, leurs pattes disgracieuses, semblables à des bâtons, repliées sous eux. L'effet tridimensionnel d'un oiseau occupant le premier plan en plein vol entre le spectateur et l'autre oiseau avait toujours séduit Anais. Il séduisait Mos aussi, apparemment, car il l'admirait quand elle entra.

— Barak Mos, dit-elle. Veuillez m'excuser de vous avoir fait attendre.

— Pas de problème, répondit-il en se tournant vers elle. Au contraire, veuillez plutôt m'excuser pour cette heure inconvenante. Je n'aurais pas dû venir mais j'ai de graves informations.

Anais le gratifia d'un regard curieux puis l'invita à s'asseoir. Pour un homme aussi bourru, il était excessivement poli. Qu'il s'excuse relevait de la plaisanterie : arriver à faire dire à Barak Mos qu'il était sincèrement désolé revenait à parler à un mur, raison pour laquelle elle avait été aussi impressionnée quand il l'avait priée de l'excuser pour les mœurs de débauché de son fils.

Deux canapés élégants étaient disposés autour d'une table basse en bois noir, donnant sur l'extérieur par l'intermédiaire d'une cloison sur le balcon ouvert derrière. Sur la table se trouvait un bol de noix de kama, dégageant une fragrance à la fois amère, fruitée et fumée. C'était la toute nouvelle mode chez les jeunes femmes de la cour de garder des graines de kama dans leurs poches pour leur donner cette senteur séduisante et Anais commençait à apprécier cette odeur.

Ils s'installèrent. Anais s'allongea sur le divan et Mos s'assit sur le bord du canapé, penché, les mains jointes devant lui. Elle remarqua brusquement et non sans gêne, qu'il manquait des rafraîchissements dans la pièce. Mos croisa son regard et décrivit un geste vague de la main.

— Vos servants sont venus, dit-il. Je les ai renvoyés. Je n'en aurai pas pour longtemps. Demandez quelque chose pour vous si vous voulez.

Voilà qui ressemblait davantage au Mos qu'elle connaissait – sans tact. Comme si elle avait besoin de son autorisation pour demander des boissons dans sa propre maison. Elle décida de ne rien boire, plus intéressée par les nouvelles que Barak allait lui annoncer.

— Je n'ai pas besoin de vous dire que cela devra rester entre vous et moi, dit-il en lui lançant un regard sérieux.

— Bien sûr que non, répondit-elle.

— Je vous le dis uniquement par égard pour vous. Pour vous, pour mon fils, pour ma petite-fille.

Un petit sourire de reconnaissance et de surprise tremblota sur le visage de l'impératrice en entendant le mot qu'il avait employé. Elle ne s'était pas attendue à ce qu'il reconnaisse Lucia en ces termes.

— Je comprends, répondit-elle.

Il eut l'air satisfait.

— Votre Tisserand, Vyrrch. Seigneur Tisserand, pardon. Pourquoi ?

— Pourquoi quoi ?

— Pourquoi est-il seigneur Tisserand ?

Anais fut déroutée. Elle pensait qu'un homme dans la situation de Mos saurait *pourquoi*, au moins.

— C'est le titre conféré au Tisserand de l'empereur ou de l'impératrice. En général, c'est aussi parce que ce sont les meilleurs.

Mos éternua, semblant digérer l'information.

— Lui faites-vous confiance ?

— A Vyrrch ? Sang du cœur, non ! Il assassinerait ma fille s'il le pouvait. Mais il sait ce qui se passerait si les grandes familles pensaient qu'un Tisserand avait tué leur impératrice héritière. Aberrant ou pas.

Elle hésita à employer le mot mais aucun autre ne convenait à ses propos.

— C'est certes vrai, dit-il en bougeant sa grosse masse. Laissez-moi vous dire les choses sans ambages. Je soupçonne ce seigneur Tisserand Vyrrch et Barak Sonmaga de comploter ensemble contre vous.

Anais arqua un sourcil :

— Vraiment ? Cela ne me surprendrait pas.

— C'est une triste affaire, Anais. J'ai des espions, vous le savez. Je ne suis pas vraiment pour mais ils sont aussi indispensables que les Tisserands dans le jeu que nous jouons. Je les ai envoyés pour découvrir ce qu'ils pouvaient après que toute cette histoire a commencé et j'imagine que l'un d'entre eux a eu de la chance. Nous avons entendu parler d'un homme du nom de Purloch tu Irisi. C'est un monte-en-l'air d'une certaine renommée et extrêmement doué. Je m'en porte garant : il a pénétré dans le Donjon puis dans les jardins sur le toit et il a approché Lucia.

Anais sentit une secousse de terreur.

— Il a approché Lucia ?

— Quand tout cela a commencé. Il y a des semaines. Il aurait pu lui donner un coup de couteau, Anais.

L'impératrice ne bougea pas sur son divan. Pourquoi Lucia n'avait-elle rien dit ? Évidemment, cela ne devrait pas la surprendre. Passer sa vie cachée l'avait rendue secrète et parfois elle était si énigmatiquement introvertie. Ces moments-là, Anais ne comprenait pas du tout son enfant. Cela l'attristait de penser au fossé entre elles, que sa fille ne lui ait pas parlé de quelque chose d'aussi important. Mais elle était comme ça, tout simplement.

— Mais la tuer n'était pas sa mission, poursuivit Mos. Il lui a plutôt pris une mèche de cheveux. Il ne lui en voulait pas à elle ; c'était tout ce qu'il savait sur la raison pour laquelle il a été envoyé.

— Pourquoi ? Pourquoi les cheveux ? demanda Anais, ses yeux s'assombrissant.

— Son employeur avait besoin d'une preuve qu'elle était bien une Aberrant, pour pouvoir répandre la nouvelle et secouer les nobles. Les Tisserands possèdent un certain test, un moyen de savoir. Seuls les dieux connaissent leur science dans ses moindres détails. Mais ils ont besoin d'une partie du corps – peau, cheveux, quelque chose comme ça. (Il haussa les épaules.) Quoi qu'il en soit, ce Purloch était intelligent. Il n'aurait pas entrepris une tâche comme celle-ci sans la moindre assurance. Trop intelligent pour se laisser manœuvrer par quelqu'un. Il voulait savoir qui l'avait embauché, il est donc remonté à la source des intermédiaires. Sonmaga.

Anais opina intérieurement. Elle n'avait jamais résolu ce mystère, jamais su comment ce scandale avait brusquement éclaté, comment toutes les grandes familles semblaient brusquement savoir que son enfant était différent. Sonmaga ! C'était *donc* lui.

— Avez-vous des preuves de ce que vous avancez ?

Mos eut l'air momentanément embarrassé.

— Purloch a disparu juste après avoir accompli sa tâche. Il n'y a aucun témoignage contre Sonmaga et, s'il y en avait, cela ne servirait à rien. La parole d'un cambrioleur contre celle d'un Barak ?

— Est-ce que ce dénommé… Purloch était au courant de l'implication de Vyrrch ?

— Il ne savait rien ou n'en a rien dit, dit Mos. Il n'y a pas de lien ou du moins aucun que personne à part un Tisserand ne pourrait suivre. Mais il y a une chose qui me gêne dans toute cette affaire. Les honoraires de Purloch étaient faramineux. Tous ces efforts et ces frais de la part de Sonmaga juste pour qu'un homme vole une mèche de cheveux. D'où une seule conclusion.

— Sonmaga devait avoir des doutes, dit-elle.

— Il savait déjà qu'elle était Aberrant, en convint Mos en hochant la tête.

Cela ne semblait pas lui poser de problème d'employer ce mot pour désigner celle qu'il avait appelée « ma petite-fille » quelques instants auparavant. Ce qui encouragea Anais.

— Parce que quelqu'un le lui a dit, en conclut-elle. Vyrrch.

— Il l'a découvert d'une façon ou d'une autre, fit Mos. C'est la seule réponse.

— Pas la seule, répliqua prudemment Anais. D'autres le savaient. Des précepteurs, quelques servants…

— Mais personne de plus probable que Vyrrch, riposta Mos. Personne qui avait tant à perdre si un Aberrant prenait le trône. Et si elle *devenait* impératrice ? Elle apprendrait que les Tisserands l'auraient tuée à la naissance. Et si elle empêchait les Tisserands de tuer des enfant aberrants ? Et si elle essayait de les amoindrir, de les mettre dehors ? Les Tisserands savent qu'ils ne peuvent survivre dans un royaume dirigé par une Aberrant. Ils se retrouveraient brusquement à devoir craindre des représailles pour avoir éradiqué la déviance pendant deux cents ans.

— Peut-être est-ce ce dont nous avons besoin, dit Anais en repensant à sa conversation avec Vyrrch. De parasites maudits par les dieux. Nous ferions mieux de nous en débarrasser. Nous n'aurions jamais dû laisser cela aller aussi loin, jamais dû leur permettre de devenir indispensables.

— Personne ne sera davantage d'accord avec vous que moi, dit Mos. Je méprise leur côté retors. Mais gardez-vous bien de vous opposer complètement à eux. Vous marchez sur le fil du rasoir.

— Certes, dit Anais. Certes.

15

Le domaine des Blood Amacha était immense, le plus vaste du Quartier impérial d'Axekami, plus grand même que celui de la famille dirigeante, les Blood Erinima. Il se trouvait sur une estrade de terre artificielle, qui dépassait d'un étage les enclos environnants. Ses murs abritaient un paradis virtuel : arbres tropicaux luxuriants importés de continents lointains, mares et ruisseaux sculptés, clairières et chutes d'eau merveilleuses. Contrastant avec le minimalisme de mise dans les jardins de Saramyr, cet endroit regorgeait de couleurs voyantes ; mais, même ici, l'aspect soigné était toujours en vigueur et il n'y avait aucune feuille dans les chemins, aucune branche mal taillée sur les troncs, aucune feuille rouillée non coupée. Des fruits rares pendillaient aux arbres et des gerbes de fleurs étranges étaient nichées dans les buissons. Il y avait même des animaux étrangers, choisis pour leur beauté et leur aspect miraculeux – et inoffensifs pour les promeneurs. Cela revenait à pénétrer dans un autre pays, un royaume magique tout droit sorti d'un livre de contes.

Mishani tu Koli s'assit sur un banc de bois sculpté dans la racine vivante d'un énorme arbre chapapa, un petit livre de sonnets de guerre du poète épéiste Xalis à la main. Une mare en forme de haricot s'étendait devant elle, alimentée par une cascade d'eau ruisselant sur des pierres rouges, où lézardaient des poissons exotiques. L'air de l'après-midi résonnait du bourdonnement bienveillant des insectes.

Elle estimait que l'ostentation du domaine des Blood Amacha était légèrement vulgaire, considérait que c'était d'une arrogance extrême de s'élever ainsi au-dessus des autres nobles ; pourtant elle ne pouvait nier le frisson que cela lui procurait de se balader dans leurs jardins, ni le plaisir de savoir qu'elle était assise sur un arbre qui avait été entièrement ensemencé sur un autre continent. Les jardins d'Amacha étaient cultivés depuis plus de trois cents ans et, maintenant, cet arbre était là, importé arbrisseau des jungles d'Okhamba.

En dépit de sa splendeur époustouflante, elle ne parvenait pas à se sentir bien dans ce jardin. Son esprit refusait de s'attarder sur les vers de la page, et la tranquillité des lieux avait bien du mal à l'apaiser. Elle souffrait intérieurement, ressentait une telle perte et une telle tristesse qu'elle voulait pleurer, et savoir qu'elle était à l'origine de sa propre misère empirait son état.

Elle joua et rejoua ce moment dans sa tête, écoutant sa propre voix revenir vers elle, observant la réaction sur le visage de son amie.

Parce que je vois ce que tu es maintenant. Et tu me dégoûtes.

Avec ces paroles, elle avait coupé des liens qui avaient mis vingt ans à se former. Avec ces paroles, elle avait surmonté la faiblesse de l'indécision, s'était engagée sur une route qui, le savait-elle, était la bonne. En chassant Kaiku, elle protégeait sa famille, protégeait son *père* du déshonneur. C'était le devoir de sa fille de faire cela, de soutenir les siens par-dessus tout, parfois même l'impératrice.

Avec ces paroles, elle avait tourné le dos à son amie de toujours, et voilà qu'elle voulait hurler de douleur.

Mais elle ne hurla pas. Ce n'était pas son genre. Elle ne montrait extérieurement aucun signe de son chagrin, ni des forces contradictoires de récrimination et de justification qui luttaient derrière ses yeux sereins et sombres.

À son retour, son père lui avait posé des questions. La nouvelle de la mort de la famille de Kaiku avait mis du temps à venir depuis la forêt de Yuna mais ensuite toute la cour fut au courant. Barak Avun avait été suffisamment avisé de ne pas dire à tout le monde que Kaiku séjournait chez sa fille jusqu'à ce qu'il ait eu l'opportunité de lui parler. Il n'en eut jamais l'occasion. Elle était partie avant son retour et avait bel et bien disparu.

Mishani feignit d'être choquée, prétendant que Kaiku n'avait rien dit du meurtre de sa famille. Barak Avun ne la crut pas, mais ne la défia pas non plus. Il connaissait bien sa fille, savait comme elle était loyale. S'il l'interrogeait, elle lui répondrait, mais le fait qu'elle ne lui dise rien signifiait qu'il s'agissait de quelque chose qu'il valait mieux ne pas savoir. Ça, plus l'étrange incendie le jour de la réunion du conseil, et les morts curieuses des membres de la famille de Kaiku, avaient considérablement éveillé les soupçons en lui, mais il lui faisait confiance et laissa les mensonges s'installer.

Elle protégeait son honneur en risquant le sien. Il le permettait mais le message entre eux était tacite. Même si ses intentions étaient bonnes, même s'il valait mieux qu'elle ne le lui dise pas, elle négligeait malgré tout son devoir de fille en mentant à son père. Elle le lui devait bien.

Mishani avait tenté de ne plus penser à Kaiku en se plongeant dans les affaires de la famille et les intrigues de la cour. Le Barak avait été trop gentil en se confiant intimement à elle. La cour était un foyer d'épreuves de force depuis la réunion du conseil et l'annonce de l'impératrice que l'enfant aberrant prendrait la couronne. De nouvelles alliances se forgeaient, s'unissaient contre la famille dirigeante. Des agitateurs avaient envahi les rues.

En particulier, un homme, Unger tu Torrhyc, attisait une tempête avec ses discours solennels explosifs contre l'impératrice héritière. Mishani avait assisté à l'une de ses manifestations dans le Square des Orateurs et avait été impressionnée. La colère dans la cité était à son paroxysme. Les gardes impériaux avaient déjà étouffé de violentes protestations dans les districts les plus pauvres. L'impératrice trouverait peut-être suffisamment de soutien parmi les nobles pour garder une mainmise précaire sur le trône mais elle n'avait fait aucune avance au petit peuple, fermement opposé à l'idée que règne une Aberrant. Que ce soit un oubli ou de l'arrogance, cela pourrait bien entraîner sa chute.

Pourtant, toute la rhétorique qui parcourait les rues et la cour sonnait creux aux oreilles de Mishani. Les cris comme quoi les Aberrants étaient des monstres, un fléau, incarnaient le *mal* dès la naissance… ce qui autrefois était tellement logique semblait à présent être l'hystérie de fanatiques qui écumaient de rage. Comment cela pouvait-il s'appliquer à Kaiku ? Elle n'incarnait pas plus le « mal dès la naissance » que Mishani. Et si cela ne s'appliquait pas à elle, alors combien d'autres cela excluait-il aussi ? Quelles preuves existait-il que les Aberrants ne faisaient ne serait-ce qu'incarner le mal ?

Et pourtant persistaient encore la peur et le dégoût. Ça, elle ne pouvait le nier. Kaiku la dégoûtait, bien que son amie n'ait pas du tout changé physiquement, à part la couleur de ses yeux. C'était le *savoir* qui la dégoûtait, l'idée que Kaiku était une Aberrant. Mais plus elle y réfléchissait, plus elle trouvait que ce raisonnement n'avait aucun poids. Elle était dégoûtée parce que Kaiku était Aberrant. Mais elle ne parvenait pas à trouver d'autres raisons. Le danger d'être près d'elle ne dérangeait pas Mishani ; comme Kaiku le lui avait dit, elle l'aurait soignée si elle avait souffert d'une maladie infectieuse. Mais l'Abberance, c'était différent.

Quel que fût le couloir de son esprit qu'elle empruntât, elle tombait toujours sur la même phrase : *parce que c'est une Aberrant*. C'était une logique fantôme, une impasse dans les chemins de la pensée. Si profondément ancrée en elle que cela ne nécessitait pas d'autre raison que « *c'était* », aucune preuve pour faire machine arrière. Si on lui demandait pourquoi le soleil était dans le ciel, elle pourrait raconter l'histoire d'Ocha qui avait éteint l'œil de son fils car deux yeux étaient trop brillants puis l'avait installé en position pour surveiller le monde ; et que Nuki était pourchassé sur la planète par trois sœurs lunes amoureuses, nous donnant le jour et la nuit. Elle pouvait expliquer pourquoi les oiseaux chantaient, pourquoi le vent soufflait, pourquoi l'eau clapotait, mais allez lui demander pourquoi les Aberrants étaient répugnants et épouvantables, elle ne vous fournirait qu'une seule réponse : *parce que*.

Brusquement, cela ne lui suffisait plus.

Un avantage de la forte opposition de son père à l'impératrice était que les Blood Koli se retrouvaient dans les bonnes grâces des Blood Amacha. Les Blood Amacha et les Blood Kerestyn étaient les deux seules familles qui avaient le pouvoir de revendiquer la couronne à l'exception des Blood Batik, la famille de l'empereur. Mais ils avaient choisi de se ranger aux côtés de l'impératrice en dépit de la haine évidente qu'éprouvait l'empereur pour sa fille. Ceux qui avaient voté contre l'impératrice au conseil étaient fêtés ou persécutés par ces deux prétendants qui réunissaient leurs forces en attendant le conflit. Mais les Blood Koli et Blood Kerestyn avaient un passif d'antagonisme. De fait, l'amitié grandissante entre Barak Sonmaga tu Amacha et Barak Avun tu Koli semblait naturelle en de telles circonstances.

Son père et Barak Sonmaga avaient été en réunion la majeure partie de la journée. Avun et elle avaient rejoint leur hôte pour le petit déjeuner, savouré un repas délicieux sous le porche de la maison de ville en bois tentaculaire, tapie dans la faune exotique. Là, ils avaient observé un daim étrange en mangeant, et entendu le chant d'animaux cachés dans le feuillage. Ensuite, les hommes étaient allés discuter. En temps normal, Mishani aurait eu le droit de se joindre à eux mais cette réunion se tenait dans le plus grand secret et elle en était exclue. Ça lui était égal. Elle n'était de toute façon pas d'humeur à parlementer.

Elle entendit le doux martèlement de pas sur le chemin derrière elle, reposa son livre, se leva et salua son père d'un signe de tête, puis le Barak Sonmaga, le bout des doigts sur les lèvres et l'autre bras croisé sur la poitrine. Sonmaga inclina légèrement la tête en retour, posa une main sur l'épaule de son père dans un regard éloquent puis s'en alla, les laissant seuls. Mishani constata que son père portait quelque chose, bien rangé dans un sac de toile.

— Père, dit-elle. Partons-nous ? Tout s'est-il bien passé ?

— Bientôt, répondit-il. Puis-je m'asseoir avec vous un instant ?

— Bien sûr, dit-elle en déplaçant son livre et en se rasseyant, ses cheveux lui arrivant aux chevilles ramenés derrière l'une de ses minces épaules.

Barak Avun s'assit, le sac à ses côtés. Il semblait nerveux. Comme sa fille, il était mince et avait les os fins. Des pommettes saillantes ressortaient sur son visage bronzé et mature et ses cheveux s'estompaient sur son crâne, tout en dessinant une espèce de fer à cheval d'une oreille à l'autre. Il donnait le sentiment d'être en permanence las et fatigué, bien que le supposer eût été trompeur. Mishani adorait son père mais elle le respectait encore plus. C'était un joueur impitoyable et éminemment glorieux dans les jeux de la cour et elle n'aurait pu espérer meilleur tuteur.

— Ma fille, il y a certaines choses dont nous devons parler, dit-il. Vous savez que la découverte du secret de l'impératrice héritière est tombé à un bien mauvais moment pour Saramyr. Les récoltes promettent d'être maigres cette année en dépit du temps et le fléau dans la terre tient bon. La nature est plus dangereuse que jamais. Nous ne pouvons nous permettre de guerre civile en ce moment.

— J'en conviens, fit Mishani. Mais l'impératrice ayant l'air déterminée à voir son enfant sur le trône, il est manifestement peu probable d'envisager tout autre option. Même si nous lui cédions, je doute que le peuple en fasse autant. Axekami bascule vers la révolte.

— Il y a un autre moyen. L'impératrice est stérile. Donner naissance à cette progéniture l'a rendue stérile. Si l'impératrice héritière était destituée, alors les Blood Erinima n'auraient d'autre choix que d'abandonner leur position de famille dirigeante une fois Anais morte. Et probablement avant.

— Si Lucia était… destituée, dit prudemment Mishani. (Elle n'aimait pas le tournant que prenait cette conversation.) Alors l'impératrice serait prête à tout pour traquer le responsable, quel qu'il soit, et une guerre civile s'ensuivrait forcément.

— Pas si elle ne trouvait aucun responsable. Aucune cible sur laquelle laisser libre cours à sa colère. (Barak Avun devint narquois.) Pas si c'est l'œuvre des dieux.

— Parlez franchement, père, dit-elle. (Son visage maigre se figea.) Qu'avez-vous en tête ?

— L'impératrice recherche les faveurs des nobles du mieux possible, en les présentant à l'enfant aberrant pour qu'ils se rendent compte qu'elle n'est ni difforme ni anormale. Selon les bruits qui courent, elle est au contraire plutôt jolie, bien que quelque peu… bizarre. Mais jolie ou pas, on doit la destituer pour préserver la stabilité du pays.

— Dois-je donc imaginer, suggéra audacieusement Mishani, que Blood Amacha n'est pas tout à fait prêt à une guerre civile et trouve l'idée d'une révolution peu attrayante en ce moment ? J'aurais cru qu'ils préféraient attendre leur heure pour frapper après s'être assurés de leur aptitude à prendre le trône aux Blood Kerestyn.

Barak Avun regarda sa fille avec des yeux aussi vides que ceux d'un lézard.

— Vous êtes intelligente, fille, et vous me remplissez de fierté. Mais soyez obéissante. Vous avez à présent une tâche à accomplir.

Mishani inclina légèrement la tête en guise de soumission, laissant ses cheveux noirs retomber sur son visage.

Le Barak s'installa bien confortablement, satisfait.

— Vous irez voir l'impératrice héritière et lui ferez un cadeau. (Il fit un mouvement vers le sac en toile mais Mishani constata qu'il hésitait encore à l'approcher de trop près.) Vous étiez absente au conseil ; Anais ignore si vous êtes contre elle ou non. Elle se réjouira de l'opportunité de vous faire changer d'avis. Allez voir l'enfant et offrez-lui un cadeau.

— Qu'y a-t-il dans le sac, père ? s'enquit Mishani sentant son sang se figer dans ses veines.

Elle savait ce que le Barak lui demandait, et savait tout autant qu'elle ne pourrait le lui refuser. Il n'avait pas mentionné son absence au conseil par hasard : il mettait un point d'honneur à lui faire remarquer sa dernière désobéissance.

— Une chemise de nuit, dit-il. Aux broderies magnifiques, une œuvre d'art. Elle est infectée par la fièvre des os.

Mishani ne s'était pas attendue à moins et ne manifesta aucune réaction.

— L'impératrice héritière tombera malade d'ici huit jours, et mourra quelques semaines plus tard. Peut-être que d'autres dans les appartements l'attraperont aussi. La fièvre des os frappe au hasard, personne ne soupçonnera que cela vient du cadeau. Et même si c'était le cas, elle ne peut être détectée et on ne pourra donc remonter jusqu'à vous ou moi, dit-il.

Ni à Sonmaga, songea amèrement Mishani, sachant que c'était lui l'auteur du complot. Elle se demanda ce qu'il avait promis à Avun pour qu'il se serve ainsi de sa fille. L'usage de poison comptait toujours parmi les méthodes d'assassinat acceptables, pour ne pas dire honorables. Mais se servir de la maladie était odieux et rarement même envisageable. Seuls des barbares y avaient recours. Comme son père et Sonmaga étaient tombés bien bas ! Et comme ils la condamneraient à tomber aussi bas s'ils en faisaient leur complice !

Non, songea-t-elle. *Pas une complice. Un bouc émissaire*.

Elle fixa son père dans les yeux. Elle croyait qu'il pensait que cela marcherait et que ce qu'il faisait était bon pour le pays. Mais elle savait aussi que si on l'attrapait, d'une façon ou d'une autre, il couperait les ponts avec elle comme on coupe les amarres d'un navire pour sauver sa famille. Elle avait vu ce genre de manœuvre une centaine de fois à la cour mais n'en avait pas encore été le sujet. Jamais ne s'était-elle sentie aussi rabaissée, jamais aussi manipulée que maintenant, et celui qui la blessait de la sorte était l'homme à qui elle faisait le plus confiance au monde. Elle se sentit fondamentalement trahie et en cela elle ressentit l'amour qu'elle portait à son père se racornir et mourir. Elle fut choquée en découvrant combien il avait dû être fragile.

Mishani contempla l'étranger sur le banc à côté d'elle un instant de plus puis baissa les yeux sur la mare devant eux. Le soleil scintillait sur les bords des clapotis.

— Je ferai ce que vous voulez, dit-elle.

Elle n'avait pas le choix.

Le grand monastère d'Aderrach était tapi au pied du mont Aon, renfrogné, testament de la démence de ses architectes. Sa forme était déconcertante pour l'œil : la pierre couleur sable de son revêtement était meuble, de sorte qu'elle semblait passer d'une forme à une autre ; ici un passage étroit, se terminant sur une pente brusque ; là une sculpture de démons qui hurlaient ; là un minaret redondant, une fenêtre à moitié construite, une flèche en forme de tire-bouchon. Le mur d'une aile entièrement désaffectée figurait un visage hurlant, de dix mètres de haut, montrant les dents et les yeux fous. Des statues hantaient les environs désolés, babillages délirants d'esprits déments érodés par les vents froids soufflant des altitudes supérieures. Des murs solitaires s'érigeaient, inutiles. À l'intérieur, des volées d'escaliers ne menaient nulle part, des ailes entières étaient inaccessibles car personne n'avait appris à construire de porte, des halls caverneux rivalisaient avec des pièces minuscules, trop petites pour qu'un homme y tienne debout.

C'était un chef-d'œuvre, ou une atrocité, né d'un millier de projets, de lubies et de caprices, qui fusionnaient sans heurts pour ne faire plus qu'un. Et c'était ici que les Tisserands avaient installé le berceau de leur pouvoir, d'où ils surveillaient la terre de Saramyr et concoctaient leurs projets.

Les Tisserands ne disposaient pas de hiérarchie à proprement parler. Leur structure était anarchique, aléatoire et fonctionnait sous des valeurs incertaines, mais un principe primordial les unissait tous : le bien de l'ensemble. Quoique, individuellement, leurs motivations fussent saturées d'insanité, tous œuvraient ensemble vers le même but, à tout moment.

Personne ne remettait en question cette étrange conscience de groupe, personne ne demandait qui déterminait les objectifs, qui dirigeait leurs efforts, s'il s'agissait d'une décision à la majorité ou de la détermination de quelques élus. Il en était ainsi, tout simplement. La force qui leur permettait de rester cohérents était une toile qui les liait tous, comme les sublimes fils du Tissage.

Le monastère était érigé sur une vaste mine labyrinthique. Il était désaffecté depuis plus de deux cents ans mais tenait toujours, et des créatures immondes, d'une ignominie inimaginable, erraient dans ses tunnels obscurs. La mine était le site où avaient été découvertes les premières pierres magiques voilà deux cent cinquante ans, bien enfouies sous terre, et de là étaient nés les Tisserands.

Au début, les mineurs n'avaient aucune idée de ce qu'ils avaient trouvé. C'étaient des gens simples, robustes et honnêtes, travaillant sur une couche de fer au fin fond des montagnes de Tchamil, loin de toute civilisation. À cette époque, la mine était récente et aucun Aberrant ne hantait les passages enténébrés comme aujourd'hui. Leur claustration était telle que les mineurs avaient construit des colonies parmi lesquelles on comptait des maçons, des menuisiers, etc. : des artisans. C'est eux qui virent ce que les mineurs avaient trouvé et qui donnèrent son nom à la substance.

Dès le début, il était évident que ce n'était pas une pierre ordinaire. D'une part, un homme pouvait la sentir en étant à côté d'elle. Il avait la chair de poule et claquait des dents. Pas par peur mais parce qu'il se trouvait en présence de l'énergie. Autour de la pierre, l'air semblait chargé, comme il l'était juste avant une tempête lunaire, et même les plus pragmatiques de ce peuple robuste furent obligés de le reconnaître.

Le deuxième élément étrange était l'état dans lequel ils la trouvèrent. C'était une masse énorme et irrégulière de pierre noire et granuleuse, comme un affleurement de pierre volcanique, sauf qu'elle avait été découverte très profond sous terre, intacte et isolée, à l'intérieur d'une petite grotte. Une chaleur inimaginable avait fait fondre la pierre environnante en verre et ils avaient beau miner, ils ne trouvèrent aucune veine nulle part. Impossible qu'elle ait pu se former naturellement. D'où la question : comment était-elle arrivée là ? Pouvait-il s'agir d'une relique des Ugatis, les autochtones qui avaient vécu à Saramyr pendant d'innombrables années avant que le premier empereur ne les mette dehors ?

L'histoire des Tisserands n'était pas claire quant à ce qui s'était passé par la suite. Ce qui est sûr, c'est que les artisans se mirent à nettoyer la poussière de la surface de la pierre magique et s'en servirent pour travailler. Peut-être était-ce les étranges propriétés de la pierre qui les attirèrent ou l'innovation qui consistait à intégrer une substance sans précédent dans leur travail. Les menuisiers intégrèrent la poudre dans la fibre des bancs ; les maçons la mélangèrent à du mortier. C'était une étrange lubie mais pas plus étonnante que des centaines de milliers d'autres à travers le pays. Si l'empire savait en général que c'était là l'origine des Tisserands, c'était uniquement parce que certains artisans avaient traversé les montagnes pour essayer de vendre leurs biens, persuadés que leur nouvelle trouvaille séduirait les marchés à l'ouest. Leurs échantillons reçurent un accueil favorable : la sensation d'énergie brute qu'elle diffusait stupéfiait les acheteurs. Pendant ce temps, les colons racontèrent leur étrange découverte à droite à gauche. Quand ils eurent vendu leurs échantillons, ils rentrèrent chez eux pour s'acquitter des commandes que leur avaient passées des clients impatients. Ils ne revinrent jamais.

La colonie resta silencieuse pendant plusieurs années. Isolée comme elle était, cachée dans des montagnes sans chemins, elle ne fut plus qu'un souvenir. La vague initiale d'excitation dans les marchés se tassa et les artefacts de pierre magique tombèrent dans l'oubli.

Ce qui se produisit pendant ce temps donne lieu à bien des conjectures.

À un moment donné, on décida d'introduire de la poussière de pierre magique dans l'art de la fabrication des masques et, durant cette période, un expérimentateur avait dû découvrir les autres pouvoirs de la poussière de pierre magique. Il n'existe aucun moyen de savoir comment a commencé ce processus ni comment il s'est poursuivi. Peut-être, au début, l'utilisèrent-ils sous forme de narcotique, car l'exposition à la pierre magique à long terme provoquait désorientation et euphorie. Plus tard, ils découvrirent qu'en l'approchant tout près du visage – et donc du cerveau – la sensation était plus puissante encore. À partir de là, de petits effets rudimentaires furent constatés dans le monde de la physique. Quand on délirait, sous les effets de la pierre magique, une tasse bougeait sans que personne ne la touche ; une flamme brûlait ou vacillait ; un homme devinait les pensées d'un ami ou prenait brusquement conscience de ses secrets les plus intimes. Force était de constater combien le chemin était ardu pour passer d'une simple dépendance à une substance inconnue à une maîtrise totale. Combien tombèrent involontairement dans la pleine lumière du Tissage et perdirent leurs esprits et leurs âmes pour sa gloire ? Combien d'atrocités de viols, de meurtres et de mutilations furent commises dans les affres du retrait post-Tissage ? L'histoire ne conserve aucun souvenir. Mais lorsqu'ils resurgirent de cette colonie après leur long silence, il ne restait aucune femme et aucun enfant.

Voilà deux siècles, les premiers Tisserands apparurent dans les villes et les cités de Saramyr. Leurs pouvoirs étaient alors plus faibles et plus rudimentaires, mais ils avançaient déjà avec un seul objectif, un seul schéma directeur. Subtilement, ils infiltrèrent les demeures des classes nobles, devenant d'une aide inestimable. À cette époque, le peuple de Saramyr était naïf et ceux qui s'avéraient constituer un obstacle étaient simplement *influencés*, leurs esprits et opinions modifiés pour convenir au plan. En l'espace d'une décennie, ils furent intégrés ; et à partir de là, ils se mirent à se développer, à construire, à comploter.

Dans une chambre à la lueur du feu, quelque part au plus profond des artères alambiquées d'Adderach, une apparition du seigneur Tisserand Vyrrch plana dans l'air. C'était un fantôme vague et flou, une tache marbrée de marron, de gris et d'orange, s'approchant des couleurs de sa robe patchwork. Curieusement, la forme semblait gagner en définition à mesure qu'elle se rapprochait du Masque, comme si celui-ci était la priorité du fantôme. C'était la seule chose nettement définie, un visage de bronze transparent dans les espaces célestes du corps de Vyrrch.

Les trois Tisserands que Vyrrch affronta étaient différents des trois derniers, eux-mêmes différents des trois précédents. Manquant de hiérarchie, le seigneur Tisserand n'était sous les ordres d'aucun supérieur, les trois Tisserands présents dissémineraient donc l'information par l'intermédiaire du réseau se servant du Tissage. Tour à tour, chacun parlait pour les autres.

— L'impératrice est moins que coopérative, constata un Tisserand qui s'appelait Kakre.

Son Masque était en peau séchée, tendue sur un cadre de bois, et lui donnait l'apparence d'un cadavre.

— Je ne m'attendais pas à moins, dit Vyrrch dont la voix rauque semblait provenir des murs autour d'eux. Mais la situation tourne à notre avantage. Ce serait… inopportun si elle abdiquait maintenant.

— Expliquez-vous, exigea Kakre. La prétention de l'impératrice héritière à la couronne ne représente-t-elle pas une grande menace pour les Tisserands ?

— En effet, répondit Vyrrch. Et dans l'état actuel des choses, les forces de chaque côté sont égales. Mais je n'ai pas chômé dans le Donjon impérial. Les Baraks font mes quatre volontés.

— Et quel est l'avantage pour nous ? murmura un gros Tisserand dont le visage était un ovale de bois avec une longue barbe galonnée de poils d'animaux.

Vyrrch posa les yeux sur ce dernier.

— Frère, j'ai des projets bien en main pour nous débarrasser de l'impératrice et de sa progéniture embarrassante. J'ai conclu un pacte avec le joueur le plus puissant de ce jeu, et quand il deviendra empereur Blood, nous serons élevés avec lui. Nous ne serons plus simplement des accessoires du gouvernement ; nous serons le pouvoir sur le trône !

— Faites attention, Vyrrch, le mit en garde Karke. Ils ne nous font pas confiance, ne veulent pas de nous ici. Ils nous attaqueront s'ils le peuvent. Même votre Barak.

— Ils se doutent… ajouta le troisième Tisserand dont le Masque de bois noir montrait les dents. Ils se doutent de ce que nous manigançons.

— Alors qu'ils se doutent, répondit Vyrrch. D'ici à ce qu'ils réalisent la vérité, il sera trop tard.

— Peut-être, répondit Karke, feriez-vous mieux de nous expliquer vos intentions.

Vyrrch revint en lui-même peu de temps après, sa conscience descendant avec légèreté les synapses du Tissage pour retourner dans son corps physique. Son souffle palpitait, et ses yeux, ouverts et vitreux, se concentraient vivement sur quelque chose. Il était assis à sa place habituelle, dans la puanteur et les conditions sordides et fétides de ses appartements. Pendant un moment, il se calma, attendant le contrecoup quand il se retirerait de la béatitude absolue du Tissage. Les souvenirs se remirent en place autour des fragments habituels d'amnésie, et il regarda autour de lui d'un air perplexe. Il se souvint vaguement qu'on lui avait amené une fille hier, une petite chose particulièrement fougueuse, s'était-il avéré. Il l'avait ligotée, comme une araignée avec une mouche, dans l'intention de la garder, de la nourrir et de se servir d'elle le cas échéant. La motivation se cachant derrière tout cela lui échappait ; peut-être avait-il souhaité bénéficier d'un soulagement immédiat pour sa prochaine psychose post-Tissage au lieu de devoir attendre que les servants lui apportent sur demande ce dont il avait besoin. Cette garce futée avait réussi à s'échapper de ses attaches et se cachait quelque part dans la pièce. Elle était coincée ici avec lui, vu qu'il portait l'unique clé pour ouvrir la lourde porte qui lui rendrait sa liberté, et il ne s'en séparait jamais. Cela lui plaisait. Un petit jeu.

Il n'éprouvait aucun désir pour elle, toutefois. En revanche, il ressentit une envie irrésistible, brutale et accablante d'organiser son espace. Une logique étrangère et plutôt aveuglante s'était emparée de lui, une façon selon laquelle les choses devraient être faites, et il vit, comme s'il se trouvait dans une vision des dieux, comment altérer son environnement. Il se leva pour s'y atteler, sachant que ce n'était qu'une autre forme de manie, mais incapable de s'en empêcher. La fille attendrait. Tout le monde attendrait.

Ensuite, quand il serait prêt, il les aurait tous.

16

Ils voyagèrent vers le nord, le long de la route de la Poussière qui remontait en courbe du sud-est au nord-ouest de Fo, pour s'achever dans la ville minière de Cmorn de l'autre côté de la côte. Le soleil était à peine levé à l'est quand ils se mirent en route et Neryn était toujours obstinément haute dans le ciel et serait restée invisible jusque dans l'après-midi, si les nuages l'avaient permis. Mais non. A midi, ce qui n'était au commencement que de minces volutes de cirrus s'était canalisé en une couverture bosselée qui adoucissait le soleil, avançant lentement au-dessus des têtes. La chaleur ne diminua pas proportionnellement à la lumière et Tane se surprit à accueillir l'ombre avec joie. Vivre sous une canopée d'arbres ne l'avait pas préparé à l'exposition de ces derniers jours et il était toujours un peu étourdi s'il restait trop longtemps sous l'œil mauvais de Nuki.

Leur roulotte était tirée par deux manxthwas, dont la force énorme faisait avancer un convoi de sept chariots. Les cinq dernières voitures étaient recouvertes de prélart et arrimées, remplies à ras bord d'une grande variété de vivres pour le village isolé de Chaim. Les deux premières étaient pour les passagers, aménagées avec un petit banc sur le bord intérieur de chaque côté, de sorte que six personnes pouvaient s'asseoir dans chaque charrette. Un autre siège était réservé au chauffeur, au devant, un vieil homme ratatiné, l'air grincheux, vêtu d'une chemise légère sur sa charpente noueuse, et un autre pour le gros responsable de la roulotte. Kaiku, Asara et Tane étaient assis dans le compartiment passager avant ; la voiture derrière eux était remplie de gardes qui marmonnaient, appuyés sur leurs fusils.

Tane examina les manxthwas pour passer le temps, à mesure qu'ils avançaient sur la route de la Poussière. Ils mesuraient deux mètres quinze au garrot, avaient de courtes pattes arrière et de longues pattes avant, comme les singes. Leurs genoux se recourbaient vers l'arrière et se terminaient en sabots noirs en spatules, pour supporter le poids de leur immense charpente. Leurs corps étaient recouverts d'une épaisse fourrure hirsute rouge-orangé terne, héritage de leurs origines arctiques, et pourtant la chaleur de Saramyr ne semblait pas les déranger le moins du monde. Leurs gros visages tristes et ridés s'affaissaient, leur donnant l'impression trompeuse de sagesse ancienne, et deux défenses courtes et épaisses saillaient sous leurs lèvres inférieures, dépassant de leurs mentons carrés.

Quelles créatures étranges, songea Tane, et pourtant parfaites. Les créations d'Enyu étaient toutes des merveilles, même celles dont l'homme était victime. Une ombre sembla voiler son cœur lorsqu'il songea à la femme aberrant qu'ils avaient rencontrée à Axekami. Elle avait beau être extérieurement immaculée, intérieurement c'était une corruption du moule d'Enyu, une horreur. La déesse de la nature créait chacun de ses enfants pour une raison particulière et les Aberrants en étaient une caricature.

Vers la fin de la journée, ils quittèrent la voie publique et laissèrent derrière eux les embouteillages de chariots bringuebalants et de voitures de maître peinturlurées pour se diriger vers le nord. La route de la Poussière portait bien son nom : chaque pas des manxthwas soulevait de la pierre réduite en poudre qui volait sur la terre alentour. Fo était surtout un vaste désert de rochers plats et d'éboulis, avec peu de végétation à l'exception de broussailles extrêmement dures et épineuses. Elle était bien au-dessus du niveau de la mer, plus haut que le continent, et sa terre était impitoyable. Des millénaires de vent et de pluie l'avaient dénudée puis rendue morne et austère.

Une fois la route de la Poussière derrière eux, ils empruntèrent des chemins plus rudes, guère plus que des ornières peu profondes creusées dans la terre par le passage de roulottes comme la leur. Ils n'avaient pas parcouru plus d'un kilomètre et demi sur ce chemin que le chauffeur leur fit quitter le sentier et contourna la roulotte.

Le responsable du véhicule en fit le tour d'un air affairé pour aider Asara à descendre de la charrette passager. Il était chauve et avait de grosses lèvres, de minuscules yeux et un nez caché sous une masse de traits corpulents et pleins de graisse. Son visage ressemblait vaguement à celui d'un poisson. Il s'appelait Otin.

— Pourquoi nous arrêtons-nous ? demanda-t-elle en lui prenant la main.

Sa peau était moite et froide.

— Mieux vaut ne pas voyager trop près des montagnes la nuit, répondit-il. Dangereux. Nous arriverons à Chaim demain, vous verrez.

Ils firent un feu et Kaiku fut surprise de sentir la température descendre brusquement à mesure que le soleil disparaissait du ciel. Les gardes se relayèrent pour faire le tour du périmètre tandis que les autres s'assirent à la lueur agitée du feu. L'aspect inconnu de cette région, des étrangers à ses côtés et la promesse d'un danger, tout cela contribuait à rendre Kaiku quelque peu intrépide. Elle se détendit, écouta les conversations auprès du feu, et une étrange satisfaction l'envahit.

— Il y a un fléau sur l'île, sans aucun doute, disait le chauffeur. (C'était un sujet de plainte constante à Saramyr mais jusque-là Fo n'avait jamais été concernée.) Le cancer dans les os de la terre.

— C'est pareil sur le continent, dit Tane. Un malaise dont nous ne parvenons pas à trouver l'origine. Autrefois, on pouvait se balader tranquillement dans les forêts, aujourd'hui on se garde bien de se faire surprendre la nuit. Les bêtes sauvages deviennent de plus en plus agressives, et les esprits qui hantent les arbres sont froids et inconnus.

— Je ne sais pas pour les forêts mais je peux vous donner l'origine sur-le-champ. En haut dans les montagnes. Voilà d'où ça vient.

— Quelles idioties superstitieuses ! lança Otin en jetant un œil à Asara pour voir si elle approuvait son emportement.

— Vraiment ? répondit le chauffeur d'un ton sec, le fixant du coin de l'œil. Vous me direz si vous ne commencez pas à le voir dans la région, plus nous irons au nord. Au nord, c'est les montagnes. Pour moi, c'est logique.

Là-dessus, au moins, le chauffeur avait raison. À midi, c'était difficile de ne pas le remarquer. Des arbres dépouillés sortaient brusquement de la terre, leurs grosses branches de travers et difformes, exsudant de la sève à certains endroits où l'écorce était aussi fine que la peau humaine, et à d'autres, penchés à cause d'un surplus tumescent de sève. Ils en virent un dont les branches poussaient en formant des boucles, qui sortaient du tronc à un endroit pour se recourber et s'enfouir en lui ailleurs. De minces feuilles crochues saillaient comme des épines le long d'un enchevêtrement de rameaux.

Les gardes étaient plus alertes à présent. Kaiku remarqua qu'ils étaient sortis de leur charrette, fusils chargés, et ne cessaient de passer les environs en revue. Contaminée par leur méfiance, elle tripota nerveusement ses cheveux. Otin, apparemment oublieux de tout cela, continua ses tentatives ineptes de batifoler avec Asara. Elle le supportait avec une patience remarquable. Manifestement le prix au rabais que le responsable de la roulotte avait offert allait de pair avec un autre prix caché : impressionné par la beauté d'Asara, il tentait sans cesse de gagner son affection. Kaiku et Tane échangèrent des regards et des sourires amusés.

Mais l'amusement de Tane fut fugace. Nulle part dans la forêt de Yuna n'avait-il vu de signes de corruption aussi évidents qu'ici. Son front bronzé se plissa quand il regarda le paysage vide en direction des pics spectraux des montagnes de Lakmar au loin. Une agitation soudaine chez les gardes attira son attention à leur droite, où quelque chose filait sur un affleurement de rochers, produisant un bruit rauque qui résonna dans l'air calme. Leurs fusils étaient prêts à tirer mais la chose ne réapparut pas.

— Vous voyez ? fit brusquement le chauffeur, insistant. Ces choses sont si banales qu'elles ont même leur propre nom. Corneilles des nerfs, nous les appelons.

Les passagers virent au-dessus d'eux un trio d'oiseaux noirs descendre en piqué et tourner. À première vue ils ressemblaient en effet à des corneilles mais Tane dut affûter sa vision pour remarquer qu'ils volaient bien plus haut qu'ils le croyaient et, de fait, étaient beaucoup plus gros.

— Quelle taille font-ils ? demanda-t-il, incapable de croire la preuve que lui fournissaient ses sens.

— Un mètre quatre-vingts d'une extrémité de l'aile à une autre, répondit le chauffeur d'une voix rauque.

Kaiku jura dans sa barbe, vieille habitude héritée de son frère et pour laquelle on l'avait souvent réprimandée tant c'était peu distingué. Ici, cela semblait n'avoir aucune importance.

Tane les regarda en plissant les yeux. Il était difficile de distinguer des détails dans le ciel nuageux mais plus il regardait, plus il révisait leur ressemblance avec leurs homonymes. Leurs becs étaient épais et mal formés, ressemblant davantage à des museaux kératineux avec une lèvre crochue au devant. Leurs ailes étaient nettement bouclées au milieu, comme celles d'une chauve-souris, bien que densément parsemées de plumes noires désordonnées. Il grimaça et détourna les yeux, souhaitant ne plus jamais se trouver aussi près d'eux qu'en ce moment.

— Intéressant, dit Asara.

Comme elle n'ajoutait rien d'autre, Kaiku mordit à l'hameçon.

— Qu'est-ce qui est intéressant ?

— Ce n'est pas le premier type d'Aberrant qui s'est autant répandu pour pouvoir constituer une espèce, dit-elle en regardant Tane d'un air qui en disait long, mais il l'ignora. Parmi tous les monstres qu'a engendrés cette... *corruption* dans la région, beaucoup prospèrent. Sur cent aberrations inutiles, il y en a peut-être une qui est utile, qui donne à son porteur l'avantage sur sa famille. Et si celui-ci survit pour se reproduire, et transmettre son...

— Il n'y a rien de nouveau dans ce que vous dites, Asara, rétorqua Tane d'un ton sec. Ces idées font partie des enseignements de Jujanchi depuis des décennies.

— Oui, dit Asara. C'était l'un des prêtres d'Enyu, n'est-ce pas ? Un grand penseur, au dire de tous. Il s'est servi de ses théories pour expliquer la diversité chez les animaux. Étrange que ses enseignements s'appliquent aux Aberrants alors que votre credo dicte que ce ne sont pas les enfants d'Enyu.

— Les Aberrants suivent les *lois* de la nature, répondit Tane, parce qu'ils sont des corruptions issues de la même racine. Ça ne les rend pas naturels, ni moins ignobles.

Et moi, Tane ? songea Kaiku. *Que penseriez-vous de moi si vous saviez ce que j'étais ?* En vérité, elle se demanda si Tane ne soupçonnait pas Asara être une Aberrant mais, visiblement, mieux valait qu'il n'en ait pas confirmation.

— Mais peut-être cette corruption n'en est-elle pas une, postula Asara. Peut-être n'est-ce qu'un changement accéléré. Ces choses là-haut dans le ciel sont peut-être ignobles à vos yeux mais grosses comme elles sont, elles régneront dans les cieux. Cela ne fait-il pas d'elles une race supérieure ? Réfléchissez, Tane : plus de nouvelles espèces ont probablement surgi au cours de ces cinquante dernières années qu'en cinq cents ans.

— La nature se modifie lentement, répliqua Tane, en colère. Et ce, pour une raison : afin que tout ce qui est autour puisse s'adapter. De plus, ce n'est pas qu'une histoire de spéciation animale. Les récoltes meurent, les *gens* meurent. Non seulement ça mais les esprits changent, Asara. Ils deviennent hostiles. Les gardiens des endroits naturels disparaissent, infectés par des choses comme les... *shin-shin*.

— Quelqu'un a fait venir les shin-shin, répondit Asara. Pour récupérer ce Masque. Ou pour attraper Kaiku. Ce n'est pas une colère fortuite des esprits qui a tué vos prêtres. Ils ont suivi la piste jusqu'à votre temple. S'ils avaient pu traverser la chaîne de Camaran, ils seraient là aussi en ce moment, mais j'imagine que nous les avons semés dans la cité et ils ne sont plus sur la bonne piste.

— Donc qui que ce soit qui ait fait venir les shin-shin sait comment se conduire avec les esprits obscurs, dit Tane, se calmant brusquement et devenant pensif. Pourraient-ils être également responsables de la maladie de la terre ?

La réponse qu'Asara était sur le point de lui donner fut engloutie dans une soudaine émeute de mouvements et de bruits. Kaiku cria de surprise lorsqu'elle vit une tache noire sortir brusquement du sol pierreux du bord de la route puis leur véhicule se renverser violemment. Et ils furent balancés sur un côté de la charrette. Tane et Asara tombèrent sur Kaiku et eux trois furent expulsés sur la route lorsque la roulotte bascula dans un fracassement de bois assourdissant. Instinctivement, Tane roula au loin alors que la roulotte était tirée vers eux mais heureusement elle ne les toucha pas, sinon les passagers en dessous auraient tous été écrasés. Ils sortirent non sans mal parmi les cris et le chaos des gardes qui avaient été tout aussi surpris puis comprirent ce qui leur était arrivé.

La chose aberrant était énorme, fusion impie de dents et de membres qui s'était cachée dans un terrier sur le bas-côté, tapie sous une fine couche de schiste argileux jusqu'à ce qu'elle les sente approcher. Elle était toujours à moitié dans son terrier, d'où seule la plus grande partie de son corps dépassait. Kaiku eut une horrible impression d'un visage aveugle, sans yeux, qui n'était que dents et mâchoires, une bouche remplie de crocs jaunis et tordus sur une multitude de pattes comme celles d'une araignée qui sortaient du terrier et enveloppaient l'un des manxthwas qui tirait la roulotte. Les deux manxthwas beuglaient et hurlaient de peur. Ottin s'en était sorti tout seul mais le chauffeur braillait, pris au piège, enchevêtré dans les cordes de la longe qui servaient de bride pour les grosses bêtes.

— Sang du cœur ! Tuez-le ! cria Otin aux gardes d'une voix perçante, mais ceux-ci avaient déjà dégainé leurs armes.

Une volée de coups de feu transperça la créature aberrant qui beugla de rage mais ne relâcha pas sa prise. Elle tirait le manxthwa vers son terrier, entraînant par la même occasion le chauffeur et le reste de la roulotte. Les pattes d'araignée qui n'attaquaient pas le manxthwa s'agitaient craintivement dans l'air, en équilibre, prêtes à frapper quiconque s'approcherait.

Le chauffeur hurla de nouveau, poussa des supplications incohérentes alors que l'Aberrant faisait un autre effort et tirait sa proie de plus en plus près.

Kaiku réagit brusquement, sans réfléchir. Elle courut vers la roulotte passager qui était toujours retournée sur le côté et grimpa dedans. Tane lui hurla de revenir mais elle l'entendit à peine. La créature aberrant tira de nouveau, très fort, et toute la roulotte bougea. Kaiku s'agrippa et résista à l'embardée, priant pour que le chariot ne bascule pas plus avant. Il ne bascula pas. Le cœur battant la chamade, elle avança tout doucement jusqu'à l'endroit où les manxthwas étaient attachés.

Ottin hurlait des ordres aux gardes qui rechargeaient leurs armes, bien que personne ne l'écoutât. Il s'était retiré de l'autre côté de la route, mettant la roulotte entre lui et l'horreur qui les attaquait. Lorsqu'il vit Kaiku monter là où le chauffeur était coincé, il lui hurla quelque chose. Qu'il l'encourage ou pas, elle ne le saurait jamais : quand elle leva les yeux vers lui, la seconde créature aberrant sortait de son terrier derrière lui et l'enveloppait dans ses abominables pattes d'arachnide. Le hurlement qui déchira alors sa gorge ne ressemblait à rien de ce que Kaiku avait entendu ou souhaitait de nouveau entendre, mais il fut rapidement réduit au silence quand la créature le fourra dans sa gueule dans un craquement de dents et un flot de sang.

Elle avança tant bien que mal, haletant d'horreur. Tane et Asara tiraient sur la première créature, tentant de la détourner du manxthwa qui paniquait, mais elle tenait bon. Kaiku arriva au-devant de la roulotte, se cala dans un coin que formait le siège conducteur à l'envers. Le chauffeur terrifié bafouillait, des bulles de crachat humectant ses lèvres. Elle vit qu'il était bien attaché au flanc du manxthwa par les cordes tendues de la longe. Les pattes d'araignée de l'Aberrant se bandaient à quelques mètres d'elle, encerclant les flancs de la bête qui se débattait.

Puis, d'un seul coup, le feu se ranima en elle. Elle le sentit s'attiser dans un accès de panique, ce qui visiblement ne servait qu'à redoubler son intensité. Il voulait sortir d'elle, voulait s'échapper des confins de son corps, réveillé par l'étincelle de la peur et de l'excitation. Elle s'agrippa aux cordes de la longe et ferma les yeux.

Non, l'adjura-t-elle intérieurement. *Non, reste où tu es.*

Pour la première fois, elle réalisa ce qu'elle avait fait en refusant que Cailin tu Moritat l'aide à maîtriser son pouvoir. En un instant, elle comprit clairement ce que son insouciance avait provoqué, le prix de son impatience, de son vif désir de venger sa famille. Si elle le laissait s'échapper, ils mourraient tous.

« Kaiku ! »

C'était Tane qui l'appelait. Il voyait bien que quelque chose n'allait pas mais l'air résonnait de coups de feu et elle ne l'entendait pas.

Elle tenta d'oublier les cris du chauffeur, fit la sourde oreille aux détonations des fusils. Accessoirement, elle avait remarqué que quelques gardes avaient localisé la seconde bête aberrant et contournaient la roulotte en courant pour s'en occuper. Elle concentra intérieurement ses pensées, forçant la chaleur à retourner dans son abdomen comme si elle essayait de réprimer du vomi ou de la bile. Le chauffeur lui hurla de l'aider, incapable de comprendre pourquoi elle s'était brusquement immobilisée. Elle l'ignora.

Puis il disparut, se calma à contrecœur, tenu en échec par la barrière de sa volonté. Ses yeux s'ouvrirent d'un coup, injectés de sang et rougis de larmes, et elle haleta, à bout de souffle. Son effort physique avait été immense. Mais elle avait gagné, pour l'instant.

La bête aberrant se hissa de nouveau sur le manxthwa et elle fut brutalement ramenée à la réalité alors que la roulotte se rapprochait de plus en plus du terrier. Sous son emprise, le manxthwa était apoplectique de peur, à deux doigts d'être mordu par la bête. Kaiku recula alors que les pattes chitineuses de la chose battaient l'air au-dessus d'elle.

Elle sortit un couteau de sa ceinture. Elle l'avait depuis la forêt de Yuna, lorsque Asara lui avait donné des vêtements de voyage pour se changer ; elle l'avait à peine remarqué jusqu'à maintenant. C'était un bon couteau de forêt, pour dépouiller des animaux ou couper du bois. Rapidement elle se mit à scier les cordes qui enserraient le chauffeur. Il se tortilla et tenta de se libérer avant qu'elle n'ait scié ne serait-ce que le premier lien.

— Ne bougez pas, siffla-t-elle et il s'exécuta.

Tane et Asara firent feu encore et encore. La créature qui tenait le manxthwa n'était nullement blindée contre les balles : ils virent des taches de sang foncé gicler sur son corps noir mais elle semblait possédée par une obstination suicidaire, et ne relâcherait pas le manxthwa de son étreinte malgré les ruades qu'il lançait. L'arme de Tane était à sec et il rajouta de la poudre dans la chambre tout en jetant simultanément un œil à Kaiku. Elle coupait frénétiquement les cordes, son bras pompant en même temps, le visage rouge et en sueur.

La créature rassemblait ses forces et tirait encore plus fort, mourant d'envie d'avoir son repas et de s'éloigner des balles cinglantes. Elle ne comprenait pas pourquoi le manxthwa était si lourd, car elle n'avait pas l'intelligence suffisante pour réaliser qu'il était longé. Cette énigme la frustrait considérablement. Elle tira avec une force de brute.

Kaiku hurla lorsque toute la roulotte bougea d'un mètre sur la route. Asara et Tane durent se disperser quand le chariot passager finit par basculer et se renverser. Kaiku fut projetée en même temps, atterrissant lourdement sur la terre pierreuse de la route et roulant pour s'arrêter quelques mètres plus loin. Le chauffeur laissa échapper un cri étranglé puis les cordes de la longe, que les efforts de Kaiku avaient affaiblies, finirent enfin par céder. Dans un braillement de triomphe, la monstruosité aberrant poussa hâtivement le manxthwa dans son terrier et l'entraîna sous terre.

Tane rejoignit péniblement Kaiku mais elle se relevait déjà sur les coudes. Asara se tenait derrière eux, encadrée par le ciel nuageux, son fusil pointé sur le terrier aberrant.

— Êtes-vous blessée ? demanda Tane en la touchant presque puis en se ravisant.

Kaiku fit non de la tête.

— Je ne crois pas. (Elle se leva.) Contusions, fit-elle, plus précise. Pourquoi les armes ont-elles cessé de tirer ?

Tane et Asara s'en rendirent compte en même temps. Les gardes sur le bord de la roulotte tendirent l'oreille. Le convoi de roulottes qui était bloqué et ratatiné en plein milieu de la route formait une barrière qui les empêchait de voir de l'autre côté.

— Ho ! Tout va bien ? cria l'un des gardes.

— Tout va bien, lui répondit-on.

Ils se précipitèrent au bout de la roulotte et là ils virent les autres gardes éparpillés autour du cadavre grotesque de la seconde créature aberrant.

Son énorme mâchoire était sur la route, ses pattes ballant tout autour, à moitié hors de son terrier.

— Ça a dû être un coup de feu chanceux, dit l'un d'eux en la touchant du bout de son fusil. On a eu le cerveau.

— On devrait s'en aller, proposa un petit garde grisonnant, le chef de toute évidence. Prenons le manxthwa qui reste et deux roulottes pour les passagers. Laissons le reste.

— Les provisions ? protesta un autre.

— Il n'y a pas de responsable de roulotte pour les vendre. Nous ne sommes pas payés pour faire des livraisons. (Le chef désigna d'un signe de main l'endroit approximatif où se trouvait l'autre terrier.) Cette chose est encore vivante. Et elle sortira dès qu'elle aura terminé son repas.

Tous se mirent à dépêtrer les chariots et à redresser ceux qui pouvaient l'être. Trois gardes se tenaient près de l'entrée du terrier d'où sortaient des bruits d'os qui craquent alors que le malheureux manxthwa se faisait dévorer. Le chauffeur fut débarrassé de ses cordes mais il était trop tard. Son cou avait été brisé et il regardait la terre les yeux vitreux.

— Comment s'appelait-il ? Le chauffeur ? demanda Tane en ployant sous l'effort de remettre un chariot sur pied.

— Pourquoi ? demanda l'un des gardes.

— Il faut lui donner un nom, grommela Tane. Pour Noctu, archiviste de vies.

Mais personne ne connaissait son nom.

Ils réussirent à attacher deux charrettes au manxthwa qui restait et, sentant le sang de son compagnon qui s'en allait, s'ébrouait frivolement. La bête aberrant ne ressortit pas, même une fois que les bruits de repas eurent cessé. Ils laissèrent les provisions sur la route, prirent le corps du chauffeur enveloppé dans un prélart et l'entassèrent dans leur véhicule. Et ils se dirigèrent vers Chaim.

— Ces monstres sont vos Aberrants, Asara, dit Tane quand ils prirent la route, tous abattus, choqués et fatigués. Ces monstres sont votre *race supérieure*.

Au-dessus de leurs têtes, les corneilles-nerfs décrivaient des cercles et descendaient en piqué.

17

Chaim avait peu à offrir au voyageur. C'était un village de montagne squelettique et clairsemé, avec des maisons basses de bois ou de pierres, éparpillées autour de quelques sentiers rocheux qui serpentaient au hasard à travers le village. Partout où l'œil vagabondait, il tombait sur une surface dure : il n'y avait aucune douceur de feuillage, aucune trace de fleurs des montagnes ni d'herbe. Même ses habitants avaient l'air durs, trapus et compacts, avec des yeux vides et étroits et une peau marron gercée par le vent. Complètement à l'opposé du charme pittoresque et provincial de Pelis, cet endroit semblait avoir été arraché du flanc de montagne et construit par nécessité, à contrecœur, et pataugeait dans une misère austère.

Ce n'était pas un endroit accueillant pour des étrangers mais pas non plus hostile. Kaiku, Asara et Tane furent tout simplement ignorés et on répondit à leurs questions par des grognements vains. Kaiku essaya de demander à tous s'ils ne se souvenaient pas avoir vu son père passer par là mais ce qui, au début, n'était qu'un infime espoir tourna court face à la grossièreté stoïque des villageois. Soit on vivait dans le village, soit on n'y vivait pas et les autochtones expédiaient les étrangers sans ménagement.

Ils arrivèrent à Chaim en fin d'après-midi. Les gardes de la roulotte leur firent des adieux péremptoires et ils se retrouvèrent tout seuls. Ils errèrent dans les simples rues du village, secoués de temps à autre par des coups de vent froid ou défiés par les pics qui s'élevaient partout autour d'eux : ils se sentaient curieusement seuls.

Les talents d'Asara pour se procurer de l'aide ne fonctionnèrent pas dans cet endroit désolé. Leurs recherches de guides ne rencontrèrent qu'ignorance et dureté ; et sa beauté frappante ne fit manifestement aucun effet sur les hommes ici. Ce qui la froissa considérablement, constata Kaiku avec amusement.

— Ils se soulagent probablement avec leurs bêtes de somme, marmonna-t-elle.

Finalement, ce fut un guide qui les trouva alors que la nuit tombait et que des lanternes s'allumaient.

Ils étaient assis dans ce qui était censé être un bar – le rez-de-chaussée d'une maison qui vendait de la liqueur locale amère. Il était dépourvu de joie ou d'ambiance, un simple rassemblement de tables basses rondes faites dans du bois brut et de quelques tapis râpés sur lesquels s'asseyaient les clients. Une femme au visage de pierre distribuait des doses de liqueur derrière un bar dans un coin. Des lanternes repoussaient l'obscurité à contrecœur tout en y contribuant simultanément grâce aux exhalaisons provenant de l'huile bon marché et fumeuse qui les alimentait. Le bar avait beau être minuscule et à moitié bondé de villageois qui chuchotaient devant leurs gobelets, il réussissait malgré tout à être froid et creux. Kaiku avait du mal à croire que ce genre d'endroit existait. Elle ne s'était fait aucune illusion quant à l'état des nombreux bars du quartier pauvre d'Axekami mais elle avait toujours imaginé qu'ils seraient un minimum bruyants, pour ne pas dire débordants d'animation. Cet endroit ressemblait à un rassemblement de condamnés.

Les trois compagnons réfléchissaient à ce qu'ils allaient faire par la suite lorsqu'une silhouette petite et maigre s'assit auprès d'eux ; l'homme était enseveli sous un amas de fourrures qui éclipsaient sa tête chauve, donnant l'impression qu'il était un vautour. Vu l'état de sa peau, c'était un montagnard comme les autres mais il parlait dans un jacassement rapide qui cadrait peu avec l'élocution de ses pairs.

— On m'a dit que vous cherchiez les fabricants de masques, c'est vrai ? dit-il avant que l'un d'eux ne puisse se demander qui il était. Bien, je suis là pour vous dire que c'est impossible mais si vous voulez malgré tout essayer, je suis votre guide. Mamak !

— Mamak, répéta Kaiku, incapable de savoir si c'était son nom ou une interjection locale qu'ils ne comprenaient pas. Vous nous emmènerez, alors ?

— Que voulez-vous dire par « c'est impossible » ? l'interrompit Tane.

— Comme je l'ai dit. Les chemins ont été perdus et pas même les plus grands montagnards ne les ont trouvés.

— Nous le savions, dit Kaiku à Tane, en posant une main sur son bras. Ne vous découragez pas.

Elle le connaissait suffisamment bien pour discerner les signes d'un changement d'humeur imminent, et Tane n'avait pu plonger dans son désespoir misérable depuis des heures, à cause des événements de la journée. À part la frustration qu'ils avaient ressentie depuis leur arrivée à Chaim, Tane s'était appesanti sur le destin du chauffeur de leur roulotte. Les leçons de son apprentissage de prêtrise lui rongeaient la conscience. Nul ne devait mourir sans que Noctu ne connaisse son nom, disait-il, et pourtant seul le responsable de la roulotte qui l'avait embauché devait savoir comment il s'appelait, et il avait disparu.

— Si vous ne pouvez nous y emmener, dit Asara d'un ton froid en posant les coudes sur la table, alors pourquoi aurions-nous besoin de vous ?

— Parce que vous vous perdriez au bout d'une heure, dit-il dans un sourire rapide, dévoilant de longues dents rétrécies en colonnes brunies et tordues par les caries et la négligence. Et là-haut dans les montagnes, y a des créatures si perverties que vous ne pourriez jamais deviner de quel genre d'animal elles provenaient à l'origine. Comme la chose qui a failli prendre vos vies sur la route pour venir ici.

Asara ne prit pas la peine de lui demander comment il le savait. Les gardes avaient parlé, semblait-il.

— Écoutez, dit-il. Ce n'est pas mon genre de fourrer mon nez dans les affaires des autres. Vous dites que vous saviez que vous cherchiez un endroit que personne n'a jamais pu trouver. Et vous voulez quand même essayer. Je suppose que vous savez quelque chose que je ne sais pas. Ou vous croyez savoir. (Il se cala dans son siège et écarta les doigts sur la table de bois grossier devant lui.) Je peux vous emmener où le monastère est *censé* être. On le voit encore sur de vieilles cartes et personne ne connaît les montagnes mieux que moi. Mais quand nous nous rapprocherons, vous comprendrez ce que je veux dire, quand j'affirme que personne ne peut le trouver. Vous descendrez un sentier, en direction du nord, et brusquement vous vous apercevrez que vous avez parcouru un kilomètre et demi vers le sud, bien que vous puissiez jurer avoir vérifié votre position à chaque pas. Il y a quelque chose par là-bas qui embue l'esprit d'un homme, vous fait changer d'avis et aucune dose de prudence ne peut en venir à bout. Croyez-moi, des gens ont essayé. (Il leur fit un clin d'œil de conspirateur.) Vous voulez toujours y aller ?

— Combien ?

— Cinq cents poc. Non, arrondissons à dix shirets.

— Vous les aurez en pièces. Je n'ai pas d'argent papier, mentit Kaiku.

Sa grand-mère l'avait toujours mise en garde de ne jamais montrer d'argent en public, surtout dans des endroits comme celui-ci. Mamak pensait vraisemblablement qu'il se faisait payer trop cher mais c'était encore bon marché selon les normes de la cité.

Mamak haussa les épaules.

— Cinq cent soixante-dix poc alors, fit-il. En avance.

— Trois cents maintenant, dit Asara. Le reste quand nous serons dans les montagnes.

— Comme vous voulez, dit-il.

— Bien. Quand partons-nous ?

— Avez-vous déjà pris une chambre dans une auberge ?

Asara produisit un ronchonnement qui voulait dire non.

— Alors nous pouvons partir maintenant.

— Il fait nuit, fit remarquer Tane.

Mamak roula des yeux.

— La première partie du voyage est un chemin aussi grand qu'une route. Ça nous prendra quelques heures. Nous camperons et, le lendemain, nous nous attaquerons aux choses sérieuses. Je suppose que vous avez des vêtements chauds ?

Asara lui montra ce qu'ils avaient apporté.

— Allons, allons, ça ne suffira pas, fit-il, désapprobateur. Nous ne sommes pas sur le continent. Les nuits là-haut ne sont pas si chaudes. (Il se leva.) J'ai un homme que nous pouvons voir. Allons-y.

Les jours qui suivirent furent difficiles.

Tane et Kaiku étaient tous deux habitués aux fatigues physiques extrêmes des longs voyages. Tous deux avaient chassé dans les forêts, chassé le daim et voyagé loin pour installer des pièges, trouver un endroit pittoresque où pêcher ou se baigner. Tane, quant à lui, avait souvent fait des excursions pour trouver des herbes rares dans les dents inférieures des montagnes de Tchamil qui se fondaient à la forêt de Yuna sur sa lisière est, jusqu'à ce que le sol fasse place à des rochers et que les arbres disparaissent. Mais aucun d'eux n'était réellement préparé à la sensation de désert qui les envahit quand ils gravirent les montagnes de Lakmar dominant la moitié nord de Fo.

Les montagnes semblaient exsuder une étrange sensation de mort. Le rocher impitoyable se dressait tout autour d'eux en grandes pentes aplaties et, pourtant, on ne voyait que très peu d'herbe dure ou de mauvaise herbe rustique. Les rares arbres ne servaient qu'à leur rappeler les avertissements du chauffeur de la roulotte ; ils étaient noueux et tordus, avec parfois plusieurs troncs maigres qui partageaient les mêmes branches flétries, se rejoignant sans heurts. Des cimes déchiquetées se dressaient à l'horizon, la distance leur donnant des reflets bleus ; mais le monde autour d'eux était gris et dur. Le silence était oppressant et semblait retarder les conversations. Le seul qui ne paraissait pas touché était Mamak qui bavardait en marchant, leur racontait de vieilles légendes et des histoires des montagnes, dont beaucoup étaient des variations de celles qu'ils connaissaient du continent.

Kaiku, au moins, se satisfaisait de cette conversation car elle l'empêchait de penser à l'épuisement. Les chemins devenaient progressivement plus escarpés et plus durs à mesure qu'ils avançaient, et ils furent souvent obligés de grimper. C'était le premier exercice sérieux qu'elle avait entrepris depuis sa convalescence au temple d'Enyu et ses muscles lui faisaient mal. Tane, visiblement, s'en sortait mieux bien que, par orgueil, il ne montrât rien de sa fatigue. Asara était infatigable.

Ayant du temps pour méditer, Kaiku se surprit à s'interroger de plus en plus sur Asara. Quand elle était sa servante, elles étaient de bonnes amies et partageaient de nombreux secrets. Elles parlaient des garçons, se moquaient des marottes de son père, taquinaient le cuisinier et s'en prenaient à Karia, l'autre servante de Kaiku. Et même si elle savait à présent que ce n'était qu'une comédie, et que Karia était morte involontairement en donnant sa vie pour ressusciter sa maîtresse morte, la personne qu'avait été Asara lui manquait. Cette nouvelle Asara – probablement la vraie, mais comment en être sûre ? – était plus froide et plus dure, affirmant férocement son indépendance. Elle n'avait besoin ni de réconfort ni de compagnie, semblait-il. Elle n'éprouvait aucun intérêt à parler d'elle et ne paraissait se soucier ni de Kaiku ni de Tane. Tane l'acceptait ainsi mais Kaiku n'en était pas si sûre. Parfois elle entrapercevait un enfant têtu chez Asara, serrant les poings, fronçant le front et protestant qu'elle ne voulait parler à personne. Elle était une Aberrant, Kaiku le savait, mais à part cela, sa magnifique compagne restait un mystère.

Elle pensa à Tane, également. Avant qu'elle ne quitte le temple, il lui avait fait de petites avances, dans son genre maladroit, pour qu'elle reste avec lui. Elle avait été contrainte de le rejeter alors, car elle devait aller de l'avant. Il l'avait suivie et l'avait retrouvée. Il lui avait raconté que les shin-shin avaient détruit son temple et qu'il recherchait ceux qui les avaient fait venir pour se venger. Mais Kaiku savait que cela ne se résumait pas à ça et sentait quelque chose d'... inconnu. Pourtant chaque fois qu'elle s'autorisait à y songer, chaque fois que ses yeux vagabondaient dans son dos et imaginaient le jeu de muscles tendus et minces en dessous, ses pensées s'aigrissaient. Car Tane était un prêtre de la nature et elle était une Aberrant. Il avait cela dans le sang, de la détester. Et tôt ou tard, inévitablement, il découvrirait qui elle était. Comme Mishani.

Elle bâillonna son chagrin dès qu'il menaça de sortir. Mishani. C'était un nom qui, désormais, appartiendrait éternellement au passé. Si elle voulait continuer à vivre, elle devrait se préparer à ce qu'on l'esquive et la méprise, même ceux qu'elle aimait le plus au monde. Peut-être était-elle simplement obtuse, refusait-elle d'accepter ce qui semblait être une vérité évidente : Cailin tu Moritat et son Ordre rouge étaient les seuls qui l'accepteraient, les seuls qui *voudraient* d'elle. Bien qu'elle soupçonnât leurs motivations, elle ne pouvait le nier. Pour tous les autres, elle n'était qu'une Aberrant, et pas très différente des choses infâmes qui avaient attaqué leur roulotte.

Mamak avait l'air d'un guide compétent, et ils se sentaient autant en sécurité entre ses mains qu'il était possible de l'être en un endroit aussi étranger. Plusieurs fois, il leur fit faire marche arrière pour éviter un promontoire ou profiter d'un surplomb. Il leur expliquait rarement pourquoi – une des rares choses au sujet desquelles il n'était pas trop loquace – mais chaque fois qu'ils s'interrogeaient sur l'absence des dangereuses créatures contre lesquelles on les avait mis en garde, ils songeaient à ces détours et avaient le sentiment que c'était grâce à lui s'ils n'en avaient pas rencontré. Toutefois, ils virent de plus petites espèces ; certaines entières et étranges, d'autres mal formées. Ces dernières erraient inefficacement, cherchant de la nourriture : c'étaient généralement des petits ou des oisillons car ils ne pourraient survivre à l'âge adulte sans faire office de repas pour un prédateur supérieur. La présence de ces créatures surgissait la nuit, lorsque des jappements et des aboiements sinistres sortant de gorges anormales se joignaient au vent sifflant. La deuxième nuit, ils étaient restés éveillés, écoutant les cris se rapprocher et finir par les encercler. Mais Mamak n'avait pas permis qu'ils fassent un feu ce soir-là et, bien qu'ils frissonnassent, les prédateurs continuèrent leur chemin.

Le troisième jour, le temps empira.

Ils se trouvaient sur un haut plateau, long et pentu de roche nue, lorsqu'ils furent surpris par la tempête, surgie apparemment de nulle part. Kaiku fut stupéfaite en voyant la vitesse à laquelle la couverture nuageuse, menaçante, s'assombrit de noir, et la férocité avec laquelle elle leur tomba dessus. Elle était habituée à la formation lente et pondérée d'humidité sur le continent, quand on pouvait pressentir à quel moment, précisément, une tempête allait éclater mais, là, de telles indications n'existaient pas. Mamak jura et accéléra le pas, les conduisit en haut de l'inclinaison exposée du rocher pour s'abriter, mais il leur faudrait plusieurs heures pour traverser la clairière et ils craignaient que la tempête ne les submerge entre-temps.

Kaiku n'avait jamais rien vu de tel. La pluie, d'un froid glacial, la martelait avec une telle force qu'elle cinglait la peau de son visage. Des éclairs fendaient l'air et le tonnerre, foudroyant, grondait à travers les plis des montagnes. Il leur semblait qu'en se trouvant à cette altitude, ils se rapprochaient disproportionnellement des nuages, et la violence du grondement de la tempête suffisait à leur donner envie de rentrer sous terre. Le vent prenait régulièrement de la vitesse puis s'en prit violemment à eux, soufflant de différentes directions, tentant de les renverser et de les faire tomber. Suivant les conseils de Mamak, ils avaient acheté des manteaux épais pour le voyage et ne pouvaient s'en réjouir davantage qu'à cet instant, mais même avec leurs capuches, le vent et la pluie les cinglaient avec une violence inouïe.

Les éléments déchaînés les forcèrent à se courber, allant de l'avant, sac au dos. Leurs dents claquaient et leurs lèvres et leurs joues étaient engourdies mais ils forcèrent l'allure avec lassitude, mirent un pied devant l'autre et gravirent la pente rocheuse et glissante à cause de la pluie. Et chaque fois que Kaiku pensait qu'elle ne pouvait en faire plus, qu'elle devait immédiatement abandonner cette ascension, ou rentrer sous terre et s'effondrer, elle regardait la falaise abrupte vers laquelle elle se dirigeait et gémissait de supplice en voyant le chemin trop court qu'ils semblaient avoir parcouru.

Enfin, l'intolérable cessa et ils pénétrèrent dans une grotte en titubant, gelés, trempés et en frissonnant de froid. Elle était suffisamment vaste pour eux quatre : ses parois étaient un fouillis déchiqueté de pierres noires, parsemées de veines de quartz hétéroclites qui scintillaient comme si elles étaient humides. Le sol, légèrement incliné vers le haut depuis l'entrée, était miraculeusement resté sec, bien qu'ils s'y soient de toute façon abrités même s'il avait été trempé sur plusieurs centimètres. Mamak se dirigea d'un air hautain au fond de la grotte et annonça, en colère, qu'il n'y avait personne. Puis il cria, jura et tapa du pied, son torrent d'injures résonnant sur les murs irréguliers, maudissant les dieux en général et Panazu en particulier pour cette tempête.

— Il a l'air embêté, dit Asara, pince-sans-rire, et Kaiku fut tellement surprise qu'elle se mit à rire, malgré tout.

— Je suis ravi que vous soyez de si bonne humeur, vous deux, dit Tane d'un ton morose, et à son ton, Kaiku comprit que l'humeur noire qui le menaçait ces derniers jours avait fini par l'envahir totalement.

Mamak était appuyé contre la paroi de la grotte, la tête posée sur son avant-bras, respirant profondément afin de se détendre.

— Réchauffez-vous le mieux possible, dit-il. Je vais faire un feu.

— Avec quoi ? lança Tane d'un ton sec, son découragement le rendant épineux. Il n'y a pas de bois dans cette foutue montagne !

Ce n'était pas la stricte vérité mais Mamak ne prit pas la peine de le corriger.

— Il existe d'autres moyens de faire un feu dans les montagnes, dit-il. Ce n'est pas la première fois que je le fais, vous savez.

Tane darda sur lui un regard noir et maussade et se dirigea vers l'entrée de la grotte où il s'assit tout seul, regardant la pluie tomber à verse, la fourrure bordant sa capuche ondulant lorsque des gouttes s'y frayèrent un chemin.

Kaiku, trempée, s'assit contre l'une des parois, bien emmitouflée dans son manteau, la mâchoire tremblant de froid. Asara s'installa à côté d'elle. Kaiku la gratifia d'un regard légèrement médusé car elle s'était attendue à ce que celle-ci s'assoie seule dans son coin. Puis Asara ouvrit son manteau et passa un bras autour de Kaiku, l'enveloppant dans son énorme pardessus de fourrure. Celle-ci hésita momentanément puis se laissa fléchir et se pelotonna dans les bras d'Asara, sa tête encapuchonnée blottie contre la poitrine de sa compagne. Le manteau trempé de la jeune femme l'enveloppait totalement, comme une aile, et Kaiku trouva refuge dans la chaleur de son corps. Dans l'endroit chaud et sombre qu'elle lui offrait, elle sentit ses frissons s'apaiser au rythme des pulsations d'Asara dans son oreille, et avant qu'elle ne somnole et ne s'endorme, elle se sentit plus satisfaite et plus en sécurité qu'elle ne l'avait été depuis longtemps.

Lorsqu'elle se réveilla, ce fut dans une nouvelle chaleur. Un feu brûlait dans la grotte. Asara la sentit bouger et déplia son aile ; Kaiku cilla, le cerveau embrouillé, et abandonna le corps d'Asara à contrecœur. Elle s'assit bien droit, croisa son regard puis la gratifia d'un sourire gêné pour la remercier. La jeune femme inclina la tête en guise de consentement. Tane les observait de l'autre côté de la flambée, de la désapprobation camouflée dans les yeux, et autre chose qu'il répugnait à qualifier de jalousie. À l'extérieur, le ciel grondait et la tempête continuait à faire rage sans relâche mais, dans la grotte, un foyer de chaleur et de lumière réduisait à néant ces menaces de violence tonitruantes.

— Alors, réveillée ? fit Mamak d'un ton joyeux. Bien. Nous allons devoir nous installer. On ne peut pas savoir combien de temps ça durera.

Kaiku regarda les flammes en plissant les yeux. Le feu brûlait d'une teinte ambre et ce n'était pas du bois qui se consumait mais un squelette noir et ridé de minces fibres comme du sucre filé.

— Feu de mousse, dit Mamak, anticipant sa question. (Il prit une poignée de la substance : c'était de la vesse-de-loup, noire et ramollie.) Ça ne pèse presque rien, ça brûle pendant des heures. Elle secrète un résidu inflammable mais sa structure est extrêmement résistante et il faut beaucoup de chaleur pour qu'elle brûle. Truc utile si vous n'avez pas de bois sous la main, et extrêmement facile à transporter.

Inévitablement, ils parlèrent. La tempête ne montrait aucun signe d'accalmie et Mamak sortit une jarre de liqueur trouble et forte qu'il leur fit passer. Ils avaient emporté des provisions pour un voyage de deux semaines ;

entre autres des tas d'ingrédients pour une marmite de légumes et de la viande fumée. Une fois les estomacs pleins et les langues déliées, ils discutèrent, rirent et débattirent d'un tas de sujets. Mais ce fut Asara qui introduisit celui qui les occupa une bonne partie de la nuit : l'affaire de l'impératrice héritière et l'agitation croissante à Axekami. La dispute qui s'ensuivit n'était pas une première pour eux, lancée entre Asara, bien déterminée à défier les préjugés religieux de Tane, et celui-ci, bien résolu à les défendre. Kaiku resta en dehors, ne sachant pas trop ce que ce débat lui inspirait, et Mamak se fichait éperdument des Aberrants tant qu'ils n'essayaient pas de le manger. Tane affirmait que l'impératrice héritière ne pourrait raisonnablement être un bien pour le pays qui ne serait jamais dirigé par une Aberrante, lorsque Asara l'arrêta net en lui posant une question :

— Est-ce que l'un d'entre vous sait ce que peut réellement *faire* l'impératrice héritière ?

Un silence s'ensuivit. Tane chercha désespérément une réponse mais n'en trouva pas. Le feu était sinistrement silencieux vu qu'il n'y avait pas de bois qui crépitait. Au-dehors, la tempête faisait rage et s'il y avait des Aberrants suffisamment courageux pour s'y aventurer, ils n'en entendirent pas.

— Je ne sais pas. Laissez-moi vous instruire, cela risquerait bien de vous intéresser. Surtout vous, Tane. Avez-vous entendu parler du Libera Dramach ? (Avant que l'un ne pût répondre, elle poursuivit.) Non, vous ne savez pas. Leur nom était bien connu du peuple d'Axekami mais ils ne sont plus qu'une rumeur. Cela ne tardera pas à changer, à mon avis.

— Qui sont-ils, alors ? s'enquit Kaiku, les ombres de son visage vacillant à la lumière du feu de mousse qui brûlait.

— Le plus simplement possible, c'est une organisation qui tient beaucoup à voir l'impératrice héritière monter sur le trône.

Tane partit d'un rire moqueur et fit un geste dédaigneux de la main.

— Ça fait à peine un mois que l'on sait que l'impératrice héritière est une Aberrant.

— Nous le savons depuis des années, répondit posément Asara.

— Nous ? s'enquit Mamak en lui passant la jarre de liqueur.

Asara en prit une gorgée.

— Je n'appartiens à aucun maître ou aucune maîtresse, dit-elle. Mais si l'on peut dire que je fais partie de quelque chose, alors c'est du Libera Dramach. Leurs objectifs et les miens coïncident et, ce, depuis le début.

— Et quels sont-ils ? demanda Tane.

— Voir l'impératrice héritière sur le trône, répéta-t-elle. Anéantir le pouvoir des Tisserands. Arrêter le massacre des enfants aberrants. Et mettre un terme au fléau qui envahit la terre.

— Quel est le rapport entre la succession de l'impératrice héritière et le malaise dans notre terre ? demanda Tane.

Cela avait suscité son intérêt.

Asara se pencha de sorte que la flamme orange éclaira son visage.

— Elle parle aux esprits, Tane. C'est son don. Les esprits, les animaux… elle est un élément de la nature, plus proche d'Enyu qu'aucun être humain ne peut l'être.

— C'est du blasphème ! s'écria Tane sans agressivité. Un Aberrant n'est *rien* pour Enyu. Et, de plus, ses prêtres savent parler aux esprits. *Je* le fais, dans une certaine mesure.

— Non, le corrigea Asara. Vous écoutez. Vous sentez les esprits de la nature, sentez leur humeur. Même les plus grands parmi vous ont tout juste une compréhension rudimentaire des esprits. Ils sont pour les humains ce que sont les dieux : distants, impénétrables et impossibles à influencer. Mais elle *peut* leur *parler*. Elle a huit moissons et, déjà, elle peut converser, dotée d'un savoir-faire qui dépasse de loin celui des meilleurs prêtres d'Enyu. Et elle s'améliore de jour en jour. Ce n'est pas quelque chose qu'elle a appris, c'est inné et elle apprend à l'*utiliser*. C'est son talent d'Aberrant, Tane.

Tane resta silencieux un moment, tête baissée. Mamak et Kaiku, sentant que c'était entre Asara et l'acolyte, restèrent en dehors et attendirent de voir quelle serait sa réaction. Un peu plus tard, il s'énerva.

— Vous suggérez qu'elle pourrait être un pont vers les esprits ? Entre eux et nous ?

— Exactement, dit Asara. Pour l'instant elle est enfermée dans un Donjon impérial dans la cité, où règnent des hommes et des femmes. Mais vous savez et je sais qu'il y a des endroits dans notre pays où résident de grands esprits, des endroits où des gens comme vous et moi n'osent pas aller. Mais elle, elle *pourrait* y aller. C'est une ambassadrice, vous ne voyez pas ? Un lien entre notre monde et le leur. S'il y a un espoir de faire refluer la marée qui nous submerge lentement, c'est bien elle.

— Comment le savez-vous ? demanda Tane.

Il avait l'air… *accablé*.

Au lieu du déni stoïque auquel s'était attendue Kaiku de sa part, il semblait écouter. C'était un homme véritablement imprévisible.

— Comment se fait-il que vous le saviez avant nous ? poursuivit-il.

— Ça, je ne peux vous le dire, dit Asara en poussant un doux soupir. J'aimerais pouvoir le faire, pour que vous me croyiez. Mais des vies sont en danger et des propos inconsidérés risqueraient de défaire ce qui a été fait.

Tane hocha légèrement la tête.

— Je crois que je comprends, répondit-il.

Il n'ajouta rien de plus le reste de la nuit et se contenta de fixer le feu, méditant sur ce qui avait été dit.

*
* *

Le lendemain matin, la tempête ne s'était pas calmée, ni le surlendemain. Ils ne reparlèrent pas de l'impératrice héritière ni du Libera Dramach ; en fait ils parlèrent peu. Kaiku commençait à s'inquiéter : elle n'avait jamais vu de tempête durer aussi longtemps, jamais imaginé que le ciel puisse sustenter une telle rage. Et en dépit de l'assurance de Mamak affirmant que de telles tempêtes n'étaient pas sans précédent, l'ambiance dans la grotte devint tendue. Lorsque Tane insinua que Mamak avait peut-être été malavisé de maudire Panazu, dieu des tempêtes, les deux hommes faillirent en venir aux mains. Asara nettoya son fusil pour la vingtième fois et les observa avec un air de faux sage.

Alors que, leur troisième soir dans la grotte, le jour déclinait, Mamak leur annonça qu'ils devaient faire demi-tour.

— Cette tempête ne pourra pas durer, fit-il en lançant dans le petit foyer un autre morceau de feu de mousse de leur réserve qui diminuait. Mais il faut bien encore deux jours de route pour nous rendre sur le site du monastère et donc cinq pour retourner à Chaim. Si tout se passait exactement comme prévu, si nous partions demain et trouvions immédiatement le monastère puis rentrions tout de suite, il ne nous resterait plus qu'une réserve de nourriture pour un jour. Nous ne prenons pas ce genre de risques en montagne. Pas moi en tout cas.

— Nous ne pouvons pas faire demi-tour ! protesta Kaiku. J'ai fait un serment à Ocha. Nous devons continuer.

— Les dieux sont patients, Kaiku, fit Asara. Vous n'oublierez pas votre serment, ni Ocha. Mais vous ne pouvez faire cela aveuglément. Nous rentrons et réessayerons plus tard.

— En plus, si vous ne rentrez pas, vous mourrez, ajouta Mamak.

Le front de Kaiku se plissa d'une ride de frustration.

— Je ne peux pas faire demi-tour ! répéta-t-elle.

Le désespoir dans sa voix stupéfia Asara.

— Mais il le faut, dit-elle. Nous n'avons pas le choix.

Tane se réveilla plusieurs heures plus tard. La tempête rugissait au-dehors, son tumulte produisant à présent un fond sonore. Kaiku était assise auprès de la flambée, fixant son cœur. Elle le remplissait de feu de mousse. Tane, toujours allongé sur le côté, la regardait en cillant et fronça les sourcils. Il s'était mis en retrait depuis sa conversation avec Asara, intensément préoccupé par ses propres pensées. À présent, il constatait que Kaiku s'était laissée aller à une attitude similaire.

Elle sursauta légèrement lorsqu'il prit la parole.

— Kaiku ? dit-il. Pourquoi ne dormez-vous pas ?

— Quand je dors, je rêve de sangliers, répondit-elle.

— De sangliers ?

— Vous faites si facilement machine arrière, Tane, dit-elle d'une voix douce et songeuse. J'ai fait un serment à l'empereur des dieux et vous, vous faites machine arrière.

Il était à peine réveillé et ses yeux s'assoupissaient lourdement.

— Nous réessaierons, marmonna-t-il. N'abandonnerons pas.

— Peut-être n'était-ce pas le chemin que vous deviez emprunter après tout, murmura-t-elle pour elle-même. Peut-être est-ce uniquement le mien.

Si elle avait dit autre chose, Tane ne l'entendit pas car il retomba dans l'oubli.

Le lendemain matin, Kaiku était partie dans la tempête avec uniquement son sac et son fusil. Et son Masque.

18

Pour son audience avec Lucia, Mishani portait une robe vert foncé et une large ceinture bleue nouée autour de sa taille fine. La ceinture n'était pas purement décorative : le cadeau qu'elle avait été chargée de livrer était caché dans le bas de son dos. La légère bosse qu'il formait était dissimulée par ses cheveux épais qui lui arrivaient aux chevilles et qu'elle avait attachés avec des bandelettes de cuir bleu. Un paquet-cadeau élégant, plat et carré, et à l'intérieur, la chemise de nuit qui causerait la mort de l'impératrice héritière.

Il lui fallut toute sa maîtrise de soi, cultivée avec soin, pour garder son calme quand elle fut escortée en la présence de l'impératrice. En dépit de tout le reste, l'idée d'avoir un vêtement rongé par la fièvre des os, collé contre sa peau, la terrifiait. Son père l'avait assurée que le paquet était extrêmement bien fermé et son emballage, traité avec des antiseptiques sans odeur pour que la maladie n'en sorte pas ; de plus, c'était une infection de qualité inférieure et elle ne prenait effet que si on la respirait sur un long laps de temps, dans son sommeil par exemple. Ses paroles avaient fait ricaner intérieurement Mishani : il était d'une évidence amère qu'il ne connaissait rien à la fièvre des os, qu'il se contentait de répéter servilement les promesses allègres de Sonmaga. Qu'avait donc promis le Barak des Blood Amacha, pour transformer son père en marionnette, et elle, en *pigeon* ?

Sa propre véhémence l'avait décontenancée. Avant tout cela, elle ne se serait jamais autorisée à nourrir des pensées aussi peu charitables au sujet de son père. Mais quand on la fit entrer dans la pièce où attendait Anaïs, elle était encore certaine que tout ce qu'elle ressentait était justifié. Il savait qu'elle ne pourrait rien lui refuser et il l'avait trahie en se servant de cette certitude à ses propres fins. Elle refusait d'être complice d'un meurtre. Et faire d'elle un assassin de la pire espèce, le genre d'ordure qui se sert de la *maladie* en guise d'arme… La honte absolue si on l'attrapait la conduirait au suicide.

Et la honte, si je réussissais ?

Son père était prolixe en paroles dénuées de sens : elle éviterait une guerre civile, sauverait de nombreuses vies, rendrait un grand service à Saramyr. Elle n'en entendait aucune, les considérait comme les platitudes vides qu'elles étaient. Elle voulait pleurer, le serrer dans ses bras, puis lui hurler à la figure : *Ne faites pas ça, père ! Ne voyez-vous pas ce qui va nous arriver ? Il n'est pas trop tard ; si vous changez d'avis, je pourrai toujours être votre fille.*

Mais il n'avait pas changé d'avis. Et elle sentait les liens qui les unissaient se distendre si brutalement qu'elle avait peine à le regarder. Brusquement, elle voyait tous ses tics ennuyeux, toutes les imperfections de son visage, toutes les excentricités désagréables de son caractère. Elle ne le respectait plus, et c'était une chose terrible à admettre pour une fille.

Elle tuerait pour lui parce qu'elle le devait. Mais après, elle ne serait plus sienne. Elle le soupçonnait de s'en douter mais il l'envoya malgré tout exécuter sa tâche.

Sonmaga. La haine qu'elle éprouvait pour lui ne connaissait aucune limite.

Mishani parla un moment avec Anais, bien qu'après coup elle se souvînt à peine de ce qu'elles s'étaient dit. L'impératrice tenta de deviner le point de vue de Mishani quant à l'accession de Lucia au trône mais la jeune femme ne laissa rien transparaître dans ses réponses aimables. Anais se renseigna également au sujet de son père, espérant de toute évidence apprendre pourquoi Mishani était venue alors que le Barak était un de ses adversaires les plus ardents. Mishani dit ce qu'il fallait pour assurer à Anais qu'elle appréhendait la situation l'esprit ouvert et qu'elle ne croyait pas que l'on puisse juger quelqu'un que l'on n'avait jamais rencontré.

Mais une terreur glaciale s'insinuait lentement en Mishani tandis qu'elle parlait à l'impératrice. Son masque glissait-il, dévoilant sa peur et sa vive inquiétude ? Apparemment, il semblait que l'impératrice atermoyait, peu disposée à emmener Mishani dans les appartements de Lucia. Elle semblait franchement nerveuse. Le colis collé au bas du dos de Mishani brûlait de la chaleur de la honte qu'il portait. La mère pouvait-elle deviner qu'elle avait l'intention de faire du mal à son enfant ? Elle sentit la transpiration picoter son cuir chevelu.

Puis Anais l'invita à monter dans les jardins nichés dans le dédale déroutant du dernier étage du Donjon impérial. Le temple à Ocha, qui constituait le point central du toit, se dressait majestueusement dans le ciel du milieu de journée, et quatre aiguilles minces à chaque coin du Donjon s'élevaient encore plus haut. Le dernier étage de l'édifice incliné était un labyrinthe de jardins, de petits bâtiments, de voies d'eau et de tranchées pierreuses qui faisaient office de voies publiques, comme des rues encastrées. D'en bas, il était impossible de voir ce qu'il y avait en haut et Mishani avait toujours supposé que le toit était plat et monotone, à l'exception du temple que l'on voyait facilement de n'importe où dans Axekami. Voilà qu'elle réalisait qu'elle s'était trompée : c'était un district miniature entourant les jardins, et des soldats armés de fusils faisaient le guet.

— Veuillez m'excuser pour tous ces gardes, fit Anais quand elles sortirent sous le soleil éblouissant. (Elle avait remarqué le coup d'œil furtif de Mishani.) La sécurité de Lucia est primordiale, surtout en ce moment.

— Je comprends, répondit Mishani, sentant sa gorge se serrer.

Elle avait caché son paquet car elle ne savait pas très bien dans quelle mesure Lucia était surveillée et ne voulait pas risquer qu'il soit ouvert et vérifié. Bien que ce fût une grave insulte d'insinuer qu'elle avait l'intention de faire du mal à l'impératrice héritière, elle n'avait pas osé prendre le risque. Elle voulait donner son cadeau à Lucia en secret, si possible, mais elle doutait à présent que l'opportunité se présente.

Anais semblait sur le point de dire quelque chose, se ravisa, puis changea de nouveau d'avis.

— J'ai appris que quelqu'un… s'était approché de Lucia récemment, laissa-t-elle entendre. Quelqu'un qui aurait pu lui faire du mal.

— C'est affreux, dit Mishani mais, intérieurement, elle sentit la tension se relâcher comme un souffle que l'on expire.

Voilà donc pourquoi elle était si nerveuse. Elle ne soupçonnait pas Mishani.

Elles rencontrèrent Lucia, en compagnie d'un homme de grande taille, en robe, avec une barbe blanche taillée de près. Ils se tenaient dans un petit square qui formait une jonction entre les différents chemins et jouaient à une sorte de jeu d'apprentissage qui consistait à disposer des sacs de perles noir et blanc sous différentes dispositions sur les dalles. Les arbres bruissaient autour d'eux, avec l'activité des écureuils et le frémissement de l'air chaud et léthargique. Lorsque l'impératrice et Mishani arrivèrent, ils levèrent les yeux et les saluèrent d'un signe de tête.

— Voici Mishani tu Koli, annonça-t-elle au groupe. Et voici Lucia et Zaelis tu Unterlyn, l'un de ses précepteurs.

Zaelis inclina la tête.

— C'est un honneur de vous rencontrer, maîtresse, dit-il d'une voix rauque de basse.

Mishani le gratifia d'un hochement de tête mais elle quittait à peine l'impératrice héritière des yeux depuis qu'elle était arrivée. Lucia, à son tour, la fixait, de ses yeux bleu clair et rêveurs, une expression un peu idiote sur le visage. Ses cheveux blonds s'agitaient sous un doux vent tiède.

— Venez marcher avec moi, Mishani, dit brusquement Lucia, en levant la main.

— Lucia ! s'exclama Anais.

Elle ne s'était jamais comportée ainsi avec des invités ; en général, elle était un modèle de politesse. Une telle requête de la part d'un enfant à un adulte était ni plus ni moins impertinente.

— Lucia, souviens-toi de tes bonnes manières, la réprimanda Zaelis.

— Non, tout va bien, dit Mishani. (Elle regarda Anais.) Puis-je ?

Anais hésita un instant, prise entre son désir de garder son enfant à portée de vue et de l'emporter sur Mishani. Au bout du compte, elle fit la seule chose qu'elle pouvait.

— Bien sûr, dit-elle en souriant.

Mishani prit la main de Lucia et ce fut comme si une étincelle passa entre elles, un courant immédiat qui parcourut le bras de la jeune femme. Son visage se plissa de stupéfaction mais Lucia lui adressa un grand sourire innocent et l'emmena loin des autres, en bas d'un chemin pavé, de l'autre côté d'une pelouse immaculée bordée par une rangée dense d'arbres tumisi, coupée du reste du jardin.

Elles avancèrent en silence sur un court parcours. Mishani sentit la nausée s'insinuer dans son estomac. L'enfant à côté d'elle n'était que ce qu'elle était : une enfant. Comme Kaiku, elle n'était physiquement pas pourrie par son Aberrance.

Je vais assassiner un enfant, se dit-elle. *Et par le pire des moyens imaginables.* C'était bien ce qu'elle pensait depuis que son père lui avait demandé de le faire mais, à présent, la réalité de la situation l'assaillit et elle se mit à suffoquer.

— Vous devez en avoir assez de voir des gens comme moi, dit-elle, ressentant le besoin urgent de parler pour se distraire. J'imagine que vous avez rencontré beaucoup de nobles ces dernières semaines.

C'était une ineptie mais elle se sentait désarmée et ce fut tout ce qu'elle trouva à dire.

— Ils croient que je suis un monstre, dit Lucia, les yeux calmes. La majorité, en tout cas.

Mishani fut déconcertée d'entendre ce genre de paroles sortir de la bouche d'une enfant de huit moissons.

— Mais pas vous, dit-elle en levant son visage vers Mishani.

Elle avait raison. C'était différent avec elle ; ce n'était pas comme avec Kaiku. Elle avait du mal à considérer cette enfant comme une Aberrant ; pas dans le sens où elle considérait les Aberrants en tout cas. Elle sentit la nausée dans son intestin devenir douloureuse.

Par les esprits, je ne peux pas le faire.

Elles quittèrent la pelouse pour gagner un endroit ombragé où se trouvait un banc de bois brut. Lucia les y emmena et s'assit. Mishani s'installa à côté d'elle, défroissant sa robe sur ses genoux. Personne ne pouvait les voir, à part un corbeau solitaire perché sur un mur du jardin, au loin, qui les observait avec un intérêt déconcertant.

Je ne peux pas... ne peux pas...

Mishani sentit son sang-froid chanceler. Elle avait presque espéré que l'impératrice resterait avec elles, que l'opportunité de donner le paquet à Lucia ne se présenterait pas, mais l'enfant lui facilitait involontairement les choses.

— J'ai un cadeau pour vous, s'entendit-elle dire.

Et sa voix lui sembla distante par-dessus le sang qui battait dans ses oreilles. Elle sentit le colis glisser de sa ceinture quand elle l'attrapa d'un coup puis il se retrouva dans ses mains. Plat et carré, dans un papier brodé d'or et orné d'un gros nœud bleu.

Lucia le regarda puis leva les yeux sur elle. Une émotion enfla brusquement en Mishani, trop rapidement pour qu'elle la réprime. Elle sentit sa lèvre inférieure trembler quand elle prit une inspiration frémissante, comme si elle allait se mettre à pleurer. Elle tenta d'étouffer ses larmes mais elles avaient créé une fissure impardonnable dans sa carapace. Deux ans qu'elle pratiquait le calme et le sang-froid de la cour, deux ans qu'elle se construisait un masque, mais voilà qu'elle avait l'impression d'être redevenue une jeune fille, et sa confiance et son sang-froid s'étaient évanouis. Elle n'était pas aussi forte qu'elle l'avait cru. Elle tressaillit et s'en prit à elle-même.

— Pourquoi êtes-vous triste ? demanda Lucia.

— Je suis triste… fit Mishani, je suis triste à cause des jeux auxquels nous jouons.

— Certains jeux sont plus drôles que d'autres, déclara Lucia.

— Et d'autres sont plus sérieux que vous ne pouvez l'imaginer, répondit Mishani. (Elle gratifia l'enfant d'un étrange sourire.) Aimez-vous votre père, l'empereur ?

— Non, répondit Lucia. Il me fait peur.

— Le mien aussi, dit calmement Mishani.

Lucia resta silencieuse un instant.

— Allez-vous me donner mon cadeau ? demanda-t-elle.

Le sang de Mishani se figea. Le moment qui suivit sembla atrocement s'éterniser. Elle se rendit subitement compte d'une chose : qu'elle n'était pas plus prête maintenant à tuer l'enfant qu'elle ne l'avait jamais été. Elle pensa à son père – à la fierté qu'elle avait toujours été pour lui, à ce qu'il lui avait appris et à l'amour qu'elle avait éprouvé pour lui.

Elle secoua imperceptiblement la tête.

— Pardonnez-moi, dit-elle. J'ai fait une erreur. Ce cadeau n'est pas pour vous.

Elle le rangea de nouveau dans sa ceinture.

Lucia la fixa d'un air absent, avec son regard étrange et éthéré. Puis elle glissa le long du banc et posa sa tête sur l'épaule de Mishani. Celle-ci, surprise, prit l'enfant dans ses bras.

Ne me fais pas confiance comme ça, songea-t-elle, brûlant de honte, *car tu ne sais pas quel genre de créature je suis*.

— Merci, murmura Lucia.

Et cela anéantit le sang-froid qui lui restait. Elle sentit la vague de larmes affluer dans ses yeux, puis elle pleura, comme elle n'avait pas pleuré depuis des années. Elle pleura pour Kaiku, et pour son père, et pour elle-même et ce qu'elle était devenue. Elle avait été si certaine, si sûre de tout, et pourtant toutes ses certitudes avaient été détruites. Et voilà que la fille de l'impératrice remerciait Mishani d'avoir décidé de ne pas l'assassiner et…

Elle regarda Lucia dans les yeux, ses larmes brusquement taries. Elle comprit alors. Elle savait. L'enfant *savait*. Et pourtant Mishani se demanda si elle n'aurait pas accepté le cadeau de toute façon, aurait mis la chemise de nuit, et serait morte. Elle eut la prescience soudaine d'être le pivot d'un équilibre terrible, que d'innombrables avenirs avaient été liés à ce seul instant où elle avait pris sa décision.

Lucia la gratifia d'un sourire timide.

— Vous devriez aller voir la dame du rêve, dit-elle. Je pense que vous l'aimerez bien.

Ce soir-là, la foule dans le Square des Orateurs était dense.

Le Square était une grande cour dallée, bordée par des rangées de bâtiments majestueux. Son flanc ouest était presque entièrement occupé par l'énorme Temple d'Isisya, façade d'une multitude de balcons qui descendaient en piqué, de mosaïques et de sculptures, dont l'étage inférieur était ombragé par une marquise en pierre ornementale qui empiétait sur le square, supporté par d'immenses piliers. Les autres bâtiments étaient tout aussi impressionnants : la bibliothèque de la cité – ostensiblement publique mais dont les volumes, écrits en haut saramyrrique, étaient illisibles pour la paysannerie – ; le complexe administratif central, consacré à la gestion quotidienne d'Axekami ; et d'immenses bains publics, avec une statue en bronze d'un poisson-chat sur un socle fixé à ses larges marches, l'aspect terrestre de Panazu.

Au centre même du square était installée une plate-forme surélevée sur laquelle était érigé un cromlech sculpté, dont les deux piliers bien droits décrivaient des courbes élégantes pour soutenir la traverse inclinée, où était inscrite en pictogrammes languissants une citation légendaire – et historiquement discutable – de l'empereur Blood Torus tu Vinaxis : *comme la peinture ou la sculpture sont de l'art, il en va de même de la langue parlée.*

La foule s'était rassemblée autour du podium de l'orateur et s'étendait jusqu'aux bords de la statue, congestionnant les pas de portes des bâtiments avoisinants et se répandant dans les rues adjacentes. Elle était d'humeur massacrante et cela se voyait aux mines renfrognées et aux échauffourées fréquentes qui éclataient à mesure que tous perdaient patience et sortaient de leurs gonds. Ses acclamations pour soutenir l'orateur – et elles étaient fréquentes et de bon cœur – avaient un côté brutal. La majorité de la foule savait déjà ce que lui inspirait l'affaire de l'impératrice héritière : ils étaient venus entendre quelqu'un qui pourrait exprimer clairement la rage, la frustration et l'écœurement qu'ils nourrissaient dans leurs poitrines, et être d'accord avec lui. Ce quelqu'un était Unger tu Torrhyc.

Zaelis observait la scène derrière l'un des piliers de marbre de la bibliothèque de la cité, passant la foule en revue. Elle fourmillait dans la chaleur de la soirée qui déclinait lentement, alors que la lumière du soleil rougissait et que les ombres des bâtiments à l'ouest s'étiraient sur l'assemblée, frontière nette les divisant entre lumière et obscurité. Alors qu'Unger lançait une remarque particulièrement acérée sur l'impératrice héritière, la foule se mit brusquement à pousser de grands cris et Zaelis discerna la lueur d'une rage primale dans les yeux des habitants de la cité, une haine vieille de plusieurs millénaires, si profondément enracinée qu'ils ne se souvenaient même pas de ses origines. Pratiquement personne ne savait que c'étaient les Tisserands qui avaient planté cette graine, les Tisserands qui avaient instigué et encouragé cette crainte naturelle des Aberrants et, ce, depuis deux siècles, voire plus.

Sur la plate-forme centrale du square, Unger marchait d'un air hautain entre les piliers de bois rouge du cromlech, pérorant, sa voix portant dans tous les coins du rassemblement tandis que ses mains bougeaient et que ses cheveux fous volaient au vent. Ce n'était pas un bel homme, un peu trop petit pour sa carrure, et ses traits étaient grossiers et imparfaits. Mais il avait du charisme, nul ne pouvait le nier. La passion était flagrante dans sa voix quand il harangua la foule au sujet de la multitude de dangers qui assailleraient Saramyr si une Aberrant montait sur le trône. Il utilisait la scène comme un grand comédien, et son ton et ses manières touchaient la foule en colère, de plus en plus fort jusqu'à ce qu'il fût presque en train de crier, enfiévrant l'ambiance déjà à son paroxysme. Ce qu'il disait n'était pas nouveau mais la façon si persuasive, les arguments qu'il posait comme postulat si inattaquables qu'il était impossible de l'ignorer. Et à mesure que sa renommée s'était accrue ces dernières semaines, ses auditeurs s'étaient multipliés.

Zaelis eut un mauvais pressentiment quand il parcourut la foule des yeux. La tension dans l'air était palpable. Axekami était sur des charbons ardents et son impératrice ne faisait rien pour améliorer les choses, semblait-il. Zaelis se demanda, désespéré, si Anais avait même écouté ses conseillers quand ils lui avaient expliqué que le mécontentement grandissait dans les rues de la capitale, ou si elle songeait uniquement aux moyens de gagner les grandes familles à sa cause. Elle était si préoccupée par les rapports concernant les Blood Amacha et les Blood Kerestyn qui rassemblaient leurs troupes qu'elle n'avait pas eu le temps de réfléchir à autre chose ; et malgré tout le respect et l'admiration qu'il lui portait, il devait reconnaître qu'elle était coupable de l'arrogance de la noblesse. Au fond d'elle, elle ne croyait pas que les classes inférieures puissent être capables de s'organiser suffisamment pour lui faire du mal. Elle considérait Axekami comme une crèche, grouillant d'enfants d'une obstination inexplicable qui devaient se tenir tranquilles pour ne pas se faire du mal. L'idée qu'ils puissent lui manquer de loyauté à propos de cette affaire l'avait superficiellement effleurée mais rien de plus. Elle souffrait d'un manque d'empathie : elle ne parvenait pas à comprendre le niveau de haine qu'ils éprouvaient pour son enfant adorée. Elle sous-estimait l'effroi qu'inspirait encore le mot *Aberrant* chez l'homme du peuple.

Mais le véritable souci de Zaelis était Lucia. Deux factions érigeant déjà leurs forces contre elle, Anais ne pouvait se permettre de se battre sur un troisième front, celui-ci *au sein même* des murs de sa cité. Si l'une des forces qui s'opposaient à elle remportait la victoire, alors Lucia le paierait de sa vie. Peu importait qu'elle ne fût pas le monstre qu'ils imaginaient – bien qu'il dût reconnaître qu'elle l'effrayait, même lui, parfois, et seuls les dieux savaient quels genres de pouvoirs elle exercerait adulte si elle continuait à se développer à ce rythme. On devrait la tuer à cause de ce qu'elle représentait.

Zaelis y réfléchit un instant, ignorant la rhétorique qu'Unger tu Torrhyc jetait à la foule comme des os ensanglantés à une meute aux abois. Puis il s'en alla, broyant du noir, se fraya un chemin à travers la foule et reprit le chemin du District impérial.

Il ne remarqua pas l'homme en tenue sale de boulanger qu'il croisa à la périphérie du rassemblement. Et cela ne l'aurait pas plus inquiété s'il l'*avait* remarqué : il avait d'autres soucis en tête. Peut-être aurait-il essayé de comprendre l'expression étrange de l'individu – mélange de sournoiserie, de défi et de fébrilité. Il aurait peut-être remarqué le sac lourd que portait le boulanger, fermé par trois lanières. Et s'il avait attendu suffisamment longtemps, il aurait pu voir le deuxième homme arriver, muni également d'un gros sac, et l'entendement mutuel et sinistre passer entre eux, comme deux soldats se retrouvant sur un champ de bataille devant le carnage de leurs compagnons morts.

Rien de tout cela n'aurait signifié quoi que ce soit à Zaelis, s'il n'avait pas simplement continué son chemin. Et de plus, ce n'était qu'un autre des nombreux rassemblements dans la cité qui avaient lieu depuis que la nouvelle de l'impératrice héritière était tombée. Juste une graine, une autre partie infime de l'une des intrigues incessantes d'Axekami.

Le boulanger et son compagnon – qui ne s'étaient jamais rencontrés auparavant – se glissèrent furtivement hors de la foule, sans un mot, vers un endroit que tous deux connaissaient mais où aucun ne s'était jamais rendu. Un endroit où d'autres de leur sorte se réunissaient, chacun portant une charge mortelle dans leurs sacs.

19

Dans les montagnes, la neige tombait à gros flocons, portée par un vent qui venait des sommets et cinglait l'air en un chaos tourbillonnant de blanc, un blizzard qui gémissait et soufflait en rafales le long des cols et des dépressions.

Une femme avançait en solitaire dans le maelström, arborant un Masque rouge et noir, et se servant de son fusil comme bâton pour soutenir son corps exténué. Elle titubait dans une couche de neige qui lui arrivait aux genoux, sous un bouquet d'arbres squelettiques qui la fouettaient violemment avec leurs branches recouvertes de neige. Elle glissa et tomba souvent, en partie à cause du sol de pierre irrégulier et perfide sous le manteau neigeux mais surtout parce que ses jambes la lâchaient, chaque coup de vent qui la fouettait sapant ses forces. Chaque fois qu'elle tombait, elle se relevait et allait de l'avant. Elle ne pouvait pas faire grand-chose d'autre. C'était ça ou s'allonger et mourir sur place.

Les montagnes étaient devenues une ascension interminable et monotone : une couverture de blanc uniquement délimitée par les lignes, les crêtes et les pentes où saillait la pierre noire des montagnes. Une partie d'elle lui disait que c'était imprudent de gravir cette tranchée peu profonde, vaste sillon sur les flancs de la montagne où des tas de pierres s'élevaient jusqu'à hauteur d'épaules de chaque côté. Lui parlait de congères. Mais la voix était fracturée et elle était incapable de tout rassembler pour y trouver un sens.

Kaiku ne savait plus où elle se trouvait. Le froid l'avait tellement engourdie qu'elle avait perdu toute sensation dans ses extrémités. La fatigue extrême et l'hypothermie naissante l'avaient réduite à un état de zombie, la mâchoire molle et lourde, se forçant à avancer mécaniquement sans idée précise de sa destination. Elle marchait entièrement à l'instinct à présent, et cet instinct lui disait de survivre.

Elle avait perdu le compte des jours depuis qu'elle avait quitté la grotte où elle s'était abritée avec Tane, Asara et Mamak. Cinq ? Six ? Sûrement pas une semaine ! Une misérable semaine passée dans ce désert abandonné, affamée, effrayée et seule. Chaque nuit tapie à frissonner dans un trou, chaque jour une torture de frustration et de terreur, cherchant des chemins tout en reculant au moindre bruit, et espérant que, quoi que ce fût, il s'agissait de quelque chose qu'elle pourrait attraper et manger et non de quelque chose qui puisse *l'*attraper et *la* manger.

Pendant combien de temps encore Ocha la testerait-il ainsi ?

Quand elle se trouvait dans la grotte, le même rêve lui avait rendu visite dès qu'elle fermait les yeux. Elle y voyait un sanglier et rien d'autre. Il était énorme, la peau vieille et verruqueuse, les défenses jaunies, ébréchées et massives. Le sanglier ne disait rien, se bornait à s'asseoir devant elle et à la regarder, mais dans ses yeux d'animal résidait une éternité, et elle savait qu'elle ne regardait pas une bête mais un émissaire d'Ocha. Elle fut remplie du plus grand respect, remplie d'une douleur et d'un émerveillement plus puissants que dans toute méditation qu'elle avait jamais faite, d'un chagrin si intense et fragile qu'elle ne pouvait s'empêcher de pleurer. Mais il y avait autre chose dans les yeux du sanglier, sur son visage triste. Il *attendait* quelque chose de sa part, et il pleurait car elle ne le faisait pas et son chagrin lui déchirait le cœur.

Chaque fois, elle se réveillait avec des larmes qui ruisselaient sur ses joues, et la tristesse persistait jusqu'au matin. Elle n'en parla pas aux autres. Ils n'auraient pas compris. Elle non plus ne comprenait pas, d'ailleurs. Ce ne fut que lors de ce moment de clarté parfaite, lorsqu'elle avait contemplé le feu après que tous étaient allés de coucher, qu'elle comprit. Ocha avait entendu son serment dans la forêt de Yuna. Elle devait venger sa famille. Il n'admettrait ni retard ni retrait ; il exigeait action et force de cœur.

De fait, elle fit la seule chose qu'elle pouvait : elle mit le Masque et avança dans la tempête. Le vent avait beau la fouetter et la pluie la cingler avec ses flèches glacées, elle sut à cet instant que ce qu'elle faisait était la volonté de l'empereur des dieux.

Après ça, les choses se détériorèrent.

Pendant une journée, elle tituba sous un vent, une pluie et des éclairs furieux. La douleur de l'endurance ne lui semblait rien au début car elle savait que ce n'était pas vain. Mais bien vite elle ne tarda pas à ronger sa détermination tandis que ses dents claquaient et que sa peau la picotait de gouttelettes glaciales. Elle resserra sa capuche sur sa tête et continua à avancer en titubant, ignorant où elle allait, faisant confiance à Ocha pour la guider.

Comment elle survécut ce premier jour, elle l'ignorait ; son existence avait dégénéré en cauchemar dans lequel l'air même était contre elle, tentant de la faire tomber avec de grands coups de vent et de fouetter impitoyablement sa peau exposée. Ses lèvres étaient gercées, ses yeux injectés de sang, et ses joues sensibles et à vif.

Elle se trouva un surplomb en guise d'abri, à peine plus gros qu'une pelletée de rochers, sur une paroi accidentée et abrupte. Il tenait la pluie à distance mais de l'eau ruisselait malgré tout le long du sol depuis les inclinaisons au-dessus et le vent mugissait dans sa niche. À un moment donné de la journée, sans que Kaiku ne s'en rende compte, le tonnerre avait cessé et ce fut sa première lueur d'espoir. Car elle avait beau croire qu'elle ne pourrait tenir une journée de plus dans cette tempête, elle savait qu'elle reprendrait la route le lendemain à l'aube, quel que fût le temps. Elle pria Panazu pour que la pluie torrentielle cesse.

D'une manière ou d'une autre, elle dormit, l'épuisement triomphant du désagrément atroce de son misérable abri. Cette nuit-là, elle ne rêva pas.

Elle se réveilla au clapotement et au crépitement de l'eau et à la lumière aveuglante d'un ciel clair et froid, qui transformait les surfaces planes de pierre mouillée en lumière étincelante. La tempête était passée.

Douloureusement, elle se hissa hors de son abri et tenta de se lever sous le regard mauvais de l'œil unique de Nuki. Une crampe paralysante la fit retomber à genoux, prix à payer pour avoir dormi sur de la pierre gelée. Un de ses bras et une de ses cuisses étaient engourdis et elle pouvait à peine bouger les doigts. Mais son sang ne tarda pas à regagner son corps et elle put plier sa main en poing ; elle eut beau souffrir, elle sentit une jubilation intérieure et envoya ses remerciements à Panazu pour avoir répondu à sa prière.

Alors elle se leva et regarda autour d'elle. Les montagnes semblaient différentes quand elle les gravissait et quand elle les voyait à l'horizon. De loin, leur immensité les rendait simples – de vastes arêtes de pierre qui se terminaient en sommets. Mais une fois parmi les plis, les revêtements, elles paraissaient brusquement plus complexes, car la pierre s'érigeait haut tout autour et il était difficile d'imaginer un monde extérieur, où la terre était plate et non circonscrite par des contreforts sombres gris et noir. La perspective était déformée et naviguer cessait d'être aussi simple que cela semblait l'être depuis un poste d'observation à l'extérieur des montagnes.

Elle sortit le Masque de son sac et le regarda. Il lui lança un regard mauvais, un petit sourire narquois et irrespectueux gelé sur son visage rouge et noir. Pour cela, sa famille était morte. Pour cela, un temple d'Enyu avait été détruit, ses prêtres assassinés. Elle le retourna et l'examina. Elle tenait un Véritable Masque entre les mains et si elle croyait ce qu'on lui avait dit, il lui montrerait le chemin pour retrouver l'endroit où il avait été fabriqué. Le monastère caché où vivaient les Tisserands.

Elle avait repoussé le moment le plus longtemps possible, redoutant cette minuscule marge contre laquelle Mishani l'avait mise en garde, le risque infime qu'elle puisse glisser par les veines du bois dans la folie et dans la mort. Mais en réalité elle avait fait son choix lorsqu'elle avait décidé de sortir de la grotte et, à présent, les atermoiements sonnaient faux.

L'heure était venue. Elle le mit sur son visage.

L'effet était, pour le moins, décevant. Elle ne mourut pas et ne devint pas folle. Elle ressentit une certaine étrangeté, la sensation d'être détachée du monde qu'elle voyait à travers les oculaires sculptés. Et le bois du Masque semblait se réchauffer et s'adoucir sur son visage, lui donnant davantage l'impression d'une nouvelle couche de peau épaisse que de quelque chose de rigide. Puis s'ensuivit une satisfaction écrasante, comme si elle sombrait dans les plis pelucheux d'un lit douillet. Au bout d'un moment, cela disparut également, et elle ne se sentit que vaguement idiote de s'être fait autant de souci.

Elle reprit la route. Elle ne savait pas quel genre de guidage elle pouvait attendre de la part du Masque et, l'espace d'un instant, elle douta qu'il la guidait. Puis elle se rappela ce que Cailin lui avait dit, que le Masque ne marcherait qu'une fois qu'ils approcheraient du Monastère. Mais à quelle distance se trouvait-il ? Et dans quelle direction ? Il pouvait être sur le flanc opposé des montagnes !

Elle se secoua mentalement. De telles pensées ne lui faisaient aucun bien. Elle avait entrepris ce voyage comme un acte de foi et la foi était nécessaire pour la soutenir. Elle croyait qu'Ocha ne l'abandonnerait pas ainsi, puisque c'était lui qui l'avait mise sur ce chemin. Mais alors, qui connaissait les voies des dieux, et les pions mortels qu'ils pouvaient jeter ou oublier, par folie ou par caprice ?

Les jours suivants empirèrent encore. Ses maigres rations fondirent jusqu'à devenir inexistantes, la majorité de la nourriture étant restée dans le sac de Mamak. Elle grimpa de plus en plus haut dans les montagnes, sans suivre de direction, décidant au contraire que les dieux détermineraient son chemin.

Elle tomba de temps en temps sur de petites créatures aberrants, souvent si mal formées qu'elles étaient suffisamment lentes pour qu'elle les attrape avec les mains, ou les vise avec son fusil. Mais elle ne mangerait pas de chair aberrant ; elle s'en méfiait abominablement. Par désespoir, elle tenta une racine charnue qui saillait de fissures dans la pierre à la base de petits ruisseaux et de petites chutes d'eau, nourrissant de mauvaises herbes coriaces. Elle en eut des haut-le-cœur mais c'était un moyen de subsistance. Elle n'osa pas essayer les autres racines qu'elle vit car les arbres et les plantes qu'elles soutenaient semblaient être touchés par le fléau et elle avait peur de s'empoisonner. Elle arracha des petits paquets de brindilles cassantes des arbres tordus en guise de bois à consumer, mais ils étaient quasiment impossibles à brûler et elle réussit tout juste à allumer une petite flambée au bout d'une heure d'effort presque inutile.

Le lendemain, la racine charnue disparut complètement et elle fut obligée de passer la majorité de la journée à fouiller pour trouver à manger, ce qui la ralentit d'autant plus. Les températures chutaient fortement. Son itinéraire la conduisait de plus en plus haut dans les sommets des montagnes et du gel recouvrait le sol, même au soleil. Elle s'emmitoufla bien dans son manteau mais le froid semblait malgré tout s'infiltrer et ses dents claquaient chaque fois qu'elle ne bougeait pas plus de quelques minutes. Elle remplit son manteau d'herbe et de tous les feuillages amers qu'elle trouva, dont elle se servit comme isolant.

Le terrain se durcit, et elle se retrouva en train de grimper. Par deux fois, elle échappa à la mort par pur hasard lorsqu'un instinct l'avertit qu'une prise allait s'ébouler ou qu'un rebord était instable. D'autres fois, elle se cachait, apeurée, lorsque de grosses choses-hommes hirsutes passaient devant elle d'un pas lourd ou que leur silhouette grise hantait l'horizon. Les Aberrants étaient aux abois la nuit, quand elle se gelait dans des creux ou des crevasses dans lesquels elle s'était tassée pour s'abriter mais, miraculeusement, bien qu'il semblât qu'ils fussent partout autour d'elle, elle n'en croisa pas un seul de près. C'étaient des êtres distants, des formes suggérées qui bougeaient dans les vallées en contrebas, ou tapies dans l'ombre. Des corneilles-nerfs planaient de temps en temps au-dessus de sa tête, mais la silhouette titubant en dessous ne paraissait pas les intéresser. Peut-être reconnurent-elles son objectif et décidèrent de pas ne s'approcher.

C'est mon test, se répéta-t-elle, mantra qui la faisait avancer et mettre un pied devant l'autre. *C'est mon test.* Mais à un certain moment son esprit vagabonda et quand il revint vers elle, son mantra avait changé. *C'est ce que je mérite. C'est ce que je mérite.*

Et elle comprit alors la véritable raison pour laquelle elle était sortie dans la tempête cette nuit-là. L'inanition et l'épuisement avaient chassé le désordre de son esprit. Là, alors qu'elle transpirait, empestait, et avait davantage le sentiment d'être un animal qu'une femme, alors qu'elle grattait dans la terre pour trouver des racines infectes afin de faire cesser la douleur dans son estomac, elle avait trouvé la connaissance de soi et la clarté.

Elle se détestait.

Je suis Aberrant, songea-t-elle. *Et je paierai pour ça, jusqu'à ce que j'aie remboursé ma dette.*

Puis le blizzard se leva, hurlant de nulle part, et la prit au dépourvu. Il n'y avait pas d'abri pour elle, aucun répit du maelström. Ses lèvres étaient teintées de bleu, sa peau bronzée avait pâli, ses muscles étaient raides et endoloris. De minuscules cristaux de glace se cachaient dans ses cils, s'étant frayé un chemin par les oculaires du Masque. Elle frissonna sans se maîtriser, comme paralysée. Un temps pareil aurait mis à l'épreuve le plus hardi des alpinistes. Mais Kaiku mourait de faim, était fatiguée et sous-équipée. Le froid ne tarda pas à s'insinuer et elle commença à sentir la lourdeur du sommeil l'envahir, l'affaiblir, engourdir son esprit.

Si je dors, je meurs, se dit-elle, et une force en elle la poussa à avancer, propulsée par sa seule volonté. Elle avait un objectif, quelque chose qu'elle avait l'intention de faire… quelque chose, quelque chose…

Puis une lumière. Elle chassa la neige d'un battement de paupières, incrédule. Un feu, qui brûlait dans une grotte, étincelant de chaleur. Sans se soucier du danger et privée de toute réflexion, elle se dirigea vers lui d'un pas chancelant, sachant juste que chaleur signifiait vie. Son fusil, qui lui servait de bâton de marche, qu'elle portait toujours à sa main engourdie, dessina des tranchées dans la neige derrière elle. Voilà qu'elle sentait de la viande qui cuisait, et sa faim lui fit accélérer le pas. Elle trébucha sur les derniers mètres, puis faillit tomber dans la grotte, une petite avalanche de neige entourant ses bottes.

Quelque chose était assis auprès du feu, une forme suffisamment déroutante que son cerveau perplexe et endormi fut tout d'abord incapable de distinguer. Puis elle bougea et une longue faucille scintilla dans une main. Kaiku ne saisit rien de tout cela jusqu'à ce qu'elle entende un cri perçant et quelque chose en émoi se diriger vers elle à toute allure ; puis son instinct prit le dessus et elle leva son arme pour se protéger. Il y eut un carillon métallique et la faucille heurta son fusil dans sa main, puis la détonation de l'arme, assourdissante à une distance si proche, tandis que quelque chose de lourd et de chaud s'effondrait sur elle avec fracas. Ils tombèrent ensemble en silence, atterrirent dans la neige, Kaiku toujours trop confuse et abasourdie par le bruit du fusil pour comprendre ce qui se passait. Elle n'avait même pas réalisé qu'il avait été amorcé.

Ils restèrent allongés, immobiles, l'odeur de moisi de la chose sur elle envahissant lentement ses sens.

C'était étrange, songea-t-elle.

Puis elle sentit la chaleur liquide se répandre dans sa colonne vertébrale, sa gorge et sa poitrine. Chaleur bénie ! Cette sensation raviva le souvenir du feu, qui lui faisait brusquement office de balise lumineuse. Lentement et progressivement, elle souleva la masse de la chose qui l'avait attaquée sans même se soucier de ce que c'était, ni de pourquoi elle avait cessé de bouger. Elle rampa jusqu'au feu et sa chaleur brûla et picota sa peau, mais elle la supporta suffisamment longtemps pour enlever la créature qui rôtissait de la broche et se retirer vers une chaleur moins douloureuse. Les dieux savaient ce que c'était mais il faisait la taille d'un petit lapin. Elle enleva son Masque d'un coup. Aberrant ou pas, elle s'en moquait bien à présent. Goulûment, elle mangea la viande à moitié cuite, le sang ruisselant de son menton pour rejoindre celui qui inondait son cou et sa poitrine. Mais, avant d'en avoir terminé, elle s'endormit, en tailleur, la tête penchée dans sa capuche de fourrure.

Les jours suivants, elle se réveilla plusieurs fois, quoiqu'elle se souvînt virtuellement de rien après coup. Il y avait une petite réserve de bonnes choses, telles que du pain, du riz et un pot de locustes douces et frites, des tas de viandes séchées et même un poisson fumé. Comme un somnambule, Kaiku se leva de temps en temps, motivée par des besoins physiques trop primaires pour déranger son esprit conscient. Le feu continuait à brûler d'une manière ou d'une autre, bien qu'il faillît s'éteindre par deux fois, Kaiku y jetait automatiquement du bois lorsque sa précieuse source de chaleur semblait sur le point de se tarir. Elle mangeait aussi, fouillant mécaniquement dans le sac et avalant la nourriture qui s'y trouvait sans préambule : elle ne coupa pas le pain, ni la viande mais prit des bouchées des deux avant de se rendormir.

Enfin, elle retrouva sa vigilance et réalisa qu'elle était encore en vie. C'était la nuit mais le feu brûlait moins fort et le blizzard avait cessé. Des ombres s'agitaient, déconcertantes, à travers les murs de pierre avec le balancement capricieux des flammes. Les geignements d'une bête aberrant résonnaient au loin, retentissant à travers les sommets. Elle resta un moment allongée, s'efforçant de se souvenir. Elle ne parvenait pas à savoir combien de temps elle avait dormi ni même comment elle était arrivée ici. Le blizzard était la dernière chose dont elle se souvenait.

Elle ajouta du bois frais dans le feu, remerciant la providence pour ce refuge mais toujours profondément embrouillée, et ce fut à cet instant qu'elle aperçut la chose à l'entrée de la grotte. Médusée, elle se dirigea vers elle. Au début, elle croyait que c'était un tas de vêtements abandonnés dans la boutique d'un tailleur. Elle regarda de plus près et vit que c'était une robe, un tissu épais assemblé à partir d'une multitude de différentes peaux et matières sans aucun sens de l'ordre ni de la symétrie. Avec sa botte, elle poussa le cadavre sur le dos.

La robe était lourde, en effet, avec un capuchon beaucoup trop gros, menaçant d'engloutir le visage qu'il protégeait. Mais ce n'était pas un visage ; c'était un Masque. Une chose étrange et sans expression, blanche, le front plissé comme de curiosité, avec un nez sculpté mais pas de bouche. Le côté droit, de la joue au menton, était percé de petits trous comme ceux que l'on peut trouver sur un pipeau ou une trompette, disposés sans ordre particulier. Le côté gauche était fissuré et brisé par une balle de fusil, et sa couleur ivoire, tachée et ensanglantée. Les fourrures autour du cou de l'inconnu étaient rouge écaillé, maculées de sang séché.

Elle contempla la silhouette un long moment avant d'enlever le Masque délicatement. Le visage en dessous était pâle et chauve, avec des yeux bulbeux écarquillés dans la mort, et des lèvres blanches et étroites. Quelque peu saugrenu d'apparence, peut-être, mais assurément un homme. Un Tisserand. Elle avait tué un Tisserand.

Le manteau de l'inconnu paraissait chaud. Kaiku entreprit de le lui enlever. Brusquement regonflée à bloc, comme par réaction aux journées d'inactivité dans la grotte, elle prit de la neige entre ses mains et gratta autant de sang qu'elle put, puis le mit à sécher auprès du feu.

Quand elle eut terminé, elle ôta les sous-vêtements du corps – même le caleçon souillé et mouillé qui sentait la peau de phoque – et les lava à leur tour. Sa peur du froid était plus forte que son dégoût de vider la vessie et les intestins de l'homme mort. Une fois ceux-ci mis à sécher, elle se reposa près du feu.

Plus tard, elle enfila ses nouveaux vêtements et rangea les siens dans son sac. Le caleçon et le maillot de corps en peau lui allaient juste bien et la robe lourde en fourrure de patchwork était extrêmement chaude. Elle commença à transpirer dans la chaleur du feu et savoura ce désagrément pour sa nouveauté.

Qui que fût ce Tisserand, il était en voyage lorsque le blizzard l'avait surpris. Il avait des provisions pour un périple de plusieurs jours et avait ramassé du bois à brûler avant que la neige ne soit trop forte. Il s'était retranché ici en attendant que la tempête se calme. C'était la prévoyance de ce voyageur – et le fait qu'il ait commodément réussi à mourir – qui avait sauvé la vie de Kaiku.

Cet homme venait bien de quelque part, songea Kaiku. Elle se demanda si c'était loin d'ici.

Elle mangea, dormit et se réveilla avec le soleil. C'était une nouvelle aube, de la neige fraîche recouvrait la terre, et le ciel était d'un bleu limpide. Aujourd'hui, elle s'en irait.

Elle attrapa le Masque de son père et le regarda, comme elle l'avait fait bien des fois auparavant. Son regard absent ne lui fournit aucune réponse. Elle l'enfila et une fois de plus il ne lui donna rien.

— Je n'en ai pas encore terminé, père, marmonna-t-elle pour elle-même et elle repartit dans la neige.

20

La fureur du Barak Avun ne connaissait aucune limite.

— Vous étiez seule avec elle, vous lui avez donné le cadeau puis *vous l'avez repris* ? cria-t-il.

Mishani regarda son père avec un calme glacial et un sang-froid étudié. Ses mains étaient enfouies dans les manches de sa robe et tendues devant elle ; ses cheveux tombaient en rideaux noirs de chaque côté de son visage mince. Ils se trouvaient dans son bureau, une petite pièce ordonnée aux meubles marron foncé et au sol de bois assorti. Des doigts de lumière du soir filtraient à travers les feuilles des arbres au-dehors et par les volets, chatouillant des grains de poussière clairs qu'ils faisaient s'agiter et danser.

— Oui, père, répondit-elle.

— Ingrate enfant ! cracha-t-il. Savez-vous ce que l'on nous avait promis en échange de ce service ? Savez-vous ce que votre famille aurait gagné ?

— Étant donné que vous avez jugé bon de m'exclure de vos transactions avec Sonmaga, dit-elle d'un ton glacial, non je ne sais pas.

Mishani avait été vraiment surprise de la véhémence de la réaction de son père quand elle lui avait appris que l'impératrice héritière n'avait pas reçu la chemise de nuit infestée. Il semblait avoir perdu toute dignité, avait le visage rouge et tremblait de colère comme elle ne l'avait jamais vu auparavant. Ce qui restait de l'ancienne Mishani voulait réconforter son père ou, tout au moins, craignait sa colère ; mais dans son cœur, elle le méprisait. Avec quelle facilité elle avait fissuré sa façade flegmatique ! Elle lui avait dit la vérité sur ce qui s'était passé dans les jardins sur le toit du Donjon impérial. Elle aurait pu lui mentir, lui raconter que Lucia était bien trop surveillée ou qu'ils avaient intercepté le cadeau qu'elle avait apporté ; mais elle ne s'avilirait pas de la sorte. Elle affrontait la fureur de son père la tête haute. Sans ces années de conditionnement, elle ne se serait même pas donné le mal de respecter le mode formel du Saramyrrique sur lequel on s'adressait à un parent.

— Qu'ai-je raté avec vous, Mishani ? Où est passée votre loyauté envers votre famille ? (Il faisait les cent pas à travers la pièce, incapable de rester immobile.) Savez-vous combien de vies auraient été sauvées si vous aviez fait ce que je vous ai demandé ?

— Si j'avais assassiné une enfant de huit moissons ? répliqua Mishani.

(Son père lui coula un regard noir.) Dites-le donc, père. Ne vous cachez pas derrière des euphémismes et une langue évasive. Vous avez l'intention de me faire porter le fardeau de vos actions, ayez au moins le courage de vous l'avouer.

— Vous ne m'avez jamais parlé ainsi, Mishani !

— Je n'en ai jamais eu aucune raison, jusqu'à aujourd'hui, dit-elle. (Sa voix était parfaitement posée, d'une rigidité qui faisait froid dans le dos.) Vous vous déshonorez, père, et vous me déshonorez. Je me moque bien de savoir ce que Sonmaga vous a promis. Même si c'étaient les clés pour le Royaume Doré, même ça ne justifiait pas ce que vous m'avez demandé de faire. Vous vous êtes laissé manœuvrer par lui pour une récompense ; ça je peux le comprendre. Mais vous m'avez manœuvrée parce que vous saviez que je ne pourrais refuser. Vous avez profité de moi, père. J'aurais fait tout ce que vous m'auriez demandé si j'avais pu le faire avec honneur, quelle que fût la dureté de la tâche. J'ai tué pour vous protéger, auparavant !

Sur quoi son père écarquilla les yeux. Il avait beau se douter que la mort de Yokada n'était pas accidentelle, le reconnaître était une surprise.

— Mais *ça* ? poursuivit-elle. Donner une chemise de nuit infestée à une enfant et la faire mourir d'une mort lente ? Je ne m'abaisserai pas à ce genre de choses, père. Pas même pour vous.

Avun s'étranglait presque de rage.

— Comment osez-vous suggérer que votre honneur est plus grand que le mien dans cette affaire ?

— Je ne suggère rien, dit Mishani. Vous avez conclu ce marché. Pas moi.

— C'est une Aberrant ! s'écria Avun. Une Aberrant, vous comprenez ? Ce n'est pas une enfant. On aurait dû la tuer à la naissance.

Mishani songea à Kaiku et les mots sortirent de sa bouche avant qu'elle ne puisse les arrêter.

— Peut-être que les choses ne doivent pas en être ainsi.

Sa vue explosa en un flamboiement de blanc et elle se retrouva par terre, ses cheveux formant une aile noire sur son corps. Il lui fallut quelques secondes pour comprendre qu'on l'avait violemment frappée au visage. La surprise et la peur auguraient des larmes mais elle les ravala et réprima toute réaction sur son visage. Elle leva les yeux sur son père, dans un calme exaspérant. Son crâne chaud transpirait, ses yeux se gonflaient. Il était ridicule.

— Espèce de vipère ! s'exclama-t-il. S'en prendre ainsi à votre famille ! Vous retournerez à la baie de Mataxa demain et vous y resterez pour la saison et, quand l'hiver viendra, nous verrons si vous êtes de nouveau ma fille.

Il lui lança un regard furieux, attendant de voir si elle oserait lui offrir une repartie pour laquelle il pourrait la punir. Elle ne lui donnerait pas cette satisfaction. Dans un grognement, il sortit du bureau d'un air hautain.

Elle se rendit presque immédiatement dans la cour des servants, après avoir fait un détour par sa chambre afin de s'appliquer de la poudre de riz pour dissimuler la contusion sur sa mâchoire. Elle fit du bon travail, bien que cela donnât l'impression qu'elle était un peu malade. Ça devrait faire l'affaire. Si elle partait pour la baie de Mataxa demain – et elle se voyait mal rester vu l'état actuel des choses – alors elle avait des affaires à régler d'ici ce soir.

Elle trouva Gomi en train d'étriller les chevaux dans les écuries. C'était un homme petit et trapu, au crâne rasé et aux traits plats, parvenant à mélanger à la fois une impression de sagesse, de truculence et de sérieux. Il la salua bien bas quand il vit sa silhouette se dessiner dans la lumière de la porte de l'écurie, mais Mishani crut déceler quelque chose de désagréable dans ses yeux. Yokada, la servante que Mishani avait empoisonnée pour protéger la réputation de sa famille, était sa nièce.

— Amenez les chevaux et préparez la voiture, dit-elle. Je veux sortir.

Peu après, ils traversaient les rues du Quartier impérial, descendaient la colline en direction de l'endroit où le ruban aux reflets dorés de la rivière de la Kerryn serpentait à travers la cité. Gomi conduisait, assis devant, les rênes de deux juments noires dans les mains. La voiture était aussi noire que les chevaux, sertie de reliefs élégants de laque bleue, et ses rayons bordés d'or témoignaient de la richesse des Blood Koli.

Mishani, assise à l'intérieur, regardait par la fenêtre. Les rues propres et bien entretenues du Quartier impérial lui semblaient ternes à présent, alors qu'auparavant elle avait toujours savouré la vision des rues anciennes, des fontaines et des sculptures qui embellissaient le plus riche district de la cité. Les mosaïques éclatantes avaient perdu de leurs couleurs ; le jeu des ombres et le soleil rougissant sur les places n'étaient plus attrayants. Si autrefois les rues larges et les passages étroits qui s'étendaient sur les contours de la colline avaient semblé abriter intrigues et secrets chuchotés, aujourd'hui ce n'étaient plus que des rues privées de mystère. Elle se sentait quelque peu lessivée, une vie entière de suppositions et de réponses conditionnées se transformant en bois flotté dans le courant des événements. Son esprit vagabondait encore et encore sur Kaiku et une seule question pesait sur son cœur comme une pierre tombale :

Ai-je eu tort d'avoir fait ce que j'ai fait ?

Les rues du Quartier impérial donnaient sur le District du marché et la circulation s'épaississait autour d'eux. Bien que Nuki vole vers l'ouest et que les lunes voraces ne tardent pas à venir chasser dans la nuit, les marchés ne dormaient pas tout de suite une fois la nuit tombée. Ils se rassemblaient en une rangée de squares interconnectés, disposés à angles irréguliers les uns des autres, et reliés par des allées de grès sinueuses. Là, la cité présentait un aspect beaucoup plus rocailleux, beaucoup moins bien entretenu que le District impérial mais elle était en proie à une animation rassurante. Les squares étaient bondés d'éventaires bruyants, d'auvents multicolores de toutes formes et tailles qui s'empilaient les uns sur les autres pour faire de la place. L'air embaumait une douzaine d'odeurs différentes ; calmars fris, gâteaux de pommes de terre, noix douces, riz salé, tous se mélangeaient dans la bousculade du peuple qui grouillait.

Mais même le gazouillement et le grabuge croissants eurent du mal à lui redonner le sourire. Si autrefois cela lui avait semblé une véritable ruche de vie, à présent elle n'entendait qu'une cacophonie insensée de cris insignifiants, comme les voix d'hommes fous.

Elle pensa à sa destination et se demanda si elle-même était complètement rationnelle. *Vous devriez aller voir la dame du rêve*, lui avait dit l'impératrice héritière ; et quand elle était partie du Donjon impérial, Mishani avait réalisé qu'elle savait où se trouvait la dame du rêve, sans qu'elles aient échangé un mot sur le sujet. Elle savait, comme si quelque chose avait touché son cœur et le lui avait montré.

L'enfant la fascinait et la terrifiait à la fois. Qu'elle était exceptionnelle ne faisait aucun doute, mais incarnait-elle le mal ? Un enfant de huit moissons *pouvait*-il incarner le mal ? Elle songea au nouveau-né malformé qui faisait pousser des fleurs dès que ses doigts les touchaient. Était-*elle* le mal ou juste dangereuse ? La différence comptait mais, jusqu'à présent, elle n'avait eu aucune importance apparemment.

Et voilà qu'elle était en route pour aller voir la dame du rêve de Lucia. Ce qu'elle pouvait attendre d'elle, elle n'en avait aucune idée, mais elle savait qu'elle devait le découvrir avant qu'on ne la chasse de la cité. Pour Kaiku, pour Yokoda, pour son père, elle voulait qu'on lui montre la vérité.

Gomi, probablement par pure rancune, avait choisi une route qui longeait le bord du square du marché le plus animé et ils ne tardèrent pas à ralentir quand ils se frayèrent un chemin de force à travers les routes bondées d'animaux beuglants et de citadins qui baragouinaient et passaient comme des flèches entre les chariots et les charrettes qui engorgeaient la chaussée, transportant des paniers de fruits, de pain ou se hâtant furtivement de rentrer chez eux.

Mishani fronça les sourcils. Même préoccupée, elle remarqua l'atmosphère prédominante. Les bruits du District du Marché *étaient* différents et pas seulement à ses oreilles. Elle vit d'autres passagers et conducteurs regarder à droite à gauche, confus. Des étals étaient rangés et désertés. Des clients fuyaient le square. Tout ne se passait pas simultanément, c'était plutôt un phénomène qui se répandait inégalement. Partout où Mishani regardait, elle voyait des gens pris dans des discussions intenses avant de se précipiter vers leurs amis pour reporter ce qu'ils avaient entendu. La circulation était obstruée, quasiment à l'arrêt, et Gomi gratta les gros rouleaux de graisse dans sa nuque, puis haussa les épaules pour lui-même.

Mishani se pencha légèrement par la porte de leur voiture et appela un garçon qui allait dans sa douzième moisson. Faire cela manquait de dignité mais elle avait le mauvais pressentiment qu'il se tramait quelque chose qu'elle devrait savoir. Le jeune garçon hésita puis approcha d'elle, soumis à son statut manifeste de noble.

— Que se passe-t-il ici ? s'enquit-elle.

— L'impératrice a arrêté Unger tu Torrhyc, expliqua-t-il. Là-bas, au Square des Orateurs. Des gardes impériaux l'emmènent.

Mishani sentit l'ombre de la peur grimper dans la voiture avec elle. Elle n'était pas obligée, mais elle donna quelques pièces au garçon malgré tout. Il les prit avec reconnaissance et détala. Elle sentit dans l'air une panique imminente et la redouta. Les gens savaient aussi bien qu'elle ce que signifiait arrêter l'adversaire le plus populaire et le plus franc de l'impératrice. Mishani jura en silence. Elle trouvait déjà l'impératrice arrogante dans la mesure où elle ignorait le peuple et ne se concentrait que sur les nobles ; à présent sa bêtise l'atterrait. Attiser une populace déjà enragée en arrêtant publiquement leur chef de file n'était rien d'autre qu'une incitation à l'émeute.

— Gomi ! hurla-t-elle en se penchant de nouveau par la fenêtre. Pouvez-vous nous emmener loin d'ici ?

Elle le vit se retourner pour répondre, sa bouche s'ouvrir pour former un O, puis le monde explosa autour d'elle.

Le chariot fut soulevé de la route dans un tumulte assourdissant et un éclair de lumière. Elle se sentit lourdement projetée quand il s'écrasa sur le côté et, une nanoseconde plus tard, la porte où elle avait passé la tête fut défoncée et se fracassa en mille morceaux. Tout le côté du chariot s'effondra sur elle, se fendit en poignards de bois, mais elle n'eut ni le temps ni la prise de réagir et se contenta d'observer, sous le choc, tandis que la boîte de bois qui la transportait s'écrasait pour lui voler la vie.

D'un seul coup une seule image, accablante, apparut dans sa tête, suffisamment forte pour être une vision. Le temps sembla se figer au dehors, et Mishani se retrouva sur la plage de la baie de Mataxa, le soleil estival étincelant sur les vagues qui clapotaient. Elle devait avoir dix moissons, riait et courait, à bout de souffle, dans les déferlantes. Derrière elle, Kaiku tenait un crabe des sables de la taille d'une assiette devant elle et riait en poursuivant son amie. Et il n'y eut plus rien dans le cœur de Mishani à cet instant à part de la joie, de l'insouciance et de la liberté.

Puis, la réalité. Elle cilla.

Le côté du chariot s'était effondré, brisé en mille morceaux, et les lames de bois brisé s'étaient arrêtées à quelques mètres d'elle.

Elle se remit à respirer. Des bruits de l'extérieur entrèrent petit à petit. Des hurlements se firent entendre, d'abord un seul, puis plusieurs. Elle perçut le grognement affamé des flammes, des pieds qui couraient, des appels à l'aide ; ahurie, elle fut incapable de retrouver ses sens pour déterminer ce qui s'était passé. Au lieu de cela, elle se concentra pour se libérer du cercueil qu'était devenue sa voiture. Elle avait été projetée contre une porte lorsque l'autre s'était effondrée mais l'impact l'avait gauchie et elle essaya en vain de l'ouvrir. Elle se contorsionna dans les limites obscures de la voiture et ouvrit les volets à l'aide de ses coudes – volets que la force de l'explosion avait fermés – et, heureusement, ils cédèrent sans problème. Elle sortit non sans peine, sa chevelure s'accrochant à des morceaux de bois quand elle surgit dans la lumière du soir.

Il ne lui fallut que quelques instants pour voir ce qui s'était passé. Des marques de suie montraient clairement l'épicentre de l'explosion. Quelque chose – probablement une charrette, car il était alors impossible de le deviner – avait explosé sur le bord de la route, détruisant le panneau d'une maison d'argent. Des épaves de voitures en miettes et des chevaux réduits à de la viande fumante entouraient l'épicentre ; ils avaient absorbé le gros de l'explosion qui, autrement, aurait tué Mishani. Sa voiture avait donc été propulsée contre le bord d'une autre voiture à sa droite ; toutes deux avaient fusionné en un tas de décombres.

Tout autour, le carnage était atroce. Des hommes, des femmes et des enfants étaient allongés, immobiles, sur la route ou empalés là où ils avaient été projetés, sur un tas de débris déchiquetés. Les blessés geignaient et se tordaient de douleur ou titubaient entre eux, certains amputés d'un membre. L'air sentait le sang, le soufre et la fumée âcre. Une noble poussait des gémissements plaintifs, agenouillée auprès du cadavre roussi de son mari. Gomi était étendu à côté des chevaux morts qui avaient tiré sa voiture, la cervelle écrabouillée sur la route. Un feu brûlait quelque part, en dehors de la zone de l'explosion, des gens hurlaient et s'enfuyaient tête la première dans la panique. Mishani tressaillit lorsqu'une autre explosion fendit l'air alentour et une pluie de cailloux et d'échardes tambourina audessus de sa tête. Les hurlements furent réduits au silence, puis reprirent de plus belle.

Elle contempla le chaos avec l'expression vide et molle d'un somnambule. Puis, lentement, elle se mit à marcher, sans entendre les cris à l'aide ni voir les mains ensanglantées se tendre vers elle de supplication. Rentrer chez elle, retrouver la protection d'un père qui l'avait trahie, ne servaient à rien. Elle partait en direction du District de la rivière et de la dame du rêve.

Le Commandant de la Garde fut jeté à genoux devant son impératrice dans un bruit d'armure qui s'entrechoquait.

— Vous avez donné l'ordre ! l'accusa-t-elle.

La salle du trône du Donjon impérial était moins ostentatoire que d'autres grandes salles de réception mais son décor était lourd et sérieux, reflétant bien les affaires qui y étaient réglées. De hautes fenêtres cintrées faisaient passer obliquement la lumière sur les épaisses tentures pourpres et blanches, couleurs de l'étendard des Blood Erinima. Des braseros faisaient doucement fumer de l'encens, posés sur des poteaux hauts et minces, tels des tire-bouchons d'argent encadrant l'estrade où se trouvaient les trônes. Ceux-ci étaient en fait une fusion élaborée de bois souple et verni et de métaux précieux, des torsades de bronze et d'or qui s'entremêlaient sur sa surface pour constituer un ensemble homogène.

Anais y venait rarement, sauf en temps de crise ou en cas de réunions d'extrême importance. L'intimidation que le trône lui inspirait était une chose dont elle pouvait habituellement se passer. Depuis une heure, elle recevait rapport urgent sur rapport urgent, tous afférents au même sujet : les gardes impériaux avaient arrêté Unger tu Torrhyc. Mais elle ne leur avait pas demandé de faire une chose pareille.

— Impératrice, j'ai bien donné l'ordre, répondit l'homme, la tête baissée.

— Pourquoi ? demanda Anais d'un ton froid.

En avouant, l'homme avait déjà signé son arrêt de mort.

Le commandant de la Garde garda le silence.

— *Pourquoi* ? répéta-t-elle.

— Je ne peux vous le dire, impératrice.

— Ne pouvez ? Ou ne voulez ? Ayez conscience que vous êtes déjà mort, commandant de la Garde, mais la vie de votre femme et de vos enfants dépend de votre réponse.

Il leva alors la tête et elle vit de la terreur et de la confusion sur son visage.

— J'ai donné l'ordre… mais je ne sais pas pourquoi. Je connais parfaitement les conséquences de mes actes et pourtant, sur le moment… je n'ai pensé à rien, impératrice. Je ne peux l'expliquer. Jamais auparavant… (Il hésita.) C'était un acte de folie, conclut-il.

Sa réponse peu satisfaisante ne fit qu'attiser la colère d'Anais mais celle-ci maîtrisa ses émotions. Elle posa les yeux sur les gardes qui se tenaient aux côtés de l'homme à genoux.

— Emmenez-le. Exécutez-le.

Ils le remirent sur pieds.

— Impératrice, de grâce pour la vie de ma famille ! s'écria-t-il.

— Souciez-vous des derniers moments de votre vie, répondit-elle cruellement, le congédiant.

Il pleura de honte et de peur quand les autres gardes l'emmenèrent. Elle n'avait pas l'intention de punir sa famille mais il mourrait sans le savoir. Pour un homme qui avait mis sa situation en péril dans une stupidité crasse, elle n'était pas d'humeur à éprouver de la pitié.

Elle désigna d'un geste un conseiller en robe qui se tenait près du trône, un vieil universitaire du nom de Hule qui arborait une longue barbe blanche et un crâne chauve.

— Allez au Donjon et amenez-moi Unger tu Torrhyc. Veillez à ce qu'il ne soit pas maltraité.

Hule hocha la tête et s'en alla.

L'impératrice se rassit sur son trône. Elle avait mal au crâne. Elle se sentait harcelée par les événements qui conspiraient contre elle. Les séries d'explosions qui avaient fait rage dans la cité au cours de la dernière heure s'étaient passées beaucoup trop vite et étaient trop bien coordonnées. Elles étaient en place depuis un moment, attendant l'étincelle pour les allumer. L'arrestation de Torrhyc avait allumé cette étincelle. Apparemment il n'y avait pas de cibles spécifiques : elles s'étaient produites dans des rues bondées, sur des navires sur les docks, même hors des temples. Quels que soient les responsables, elle soupçonnait que leur intention était de semer la zizanie. Leur méthode était efficace. On l'avait déjà obligée à envoyer plus de la moitié de ses gardes impériaux calmer les émeutes dans différents districts de la ville, mais la vue de leur armure bleue et blanche ne servait visiblement qu'à inciter les foules à la révolte.

La stupidité du commandant de la Garde l'avait mise dans une situation désastreuse mais tout n'était pas encore irréparable. L'influence d'Unger tu Torrhyc était de toute évidence plus forte qu'elle l'avait d'abord imaginé. Elle savait qu'il était un agitateur et un orateur extrêmement doué, mais apparemment il devait aussi avoir une armée subversive qui travaillait pour lui. Il n'était pas difficile de voir qu'un homme de son charisme pouvait inspirer ce genre de loyauté chez ses adeptes.

Quelqu'un avait introduit ces bombes. Elle eut le sentiment qu'Unger tu Torrhyc lui dirait qui.

Au même instant, le sujet qui occupait les pensées de l'impératrice broyait du noir dans une cellule, au fin fond des entrailles du Donjon.

Les prisons du Donjon impérial étaient propres, bien qu'un peu sombres et austères. Sa cellule était quelconque, semblable à toutes celles où il avait séjourné. Et il en sortirait la tête haute, comme toujours. Des seigneurs nobles, des propriétaires terriens et même des conciles locaux l'avaient déjà fait incarcérer. Sa vocation lui attirait de nombreux ennemis. Les riches et les puissants n'aimaient pas qu'on les force à expliquer les injustices et les maux qu'ils faisaient subir au peuple.

Il avait commencé à considérer ses arrestations comme une partie du processus de négociation. Il était devenu trop dangereux, constituait une menace à la sécurité de la cité. Suscitait les ennuis, incitait à la révolution. Il s'était attendu à être arrêté : ce n'était que pour faire étalage de leur force, pour montrer qu'ils étaient encore les seuls au pouvoir. Ensuite, ils lui parleraient. Il leur ferait part des exigences du peuple. Ils en accepteraient certaines, mais pas toutes. Il serait libéré, salué comme un héros par le peuple et se servirait de ce statut pour recommencer à sermonner la famille impériale jusqu'à ce que toutes les exigences du peuple soient honorées.

Cette fois, leurs revendications étaient simples et ouvertes à aucune négociation. L'enfant aberrant ne devait pas monter sur le trône.

Anais avait été une bonne dirigeante, en ce qui concernait le système franchement despotique de l'autorité impériale. Même Unger le reconnaissait. Mais elle était aveugle et arrogante. Elle était si haut sur sa colline, dans son majestueux Donjon, qu'elle ne voyait pas ce qui se passait dans les rues en dessous. De plus, elle ne semblait même pas intéressée. Elle badinait avec des nobles et des politiciens, gagnait le soutien des armées et signait des traités tout en oubliant que le peuple qu'elle dirigeait hurlait d'une voix quasi unanime : *Nous ne voulons pas d'elle !*

Croyait-elle que ses gardes impériaux pourraient faire se tenir tranquille le peuple d'Axekami ? Avait-elle l'intention de les diriger de force ? Inacceptable ! Inacceptable !

Le peuple serait entendu et Unger tu Torrhyc était leur porte-parole.

On l'avait installé loin des autres prisonniers, de sorte qu'il ne puisse pas répandre la sédition parmi eux. Une haute fenêtre ovale faisait rayonner une grille de lumière crépusculaire au centre du sol de pierre. Il y avait une lourde porte en bois, à présent fermée, munie de bandes de fer et d'une fente pour que les gardes regardent à l'intérieur. Autrement la cellule était complètement vide, chaude et lugubre. Unger était assis dans un coin, les jambes croisées, les yeux clos : il réfléchissait. C'était un homme tout à fait ordinaire, tant dans sa tenue que dans son discours, mais il contestait tout et n'importe quoi. Cela faisait de lui une menace pour ceux qui croyaient à la tradition dans leur intérêt. Et quels que fussent ses sentiments envers les Aberrants, l'impératrice n'avait pas le droit d'imposer à son peuple une dirigeante dont ils ne voulaient vigoureusement pas.

Ses yeux s'ouvrirent d'un coup et son cœur fit des embardées dans sa poitrine. Il y avait quelqu'un avec lui dans la cellule.

Il se remit sur pieds non sans mal. La cellule était brusquement plongée dans l'obscurité, comme si un amoncellement de nuages avait englouti les dernières lueurs du jour. Pourtant, aux faibles rayons qui passaient par la fenêtre, il distingua une forme extrêmement vague dans un coin de la cellule. Cela l'emplit d'une frayeur malsaine, d'une malveillance sous-jacente. Il n'y avait rien avec lui auparavant et la porte n'avait pas été ouverte. Seul un spectre ou un esprit avait pu le rejoindre.

La forme ne bougea pas et pourtant il ne douta pas l'espace d'un instant de ce que lui rapportaient ses sens, terrorisés. L'air semblait gémir dans son oreille.

— Qui êtes-vous ? souffla-t-il.

La forme bougea alors, s'agita légèrement, une forme indistincte dont même la lumière semblait avoir peur.

— Êtes-vous un esprit ? Un démon ? Pourquoi êtes-vous venu ? lui demanda Unger.

Elle avança lentement vers lui. Il prit son souffle pour hurler à l'aide, pour réveiller le gardien à l'extérieur mais une main noueuse et atrophiée étincela brusquement dans la semi-obscurité de la fenêtre. Un long doigt se dirigea vers lui et sa gorge se referma, silencieuse. Son corps aussi, chaque muscle se tendant en même temps et ne bougeant plus, l'immobilisant douloureusement. La panique étincela dans son cerveau.

L'intrus bougea dans la lumière faible. Il resta recroquevillé, son petit corps enfoui sous une montagne de robes en haillons, parée de toute sorte de perles et d'ornements. Il portait un Masque de bronze, déformé en une expression de folie, et sous le regard d'Unger, il détacha lentement la dernière lanière et l'ôta.

Il ressemblait à un homme petit, ridé et grotesque, sa peau blanche et sèche comme un parchemin. Et son visage… oh, d'une laideur telle qu'Unger n'en avait jamais vu. Sa mine était tellement tordue que le prisonnier aurait fermé les yeux s'il avait pu. Un côté de son visage semblait avoir fondu, sa peau devenant de la cire et glissant de son cuir chevelu pour former des plis de joues et de bajoues, un fanon flasque accolé à son cou maigre. Son œil, sur ce côté du visage, peinait pour voir sous son front qui saillait ; sa lèvre supérieure tombait sur sa lèvre inférieure. Mais son côté droit n'était pas moins repoussant ; ses lèvres étaient écorchées, comme si elles étaient simplement tombées en pourriture, dévoilant des dents et des gencives dans un rictus squelettique ; et son œil droit était énorme et aveugle, un œil qui saillait de son orbite, laiteux de cataracte.

— Unger tu Torrhyc, croassa l'intrus, battant de sa lèvre déformée. Je suis le seigneur Tisserand Vyrrch. Quel plaisir de vous rencontrer en tête à tête.

Unger ne put répondre. Il n'aurait pas trouvé les mots de toute façon. Il sentit un cri enfler en lui mais il n'avait nulle part où aller.

— Vous m'avez bien servi ces dernières années, Unger, bien que vous ne le sachiez pas, continua la chose immonde. Vos efforts ont décuplé mes plans. Je m'étais attendu à ce qu'il faille plus que cela pour entraîner la ruine d'Axekami. J'ai dû y aller doucement, me cacher, mais vous... (Vyrrch agita un doigt d'admiration.) Vous incitez le peuple à la révolte. Votre arrestation les a mis dans une colère noire. Je n'aurais jamais cru que ce pût être aussi simple.

Unger était trop terrorisé pour réfléchir où voulait en venir Vyrrch ; la sensation de ne pas pouvoir contrôler son corps étouffait sa raison.

— C'était un risque, même d'avoir quelque peu poussé le commandant de la Garde à faire ce que je voulais. J'avais cru qu'il y aurait un scandale, j'avais *compté* dessus... mais même moi j'avais sous-estimé l'efficacité de votre armée secrète de plastiqueurs, Unger. Je ne supporterais pas de les voir cesser le bon boulot qu'ils sont en train de faire.

— Pas... pas..., réussit à dire Unger forçant ses mots à sortir de sa gorge sous la forme de petits cris.

— Oh, bien sûr, ce ne sont pas les vôtres. Ce sont les *miens*. Mais le peuple tout comme l'impératrice supposera que vous êtes responsable ; ne les détrompons donc pas.

La créature était désormais suffisamment proche pour le toucher et Unger vit qu'elle n'était pas complètement réelle mais légèrement transparente. Un spectre. Il parcourut sa joue du bout des doigts, et éprouva une sensation d'eau glacée.

— Votre cause a besoin d'un martyre, Unger.

Le spectre l'attrapa sauvagement par la nuque et, en dépit de son intangibilité apparente, Unger sentit sa force massive. Ses muscles se relâchèrent, et il hurla quand il le propulsa contre le mur de la cellule, broya son crâne comme une noix de jakma sur un rocher, et laissa un gros morceau foncé de sang et de cheveux sur son cadavre.

Les portes du temple de Panazu dans le District de la rivière d'Axekami étaient ouvertes lorsque le crépuscule s'installa. Mishani se tenait en dessous, les yeux levés sur la grande façade étroite qui se dressait de façon imposante au-dessus d'elle et dont les contreforts resserrés et sculptés décrivaient des tourbillons roulants. Elle était débraillée, exténuée et sous le choc, et pourtant elle était là, devant la demeure de la dame du rêve. Les bruits d'Axekami qui commençait à se déchirer étaient audibles depuis l'autre côté de la Kerryn. On entendait de nouvelles explosions et des flammes étincelantes montaient dans l'obscurité grandissante. Des voix s'élevaient en tollé, des grondements de foule que la distance affaiblissait. Cette nuit serait une nuit maléfique pour tous.

Elle gravit les marches menant au temple, passa les grandes portes et pénétra dans le sanctuaire frais de la salle de congrégation. L'intérieur était époustouflant. Des piliers décrivaient des voûtes jusqu'à des plafonds en dôme sur lesquels étaient peints les fresques des exploits et des enseignements de Panazu. Les murs étaient sertis de reliefs de créatures des rivières. Les immenses fenêtres cintrées de bleu, vert et argent sur le bâtiment tachetaient le temple dans des teintes de fonds marins et semblaient attirer paisiblement la lumière pour augmenter l'illusion. Le bruit de l'eau était omniprésent : elle éclaboussait, dégoulinait et clapotait car l'autel était une fontaine d'où coulaient de nombreuses gouttières, dirigeant le liquide cristallin en motifs ingénieux sculptés sur le *lach* bleu-vert du sol. La salle de congrégation, où venaient s'agenouiller et prier les oblats, était enclose par un épais fossé d'eau dans lequel nageaient des poissons-chats, l'aspect terrestre de Panazu, et sur lequel des arcs de *lach* courts formaient un pont.

Il n'y avait personne. L'endroit était paisible et déserté. Mishani entra d'un pas traînant et ne se retourna même pas lorsque les portes se refermèrent toute seules derrière elle. Elle descendit l'allée centrale avec apathie, son esprit et son corps toujours engourdis par la tragédie dont elle avait été témoin dans le District du Marché.

— Mishani tu Koli, ronronna une voix douce, se répercutant à travers le temple.

Mishani chercha l'origine du bruit et la trouva debout, d'un côté de la salle. La dame du rêve. Elle ressemblait davantage à une créature sortie d'un cauchemar, grande tour mince d'un noir élégant, le visage peint de croissants rouges sur les paupières, le front et les joues. Ses lèvres étaient ornées de triangles rouges et noirs qui s'alternaient, comme des dents. Une collerette de plumes de corbeau poussait sur ses épaules, et un petit cercle d'argent avec une pierre précieuse rouge était incrusté sur son front.

Elle traversa la salle jusqu'à l'allée centrale, surgissant entre les piliers pour se tenir devant Mishani. Elle regarda l'apparence négligée de la jeune femme sans la moindre expression.

— Je m'appelle Cailin tu Moritat. Lucia m'appelle la dame du rêve. Elle m'a dit que vous viendriez. (Cailin la prit par le coude.) Venez vous reposer et prendre un bain. Votre voyage n'a pas été simple, à ce que je vois.

Mishani s'autorisa à la suivre. Elle n'avait nulle part ailleurs où aller.

21

Le temps ne passait pas à Chaim. Au contraire, il s'étirait, à n'en plus finir, sacrifiant la substance à la longueur. Tane avait cessé de compter les jours ; ils avaient fusionné en un grand néant, un mur d'ennui, sombre et implacable, et de désespoir grandissant.

La disparition de Kaiku les avait durement touchés. Au début, cela ressemblait à une panique modérée. Quelque chose était-il rentré dans la grotte et l'avait-il emportée dans son sommeil ? Mamak chercha et ne trouva aucune trace. Il fallut peu de temps à Tane pour se rappeler les choses étranges que Kaiku lui avait dites quand il somnolait.

Peut-être n'était-ce pas votre chemin après tout. Peut-être est-ce juste le mien.

La tempête les bloqua une journée supplémentaire dans la grotte. Mamak refusa de les laisser la chercher.

— Si elle est sortie, cette imbécile est déjà morte. Quand cette tempête cessera, je rentrerai. Vous pouvez venir avec moi ou rester dans cette grotte si vous le souhaitez.

Tane le supplia, lui proposa de tripler ses honoraires s'il la retrouvait. Il lui expliqua que Kaiku avait de l'argent, et beaucoup d'argent. Les yeux de Mamak s'éclairèrent à cette perspective et, l'espace d'un instant, Tane vit l'avidité lutter contre la raison sur son visage. Mais, au bout du compte, son expérience de la montagne l'emporta et il refusa. Asara secoua la tête et réprimanda Tane pour avoir perdu sa dignité par désespoir.

— Mais je veux qu'elle revienne ! aboya-t-il pour sa défense.

Asara haussa les épaules avec insouciance.

— Mais elle est partie, Tane. Il est temps d'élaborer un nouveau plan.

Lorsque la tempête cessa le lendemain matin, ils acceptèrent l'inévitable et retournèrent à Chaim. Tane envisagea de monter une expédition pour fouiller les montagnes et retrouver Kaiku – ou son corps – de sorte qu'ils puissent au moins récupérer le Masque. Il n'avait pas oublié que sans le Masque il n'avait aucun espoir de découvrir qui avait envoyé les shin-shin qui avaient massacré les prêtres de son temple. Mais ce plan était peu sensé et tout le monde le savait. Même Tane. Il n'y avait pas la moindre chance de la trouver dans l'immensité du Fo du Nord, le vent et la pluie ayant effacé ses traces. Quand ils sortirent des montagnes et furent sur le chemin de Chaim, il avait arrêté d'en parler.

Tane et Asara se trouvèrent des chambres dans la seule pension de Chaim, un bâtiment dépouillé et plein de courants d'air qui pourvoyait aux besoins des quelques visiteurs extérieurs que recevait la ville. Aucun n'avait l'intention de partir ou n'en parla.

— Elle a décidé de continuer toute seule, dit Tane. Si elle réussit, elle reviendra ici.

— Vous courez après de faux espoirs, lui dit Asara mais elle n'argumenta pas plus avant et ne montra pas non plus l'intention de repartir.

Il n'y avait rien à faire à Chaim. La grossièreté sans limite des autochtones commença à les lasser et ils ne parlèrent à personne. Au début, ils n'avaient pas grand-chose à se dire. Trop de barrières existaient entre eux, trop d'illusions. C'était exactement comme cela avait été avec Kaiku.

Dieux, n'enlèverons-nous donc jamais nos masques, même pour un instant ? songea Tane.

Mais, petit à petit, leur solitude forcée nourrit la conversation comme le lent ruissellement de l'eau dans un barrage percé érode la pierre environnante jusqu'à ce qu'elle craque. Après près d'une semaine d'attente et d'interrogations, ils se retrouvèrent dans le bar de fortune où ils avaient fait la connaissance de Mamak.

— Vous savez qui je suis, Tane, dit Asara.

Cette déclaration, lancée nonchalamment au milieu d'une conversation, arrêta net le jeune acolyte.

— Que voulez-vous dire ? demanda-t-il.

— On ne joue plus, dit-elle. Le temps de l'honnêteté est venu. Si vous deviez arpenter les mêmes chemins que moi, comme cela semble être de plus en plus le cas, alors vous devrez affronter ce que vous savez déjà.

Tane balaya le bar du regard pour s'assurer que personne ne les écoutait mais il était presque vide. Une pièce en bois glaciale avec quelques autochtones dans un coin en train de s'occuper de leurs affaires. Quelques tables basses çà et là, grossièrement taillées, et des tapis usés pour s'asseoir. Un barman au visage râleur servait des petits verres de liqueur nauséabonde.

— Vous êtes Aberrant, dit-il calmement.

— Bien joué, répondit-elle, une once de moquerie dans la voix. Au moins, vous vous l'avouez. Mais vous êtes étrange, Tane. Vous écoutez. Vous êtes prêt à apprendre. C'est pour cela que je vais vous le dire, parce qu'un jour vous risquez d'adhérer à ma façon de voir les choses. Alors ravalez votre dégoût un moment et écoutez-moi.

Tane se pencha sur la table, les joues rouges. Vu qu'il n'y avait rien à faire dans la ville, les habitants de Chaim avaient beaucoup à boire et la forte teneur en alcool de la liqueur en était la preuve. Asara était sobre comme un pape, comme toujours : son métabolisme aberrant neutralisait l'alcool avant qu'il ne l'affecte et elle ignorait ce que c'était d'être saoule.

— Je suis vieille, Tane, commença-t-elle. Vous ne pouvez pas le deviner en me regardant. J'ai vu et fait beaucoup de choses. Certains souvenirs apportent de la fierté, d'autres du dégoût. (Elle tourna le petit gobelet en bois entre ses doigts et regarda le contenu.) Savez-vous ce qu'est l'expérience ? Eh bien, c'est lorsque vous avez tellement manipulé une chose que son éclat disparaît. C'est lorsque vous commencez à voir combien les gens sont implacablement prévisibles, que génération après génération ils suivent le même chemin, simple et laid. Ils rêvent de vivre éternellement mais ils ne savent pas ce qu'ils demandent. J'ai passé ma quatre-vingtième moisson, bien que cela ne se voie pas. Depuis que je suis adulte, je n'ai pas vieilli. Mon corps se répare plus vite que le temps peut le ravager. C'est ma malédiction. J'ai déjà vécu la durée d'une vie normale et je m'ennuie.

Cela faisait tellement « chute du sublime au ridicule » que Tane faillit rire, une hystérie amère gonflant en lui. Mais le ton d'Asara le mit en garde. « *Ennuie* ? » répéta-t-il.

— Vous ne comprenez pas, dit Asara d'un ton patient. Et vous ne comprendrez jamais, je pense. Mais devant tant de désillusions, tout ce qui reste c'est chercher quelque chose de nouveau, quelque chose qui enflammera de nouveau le sang, au moins pour un court laps de temps. Cela faisait longtemps que je ne savais pas quoi faire jusqu'à ce que je rencontre Cailin tu Moritat, cherchant uniquement de nouvelles émotions et trouvant chacune moins satisfaisante que la précédente. Lorsque je l'ai trouvée, j'ai vu quelque chose que je voyais pour la première fois. J'avais cru que j'étais un monstre, une chose aléatoire, mais en elle j'ai reconnu mon miroir et j'ai retrouvé un objectif.

— Qu'avez-vous vu ? demanda Tane.

— Un être supérieur, répondit Asara. Une créature humaine et pourtant *meilleure* qu'humaine. Une Aberrant dont l'Aberration la rend meilleure que ceux qui la méprisent.

Tane cilla, voulant secouer la tête et nier ce qu'elle disait. Il se maîtrisa. Ses paroles étaient grotesques, mais il l'écouterait. Il avait appris ce qu'elle pensait de l'Aberrance au fil des semaines qu'ils avaient passées ensemble et bien qu'il ne fût pas d'accord avec la majorité de ce qu'elle disait, son discours comportait suffisamment de justesse pour le faire réfléchir.

— J'ai alors vu le nouvel ordre des choses, poursuivit Asara. Un monde où les Aberrants n'étaient pas détestés et chassés mais respectés. J'ai vu que l'Aberrance n'était pas une pollution du corps mais simplement un changement. Une évolution. Et comme avec toute évolution, beaucoup tombent pour un seul qui s'en sort en triomphant. Si je dois vivre longtemps dans ce monde, je ferai tout ce que je peux pour que ce soit une expérience plus agréable pour moi. Et cela signifie que je dois œuvrer vers ce nouvel ordre.

— Je crois que je comprends, dit-il, se rappelant les autres bribes de conversations qu'ils avaient partagées lors de leur emprisonnement à Chaim qu'eux-mêmes avaient provoqué. Vous aidez l'Ordre rouge parce qu'ils représentent les Aberrants, dont les capacités les rendent supérieurs aux humains. Et le Libera Dramach… ils travaillent pour ce que vous recherchez. Donc vous les aidez aussi…

— Mais l'Ordre rouge et le Libera Dramach travaillent ensemble pour l'instant, avec un but commun à l'esprit, dit Asara en croisant ses doigts devant elle.

— Voir l'impératrice héritière monter sur le trône, en conclut Tane.

— Exactement. Elle est la clé. Elle est la seule qui peut inverser le fléau dans ce pays. Elle est le pont entre nous et les esprits, entre l'homme de la rue et les Aberrants. (Asara attrapa les poignets de Tane et le fixa d'un regard de fer.) Il *doit* en être ainsi. Et nous devons faire ce que nous pouvons pour qu'il en soit ainsi.

Tane soutint son regard un instant puis contre-attaqua avec une question :

— Pourquoi avez-vous surveillé Kaiku pendant tant d'années ?

Il le regretta presque immédiatement. C'était sorti sans réfléchir, comme si cela avait glissé de son subconscient à sa langue sans passer par son cerveau ; et pourtant il connaissait par une prescience terrible la réponse d'Asara.

Asara le gratifia d'un vague sourire et relâcha sa main. Elle s'assit bien confortablement et prit une gorgée de sa liqueur.

— Je suis devenue sa servante sur la demande de l'Ordre rouge. Il était arrivé un accident à son ancienne servante.

Tane ne releva pas. Comme il réagit pas, Asara poursuivit.

— Ils l'ont trouvée grâce à l'une de leurs nombreuses méthodes, c'est un mystère pour moi. Ils savaient qu'elle manifesterait des… pouvoirs tôt ou tard et ils m'ont demandé de la surveiller jusqu'à ce que cela se produise. On ne pouvait absolument pas la contraindre à nous rejoindre tant qu'elle n'avait pas vécu son premier embrasement. Qui, doué de toute sa raison, pourrait croire qu'il est un Aberrant sans aucune preuve ?

Les paroles d'Asara tombèrent dans la conscience de Tane comme une pierre dans du miel épais. Le monde sembla ralentir autour de lui, les chuchotements des autres clients du bar se transformer en murmures dénués de sens en fond sonore. De l'autre côté de la table en bois ordinaire, il vit les yeux magnifiques d'Asara scruter son visage, évaluer l'effet de ce qu'elle venait de lui dire.

— Mais vous le saviez, n'est-ce pas ? demanda-t-elle.

Tane hocha la tête en silence, le regard fuyant. Elle se délectait, constata-t-il. Il lui avait posé une question dont il avait déjà la réponse et cela l'amusait que celle-ci lui fasse malgré tout l'effet d'un coup de bâton dans les côtes.

— Petites choses, murmura-t-il quand il ne parvint plus à supporter son silence empreint d'ironie. La première fois que je l'ai rencontrée, elle délirait sur une femme qui s'appelait Asara. Elle m'a raconté que vous aviez été tuée par un démon dans la forêt. Plus tard vous avez réapparu. Sans aucune explication. Et je ne vous en ai pas demandé.

— Vous pensiez que ce n'était pas votre rôle d'enquêter, dit Asara d'un ton méprisant. Quel homme !

— Non, dit-il. Je suppose que je ne voulais pas savoir. J'étais lâche.

Puis il y a eu vous. Je vous ai soupçonnée dès le début. Ajouté au fait que vous n'avez reculé devant rien pour l'emmener voir la femme aberrant, Cailin, les secrets entre vous dont je n'étais pas au courant, la façon dont vous sembliez changer… (Il soupira, un bruit étrange de résignation.) Je ne suis pas un imbécile, Asara. Je voyage avec des Aberrants depuis le début de mon expédition.

— Pourtant vous croyez que votre voyage a été ordonné par votre déesse, que vous avez été épargné pour un seul objectif ; mais il n'existe pas de plus grande immondice pour Enyu qu'un Aberrant. Conciliez ces perspectives, si vous le pouvez.

Tane inclina la tête, son crâne rasé brillant à la lueur ténue de la lanterne.

— Je ne peux pas. C'est pourquoi je les évite.

— Alors voilà, tout est dit, dit Asara en repoussant sa cascade noire parsemée de rouge derrière une oreille sculptée tout en se penchant vers lui. Elle est Aberrant, dotée de la possibilité de façonner le Tissage comme le font les Tisserands. Mais elle est dangereuse pour elle-même et pour les autres ; elle a besoin d'apprendre. Je suis allée à Fo pour diverses raisons mais l'une d'entre elles était de l'empêcher de se suicider. Chaque jour qu'elle passe augmente le risque que ses pouvoirs brisent de nouveau leurs frontières. Au final, soit elle se brûlera soit elle se fera tuer par ceux qui la craignent. (Elle se cala dans son siège sans quitter Tane des yeux, sans jamais cesser de le jauger.) J'ai dit à Cailin que je la ramènerai au bercail et je le ferai. À condition qu'elle soit toujours en vie, évidemment. J'attendrai dans ce désert foudroyé par les esprits jusqu'à ce qu'il n'y ait plus d'espoir. Cela pourra durer des semaines, voire des mois, mais la vieillesse a le don de raccourcir le temps, Tane, et je suis une femme patiente.

Tane garda le silence. La sensation d'ivresse lui fut brusquement désagréable, comme une aigreur.

— Rejoignez-nous, Tane, poursuivit Asara. Vous et moi partageons les mêmes objectifs. Vous avez beau détester les Aberrants, vous souhaitez sûrement que cesse le fléau sur cette terre. Et l'impératrice héritière est notre seule chance.

— Je ne… commença Tane, sentant les mots se dérober dans sa bouche. Je ne *déteste* pas les Aberrants.

— Bien sûr que non, dit Asara en arquant légèrement un sourcil. Car vous êtes amoureux de l'une d'entre eux, j'imagine.

Tane darda sur elle un regard noir, imaginant une riposte qui mourut avant même de naître. À la place, il se renfrogna et ne répondit pas.

— Pauvre Tane, dit Asara. Partagé entre votre foi et votre cœur. J'aurais pitié de vous si je n'avais pas assisté à cela d'innombrables fois auparavant. Le genre humain est vraiment un animal pitoyablement prévisible.

Tane tapa des mains sur la table, renversant leurs liqueurs. Il se maîtrisa juste au moment où il était sur le point de lui assener un coup. Elle n'avait pas bougé un muscle, détendue sur son tapis, l'observant avec cet amusement exaspérant sur le visage. Les autres clients ne le quittaient pas des yeux à présent. Il voulait l'étrangler, la frapper, la gifler violemment et lui montrer qu'elle n'avait *pas* le droit de lui parler ainsi.

Tel père, tel fils, songea-t-il, et brusquement il se calma, sa rage vacillant et disparaissant. Il frappa de nouveau la table dans une dernière démonstration impuissante de frustration, se leva et sortit dignement du bar dans la nuit.

L'air glacial et le vent cinglant s'infiltrèrent avidement en lui. Il accueillit ce désagrément avec gratitude puis se hâta de s'éloigner du bar, des lumières dans les vitres, ne cherchant qu'à mettre de la distance entre Asara, et lui et ses paroles. Mais désormais il ne pouvait plus l'éviter. Il n'y avait plus de doute, plus aucun. Il avait chéri cette marge d'incertitude car, dans cet infime espace, il pouvait encore rester avec Kaiku sans offenser sa déesse, pouvait encore protester qu'il n'était pas sûr le moins du monde qu'elle était Aberrant. Voilà que ce n'était plus le cas et qu'il se retrouvait face à un dilemme.

Il n'y avait pas grand monde sur les sentiers raboteux qui faisaient office de rues à Chaim. Aucune lanterne ne brûlait, à part derrière des fenêtres crasseuses. Les lunes étaient absentes ce soir et l'obscurité était accablante et affamée. Il la laissa le submerger.

Au bout d'un moment, il arriva devant un rocher escarpé et à pic, sur une pente qui surplombait les lumières ténues du village et il s'y assit. Il faisait un froid glacial mais il était bien emmitouflé dans son manteau et sa capuche, bien fermée. Il médita un instant mais c'était impossible. Aucune illumination ne pourrait toucher un cœur dans un tel émoi. Alors il pria et demanda des conseils à Enyu. Comment avait-elle pu l'envoyer sur cette route pour s'allier avec des Aberrants si ceux-ci corrompaient son projet ? Qu'était-il censé faire ? Tant d'incertitudes, tant de questions sans réponse, et il se retrouva en train de chercher un objectif à tâtons. Comment quelque chose d'aussi simple que la foi pouvait être aussi contradictoire ?

C'est ma punition, songea-t-il. *Je dois l'assumer.*

Puis il trouva la réponse. L'agonie de l'indécision n'était qu'une partie de sa pénitence. Il devait l'accepter volontiers et en supporter les conséquences.

Je dois une vie aux dieux, se dit-il. C'était une phrase qu'il avait l'habitude d'utiliser pour justifier sa souffrance depuis qu'il avait seize moissons et qu'il avait assassiné son propre père.

Il n'avait aucun souvenir précis jusqu'à l'âge de huit ou neuf moissons, à l'exception de la forme obscure et épouvantable qui hantait pesamment ses souvenirs embryonnaires, et du caractère inévitable et accablant de la douleur qui s'ensuivrait. La douleur faisait partie du puzzle de l'enfance de Tane au même titre que la joie, la faim, le triomphe, la déception. Sous une forme ou une autre, elle lui rendait quotidiennement visite, que ce soit une violente gifle sur son oreille quand il mangeait son avoine ou une rossée dans un coin pour le punir d'une bêtise, imaginaire ou réelle. La douleur faisait partie du cycle des choses : aléatoire, illogique ou injuste, mais uniquement comme l'était la maladie ou toute autre sorte de malheur.

Son père, Eris tu Jeribos, était membre du conseil municipal d'Amada, au fin fond de la forêt de Yuna. La politique avait toujours été son ambition mais s'il était suffisamment astucieux et intelligent pour progresser, des facettes de sa personnalité qui l'aliénaient de ses pairs le freinaient constamment.

Il était pieux, et personne ne pouvait le prendre en défaut pour cela. Mais ces visions extrêmes et puritaines rencontraient peu d'approbation chez les autres conseillers. Il les mettait mal à l'aise et ils craignaient de lui laisser gagner plus de pouvoir qu'il en avait déjà au conseil ; pourtant, il avait beau le savoir, c'était un homme d'une telle conviction qu'il ne pouvait rien faire à part continuer à exposer ses croyances. De fait, il était toujours frustré et chaque fois un peu plus de l'humanité en lui se réduisait amèrement en cendres.

Mais il y avait autre chose que sa piété manifeste ; une qualité presque indéfinissable qu'il projetait uniquement sur le plus subtil des sens, de sorte que ses pairs s'éloignaient de lui sans savoir pourquoi. Il était cruel. Et bien qu'il se donnât le plus grand mal pour ne jamais montrer ce visage en public, cela émanait de lui et mettait les gens mal à l'aise. Peut-être était-ce l'austérité morne de ses yeux aux paupières tombantes, ou le dédain dans sa voix ou son corps mince, décharné et voûté ; mais, quoi que ce fût, les choses qu'il faisait en privé se reportaient dans sa vie publique, qu'il le veuille ou non.

Tane apprit à chasser aux côtés de son père dès qu'il eut dix moissons. C'était un élève remarquablement compétent et il s'appliquait vigoureusement, ayant enfin trouvé quelque chose qui plaisait à son sévère patriarche. Et s'il remarquait que la lueur dans les yeux d'Eris était un peu trop vive lorsqu'il observait un lapin se démener dans un piège, ou qu'il prenait un peu trop de plaisir à briser le cou d'un oiseau blessé, alors il s'estimait malgré tout heureux car son père était content, et moins heureux quand il s'en prenait à lui sans prévenir comme il le faisait toujours.

Quand il avait douze moissons, il se baladait dans les bois et tomba sur son père en train de dépouiller un jeadh – une variété de chiens sauvages au long museau sans poil qui erraient au nord de la forêt de Yuna. Le jeadh était encore bien vivant, collé au sol à l'aide de pieux, les pattes écartées. Les esprits savaient qu'Eris l'avait assujetti ainsi. Tane avait été attiré par les geignements et les glapissements étouffés qu'il poussait à travers la muselière rudimentaire qu'Eris avait fabriquée en attachant sa ceinture autour de sa bouche.

Il resta planté à l'observer, sans qu'Eris ne le remarque, bien trop pris par ce qu'il faisait pour prêter attention à autre chose. Il observa son père qui, lentement et soigneusement, écartait les couches de peau et de graisse sous-cutanée avec son couteau, retirant un morceau ensanglanté pour dévoiler les striations luisantes de muscle rose en dessous. Pendant une demi-heure, il ne bougea pas, bien en vue dans la clairière, mais son père ne le remarqua pas, étripant méthodiquement la bête, morceau par morceau, la pelant comme une orange jusqu'à ce qu'il voie son cœur battre de terreur entre ses côtes. Le regard de Tane passait de l'animal au visage de son père, sans cesse, et pour la première fois, il comprit véritablement qu'il était le fils d'un monstre.

Kenda, la mère de Tane, était une femme pâle et effacée, petite et timide, grise et calme. Plus tard, il lui vint à l'esprit que son mariage à Eris l'avait peut-être rendue ainsi, mais curieusement, la cruauté d'Eris ne touchait jamais sa femme et il ne la battit jamais comme il battit Tane. Au pire, il lui parlait d'un ton brusque et elle déguerpissait comme une musaraigne effrayée, mais puisqu'elle semblait ne posséder aucune volonté propre et n'osait pas accomplir la moindre tâche sans qu'Eris ne le lui dise, elle ne lui donnait jamais de raison d'être mécontent d'elle. Tane se souvenait de sa mère comme d'une espèce de non-entité, une extension insipide des souhaits de son père, une chose servile qui balayait, trottinait et était totalement inefficace sans son époux.

Kenda avait donné deux enfants à Eris. Chacun lui avait fait voir la mort de très près car son corps faible pouvait à peine supporter les vicissitudes de la grossesse. Mais Tane doutait qu'elle ait pris ne serait-ce qu'elle ou sa santé en ligne de compte. La sœur de Tane, Isya, avait six moissons de moins que lui et il l'aimait profondément. Elle était l'unique point d'ancrage d'humanité dans leur foyer. Elle réussit quelque part à grandir sans être entachée par ses parents qui l'élevaient, ne prenant rien de leurs traits de caractère comme les enfants ont coutume de le faire. Au contraire, c'était comme si sa personnalité était formée dans l'utérus, cristalline, rejetant toute possibilité d'absorber des influences extérieures.

C'était une enfant heureuse alors que Tane était sérieux, rêveur, une créature d'imagination et d'énergie sans bornes, qui pleurait lorsqu'elle trouvait un oiseau tombé de son nid ou riait et dansait quand il pleuvait. Tane enviait sa passion pour la vie, sa joie insouciante et il la chérissait aussi, car être à ses côtés revenait à ressentir la chaleur qu'elle dégageait et le monde semblait meilleur car elle en faisait partie. Elle passa par les bosses et les égratignures de l'enfance comme tous les enfants mais il était toujours là pour elle, pour bander une peau égratignée ou apaiser ses larmes. Ce fut en apprenant à s'occuper d'elle qu'il réalisa pour la première fois quelles étaient les propriétés des herbes et se mit à les appliquer également à ses propres contusions. Pour sa part, Isya adorait son frère aîné mais elle adorait tout le monde ; et pas même la sévérité de son père – qui veillait bien à ne jamais battre Tane si elle pouvait l'entendre – ou la timidité nerveuse de leur mère ne suffirent à faire dévier son affection.

Ce fut Isya et seulement Isya qui rendit la vie supportable à Tane lorsqu'il devint adolescent. C'était comme si son père avait quelque part ressenti le dégoût qu'éprouvait son fils pour lui après l'avoir vu torturer le jeadh dans la forêt. Ça, ajouté à sa frustration grandissante au conseil municipal, fit qu'il battit Tane de plus en plus régulièrement. Il lui imposa des tâches d'apprentissage impossibles, lui ordonna d'aller à la bibliothèque apprendre des chapitres entiers de l'Histoire de Saramyr pour les réciter mot pour mot. S'il échouait, comme cela se produisait inévitablement, il le frappait jusqu'à ce que son corps fût noir de contusions et qu'il ne pût plus respirer.

Il entreprit de se retirer au plus profond de la forêt pendant des jours. Les leçons de chasse et de survie de son père lui furent d'une grande aide pendant ces périodes où il s'en allait et il se mit à aspirer de plus en plus à être seul, entouré des arbres et des animaux, aucun d'entre eux ne pouvant raisonnablement être aussi cruel avec lui que l'ogre maigre qui l'attendait chez lui. Mais il y avait une chose qui le faisait toujours revenir : Isya. Bien que la violence occasionnelle de son père fût jusque-là uniquement dirigée sur Tane, il n'osait pas laisser sa sœur à la merci d'Eris au cas où, un jour, il cherchât une nouvelle cible sur laquelle décharger sa colère.

Quand il eut seize moissons et Isya, dix, ce jour-là arriva.

Il était parti une semaine, fouillant les bords des ruisseaux, les coins et les recoins pour y trouver un arbrisseau particulier, l'iritisima, dont les racines étaient un puissant fébrifuge connu pour faire baisser la fièvre. Jusque-là, la majorité du temps où il n'était pas là, il était à la bibliothèque et apprenait les subtilités des grandes connaissances sur les herbes tout en continuant à s'atteler à la tâche futile de suivre les leçons dc son père. Isya lui manquait mais il fut légèrement consterné de voir qu'elle s'en sortait très bien toute seule et avait deux fois moins besoin de son frère aîné qu'il aimait à le penser. Elle s'était fait des amis dans le village, de vrais amis, pas les connaissances qu'avait Tane. Il ne pouvait lier de véritable amitié tant qu'il devait cacher les contusions et les mystérieuses convalescences qui faisaient partie de sa routine.

Quand il rentra chez lui dans sa cabane, à l'ombre des chênes en surplomb qui s'inclinaient sur la falaise basse qui l'abritait, elle était silencieuse. C'était une journée chaude et humide et sa chemise était trempée de sueur. Se servant de son fusil à culasse mobile en guise de bâton de marche – ce que son père lui avait toujours déconseillé de faire – il se dirigea vers la porte, fatigué, et regarda à l'intérieur. Une maison calme signifiait en général qu'Eris n'était pas là, mais cette fois cette paix était empreinte d'une certaine malveillance, quelque chose qui titillait son intuition.

— Mère ? cria-t-il en appuyant son fusil sur le porche. Son visage apparut dans l'embrasure de la porte de la cuisine, un éclair de frayeur, puis elle disparut. Il sentit quelque chose de froid dégouliner dans sa poitrine. À grandes enjambées, il se dirigea vers la porte de la chambre d'Isya et l'ouvrit sans même frapper.

Elle était recroquevillée dans un coin près de la paillasse simple qui lui servait de lit, lovée comme un fœtus, ses cheveux retombant en désordre et les yeux bouffis de larmes. À cet instant, en une terrible seconde, il sut ce qui s'était passé – ne l'avait-il pas toujours redouté en secret ? Son souffle s'arrêta, comme pour obturer ce qui montait de son ventre vers sa poitrine. Comme dans un rêve, il traversa la chambre et s'accroupit à côté d'elle et elle se jeta dans ses bras et l'étreignit fort, désespérément, comme si elle pouvait le faire entrer en elle pour qu'il fasse disparaître sa douleur comme il l'avait toujours fait. Les veines à son cou palpitaient quand elle hurla dans son épaule, ses yeux se posèrent sur les taches de sang foncé, très foncé, sur la paillasse, les contusions sur ses bras fluets que les mains d'Eris avaient agrippés. Sa robe jaune safran était couleur rouille, là où elle l'avait serrée entre ses genoux.

Il se souvint l'avoir portée. Il se souvint lui avoir concocté une infusion forte de scutellaire et de valériane pour la faire dormir. Puis il sortit dans la forêt et ne revint pas avant le lendemain matin.

Son père était rentré entre-temps, assis à la table ronde dans la cuisine. Tane alla voir comment allait Isya qui dormait encore puis s'assit en face d'Eris. Il flanqua une bouteille de liqueur à moitié vide sur la table. Son père le regarda d'un œil froid comme si c'était un jour comme les autres, comme s'il n'avait pas détruit ni sali la seule chose précieuse qu'il avait jamais créée, détruit à jamais l'innocence fragile d'une créature plus belle que le reste de la famille réunie.

— Où as-tu eu ça ? demanda-t-il d'une voix basse, comme toujours avant de frapper.

— C'est à toi, dit Tane. Je l'ai pris.

Sa mère, qui traînait près de l'évier, entreprit de déguerpir rapidement, sentant sourdre le conflit.

— Apporte-nous deux tasses, mère, dit Tane.

Elle s'arrêta. Il ne lui avait jamais donné *d'ordre*. Elle regarda son père. Il hocha la tête et elle fit ce qu'on lui avait demandé avant de se retirer.

— Tu es saoul.

— C'est vrai, répondit Tane en remplissant les deux tasses.

Eris buvait rarement mais quand il buvait c'était toujours de l'abaxia, un alcool doux des montagnes.

Eris regarda Tane sans baisser les yeux. En temps normal, Tane serait en train de rouler ou de l'implorer sous ses poings ou la boucle de sa ceinture. Mais Eris avait senti qu'il était allé trop loin cette fois-ci, qu'il avait franchi une ligne invisible, et Tane était suffisamment fort pour résister à son père. Son comportement était empreint d'une certaine agressivité, avec une expression dans les yeux de son fils qu'il n'avait jamais vue auparavant. Une espèce de vide, comme si quelque chose était mort en lui, et n'avait laissé que le néant. Pour la première fois de sa vie, il craignait secrètement son fils.

— Qu'est-ce que tu fais ? lui demanda-t-il lentement, avec méfiance.

— Toi et moi allons prendre un verre, répondit Tane en poussant la tasse vers lui. Puis nous parlerons.

— Ce n'est pas toi qui vas me dire ce que je dois faire, dit Eris en se levant.

— *Rassieds-toi* ! hurla Tane en tapant du poing sur la table. (Eris s'immobilisa sur place. Son fils lui lança un regard de pure haine.) Tu te rassois et tu prends un verre ou, que les dieux me viennent en aide, je te fais quelque chose de pire que ce que tu as fait à Isya.

Eris s'assit et, par là même, perdit ce qui lui restait d'autorité. Pendant tant d'années, il avait été habitué à ce que ses mots ne soient jamais contestés sous son toit qu'il ne sut tout bonnement pas comment réagir lorsque ce fut le cas. Ses mains tremblaient tandis que Tane recouvrait son sang-froid et dégageait une mèche noire de son front. À l'époque, son crâne n'était pas rasé.

— Un toast, dit Tane en levant sa tasse. (Tremblant, Eris fit de même.) À la famille.

Puis, il vida sa tasse d'un trait et son père le suivit.

— Elle était tout ce que j'avais, père, dit Tane. Elle était la seule bonne chose que tu aies faite et tu l'as détruite.

Les yeux d'Eris ne croiseraient pas ceux de Tane.

— *Pourquoi* ? murmura-t-il.

Son père ne répondit pas pendant un long moment mais Tane attendit.

— Parce que tu n'étais pas là, dit calmement Eris.

Tane laissa échapper un rire amer.

Eris le regarda alors.

— Qu'est-ce que tu vas faire ?

Tane tapota la bouteille d'abaxia du bout de l'ongle.

— Je l'ai déjà fait.

Son père ouvrit la bouche pour parler mais aucun mot n'en sortit. L'expression d'horreur sur son visage était quelque chose que Tane n'avait jamais vu auparavant.

— Bois de gland, expliqua-t-il. Au début, il paralyse tes cordes vocales puis enlève la force dans tes membres. Après il s'en prend à ton ventre. Il faut quinze minutes pour mourir, à ce que disent les livres. Et surtout, c'est pratiquement indétectable et le cadavre ne comporte aucune trace, donc on croit que c'est une simple attaque cardiaque.

— Tu... mais tu as bu... haleta Eris.

Il sentait déjà le bas de sa gorge s'engourdir, son larynx enfler.

— C'est une sacrée plante, vraiment, le bois de gland, dit Tane sur le ton de la conversation. Les feuilles et les parties aériennes fournissent l'antidote au poison dans les racines.

Il ouvrit la bouche, exhibant un morceau de bouillie verte âpre qu'il avait gardé caché sous sa langue. Il l'avala.

Son père tenta de répondre, de l'implorer, de le supplier. Mais il tomba de sa chaise, par terre. Tane s'accroupit à côté de lui, le regarda se contorsionner quand il perdit le contrôle de ses membres. Les yeux de son père roulèrent et pleurèrent et Tane écouta sans émotion les chevrotements d'agonie, les seules choses qu'Eris parvenait à faire sortir de son corps.

— Regarde ce que tu as fait de moi, père, murmura Tane. Je suis un assassin maintenant.

Il prit les tasses, la bouteille et s'en alla. C'étaient les seules preuves que l'on pouvait retenir contre lui pour l'accuser de la mort de son père. Non pas qu'il croie qu'on l'accuserait. Sa mère n'avait pas l'initiative. Il entra dans les bois, le bruit de son hurlement grandissant résonnant dans la cabane derrière lui, quand elle découvrit le corps de son mari.

Ce jour-là, il erra dans les bois, à moitié fou de chagrin et dégoûté de lui-même. Il n'avait aucune idée de ce qui se passerait par la suite, de comment ils continueraient à vivre, de ce qu'ils deviendraient. Il savait juste qu'il s'occuperait d'Isya et la protégerait, et qu'il ne laisserait jamais un homme tel qu'Eris lui faire du mal. Il espérait seulement qu'elle sortirait de cette épreuve comme la petite fille qu'il avait connue avant.

Il retourna à la cabane le soir, et elle était de nouveau silencieuse. Il trouva son père toujours allongé dans la cuisine. De sa mère et d'Isya, aucun signe. Au début, il sentit une bouffée de panique puis la raison le calma. Elle étaient parties chez un ami, ou montrer Isya à un physicien à Amada. Pour le reste, sa mère n'avait pas la force de caractère de quitter la maison pour de bon. Il prit le corps, l'enterra dans l'obscurité et décida d'attendre leur retour.

Au bout d'une semaine, il devient évident qu'elles ne reviendraient pas. Il avait sous-estimé sa mère. Peut-être son besoin de s'enfuir avait-il triomphé de sa peur d'affronter le monde extérieur sans son mari. Peut-être haïssait-elle vraiment son fils pour ce qu'il avait fait. Peut-être était-elle terrifiée à l'idée qu'il revienne et les tue elles aussi. Il ne le saurait jamais. Elle était partie et avait emmené sa sœur avec elle. Il avait perdu la seule personne qu'il avait l'intention de protéger et se retrouvait sans rien ni personne. Seul.

À l'aube, il retourna à la pension de famille pour rassembler succinctement ses affaires. Il évita la chambre d'Asara, ne souhaitant pas l'affronter. Il avait trop de choses à penser, des questions insolubles à résoudre. Il ne pouvait pas le faire ici à Chaim et il ne pouvait pas le faire en compagnie. Il laisserait Asara attendre le retour de Kaiku. Il lui faisait confiance pour cela, au moins.

Il avait rassemblé toutes ses affaires de sa chambre en bois bancale et exposée aux quatre vents et allait s'en aller lorsqu'il remarqua un mot sur son lit, de l'écriture coulante d'Asara. Hésitant, il l'attrapa.

Si vous changez d'avis, lut-il, *apportez ce mot aux prêtres du Temple de Panazu à Axekami. Dites-leur que vous souhaitez rentrer au bercail. Ils comprendront.*

Un léger froncement de sourcils plissa son front bronzé puis il fourra le mot dans sa poche et s'en alla. Des charrettes de marchands iraient au sud avec le lever du soleil. Il avait bien l'intention d'être des leurs.

22

La neige crissait sous les lourdes bottes de Kaiku, qui avançait vers l'ouest à travers les sommets élevés des montagnes. De loin, elle ressemblait à un tas de fourrure qui traînait les pieds, enfouie sous le manteau de patchwork qu'elle avait pris à l'homme mort dans la grotte trois jours auparavant. Son capuchon volumineux claquait sur le Masque lisse, rouge et noir qu'elle portait sur le visage, et elle avançait à l'aide d'un grand bâton, son fusil accroché dans le dos.

Sang du cœur, songea-t-elle en elle-même. *Quand cela va-t-il se terminer ?*

Elle avait fini les rations qu'elle avait volées la veille et commençait de nouveau à défaillir de faim. Une voix intérieure lui avait dit d'avancer de toutes ses forces, de continuer dans la nuit, et de bien marcher tant qu'elle avait autre chose que de la neige dans le ventre. Cette voix lui avait dit que les sommets ne tarderaient pas à lui confier leurs secrets, qu'elle ne devait pas être à plus d'une nuit de route du monastère. À présent, en plein milieu de l'après-midi, le lendemain, la voix était manifestement silencieuse.

Elle se reposa un moment, s'appuyant à son bâton comme à une béquille. Il n'y avait pas le moindre espoir qu'elle trouve quelque chose à manger par ici, et la neige avait recouvert toutes les plantes ou les racines sous des congères d'un mètre. Le désert était un dédale blanc, vide et austère, et les seuls signes de vie étaient le croassement lointain des corneilles-nerfs et le hurlement occasionnel des Aberrants la nuit. Une fois de plus, elle se retrouvait en proie à l'inanition et tout ce qu'elle pouvait faire, c'était continuer.

Le Masque lui paraissait tout à fait naturel à présent, comme s'il s'était subtilement moulé aux contours de son visage. Elle se rappela la peur et la vive inquiétude qu'elle avait ressenties à l'idée de le mettre, ses angoisses de folie ou d'addiction. Combien cela lui semblait ridicule désormais. Le Masque n'était pas son ennemi. En fait, c'était peut-être son seul espoir de survie par ici. Elle faisait confiance au Masque, y trouvait du réconfort ; et bien qu'il se fût avéré totalement inefficace jusque-là, sa foi était restée la même. Et ce fut là, après plusieurs jours, que sa persévérance fut enfin récompensée.

Elle leva la tête et vit une gorge qu'elle reconnut.

Traversant pour la rejoindre, elle se tint auprès de son rebord enneigé et chercha à comprendre, un instant. Elle était sûre d'être déjà venue par ici auparavant, et pourtant elle se serait souvenue avoir franchi une fissure aussi vaste dans le paysage et elle ne se rappelait pas l'avoir vue lors de son voyage. À son extrémité sud, se trouvait un chemin qui passait entre les deux pics les plus menaçants ; elle le savait également, avec une certitude qui semblait étrangement infondée, tout comme elle était certaine de ne pas l'avoir traversé depuis qu'elle avait entamé son périple dans les montagnes.

Après investigations, elle trouva un chemin et le prit.

À mesure que la journée avançait, elle retrouvait de plus en plus de points de repère qu'elle connaissait : un énorme arbre tordu qui saillait de la neige, incliné, et levait des doigts crochus vers le ciel, une plaine de glace, plate et transparente, que l'on pouvait traverser uniquement en suivant une crête rocheuse de pierre noire en son centre, un pic montagneux fourchu, qu'un grand séisme ancien avait fissuré. Chaque vision provoquait un souvenir qui ne lui appartenait pas mais qui appartenait à l'un des anciens porteurs du Masque et qu'une osmose incompréhensible avait absorbé dans les fibres de bois.

Père, songea-t-elle. Elle sentit les larmes la menacer. Comme si le bois embaumait Ruito, une odeur rassurante et musquée de vieux livres et d'affection paternelle, l'odeur qu'elle sentait quand elle s'asseyait sur ses genoux, enfant, et se blottissait contre sa poitrine pour dormir. Elle le sentit comme un fantôme dans son esprit, tellement insaisissable que cela en était frustrant mais malgré tout présent, et elle crut qu'elle redevenait enfant.

Le lendemain, plus affamée et affaiblie, elle vécut un étrange phénomène. Longeant une courbe de rocher anodine, tel un insecte dans le désert de glace, elle sentit le Masque se réchauffer brusquement. Sa tête commençait à tourner. Cette sensation n'était pas désagréable mais un peu inquiétante. À mesure qu'elle avançait, la chaleur s'accentuait ; elle tenta une expérience et fit marche arrière et à sa grande surprise, la chaleur s'évanouit.

Il y a quelque chose par là-bas, songea-t-elle.

Elle n'avait rien d'autre à faire que continuer. Elle avança lentement, pressentant une présence vaste et invisible devant elle. Instinctivement elle tendit une main, redoutant de rentrer dans quelque chose, bien qu'aucun de ses cinq sens primaires ne pût le lui dire.

Sa main effleura la barrière et le Tissage scintillant s'ouvrit à elle.

C'était sidérant : une immense bande de fils dorés s'étendant majestueusement sur tout l'horizon. Elle n'avait pas la définition qu'un mur aurait dû avoir : c'était plutôt un vaste groupe de volutes et de boucles, qui pivotaient lentement, se tournaient en tous sens et s'engloutissaient les unes les autres avant de se régénérer. Les fils étincelants du Tissage se rejoignaient dans un grand chambardement, comme si la couture du monde s'était prise et enchevêtrée dans un fouillis bouillonnant. Et pourtant la barrière suivait les contours de la terre, restant toujours à une hauteur et à une profondeur approximatives de six mètres. Le chaos au sein d'une structure bien ordonnée. Ce n'était ni un hasard ni un accident de la nature. Il était placé délibérément ici, par des êtres qui savaient manipuler le monde au-delà de la vision humaine avec un grand talent.

Dans un souffle, elle retira sa main et la barrière disparut de sa vue. Le Masque rayonnait en guise de réponse, lui donnant le vertige. Voilà donc comment le Monastère était resté caché tout ce temps. La barrière faisait faire volte-face à un esprit non protégé, l'envoyait au mauvais endroit, le désorientait. Ce n'était qu'avec le Masque que l'on pouvait espérer se frayer un chemin.

Avec plus d'assurance, Kaiku tendit la main vers la barrière. Une légère pression et les fibres vibrantes s'écartèrent pour la laisser entrer. Elle ferma les yeux, prit son souffle, récita une brève prière aux dieux puis entra.

Elle fut submergée par la lumière, engloutie par les entrailles du Tissage. Les fibres l'entourèrent, océan merveilleux tourbillonnant doucement, et elle eut le sentiment qu'elle pouvait simplement se laisser submerger par lui et ne plus jamais se soucier de rien. Mais elle était suffisamment mise en garde contre les dangers du Masque pour ne pas s'abandonner à son désir. C'était ce qu'elle avait ressenti quand elle était morte, cette beauté, cette perfection de l'extase ; de fait, elle savait qu'il n'y aurait aucun retour possible si elle cédait. Elle se souvint que le monde lui était apparu ainsi lorsque l'incendie l'avait gagnée, que ses iris s'étaient rougis et qu'elle avait vu le Tissage tracer son chemin sous la pellicule de la vision humaine. Elle en avait peur, tout en se cramponnant à cette crainte, car elle lui permettait de rester ancrée à la réalité. Elle avança dans ce paradis sublime et s'enfonça dans la lumière laide et crue du monde de l'autre côté.

Elle eut alors l'impression qu'on lui avait volé quelque chose de magnifique, comme si un amant l'avait trahie. Elle regarda par-dessus son épaule mais la barrière était redevenue invisible. L'espace d'un instant, elle ne voulut rien d'autre qu'y retourner, être enveloppée par la lumière et non par la cruauté du froid et de la faim. Puis elle tourna la tête et avança, le Masque rafraîchissant son visage.

Au fil du temps, elle avait pris l'habitude de parler toute seule, réaction inconsciente à la solitude oppressante de son voyage. Son monologue, pour la majorité, était aléatoire et insensé, mais portait aussi sur sa condition, un aveu sans queue ni tête et répétitif sur le fait qu'elle était une Aberrant et représentait un danger pour autrui, qu'elle devrait rester ici, dans ce désert où elle ne ferait de mal à personne, et où personne ne la fuirait. Parfois, elle parlait à son père et à son frère, comme s'ils se trouvaient à ses côtés. Parfois, elle imaginait un énorme sanglier qui marchait avec elle, hors de vue, et sa présence la réconfortait.

Le délire et la faim avaient nourri ses fantasmes et empoigné son esprit dans lequel ils étaient bien accrochés. C'étaient eux qui la faisaient avancer quand son endurance faiblissait et ils auraient continué ainsi jusqu'à ce qu'elle s'écroule et meure, si elle n'était pas tombée sur le monastère à ce moment-là.

Au début, elle le distingua à travers un fossé, entre deux versants de montagne, au sud. C'était une journée claire, autrement elle n'aurait rien vu du tout. Mais l'air était froid et vif comme du cristal, et ses yeux encore perçants. Il était tapi sur le versant d'une montagne à un ou deux kilomètres ; une grande façade qui se dressait, massive et impassible, sur les rochers alentour. Elle eut du mal à distinguer chaque détail à cette distance mais elle discerna le petit pont de bois étroit qui décrivait un arc depuis l'entrée jusqu'à l'autre côté d'une gorge profonde, et elle présuma qu'elle devrait prendre cette direction si elle voulait y accéder.

Il lui fallut pratiquement la journée pour monter jusqu'au monastère, qui était un ensemble de marches larges et raides incrustées sur le revêtement pierreux de la montagne. Son opulence à elle seule provoqua un vague respect mêlé d'intimidation dans le brouillard de sa fatigue extrême. Les marches avaient été sculptées bien des siècles auparavant, leurs bords érodés en courbe s'effritant ; si les Tisserands vivaient véritablement à son sommet, alors ils avaient dû occuper le monastère sans l'avoir construit car la cage d'escalier était plus vieille que les Tisserands. Des statues enfouies sous la neige le surveillaient depuis des piédestaux de chaque côté. Mais lorsque Kaiku ôta la neige, elle constata qu'elles étaient recouvertes de mousse et patinées par les éléments et fut incapable de savoir ce que c'était.

L'escalier qui semblait interminable mina le peu d'endurance qui lui restait et elle dormait debout lorsqu'elle arriva en haut.

Le changement de rythme des marches la tira de sa torpeur superficielle et elle se retrouva sur un chemin étroit qui faisait partie d'un petit avant-poste, précairement accroché aux flancs de la montagne. Il y avait plusieurs bâtiments de pierre et de brique, reliés par des chemins sinueux qui menaient là où la forme de la montagne le permettait. Les habitations étaient vieilles et paraissaient abandonnées, attendant en silence, tandis que leurs volets craquaient sous la brise glaciale. Ils étaient laids et simplistes, comme les maisons de Chaim mais plus solides. Un peu plus haut, elle vit où le pont commençait, une travée de pierre solide et non ornée qui traversait le fossé immense, sous laquelle ne tombait qu'une obscurité enneigée. Il n'y avait aucun signe de vie.

Entre-temps, l'épuisement l'avait gagnée, et elle savait que, bien vite, elle ne pourrait aller plus loin. Avançant en titubant vers le bâtiment le plus proche, elle ouvrit le portail de bois à la volée et découvrit que c'était une étable, vide depuis longtemps mais conservant encore du foin pourri dans les enclos. Elle se hissa non sans mal dans un enclos, rassembla le foin autour d'elle et s'endormit sur-le-champ.

Des crampes à l'estomac la réveillèrent en sursaut de son sommeil paisible et elle fut de nouveau involontairement entraînée dans la conscience. Elle resta allongée, les yeux clos, pendant ce qui lui sembla être un long moment jusqu'à ce qu'un raclement de pieds dans le foin à côté d'elle la fasse sursauter, paniquée.

Quelqu'un était penché au-dessus d'elle. L'espace d'un instant de terreur, elle crut que c'était le fantôme de l'homme qu'elle avait tué dans la grotte mais leurs vêtements avaient beau se ressembler, ils n'étaient pas identiques. Les robes en haillons de celui-ci n'étaient pas faites dans les mêmes fourrures, et le Masque qui la dévisageait était bleu clair, en bois et non en os. C'était le portrait même d'une curiosité empreinte d'idiotie, un gros visage en forme de lune avec une lippe de chien et de grands yeux foncés qui exprimaient la surprise. Kaiku recula tant bien que mal, mais le mur de pierre derrière elle mit un terme à sa progression. Son fusil était posé à côté d'elle mais pas suffisamment près pour qu'elle puisse l'attraper d'un mouvement brusque.

Le visage en forme de lune pencha la tête d'un côté puis se rapprocha brusquement, l'observant attentivement. C'était comme si un animal sauvage la reniflait, cherchant à savoir si c'était de la nourriture ou non. Kaiku ne bougea pas.

En silence, le visage en forme de lune se retira : elle ne l'intéressait plus. Le Tisserand sortit de l'enclos à poulet et s'arrêta pour examiner d'autres choses en route. Puis il s'en alla et ferma la porte derrière lui.

Kaiku avait le cœur qui battait la chamade. Qu'est-ce que cela signifiait ? Depuis qu'elle avait quitté la grotte dans les montagnes, elle n'avait pas imaginé une seule seconde que la mort de l'homme dont elle portait la robe pourrait avoir des répercussions. Maintenant elle savait que cela avait été une omission stupide. Et s'ils s'identifiaient les uns les autres grâce à leurs robes autant qu'à leurs Masques ? Et s'ils connaissaient le Tisserand qui avait porté ce Masque noir et rouge ? Le père de Kaiku l'avait peut-être tué, comme Kaiku avait tué le Tisserand dans la grotte. S'il découvrait que celle qui portait cette robe maculée de sang, ce Masque lascif n'était pas l'homme qu'ils croyaient…

… l'homme…

Alors elle comprit. C'était tellement évident qu'elle l'avait négligé dans son délire. Les Tisserands étaient exclusivement masculins. Aucune femme n'était autorisée dans leur ordre. C'était uniquement grâce aux vêtements lourds et camouflants que la forme de son corps n'était pas reconnaissable. Pourtant, même la courbure de sa poitrine ne passait pas totalement inaperçue, à moins qu'elle ne se voûte. Si elle devait ne serait-ce que parler, elle serait découverte.

Sentant brusquement la panique la submerger, elle attrapa son fusil et se précipita vers la porte du bâtiment. Elle l'entrouvrit, craignant de voir Visage de Lune se précipiter au monastère pour sonner l'alarme. Mais elle aperçut la silhouette descendre le chemin d'un pas traînant, pousser négligemment des choses ou ramasser des pierres pour les examiner de plus près.

Elle sortit avec méfiance. C'était le matin, d'un froid glacial et humide. Les flancs de la gorge saupoudrés de neige étaient dissimulés par une brume blanche qui bouillonnait loin en contrebas. Le pont flottait dans l'air, enjambant le gouffre. Il semblait d'une fragilité incroyable, surtout à cause de son manque de décoration qui lui donnait l'impression d'être temporaire, déplacé par rapport à la façade sculptée de l'autre côté. Kaiku la regarda, ainsi que l'entrée du monastère en contrebas. Brusquement elle eut peur. Qu'espérait-elle en montant ici ? Pourquoi n'avait-elle pas envisagé le danger ? Pourquoi ne s'était-elle pas mise en retrait et contentée d'observer ?

Un tiraillement dans l'estomac lui rafraîchit la mémoire. Elle ne pouvait se permettre de prendre le temps d'attendre et de tâter le terrain, car elle mourait de faim. Retourner dans le désert d'où elle venait signerait son arrêt de mort.

Elle n'avait pas le choix.

Une fouille rapide de l'avant-poste – en veillant bien à ce que Visage de Lune ne la repère pas – ne révéla que des bâtiments désertés et ne lui fournit rien à manger. Kaiku entreprit donc de traverser l'étroit pont de pierre qui menait au monastère, s'appuyant sur son bâton comme un vieillard, espérant que ce qui se trouvait à l'intérieur, quoi que ce fût, ne contesterait pas son déguisement.

La façade du monastère était simple et austère. De grands piliers soutenaient un toit qui descendait en pente pour fusionner avec la pierre du flanc des montagnes et en dessous, étaient tapies quatre statues majestueuses, quatre créatures toutes accroupies, écaillées, montrant leurs crocs. En s'approchant, Kaiku constata que les piliers étaient décorés de milliers de pictogrammes et de glyphes infimes et complexes, et que ces statues n'étaient pas érodées par le temps, contrairement à leurs homologues en contrebas sur l'escalier qu'elle avait gravi la veille. Celles-ci étaient sculptées avec un tel soin que l'on pouvait presque croire qu'elles respiraient. Le portail du monastère était pourvu de lourdes portes en pierre mais elles étaient ouvertes et, à l'intérieur, il faisait noir.

Kaiku hésita. Les statues lui donnaient la chair de poule. Elle avait l'impression que des yeux étaient rivés sur elle, sensation trop forte pour être imputée à ses nerfs. Elle regarda de l'autre côté du pont et vit que Visage de Lune l'observait. La peur d'être découverte l'assaillit de nouveau mais elle ne pouvait faire demi-tour. S'armant de courage, elle avança dans la gorge de pierre du monastère.

Le couloir dans lequel elle arriva était orné de porte-flambeaux vides. À la lumière du matin scintillant par le portail carré, elle distingua des statues de chaque côté, des bêtes déformées qui donnaient des coups de patte ou se préparaient à sauter. Au-delà, tout était noir. Elle avança, son ombre la précédant, fusionnant progressivement avec l'obscurité jusqu'à ce qu'elle l'engloutisse complètement.

Ses yeux s'adaptèrent lentement à mesure qu'elle progressait en donnant des coups de bâton devant elle. Cet endroit semblait aussi déserté que l'avant-poste, et pourtant Visage de Lune était bien sorti de *quelque part*. En dépit de sa faiblesse et de sa fragilité, la faim la faisait avancer, même après que la lumière provenant de l'entrée disparut à un tournant.

Puis elle vit une autre lumière et comprit que quelqu'un s'approchait d'elle par en dessous. Elle s'arrêta net en haut d'un escalier qu'elle faillit dégringoler. La torche vacillante s'approcha jusqu'à ce qu'elle vît que c'était une autre créature en haillons bigarrés, avec un visage ressemblant à un crâne tout sourires en os calcinés. Le nouveau venu gravit l'escalier et s'arrêta quelques marches en dessous de Kaiku. Elle était voûtée de sorte que sa robe la cachait et dissimulait sa féminité. Mais elle sentit son cœur battre de plus en plus fort lorsque le Tisserand la dévisagea. Attendait-il qu'elle parle ? Elle ne pouvait pas : si elle ouvrait la bouche, elle se trahirait. Après une courte pause qui sembla s'étirer atrocement, il grommela et tendit sa torche à Kaiku, puis passa devant elle, sans craindre l'obscurité. Kaiku laissa échapper un soupir tendu.

Les marches la conduisirent dans un nouveau couloir, et elle constata petit à petit que les porte-flambeaux n'étaient plus vides et que des flammes enfumées projetaient une lumière chaude et rouge sur les sentiers du monastère. Les murs, le plafond et le sol étaient en briques massives de pierre couleur sable et des décorations étaient disséminées au hasard : ici, une petite alcôve votive, là, un talisman carillonnant en s'agitant. Parfois, c'étaient de minuscules idoles sculptées sur des étagères ; et parfois Kaiku devait se pencher pour passer sous des serpentins qui s'agitaient en l'air. Les images n'étaient absolument pas ordonnées : comme si quelqu'un avait rassemblé les débris d'une douzaine de religions. Il y avait des icônes de pays lointains, des poupées barbares du continent de la jungle d'Okhamba, des anciennes sculptures ugatis, des représentations du panthéon de Saramyr, incluant certains de ces dieux qui étaient presque tombés dans l'oubli. Elle vit même une fontaine sculptée, à présent à sec, qui comportait les trois aspects de Misamcha gravés dans son piédestal, dans le style vanaxien classique, du tout début de l'empire de Saramyr.

Le couloir se scindait en deux, puis en quatre, et bien vite, Kaiku fut complètement perdue dans le dédale souterrain du labyrinthe. Elle erra, traversa des salles, sans ordre ni direction, comme si un fou s'était chargé de leur disposition. Elle rencontra plusieurs fois d'autres Tisserands mais tous l'ignorèrent et elle commença à se détendre quelque peu, ravie que son déguisement ait réussi à cacher son sexe.

Un peu plus tard, après avoir emprunté des chemins déserts, elle tomba sur ce qu'elle prit pour une espèce de prison. Aucune lumière ne brûlait et il n'y avait personne mais le bruit de pieds qui traînaient et de grattements dans les recoins obscurs des cellules lui fit comprendre qu'au moins certaines d'entre elles étaient occupées.

La curiosité fut plus forte que sa faim et elle avança en rampant. Quel genre de prisonniers gardaient les Tisserands ? La salle était à peine plus grande qu'un couloir large et court qui séparait deux rangées de portes de cellules munies de barreaux. Le silence, quand elle entra, devint total ; même les bruits de pas cessèrent. Son flambeau ne lui montrait que les barreaux, et ne fit rien pour illuminer ce qui se trouvait derrière.

Elle resta plantée là, momentanément indécise. Puis lentement elle s'approcha de l'une des cellules et leva son flambeau. Quelque chose était enfoncé dans l'obscurité, quelque chose…

Il lui sauta brusquement dessus, s'écrasa contre les barreaux, et avança subitement un bras griffu. Elle poussa un cri perçant et recula, les griffes la manquant de peu. Le flambeau lui tomba des mains, roula par terre, hors de portée de la créature.

Un Aberrant. Elle avait vu ses semblables plusieurs fois dans les montagnes mais jamais aucun de la sorte. Celui-ci était un véritable monstre, une abomination difforme de muscles et de dents. Il avait quatre bras, mais tous de tailles différentes, ridés ou extrêmement gonflés. Un seul œil, torve, la regardait en clignant sur un visage noir et ratatiné ; et ses parties inférieures étaient un épouvantable enchevêtrement de membres à moitié formés et de tentacules emmêlés les uns aux autres, tordus ou cassés. Son dos était un tressaillement d'épines et de nageoires. Il incarnait une collision entre plusieurs types de créatures différentes, toutes luttant pour se faire représenter par une jambe ou un trait avec, pour unique résultat, un fouillis horrible et nauséeux.

« … te tuuuuuuuuuuuer » gazouilla la chose en saramyrrique, et le cœur de Kaiku se gela.

D'un seul coup, tout autour d'elle, toutes les cellules prirent vie, des choses se fracassant contre les barreaux de leurs cages ou essayant de l'attraper dans l'obscurité. Des hurlements et des chevrotements devinrent des mots estropiés sortant de bouches déformées, des supplications, des injures, même un bruit épouvantable ressemblant à des pleurs. Kaiku recula de terreur, attrapa son flambeau, mais n'osa pas quitter des yeux la chose qui lui avait parlé la première. Celle-ci s'éloigna lentement de la lumière, laissant l'obscurité la submerger de nouveau et reprit la parole :

« … regaaaarde ceeeeeee queeeee tuuuuuu nooooous aaaaas fait… »

Elle s'enfuit de la prison, l'horreur glaçant son sang dans ses veines ; elle courut, et ne s'arrêta pas jusqu'à ce qu'elle fût hors de portée de la clameur. Là, elle s'adossa à un mur, pantelante, écoutant son cœur ralentir. C'était suffisamment affreux d'avoir subi l'attaque de cette bête mais l'entendre parler… c'était presque plus qu'elle ne pouvait supporter, dans son état de faiblesse. C'étaient des Aberrants *adultes* au beau milieu d'un monastère de Tisserands. Intelligents, conscients et emprisonnés. Qu'est-ce que cela signifiait ?

Dans le but d'oublier, elle avança, chancelante, complètement perdue. Qu'elle ne puisse s'échapper de ce dédale avant de mourir de faim lui avait plusieurs fois traversé l'esprit mais, pour l'heure, elle ne pensait plus à sa faim. Elle persévéra, ignorant dans quelle direction elle allait, mais loin de cette prison.

Au bout d'un moment, elle eut conscience d'un bourdonnement monotone devant elle. Elle se trouvait à présent dans des couloirs non éclairés qui n'étaient que des tunnels ordinaires, dépourvus de porte-flambeaux. Elle n'avait rencontré personne depuis un moment et avait accepté s'être égarée du chemin battu. Elle avait été sur le point de faire demi-tour jusque-là où elle aurait plus de chances de trouver à manger mais le bourdonnement l'intriguait suffisamment pour qu'elle continue à avancer.

Une lumière un peu plus haut dans le tunnel l'attira, et elle trouva une grosse trouée sur le bord du couloir qui donnait sur une large saillie dans une pièce immense. Le fredonnement provenait de la salle et, à l'intérieur, la lumière l'éclaira, un éclat curieusement trouble, d'une teinte indéfinissable.

La saillie l'empêchant de voir la pièce en contrebas, elle se contorsionna à travers la fissure et rampa sur le rebord d'où elle regarda ce qui se trouvait en dessous.

La pièce était plus décorée que tout ce qu'elle avait vu jusqu'à présent. Elle possédait une grandeur puissante et rocailleuse, ses murs de sable se courbant en piliers ou glissant en majestueux linteaux de pierre au-dessus des portes gravées d'or au niveau du sol. Kaiku était très haut, le rebord sur lequel elle se trouvait frôlant le plafond plat. De chaque côté, elle était entourée par un groupe d'énormes créatures telles des gargouilles qui regardaient d'un air concupiscent ce qui se passait en dessous, petites cousines de l'immense statue qui dominait l'autre extrémité de la salle. Celle-ci faisait bien quinze mètres de haut, ses épaules écorchant le plafond tapi dans la lumière naturelle. Les créatures étaient ignobles, dépassant l'entendement, des choses sans yeux aux gueules béantes dont les proportions semblaient défier la raison. Elles étaient monstrueusement déformées, suffisamment humanoïdes pour être reconnaissables en tant que telles, mais tellement déformées et tordues que Kaiku ne pouvait s'empêcher de douter de la santé mentale de leur créateur. Elles étaient éclairées par en dessous, leurs traits hideux les rendant plus menaçantes dans l'ombre.

Mais ce fut ce qui se passait au centre de la pièce qui attira l'attention de Kaiku. De là provenait la lumière : d'un rocher massif, faisant probablement dix mètres de long et la moitié de haut. Il ne ressemblait à aucun rocher que Kaiku avait jamais vu.

La forme de la pierre était totalement irrégulière, d'autant plus qu'il s'agissait d'un minéral. Elle semblait avoir *poussé*, comme une plante ou un récif de corail, de sorte que de grandes racines et des ramures de pierre informes saillaient de son cœur pour s'enfouir dans le sol, les murs et le plafond de la pièce. Elle bouillonnait d'un éclat surnaturel. Kaiku plissa les yeux derrière son Masque et sentit la nausée s'insinuer dans son estomac. Rien que de le regarder la rendait malade.

Je les connais, songea-t-elle, la mémoire du Masque lui venant en aide. *Ce sont des pierres magiques.*

Elle contemplait l'origine du pouvoir des Tisserands et leur trésor le plus jalousement gardé.

Douze Tisserands entouraient le rocher, vêtus comme Kaiku de robes en patchwork et de Masques étranges. Il y avait aussi une treizième personne, mais celle-ci était nue : un homme mince et émacié qui se débattait faiblement entre les griffes de deux silhouettes en robes. Kaiku les observa le tirer sur une volée de marches et l'entraîner sur le dos accidenté de la pierre magique. Elle devina ce qui allait se passer avant même que l'un d'eux ne sorte sa faucille et ne tranche la gorge du malheureux.

L'homme tomba en avant, sur le visage. L'une des silhouettes en robes se retira tandis que l'autre le retournait et le découpait du menton à l'entrejambe, et l'ouvrit pour exposer son ventre. Il se mit à le tailler grossièrement en pièces, les sortant une à une sans finesse, les déposant à côté du rocher quand il eut terminé. Cœur, reins, foie, intestin... en quelques minutes, il était entouré par les organes de l'homme.

Kaiku l'observait sans horreur particulière. Le destin de cet homme ne la regardait pas, ni la méthode avec laquelle ils l'avaient abattu. Mais quelque chose clochait dans ce qu'elle voyait et il lui fallut un peu de temps pour comprendre ce dont il s'agissait.

Il n'y avait pas de sang. Oh, si, l'homme *saignait* et les vêtements du Tisserand étaient éclaboussés de sang mais le rocher, où presque tout le sang avait fini par couler, était immaculé. Là où le cœur avait été enlevé et mis de côté, c'était aussi propre et sec qu'une pomme. Alors que ses intestins auraient dû nager dans une mare rouge, ils étaient caoutchouteux, bleus et immaculés. Le sang sortait, certes, mais où allait-il ? C'était comme si le rocher l'absorbait, en quelque sorte.

Ou le *buvait*.

À cette pensée, Kaiku se rembrunit mais elle constata que la pierre magique commençait à s'assombrir, que l'éclat immonde s'atténuait et était entraîné vers l'intérieur, jusqu'à ce que la grotte soit presque noir-de-jais. L'unique source de lumière provenait de l'intérieur du rocher, et celui-ci était plein de veines, un réseau de lignes étincelantes qui s'agitaient dans l'obscurité totale, comme si son revêtement était devenu transparent et que ses propres entrailles étaient mises à nu. Et en son centre, une cavité qui battait comme un cœur humain, poussant le sang blanc vif autour de lui.

Par les esprits ! songea Kaiku. *La pierre magique. Elle est vivante.*

Les souvenirs affluèrent alors, une ruée soudaine de compréhension qui surgit dans son cerveau, déclenchée par la prise de conscience. Des connexions auxquelles elle n'avait jamais pensé auparavant devinrent brusquement évidentes ; chacune en éveillant une autre, jusqu'à ce que le circuit soit complet et qu'elle vît le tout d'un grand ensemble, tel que son père l'avait vu. Kaiku comprit, en un éclair, ce que Ruito tu Makaima avait découvert, pourquoi il s'était enfui, et pourquoi ils l'avaient tué.

Les pierres magiques étaient vivantes. Et tout comme la poussière des pierres magiques dans les Masques des Tisserands corrompaient et enveloppaient leurs corps, les pierres magiques corrompaient et enveloppaient la terre dans laquelle elles se trouvaient.

Cela lui vint à l'esprit sous la forme d'une vision. Ruito dans son bureau, dans un appartement loué à Axekami, plongé dans une carte et un tas de diagrammes, de graphiques et de parchemins. Un projet sur lequel il travaillait en secret depuis des années, une passion, une suspicion. Dans sa vision, Kaiku était avec lui lorsqu'ils comprirent – bien que dans la vraie vie elle ne fût pas présente à ce moment-là – lorsque tous les faits et les chiffres se mirent en place. Il y avait une corrélation entre les rapports sur les naissances des Aberrants et leur proximité des Tisserands. Il vit que l'épicentre de l'Aberrance se trouvait systématiquement sur le site d'un monastère tisserand, et les monastères étaient systématiquement construits autour des pierres magiques. Comment personne n'avait-il pu voir cela auparavant ? Combien de gens avaient été tués ou dissuadés pour garder le silence ? Mais Ruito avait vu et était bien déterminé à mener l'enquête, à obtenir la preuve dont il avait besoin pour affronter les nobles. Il était donc venu ici, avait vu cela puis s'était enfui.

Mais ils l'avaient su. D'une façon ou d'une autre, ils l'avaient su, par une espèce de négligence dont même Ruito n'était pas conscient. Un déclic invisible, un mot déplacé… qui pouvait savoir ? Quand il revint sur le continent, c'était trop tard. Ce n'était qu'en secret qu'un homme comme lui pouvait espérer vaincre les Tisserands. Une fois qu'ils seraient au courant, il ne pourrait plus jamais transmettre le moindre message aux nobles.

Ils ne le laisseraient même pas sortir de chez lui, observeraient chacun de ses mouvements comme des vautours. Peut-être que s'il s'était rendu directement à Axekami, s'il avait essayé d'annoncer la nouvelle aux autres, ils n'auraient tué que lui. Mais il était rentré chez lui, anéanti par ce qu'il avait découvert, pour réfléchir et récupérer. Et ils l'avaient suivi tout le long. Ce ne fut qu'à ce moment-là qu'ils se montrèrent, qu'ils lui firent savoir qu'ils le suivaient comme une ombre. Ils lui permirent de rentrer chez lui, de retrouver sa famille ; et là ils se montrèrent.

Et Ruito comprit que sa vie allait se terminer : il avait découvert trop de choses.

Kaiku crut qu'elle allait s'étrangler de chagrin quand elle sentit qu'il faisait son choix. Il n'y avait pas d'échappatoire ; et aucun moyen de défaire ce qu'il savait. Il serait tué, et sa famille aussi. Mais ils pourraient au moins quitter la table des joueurs avec les honneurs, au lieu de tomber entre les ignobles mains des créatures que les Tisserands employaient. Il ne laisserait pas sa famille être l'objet de tortures ou d'interrogations, voir leurs esprits mis à nu et éreintés par les monstres qu'il avait provoqués.

Ce n'était pas un assassin qui avait empoisonné le dîner de ce soir-là, ce n'était pas un agent des Tisserands qui avait tué Kaiku la première fois. C'était son père.

Une fois assurés de son impotence, après avoir fouillé son appartement d'Axekami et dérobé tout son travail, les Tisserands envoyèrent les shin-shin. Mais ils arrivèrent trop tard pour faire quoi que ce soit, à part faire disparaître les preuves et ce ne fut que grâce à la force d'Asara qu'il ne restait plus personne pour en témoigner.

Les yeux de Kaiku s'emplirent de larmes. Elle sentit tout le désespoir, toute la perte, la découverte terrible que son père avait supportés. Pas étonnant qu'il eût l'air hanté la dernière fois qu'il était rentré chez eux. L'ampleur de la conspiration qu'il avait mise à jour l'avait anéanti, il avait été détruit parce qu'il savait que ni lui ni sa famille n'aurait le droit de vivre. Détruit par le choix qu'il devait faire, empoisonner ceux qu'il aimait ou les laisser à un destin bien pire.

Les Tisserands avaient tué des Aberrants pendant deux cents ans, prêché la haine envers eux, utilisé leur pouvoir pour l'incruster dans l'esprit du peuple de Saramyr. Mais ils ne le faisaient pas dans le désir de garder leur propre race pure, ni par raison religieuse. Ils nettoyaient leur propre fatras, brouillaient les pistes, détruisaient les preuves.

L'origine du pouvoir des Tisserands était également l'origine du fléau qui détruisait le pays.

Cette ultime prise de conscience fut trop pour elle. Affamée, exténuée et terrorisée, elle se faufila dans la fissure du mur et s'éloigna du rebord. Elle ignora combien de temps elle tituba avant de s'évanouir, mais elle accueillit l'oubli à bras ouverts.

23

Anais tu Erinima, impératrice Blood de Saramyr, se tenait sur le toit du Donjon impérial et regardait la cité en contrebas. Un voile de fumée dérivait de la rive nord de la Kerryn, rejoint par des cousins plus petits, polluant le ciel du soir. L'air était aussi sec et chaud que l'intérieur d'un four en argile. Derrière elle et sur sa gauche, l'œil de Nuki était une boule orange maussade qui se dirigeait vers l'ouest, enflammant l'horizon derrière la masse grandiose du temple à Ocha, au milieu du toit du Donjon. Sous le sentier pédestre où elle se trouvait s'étendait le jardin ornemental du Donjon, une forêt gelée de formes et de constructions artistiques, ouverte au ciel. Les formes étranges qui peuplaient le jardin projetaient de longues ombres voilées sur leurs voisins. D'étroits chemins blancs serpentaient à travers des pelouses soigneusement entretenues, glissant entre les piédestaux sur lesquels reposaient les sculptures.

Elle posa ses doigts clairs et élégants sur le mur bas qui la protégeait d'une dénivellation vertigineuse et pencha la tête. Un garde impérial en armure bleu et blanc était à son poste plus loin sur le sentier, feignant de ne pas la voir.

Elle voulait hurler, se jeter de cette hauteur et mourir. Ce serait un dénouement, n'est-ce pas ? Cela ne vaudrait-il pas une chanson, ou un poème ? Si le poète de guerre Xalis était encore vivant, il en ferait des gorges chaudes, décrirait son apothéose brusque et soudaine dans des vers tout aussi brusques et soudains, ses mots ayant l'effet d'un coup d'épée tranchant.

La cité se déchirait. La majorité des nobles s'étaient enfuis, étaient retournés sur leurs terres où ils réunissaient leurs armées et attendaient de voir de quel côté soufflait le vent. La cour s'était dispersée, et cela rendait les Tisserands plus importants que jamais. La guerre civile couvait et toutes les maisons voulaient s'assurer qu'elles garderaient la tête au-dessus de l'eau une fois que le conflit éclaterait. Dans son cœur, Anais savait que l'auteur de sa misère se trouvait dans son propre Donjon : Vyrrch. Et pourtant son seul autre choix était de s'aveugler et de la désemparer, qu'elle affronte ses ennemis sans Tisserand. Vyrrch avait beau oser agir en secret, il ne pouvait refuser ouvertement de la défendre ou lui cacher des messages, sinon il révélerait son jeu et le pouvoir des Tisserands serait compromis. Si l'on parvenait à prouver que Vyrrch s'était mêlé des affaires d'autrui, alors les nobles se vengeraient. Mais non, soupçonnait-elle, pas avant qu'ils aient fait tout leur possible pour tuer son enfant.

Sa frustration était abominable. Même ses prétendus alliés étaient contre elles. Pourquoi aucun d'eux ne voyait rien ? Ses années de règne solide ne comptaient-elles pas ? Par les esprits, c'était son *enfant* ! Son unique enfant et le seul qu'elle aurait jamais. Lucia était censée régner. Elle était la lignée !

Mais quel prix pour l'amour d'une mère ? Combien mourraient à cause de son orgueil pour sa fille ? Combien perdraient leur vie avant même de voir que Lucia n'était pas un monstre, n'était pas une chose à détester, mais quelque chose de beau ?

L'injustice de tout cela lui restait sur le cœur. Elle affrontait ce désordre jusqu'à ce que cet idiot de commandant de la Garde ruine tout en arrêtant Unger tu Torrhyc. Puis, alors qu'elle était prête à le libérer et à montrer au peuple la générosité de leur dirigeante, Unger avait été trouvé mort, après avoir fracassé sa cervelle contre les murs de sa cellule. Les histoires circulaient déjà dans les rues, comme quoi il s'était courageusement sacrifié avant que les tortionnaires de l'impératrice ne parviennent à lui faire retirer ce qu'il avait dit.

Et, au centre de la toile, Vyrrch. Elle savait que c'était lui. Mais elle n'avait aucun moyen de le prouver.

— Anais ! cria-t-on d'en dessous.

Elle s'arracha à sa rêverie larmoyante et regarda dans le jardin ornemental d'où Barak Zahn tu Itaki la hélait. Elle le salua de la main et descendit le rejoindre. Il la retrouva en bas des marches. L'espace d'un instant, ils se regardèrent curieusement puis Zahn prit l'impératrice dans ses bras et l'étreignit. Surprise, elle lui rendit son étreinte.

— À quoi dois-je cette affection excessive ? murmura-t-elle.

— On dirait que vous en avez besoin, Anais, répondit-il.

Il la relâcha et elle lui fit un sourire vague.

— Cela se voit tant que ça ?

— Seulement pour ceux qui vous connaissent aussi bien que moi, répondit Zahn.

Anais inclina la tête avec gratitude.

— Marchons ensemble, dit-elle et elle lui prit le bras pour se promener dans le jardin ornemental.

Les sculptures du Donjon impérial remontaient à l'époque pré-empire, monuments aux instincts thésauriseurs du deuxième empereur Blood, Torus tu Vinaxis. Seule la chance lui avait fait décider de choisir Axekami pour conserver ses trésors car la première capitale de Gobinda avait été engloutie par un cataclysme peu de temps après la fin de son règne. Il était à l'origine de la majorité des collections d'art dans la capitale actuelle – un homme trop sensible et trop créatif pour être un bon dirigeant, comme le dit l'histoire quand il fut usurpé par la lignée de Cho, morte à présent. Anais en trouvait quelques-unes reposantes, d'autres intéressantes mais peu l'inspiraient. Elle n'avait pas l'âme d'une artiste, raison pour laquelle – se dit-elle – elle avait été une impératrice Blood aussi efficace.

— Les choses vont de mal en pis, Zahn, fit Anais quand ils passèrent devant un tourbillon d'ivoire faussement organique. Le peuple devient incontrôlable. Mes gardes impériaux ont déjà atteint leurs limites et leur présence ne semble qu'inciter davantage le peuple à la révolte. Chaque émeute en attise deux plus petites. Le Quartier des Pauvres est en feu. Le groupe d'adeptes maudit d'Unger tu Torrhyc fait des dégâts sans précédent dans les rues de ma cité. (Ses yeux s'étrécirent.) Les choses vont de mal en pis, répéta-t-elle.

— Alors ce que je vais vous dire ne va pas améliorer votre humeur, Anais, fit Zahn en caressant sa joue barbue d'un doigt.

— Je le sais déjà, répondit-elle. Blood Kerestyn rassemble ses troupes à l'ouest. Elles marchent vers la capitale.

— Saviez-vous aussi que Barak Sonmaga et les forces des Blood Amacha marchent du sud pour les retrouver ?

Anais leva les yeux sur lui et, l'espace d'un instant, elle eut l'air persécutée.

— Pour se joindre à Kerestyn ?

— J'en doute, répondit Zahn. Au moins, il n'y a rien d'intelligent là-dedans. Non, je crois que Sonmaga a l'intention d'empêcher Kerestyn de pénétrer dans la cité.

— Du moins jusqu'à ce que lui-même puisse y pénétrer, dit Anais en se renfrognant.

— En effet, répondit Zahn, contrit.

Un silence s'installa entre eux, alors qu'ils se promenaient dans les allées ornementales qui se dessinaient indistinctement, leurs chaussures crissant sur le chemin de gravier.

— Dites-le, Zahn, finit par le presser Anais. Vous êtes venu ici pour des raisons bien plus importantes que pour délivrer un message.

Zahn ne la regarda pas quand il parla, mais garda les yeux rivés sur un point imaginaire à mi-distance.

— Je suis venu ici pour vous implorer de bien vouloir reconsidérer votre décision de garder la couronne.

— Vous dites que je devrais abdiquer ? dit Anais d'une voix qui devint dure comme de la pierre.

— Emmenez Lucia avec vous, poursuivit Zahn d'un ton plat et dénué d'émotion. Laissez le trône à ceux qui le désirent tant. Optez pour la vie de votre enfant et non pour le pouvoir de votre famille. Vous pourrez vivre en paix et dans la prospérité jusqu'à la fin de vos jours et Lucia sera saine et sauve. Mais votre situation empire, impératrice, et vous savez ce qui se passera si les Blood Amacha ou les Blood Kerestyn devaient prendre cette cité ae force.

Anais était furieusement silencieuse.

— Alors je vais le dire puisque vous ne le dites pas, poursuivit Zahn. Vous, ils vous permettront sûrement de vivre. Mais ils exécuteront Lucia.

Ils ne peuvent courir le risque qu'elle menace leur pouvoir et le peuple voudra sa peau.

— Et si j'abdique ? cracha Anais. Ils s'en prendront à elle, Zahn ! Elle représentera toujours une menace, même si j'abandonne toute prétention à la couronne. Comme tant de monde déteste les Aberrants, il y en a aussi qui ne les détestent pas et elle deviendra le point de mire de leur mécontentement, une icône derrière laquelle se rallier. Que Kerestyn ou Amacha devienne la famille dirigeante, que j'abdique ou non, ils tueront Lucia. Ils enverront des assassins. Elle *est trop dangereuse pour vivre*, vous ne comprenez pas ? Le seul moyen que j'ai pour que mon enfant reste en vie est de rester impératrice et de les *battre* !

Elle fut brusquement consciente qu'elle hurlait. Zahn posa sa main sur ses épaules pour la calmer mais elle le repoussa en lui donnant une petite tape.

— Ne me touchez pas, Zahn. Vous n'avez plus le droit.

— Ah, fit le Barak d'un ton amer. Oui, j'ai entendu dire que vous vous étiez remise à partager le lit de votre propre à rien de mari. Je me souviens lorsque vous…

— Ce ne sont *pas* vos affaires, dit Anais d'un ton brusque, sa peau pâle s'empourprant.

Zahn leva les mains pour l'apaiser.

— Pardonnez-moi, dit-il. Je m'oublie. Ne nous disputons pas, il y a des choses plus importantes en jeu.

Anais chercha une trace de moquerie dans ses yeux mais y trouva de la sincérité. Elle se détendit. Lorsque Zahn vit qu'elle était prête à écouter, il reprit la parole.

— Si vous maintenez catégoriquement que vous restez, Anais, au moins laissez vos alliés vous aider. Un millier de troupes pourra être là dans deux jours, dix fois plus en une semaine. Vous pourriez juguler la révolte, protéger le peuple et une fois dans la cité, nous serions inattaquables. Amacha ou Kerestyn n'oseraient pas entrer.

— Zahn, dit Anais d'un ton las, je vous fais confiance. Mais vous savez que je ne peux me permettre de faire pénétrer une force de cette envergure dans Axekami. Bien trop de familles sont impliquées, bien trop d'incertitudes politiques.

— Je me suis laissé dire que Barak Mos des Blood Batik vous avait proposé ses troupes, et que vous aviez accepté.

— Vos espions sont médiocres, mon Barak, dit Anais sans rancœur. Mos m'a proposé des troupes mais je n'ai pas encore accepté. Il a d'autres intérêts, de toute façon. Ma défense est dans son intérêt : il a un fils et une petite-fille à protéger. Durun pourrait aussi bien être tué que moi si les Blood Amacha ou les Blood Kerestyn prenaient Axekami.

— Mos est également à la tête d'une autre famille suffisamment forte pour prendre le trône, lui rappela Zahn.

— Son fils *a* déjà le trône, répliqua Anais. Je n'ai pas annulé notre mariage durant toutes ces années malgré l'inaptitude évidente de mon époux. Il n'a aucune raison de croire que je le ferai maintenant.

— Croyez-vous que nous pourrions protéger Axekami contre nos ennemis, si le peuple même de la cité est contre vous ? demanda Zahn.

— Le peuple apprendra à accepter Lucia, dit Anais. Sinon je leur ferai apprendre. Pour l'heure, ils sont comme des enfants en colère, et ils doivent être punis. J'y mettrai de l'ordre.

Ils tournèrent à un coin, dans l'ombre oblongue d'une chose toute droite, qui pouvait aussi bien être un cobra de pierre qu'un homme et une femme enlacés. Le soleil du soir brillait à travers les trous dans la sculpture, s'empourprant imperceptiblement à mesure que le crépuscule tombait. Zahn lui accorda à peine un regard. Ils se promenèrent un moment dans la chaleur étouffante de l'été de Saramyr avant qu'Anais ne reprenne la parole.

— Je vous dois une excuse, dit-elle.

Zahn fut surpris :

— Pourquoi ?

— J'ai été présomptueuse. J'ai été tellement occupée à essayer de gagner mes adversaires à ma cause que je n'ai pas pris en compte l'un de mes plus grands alliés. Pendant des semaines j'ai présenté Lucia aux grandes familles dans le but de dissiper les mythes qui ont surgi à son sujet. Mais vous m'avez soutenue dès le début et je ne vous ai pas invité une seule fois à voir la cause pour laquelle vous vous battez.

Zahn inclina la tête. Elle savait aussi bien que lui pourquoi il était de son côté.

— Vous avez raison, naturellement. Je ne l'ai jamais rencontrée. Je serais honoré de le faire.

L'impératrice héritière Lucia avait fini ses cours de la journée et monta dans les jardins sur le toit pour profiter des dernières lueurs du soir. Zaelis était resté avec elle. Elle aimait son grand tuteur à la barbe blanche. Il la gâtait inexorablement et sa voix grave et rauque la rassurait. Elle savait – de sa façon unique à elle de savoir – qu'il avait à cœur ses meilleurs intérêts. Elle appréciait aussi la liberté qu'elle ressentait quand elle était seule avec lui. Il était le seul avec qui elle pouvait ouvertement utiliser ses talents.

Ils étaient assis sur un banc, en lisière broussailleuse d'arbres exotiques. Des baies s'agitaient en chaînes colorées au milieu du vert foncé tropical des feuilles. Des insectes bourdonnaient et cliquetaient depuis une centaine de diverses cachettes, fondant de temps en temps devant eux en décrivant des courbes languissantes ou en courses précipitées, à toute vitesse. Des corbeaux étaient perchés tout autour d'eux. Les corbeaux du Donjon avaient appris à accepter Zaelis et il avait appris à se détendre en leur présence. Ils protégeaient férocement la jeune impératrice héritière. Les corbeaux de Saramyr avaient un instinct territorial très fort, qui conditionnait un désir de surveiller et de protéger. Ils veillaient sur Lucia comme si elle était un oisillon perdu, motivés par des instincts parentaux qu'ils n'étaient pas assez intelligents pour comprendre.

— Êtes-vous inquiète, Lucia ? lui demanda Zaelis.

Elle opina. Il était devenu expert pour deviner ses humeurs même si l'expression rêveuse qu'elle arborait tout le temps les trahissait rarement.

— À propos de ce qui se passe dans la cité ?

Elle opina de nouveau. Personne ne lui avait rien dit – les précepteurs et les gardes avaient reçu l'ordre de garder secrètes les affaires extérieures après l'emportement de Durun devant l'enfant – mais Lucia savait, de toute façon. Comment cacher ce genre de chose à une enfant qui savait parler aux oiseaux ? Zaelis avait ignoré l'édit et lui avait expliqué la situation en détail. Lucia lui avait caché que la dame du rêve l'avait déjà informée de la situation, de toute façon.

— C'était de ma faute, dit-elle tranquillement. C'est moi qui ai déclenché tout cela.

— Je sais, répondit Zaelis dans le mode de conversation décontracté réservé aux enfants, même à l'impératrice héritière. Mais cela faisait très longtemps que nous attendions que vous commenciez.

Lucia leva les yeux sur lui.

— Vous vous occuperez de moi, n'est-ce pas ?

— Bien sûr.

— Et ma mère ?

Zaelis hésita. Ça ne servait à rien de lui mentir ; elle lisait en lui.

— Nous essayerons, dit-il. Mais elle ne voit pas les choses de la même façon que nous.

— Qui est « nous » ? lui demanda Lucia.

— Vous savez qui est *nous*.

— Je ne vous ai jamais entendu le dire.

— Vous n'en avez pas besoin.

Lucia y réfléchit.

— Pensez-vous que je suis mauvaise ? lui demanda-t-elle après un moment.

— Je pense que vous étiez inévitable, répondit Zaelis.

Elle eut l'air de comprendre mais, avec Lucia, comment savoir ?

— Mère arrive, murmura-t-elle. Presque simultanément, les corbeaux prirent leur envol et disparurent dans un battement d'ailes noires bruyant, s'envolant dans le ciel rouge.

Peu après, l'impératrice Blood fut en vue, se promenant avec Zahn le long d'un chemin de tuiles entre une rangée d'arbres étroits. Elle jeta un œil aux corbeaux qui s'envolaient mais aucune autre réaction ne traversa son visage. Zaelis se leva, pressant Lucia d'en faire autant.

— Barak Zahn tu Ikati, permettez-moi de vous présenter ma fille Lucia, dit l'impératrice.

Mais ni Lucia ni le Barak ne semblèrent prêter attention à ses paroles. Tous deux se dévisagèrent avec une espèce de stupéfaction sur le visage. Anais et Zaelis échangèrent un regard perplexe alors que la gêne s'installait ; puis les yeux de Lucia s'emplirent de larmes et elle se jeta dans les bras du Barak et le serra, enfouissant sa tête dans son ventre.

— Lucia ! s'exclama l'impératrice.

Zahn croisa les mains sur la chevelure blonde de la petite impératrice héritière, une expression étrange dans les yeux, un mélange d'ahurissement et de choc. Lucia se retira brusquement, lui jetant un regard noir à travers ses larmes. Puis dans un sanglot, elle s'en alla, disparaissant dans les plissements feuillus du jardin.

Tous trois furent momentanément frappés de stupeur avant qu'Anais ne retrouve sa voix.

— Zahn, je ne sais comment m'excuser. Elle ne fait jamais…

— Tout va bien, Anais, dit Zahn d'une voix qui paraissait distante et distraite. Tout va bien. Je crois que je ferais mieux d'y aller. J'ai l'impression de l'avoir bouleversée.

Sans l'attendre, Zahn tourna les talons et rejoignit lentement l'entrée du jardin. Anais le suivit, laissant Zaelis seul sur le chemin. Il se rassit sur le banc.

— Bien, bien, bien, murmura-t-il en lui-même.

Et un sourire étrange plissa son visage.

24

À Chaim, Asara tua de nouveau. C'était un risque peu judicieux dans la mesure où elle n'avait pas besoin de se nourrir, mais elle cherchait à se distraire et il n'y avait rien d'autre qui l'intéressait dans ce village de commerce vide et mort. Cette fois elle choisit un homme parce qu'elle éprouvait moins de respect pour eux que pour les femmes et elle risquait moins de ressentir un semblant de culpabilité de leur avoir volé leur vie pour s'amuser. Celui-ci était un adversaire dur, coriace et ivre, qui n'avait pas peur de la petite route sombre qui allait du bar à chez lui où aucune lumière n'était allumée. Asara lui prouva le contraire.

Ensuite, quand elle eut caché le corps là où il ne risquait pas d'être découvert avant plusieurs jours, elle retourna dans sa chambre. Elle n'avait pas peur d'être prise. Il n'y avait aucune marque sur lui, rien qui les liait. Il s'était simplement perdu en rentrant chez lui dans le noir, et était mort de froid. Ou peut-être son cœur s'était-il simplement arrêté. C'était un gros buveur, après tout, et bien connu pour cela.

Elle s'assit dans sa chambre, seule. Comme elle avait toujours aimé le faire.

Sa chambre dans la pension de famille était aussi spartiate que le reste à Chaim. Il y avait un lit double au milieu, des couvertures de laine noircies par le temps et rongées par les mites, une lanterne au mur et des lattes de plancher nues et mal posées. À part cela, il n'y avait rien. Les vents des montagnes roucoulaient au-dehors, projetant des doigts glacés dans les fissures du mur qui effleuraient sa peau. La lanterne n'était pas allumée, ce qui faisait peu de différence pour Asara – sa vision nocturne était presque parfaite, comme celle d'un chat. Il gelait, comme toujours, car les vents étaient glacés ici, même en été. Elle écouta la nuit et les coups de vent soudains et vifs qui cinglaient la pension de famille branlante.

Le plaisir qu'elle ressentit à se nourrir fut de courte durée et lorsque cette bénédiction l'abandonna, elle était larmoyante. Elle s'assit en tailleur sur son lit miteux et passa en revue la chambre vide. Seule, toujours seule. Elle ne connaissait rien d'autre. Car il n'y avait personne comme elle, pas même les autres Aberrants. Elle était un reflet, un chiffre, sans motif ni identité. Elle n'était rien, pas même elle-même.

Elle n'avait aucun souvenir de son enfance. Il y eut un instant où elle avait espéré pouvoir se regarder au moment de sa naissance, pensant que si elle pouvait voir son premier visage, même s'il s'agissait de la boule rouge et écrasée d'un nouveau-né, alors elle parviendrait à se faire une idée claire de son identité, une ligne de base à partir de laquelle grandissaient tous ses autres elles. Mais c'était une lubie. Elle se doutait toutefois qu'elle n'aimerait pas ce qu'elle découvrirait.

Sa mère était morte durant sa grossesse. Pendant ses premières années, dans sa quête solitaire d'elle-même, elle avait retrouvé la trace de son lieu de naissance. Elle entendit parler d'une femme enceinte qui, au bout de trois mois, avait dépéri jusqu'au point de mourir. Pourtant, le ventre de sa mère était si gonflé que les physiciens du village l'ouvrirent et trouvèrent un bébé parfaitement formé à l'intérieur. Asara ne doutait pas qu'il s'agissait d'elle. Elle avait sucé sa mère jusqu'à la moelle depuis l'utérus.

Ce qui arriva au bébé, personne ne le savait. Peut-être fut-il abandonné, peut-être perdu puis retrouvé. Il était extrêmement difficile de retrouver sa piste quand, à chaque nouvel endroit, elle était une personne différente.

Elle se rappelait plusieurs mères et plusieurs pères, les parents nourriciers qui l'adoptèrent. Ils ne pouvaient lui résister. Avec l'empressement qu'a un enfant de plaire, elle changeait légèrement et inconsciemment, jour après jour, pour s'adapter à la vision de rejeton parfait dont rêvaient ses nouveaux parents. Elle les ensorcela en réalisant leurs désirs. Mais toujours, tôt ou tard, venait le moment de s'en aller. Quand un parent éloigné remarquait les altérations drastiques survenues depuis qu'ils lui avaient rendu visite l'an dernier – trop progressif pour que ses parents s'en rendent compte mais évident pour celui qui ne l'avait pas vue depuis un an – lorsque ses désirs insatiables et ses appétits avaient volé trop de vies ; lorsque les gens se mirent à s'interroger sur ses origines ; il était temps d'aller de l'avant, de ne laisser que le souvenir d'une affection curieuse connue sous le nom de Mort Dormante, maladie qui frappait au hasard et ne laissait aucune trace sur le corps de la victime. Comme si leur vie les avait simplement abandonnés.

Elle grandit vite. Lorsqu'elle eut six moissons, le désir insatiable commença, et son instinct lui apprit à l'assouvir comme il apprenait aux bébés à téter ou aux adolescents à embrasser. Elle était déjà intelligente et veillait à ne pas se faire prendre, bien que plusieurs fois, elle eût été à deux doigts. Les premiers jours, la faim était pire car elle grandissait en même temps qu'elle changeait. Quand elle eut treize moissons, elle avait la silhouette et l'intelligence d'une fille de dix-huit. À cette époque, elle semblait absorber quelque chose de ses victimes, des fragments d'intelligence et de savoir qui permettaient à son esprit de rester en rythme avec son corps ; ce talent, elle le perdit en sortant de l'enfance et ne le retrouva jamais. Pour elle, cela allait de pair avec sa croissance.

Ce développement inquiétant la contraignit à partir fréquemment et à apprendre les dures leçons de la vie : mais elle était bonne élève et attentive et elle vécut le destin que vivent la majorité des Aberrants. Elle évita le

Tissage et la haine de ceux qui l'entouraient jusqu'à ce qu'elle fût suffisamment maîtresse d'elle-même pour cacher son état.

À mesure que le temps passait, elle devint amère et pleine de ressentiment. Elle chercha dans son passé et trouva des fragments, tous aussi insatisfaisants les uns que les autres. Au bout du compte, elle abandonna. Et pourtant, ce sentiment persistait, même aujourd'hui, quatre-vingts moissons après sa naissance. Elle n'avait pas de cœur. Elle était une coquille réfléchissante, reflétant les idées de beauté des autres et, en dessous de tout cela, il n'y avait rien. Un vide qui aspirait la vie, et ne se remplissait jamais entièrement. Il exigeait qu'elle s'attaque continuellement aux choses qu'elle imitait, désespérément attirée par leur lumière comme un papillon par une bougie. Elle était une effigie, un parasite… tout sauf une personne.

Le temps lui avait largement donné l'opportunité de changer tant dans le fond que dans la forme. Elle avait passé quelques années en tant qu'homme avant de décider que cela ne lui convenait pas. Elle avait brièvement tenté de lutter contre son besoin de se nourrir et de se libérer de lui mais, au bout du compte, elle ne parvint pas à se convaincre de la valeur des êtres humains, et les considérait pour la plupart comme un genre de bétail légèrement plus imprévisible que les bœufs ou les vaches. Les autres étaient dangereux pour elle, les Tisserands et les nobles, ceux qui la pourchasseraient et la tueraient parce qu'elle représentait une menace pour eux. Non, elle ne devait rien à l'humanité et bien qu'elle restât toujours hantée par un semblant résiduel de culpabilité et de regret, pour avoir sacrifié une vie particulièrement belle à ses appétits, c'était davantage dans le sens où on l'aurait obligée à casser un vase magnifique.

Mais tous les changements menaient au même néant, au même ennui et au même vide. Elle était donc assise, seule, dans sa chambre à Chaim, et se demanda quand cela s'arrêterait.

*
* *

Asara se réveilla en milieu de matinée, juste avant que l'on frappe à sa porte. Elle s'habilla à la hâte, déjà éveillée, et ouvrit.

Le gérant de la pension de famille était là, un homme mince, grisonnant, édenté et nerveux. Elle le congédia d'un regard, posant immédiatement les yeux sur la personne qui se tenait à côté de lui. Leurs regards se croisèrent et l'autre ébaucha un sourire si vague qu'il dévoilait toute l'histoire qu'elle avait besoin de raconter.

Kaiku.

— Elle voulait vous voir, dit le gérant. Vous demandait partout.

Kaiku pénétra dans la chambre. Elle paraissait deux fois plus maigre que quand ils étaient dans les montagnes trois semaines plus tôt. Asara la serra doucement dans ses bras, elle était toute frêle, maigre, tout en os.

— Apportez-nous à manger, dit-elle au gérant. De la viande, du poisson.

— Elle restera dans cette chambre alors ? s'enquit-il, une once de désapprobation dans la voix.

— Oui, répondit Asara sans ambages. Elle restera ici.

À peine lui eut-elle tourné le dos que Kaiku s'était allongée sur le lit et dormait.

Elles ne quittèrent pas la chambre pendant trois jours. Kaiku dormit la plupart du temps, et Asara la veilla. Elle avait l'air renfermée, vidée, et à l'expression dans ses yeux, Asara devina qu'elle avait supporté plus qu'une simple épreuve physique. Elle parla à peine le premier jour, et très peu le lendemain. Asara ne lui mit pas la pression, ne lui demanda même pas si elle avait trouvé ou non le monastère. Elle savait que oui, de toute façon. Son père arborait la même expression quand il était revenu dans leur maison dans la forêt de Yuna, peu de temps avant l'arrivée des shin-shin. Asara se contenta d'attendre, et veilla sur elle pendant qu'elle récupérait.

À la demande d'Asara, le gérant leur apporta à manger à intervalles réguliers. Il était bien payé pour ce dérangement. La richesse que Kaiku et Asara transportaient avec elles, bien que peu impressionnante selon les critères de la cité, représentait une petite fortune pour le village de Chaim. Kaiku mangea, au début un tout petit peu puis beaucoup plus lorsque son estomac rétréci s'agrandit à la perspective d'une énergie revivifiante. Elle avait une faim de loup ; la nuit, elles dormaient blotties l'une contre l'autre. Asara demanda des couvertures supplémentaires au gérant mais Kaiku frissonnait malgré tout.

Le troisième jour, Kaiku avait repris des forces. De son propre chef, elle se mit brusquement à parler.

— J'imagine que vous êtes curieuse de savoir où j'étais, fit-elle à Asara, assise sur le bord de son lit en train de se peigner les cheveux.

— Cette pensée m'a traversé l'esprit, en effet, répondit-elle d'un ton sec.

— Pardonnez mon silence, dit Kaiku. J'avais tellement de choses à penser.

Asara finit de se peigner et se contorsionna pour faire face à Kaiku, enveloppée dans une couverture, serrant ses genoux.

— Vous avez souffert, remarqua-t-elle comme pour l'excuser.

— Pas plus que je ne le méritais, répondit-elle.

Puis elle raconta à Asara ce qu'elle avait vu et fait, lui parla de son voyage dans les montagnes, lui dit qu'elle avait tué un Tisserand à qui elle avait volé ses robes, lui parla du Masque et de la traversée de la barrière qui cachait les Tisserands du monde. Elle parla du monastère et des choses étranges à l'intérieur, de la prison ignoble remplie d'Aberrants et de l'accusation de la créature : *Regarde ce que tu nous as fait…*

Les yeux d'Asara s'écarquillèrent à mesure que Kaiku lui racontait ce qu'elle avait vu dans la salle de la pierre magique et la vision que le Masque lui avait donnée. Elle ne pleura pas quand elle parla de son père et de sa destinée ; mais des larmes lui picotaient les yeux, se formaient derrière ses cils. Enfin elle expliqua à Asara la véritable nature des pierres magiques. L'origine jalousement gardée du pouvoir des Tisserands était aussi la spoliatrice de la terre. Kaiku, Asara, Cailin, l'impératrice héritière Lucia… tous les Aberrants étaient simplement un effet secondaire de l'énergie des pierres magiques que les Tisserands exploitaient dans leurs Masques.

À mesure qu'elle se confiait à elle, Asara se surprit à suffoquer d'émerveillement. Chaque mot semblait accentuer cette sensation d'incrédulité. Les pierres magiques *étaient* l'origine du fléau ? Les Tisserands étaient responsables des Aberrants qu'ils tuaient ? Pour la première fois depuis fort longtemps, elle sentit qu'elle était au bord de quelque chose qui valait véritablement le coup. Tout ce pour quoi elle œuvrait ces dernières années, avec l'Ordre rouge et le Libera Dramach, quand elle était la servante de Kaiku… Tout cela devint brusquement cohérent, et elle sentit le sang battre dans son corps : elle était *vivante*.

— Savez-vous ce que vous avez découvert ? réussit à dire Asara. Savez-vous ce que vous avez *trouvé* ? (Elle attrapa le bras de Kaiku.) En êtes-vous sûre ? Êtes-vous sûre que ce n'était pas un délire que vous avez vu mais bien les souvenirs de votre père ?

— Entièrement sûre, dit Kaiku d'un ton las. Mais les notes de père ont brûlé dans la maison et s'il ne reste rien dans son appartement d'Axekami, je doute qu'il y ait des traces.

— Mais cela pourrait faire tomber les Tisserands ! s'enthousiasma Asara. Si les nobles l'apprenaient, si nous pouvions le *prouver*… la fureur d'avoir été trompés… par les esprits !, même si nous n'y arrivions *pas*, nous pourrions planter les graines, les aider à poser les bonnes questions ! Pourquoi personne n'y a pensé plus tôt ?

— Ils y ont pensé, dit Kaiku. Mais la plupart des érudits sont sous le mécénat d'un noble qui a, lui-même, un Tisserand. Il leur arrive généralement des accidents avant de pouvoir poursuivre leur recherche, je suppose. Mon père était indépendant, il a gardé sa recherche secrète, et même lui a été découvert.

Asara l'écoutait à peine.

— Comment vous êtes-vous enfuie du monastère, Kaiku ?

Kaiku haussa légèrement les épaules.

— C'était facile.

Elle lui raconta alors le reste de son histoire. Quand elle s'était réveillée de son étourdissement lié au stress et à la faim, elle s'était forcée à se remettre debout et avait tenté de retourner dans les pièces les plus centrales du monastère, où il y aurait de quoi manger. Que le Masque l'ait aidée ou non, elle ne pouvait le savoir, mais peu après elle trouva une cuisine, peuplée de petits servants qui s'affairaient et qu'elle n'avait pas encore rencontrés. C'étaient presque des nabots, maigres, nerveux et basanés, et leurs visages ratatinés ne révélaient rien de leurs pensées, si tant est qu'ils en aient eues. Ils avaient l'air une race simple et servile.

En se tournant vers une assiette en os et vers l'évier, Kaiku se procura des racines comestibles, une étrange espèce d'hybride de riz-patates, et des morceaux de viande rouge nageant dans une sauce huileuse. Elle se retira dans la solitude pour se nourrir, releva son Masque et mangea par en dessous, redoutant que quelqu'un ne voie son visage. C'était étonnamment délicieux, mais le soulagement de remplir son ventre rendit tout cela encore plus merveilleux. Elle retourna en chercher et les servants ne lui posèrent pas de questions. À partir de là, Kaiku navigua près de la cuisine qui lui servait de point de repère pour qu'elle sache toujours où revenir après s'être baladée.

Il lui fallut plusieurs tentatives pour trouver la route pour le monastère, et elle avait pris suffisamment d'assurance entre-temps pour que son déguisement ne la trahisse pas. Les Tisserands restaient entre eux et c'était une race excentrique. Elle en rencontra certains tapis dans des coins, se berçant doucement et baragouinant ; d'autres lui sautaient dessus en hurlant puis s'enfuyaient en courant. La majorité se contentait de passer à côté d'elle. Elle ne tarda pas à réaliser qu'un Tisserand qui ne parlait pas constituait une singularité mineure par rapport à la folie qui régnait dans le monastère et cela la réconforta.

Elle ignorait ce qu'elle ferait lorsqu'elle ressortirait au grand air. Peut-être avait-elle songé à retourner dans le désert et à croire en la chance de Shintu pour l'aider. Mais Shintu lui sourit de bien d'autres façons.

Quand elle sortit enfin dans la lumière vive et crissant de neige, une espèce d'effervescence agitait la minuscule habitation collée sur le flanc de la montagne en face du monastère. Elle traversa le pont au-dessus du gouffre et mena son enquête. Plusieurs dizaines de servants nabots portaient des sacs et des boîtes dans l'immense escalier de pierre qui menait au pied de la montagne. Elle les observa un instant avant de deviner ce qu'ils allaient faire. Ils chargeaient des charrettes ! Brusquement excitée, elle passa devant eux et se mit à descendre l'escalier. Ce n'était pas une mince affaire mais elle avait l'intuition que si elle manquait cette opportunité, elle n'en aurait peut-être plus jamais aucune.

En bas, elle vit que ses efforts n'avaient pas été vains. Trois grandes charrettes aux grosses roues enveloppées de chaînes étaient garées et un manxthwa y était longé. Plusieurs Tisserands s'affairaient tout autour. Tout bien considéré, elle rejeta l'idée de se cacher dans les charrettes et fit la seule chose à laquelle elle songea. Le banc du chauffeur était suffisamment large pour trois et, visiblement, il n'y aurait qu'un chauffeur par charrette. Elle se hissa dans l'une d'elles et attendit.

Des heures parurent s'écouler avant que les servants eurent fini de charger, temps pendant lequel Kaiku resta assise en priant que personne ne vienne l'interroger. Elle faisait confiance au bouclier de folie des Tisserands pour qu'ils ne lui posent aucune question ; elle avait assisté à des actes bien plus aléatoires le peu de temps qu'elle avait passé dans le monastère. Au bout d'un moment, l'un des servants nains grimpa dans le siège à côté d'elle. Il l'observa un instant sans curiosité puis fit claquer les rênes et le manxthwa s'en alla avec le chargement. Kaiku laissa échapper un soupir. Les Tisserands ne partaient pas avec eux.

Il leur fallut plusieurs jours de route pour retourner à Chaim. Les servants conversèrent dans un dialecte incompréhensible mais ne parlèrent jamais à Kaiku. Ils ne remarquèrent pas qu'elle emportait toujours sa nourriture pour manger ou disparaissait pour faire sa toilette. À un certain moment, ils franchirent la barrière du Tissage qui entourait le monastère mais les servants ne parurent pas touchés par ses effets désorientants et la traversèrent. Kaiku fut exposée à l'accès momentané de bonheur suprême qui accompagnait ce monde doré des fils de tissage puis cela lui fut encore arraché avec suffisamment de force pour que son cœur souffre de nouveau. Elle retomba dans une misère tranquille. Pendant toute la durée du voyage elle ne dit pas un mot et quand ils arrivèrent à Chaim, elle faillit pleurer de soulagement en voyant la petite ville morne et sordide.

— Quand nous sommes arrivés ici, conclut-elle, j'ai trouvé un endroit où me cacher et me changer. Le Masque et la robe sont dans mon sac. (Elle désigna d'un signe de tête l'énorme sac dans un coin de la pièce.) J'espérais que vous m'auriez attendue. L'un de vous au moins.

Asara ne répondit pas à sa question tacite sur Tane et c'était la seule réponse dont Kaiku avait besoin. Elle ne la lui reposa pas.

— Kaiku, ce que vous avez fait… c'est quelque chose d'extraordinaire, dit-elle, en guise de consolation.

— Extraordinaire ? demanda Kaiku. (Et ses yeux se reposèrent sur ses genoux enveloppés par la couverture.) Non. Je suis de nouveau condamnée. Vous ne comprenez pas ? J'ai juré à l'empereur des dieux de venger la mort de mon père. Les Tisserands en sont responsables. Pas un seul, agissant dans son coin. *Tous*. Comment… comment affronter seule les Tisserands ? Comment puis-je détruire des créatures qui peuvent tuer sur une seule pensée, qui peuvent lire les pensées des autres ? Ma tâche est impossible mais mon serment tient toujours.

— Alors vous devriez retourner avec moi sur le continent. Dans l'Ordre rouge. Vous en avez suffisamment fait ici, Kaiku. Plus que suffisamment. Une personne ne peut détruire les Tisserands mais vous avez fait plus avec la force de votre cœur que des dizaines qui vous ont précédée. Et vous avez des alliés.

Kaiku hocha la tête, bien qu'il n'y eût aucune conviction en elle.

— Vous avez raison. J'ai promis à Cailin que je reviendrai. Je n'ai rien d'autre à faire ici. Nous partirons demain.

La nuit tomba, la nuit froide et glaciale des montagnes. Elle mangèrent de nouveau puis enfilèrent leurs vêtements de nuit et allèrent se coucher au plus vite. L'idée de quitter cet endroit était dans leur tête à toutes les deux, mais il restait cette question qui planait, passée sous silence, et Asara ne fut donc pas surprise lorsque Kaiku se mit à pleurer doucement. Nul besoin de demander ce qui la perturbait, elle le savait parfaitement.

— Il est parti, murmura-t-elle et les couvertures bougèrent lorsqu'elle s'approcha et enfouit sa tête dans l'épaule d'Asara.

Asara fit un bruit de confirmation.

— Je le lui ai dit. Pour vous. Pour moi. Il avait le droit de savoir.

— Père, mère, grand-mère Chomi, Machim… même Mishani. Et maintenant Tane, murmura Kaiku. Ils me quittent tous, d'une façon ou d'une autre. Que devrais-je encore endurer, Asara ?

— Tous ceux desquels vous deviendrez proches vous quitteront, Kaiku, dit doucement Asara en sentant une émotion gênante la submerger. Jusqu'à ce que vous acceptiez qui vous êtes. Préféreriez-vous que Tane vous quitte maintenant… ou après avoir vu vos yeux à la suite d'un incendie ? Il a beaucoup de contradictions à résoudre, Kaiku. Ne perdez pas courage. Peut-être qu'il vous retrouvera.

Ces mots firent redoubler les larmes de Kaiku.

— Vous croyez ?

— Peut-être, dit Asara, son souffle soulevant les cheveux fins de Kaiku quand ses lèvres se rapprochèrent. Peut-être que non. Il a appris et a accepté. Peut-être y avait-il plus de choses en lui que je l'avais cru. (Elle mit une main sur la tête de Kaiku et la caressa doucement.) Vous n'êtes pas seule. Mais vous devez assumer d'être Aberrant, Kaiku. Arrêtez de vous considérer comme l'une d'entre *eux*. *Ils* vous détestent à présent. *Ils* sont comme Mishani ; même ceux à qui vous faites le plus confiance vous tourneront le dos. Vous n'avez personne à part ceux de votre espèce. Pour l'instant, au moins, vous m'avez.

Kaiku se retira de l'épaule d'Asara et s'essuya les yeux du dos du poignet. Elle sentait le regard d'Asara dans l'obscurité bien qu'elle ne vît qu'un infime éclat de lumière de ses yeux anormaux qui voyaient dans la nuit.

Non, se dit-elle. *Pas anormaux. Magnifiques. Elle n'aura jamais peur de la nuit, et moi si.*

— Vous êtes au-dessus d'eux, dit tranquillement Asara. Oubliez les restrictions, toutes les règles que vous avez apprises. Elles ne s'appliquent pas à vous. Utilisez-les uniquement lorsque vous devez vous cacher parmi eux. Pourquoi vous soumettre à ce que l'on vous a appris alors que vos professeurs vous tueraient s'ils le pouvaient ? Ne les écoutez plus. Désobéissez. Défendez-vous.

— Me défendre, souffla Kaiku, effleurant des doigts la joue d'Asara.

Elle était accablée, son cœur sur le point d'exploser à cause de ce qu'avait dit Asara et elle goûtait à un cocktail de peur, de terreur, d'excitation et de liberté tel qu'elle n'en avait jamais connu auparavant. Pendant un instant, quelque chose sembla s'agiter entre elles ; lorsque partager la chaleur de leurs corps devint brusquement magnétique, lorsque tout parut possible et, de fait, le devint. Et à cet instant, Kaiku posa ses lèvres sur celles d'Asara qui, de son côté, rapprochait les siennes, en proie au même désir, prise dans le même courant.

Elles ne firent plus qu'une, leurs peaux douces se collèrent l'une à l'autre. Leurs lèvres étaient desséchées par le vent mais elles s'humidifièrent rapidement dans la ferveur du moment ; leurs langues se touchèrent et glissèrent en goûtant l'une à l'autre. La main de Kaiku glissa le long de la courbe de la taille d'Asara et du renflement de sa hanche, sentant le muscle tendu en dessous. Asara l'attrapa par la nuque et roula sur elle, le bruit de sa respiration s'accélérant dans l'obscurité. Elle chevaucha les hanches de Kaiku qui sentit ses paumes chaudes sur son visage, descendre sur ses épaules, sur la courbe de sa poitrine, sur la pointe de ses mamelons, puis sur son ventre plat.

La respiration d'Asara était rapide, presque haletante ; Kaiku vécut un moment de doute, sentit que quelque chose n'allait pas, qu'elle s'était excitée trop vite.

Mais, submergée par la précipitation, Kaiku l'ignora. Elle s'agenouilla sur le lit et posa ses lèvres sur celles d'Asara, l'embrassa fougueusement, dans la chaleur, la passion et l'obscurité. Les cheveux d'Asara tombèrent sur le visage relevé de Kaiku ; elle était à califourchon sur ses genoux et se rapprocha, leurs ventres et leurs seins collés, uniquement séparés par leurs chemises de nuit de soie. Les ongles de Kaiku ratissèrent son dos comme s'ils pouvaient déchirer la barrière qui les séparait.

— Tu ne sais pas… tu ne sais pas ce que tu fais… murmura Asara en guise de protestation mais Kaiku avait déjà fait glisser une bretelle sur ses épaules, l'avait fait descendre jusqu'à son coude et sa bouche avait trouvé le mamelon d'Asara qu'elle léchait doucement. Elle frissonna d'un plaisir involontaire, dégagea ses cheveux de son visage, ses hanches se balançant contre celles de Kaiku, respirant superficiellement.

Elle attrapa Kaiku, violemment, et la poussa sur le lit. Ses doigts agrippèrent comme des griffes les deux côtés du crâne de la jeune femme et elle approcha ses lèvres des siennes dans un mouvement brutal de prédateur qu'elle avait pratiqué bien des fois auparavant. Quelque chose en elle l'avertissait d'arrêter, mais la passion de Kaiku avait rendu fous son appétit et son désir, et la voix était faible et elle n'en tint pas compte. Brusquement, elle voulait désespérément ce qui se trouvait en Kaiku, voulait reprendre la vie *qu'elle* avait donnée, faire sortir cette partie d'elle-même qui était allée dans Kaiku quand elle avait volé le souffle de la servante Karia et l'avait insufflé dans les poumons de sa maîtresse morte. Un morceau d'Asara était parti avec ce souffle, un éclat de sa vie s'était logé dans le cœur de Kaiku et Asara comprit en un éclair que c'était la véritable raison pour laquelle elle était revenue vers Kaiku après que celle-ci avait failli la tuer dans la forêt de Yuna.

Kaiku sentit quelque chose dans l'urgence d'Asara mais, dans sa ferveur, elle ignorait si c'était de la passion, de la colère ou autre chose de totalement différent. Et ses sens étaient trop surmenés pour être fiables. Asara l'embrassa fort, de plus en plus fort, et Kaiku sentit une douleur en elle, comme si un organe dans sa poitrine était sur le point de se libérer d'un coup, son cœur sur le point de s'arracher de ses amarres aortiques. Asara suça, incapable de s'arrêter, souhaitant simplement se rassasier de la façon la plus complète qu'elle connaissait.

La porte de la chambre s'ouvrit à la volée.

Asara se libéra d'un coup, et Kaiku se jeta à l'autre bout du lit, haletant comme si elle venait d'échapper à la noyade. Son corps avait perçu la proximité de la mort, contrairement à son esprit ; et elle sentit la terreur et la panique l'accabler lorsque Mamak et trois autres costauds se précipitèrent dans la pièce, armés de pelles et de piolets. Cette vision les arrêta : deux femmes, l'une avec sa chemise de nuit pendillant sur l'épaule, le sein droit à l'air, respirant fortement, surprise. Un sourire concupiscent se forma doucement sur le visage de Mamak puis Kaiku hurla et il explosa.

La bouffée de *kana* la déchira, telle une débandade folle. Le monde passa de la réalité à une infinité de fils dorés, de fibres et de trames, un diorama de lumière magnifique qui la brûlait de l'intérieur comme du métal fondu dans ses veines. Ses iris s'assombrirent pour devenir rouge vif et elle s'en prit violemment à eux, par réaction à la peur, à la passion, à la surprise. Elle vit le pouls vif de Mamak comme une jonction impétueuse de fils, le flot de son sang passer sous sa peau transparente, et elle le déchira en une pensée. Il explosa en une pluie de sang en flammes, éclaboussa de morceaux d'os et de cerveau carbonisés le lit et ses compagnons éberlués. Asara poussa un cri perçant et se jeta en arrière, ses instincts lui rappelant ce qui s'était passé la dernière fois qu'elle avait vu Kaiku comme cela.

Mais cette fois, c'était plus dur, plus ciblé. Cette fois, il n'y avait pas de surprise et Kaiku réussit à canaliser la débandade, à la forcer à sortir, à la diriger. D'un brusque mouvement du bras, elle fit sauter les autres hommes dans la pièce, déchiquetant leurs fibres. Et là où les fils claquèrent, des flammes s'ensuivirent, une décharge d'énergie explosive. Les compagnons de Mamak devinrent des piliers enflammés, leurs hurlements se turent en quelques secondes alors que leurs poumons et leurs gorges se carbonisaient, leurs yeux pleurnichaient, cuisant de l'intérieur et de l'extérieur. L'un d'eux finit par faire un mouvement vers Kaiku, tentative idiote de vengeance ou de supplication, mais il s'affala sur le lit auquel il mit le feu.

Kaiku sentit le *kana* s'éteindre tout seul comme une bougie dans un grand coup de vent et sa vision sembla revenir à la normale, les fils dorés disparaissant sous des formes solides et la lumière de la flambée qui éclairait la chambre enténébrée.

La *flambée*.

La chambre était en flammes.

Il lui fallut un moment pour retrouver ses repères. Asara était déjà debout, sa chemise de nuit remise en place pour préserver sa pudeur, regardant Kaiku avec méfiance. Elle semblait incapable de savoir ce qui était le plus dangereux – les flammes ou celle qui les avait fait naître. L'air s'emplissait d'une puanteur étouffante et écœurante de chair qui brûlait et de la fumée noire s'amassait au plafond.

Kaiku tangua, sentant qu'elle avait la tête qui tournait. Elle avait failli s'évanouir en maîtrisant le *kana*. Asara vit qu'elle s'affaiblissait et resta sur le lit avec elle un moment, lui tenant le bras.

— Viens, siffla-t-elle. On doit y aller.

Kaiku la laissa la relever, sa tête pendillant sur son cou comme une marionnette, ses yeux rouges s'assoupissant. Asara rassembla leurs vêtements en un seul geste et les jeta sur les corps brûlants, sur le pas de la porte ouverte et dans le couloir. Puis elle balança les deux sacs et les fusils sur son épaule et souleva Kaiku du lit qui brûlait. Les flammes léchaient déjà les murs. Les restes carbonisés de Mamak gisaient dans l'embrasure de la porte, toujours en flammes, les empêchant de sortir.

— Nous allons devoir l'enjamber en sautant.

— J'en suis incapable, murmura Kaiku.

Asara la gifla, fort. Elle recula, ses yeux faisant la mise au point.

— Saute, siffla-t-elle.

Kaiku prit son élan et sauta par-dessus le cadavre de Mamak, trop vite pour que les flammes atteignent son peignoir. Le couloir semblait glacé en comparaison à la chambre d'où elle s'était échappée. Elle entendit des voix et des pas en bas, mais elle attrapait déjà son pantalon qu'elle passait sur sa chemise de nuit. Asara franchit ensuite la porte à toute allure, suivant l'exemple de Kaiku. Elle enfilait ses vêtements de voyage juste au moment où le gérant de la pension de famille et plusieurs résidents munis de seaux d'eau montaient l'escalier et arrivaient dans le couloir ; un instant plus tard ils se retrouvèrent nez à nez avec le canon d'un fusil.

— Je vous assure, je tire très bien, dit Asara les yeux sur la mire.

— Que s'est-il passé ? demanda le gérant.

— Notre ex-guide a décidé qu'il en avait assez d'attendre que nous l'embauchions de nouveau et avait l'intention de nous délester de notre argent, répondit Asara.

C'était ce qu'elle avait prévu puisque Tane avait, peu judicieusement, fait étalage de leur argent en redescendant les montagnes.

— Allez-vous-en ! hurla l'un des hommes derrière eux. Cet endroit brûle, par les esprits !

— Attrape les sacs, dit-elle tranquillement par-dessus son épaule.

Kaiku obéit avec lassitude. La brûlure de *kana* lui donnait déjà des spasmes de douleur, des secousses d'agonie martelant son corps.

— Que voulez-vous ? cria le gérant. Laissez-moi éteindre le feu ! C'est mon gagne-pain !

— Deux chevaux, de vos écuries, répondit Asara. Nous pouvons vous les acheter ou les prendre de force. Choisissez.

— Sang du cœur ! souffla brusquement un autre homme. Regardez ces yeux !

C'était de Kaiku qu'il parlait.

— Aberrant ! siffla quelqu'un.

— Oui, Aberrant répondit Asara. Et elle vous fera ce qu'elle a fait à cette chambre si vous restez en travers de notre chemin. Les chevaux, *maintenant*, ou nous restons ici jusqu'à ce que tout brûle.

— Je vous y emmène, dit le gérant d'un ton sec. Vous les gars, éteignez ce feu !

Asara descendit tout doucement le couloir, Kaiku sur ses pas. Les hommes passèrent devant elles à toute allure, s'éloignant de Kaiku dans un mélange de dégoût et de crainte, portant leurs seaux d'eau vers l'incendie.

— De bons chevaux, dit Asara. Et nous vous paierons ce que vaut cet endroit.

Le gérant la regarda, plein de haine, mais il savait ce que cela signifiait. Un nouveau commencement, ailleurs, où la vie n'était pas aussi dure ni aussi sinistre.

— Vous avez l'argent ?

Asara opina.

— Alors laissons l'incendie se propager. Venez avec moi, dit-il.

Elles partirent cette nuit-là en direction du sud, traversèrent Fo sous un vent piquant et mirent le maximum de distance entre elles et Chaim. Kaiku dormit, attachée à la selle car le *kana* l'avait brûlée de l'intérieur, et Asara resta à ses côtés pour diriger la monture.

Étranges, les chemins que nous font prendre les dieux, songea Asara. Et elle poursuivit sa route tandis que l'aube illuminait l'est.

25

Au sud d'Axekami, la faille de Xarana était encadrée à l'est et à l'ouest par les rivières Rahn et Zan. C'était un lieu de légende obscure, un vaste andain de terres anéanties, hanté par des fantômes de mauvaise mémoire et où régnaient des esprits impétueux, que le tumulte de sa formation avait réveillés en sursaut et qui ne s'étaient jamais réellement calmés depuis.

L'histoire racontait que Jaan tu Vinaxis, fondateur vénéré de l'empire de Saramyr, avait construit la première cité de Saramyr de Gobinda à cet endroit, pour commémorer la défaite du peuple aborigène ugati. La terre était alors plate et verte, et Gobinda prospéra et devint une grande cité sur les rives de la Zan. Mais Torus, le fils de Jaan, fut usurpé par le troisième empereur Blood, Bizak tu Cho. Les légendes parlaient de la débauche que nourrissait Bizak, des orgies impies et des excès. Puis vint Chute de l'Hiver, jour où tous les hommes devaient rendre hommage à Ocha pour célébrer le début d'un nouveau cycle dans l'année. Bozak, après une fête de trois jours, était trop fatigué pour y assister. Il envoya sa fille à sa place.

Ce qui déchaîna la fureur d'Ocha. D'après la légende, les sages rêvèrent d'un gros sanglier cette nuit-là, avec un souffle de feu, de la fumée et des défenses déchiquetées, qui piétina la terre et la fendit en mille morceaux. Ils avertirent l'empereur de faire amende honorable auprès d'Ocha, lui rappelant qu'il n'était qu'empereur des hommes, et Ocha, empereur des dieux. Mais dans son orgueil démesuré, Bisak ne les écouta pas et ils s'enfuirent.

Il y eut peu de survivants au puissant châtiment d'Ocha mais ceux qui s'en sortirent en firent une peinture terrifiante. La terre rugit, se cabra et se fissura comme de la pierre frappée avec un marteau, puis s'attaqua au peuple de Gobinda, hurlant dans les abîmes béants. La terre vomit du magma, éructa de la cendre dans le ciel et noircit le soleil, transformant le monde en chaudron bouillonnant de lumière rougeoyante. D'immenses morceaux de terre dégringolèrent brusquement sur des centaines de mètres, suivi par un éboulement de rochers, des éclairs crépitèrent et, par-dessus tout cela, un hurlement et un cri strident, comme celui d'un énorme sanglier enragé. Gobinda tomba dans la terre et fut engloutie, et Bizak tu Cho, sa fille et toute sa lignée, tombèrent avec elle.

La destruction terminée, la terre était décomposée et anéantie. La Rahn et la Zan, qui coulaient autrefois pour de bon, étaient désormais entortillées dans d'immenses chutes d'eau et se déversaient sur le paysage nouvellement englouti. La faille de Xarana – qui s'appela ainsi lorsque l'on comprit plus de choses sur la tectonique et les coutumes de la terre intérieure – était un dédale de plis, de saillies, de plateaux, de vallées, de moraines et de promontoires : un paysage de pur chaos. Dans les centaines d'années qui suivirent le cataclysme, de l'herbe et des arbres avaient poussé, faisant quelque peu oublier son aspect désolé mais les enseignements, eux, ne furent jamais oubliés. C'était toujours un endroit de malchance et de malheur, que le peuple honnête de la cité visitait rarement. Les esprits y abondaient ; certains étant bienveillants mais la majorité ne l'étaient pas.

Mais d'autres osèrent élire domicile dans les terres dures de la faille de Xarana. Ceux qui aspiraient à la solitude, ou avaient besoin de se cacher, ceux qui prenaient le risque de trouver des métaux précieux et des gemmes que le cataclysme n'avait pas fait sortir ; ceux qui n'avaient rien trouvé dans les cités et les champs et voulaient recommencer à zéro. Il y avait autant de raisons que d'individus qui vivaient dans les terres de la faille et dans le paysage agité, des dizaines de petites communautés cohabitaient, certaines en harmonie, et d'autres dans l'hostilité. Mais tous étaient d'accord sur une chose : les affaires de la faille ne sortiraient pas d'ici et le monde extérieur ne devait rien en savoir.

Cailin tu Moritat était assise bien droite sur la selle d'une jument noire, qui se dessinait dans le ciel chaud du milieu de matinée. Sous elle, le sol tombait en marches massives et semi-circulaires, en plateaux irréguliers qui s'entassaient au hasard les uns sur les autres. Derrière ces plaques de terre était construite une petite ville ; des amas denses de maisons, des entrepôts de ravitaillement, un bar par-ci par-là et quelques minuscules tombeaux nichés sur les pistes crasseuses qui faisaient office de rues. Des ponts et des escaliers reliaient les différents niveaux. C'était un méli-mélo, une accumulation d'une centaine de styles d'architecture différents ; cet endroit n'avait pas été planifié mais construit comme le dictait la nécessité, et par des mains différentes. Les maisons angulaires à trois étages des régions du sud dépassaient d'un groupe d'habitations basses et larges de Tchom Rin ; des maisons à balcons ornementées qui n'auraient pas paru déplacées dans le District de la rivière d'Axekami étaient ridiculisées par l'austérité astucieuse de leurs voisins. Certaines de ces habitations étaient là depuis vingt ans ou plus – une longue période vu l'environnement turbulent de la faille – alors que d'autres étaient toujours en construction, les façades grouillant de nervures de bois et de solives. Tout avait été construit voilà près de six ans, lorsque le Libera Dramach avait englouti les habitations existantes et s'était mis à attirer les gens de tout Axekami, dont certains étaient des ingénieurs en bâtiment à la compétence limitée.

En haut, où les marches montaient sur un flanc de terre majestueux, il y avait des grottes qui menaient loin à flanc de coteau, leurs entrées décorées de gravures à l'eau-forte fantasques, des bénédictions pour ceux qui y pénétraient et des supplications aux dieux. Là, caché à l'intérieur d'un labyrinthe de pièces, un réseau secret enveloppé de rochers impénétrables.

De son poste d'observation sur une corniche avoisinante, surplombant tout, Cailin vit l'ampleur de l'activité industrielle qui s'y déroulait. Tout n'était que mouvement. Des ouvriers couraient précipitamment dans tous les sens et donnaient tel ou tel ordre. Des contremaîtres criaient sur leurs hommes. Des tours étaient érigées, leurs squelettes grouillaient en masse. Sur un plateau, un groupe d'hommes et de femmes étaient entraînés à l'épée, lançaient des coups droits et enfonçaient leur lame à l'unisson sur les ordres qu'aboyait leur professeur. Les marches étaient jonchées de grues en bois, de monte-charge et d'échafaudages en bambou. Des tas de caisses et de provisions empaquetées étaient tirés par des charrettes qui roulaient sur des pistes en courbe. Des avant-postes étaient perchés sur les rebords du plateau et des sentinelles y faisaient le guet, balayant des yeux les pentes accidentées jusqu'à la petite étendue de terre plate qui les entourait et les parois sombres de rochers maussades au-delà. La pente que décrivait la terre avoisinante protégeait cet endroit de la vue avec tant d'efficacité que l'on ne pouvait la voir depuis le bord de la vallée qui la berçait. Il n'y avait aucune sorte d'armée organisée mais la faille de Xarana était un endroit rude, et toute colonie qui ne pensait ni agissait comme une forteresse ne tarderait pas à se voir submergée.

Cailin s'autorisa un vague sourire, les triangles noirs et rouges peints sur ses lèvres se retroussant légèrement. C'était le Bercail, la demeure du Libera Dramach, et pour l'instant, également la demeure d'une petite communauté religieuse de l'Ordre rouge. Elle ne pouvait s'empêcher d'admirer la clairvoyance de leur dirigeante. Peu connaissaient même l'existence du Bercail. Voilà des années que le Libera Dramach recrutait et se réunissait en secret, attirant de la même manière des gens de tout bord. Des bandits s'étaient vu proposer la chance de mettre un terme à leur existence précaire et de les rejoindre ; des étudiants, convaincus par la justesse de leur cause ; le peuple commun qui avait une dent contre les Tisserands – et ils étaient légion – venait chercher un moyen de rendre les coups à ceux qui leur avaient fait du mal. Avec eux, des physiciens, des apothicaires, des soldats désenchantés, des épouses chassées de chez elles, des vagabonds, des débiteurs. Tous trouvaient un foyer ici. Tous étaient emmenés au Bercail. Au centre se trouvait le Libera Dramach, qui avait juré fidélité à l'organisation, quelques membres choisis parmi les centaines d'arrivants. Quant aux autres, certains croyaient en la cause, et d'autres pas ; mais tous se retrouvèrent comme faisant partie de la communauté, auto-gouvernée et non soumise aux lois de la noblesse et à celles des Tisserands ; et c'était quelque chose de précieux pour bon nombre d'entre eux.

Elle trouvait toujours légèrement surprenant qu'un groupe d'individus aussi disparates ait pu garder un secret aussi lourd aussi longtemps, surtout que la majorité du Libera Dramach passait son temps loin du Bercail, dans les cités, à faire ses affaires quotidiennes. C'étaient les espions, les fournisseurs, le réseau. Mais, bien que ce fût une rumeur puissante chez les gens du commun, la noblesse avait forcément dû entendre parler du Bercail – ou, ce qui était plus probable, ils l'avaient ignoré. La faille de Xarana était un lieu de secrets ; il y avait de grandes fermes illégales de racine d'amaxa qui fournissaient les cités sans payer leurs taxes, des enclaves entières d'individus qui vénéraient des dieux interdits, des monastères où le contact avec le monde extérieur était évité. Mentionner le Bercail méritait rarement l'attention de la noblesse. Du moins, pas d'un noble qui ne faisait pas déjà partie de l'organisation. Car le Libera Dramach avait des yeux, même dans les cours de l'impératrice et beaucoup le croyaient. Les Aberrants n'étaient pas le mal. L'impératrice héritière devait prendre la couronne.

Un hommage au talent et à l'enseignement de leur dirigeant, qu'ils soient allés si loin ; et qu'ils soient prêts lorsque la crise s'était annoncée. Le monde entier avait découvert l'impératrice héritière. Le moment était venu pour le Libera Dramach d'entrer en action.

Cailin fit tourner sa monture et descendit la corniche herbue en direction de la faille. Il y avait eu plusieurs arrivées ces derniers temps et le moment était venu de tous les faire se rencontrer.

— Je n'arrive pas à le croire, dit Kaiku.

Elle se tenait courageusement sur le bord de l'un des plus hauts plateaux du Bercail, au-dessus de la masse principale des bâtiments et contemplait, émerveillée, le paysage qui s'étendait en contrebas, le dédale de toits de formes différentes et le puzzle à couches multiples. Les rues encrassées bouillonnaient de gens venant d'Axekami, collisions de vêtements de fortune comme Kaiku n'en avait jamais vu. Le soleil de l'après-midi cognait dur sur sa peau et la réchauffait de ses rayons ; des oiseaux volaient et déchiraient le ciel au-dessus de sa tête. Elle leva le visage, ferma les yeux et sentit l'œil de Nuki la regarder de haut, un éclat rouge derrière ses paupières.

— C'est parfait.

Asara était assise sur un gros rocher lisse qui se dressait de manière imposante, en biais sur le plateau herbeux. Elle ignorait à quoi Kaiku faisait allusion quand elle disait que c'était parfait ; le Bercail, le soleil, ou un contentement plus général ? Elle passa outre, de toute façon. Kaiku avait retrouvé son humeur vengeresse depuis qu'elles avaient quitté Fo et pris la rivière de Jabaza en direction d'Axekami. Elles avaient débarqué quelque part au nord, mises en garde par des marins qui remontaient la rivière qu'Axekami était en pleine agitation et qu'aucun bateau n'y entrait. Prenant les chevaux qu'elles avaient gagnés à Chaim, elles se dirigèrent vers le sud, traversèrent la Kerryn en ferry à l'est d'Axekami puis gagnèrent sans problème la faille de Xarana. Là, Asara leur avait fait prendre l'une des routes les plus sûres dans le dédale de terre accidentée puis elles étaient arrivées au Bercail.

Le voyage avait été étrange. Kaiku semblait avoir surmonté son dégoût d'elle-même, peut-être parce qu'il ne restait personne qu'elle aimait suffisamment qui puisse la quitter ou lui faire du mal. Sa famille était morte ; Mishani et Tane l'avaient trahie vu leurs réactions quand ils avaient appris qu'elle était Aberrant. Toucher le fond était merveilleux pour se livrer à l'introspection et visiblement elle avait enfin accepté qui elle était et pris la décision de vivre avec. Son désespoir initial face à l'impossibilité du serment qu'elle avait juré à Ocha s'était réchauffé et transformé en détermination, un objectif rigoureux, une direction indéfectible à laquelle elle se raccrocherait. À la fin de son voyage, Kaiku avait pressé Asara, mourant d'envie d'arriver au Bercail le plus rapidement possible, et de commencer à soupeser les chances qu'elle avait de venger sa famille face à la puissance inattaquable des Tisserands.

Et pourtant, bien que son cœur se fût quelque peu éclairci, elle s'était de nouveau fermée à Asara alors qu'elle commençait tout juste à sentir un semblant de confiance chez son ancienne servante. Asara se dit que l'expression de passion dans la chambre froide et pleine de courants d'air de Chaim était la preuve de la décision de Kaiku de rejeter les vieilles règles qui ne s'appliquaient plus à elle en tant qu'Aberrant, une preuve qu'elle n'avait plus aucune limite, seulement ça et rien d'autre. Mais elle avait attisé une émotion entre elles qui refusait de disparaître, qui se cachait dans des coups d'œil et des remarques tendancieuses et inopinées pour piquer l'autre. Kaiku se méfiait d'Asara pour une autre raison. Elle ne lui avait jamais demandé ce qui s'était passé dans cette chambre lorsque son baiser s'était transformé en autre chose qu'un baiser de lèvres et de langues, et qu'elle avait cherché à aspirer le souffle dans le corps de Kaiku. Mais elle avait instinctivement senti le danger et ne s'autoriserait plus à baisser la garde.

Pourtant elle était là, au Bercail. Asara avait rempli son devoir, un accord passé voilà plus de deux ans. Elle sentait une espèce de satisfaction en elle. Elle se prélassait paresseusement sur le rocher chaud, observant le dos de Kaiku tout en admirant la vue en contrebas, baignée par la splendeur simple d'une journée d'été.

— Vous avez mes remerciements les plus sincères, Asara, ronronna Cailin à côté d'elle.

Asara fut suffisamment rapide pour ne pas sursauter ni trahir sa surprise lorsque la femme en noir apparut.

— Vous l'avez protégée. C'est un élément plutôt précieux pour moi.

— J'ai peur de ne pas vraiment l'avoir protégée comme j'aurais dû, dit Asara sans lever les yeux. Mais nous avons tant de choses à vous dire, Cailin.

Au ton de sa voix, Cailin arqua un sourcil.

— Vraiment ? Alors dites-moi.

— Plus tard. En privé, dit Asara.

Elle choisirait le lieu et le moment voulus. Rappellerait à Cailin qu'elle avait uniquement veillé sur Kaiku en guise de service, pas parce que l'Ordre rouge l'y avait contrainte.

— Elle a déjà commencé à maîtriser son *kana*, ajouta Asara. Il est toujours violent mais pas inapprivoisable. C'est quelque chose de rare, je comprends.

— Rare, en effet, répliqua Cailin sans quitter Kaiku des yeux. Mais nous savions qu'elle serait forte. Et vous vous êtes mise en grand danger pour moi. Une fois de plus, je vous remercie.

— Pas pour vous, la corrigea Asara. Pour moi. Elle m'intéresse. Je l'ai observée quand elle a tout perdu et qu'elle est devenue ce qu'elle méprisait le plus. Et je l'ai observée se battre et redevenir elle-même. Durant le temps que j'ai passé en ce monde, j'ai vu le même amour, la même haine et les mêmes batailles se jouer encore et encore dans une monotonie incessante, mais les siens forment une histoire plus rare et elle continue à me surprendre, même maintenant. Je culpabilise presque de l'avoir emmenée dans votre sphère d'influence. Vous pouvez la berner avec votre altruisme, pas moi. Qu'avez-vous en tête, Cailin ?

— Je crois que vous l'aimez bien, Asara, dit Cailin, un sourire dans la voix, éludant sa question. Et je vous croyais trop cynique pour ce genre de lubies.

— Mon cœur et mon âme ne sont pas encore morts, répondit Asara. Uniquement poussiéreux et blasés, faute d'intérêt.

Cailin rit et ce bruit fit se retourner Kaiku qui les remarqua alors. Elle avança vers elles, s'éloignant du précipice.

— Je suis ravie de voir que vous êtes une femme de parole, fit Cailin, en la saluant d'un signe de tête. Avez-vous trouvé ce que vous cherchiez ?

— C'est une façon de dire les choses, répondit Kaiku et elle ne développa pas.

— L'heure d'agir approche, dit Cailin en examinant Kaiku derrière les croissants rouges sur ses yeux. C'est en partie la raison pour laquelle je vous ai demandé de me retrouver ici.

— Quel genre d'action ? s'enquit Kaiku.

— Bientôt, promit Cailin. Mais d'abord, j'ai amené des gens que vous aimeriez rencontrer.

Elle agita la main à l'attention des nouveaux arrivants qui s'approchaient le long du plateau.

Mishani et Tane.

L'espace d'un instant, Kaiku ne trouva pas les mots et n'osa pas penser ce que cela signifiait. Mais Mishani s'approcha d'elle, semblant étrangement plus petite qu'avant, son immense chevelure nouée dans son dos. Elle hésita puis prit Kaiku dans ses bras ; et Kaiku lui rendit son étreinte. Elle rit en sanglotant, serrant Mishani contre elle.

— Je suis tellement contente que tu sois là, dit-elle.

Mais la fin de phrase fut incompréhensible quand sa gorge se serra et que les larmes ruisselèrent librement. Cailin jeta un regard de triomphe à Asara qui lui rendit un vague sourire.

Toutes deux s'étreignirent un long moment, au soleil. Kaiku n'avait aucune idée de la raison pour laquelle elle était venue, ou de ce qui l'avait fait changer d'avis, mais elle connaissait suffisamment bien Mishani pour savoir ce que cela signifiait. Enfin, elles se relâchèrent et Kaiku regarda Tane qui souriait, mal à l'aise.

— J'ai eu un peu le temps de penser, dit-il.

Et ce fut tout, car Kaiku l'étreignit lui aussi. Il avait l'air légèrement confus par ce contact mais la serra lui aussi dans ses bras et fut quelque peu déçu lorsqu'elle se retira bien plus tôt qu'avec Mishani.

Kaiku s'essuya les yeux et sourit à Cailin qui l'observait avec bienveillance de ses yeux vert foncé.

— Les gens ont le don d'apparaître lorsque vous vous y attendez le moins, Kaiku, lui dit la grande dame. Vous quatre avaient arpenté un chemin entrecroisé, vos routes sont inextricablement liées. Et elles se croiseront encore et encore, jusqu'au bout.

— Comment pouvez-vous le savoir ? lui demanda Kaiku.

— Vous l'apprendrez, fit Cailin. Si vous choisissez d'entrer dans l'Ordre rouge.

— Ai-je le choix ?

— Pas si vous voulez vivre et voir votre prochaine moisson, répondit simplement Cailin.

Kaiku rechigna d'un haussement d'épaules.

— Alors soit.

Cailin rit de nouveau, rejeta sa tête en arrière, ses dents blanches étincelant entre le rouge et noir de ses lèvres.

— Je n'ai jamais entendu aucune proposition acceptée avec autant de mauvaise grâce. N'ayez pas peur, Kaiku, ce n'est pas un engagement à vie que vous faites. Une sœur de l'Ordre rouge n'est rien qu'elle ne veuille pas être. Tout ce que je vous demande, c'est que vous me laissiez vous instruire ; ensuite vous pourrez choisir votre propre voie. Cela vous convient-il ?

Kaiku inclina légèrement la tête.

— J'en serais honorée.

— Alors nous commencerons dès que vous serez prête, dit-elle.

À part Cailin, il y avait trois sœurs dans la pièce. Toutes portaient les atours de leur ordre : la robe noire, les croissants rouges peints sur leurs yeux, les triangles rouges et noirs sur leurs lèvres telles des dents. Asara les trouvait étranges mais pas inquiétantes.

Dans la salle de conférences de la maison de l'Ordre rouge, des lanternes étincelaient dans la nuit, placées sur des supports sur pied dans les coins. Le motif rouge et noir se reflétait dans le décor : la pièce était sombre, ses murs peints en noir mais ornés de fanions écarlates, et d'autres acarna assortis. La clé de voûte était une table basse, ronde, de la même couleur, sur laquelle un brasero soufflait de la fumée parfumée dans la pièce. Les sœurs étaient toutes debout mais Asara paressait dans une chaise. Elle avait depuis longtemps digéré l'importance des nouvelles qu'elle apportait ; cela l'amusait d'observer la réaction des sœurs à présent.

— Lui faites-vous confiance ? demanda l'une des sœurs, une créature mince aux cheveux blonds.

— Implicitement, répondit Asara. Je la connais depuis des années. Elle ne mentirait pas, sûrement pas à ce sujet.

— Et pourtant il n'y a aucune preuve, fit remarquer une autre.

— A part des vestiges dans l'appartement de son père à Axekami, dit Asara. Mais j'en doute.

Cailin inclina pensivement la tête.

— D'où des recherches de notre part, chères sœurs. Si un simple étudiant parvient à réunir suffisamment de preuves pour le convaincre de voyager jusqu'à Fo pour trouver des preuves, risquer sa vie et celle de sa famille…

Elle se tut.

— Nous devons contacter nos sœurs plus loin, suggéra une autre.

Asara leva un sourcil. L'Ordre rouge avait des louches dans plus de pots que personne ne pouvait imaginer, soupçonna-t-elle. Bien qu'elle n'eût aucune idée précise du nombre d'adhérents, ils veillaient à ne jamais se réunir tous ensemble en un endroit. En effet, quatre était le plus grand nombre de sœurs qu'elle avait jamais vues réunies. Cailin lui avait laissé entendre que les sœurs étaient répandues dans tout Saramyr et au-delà, engagées dans la chasse à la nouvelle recrue comme Kaiku, ou s'investissant dans d'autres organisations. Mais elle croyait qu'il y avait une autre raison si elles ne se réunissaient jamais. Elles étaient paranoïaques. Elles savaient parfaitement combien elles étaient fragiles, combien leur communauté était petite et elles redoutaient leur disparition. Bien qu'elles fussent toutes reliées par le Tissage, elles n'avaient pas besoin de se réunir, et donc il n'y avait aucun risque que l'Ordre soit détruit. Oh, elle ne doutait pas que chacune d'entre elles utilisait ses pouvoirs pour servir la communauté mais elle imaginait que la peur était à l'origine. Elles étaient égoïstes, et cherchaient le pouvoir pour se stabiliser. L'Ordre rouge et les Tisserands n'étaient pas aussi différents que Cailin aimait le croire.

— Il y a autre chose, fit remarquer Cailin. Les Aberrants en cage que Kaiku a rencontrés. Qu'est-ce que cela signifie ?

— Peut-être étudient-ils les effets des pierres magiques sur les êtres vivants. Peut-être cherchent-ils un remède à l'Aberrance.

— Peut-être, répondit Cailin. Peut-être était-ce simplement un produit de leur folie. Ou peut-être un indice de quelque chose de plus important.

— Nous devrons y réfléchir, acquiesça l'une des sœurs.

— Mais ça ne change rien, dit Cailin, levant la voix avec fermeté. La découverte de Kaiku n'est qu'une première étape, une percée qui exige notre attention. Mais nous avons d'autres soucis plus pressants. Cela peut attendre. Nous devons disséminer l'information puis nous assurer qu'elle va si loin qu'on ne peut la supprimer. Nous devons planifier, rechercher et mener l'enquête… mais tout cela est pour l'avenir. (Elle décrivit un grand geste du bras comme pour l'effacer de leur esprit.) Pour l'heure, une autre tâche nous attend. Axekami tombe en ruine, la cité est en pleine révolution. Les gardes impériaux ne peuvent pas le maîtriser. Les armées des Blood Amacha et des Blood Kerestyn se chamaillent juste au-dehors de la cité. Le seigneur Tisserand Vyrrch travaille de l'intérieur pour miner l'impératrice et tuer son enfant. (Elle marqua une pause et ses yeux passèrent de l'une à l'autre, tour à tour.) Cela ne doit pas se produire. Elle est notre seul espoir d'éloigner le peuple de Saramyr des enseignements des Tisserands, de leur faire comprendre que les Aberrants ne sont pas le mal qu'ils imaginent que nous sommes. Je me moque bien de qui prendra les rênes de l'Empire si Blood Erinima est renversée mais je ne perdrai pas l'impératrice héritière. Je l'ai rencontrée dans mes rêves et je sais ce qu'elle peut faire. C'est une créature trop rare et trop puissante pour mourir au bout de la lame d'un fantassin ignare. Peut-être Blood Erinima triomphera-t-elle mais j'estime que ses chances sont très minces ; l'impératrice s'est mis le monde à dos. Si elle perd, Lucia meurt.

— Alors que proposez-vous de faire ? s'enquit Asara.

— Les plans sont en place, entre nous et le Libera Dramach, pour assurer la sécurité de l'impératrice héritière de la seule manière possible, répondit Cailin. Nous proposons de la kidnapper.

26

La porte se fracassa, sortit de ses gonds, d'un seul coup du petit bélier lourd que deux des gardes impériaux tenaient entre eux. Jalis, le commandant de la Garde, ouvrit la voie, gravit péniblement l'obstacle au sol, passant de la lumière du jour aveuglante à l'obscurité lugubre de l'étroite cage d'escalier en pierre. Déjà, c'était le tollé général en bas. Il dévala les marches à toute vitesse, les plaques bleues et blanches ternies de son armure cliquetant quand il descendit, tête baissée, en direction du sous-sol de la tannerie. La puanteur qui émanait était encore pire que celle qui régnait à l'air libre et elle l'envahit et faillit lui donner des haut-le-cœur. Il chassa ce réflexe. Son cœur battait à tout rompre ; son sang lui vrillait les tempes. Derrière lui, deux cohortes de gardes s'entassaient dans l'escalier, leurs fusils et leurs épées cliquetant. Ils se précipitaient à l'aveuglette sans savoir où exactement, et tous s'en fichaient. Ils avaient enfin trouvé ces salauds et n'étaient pas d'humeur à y aller doucement.

Jalis sortit de la cage d'escalier et se précipita dans le sous-sol large et bas de plafond. Il n'eut pas le temps d'enregistrer les détails de la pièce ; il n'eut qu'une vague impression d'espace, d'obscurité et perçut le mouvement confus de métal approchant vers lui en se balançant. Son épée se releva majestueusement pour tomber sur la lame d'un homme dans un crissement d'acier. Il para, para de nouveau puis mit tout son poids sur son épée et frappa, mettant son adversaire K.O. lorsque celui-ci détourna mollement le coup. Jalis pénétra de force dans la pièce, ouvrant le chemin aux autres pour qu'ils viennent se joindre au combat. Des épées cliquetèrent dans une cacophonie métallique et des corps se soulevèrent les uns contre les autres à mesure qu'ils rejoignaient la bataille.

Jalis éloigna son attaquant avec une seconde poussée et lui donna un coup d'épée. Jusque-là, il avait à peine vu contre qui il se battait mais il constata que ce n'était qu'un jeune homme, qui ne portait pas d'armure et qui n'était pas un guerrier de toute évidence, le visage tordu dans une horrible grimace de haine. Qu'il soit injustement désavantagé ne le dérangea pas le moins du monde. Il transperça le jeune homme d'un coup d'épée, ressortit sa lame et se battit avec quelqu'un d'autre avant même que le corps empalé de son ennemi ne tombe à terre.

Ils étaient plusieurs douzaines, plus nombreux que les gardes dans la pièce. Mais ils faisaient lamentablement peu le poids par rapport à des soldats armés et entraînés. Le bras de Jalis trépida quand il enfonça son épée dans le cou d'un autre homme, celui-ci âgé de dix-huit moissons à peine, pas plus âgé qu'un jeune garçon. Les gardes dégagèrent l'escalier, permettant à d'autres de les rejoindre et la férocité de l'attaque initiale diminua à mesure que d'autres épées arrivaient pour soulager la tension.

Jalis prit une seconde pour balayer la pièce du regard. Le sous-sol était immense et faiblement éclairé mais il ne lui fallut qu'un coup d'œil pour réaliser que leurs informations étaient bonnes. Partout, des tables étaient recouvertes de tubes de cuivre enroulés, de ballons de distillation, de mécanismes de minuteurs démontés et de détonateurs. Partout traînaient des barils de poudre d'ignition, entassés contre les piliers ronds qui soutenaient le plafond, cachés dans des coins derrière des piles de caisses. C'était un désordre confus sur les bords, où des formes étranges occupaient une place importante dans l'obscurité. Mais la partie centrale était d'une précision redoutable, ses tables disposées en rangées rigoureuses de sorte que les ouvriers puissent se passer les composants achevés le long de la rangée.

C'était le cœur de l'armée secrète d'Unger tu Torrhyc ; l'usine à bombes. Des douzaines étaient morts entre les mains de ses fanatiques et des centaines à cause du chaos qu'avaient provoqué ces bombes. Il n'éprouvait aucune pitié pour eux. Ils représentaient une menace pour les Blood Erinima et pour l'empire. Chaque victime qui tombait sous son épée faisait d'Axekami un endroit meilleur.

Et pourtant la frénésie avec laquelle ils se jetaient sur les épées des soldats de la Garde royale le surprit. Ce n'étaient pas des combattants, et pourtant aucun d'eux ne trembla ou ne tenta de s'enfuir. Au contraire, ils avaient pris les armes, avaient foncé dans l'attaque et se faisaient faucher comme du blé. Jalis grimaça lorsqu'un nuage de gouttelettes de sang vint lui gifler la mâchoire et se demanda quelle loyauté mal placée les avait pris pour faire preuve d'une telle ferveur.

Peu après, la détonation d'un fusil attira son attention et un garde à sa gauche tomba à terre dans un soupir. Un autre le suivit, puis un autre encore. Jalis distingua l'origine, deux hommes contre le mur le plus éloigné, où il y avait un tas de fusils et de poudre d'ignition. Plusieurs autres étaient arrivés et choisissaient leurs armes. Un garde juste derrière Jalis détachait déjà l'arme de son dos mais Jalis lui attrapa brusquement le bras.

— Ne soyez pas idiot ! cria-t-il. Retirez-vous ! Sortez !

Cela avait été un pari risqué, de se jeter ainsi dans la gueule du loup, mais il n'y avait qu'une seule entrée – ou sortie – au sous-sol et ils n'avaient pas eu le choix. Voilà que Jalis constatait qu'il avait sous-estimé le zèle des faiseurs de bombes et cela pourrait leur coûter très cher. Dieux qu'ils devaient se garder de tirer des coups de feu ! Cet endroit était une énorme bombe qui attendait d'exploser ! C'était du suicide !

Mais peut-être était-ce précisément leur plan.

Les gardes se retirèrent vers l'escalier mais les faiseurs de bombes avaient redoublé la furie de leur attaque, se jetant sur les intrus sans se soucier de leur sécurité, bloquant la sortie vers la liberté. D'autres fusils rejoignirent les coups de feu, tirant indifféremment sur tous, amis ou ennemis, à tort et à travers. Jalis tenta de se frayer un chemin à travers les rangs, la puanteur écœurante de la tannerie le faisant suffoquer, la panique soudaine enflant en lui. Mais il n'avait nulle part où aller. Une sensation d'épuisement submergea sa poitrine, le monde ralentit de plus en plus, et une prescience sinistre lui murmura à l'oreille que sa fin était proche.

Il n'entendit pas la balle qui ricocha dans un baril de poudre et ne vit pas non plus l'éclair. La tannerie explosa dans un grondement qui désintégra les rues alentour en un tas de décombres, annihilant tout et envoyant voler des briques et des poutres en feu, siffler et fumer quand elles atterrirent dans la rivière, ou pulvériser des murs et des volets. La terre trembla, faisant même vibrer les meubles du Donjon impérial, et une grande colonne de fumée noire s'éleva des vestiges fumants en éructant, monta vers le ciel et pollua cette journée estivale parfaite.

— Vous savez que ce que je vous dis se tient, Anais.

L'impératrice coula un regard noir à Barak Mos de l'autre côté de la table basse. Ils étaient assis sur des coussins dans l'une des pièces occidentales du Donjon, un repas informel posé devant eux à base de poisson, de riz et de crabe de la baie de Mataxa. Durun fit les cent pas devant la voûte en pilier qui donnait sur un grand balcon pour attraper le soleil de l'après-midi au printemps et à l'automne. L'été atteignant son zénith, ils restaient à l'ombre ; l'humidité était difficilement supportable, même ici, et un souffle de vent venait à peine les soulager.

— Dieux, femme, pourquoi ne l'écoutez-vous pas ? s'écria Durun, dont les longs cheveux noirs décrivirent un mouvement majestueux lorsqu'il s'arrêta pour faire un signe d'exaspération à son épouse. C'est le seul moyen.

— Durun, restez en dehors de tout cela ! lui ordonna son père. Vous n'êtes d'aucune aide.

Anais se servit de ses minuscules doigts-fourchettes en argent pour piquer un morceau de poisson ondulant dans son assiette et les fit attendre pendant qu'elle mangeait pensivement. Durun bouillonnait de colère, comme un chien en laisse qui a aperçu un lapin. Mos l'observait.

— Je ne vois pas très bien où est le besoin. La plus grande – et unique – raison de perturbation à Axekami a disparu, dit-elle. La menace que représentait l'armée d'Unger tu Torrhyc a été supprimée.

— Certes, en convint Mos. Mais au prix de deux cohortes de gardes impériaux. Vous étiez déjà dépassée, Anais. Maintenant vous êtes encore moins bien lotie qu'avant. Des émeutes déchirent la cité, des incendies font rage sans être maîtrisés. Les forces des Blood Amacha et des Blood Kerestyn sont arrivées devant la cité, et règlent leurs comptes près de nos murs. Le chaos nourrit le chaos, mon impératrice. La cité tombe en ruine et réprimer cela est au-delà de vos forces. Si Amacha ou Kerestyn frappaient Axekami, vos hommes seraient trop occupés par la populace pour opposer une résistance.

Anais arqua un sourcil. De la part d'un Barak habituellement taciturne, cette affirmation semblait avoir été répétée avec soin. De toute évidence, cela faisait un moment qu'il y réfléchissait.

— Je vous en prie, fit Durun, incapable de résister à l'interrompre de nouveau. Nous sommes quasiment sans défense. Je ne laisserai pas notre couronne se faire prendre parce que nous étions trop occupés à courir après le bétail ingrat dans les rues. Laissons cela aux hommes de ma famille !

— Ah, fit Anais. Ainsi vous proposez que les forces des Blood Batik soient uniquement déployées pour faire leur devoir de maintien de l'ordre dans la cité ?

Mos jeta un regard furieux à son fils, trop arrogant pour avoir la décence de rougir. Au contraire, il partit d'un rire méprisant et tourna la tête pour regarder par le balcon, feignant l'indifférence. Il venait de révéler une concession probable dont Mos avait indubitablement l'intention de se servir comme *coup de grâce*[1] dans cette dispute.

— Oui, fit Mos d'un ton grinçant. J'ai conscience de votre prudence quant à laisser entrer une force dans Axekami qui n'est pas liée par le sang à votre volonté, bien que cela me médusât que visiblement vous ne voyiez pas que nous avons les mêmes intérêts. J'ai autant à perdre que vous si Axekami tombait entre les mains d'un envahisseur. (Il reprit son souffle.) Afin que vous ne vous sentiez pas menacée, je vous propose de retirer vos gardes impériaux à leurs devoirs habituels de surveiller le Donjon et de sécuriser les murs d'Axekami. Mes troupes ne serviront qu'à juguler les émeutes et à restaurer l'ordre dans la cité, à moins que vous ne souhaitiez autre chose.

— Je souhaiterais les utiliser pour défendre Axekami au cas où les Blood Amacha ou Kerestyn attaquaient les murs. Cela vous convient-il ?

— Bien sûr, dit Mos. Mon fils et ma petite-fille sont là. (Durun repartit d'un rire méprisant, exprimant clairement ce qu'il pensait du fait que Mos appelle Lucia sa « petite-fille. » Mos lui jeta un regard dur qu'il ignora puis poursuivit :) Je ne laisserai pas un envahisseur prendre la cité d'assaut si j'ai le pouvoir de l'en empêcher. En fait, pour prouver mon dévouement dans cette affaire, je resterai dans le Donjon avec votre permission. Quoi qu'il advienne à Durun ou à Lucia m'arrivera aussi.

— Ce risque n'est pas minime, répliqua Anais d'un ton égal, son repas oublié devant elle. Il en resterait peu de votre lignée si vous deviez perdre.

— Ah, mais, Anais, mes forces et les vôtres combinées, et les murs d'Axekami nous protégeant, nous ne perdrons *pas*. Amacha et Kerestyn à *eux deux* n'auraient pas la moindre chance de nous battre. Brouillés et divisés comme ils sont, ils n'ont aucun espoir de gagner.

Anais y réfléchit un instant en retournant à son repas. Il avait avancé un argument convaincant et elle était consciente que sa situation empirait de jour en jour. En vérité, elle savait déjà dans son cœur ce qu'elle ferait : elle l'avait décidé avant que Mos ne passe la voir. Elle devait accepter, elle n'avait d'autre choix. Pourtant, quelle que soit la confiance en l'allié, inviter

1. En français dans le texte *(N.d.T.)*.

une force étrangère au cœur de la capitale était dangereux. Il y avait toujours des angles qu'elle ne pouvait voir, des intérêts particuliers qu'elle ne connaissait pas, même avec des hommes aussi francs et candides que Mos et Durun.

C'était un risque qu'elle devait prendre.

— Très bien, dit-elle. (Mos se fendit d'un large sourire.) Mais aucun de vos hommes ne devra mettre un pied sur les terres du Donjon impérial, ajouta-t-elle. Pas même une escorte pour vous. Me fais-je bien comprendre ?

Son sourire s'évanouit quelque peu mais il hocha la tête.

— D'accord. Je vais envoyer chercher mes hommes immédiatement.

— Vous devrez vous servir de Vyrrch pour contacter votre Tisserand, fit Anais dans une grimace de dégoût. Attention à ce que vous lui direz.

— Je parle le moins possible aux Tisserands, répondit Mos.

— Je ferai le nécessaire avec mes hommes, fit Anais.

Elle jeta un œil à Durun qui lui rendit mollement son regard, ses yeux foncés perçant de chaque côté de son nez de faucon. Typique de sa part : il avait eu ce qu'il désirait et pourtant il se comportait comme si cela lui était dû et non comme si c'était son épouse qui le lui avait octroyé. Elle le chassa de son esprit. Elle l'avait sous sa coupe de toute façon. Ses pensées et sa loyauté étaient dictées par un seul organe et ce n'était pas son cerveau.

— Je vais immédiatement parler à Vyrrch, dit Mos en se relevant. Autant en terminer le plus tôt possible.

— Et les Blood Amacha et Kerestyn ? demanda Durun.

Sa question montrait qui se cachait derrière leur réunion, comme si Anais n'avait pu le deviner.

Mos relâcha ses épaules, comme un homme se détendant chez lui, et non en présence de l'impératrice. Son manque d'élégance faillit tirer un sourire à Anais.

— Laissons-les, dit-il. Barak Sonmaga tu Amacha ne laissera jamais le Barak Grigi tu Kerestyn approcher de la cité. Et il n'a pas la force de l'attaquer lui-même car cela signifierait tourner le dos aux armées de Kerestyn. Voyons si l'arrivée de quelques milliers de nos hommes de l'autre côté d'Axekami ne leur ôtera pas de leur enthousiasme. Mon bon sens me dit que Sonmaga n'est pas bien équipé pour une guerre civile de toute façon ; pas assez de temps pour réunir ses troupes. Et Grigi doit savoir qu'il peut battre Sonmaga ; mais les pertes qu'il subirait signifieraient qu'il n'aurait aucune chance de prendre Axekami. Ils sont dans une impasse. Il faudrait juste qu'ils sauvent les meubles et rentrent chez eux et cela nous ferait un problème de moins.

Durun s'avança vers son père d'un air digne. Anais se leva de table et les conduisit à la porte.

— Alors qu'Ocha nous bénisse et nous protège.

Mos la salua bien bas.

— Vous êtes sage, Anais, d'avoir choisi ce que vous avez fait aujourd'hui. Le pays est entre de bonnes mains.

— Nous verrons, répondit-elle. Nous verrons.

L'impératrice héritière Lucia tu Erinima était agenouillée sur un tapis devant son tableau à dessin, son ombre s'étirant loin derrière elle dans le soleil bas et vif du soir. Elle était là depuis midi, sur les terrasses les plus hautes du jardin. Elle s'était installée parmi les pierres beiges réchauffées par le soleil qui carrelaient le sol en cet endroit, l'un des nombreux lieux de repos et passages tranquilles serpentant dans la verdure. Devant elle, les terrasses descendaient en formant des marches jusqu'à ce qu'elles arrivent sur le haut mur d'enceinte des jardins sur le toit : cachée derrière, la cité d'Axekami, les rues étouffantes qui s'étalaient, entourées par un mur encore plus haut qui le séparait des vastes étendues herbeuses des plaines.

L'œil de Nuki descendait à travers les minces serpentins de nuages qui hantaient l'horizon au loin et les yeux de Lucia passaient alternativement du spectacle devant elle à son tableau à dessin. Elle s'empara d'un grand pinceau aux poils doux et le trempa dans l'un des bols d'eau épaisse en porcelaine posé sur une pierre à côté d'elle puis le passa sur le tableau, laissant un vague nuage rose en suspension sur la peinture.

Le tableau était une sorte d'art ancien utilisé depuis fort longtemps, depuis bien avant l'apparition de bon nombre des dernières lignées. On devait se servir d'un mélange d'eau colorée, de peinture et de sève, épaissi pour donner une certaine consistance appelée « eau épaisse ». On l'appliquait sur un tableau à dessin, une cage en bois à trois dimensions qui contenait un rectangle aplati de gel transparent. Le gel était en partie cuit pour lui donner une forme, après quoi il retrouverait toujours sa forme oblongue quoi qu'on lui fasse. Cela permettait aux artistes de séparer le gel et la peinture à l'intérieur du rectangle, dans la troisième dimension. L'utilisation d'eau épaisse donnerait aux dessins une qualité curieusement duveteuse et éthérée. Lorsque la peinture était terminée, le gel était remis à cuire au four, devenait une substance semblable à du verre puis était exposé en arceaux ornés, permettant ainsi au dessin d'être vu de tous les côtés.

— Salutations Lucia, fit une voix à côté d'elle, grave et douce.

Elle s'assit sur les talons, mit une main en visière et leva les yeux.

— Salutations Zaelis, dit-elle en souriant.

Son précepteur s'accroupit à côté d'elle, sa mince silhouette drapée de fine soie or et noir.

— Vous avez presque terminé, alors, remarqua-t-il en esquissant un geste languissant vers le tableau à dessin.

— Plus qu'un jour et j'aurai fini, dit-elle en reposant son regard sur les tourbillons de couleur flottants devant elle.

— C'est très bien, remarqua Zaelis.

— C'est bien, dit-elle.

Un silence s'ensuivit un moment.

— Êtes-vous fâché ? demanda-t-elle.

— Vous êtes restée au soleil toute la journée, dit-il. Et j'ai passé la majorité de la journée à vous chercher. Vous savez combien votre mère est protectrice, Lucia. Vous feriez bien de vous garder de disparaître ainsi, et vous devriez *vraiment* vous garder de vous installer dehors comme ça en plein dans l'œil mauvais de Nuki, un jour pareil.

Lucia expira lentement ce qui n'était pas tout à fait un soupir. Son ton et sa façon de s'adresser à elle montraient qu'il n'était pas fâché mais il la réprimandait tout autant.

— Il fallait juste que je m'éloigne, dit-elle. Pour un petit moment.

— Même de moi ?

Zaelis eut l'air blessé.

Lucia opina du chef. Elle regarda le coucher de soleil puis le tableau à dessin, enfonça un peu les doigts dedans et ouvrit une petite entaille dans le gel. Elle donna quelques coups avec un pinceau étroit, recouvrit le rose des nuages de rouge, puis retira ses doigts et laissa la fissure se refermer toute seule.

Zaelis l'observa, impassible. Évidemment qu'elle avait besoin de s'échapper. Pour une fille aussi sensible que Lucia, la tension dans les corridors du Donjon transpirait même jusque-là. Et il avait beau avoir gardé ses propres inquiétudes pour lui-même quant à sa sécurité, il était certain que ses plus grands efforts pour garder le secret ne servaient à rien. Elle savait parfaitement qu'elle était l'origine de toutes les discordes, de toutes ces morts, d'une façon ou d'une autre. Zaelis faisait de son mieux pour l'empêcher de culpabiliser mais il ignorait même si elle *culpabilisait*. Elle avait déclaré qu'elle avait tout déclenché et s'était demandé ce qui se serait passé si elle avait essayé d'arrêter le changement au lieu de l'embrasser. Mais si elle le regrettait, Zaelis n'en avait aucune idée. L'humeur de Lucia était comme les océans les plus profonds : insondable.

Elle releva brusquement la tête avec une urgence qui fit sursauter Zaelis. Il suivit son regard, ni rêveur ni déconcentré comme il l'était généralement, mais dur et intense. Elle regardait au nord, où le bord blanc d'Aurus franchissait tout juste la crête de l'horizon, présageant l'arrivée de la nuit. Son front se plissa et trembla brièvement. La férocité de son regard le choqua ; il n'avait jamais vu pareille expression sur son visage. Puis elle se détourna de sa vision et reposa les yeux au cœur de son tableau, semblant blêmir, maussade.

— Que se passe-t-il ? demanda Zaelis.

Comme elle ne répondait pas, il répéta :

— Lucia, que se passe-t-il ?

Sa deuxième question était formulée sur un ton plus autoritaire. En général, il ne la poussait pas ainsi, mais ce dont il avait été témoin un instant plus tôt l'inquiéta suffisamment pour tenter le coup.

— J'ai entendu quelque chose, dit-elle, la mort dans l'âme, sans croiser son regard.

— Entendu quelque chose ? la pressa Zaelis. (Il regarda de nouveau au nord.) Qui ?

— Non, personne, dit Lucia en se frottant la nuque, agitée. Juste un écho, un murmure. Un rappel. Mais c'est fini à présent.

Zaelis contempla le bord d'Aurus qui se dressait de plus en plus haut au loin.

— Un rappel de quoi ?

— Un rêve ! répondit-elle d'un ton sec. J'ai fait un rêve. J'ai rencontré les Enfants des Lunes. Ils essayaient de me dire quelque chose mais je n'ai pas compris. Pas au début. Puis… (Elle faiblit quelque peu.) Puis je crois que j'ai compris. Ils ont essayé de me montrer… Je ne sais pas si c'était une mise en garde ou une menace… je ne sais pas…

Zaelis était horrifié.

— Que vous ont-ils dit, Lucia ?

Elle se tourna, face à lui.

— Quelque chose va arriver, murmura-t-elle. Quelque chose de mauvais. Va m'arriver.

— Vous n'en savez rien, Lucia, protesta automatiquement Zaelis. Ne dites pas ça.

Elle se précipita dans ses bras, s'accrocha à lui, le prenant par surprise. Il l'étreignit en retour, très fort.

— C'était juste un rêve, dit-il d'un ton apaisant. Il ne faut pas avoir peur d'un rêve.

Mais, par-dessus son épaule, il contemplait l'horizon nord, l'arc glacial que formait le bord d'Aurus ; et ses yeux étaient effrayés.

Le seigneur Tisserand Vyrrch se reposait, son flanc blanc scabreux se soulevant avec effort, ses côtes ressortant distinctement comme une planche à laver. Il était nu, son corps, grotesque et atrophié, pathétique et répugnant à l'œil. Ses bras maigres et difformes étaient recouverts de sang, éclaboussant la peau fondue de son visage, son torse maigre, sa bedaine et ses organes génitaux atrophiés. Il avait l'air de quelque chose qui venait de naître, haletant et soufflant, lové dans les draps souillés de son lit cassé.

Quant à l'objet de son attention récente, toutefois, il n'avait plus aucun souffle. C'était une vieille femme, choisie par égard pour la variété, dans un accès de folie après qu'il avait envoyé le message du Barak Mos à son Tisserand. Il lui avait vaguement traversé l'esprit qu'il avait assassiné trop de monde ces derniers jours ; la plupart des Tisserands n'atteignaient que très rarement cet état de folie. Mais où que ses servants se procurent ses victimes, elles ne manquaient pas, manifestement. À Saramyr, la vie d'un servant était entièrement dédiée à celle de son maître ou de sa maîtresse et cette femme aurait aussi bien pu être une cuisinière qu'une femme de ménage, une servante du Donjon et, par là même, de l'impératrice. Il était certain qu'Anais s'en moquerait, même si elle l'apprenait. Elle était au courant du marché lorsqu'elle avait embauché Vyrrch pour être son seigneur Tisserand ; de fait elle avait mis la populace du Donjon à sa disposition pour qu'il satisfasse ses caprices. Un petit prix à payer pour gagner les pouvoirs d'un seigneur Tisserand.

La vieille femme était allongée dans une flaque de rouge visqueux, ses vêtements ordinaires collés à son corps par ses propres fluides vitaux. Il avait été d'humeur à utiliser le couteau, avait eu l'intention de prendre son temps, mais quand elle était arrivée, il était parti dans une rage inexplicable et l'avait poignardée, enfonçant inlassablement son couteau. Elle était quasiment morte sur le coup, tuée par le choc. Ça n'avait fait qu'augmenter sa furie. Et il avait attaqué le cadavre encore et encore jusqu'à ce qu'il ne fût presque plus reconnaissable.

Oui, peut-être avait-il un peu trop tué ces derniers temps. Mais il était l'araignée au centre de la toile et il avait besoin de se nourrir fréquemment.

Le commandant de la Garde, qui avait arrêté Unger tu Torrhyc, avait été coriace mais Vyrrch avait pris tout son temps. Aussi talentueux fût-il, il n'osait pas s'emparer simplement de l'esprit d'un homme et prendre son contrôle. Cela nécessiterait toute sa concentration et le confinerait à ses appartements, et il y avait toutes les chances que le commandant de la Garde comprenne dans quoi il s'était embarqué une fois que Vyrrch l'aurait relâché. Ce genre d'opérations hâtives était dangereux : il repensa à sa récente tentative d'influencer Barak Zahn lorsque son Tisserand l'avait contrecarré et se demanda pourquoi il n'avait alors pas mieux pris le risque en compte.

Tu glisses, Vyrrch, se dit-il.

Avec le commandant de la Garde, il avait été contraint d'emprunter un chemin plus subtil, d'implanter de petites suggestions hypnotiques dans ses rêves, nuit après nuit, de le monter contre Unger, et de le convaincre des récompenses qu'il recevrait s'il arrêtait la bête noire de l'impératrice. Lorsque Unger tu Torrhyc avait été arrêté, Vyrrch s'était assuré qu'il se trouvait avec l'impératrice, ainsi, elle ne pourrait l'accuser d'avoir influencé le commandant de la Garde. Comme elle connaissait mal les coutumes des Tisserands !

Quant aux faiseurs de bombes, il lui avait fallu plusieurs mois de travail pour s'en occuper. Il les rassemblait depuis même ses premiers soupçons sur Lucia, bien avant qu'il ait persuadé Sonmaga tu Amacha d'envoyer le monte-en-l'air Purloch pour confirmer la rumeur. Il les usa progressivement, les transforma dans leurs rêves, et ces hommes et ces femmes ordinaires devinrent peu à peu des fanatiques. Ils se mirent à passer de plus en plus de temps à étudier les explosifs, ils devinrent de plus en plus endoctrinés à l'idée que n'importe quel nombre de vies valait bien une croyance. Et, en même temps, ils attendaient le déclencheur subliminal : la découverte que l'impératrice héritière était une Aberrant. Sur ce signal, ils abandonnèrent leurs métiers, leurs maisons, leurs familles et devinrent les plastiqueurs énergiques que Vyrrch avait imaginés. Ils se réunirent, puis rassemblèrent leurs outils de destruction. Et une fois la préparation terminée, Vyrrch leur fournit un nouveau déclencheur, qui les amènerait à tout détruire. L'arrestation d'Unger tu Torrhyc.

C'était un coup de maître. Le monde, dans son ensemble, discerna la logique dans un homme du charisme d'Unger dont les vues politiques carrées en feraient le leader d'une armée subversive. Vyrrch avait lui-même tué Unger afin qu'il ne contredise pas cette supposition et cela fournit dès lors un martyr bien pratique pour les citoyens mécontents d'Axekami. À présent, ses propres faiseurs de bombes étaient morts, s'étaient entretués plutôt que de se laisser capturer, et la boucle était bouclée. Aucune preuve ne permettait de faire le rapprochement entre lui et eux. Axekami était enragée, terrorisée, exaspérée : les yeux de l'impératrice étaient tournés vers la cité et le terrain était préparé pour accomplir la dernière partie de son plan.

Il y avait encore d'autres bombes à venir.

Mais tout cela ne s'était pas déroulé sans heurts. Il y avait toujours cette envie tenace qui l'obsédait, qui le démangeait et c'était Ruito tu Makaima, caché dans un endroit où il ne pouvait se gratter. Que l'érudit soit parvenu à pénétrer dans le Monastère de Lakmar sur Fo était un exploit en soi. Vyrrch ignorait toujours comment il avait trouvé un Masque qui lui permettrait de franchir la barrière, mais il avait eu suffisamment de malchance pour trébucher sur l'un des détonateurs invisibles en ressortant, des petits pièges répandus par les Tisserands qui déclenchaient des sonnettes d'alarme dans le monde, hors de la vue des humains. Leurs agents l'avaient pris en filature jusqu'à chez lui, du mieux possible pour tâcher de découvrir ses intentions. Mais il semblait brisé, cloîtré dans la forêt, et ils se contentèrent donc de le retenir là-bas pendant qu'ils décidaient ce qu'ils allaient faire de lui. Et cela incomba à Vyrrch comme la majorité des choses.

Il avait l'intention de capturer Ruito et de l'interroger. S'il y était parvenu, il ne geindrait pas en ce moment. Mais l'érudit s'était montré plus malin que lui. La nuit même où frappa Vyrrch, il avait mis du poison dans le repas de sa famille qui sombra dans le sommeil et ne se réveilla plus. Ruito lui avait échappé.

Les shin-shin étaient difficiles à attirer et encore plus difficiles à maîtriser mais c'était nécessaire pour s'assurer qu'il n'y ait aucun survivant, aucune preuve. Des agents humains n'étaient pas suffisamment fiables. Il avait besoin d'eux pour rendre le Masque sans être tenté de s'en servir, et les démons ne racontaient pas d'histoires – on ne pourrait jamais le retrouver. Utiliser de telles créatures était risqué, même pour un Tisserand de son envergure, mais les shin-shin étaient de petits démons faibles, qui avaient proliféré après que les pierres magiques avaient corrompu la terre. Ils sentaient le pouvoir des pierres magiques comme une espèce d'entité bienveillante et lorsque vint le moment, ils se contentèrent de faire ce que Vyrrch leur demanda. Non pas que ce fût aussi simple de *demander*. Avec les démons, comme avec tout autre esprit, la communication était confuse et incertaine, transmise par des impressions et de vagues émotions. Sans l'influence-relais des pierres magiques, Vyrrch aurait été incapable de parvenir à quoi que ce soit.

Puis arriva le jour où la lignée des Makaima trouva la mort. Sauf que, naturellement, tout ne se passa pas comme sur des roulettes.

Il savait qu'il y avait un millier de raisons pour lesquelles il ne devrait pas se faire de souci, et une seule pour laquelle il devrait s'en faire. Le Masque avait disparu.

Les shin-shin étaient incapables d'identifier qui leur avait échappé ; leurs esprits de démons fonctionnaient différemment des esprits humains. Leur perception ne fonctionnait pas sur les principes de la vue, mais plutôt sur des pistes et des auras éthérées, dépassant le registre des créatures mammaliennes. Cela faisait d'eux d'excellents traqueurs mais les limitait également. Ils ne pouvaient pas plus faire la différence entre des humains que ces derniers ne pouvaient distinguer un goéland parmi un million d'autres goélands. Lorsque Vyrrch avait exigé de savoir qui avait échappé à leur emprise, ils répondirent en identifiant des marques impossibles qui pour lui ne voulaient rien dire. Il resta frustré.

L'identité du voleur de Masque demeurait encore un mystère mais il avait été volé par deux humains. Ils purent au moins lui révéler cela. Les corps dans la maison avaient été brûlés en squelettes calcinés – faisant du processus d'élimination une tentative vaine – et il y avait trop de servants en ce lieu pour les compter avec précision, même si Vyrrch en avait la volonté. Les shin-shin, au moins, avaient trouvé le corps de Ruito avant que la maison ne s'effondre, de sorte que Vyrrch pût un peu mieux respirer. Mais, quoi qu'il en fût, quelqu'un avait pris le Masque et il ne savait pas qui. Ils avaient remonté la piste jusqu'à Axekami mais la cité n'était pas un endroit pour des démons et même les shin-shin n'osaient mettre un pied dans cet essaim d'hommes. Là, ils perdirent la trace.

Oui, un millier de raisons de ne pas s'inquiéter. Quelles étaient les chances que quelqu'un réalise ce qu'il avait en sa possession ou qu'il sache où et comment s'en servir ? Il avait très probablement dû être vendu à une espèce de marchand de théâtre, achetant, les yeux brillants, ce que ses propriétaires considéraient simplement comme un masque exquis. Des séries de scénarios défilaient dans la tête de Vyrrch mais un seul n'arrêtait pas de revenir vers lui.

Et s'ils avaient compris ce qu'était le Masque et s'en servaient dans un objectif bien arrêté ?

Peu importe, songea-t-il résolument. Dans quelques jours, quinze maximum, les portes du piège qu'il avait tendu autour du Donjon impérial se refermeraient d'un coup. Une nouvelle puissance dominerait, dirigerait conjointement *avec* les Tisserands, et non plus *les* Tisserands. Une alliance sans précédent dans laquelle les Tisserands seraient le véritable pouvoir derrière le trône.

Leur heure arrivait.

27

— La première étape… dit doucement Cailin, la première étape est la plus importante. Et la plus dangereuse.

La petite grotte où elles se trouvaient s'agitait à la lueur de la seule torche qui brûlait par intermittence dans son support. Il faisait frais dans les entrailles de la terre, en dépit de la chaleur de la nuit estivale. Kaiku ressentit une curieuse sensation de détachement, comme si Cailin et elle avaient été coupées du reste du monde, cet hémisphère de roche délimitant leur monde. La grotte était nue, et vide, une simple bulle d'air dans le manteau de pierre accablant qui les écrasait. Le tunnel étroit qui reliait cette minuscule pièce isolée au reste des grottes du Bercail était un vide sans fond, et elle se demanda ce qui se passerait si elle devait avancer dans cette obscurité.

Elle était assise en tailleur sur un tapis d'osier au milieu de la pièce, ses cheveux châtains ornés de plumes humides et inélégamment ébouriffés, les yeux fermés. Cailin tournait lentement autour d'elle, se dressant de manière imposante au-dessus de sa tête, touchant presque le plafond. Ses bottes produisaient des bruits creux sur la pierre du sol de la grotte. Elle parlait, mais sa voix était quelque peu hypnotique ; et Kaiku entendait à peine ses paroles, absorbant plutôt le sens et les instructions qu'elles contenaient.

— Votre *kana* est comme une bête sauvage. Il est incontrôlable, primaire, tend à se déchaîner quand il est en colère. Avant de commencer à le dresser, vous devez d'abord le museler, le tenir en laisse, le rendre inoffensif. Ou, tout au moins, aussi inoffensif que possible.

Kaiku sentit un frisson de malaise la parcourir. Voilà une semaine que Cailin l'y préparait rigoureusement, et pourtant maintenant que le moment était venu, elle avait peur. Peur de ce qui se trouvait en elle, de ce qu'il pourrait faire ; peur de l'agonie qu'il apporterait quand il bouillonnerait dans ses veines. Cailin l'avait astreinte à des mantras pour calmer son esprit, l'avait avertie de ce qu'elle pourrait voir et ressentir, lui avait appris des tas des choses à *ne pas faire* une fois la procédure en route.

Vous serez tentée de résister. Tous vos instincts vous diront de m'attaquer, comme si j'étais un envahisseur. Si vous le faites, je vous tuerai.

Ce n'était pas une menace, juste un fait.

— Je vais me coudre en vous, Kaiku, disait-elle, sa voix basse remuant autour d'elle à mesure qu'elle avançait. Si vous n'étiez pas douée pour le Tissage, vous ne sauriez même pas que je le fais. Mais vous avez des… moyens de défense. Je suis un élément étranger, et votre esprit et votre corps vont essayer de m'expulser. Vous ne devez pas le laisser faire. Vous devez rester passive, calme et me laisser accomplir mon travail. Je musellerai la bête en vous, mais ce sera impossible si vous résistez.

Elle l'avait déjà entendue une douzaine de fois mais ce n'était que purement théorique. Rien ne la préparerait véritablement au grand saut. C'était sans précédent, même dans ses souvenirs les plus profonds. Et si elle n'y arrivait pas ?

Elle connaissait la réponse. Et pourtant, l'idée de s'en aller et d'abandonner ne lui traversa jamais l'esprit.

Cailin posa ses mains minces et pâles sur les épaules de Kaiku.

— Êtes-vous calme ?

Kaiku prit une profonde inspiration puis la relâcha, ses paupières palpitant.

— Je suis prête, mentit-elle.

— Alors nous allons commencer.

La bête se libéra violemment de sa tanière, avec une férocité et une soudaineté écrasantes. Elle rugit et lui dessécha la poitrine comme un démon, se déchaîna, brûlante. Ses yeux restaient fermés mais, à l'intérieur, le monde explosa en une mer incompréhensible de fils dorés, une vue infinie et éblouissante, sans ciel, sans terre, sans frontières. L'espace d'un instant, elle ne connut que la terreur à mesure que la douleur la torturait, le sillage brûlant de son *kana* luttant pour se libérer.

Puis, d'un seul coup, elle se réorienta. Quel instinct la faisait naviguer, elle l'ignorait, mais en un instant, la complexité revêtit un sens pour elle, *s'imbriqua* d'une manière indescriptible. C'étaient *ses* fils ; elle les reconnut. C'était elle, son territoire au sein du Tissage, l'espace qu'occupaient son corps et son esprit ; elle perçut le courant pressant de l'or doré pomper le nœud épais de son cœur, le vit se disséminer peu à peu par des capillaires pour nourrir sa chair. Elle sentit la préconscience de la vie, impatiente, naître dans ses ovaires, un amas d'espoirs stupides grouillant de possibilités. Elle sentit le courant de l'air envahir ses poumons, un fouillis de fines fibres qui entraient d'un coup sec, en tirant, avant d'être expulsées.

Mais quelque chose n'allait pas du tout. Un inconnu, immonde et cancéreux, un fléau écœurant et rampant s'infiltrait en elle comme du sang dans un chiffon, très rapidement, une invasion et une violation de la pire espèce…

Elle le vit alors, en imagination, s'enrouler le long des fils dorés en direction de son cœur, des tentacules de lumière glissant dans son territoire, dans les fibres mêmes de son corps, les striations de ses muscles. Tout en elle désirait s'en débarrasser, expulser cette vilenie. Son *kana* flamboya en guise de réponse, se faufila vers l'envahisseur, pour le brûler de son feu purifiant…

Non !

C'était Cailin. Elle voulait que son *kana* s'arrête, qu'il accepte l'envahisseur, même si tous ses sens hurlaient le contraire ; et, quelque part, il répondit, en perte de vitesse. Il s'en prit à sa tentative d'entrave, mais différemment de son emportement précédent. Cette fois, le *kana* était encore en elle, et ne s'était pas libéré des frontières de son territoire. Là, elle pouvait maîtriser le feu.

Elle laissa son corps se relâcher mentalement, recommença un mantra. L'attaque continuait en elle, rampait vers son âme comme la morsure paralysante d'une araignée. Elle sentit la panique sourdre en elle. Que savait-elle, véritablement, de Cailin tu Moritat ? Elle s'ouvrait à cette femme plus intimement que si elle faisait l'amour, lui donnait la liberté de lui faire *tout* ce qu'elle voulait, de retourner ses poumons, de faire exploser son cœur ou de réorganiser ses pensées de sorte qu'elle était esclave des lubies de Cailin. Comment faire autant confiance à *quelqu'un*, et surtout à cette énigmatique Aberrant qui était plus une étrangère pour elle que Tane ou Asara ?

Elle se força à réprimer ses pensées et se concentra sur son mantra. Trop tard, se dit-elle. Trop tard. Et pourtant, ce besoin pressant grandissait, prêt à se déchaîner, à chasser cet envahisseur et, elle, à redevenir entière et propre. La présence de Cailin lui était répugnante, comme cette dernière l'avait avertie. *Votre esprit me considérera comme une maladie*, lui avait-elle dit, et c'était le cas : il lui fallut toute sa volonté pour ne pas bouger pendant que l'ignominie la consumait.

Mais les fils étrangers étaient rapides, glissaient dans son cœur où ils pompaient son corps, accompagnés d'une sensation étrange et apaisante, comme de la glace apposée sur une brûlure. Son *kana* faiblit mais elle sentit que le pire était passé. Le calme la submergea, l'inonda inexorablement ; son contact apaisa les fibres de son corps. Ce n'était plus une maladie qui semblait l'avoir engloutie, mais une bénédiction, et au loin, subtilement, elle sentit Cailin commencer son travail…

Le Bercail était plus que jamais prêt pour la bataille, forteresse prémunie contre les dangers de la faille de Xarana. Bien qu'il ne disposât pas de véritable armée, un noyau dur d'experts militaires avait été sélectionné parmi la populace, un mélange du Libera Dramach et de recrues ou de volontaires. Des chefs bandits et des stratèges de la noblesse étaient assis côte à côte dans les conseils, cerveau de l'organisation du système de défense du Bercail. Et quoi qu'il y eût peu de soldats professionnels, on ne manquait pas de volontaires pour sauvegarder la toute nouvelle liberté qu'offrait cette communauté isolée. Chacun dans la vallée était censé préserver la sienne lorsque le moment viendrait, et un homme qui ne savait pas tirer, se servir de son épée ou de balistique était un homme mort. Toute préparation était officieuse, car la plupart n'étaient pas des guerriers par nature et le terrain de la faille convenait de toute façon mieux à des tactiques de guérilla ; mais peu seraient incapables ou réticents à se battre lorsque le moment viendrait. Et dans la faille le moment *viendrait* tôt ou tard.

À mesure que la nuit s'installait dans les plis du monde, le travail avançait à la lueur des lanternes en papier et des feux de joie. Des bouches à feu étaient sorties et nettoyées. Des engins balistiques se profilaient, imposants, sur les crêtes, rétro-éclairées par les flammes. Des chariots à mines remplis de munitions roulaient le long du système de pistes qui bordaient les ponts entre les plus gros plateaux. Des groupes de reconnaissance rentraient tranquillement au Bercail, se faisant à peine remarquer. Des monte-charge grinçaient et craquaient à mesure que leurs poulies passaient sur leurs rouages et leurs pignons.

Tane était assis sur le côté herbeux de la vallée large et peu profonde qui abritait le Bercail et le cachait. Les autochtones l'avaient mis en garde de ne pas sortir seul la nuit mais il était incapable de réfléchir et de méditer parmi l'effervescence sur les marches ; il prit le risque et se retira donc dans l'obscurité. Et il était content de l'avoir fait.

Il contempla la cascade de la terre en contrebas, une centaine de lanternes formant des points vifs qui dégringolaient le long des plates-formes sombres et des plateaux dans la vallée, dessinant des flaques de lumière s'agitant dans l'obscurité, profonde et abyssale. Les fenêtres des habitations qui recouvraient les marches du Bercail tachetaient le noir de lueurs jaunes semblables à des étoiles dépolies. Bien au-dessus de sa tête, seule Aurus parcourait le ciel ce soir, son grand visage le regardant de haut, le blanc pâle de sa peau marbré de taches bleu clair. C'était magnifique d'être assis ici, d'assister à ce spectacle. Il fit ses remerciements à Enyu et sentit un étrange contentement le gagner.

Ces dernières semaines avaient été agitées. Il avait l'impression de courir pour se retrouver depuis qu'il avait découvert Kaiku la première fois, inconsciente et fiévreuse dans la forêt de Yuna. Il avait fallu qu'elle surgisse dans sa vie – avec les événements qui s'ensuivirent – pour le faire brusquement sortir de l'existence dans laquelle il s'était installé depuis que sa mère et sa sœur l'avaient laissé.

Son apprentissage au temple était un refuge, une façon de se racheter du crime qu'il avait commis. Il regrettait moins d'avoir tué son propre père que les actes qui l'avaient éloigné du reste de sa famille. Sa mère était inefficace sans le contrôle de son mari, incapable de prendre la moindre initiative. Sa sœur s'était fait violer. Les malheurs qui avaient dû les toucher étaient légion et il ne le saurait jamais. Des semaines durant, il avait tenté de retrouver leur trace, d'avoir de leurs nouvelles dans les villes voisines, mais elles avaient disparu, comme de la fumée dans le vent. Puis la culpabilité s'était installée, le poids terrible de ce qu'il avait fait. Le désespoir l'avait submergé et il s'était langui dans sa maison vide pendant des semaines. Après ça, il s'était rendu au temple et s'était offert à Enyu. S'il ne pouvait se soigner, peut-être pourrait-il en soigner d'autres. Accablé de douleur, il ne réfléchissait pas aussi clairement qu'il aurait dû, mais les prêtres l'acceptèrent et là, il trouva un ordre, une routine et le temps de reconstituer sa vie.

Mais ce n'était pas la bonne vie, et il l'avait choisie pour de mauvaises raisons. Il n'avait ni le tempérament ni la discipline ni – et l'admettre le dégoûtait – la véritable foi pour dédier sa vie à servir Enyu dans un temple. Kaiku avait été le catalyseur qui le lui avait démontré. Il croyait encore qu'Enyu l'avait épargné du massacre dans le temple pour une raison, mais ce n'était pas celle qu'il avait d'abord envisagée. Elle l'avait envoyé suivre sa route avec les Aberrants.

Quand il avait quitté Asara à Chaim pour aller au sud, il avait uniquement cherché à s'éloigner d'elle. Il ne pouvait supporter le regard moqueur d'Asara, ni ce qu'il pourrait dire à Kaiku si jamais elle revenait des montagnes. Il avait besoin d'être seul, de réfléchir à tout cela. Il avait toujours été un enfant solitaire, et il était habitué à garder ses pensées pour lui. Aujourd'hui, il avait besoin de paix pour les écouter.

Vous croyez que votre voyage a été ordonné par votre déesse, que vous avez été épargné pour un seul objectif ; mais il n'existe pas de plus grande immondice pour Enyu qu'un Aberrant. Conciliez ces perspectives, si vous le pouvez.

Les paroles d'Asara le hantaient quand il prit un bateau à Pelis pour retourner à Jinka et sur le continent. Il ne parvenait pas à les concilier. Était-ce un test de sa foi ? Était-il censé les aider ou les contrarier ? N'œuvraient-elles pas toutes vers le même but : trouver l'influence qui se cachait derrière les shin-shin ? Y avait-il une leçon à tirer de cela ou ne le voyait-il simplement pas ? Quelle que fût la voie qu'il prît, il tombait toujours sur la même conclusion : les Aberrants, qu'ils soient foncièrement mauvais ou pas, étaient des perversions de la nature, des produits du fléau qui avait touché la terre. Comment pouvait-il croire que le chemin sur lequel l'avait envoyé Enyu pouvait coïncider avec le leur ?

Il y pensa tout le long quand il retourna à Axekami, où il trouva la cité en plein chambardement. Ce fut alors qu'il réalisa qu'il ne s'était donné aucun plan, aucune destination et qu'il n'avait nulle part où aller. Le peu d'argent qui lui restait s'amenuisait, et il n'avait aucun espoir d'en gagner plus. Il avait compté sur la charité de Kaiku et d'Asara depuis qu'il les avait rejointes et payer le voyage retour de Fo avait sapé le peu qu'il avait pris dans son temple quand il était parti. Il envisagea de trouver un autre temple d'Enyu qui ne rejetterait pas l'un des leurs. Pas à Axekami car il était évident que la capitale bouillonnait de colère pour l'instant, mais il y en avait d'autres ailleurs où il pourrait trouver le calme et méditer sur son dilemme.

Mais il ne se rendit pas dans un temple. Cela équivaudrait à revenir en arrière, à se réinstaller dans la vie à laquelle l'avait arraché Kaiku. Et quoi qu'il en ressorte, il n'avait pas oublié ce sentiment de *légitimité* qu'il avait ressenti lorsque, avec Asara, il avait quitté la forêt de Yuna en direction d'Axekami. Ce sentiment lui disait que le temple d'Enyu n'était pas la réponse qu'il cherchait. Il se rendit donc au temple de Panazu.

Entrer dans la cité n'était pas facile mais Axekami ne s'était pas totalement isolée. Bien des gens s'enfuyaient, terrorisés, alors que la loi martiale s'emparait de l'intérieur et un pas en avant était un pas en arrière. Tane n'avait pas oublié le mot que lui avait laissé Asara. Il n'avait toujours pas trouvé de réponse mais avait appris qu'il ne découvrirait jamais la vérité s'il quittait le chemin qu'il avait pris. Tout ce qu'il pouvait faire, c'était le suivre et espérer que les choses s'éclairciraient. C'était son raisonnement, somme toute. Il refusait résolument de reconnaître le tiraillement de son cœur dans cette histoire et il ne penserait pas du tout à Kaiku.

Elle était revenue vers lui. Les nouvelles qu'elle avait rapportées les stupéfièrent tous, révélant l'étendue du mal des Tisserands, leur dévoilant enfin la source de la maladie qui touchait la terre. Seule, elle avait marché vers l'inconnu et était revenue porteuse d'une chose bien plus précieuse que tous les bijoux du monde.

Cela lui apparut sous la forme d'une révélation. Dans son arrogance, il avait toujours imaginé qu'*il* était celui qu'Enyu avait ordonné pour de grandes choses. Il y avait toujours eu sous son raisonnement une prédominance égoïste, ramenant tous les événements à lui. Mais c'était Kaiku qui avait découvert l'origine du fléau, choisi un fil tissé par son père qu'elle avait suivi jusqu'au bout. Qui savait jusqu'où dans le temps s'étendait ce fil ? L'accumulation de savoir de nombreux érudits se transformant en sagesse ? Il fallut le courage et la ruse d'un seul homme pour percer le secret à jour, mais il fallut la force de sa fille pour le rapporter. Ce n'était pas le chemin de Tane qui comptait mais celui de Kaiku. Tout ce pour quoi les prêtres d'Enyu avaient œuvré au cours des décennies, avec leurs prières et leur méditation, avait été défait par une Aberrant, le genre le plus maudit.

Alors que faisait-il là ? Était-il témoin ? Celui qui la protégerait ? Le représentant de la volonté d'Enyu ? Il n'avait pas été particulièrement brillant dans aucune de ses tâches.

Peut-être es-tu simplement ici, Tane, songea-t-il. *Peut-être n'existe-t-il pas de plan plus grand, ou si c'est le cas, il est trop grand pour que tu le voies. Tu as toujours été trop introspectif. C'est pour cela que tu n'as jamais fait un bon prêtre. Trop de questions, pas suffisamment de foi aveugle.*

Cela n'était pas satisfaisant mais ça ferait l'affaire pour l'instant. Quelles que soient les véritables réponses, il n'avait plus aucun doute à propos de Kaiku. Où qu'elle aille, il la suivrait. Comme si son cœur traître lui offrait d'autre choix…

— Hors de question ! aboya Cailin. Elle est trop précieuse.

— Je suis la mieux placée pour le savoir, répliqua Mishani. Mais si vous voulez que je m'en aille, elle part avec moi.

Mishani et Cailin s'affrontèrent, yeux dans les yeux. Cailin mesurait presque une tête de plus que la petite noble mais Mishani n'était pas le moins du monde intimidée par la taille de son adversaire ni par son apparence redoutable. Elles se tenaient dans l'une des pièces à l'étage de la maison de l'Ordre rouge, un long bâtiment au toit pointu en courbe qui surplombait les balcons contournant le premier étage. Contrastant avec l'aspect quelque peu délabré des bâtiments alentour, celui-ci était ordonné, des fanions rouges et noirs s'agitant depuis la balustrade du balcon devant l'entrée.

— Vous mettriez délibérément votre amie en danger, Mishani, l'accusa Cailin.

— Non, fit Kaiku, du mur où elle était adossée, dans une posture masculine. Je le lui ai demandé. J'exige de m'en aller.

— Moi aussi, ajouta Tane qui les observait depuis l'autre bout de la pièce.

Asara se tenait à ses côtés, un petit sourire narquois sur le visage.

— Pourquoi ? demanda Cailin d'une voix froide. Vous n'êtes pas un guerrier. Avez-vous déjà tué ? Et vous, Kaiku ?

— J'ai fait un serment à Ocha, répondit calmement Kaiku, ignorant sa question. Mes ennemis sont les Tisserands. Ceux-ci veulent la mort de Lucia. Je désire participer à l'effort visant à contrarier leurs projets.

— Ce sera le cas ! dit Cailin, la colère s'insinuant dans sa voix. Vous apprendrez à être une force plus puissante que vous ne pouvez l'imaginer. Mourir dans le Donjon impérial avant d'avoir trouvé toute votre force est futile !

— Cailin, ce qu'elle dit se tient, dit Asara. Les gardes du Donjon s'attendront à des guerriers un peu comme ceux que vous avez déjà choisis. Ils ne soupçonneront pas des femmes et un prêtre.

— Elle est encore dangereuse ! siffla Cailin en désignant brutalement Kaiku du doigt. Elle n'a fait que commencer à apprendre à supprimer son *kana*. S'il devait se déchaîner dans le Donjon, nous serions tous tués !

— Ne soyez pas mélodramatique ! dit Asara. Vous souhaitez simplement protéger votre investissement.

La colère scintillait dans les yeux de Cailin mais Asara soutint son regard d'un air insouciant.

— Ce ne sont que deux de plus, Cailin, dit Mishani. Vous avez demandé à Asara et à moi-même d'y aller car vous aviez besoin de nous. Je suis la seule noble dont vous disposez qui souhaite remettre un pied à Axekami. Asara est une servante expérimentée. Mais je n'irai pas sans Kaiku. Et Tane, s'il le souhaite. Vous avez dit vous-même que nous quatre arpentions un chemin entrecroisé. Peut-être l'est-il plus que vous ne l'imaginez.

Cailin formula une réplique puis se ravisa. Elle s'en prit à Kaiku.

— Avez-vous pris votre décision ?

Kaiku haussa les épaules, comme le faisait son frère il y a bien longtemps.

— Je n'ai pas le choix. J'ai fait un serment.

— Les serments peuvent être interprétés comme ça nous arrange, fit remarquer malicieusement Cailin. Alors très bien. Nous partons demain pour Axekami. Nous tous. Si nous tardons, nous risquerons de manquer notre chance. Le danger que court Lucia croît de jour en jour. Et il nous reste peu de temps, si je me fie à mes sources. (Elle virevolta sur elle-même et quitta la pièce d'un air hautain, sa robe noire traînant derrière elle.) Nous volerons l'impératrice héritière sous leurs nez, déclara-t-elle en s'en allant.

Kaiku remercia Mishani d'un sourire et se demanda dans quoi elle venait de s'engager.

28

Les armées des Blood Kerestyn et des Blood Amacha se faisaient face sur la plaine herbeuse à l'ouest d'Axekami. Le soleil matinal tapait fort, d'une chaleur déjà cruelle sans être pourtant proche de son zénith. Il scintillait sur les épées et les fusils, brillait sur les bords des piques et contraignait les hommes à loucher en se protégeant les yeux. À l'ouest, les Blood Kerestyn, leurs étendards or et vert claudiquant dans l'humidité sans vent. À l'est, les Blood Amacha, andain marron et rouge, mélangé aux couleurs d'autres petites familles. Des bouches à feu couvaient dans la chaleur étouffante, dont les canons revêtaient la forme de démons et d'esprits, gueules ouvertes pour éructer des flammes. Entre les armées, s'étendaient les charniers, une grande bande d'herbe vierge où ils se retrouveraient si jamais le confit devait éclater.

Le poids des effectifs était immense. L'armée d'Amacha dépassait les dix mille hommes et Kerestyn en avait plus que cela, une vague de soldats qui avait déferlé sur la terre, à présent prête à se briser. Depuis les murs de la cité, ils fusionnaient en deux immenses flaques de lames, de fusils et d'armures. Les premiers rangs étaient constitués de fantassins, les chevaux piétinaient la terre et les manxthwas bondissaient d'avant en arrière : les soldats se tenaient prêts, les cheveux humides de transpiration. Derrière eux se trouvaient des fusiliers pour la plupart en rangs mais certains se réunissaient en petits groupes, nettoyant et vérifiant leurs armes. Loin des premiers rangs, les tentes commençaient à se dresser, polygones angulaires colorés, aussi simples et utilitaires que ouvragées et grandioses. Si les lignes de combat étaient tranquilles, l'arrière-garde grouillait d'activité, échange constant de provisions, de troupes et d'informations. Des tentes étaient montées, des canons étaient réparés, une armure était attachée ou distribuée. À l'est, les immenses murs beiges d'Axekami formaient une barrière maussade qui les écrasait et les rendait insignifiants. Elle s'étirait de chaque côté du champ de bataille en décrivant une courbe infinie, masse grouillant de tours de garde derrière lesquelles on pouvait voir le fouillis des rues de la cité gravir la colline en direction du Donjon impérial dont les murs or étaient pâles, vus de loin.

Les deux grandes forces étincelaient à distance, dans la brume de chaleur, attendant.

Les armées des Blood Kerestyn avaient entamé leur marche vers la capitale voilà quelques jours mais elles étaient lentes, avaient fait des détours pour se mélanger à d'autres forces plus modestes, des familles mineures qui s'étaient alliées à la cause de Kerestyn. La nécessité de contourner les terres des Blood Koli par la baie de Mataxa accentuait le retard. Le Barak Koli s'était fermement allié à Sonmaga, pour le meilleur ou pour le pire.

Les Blood Kerestyn s'étaient fait évincer du trône par les Blood Erinima à cause d'une histoire de déshonneur. Le dernier empereur des Blood Kerestyn, Mamis, avait menti au conseil des nobles à propos d'une affaire de grande importance et avait été découvert. Il avait fait ce qu'il fallait et avait abdiqué, le conseil ayant voté à l'unanimité contre leur dirigeant après ça : le père d'Anais avait comblé le vide. Mais Kerestyn avait beau avoir perdu la puissance des gardes impériaux, qui avaient juré de protéger l'empereur ou l'impératrice Blood quelle que soit leur famille, ils avaient conservé la grande force qui leur avait permis d'obtenir la couronne pour commencer. Et ils avaient attendu leur heure, attendu une opportunité telle que celle-ci.

Sonmaga tu Amacha n'était pas moins ambitieux, mais son appétit était quelque peu au-dessus de ses moyens dans cette affaire. Il croyait passionnément que l'impératrice héritière devrait être destituée de la succession même si Anais restait impératrice. Si seulement cette maudite Mishani avait fait ce qu'elle était censée faire, alors tout cela aurait pu être évité. Il ne voulait pas de guerre civile, principalement car il imaginait qu'il la perdrait. Dans dix ans, quand il aurait suffisamment de soutien, quand ses plans seraient accomplis… alors viendrait peut-être le moment de frapper. Mais se débarrasser de l'impératrice héritière aberrant résoudrait tous leurs problèmes. Les Kerestyn n'auraient plus de cause louable pour les motiver et leur soutien s'effriterait rapidement s'ils décidaient de convoiter la capitale. Il regrettait seulement que Purloch n'ait pas tué cette petite garce quand il en avait eu l'occasion au lieu de lui prendre une mèche de cheveux. Mais il avait disparu dès qu'il avait été payé et n'avait pas été retrouvé depuis.

La tente de Sonmaga saillait dans l'océan d'armures, une île marron et rouge entourée d'autres îles plus petites. La convection constante de soldats affluait autour d'eux en marée sordide, relayant des messages, apportant des nouvelles du front. L'odeur de sueur nauséabonde était surpuissante, et le vacarme constituait un brouhaha d'arrière-plan si fort que les gens devaient se hurler dessus pour réaliser que leurs oreilles s'étaient ajustées pour le refouler. La tente de Sonmaga était près de son arrière-garde, dos à Axekami. Il avait traversé la Zan et s'était installé à mi-chemin entre les forces de Kerestyn et la capitale. Il ne voulait pas de guerre civile mais il serait fichu s'il laissait les Blood Kerestyn pénétrer dans la capitale sans se battre.

Les émissaires des Blood Koli approchèrent en milieu de matinée. Vingt soldats dont l'armure de cuir durci était teinte en noir et blanc. Les nouveaux venus arrivèrent à cheval, les yeux plissés sous des écharpes noires attachées autour de leur tête pour éviter les coups de soleil. Le Barak Avun tu Koli en personne était à leur tête, son crâne dégarni bien haut sur sa monture, son expression de lassitude omniprésente temporairement bannie pour sauver les apparences.

Les forces des Blood Amacha se séparèrent pour les laisser passer. Qu'il se soit déplacé en personne prouvait qu'il s'agissait d'une affaire de haute importance. Ils traversèrent les rangs jusqu'à la tente du Barak Sonmaga, où Avun descendit de sa monture et pénétra dans la tente.

Barak Sonmaga se leva lorsque Avun entra. Il était assis sur l'un des tapis tissés au centre et examinait une carte. À côté se trouvaient des tables basses jonchées de rafraîchissements, des caisses de vêtements et des cartes, et un portant où pendillait l'armure de combat de Sonmaga. Il faisait une chaleur étouffante, mais être loin de l'œil direct de Nuki était une bénédiction et les murs de la tente réussissaient d'une certaine manière à étouffer le pire du bruit provenant de l'extérieur.

— Avun, dit Sonmaga, quoi de neuf ?

C'était d'une décontraction presque insultante mais aucun des deux ne se souciait des salutations rituelles en un moment tel que celui-ci.

Avun le toisa, la fatigue regagnant ses yeux aux paupières tombantes.

— Vous le savez déjà, lança-t-il.

Sonmaga arqua un sourcil noir, impressionné qu'Avun lise en lui.

— Oui, je le sais. Asseyez-vous, je vous prie.

Avun s'assit avec lui sur l'un des tapis par terre. Sonmaga leur servit un verre de vin rouge. Avun attendit que Sonmaga ait bu avant d'en prendre une gorgée.

— Les forces des Blood Batik s'approchent de la cité de l'est, déclara Avun. Si elles étaient parties des terres batiks au nord d'Axekami pour se diriger directement vers le sud, nous les aurions repérées depuis longtemps. Mais elles ont traversé le Jabaza et ont tourné en rond pour que nous ne les détections pas. À présent, elles sont presque aux portes de la cité.

Sonmaga ne montra en rien le léger dédain que lui inspirait cet homme. Des excuses, toujours des excuses. Il ne pouvait même pas contrôler sa fille, son propre sang ; en fait si l'on devait croire ses comptes rendus, elle s'était enfuie et n'avait toujours pas réapparu. Pour un acteur de la cour aussi prétendument brillant, il était d'une incompétence affligeante. Son désespoir de faire des concessions avec Sonmaga avait mis à jour le piteux état des affaires de la baie de Mataxa ; il avait même laissé entendre dans quel triste état se trouvaient les bateaux de sa flottille de pêche et qu'ils risquaient de couler à tout moment. Il avait toujours considéré les Blood Koli comme l'une des familles les plus nobles, un empire commercial inattaquable. Mais depuis que les circonstances avaient rapproché Avun et Sonmaga, il avait constaté combien cette supposition était creuse. Avun était faible et facilement dominé. Sonmaga était content qu'il en soit ainsi. Les troupes qu'Avun avait mises dans cette impasse était une partie précieuse de l'armée des Blood Amacha. Et si le prix qu'il devait payer était d'écouter l'accord flagorneur de cet homme quand ils discuteraient de leurs plans de bataille et de leurs stratégies, voire laisser Sonmaga dicter les mouvements des soldats d'Avun, alors c'était un tout petit prix à payer.

— D'après vous, Grigi est au courant ? s'enquit Avun d'un ton neutre.

— Sans aucun doute, répondit Sonmaga. Ils seront dans la cité demain après-midi. L'impératrice a de toute évidence décidé de les laisser entrer. Je ne peux imaginer qu'ils marchent dans la capitale pour l'envahir ; pas si Durun et Mos sont encore dans le Donjon.

— Vous avez des espions là-bas ?

— Tout le monde est au courant, dit Sonmaga, incapable de maîtriser une once d'exaspération. (Cet homme n'avait-il pas d'yeux qui travaillaient pour lui dans le bâtiment le plus important de l'empire ?) Tout le monde au Donjon le sait. Si les forces des Blood Batik essaient de prendre Axekami de force, les gardes impériaux tueraient aussitôt Mos et Durun. Leur allégeance est à *l'impératrice Blood*, pas à son mari. Nous devons donc supposer qu'ils approchent avec le consentement de l'impératrice.

Avun acquiesça d'un signe de tête. Sonmaga l'observa par-dessus le rebord de sa coupe en sirotant son vin.

— Il semble que nous soyons dans une impasse, dit enfin Avun, formulant ce que Sonmaga savait déjà.

— Ma seule inquiétude concerne ce que pourrait faire Grigi, dit Sonmaga. Il doit savoir qu'il ne passera jamais les murs d'Axekami si les Blood Batik sont à l'intérieur. Son seul espoir est d'y entrer avant eux. En d'autres termes, nous passer devant.

— Alors pourquoi ne pas nous retirer de son chemin ? fit Avun. (Comme les yeux de Sonmaga s'écarquillaient d'incrédulité, Avun bredouilla :) Bien, en d'autres termes, ne souhaitons-nous pas que l'impératrice héritière soit déshéritée ? Si nous restons dans le chemin des Blood Kerestyn, alors nous ne servirons qu'à protéger la capitale jusqu'à ce que les Blood Batik avancent. Les Blood Erinima garderont le trône et l'impératrice héritière viendra au pouvoir.

— Croyez-vous que je ne suis pas conscient de la situation ? aboya Sonmaga. Croyez-vous, tout ce temps, que je n'ai pas cherché un moyen d'approcher l'impératrice héritière, de faire ce que votre fille aurait dû faire ? (Avun se laissa intimider par l'homme corpulent qui paraissait deux fois plus gros que lui.) Je ne veux pas de Kerestyn sur le trône. Je veux Erinima car lorsque la fille d'Anais mourra – et ne vous méprenez pas, *je l'aurai*, sinon ce sera le peuple d'Axekami –, alors j'aurai bien d'autres années pour me préparer avant que ne vienne l'heure d'Anais. Et quand l'impératrice mourra, sans enfant et stérile, alors les Blood Amacha seront prêts à affronter le plus fort des ennemis et à réclamer le trône que nous n'avons jamais eu ! Si les Kerestyn entrent dans Axekami, avec les forces qu'ils commandent, ils dirigeront Saramyr pour de nombreuses décennies. Je ne peux me fier à une autre erreur stupide, telle que les faire destituer. Je ne peux que les empêcher d'entrer, et attendre. Les Blood Batik ont beau renforcer la capitale, un millier d'hommes ne pourra éternellement protéger Lucia. J'essaie de gagner du temps, Avun, car pour l'heure ce n'est pas le moment pour moi de frapper.

Avun baissa les yeux, honteux d'avoir offensé Sonmaga. Celui-ci laissa échapper un grognement sec et se leva. Avun resta où il était, la tête inclinée comme un servant. Sonmaga roula des yeux.

— Debout, Avun. Nous ne devrions pas nous quereller. Vous savez aussi bien que moi que nous ne pouvons nous retirer maintenant. Je suis engagé et vous aussi. Ne laissez pas votre courage flancher.

La réponse d'Avun, quelle qu'elle fût, fut coupée par une explosion soudaine, un grondement et un flamboiement de flammes qui éclaira la fine toile de la tente. Sonmaga jura de surprise et le monde se transforma soudain en une clameur tandis que des milliers d'hommes se mirent à hurler en même temps. Une autre explosion s'ensuivit puis une troisième, le grondement terne d'artillerie de bouches à feu, de bombes incendiaires qui projetèrent une gelée brûlante sur une grande surface.

— Par les dieux, il nous attaque, le salaud ! mugit Sonmaga.

Il entendait au loin le cri de guerre des forces de Kerestyn courant vers leur ennemi, une avalanche d'épées, de piques et de gorges hurlantes, aussi massives et inexorables que la marée. Les cris des troupes des Blood Amacha, plus forts et plus proches, les rejoignirent. Les généraux envoyaient la ligne de front.

— Je ne pensais pas qu'il oserait, ragea Sonmaga en lui-même en traversant la tente pour attraper son armure. L'idiot ! Ne sait-il pas que tout cela va nous détruire tous les deux ? Je ne pensais pas qu'il oserait !

Il sentit brusquement quelqu'un lui agripper le bras, et le retourner pour faire face à Avun qui s'était levé avec la rapidité d'un serpent.

— Il y avait des tas de choses auxquelles vous n'aviez pas pensé, dit Avun.

Un long poignard étincelait dans sa main. Il s'enfonça sous la mâchoire barbue de Sonmaga puis dans son cerveau. Le grand homme haleta, sous le choc. Ses yeux s'écarquillèrent, se rougirent de sang ; mais sa vie l'avait déjà quitté, élaguée d'un seul coup de couteau, et ses yeux ne voyaient plus rien. Son corps se ramollit, ses muscles autrefois puissants perdirent leur force, et Avun recula d'un pas puis relâcha le poignard lorsque Sonmaga tomba en avant, écrasant complètement son nez par terre.

Avun regarda le Barak déchu. Par les esprits, qu'il était crédule ! Si enclin à croire que les Blood Koli avaient l'intention d'être ses subalternes, simplement parce qu'ils avaient un passé d'antagonisme avec les Blood Kerestyn. Sonmaga était un homme à la vision limitée, qui apparemment ne réalisait pas qu'un allié politique était plus puissant quand il était gardé secret. La façade d'inimitié entre Kerestyn et Koli les avait presque tous bernés, à part quelques esprits vifs. Sonmaga n'en faisait pas partie.

Il sortit de la tente à longues enjambées. Sans dirigeant, les forces des Blood Amacha étaient perdues. Les troupes des Blood Koli se retourneraient contre eux lorsque le moment viendrait, les attaqueraient de l'intérieur. Grigi tu Kerestyn connaissait déjà tous les plans de bataille de Sonmaga – qu'il avait eu la bonté de partager avec Avun – et il était trop tard pour les modifier maintenant, ses généraux ayant déjà reçu les ordres. L'arrivée des Blood Batik signifiait qu'ils manquaient brusquement de temps. Sonmaga et ses hommes constituaient un obstacle qu'il fallait supprimer. Avec ce que Grigi connaissait des agissements de Sonmaga, ce serait un massacre.

Il ouvrit d'un coup la porte de la tente et sortit dans la chaleur étouffante et dans la clarté. Tout autour, un chaos d'hommes qui se bousculaient, le bruit d'épées dégainées, de chevaux qui manœuvraient pour trouver leur place dans la mêlée. Des flammes léchaient l'air alentour, projetant des colonnes de fumée étouffante dans le ciel. Un fracas au loin, lent, qui se prolongeait, annonçant l'arrivée des armées sur les plaines, des milliers de lames qui se croisaient dans un fouillis cacophonique. Il se fraya un chemin jusqu'à son cheval qui l'attendait, gardé par l'un de ses hommes. Prestement, il monta dessus. Il vit un soldat pénétrer dans la tente de Sonmaga quand il talonna le cheval mais il était déjà trop tard pour le rattraper. Oh, ils devineraient bien qui était le coupable, mais d'ici-là les forces des Blood Koli les auraient attaqués et ils seraient pris dans un étau, comme les pinces des crabes de la baie de Mataxa qui avaient fait sa fortune. Il crut entendre un cri d'atrocité quand il s'en alla, et un sourire effleura ses lèvres.

Son seul regret dans tout cela était Mishani. Si seulement elle lui avait fait confiance, comme devait le faire une fille digne de ce nom. Il n'avait nullement l'intention de tuer l'impératrice héritière. Cela aurait causé sa perte et celle des Blood Kerestyn malgré tout le soutien qu'ils auraient obtenu. Il avait échangé la chemise de nuit infestée contre une chemise de nuit inoffensive avant qu'elle ne se rende au Donjon. Il n'aurait pas risqué sa réputation ni celle de sa famille pour Sonmaga. Il aurait simplement dit au Barak que la maladie n'avait pas touché Lucia, finalement. Et qui connaissait l'immunité d'un Aberrant, après tout ? Mais Mishani l'avait déçu, s'en était prise à lui… et avait fini par le laisser. Morte ou vive, il s'en fichait. Elle avait montré qu'elle pouvait être sans conviction et déloyale. Elle n'était plus rien pour lui. Il avait de plus grands projets.

Le bruit de la mort qui se propageait l'entourait, et le sourire sur son visage émacié s'élargit. Comme il aimait jouer à ces jeux…

29

La nuit tombait mais sans apporter aucun répit au peuple d'Axekami. Au contraire, l'obscurité était porteuse de peur, et la panique, sous-jacente. Les murs ouest de la cité étaient assaillis par les forces des Blood Kerestyn. L'air résonnait du bruit des bouches à feu et la terre tremblait. Des hommes couraient dans tous les sens, silhouettes en flammes le long des murs majestueux de la capitale de Saramyr. Les tours de garde grouillaient. Des détonations ponctuaient le grondement bas et constant de la bataille. De l'huile bouillante pleuvait à verse sur les envahisseurs dans un déluge pesant, suivi de hurlements d'agonie en contrebas. Des échelles cliquetaient sur les remparts avant d'être violemment repoussées, faisant tomber les soldats braillant qui perdaient l'équilibre. Des voix lointaines dérivaient dans le vent chaud, des aboiements désincarnés d'ordre ou des gémissements de douleur.

Dans les rues de la cité, des groupes d'hommes erraient des torches à la main et des armes de fortune luisaient faiblement à la lueur des trois lunes. Toutes les sœurs étaient sorties ce soir : Aurus la grosse, Iridma la brillante et Neryn la verte. Elles occupaient des positions différentes dans le ciel mais pas pour longtemps. Leurs prochaines orbites les rapprocheraient dangereusement. Une tempête lunaire s'annonçait.

Personne ne dormit ce soir-là.

Les portes d'Axekami étaient fermées, tant pour empêcher les envahisseurs d'entrer que pour parquer la populace affolée. Beaucoup s'étaient rendus d'eux-mêmes près des murs, leur désir de défendre leur territoire supplantant le dégoût que leur inspirait leur impératrice et le monstre qu'elle avait l'intention de faire diriger le peuple. L'armure bleu et blanc des gardes impériaux se mêlait à un millier d'autres vêtements, à mesure que les hommes apportaient leurs vieux arcs et fusils pour aider les forces de Kerestyn. Les semaines d'agitation et de violence dans les rues avaient réchauffé le sang du peuple d'Axekami. Si la moitié s'unissait délibérément contre un adversaire commun qui tentait de pénétrer de force dans la cité, l'autre moitié créait une émeute et pillait la cité en guise de protestation, exigeant que Kerestyn puisse entrer et que l'impératrice abandonne la couronne.

Les gardes de la porte orientale refoulaient des gens toute la journée et continuaient la nuit tombée. Des marchands, des parents déchaînés, des individus désespérés de sauver ou de défendre leurs maisons, tous étaient chassés. Un petit camp de voyageurs rejetés s'était formé sur le bord de la route. Seuls les nobles et des personnes de haute importance étaient autorisés à pénétrer dans la cité et uniquement après approbation du Donjon.

Lorsqu'une charrette ordinaire fit son arrivée, tirée par deux manxthwas et conduite par un jeune homme à la mâchoire grisonnante accompagné de son élégante épouse, le commandant en faction était prêt à les renvoyer comme tous les autres. Mais lorsqu'il commença à prononcer les mots, ils ne sortirent pas réellement comme prévu. Et il ne comprit pas le moins du monde pourquoi il avait ordonné d'ouvrir les portes, avec ou sans l'approbation du Donjon, ni pourquoi il n'avait même pas pensé à fouiller la charrette. Après coup, il eut du mal à croire qu'il n'avait pas rêvé. Mais la seule chose dont il se souvenait clairement était les yeux verts de la femme sous sa robe à capuche, et qui s'étaient brusquement assombris pour devenir rouges.

Ils enlevèrent le prélart de la charrette un peu plus tard puis le jeune homme le bazarda pour faire sortir les passagers clandestins qui se cachaient en dessous. Ils s'étaient arrêtés dans une petite allée en cul-de-sac, juste à l'intérieur des murs orientaux de la cité, de grands bâtiments désertés s'élevant sur les trois côtés, empêchant le clair de lune ourlé de vert de passer. Ils sortirent en silence, étirèrent leurs membres pleins de crampes et engourdis, et se réunirent autour de la charrette devant le jeune homme et la femme. C'était Cailin tu Moritat, d'une beauté saisissante sans le maquillage effrayant de l'Ordre. Ses cheveux étaient attachés en une longue natte, et ses traits étaient semblables à ceux d'un chat. L'homme était Yugi, le leader de l'expédition, un bandit à l'air coquin, approchant la trentaine, au sourire démoniaque et aux cheveux blond foncé et sales qu'une grosse écharpe rouge encrassée dégageait de ses yeux. En dépit de la présence de Cailin, il était facile de deviner qui commandait. Yugi représentait le Libera Dramach au Bercail. L'Ordre rouge était peu nombreux et aussi puissant fût-il, ce n'était pas lui la force motrice ici.

Mishani défroissa sa robe hors de prix et se recoiffa rapidement avec l'aide d'Asara. Kaiku jeta un œil à Tane qui arqua un sourcil en regardant Mishani, comme pour dire : « À quoi bon ? ». Kaiku ne put s'empêcher de réprimer un sourire. C'était une plaisanterie, tous deux savaient que l'apparence de Mishani était de la plus haute importance. Elle avait une audience avec l'impératrice le lendemain matin.

— C'était la partie facile, déclara Yugi, s'adressant à eux tous. À partir de là, vous devez être sur vos gardes à tout moment. Mishani, Asara, dans la prochaine rue vous attend un chariot qui vous emmènera dans une maison en toute sécurité. Demain matin vous vous rendrez au Donjon à l'heure dite.

Mishani et Asara opinèrent d'un signe de tête.

— Nous autres passerons la nuit de façon bien moins agréable, poursuivit Yugi dans un grand sourire. Nous irons à pied. Nous avons un rendez-vous à honorer.

Neuf d'entre eux se dirigèrent dans la cité, une fois Asara et Mishani parties. Avec Kaiku, Tane, Yugi et Cailin, cinq autres hommes du Libera Dramach avaient été choisis pour leurs aptitudes à la discrétion et au combat. Le simple fait de se promener dans les rues d'Axekami en ce moment était dangereux ; des effectifs militaires étaient présents en grand nombre.

Yugi les emmena dans des allées étroites et leur fit traverser un dédale étourdissant de ruelles, s'éloignant de la Kerryn. Les bruits de l'attaque du mur ouest les atteignaient même là où ils se trouvaient et la nuit était emplie de cris étranges et de bruits perturbants. Plus d'une fois ils entendirent des gens qui couraient, leurs pas se multipliant brusquement et se mélangeant à des cris de rage quand la poursuite commençait. Les gangs étaient de sortie ce soir et il n'y avait personne dans les rues qui ne cherchait pas la violence. Ceux qu'ils croisèrent dans les allées transversales ou tapis dans des pas de portes obscurcis – les indigents et les vagabonds – tremblèrent devant eux. Yugi ne leur prêta pas attention. Il les conduisait au fin fond du quartier pauvre.

Les bâtiments paraissaient s'empiler les uns sur les autres, se rapprocher, gronder et les envelopper sous leur poids. Du bois d'œuvre ployait dangereusement et les rues labyrinthiques s'encombraient de débris. Des volets étaient de guingois sur de grosses fenêtres sombres. Des habitations rongées par le feu dévoilaient des nervures calcinées. Des ponts de fortune étaient jetés sur les rues dont la largeur diminuait à vue d'œil, des échelles qui allaient des rebords de fenêtres aux toits adjacents. Tout était déserté par ici mais Kaiku fut en proie à la sensation inébranlable d'être observée. Elle aperçut des visages qui s'écartaient des fenêtres lorsqu'elle les regardait, des bougies éteintes à la hâte lorsque des pas approchaient. Yugi les éloignait délibérément des rues principales pour éviter de rencontrer qui que ce soit, mais vers quel danger les conduisait-il ? On ne leur avait donné que très peu d'indications sur les détails du kidnapping de l'impératrice héritière pour des raisons de sécurité mais cela ne servait qu'à rendre Kaiku encore plus nerveuse, n'ayant aucune idée de ce qui les attendait. Elle sentit le poids rassurant de son fusil dans son dos et de son épée à sa hanche, mais c'était là un maigre réconfort.

— Ici, fit brusquement Yugi en s'arrêtant devant la porte d'un immeuble délabré qui avait été recouvert de planches avant d'être détruit de nouveau. Il les fit entrer à la hâte puis passa en dernier après s'être assuré que la voie était libre. C'était donc cela leur destination, songea Kaiku dans un mélange de soulagement et de vive inquiétude. Ils avaient eu de la chance d'être allés aussi loin dans la cité sans tomber sur aucun gang ; mais quelle était leur nouvelle destination, depuis le cœur du quartier pauvre ?

À l'intérieur, l'obscurité était encore plus profonde. La luminescence ourlée de vert des trois lunes traversait les fissures et les lattes des murs de bois, provenant de trois directions à la fois pour donner à l'intérieur une lumière faible et déconcertante. Quoi qu'ait pu être cet endroit auparavant, il avait été abandonné voilà des années. Des planches brisées, des décombres et des débris non identifiables jonchaient les pièces étroites et sordides.

Des insectes bourdonnaient dans la nuit chaude et exploraient la carcasse d'un chien qui venait d'expirer.

— Où est-il ? s'enquit Cailin d'un ton brusque, sans s'adresser à personne en particulier.

— En bas, répondit Yugi. Venez.

Il les fit passer dans une série de pièces toutes aussi désertes jusqu'à ce qu'il arrive devant une trappe qu'il releva pour révéler un ensemble de marches en bois bancales. Une lumière brûlait quelque part en bas.

— C'est nous, siffla-t-il avant de descendre.

Les autres le suivirent précautionneusement.

C'était une cellule. L'air chaud et humide sentait le moisi et la pierre des murs semblait vieille et s'effritait à la lueur de la lanterne. L'homme qui la tenait chuchotait avec Yugi lorsque Kaiku descendit dans la pièce. Il était mince et légèrement émacié, l'inquiétude plissant son front. Ses cheveux courts étaient grisonnants ; il approchait de sa quarantième moisson.

Le dernier homme referma la trappe derrière eux, les y enfermant.

— Nous sommes au complet ? Bien, dit Yugi. Je vous présente l'homme qui nous servira de guide pour le reste du chemin. Des doutes ont été formulés dès le début pour savoir si un groupe d'hommes – et de femmes – comme nous pourrait ne serait-ce que pénétrer dans le Donjon impérial, sans parler de rencontrer l'impératrice héritière en personne. Mais *cet* homme y est arrivé tout seul et sans aucune aide ; et il a pu approcher la petite impératrice héritière de suffisamment près pour lui couper une mèche de cheveux. Voici Purloch tu Irisi.

Les cinq hommes du Libera Dramach partirent dans une salve d'exclamations médusées. Kaiku et Tane, qui n'avaient jamais entendu parler de lui, gardèrent le silence et se regardèrent. Tane serra l'épaule de Kaiku pour la rassurer. Il était tout aussi nerveux qu'elle mais sa présence la réconfortait quelque peu. Elle se réjouissait qu'il soit à ses côtés.

— Par ici, dit Purloch en désignant une alcôve sombre dans le mur. (Il leva obligeamment sa lanterne et ils virent qu'un petit trou étroit avait été percé.) Les égouts de la cité longent cette cellule. Ils gravissent aussi la colline et passent sous le Donjon impérial. C'est grâce à eux que je suis entré, bien qu'il n'y ait aucun moyen de savoir si, entre-temps, ils ont tout deviné et ont bloqué le chemin. Je ne crois pas. Personne ne descend par là, à moins d'y être obligé.

L'un des hommes s'avança vers le trou et regarda à travers, dans l'obscurité.

— Qu'y a-t-il en bas ?

— Je ne sais pas et je ne veux pas le savoir, fit Purloch. Mais je les ai entendus l'autre fois, quand je suis ressorti.

— Entendu *quoi* ? demanda l'homme.

— Peu importe, répondit Yugi d'un ton grave. Allumez vos lanternes. Nous descendons par là. Mesdames, veuillez m'excuser par avance pour la puanteur mais…

— Ne soyez pas idiot, fit Cailin, cassant sa galanterie. Ne nous prenez pas pour des faibles. Nous pourrions toutes vous briser le cœur en une seule pensée.

Yugi les gratifia d'un grand sourire, mais quelque peu teinté de malaise, et il ne sut momentanément que répondre. Ses yeux se posèrent sur Kaiku, la regardant différemment. Ce qu'avait déclaré Cailin n'était pas la stricte vérité, du moins en ce qui concernait Kaiku, mais cela donna à réfléchir à Yugi.

— Avec une compagnie aussi agréable, ce voyage passera très vite, déclara-t-il, se reprenant admirablement.

Kaiku n'avait jamais imaginé se retrouver un jour dans un endroit tel que les enfers humides et froids des égouts de la cité. Leur monde était circonscrit par un arc de lumière mouillé qui décrivait une courbe au-dessus des murs du tunnel devant eux ; et, au-delà, il n'y avait qu'un abysse noir qui réfléchissait un champ d'étoiles de minuscules lueurs à mesure que l'eau clapotait ou les briques humides attrapaient la lumière de leur lanterne. La puanteur était indescriptible. Tane avait vomi presque aussitôt après avoir pénétré dans les égouts et avait des haut-le-cœur fréquents, même si son estomac était plus que vide. Plusieurs hommes avaient ressenti les mêmes symptômes. Kaiku avait constamment l'impression d'être à deux doigts de rendre son dernier repas mais, quelque part, les relents écœurants ne réussirent pas à retourner son estomac. Cailin ne parut pas touchée du tout. Personne n'en fut surpris.

Les égouts d'Axekami étaient un réseau de rigoles, de digues et de portes d'écluses, flanqué de larges chemins de pierre qu'utilisaient les ouvriers. Vu l'agitation au-dessus, ils étaient quasi sûrs que personne ne travaillerait ce soir mais c'était plutôt l'idée de ce qu'ils allaient trouver qui les tourmentait.

Kaiku garda les yeux rivés sur Purloch, à mesure qu'ils avançaient dans les chemins humides, l'effluent obscur de la cité les dépassant à toute allure. Il était manifestement terrorisé ; ses yeux ricochaient d'une ombre à une autre, sursautant lorsqu'un rat grattait ou qu'un déchet dans l'eau heurtait le bord du chemin. Qu'avait-il trouvé ici pour être aussi terrifié ? Cet homme avait-il réellement pénétré le Donjon impérial ? Et si oui, pourquoi était-il prêt à retenter l'expérience ? Qu'est-ce qui l'avait fait se tourner vers la cause du Libera Dramach ? Ce fut en méditant sur cette question que Kaiku se rappela les paroles de Mishani, lorsqu'elle lui avait demandé la même chose quand elles séjournaient au Bercail.

Vous n'aurez qu'à la voir pour comprendre, Kaiku. Elle vous conquerra d'un regard.

Était-ce cela ? Purloch avait-il aussi été conquis par l'impératrice héritière ? Était-elle véritablement une créature aussi transcendantale ?

Quand ils traversèrent l'obscurité interminable des égouts, personne ne parla. L'existence se réduisait à la circonférence de leur lanterne et aux tiques, crépitements et éclaboussements intermittents des créatures malades qui vivaient ici. Purloch les conduisait de tête, les faisait gravir des pentes inclinées, traverser des goulots, d'étroits ponts de métal. La nausée omniprésente que provoquaient leurs alentours composait leur misère, mais il n'y avait rien d'autre à faire que poursuivre leur chemin. Ils marcheraient jusqu'à ce que l'aube réchauffe la terre au-dessus, leur avait dit Purloch, mais ils devraient absolument être en place sous le Donjon le lendemain matin car c'était là que le plan devrait être exécuté.

Kaiku était assaillie de doutes. Tane avançait devant elle et ses yeux parcouraient son crâne rasé et son dos maigre. Le voir faisait naître en elle une légère once de culpabilité. Elle s'était lancée imprudemment dans cette affaire sans savoir dans quoi elle s'embarquait ; mais tout allait bien, c'était tout elle. Elle avait toujours été têtue et bornée. Suffisamment bornée pour avancer seule dans les montagnes balayées par la tempête, en tout cas. Elle n'avait jamais évalué ses chances de succès et ne les évaluait pas plus à présent. Sa façon de penser ne les avait pas prises en compte. Pourtant, c'était parce qu'elle avait décidé de venir que Tane était là lui aussi et c'était une autre histoire.

Elle avait conscience de ce qu'il ressentait pour elle. Il l'avait suivie depuis la forêt de Yuna, était resté auprès d'elle, même après avoir découvert qu'elle était la chose qu'il abhorrait le plus au monde. Il l'aimait, elle le voyait bien. Et elle ne pouvait nier le désir qu'il faisait naître en elle. C'était grisant de savoir qu'elle pourrait l'avoir en un seul mot, qu'il viendrait dans son lit sur son ordre. Et pourtant c'était un jeu dangereux, de jouer avec le cœur des hommes, et elle n'était pas aussi cruelle. Ce ne serait pas juste, pas quand elle tâchait encore de s'accepter elle-même, d'accepter son pouvoir et sa nouvelle vie en tant qu'Aberrant, avec Asara…

Les souvenirs de cette nuit à Chaim la firent rougir. La chaleur du moment avait été irrésistible mais trop brève pour y trouver un sens. Grisée par l'affirmation d'Asara comme quoi elle devrait se libérer des restrictions que les hommes avaient créées pour elle, elle avait agi sur un coup de tête nouveau pour elle et s'y était subsumée. Mais bien trop tôt Mamak avait interrompu le moment… Non, c'était le sentiment terrible qu'elle avait ressenti lorsque Asara l'avait embrassée cette ultime fois, cet affreux *appétit* qu'elle avait elle, et cette sensation que son propre ventre s'était dégagé d'un mouvement brusque.

Elle était trop confuse pour y réfléchir. Tout comme elle n'osait pas prendre véritablement en compte les implications de ce qu'elle avait appris au monastère des Tisserands. C'était trop, beaucoup trop, et elle savait que si elle regardait tout en même temps, cela l'écraserait. Elle ne penserait qu'à ce qui se trouvait devant elle, y irait tout doucement, pas à pas. C'était la seule chose qu'elle pouvait faire.

Ses pensées se dispersèrent et son sang se glaça quand un bruit de tous les diables brisa le silence. L'espace d'un instant, personne ne bougea. Tout le monde écoutait. Il se reproduisit, provenant cette fois d'un autre tunnel. Un grattement crissant, comme si l'on tournait une grande roue rouillée depuis longtemps.

— C'est eux, murmura Purloch.

— Quoi ? demanda l'un des autres hommes. Ça pourrait être n'importe quoi. Un tuyau d'égout… une porte qui s'ouvre…

— Non, dit calmement Cailin. Je les sens. Ils arrivent.

Elle leva les yeux, son regard traversant la file pour se poser sur Kaiku.

— Nous ne pouvons pas les affronter ici. Courez !

Un troisième cri strident lui répondit, plus fort et plus proche que le précédent. Purloch prit la fuite, ses bottes dérapèrent sur le sol glissant dans sa précipitation. Les autres le suivirent de près, courant aussi vite que possible. Les chemins qui longeaient le courant d'eau boueuse leur semblèrent brusquement étroits. La lueur de la lanterne chancelait violemment autour d'eux, éclairant les yeux noirs et vifs des rôdeurs et d'autres choses moins identifiables qui s'éparpillèrent quand ils s'approchèrent. Les cris commencèrent à être plus fréquents ; des bruits inhumains, malveillants, qui ne pouvaient être produits par des choses naturelles. Ils se répercutaient dans l'obscurité, comme s'ils provenaient de partout la fois. Kaiku les sentit, une sensation rampant dans sa nuque. Des démons.

Des shin-shin ? se demanda-t-elle. Et une panique folle s'empara brusquement d'elle.

Ils gravirent quatre à quatre une volée de marches qui montaient le long d'une série de cascades croupies. Tane trébucha et vomit en montant, tombant à genoux. Kaiku le heurta par-derrière et le releva immédiatement, la peur la rendant brutale. Il se remit debout non sans mal, mais s'enchevêtra dans le fusil qu'il portait dans son dos. Les autres avançaient déjà à toute allure, laissant Kaiku et Tane derrière eux, emportant la lumière avec eux. Ni Kaiku ni Tane n'étaient munis de lanternes.

— Attendez ! cria-t-elle en dégageant d'un coup le bras de Tane de la lanière de son fusil et en le redressant.

Une cacophonie explosive de hurlements résonna dans l'obscurité derrière elle, terriblement proche à présent.

— Venez ! Par ici ! s'écria Yugi dans l'escalier et Tane se releva enfin et courut.

Kaiku le suivait de près. Elle entendit un bruit de raclement derrière elle, comme si quelque chose rampait sur les marches. Mais elle n'osait pas regarder. Son souffle sortait en halètements frénétiques et Tane n'avançait pas assez vite pour elle.

Ils émergèrent dans une grande pièce en forme d'étoile d'où sortaient cinq tunnels. L'eau était peu profonde et un grand égout circulaire se trouvait au milieu, ses lattes rouillées ouvertes pour absorber toute l'eau putrescente. Entre les efforts de l'égout et le sol saillant en pierres dures, l'eau n'arrivait qu'à hauteur de cuisses. Un chemin étroit contournait le bord de la pièce mais les envahisseurs l'avaient déjà délaissé et se rassemblaient dans l'eau, autour de l'égout, dos à dos. Les gémissements grinçants résonnaient autour d'eux, provenant des gueules obscures des tunnels. Kaiku et Tane sautèrent dans l'eau et rejoignirent les autres. Tane vomit de nouveau au contact froid de l'effluent et des déchets humains qui suintaient et trempaient ses jambes.

Puis, à l'unisson, les gémissements cessèrent. Le silence s'abattit, à l'exception de l'eau qui clapotait à leurs pieds. Purloch marmonna une prière en lui-même. Les épées et les fusils étaient prêts, tous les yeux rivés sur les cinq tunnels. La lueur de leurs lanternes semblait vaciller, leur rappelant combien leur marge de vision était fragile. Si les lanternes leur tombaient des mains ou s'éteignaient, ils se retrouveraient dans l'obscurité totale et rien ne pourrait alors les sauver.

Kaiku prit conscience qu'elle frissonnait. Pas de froid mais de tension. Son *kana* était à l'état latent, réprimé par la méthode, quelle qu'elle fût, que Cailin avait utilisée pour l'empêcher de représenter un danger pour les autres. Mais elle regrettait de ne pas avoir recours au moins à cela. Tout, n'importe quoi dont elle pourrait se servir contre les choses qui rampaient au bord de la lumière.

Elle émergea lentement de l'eau, devant elle, juste dans la gueule du tunnel par où ils étaient arrivés. Une forme noire trempée et voûtée, ses cheveux sales pendillant sur son visage, dégoulinant d'eau putride. De sous sa robe qui moisissait, ses mains étaient recroquevillées en griffes blanches, exsangues, pleines de croûtes. Un seul œil luisait derrière le rideau emmêlé de cheveux, fixant Kaiku d'un regard paralysant. Elle exhala un long râle.

— Dieux ! Il y en a aussi un ici ! hurla quelqu'un et Kaiku se déconcentra un moment pour regarder la deuxième créature qui avançait en boitant dans la lumière depuis un autre tunnel. Celle-ci était émaciée et squelettique, cadavre à moitié pourri dont la mâchoire inférieure n'était fixée que sur un côté et ne tenait que grâce à quelques morceaux de chair en décomposition. Elle se mit brusquement debout, sa tête pendant, mais la lumière vive dans ses yeux ne quitta pas les gens rassemblés au milieu de la pièce.

— Qu'est-ce que c'est que ces foutues choses ? murmura Yugi.

— Maku-sheng, répondit Cailin. Les esprits de l'eau sale. Ils ont pris les morts qu'ils ont trouvés ici et se les sont appropriés.

— Un autre ! cria quelqu'un.

Il était d'une grosseur grotesque et nu, un côté de son ventre étant une blessure verte et béante à travers laquelle on voyait mollement l'ondulation pourrissante de ses intestins.

— Ici aussi !

— Et là !

Ils étaient encerclés. Les démons ne faisaient pas mine d'approcher, se contentaient de les regarder d'un œil torve. Un murmure sembla parcourir la pièce, un susurrement de sifflement. Les créatures conversaient sur un ton incompréhensible à l'oreille humaine. Kaiku tremblait à présent, sans pouvoir s'arrêter.

Brusquement, le démon aux cheveux longs leva une main crasseuse et pointue, produisant un hurlement strident. Ses cheveux se dégagèrent de son visage et Kaiku aperçut une figure épouvantable de chair ridée et distendue et de longues dents tombant en pourriture. Puis les démons attaquèrent.

Tout autour d'eux, les créatures sortirent des tunnels, surgissant dans l'obscurité en bondissant et en cahotant à mesure que leurs muscles atrophiés les faisaient avancer. Le fusil de Yugi fut le premier à tirer, la détonation de son arme résonnant dans toutes les directions à travers les égouts.

La tête du gros maku-sheng explosa dans un fracas mouillé de fragments d'os et de fluides coagulés et il tomba à la renverse dans l'eau. Ceux qui tenaient des lanternes pointèrent leurs épées, les balancèrent dans la marée de chair morte qui arrivait, tranchant sans effort la moelle et les tendons. Les créatures putréfiées depuis longtemps se séparèrent sous les lames et basculèrent dans l'eau mais, peu après, ces mêmes créatures qu'ils avaient coupées en deux les attaquèrent de nouveau, battant l'air dans l'eau boueuse alors que leurs jambes tranchées se contorsionnaient inutilement sous eux.

— Elles ne resteront pas sous l'eau ! cria quelqu'un qui hurla ensuite lorsque l'une des créatures l'assaillit et mordit sa gorge. Son cri se transforma en gazouillis et sa lanterne tomba à l'eau dans un sifflement. La lumière s'amenuisa dans la pièce, masquant encore plus les formes brisées qui les entouraient.

Kaiku attrapa hâtivement son fusil à tâtons pour tirer sur le démon aux cheveux longs qui avançait vers elle. Mais le coup ne partit pas. Sa poudre d'ignition était trop humide pour prendre feu. Dévoilant des dents immondes, le démon lui sauta dessus mais Tane surgit dans un cri, enfonçant profondément son épée dans la poitrine de la créature. Kaiku recula non sans peine, fit tomber son fusil dans l'eau et dégaina son épée, mais le démon s'était déjà enfui dans un cri, cassant net la lame de Tane d'un mouvement de son corps. Il recula de quelques pas, les yeux scintillant de malice puis un autre sortit violemment de l'eau juste devant Tane. Des mains froides essayèrent de l'agripper et des dents crochues s'enfoncèrent dans la chair de sa jambe.

Il hurla d'agonie, bascula en arrière et donna un grand coup vers le bas avec ce qui restait de son épée, mais il avait beau avoir tranché la gorge de la chose morte, celle-ci se raccrochait à lui, donnait des coups de patte à sa cuisse et jouait avec le morceau de chair qu'elle avait dans la bouche. L'épée de Kaiku semblait échapper à son étreinte paniquée, mais elle réussit à la balancer sur les omoplates de la chose, frappant suffisamment fort pour lui arracher un petit cri involontaire et pour qu'elle relâche Tane. Quand elle sombra sous l'eau dans un gros floc, Tane releva sa jambe blessée et la frappa sur la tête, écrasant son crâne sur le sol dans une infâme éclosion de liquide foncé.

Kaiku sentit le Tissage s'agiter autour d'elle et réalisa brusquement que Cailin avait rejoint la rixe. Ses yeux étaient du rouge foncé et sulfureux qui présageait l'emploi de son pouvoir d'Aberrant. Trois autres maku-sheng s'envolèrent pour aller s'écraser, désossés, contre le mur de la pièce, projetés par son *kana*. Les créatures alentour reculèrent, hurlèrent, puis attaquèrent, redoublant de furie, un moment plus tard. Le nœud de défenseurs autour du centre de la pièce se sépara sous l'attaque. La lueur de la lanterne s'éloigna de Kaiku et la plongea dans l'obscurité. Quelque chose lui sauta dessus, elle l'évita et sentit une substance froide et nauséabonde éclabousser sa joue lorsque son épée s'enfonça dans de la chair morte. Reculant d'horreur, elle trébucha sur le revêtement de l'égout au milieu de la pièce. S'ensuivit un instant de fatalité écœurante et elle sentit qu'elle perdait l'équilibre puis tomba. L'eau glaciale et polluée se referma autour de sa tête dans un éclaboussement.

Elle battit l'air, nauséeuse, et resurgit à la surface pendant une infime seconde mais le démon aux cheveux longs était déjà sur elle, ses mains scabreuses sur sa gorge, la repoussant dans la boue noire. Elle n'avait plus de souffle pour hurler. Elle donna des coups de pied et la roua de coups mais la force qui appuyait sur elle était trop forte, impitoyable. Une panique animale la gagna. Ses poumons brûlèrent, cherchant de l'air inexistant. L'inconscience frôlait sa vision, couverture étincelante qui empiétait de plus en plus vers le centre. Elle était vaguement consciente de murs sousmarins, de l'éclaboussement et de sa résistance qui faiblissait, du bruit d'un coup de fusil, d'un hurlement lorsque Cailin réduisit à néant un autre groupe de démons. Mais tout s'évanouissait, s'estompait, et derrière ses yeux elle vit de nouveau le Tissage, le chemin éblouissant qui l'avait autrefois emmenée dans les Champs d'Omecha et de Yoru, le gardien, qui l'avait conduite jusqu'à la Porte mais pas plus loin. Peut-être cette fois, songea-t-elle, alors que sa lutte cessait… peut-être cette fois… pourrait-elle rejoindre son frère de l'autre côté…

Mais dans le Tissage de son corps, quelque chose s'agitait, lui donnait des coups. Un nœud s'effilochait. La conscience l'abandonnait mais il restait quelque chose d'éveillé en elle, se battant et se contorsionnant, choisissant les fibres du grand art de Cailin. Son *kana* avait été limité puis supprimé mais pas vaincu. Alors que le cerveau de Kaiku acceptait sa mort, la créature en elle luttait contre, défaisait furieusement ses liens jusqu'à ce que, d'un coup sec, ils se libèrent…

— Kaiku ! cria Tane.

Il cherchait frénétiquement des signes d'elle, l'avait perdue dans le chaos de la bataille. Mais seule une lanterne restait, que l'un des hommes du Libera Dramach avait conservée comme un trésor, et elle éclairait tout juste pour voir à la périphérie de la luminescence. Ses yeux se posèrent sur le démon tapi dans l'eau qui appuyait sur quelque chose et il aperçut la main molle flottant à la surface à côté de lui. Dans un hurlement d'angoisse, il sauta sur la chose. Celle-ci leva la tête de panique mais à cet instant le *kana* de Kaiku s'était enfin libéré. Tane tomba à la renverse, protégea son visage, alors que le démon hurlait et explosait. Un incendie projeta une lumière jaune sur l'eau boueuse. L'enveloppe brisée, en flammes, de la créature recula de quelques pas en chancelant, animée par des lambeaux de reste de vie, puis elle vacilla et plongea dans l'eau dans un sifflement.

Les autres maku-sheng s'étaient remis à hurler, ayant senti la force de l'explosion. Tane les ignora, se reprit et fonça vers Kaiku. Il la tira hors de la puanteur et de l'immondice et son visage ressortit tout pâle, les yeux ouverts écarlates et aveugles, les cheveux collés à ses joues.

— Pas elle, non ! cria-t-il bien qu'il ne pût dire à quel dieu ou à quel aspect du destin il adressait ce déni. Il rengaina son épée brisée, sans se soucier des démons qui fourmillaient dans l'obscurité, puis mit ses bras sous les aisselles de Kaiku et la tira hors de l'eau jusqu'au chemin qui bordait la pièce.

À la lueur vacillante de l'unique lanterne, Cailin était une vision redoutable, ses cheveux noirs en désordre et ses yeux brûlant de rouge. Elle avait l'air d'un démon. Elle balançait ses mains en arrière, inlassablement, envoyait son *kana* parcourir les fils du Tissage pour le déchirer, défaire des nœuds, déchirer les corps des maku-sheng. Elle sentait, chaque fois qu'elle en détruisait un, l'esprit du démon s'enfuir invisiblement du cadavre à présent inutile, clapoter dans l'eau immonde à la recherche d'un nouvel hôte. Yugi se battait, impassible, à côté d'elle, la surveillait, son fusil tirant et tirant, le rechargeant entre chaque coup à une vitesse incroyable.

Puis un seul hurlement funèbre surgit du groupe de démons. Ils marquèrent une pause dans leur attaque, se retirèrent à une distance respectable du groupe de défenseurs, les regardant méchamment, leurs yeux brillants dans l'obscurité. Les murmures reprirent, bien qu'aucune bouche ne bougeât. Yugi garda les doigts tendus sur la gâchette, Purloch debout auprès de lui. Quatre des cinq hommes du Libera Dramach flottaient parmi la masse putride des cadavres « re-tués ». Le dernier, un homme encore tout jeune qui s'appelait Espy, tenait sa lanterne bien haut et avait sorti son épée tachée de sang mais le bout tremblait perceptiblement.

Il y eut un frémissement et les démons se retirèrent, sortant de la lumière pour regagner l'ombre avec la même douceur que lorsqu'ils étaient arrivés, engloutis par les tunnels entourant la pièce. Quelques minutes plus tard, ils avaient disparu.

Yugi laissa échapper un soupir tremblotant.

— Partis ? demanda-t-il à Cailin.

— Ils reviendront. Nous ferions mieux de ne pas être là à ce moment-là. (Elle leva brusquement les yeux en percevant un mouvement et vit Tane soulever Kaiku sur le chemin qui menait au bord de la pièce.) Dieux ! souffla-t-elle et elle barbota dans l'eau qui lui arrivait aux cuisses aussi vite qu'elle le put. Espyn ! Apportez la lanterne ! lui ordonna-t-elle et il se hâta d'obéir.

Les lèvres de Kaiku étaient bleues, ses yeux rouges flamboyaient, ses cheveux étaient ternes et trempés. Tane avait mis sa main dans sa bouche ouverte et sortait des détritus non identifiables de sa gorge quand ils arrivèrent, la précipitation et la peur le faisant paniquer.

— Elle respire ? demanda Purloch, jetant des coups d'œil rapides derrière eux au cas où l'un des maku-sheng reviendrait.

Tane l'ignora.

— Pouvez-vous *faire* quelque chose ? demandait-il à Cailin.

— Elle a échappé à mon conditionnement, a traversé mes barrières, expliqua Cailin, une espèce d'émerveillement dans la voix. Sang du cœur ! Elle a un talent plus grand que je ne l'imaginais. (Elle regarda Tane.) Sans son contrôle conscient, son *kana* se rebellerait si j'essayais. Il la tuerait.

Elle ne réalisa pas l'ironie dans sa déclaration mais personne n'avait envie d'en rire.

— Alors je vais le faire, répliqua Tane.

Il croisa les mains et appuya plusieurs fois sur sa poitrine avec le talon de sa paume, puis posa ses lèvres sur les siennes et souffla dans ses poumons. Quelle cruauté que les choses se passent ainsi, songea-t-il ; leur premier baiser si froid, si immonde, sans passion.

Mais il était de nouveau sur sa poitrine, pompait, soufflait, pompait, soufflait, tandis que les autres le regardaient comme s'il était devenu fou. Aucun d'entre eux ne connaissait la technique pour réanimer des noyés mais Tane l'avait apprise auprès des prêtres d'Enyu voilà bien longtemps.

— Réveillez-vous, pour l'amour des dieux ! lui cria-t-il puis il pompa de nouveau. Ce n'est pas la fin de votre chemin ! Vous avez un serment. *Un serment.*

Un autre souffle, injectant une nouvelle vie dans ses poumons imprégnés d'eau. Puis il pompa.

— Vous êtes sacrément trop têtue pour mourir comme ça ! cria-t-il.

Et comme si Omecha en personne s'était penché et avait touché la femme morte de ses mains, elle sursauta et reprit vie par à-coups, roula sur le côté et vomit l'eau bilieuse des égouts. Elle vomit, vomit, se nettoya atrocement, tandis que Tane riait de joie et que des larmes ruisselaient sur son visage, et il loua les dieux. Yugi lui tapa sur le dos pour le féliciter, le qualifiant de faiseur de miracles. Les haut-le-cœur de Kaiku se calmèrent progressivement et elle resta allongée à haleter comme un poisson sur terre, faible mais indemne.

Cailin secoua la tête de stupéfaction, sourire aux lèvres, et se demanda combien de vies son apprentie potentielle avait laissées.

30

L'aube se leva, et la bataille faisait rage.

Les forces des Blood Kerestyn n'avaient pas beaucoup progressé dans leur trouée des murs de la cité. Les imposantes portes occidentales s'étaient refermées sur elles et leurs échelles, repoussées maintes et maintes fois. S'ils n'avaient dû qu'affronter les gardes impériaux, ils auraient pu écraser les défenseurs par la simple puissance de leurs effectifs ; mais ils avaient imaginé que les gardes auraient fort à faire pour maîtriser le plus possible les émeutes dans la cité. Une grande partie des habitants s'étaient unis pour défendre leur cité, se souciant peu de la politique dans cette affaire. Quels que furent leurs sentiments pour l'impératrice héritière, envahir Axekami était un honneur auquel nul n'aurait droit et les effectifs de défense s'étaient donc multipliés. Grigi tu Kerestyn cracha sa frustration toute la nuit durant et redoubla d'efforts pour attaquer sous l'œil de Nuki qui regardait furtivement l'horizon. Mais les forces des Blood Batik avançaient rapidement de l'est et entreraient dans la cité avant la tombée de la nuit. Elles seraient alors inébranlables et la sécurité des Blood Erinima serait assurée.

Anais était assise sur le trône à côté de son mari, d'un calme glacial. Le soleil rayonnait à travers les hautes fenêtres sans volets, dans une chaleur étouffante, insupportable, bien que la matinée commençât à peine. Des servants faisaient de l'air à l'aide de grandes voiles ornementales mais cela ne servait pas à grand-chose : les gardes impériaux transpiraient et étaient en proie à des démangeaisons atroces sous leur armure de métal de cérémonie. Les fanions pourpre et blanc des Blood Erinima s'agitaient mollement sur les murs. De la fumée parfumée s'échappait de braseros.

Durun était d'humeur massacrante. Il avait fait ribote la nuit dernière. L'impératrice se battait pour la survie même de sa famille, mettait en place une tactique, avait fort à faire avec des rumeurs et lui s'était esquivé pour boire. Il était venu dans son lit et elle l'avait éconduit. Le souvenir de leur dispute explosive ajouté à la chaleur de la matinée, à sa gueule de bois et au fait qu'il avait été réveillé aux aurores pour être entraîné de force dans la salle du trône, tout cela avait considérablement empiré son humeur.

Les portes s'ouvrirent et un Orateur annonça : « Maîtresse Mishani tu Koli des Blood Koli. »

Elle entra, vêtue d'une robe bleu nuit, son immense chevelure domptée par des lanières de cuir aux couleurs assorties. Son visage pâle et fin était calme, sous son masque de courtoisie habituelle, serein et ne laissant rien transparaître. À côté d'elle, se trouvait Asara, vêtue en blanc, les mains pliées devant elle comme une servante. Les mèches rouges qui parsemaient ses cheveux noirs avaient disparu, trop ostentatoires pour un poste aussi humble, et elle avait ingénieusement modifié la pâleur de sa peau pour émousser la perfection remarquable de ses traits. Elles longèrent le chemin de *lach* à motifs qui menait aux trônes de bois torsadé et de métal précieux, où la frêle et loyale Anais était assise aux côtés de son grand époux grave, tout de noir vêtu.

— Vous avez du culot, Mishani tu Koli, dit Durun avant qu'aucune salutation formelle ne pût être faite.

Les yeux de Mishani se posèrent rapidement sur lui. Son visage ne trahit en rien la franche stupéfaction que lui inspirait son impolitesse.

— Impératrice Blood Anais tu Erinima, dit-elle en la saluant d'un signe de tête. (Puis s'adressant à Durun en le saluant moins poliment :) Empereur Durun tu Batik. Puis-je savoir pourquoi ma présence vous froisse autant ?

Elle parlait sur le mode saramyrrique uniquement réservé à l'impératrice et à l'empereur, mais celui de Durun était beaucoup moins courtois.

Anais lui jeta un regard froid depuis le trône sur l'estrade :

— Ne jouez pas avec nous, Mishani. C'est uniquement en raison des circonstances exceptionnelles de cette journée que j'ai accepté de vous recevoir. Dites ce que vous avez à dire.

Cela ne présageait rien de bon, songea Mishani. Absolument rien. Quelque chose se passait ici dont elle n'était pas au courant. Sa visite à l'impératrice était ostensiblement amicale, bien que son véritable objectif fût plus complexe. Elle avait demandé à voir Anais dès son arrivée, renonçant aux politesses de rigueur, car il était indispensable au plan du Libera Dramach qu'elle ne se trouve pas avec Lucia ce matin. Tout pourrait tomber à l'eau si l'impératrice et sa suite étaient là lorsqu'ils essayeraient de kidnapper l'enfant ; le secret était donc l'aspect le plus important de cette opération et nul ne devait savoir qui était responsable. Il ne fallait oublier personne et surtout pas l'impératrice : si elle décidait de rendre visite à Lucia aujourd'hui, l'enlever serait impossible. Il y aurait trop de gardes. Le rôle de Mishani, se servant de son sang noble comme marchepied, était essentiellement un leurre.

Mais qu'avait-elle fait pour justifier cette hostilité ? Cela n'augurait rien de bon.

— Je suis venue vous offrir mon allégeance, dit-elle. (Durun laissa échapper un rire qu'elle ignora.) La dernière fois que je vous ai rendu visite, à Lucia et à vous, mes intentions n'étaient pas nettes. Et bien que j'aie appris que mon père s'était opposé à vous pour s'allier à Sonmaga tu Amacha, je souhaiterais que vous sachiez que vous pouvez compter sur mon soutien. Veuillez m'excuser pour l'urgence de ce rendez-vous mais j'ai exigé de vous voir afin de vous dire cela avant que la balance de ce conflit ne penche de tel ou tel côté. Quelle que soit la tendance, votre fille et vous ont toute ma loyauté.

— Votre *loyauté* ? s'écria Durun, incrédule, en se levant. Dieux ! Je dois encore être saoul ! Voici la fille de Koli qui nous offre son fort bras droit alors que son père, pas plus tard que hier, a trahi Sonmaga et, en ce moment même, attaque les murs de notre cité ! Que savez-vous de la loyauté ? Vous êtes vous-même en train de trahir votre père en allant contre sa volonté ! Son même sang de traître coule dans vos veines. Qu'allez-vous nous offrir, Mishani ? Demander à votre père de cesser l'assaut d'Axekami ? Répondez-moi ! Qu'allez-vous nous offrir ?

Mishani était sous le choc. Elle comprit alors immédiatement la situation. Pendant que son père était du côté de Sonmaga, il défendait la cité et empêchait Kerestyn d'entrer. Si les choses avaient été ce qu'elles étaient quand elle était partie du Bercail, Anais aurait accepté son amitié de bonne grâce. C'était tout ce qui comptait. En ce moment, le Libera Dramach serait entré dans le Donjon et aurait trouvé Lucia. Si tout s'était passé comme prévu.

Mais tout ne se passait pas comme prévu. Mishani n'était pas au courant de l'alliance secrète entre sa famille et les Blood Kerestyn ; son père le lui avait caché. Il était l'un des envahisseurs et elle était encore sa fille aux yeux du monde. Elle venait juste de pénétrer dans un antre ennemi. Elle balaya la pièce du regard, nerveuse, et vit le Barak Mos à côté de l'estrade, les bras croisés sur son torse corpulent, l'observant.

— Parlez, Mishani tu Koli, fit Anais d'une voix dure et coléreuse. Pourquoi êtes-vous venue nous voir ?

Mishani dit la seule chose qu'elle put :

— Les actes de mon père me font honte. (Elle s'agenouilla et inclina la tête, ses cheveux dégringolant sur son visage, en supplication servile. Asara fit immédiatement de même, comme une servante était censée le faire.) Et font honte aux Blood Koli. D'un côté, j'ai ma loyauté envers ma famille et de l'autre, envers mon impératrice. Lorsque j'ai eu vent de ses intentions, je lui ai tourné le dos. Il a beau être mon père, c'est un homme sans honneur. Je m'en remets à votre merci. Je soutiendrai votre fille contre tout ce qui pourrait subvenir, car j'ai beau être Blood Koli de nom, je suis désormais séparée d'eux à tout jamais.

Anais se leva, le front plissé d'incrédulité.

— Vous savez que c'est impossible, Mishani. Les destins d'une famille noble sont liés. Les crimes de votre père sont aussi les vôtres jusqu'à ce que châtiment s'ensuive. (Elle ouvrit les mains.) Vous auriez dû réfléchir, répéta-t-elle, presque comme pour s'excuser.

Mishani aurait dû réfléchir, certes. Un tour injuste des dieux, de la mettre dans une telle situation. Cela aurait dû être tellement facile, civilisé, une simple tactique de diversion… elle aurait dû être partie avant même que l'impératrice ne réalise que son enfant avait disparu. Et maintenant… maintenant…

Anais secoua la tête d'un air triste.

— Je ne comprendrai jamais ce qui vous a pris de venir ici, Mishani.

Vous avez toujours été une actrice de la cour astucieuse et impitoyable. (Elle se rassit et fit un signe de la main à ses gardes.) Tuez-les.

Les yeux de Kaiku s'ouvrirent au bruit d'un grincement métallique. Elle sursauta, se réveilla tant bien que mal d'un cauchemar qu'elle faisait sur les maku-sheng, sur leurs cris atroces semblables au crissement des portes rouillées résonnant dans les égouts. Tane mit ses bras autour de ses épaules.

— Calmez-vous, murmura-t-il. Calmez-vous. Ce n'était qu'un rêve.

Elle se détendit dans son étreinte, écoutant son pouls ralentir. Petit à petit, tout ce qui l'entourait redevint sensé. Ils se trouvaient dans une petite antichambre humide et froide, éclairée par la seule lanterne qui se trouvait dans un coin. La pièce empestait l'odeur de leurs vêtements trempés par les égouts, et Kaiku avait un sale goût dans la gorge qui refusait de s'en aller. Détrempés et découragés, les autres se relevèrent lorsque Kaiku se réveilla, et se rassemblèrent pour s'en aller. Elle ne se souvenait pas s'être endormie. Mais elle se rappelait la langue froide de l'eau de l'égout l'oppressant de force et les yeux luisants de la chose qui la maintenait sous l'eau...

Le crissement résonna de nouveau, et elle réalisa que c'était le bruit d'une clé. La porte qui leur bloquait le chemin était en train de s'ouvrir. Il était temps de partir.

Elle se rappela une dispute, quelque part dans les entrailles obscures derrière eux. Une conversation portant sur quoi faire des morts. Yugi ne les laisserait pas aux maku-sheng, mais ils ne pouvaient pas non plus les emporter. Elle se dit qu'ils s'étaient compromis en leur tranchant la tête de leur corps pour que les esprits des démons ne puissent les habiter, bien que cela ait également pu être un cauchemar. Tane avait insisté pour la ramener mais elle avait protesté, arguant qu'elle pourrait très bien continuer, et c'était discutable de toute façon. Il restait une seule lanterne et elle irait au Donjon.

Les maku-sheng ne les avaient plus dérangés. Ils en avaient eu assez du pouvoir coriace. Kaiku avait repris la route d'un pas chancelant, portée par les épaules musclées de Tane, suivant la lumière comme un papillon de nuit. Lui-même avançait en boitant, souffrant de la douleur de la morsure à la jambe de l'une de ces choses immondes, mais elle n'était pas grave et il l'avait bien pansée. Elle se souvenait peu du reste du voyage, uniquement d'une lassitude accablante, et d'une souffrance entrecoupée de moments de regret. Lorsqu'ils étaient arrivés dans l'antichambre où elle s'était réveillée, Cailin avait déclaré qu'ils avaient encore de l'avance.

— Je vous suggère de dormir, avait-elle murmuré. Demain matin, si tout va bien, nous rencontrerons le dirigeant du Libera Dramach. Il nous ouvrira la voie.

Tane fit preuve de curiosité vu que Cailin avait parlé de lui plusieurs fois auparavant et avait toujours refusé de révéler son identité de crainte de le mettre en danger.

— Ça n'a plus aucune importance, dit Cailin. Car demain, toutes les tromperies seront terminées.

Et pourtant, malgré tout, elle ne leur avait toujours pas révélé son nom.

Kaiku avait dormi, mais les quelques heures passées dans l'étau de l'oubli ne lui avaient paru être que de brefs instants. Et à présent Tane l'entraînait et lui demandait futilement comment elle se sentait. Mais c'était lui qui semblait souffrir plus qu'elle. Il était blafard et flageolant, la peau cireuse et les yeux brillants de fièvre. Il était malade, infecté par l'eau immonde des égouts ou la morsure du maku-sheng. Kaiku estimait que c'était presque un miracle qu'elle-même n'ait pas succombé, ayant avalé une grosse quantité de l'effluent quand elle se noyait, mais elle doutait qu'une maladie pût survivre au *kana* qui érodait son corps, et elle le mit sur le compte de cela. De plus, elle se sentait si faible et si vidée qu'elle aurait eu bien du mal à ne serait-ce que constater qu'elle *était* malade – elle ne pouvait se sentir plus mal qu'elle l'était déjà.

Le verrou de la porte de fer se défit dans un bruit sourd et elle s'ouvrit d'un coup, faisant entrer à flots la lumière d'une nouvelle lanterne qui se mélangea à la leur. Un homme d'âge moyen la tenait, grand et large d'épaules, arborant une petite barbe blanche taillée de près et des cheveux noirs attachés en arrière.

— Cailin, Yugi, dit-il en guise de salutation. Qu'est-il arrivé aux autres ?

— Nous avons eu des problèmes, répondit Yugi. Qu'il est bon de vous voir !

— Entrez, les pressa l'étranger et ils s'exécutèrent.

Il referma la porte derrière eux. Ils se trouvaient dans une cellule froide et humide qui empestait la désuétude, les toiles d'araignée et le renfermé. Il inspecta du regard le groupe rassemblé devant lui. Il en restait six sur les dix qui avaient initialement pénétré dans les égouts.

— Nous continuons comme prévu, déclara-t-il. Votre amie noble est entrée sans problème au Donjon ce matin. En ce moment l'impératrice et son idiot de mari la reçoivent dans la salle du trône. L'impératrice héritière se balade dans les jardins sur le toit comme d'habitude. J'ai des vêtements de servante qui sont prêts, et il y a un endroit où vous pourrez vous laver. Votre état attirerait immédiatement l'attention des gardes. (Il jaugea Kaiku du regard.) Je ne m'attendais qu'à une seule femme. Mes excuses. Vous devrez faire l'affaire.

Kaiku fut tellement soulagée d'entendre que Mishani était encore en vie qu'elle ne répondit que d'un hochement de tête. Son amie lui était complètement sortie de l'esprit à cause des horreurs qui s'étaient produites dans les égouts mais bien qu'elle eût la tâche la moins risquée d'eux tous, Kaiku ne pouvait s'empêcher de se faire du souci pour elle.

— Je ne vous reconnais pas tous, dit l'homme. Laissez-moi me présenter. Je suis Zaelis tu Unterlyn, précepteur de l'impératrice héritière Lucia tu Erinima. Je suis également le fondateur du Libera Dramach, et son dirigeant, si l'on peut dire.

Il semblait sur le point de poursuivre, de s'expliquer pour ceux qui ne le connaissaient pas mais il se ravisa.

— Le temps manque, dit-il. Suivez-moi.

Et ils s'en allèrent.

Ils se trouvaient dans une partie ancienne et désaffectée des cachots souterrains de la prison, un endroit oublié depuis longtemps, de toute évidence. Tane se demanda combien de centaines d'années s'étaient écoulées depuis qu'il avait été condamné, combien d'empereurs et d'impératrices ignoraient la petite porte de fer inoffensive qui menait aux égouts. Le temps était le plus fort dissimulateur. Il jeta un œil à Purloch et s'émerveilla devant les prouesses de cet homme qui s'était frayé un chemin seul à travers les égouts, sans guide, et qui non seulement avait pénétré dans le Donjon mais en plus avait réussi à approcher son prix le plus âprement gardé. Purloch sentait clairement qu'il poussait sa chance trop loin en les entraînant ici, mais s'il les avait amenés, c'était pour Lucia. Il avait le sentiment qu'il lui devait cela. Bien que Tane l'ignorât, il se sentait responsable de la calamité qui avait gagné Saramyr. Il avait pris l'argent de Sonmaga et révélé qui était Lucia ; mais désormais le poids de la culpabilité le déchirait toutes les nuits. Il serait incapable de se regarder en face si cet enfant serein et mystérieux mourait à cause de son avidité.

Zaelis les conduisit dans une petite pièce obscure qui avait autrefois fait office de toilettes, tant pour les gardes que pour les prisonniers. Deux douches rudimentaires vomissaient de l'eau qui éclaboussait le carrelage de pierre noire glissante. Des vêtements étaient entassés sur un portant bas dans un coin.

— L'eau coule toujours, comme vous pouvez le constater. J'ai réussi à la faire fonctionner, malheureusement je n'arrive pas à l'arrêter. Soyez rapides, leur ordonna Zaelis.

Ils se douchèrent deux par deux, les femmes d'abord. L'eau était tiède et propre, chauffée par le soleil dans des tuyaux bien au-dessus. Après avoir nettoyé à grande eau le maximum de crasse, Kaiku revêtit les vêtements d'un servant tandis que Cailin s'habilla plus convenablement. Kaiku s'en moquait. Les vêtements d'homme lui allaient aussi bien que les vêtements de femme, et elle doutait que cela fasse l'objet d'un commentaire. Vêtue d'un pantalon gris ordinaire et d'une chemise ample – attachée de droite à gauche comme les femmes – elle sortit des toilettes l'air raisonnablement propre.

Les autres se douchèrent, s'habillèrent et Zaelis leur ordonna de laisser les armes qu'ils ne pouvaient cacher. La consternation s'ensuivit mais Zaelis les fit taire d'un regard.

— Les servants ne portent pas d'épées ni de fusils ! aboya-t-il. Notre objectif est la discrétion. Si jamais un combat devait éclater au cœur du Donjon de l'impératrice, je doute que l'un d'entre nous n'en réchappe, armes ou pas. Purloch veillera sur elles.

Kaiku jeta un œil furtif au monte-en-l'air, qui paraissait presque honteux de rester. Mais il avait fait sa part. Il les avait fait entrer dans le Donjon et ne prendrait pas plus de risques. Zaelis pouvait accéder aux jardins sur les toits bien plus facilement que lui. De plus, c'est lui qui les ferait sortir du Donjon et son aide était bien trop précieuse pour le perdre. Il les attendrait ici puis les reconduirait lorsque le moment viendrait, leur ferait retraverser les égouts vers la liberté.

Les six qui restaient sortirent de la prison désaffectée et se hissèrent non sans mal de l'autre côté d'une grande grille qui menait dans une réserve remplie de jarres de nourriture séchée. La grille se trouvait au niveau du sol, cachée derrière un tas de sacs dans un coin. Kaiku se dit que l'entrée de la vieille prison, construite voilà bien longtemps et intelligemment cachée avait survécu.

— À partir de maintenant, vous êtes des servants, leur ordonna Zaelis. Comportez-vous en tant que tels. Ma présence suffira à repousser les questions.

Sur quoi il les fit sortir de la réserve, en direction du Donjon.

Derrière son masque de bronze, les yeux de myope du seigneur Tisserand Vyrrch s'ouvrirent d'un coup.

Il se trouvait dans ses appartements. Un chacal maigre errait dans les coins, mâchant tous les petits morceaux qu'il trouvait. Vyrrch avait exigé qu'on lui apporte un chacal deux jours auparavant, pour quelle raison, il ne se rappelait pas. La créature maligne avait réussi à survivre tout en étant enfermée ici, échappant à sa prise. Il imaginait qu'il l'avait fait venir pour dénicher la petite chose particulièrement bien choisie qui se cachait quelque part dans le coin mais de toute évidence, cela n'avait pas été l'un de ses trucs les plus ingénieux.

Voilà des semaines qu'il n'avait pas vu la fille, et il était raisonnablement sûr de ne pas l'avoir tuée. Il tombait encore de temps en temps sur des signes de sa présence, des objets déplacés, de la nourriture qui manquait. Elle était quelque part dans les nombreuses pièces du domaine de Vyrrch, cherchant le moyen de s'enfuir, sans le trouver. Mais elle devait être très rusée pour être restée cachée aussi longtemps. Il la respectait presque.

Un autre tressaillement étrange dans le Tissage et Vyrrch se souvint de ce qui l'ébranlait. L'inquiétude traversa son visage déformé, bien que cette expression ne fût pas reconnaissable sur des traits pervertis par une longue exposition à la poussière de la pierre magique sur son Masque. Depuis l'aube, il était préoccupé, disséminant parcimonieusement sa conscience sur le Donjon. Il y avait de nombreux éléments à mettre en scène et c'était lui qui les surveillait tous. Il était vital qu'il soit prêt à corriger le plus léger glissement des événements de cette journée car l'avenir des Tisserands en dépendait. À la tombée de la nuit, la situation des Tisserands serait sécurisée.

Et pourtant il y avait des tressaillements. Hier soir il avait senti un tiraillement dans le Tissage, comme les pas d'une autre araignée au bord de sa toile. Elle était légère, cette perturbation, trop vague pour être causée par un autre Tisserand. Il dormait à ce moment-là et avait mis du temps à se réveiller, encore sous le coup de la racine d'amaxa qu'il avait fumée la veille au soir dans un insatiable désir post-Tissage. Quand il fut prêt à la chercher, elle avait diminué puis disparu.

Il ne parvenait pas à savoir ce que c'était mais cela avait été tout près. Il avait des raisons de s'inquiéter.

Voilà qu'il ressentait de nouveau quelque chose. Plus faible cette fois. Mais parce qu'il le recherchait activement, il y eut un frisson de reconnaissance accompagné d'une crainte soudaine.

Quoi qui eût dérangé le Tissage hier soir, il se trouvait à l'intérieur du Donjon. Et ce n'était pas l'impératrice héritière.

Il referma les yeux, replongea dans le Tissage. Il chercha les vrilles des fils, envoya sa conscience, chercha, testa ; puis comme une anémone au contact de la main, la présence se rapprocha et disparut.

Elle l'avait *perçu* et se cachait.

Vyrrch sentit sa peau devenir moite. Autre chose qu'un Tisserand manipulait le Tissage ? Impossible ! Pas même Lucia ne pouvait manipuler le Tissage comme un Tisserand ; ses pouvoirs étaient plus subtils, moins directs.

Mais il l'avait sentie. Et elle savait qu'il la cherchait.

Une inquiétude soudaine s'empara de lui. Il ne pouvait y avoir qu'une seule explication. Quoi que ce fût, il ou elle avait été envoyé pour contrarier ses plans ; pour s'insérer dans ses affaires ! Si ce n'était pas un artifice des Tisserands, alors ce devait être un ennemi. Il le rechercha frénétiquement mais il avait disparu comme un fantôme.

Sa décision fut immédiate. Tout autour du Donjon, ses derniers poseurs de bombes attendaient à côté des explosifs qu'ils avaient fabriqués. Des servants et des hommes à tout faire, l'esprit peu à peu déformé comme l'armée qu'avait soi-disant dirigée Unger tu Torrhyc, les bombes cachées dans des paniers, dans des placards, dans des conduits ou sanglées à leurs corps.

Il ne pouvait plus attendre, pas avec cette *chose* dans le Donjon. Maintenant.

Dans le Tissage, il donna l'ordre.

Zaelis conduisit les intrus dans les couloirs des quartiers des servants, dans les étages inférieurs du Donjon. Contrairement à l'élégance au-dessus, les quartiers des servants étaient en pierre nue et dénués de toute ostentation. Il faisait une chaleur insupportable et étouffante, car il n'y avait pas de fenêtre cintrée ni de paravent pour faire passer l'air, pas de grande salle de réception ouverte ou aérée ni de sols de *lach*. L'air lourd provenant de l'extérieur se mélangeait à la vapeur des presses à vêtements, des cuisines et aux exhalaisons des centaines de personnes qui travaillaient. La lumière provenait des lanternes qui se trouvaient dans des alcôves aux murs, et si elles étaient suffisamment lumineuses, elles renforçaient la proximité des murs exigus. C'était une partie du Donjon encore souterraine, enfouie dans les fondations de la colline ; et c'était là qu'on exécutait toutes les tâches désagréables et inconvenantes qu'impliquait la gestion d'un tel bâtiment.

Ils avancèrent, déterminés mais sans se presser, suivant l'exemple de Zaelis. Les servants en course qu'ils croisèrent ne leur prêtèrent pas attention, à part un salut rapide à Zaelis. La chaleur et la transpiration les avaient suffisamment décoiffés pour qu'on les prenne pour des servants – et avaient commodément dissimulé la maladie de Tane – mais la parure de Zaelis le distinguait des autres et le faisait passer pour un homme de haute importance. Kaiku commença à se détendre quelque peu, soulagée qu'ils n'aient pas été aussitôt décriés comme des intrus. Elle garda les yeux baissés comme une servante et avança.

Elle sentit le tressaillement dans le Tissage en même temps que Cailin mais sa perception personnelle était plus vague. Ça ne pouvait être que le seigneur Tisserand, Vyrrch. Elle vit Cailin se raidir légèrement puis sentit sa réponse glisser et se coudre au Tissage dans lequel elle se cacha. Cailin rendit automatiquement son regard à Kaiku. Le fait qu'elle ait muselé son *kana* l'aurait rendue invisible à celui qui cherchait à les localiser mais il était de nouveau libre et déchaîné et Cailin élargit sa protection à Kaiku. Celle-ci croisa son regard et une lueur de surprise traversa son visage. Les yeux de Cailin s'étaient assombris ; ils n'étaient plus verts mais marrons rouge. Si elle se servait encore de son pouvoir, ils deviendraient du rouge aberrant anormal et elles seraient démasquées.

— Zaelis, siffla-t-elle lors d'un rare instant où aucun servant ne se trouvait à proximité. Vyrrch nous cherche. Emmenez-moi dans un endroit sûr. Je ne peux pas m'occuper de lui ici.

Zaelis répondit d'un hochement de tête imperceptible. Il les fit sortir du couloir principal et ils prirent la voie la plus étroite le long d'une rangée de pièces où des baquets de vêtements trempaient dans l'eau chaude, et des femmes les remuaient avec de grands pilons. Kaiku eut la sensation désagréable d'être observée. Les Tisserands avaient-ils entendu parler d'elle ? Pouvaient-ils sentir le serment qu'elle avait fait à Ocha pour se venger d'eux ? L'air même semblait lourd de mouvement, de doigts obscènes courant à la surface de la vue, des manipulations invisibles que seuls les instincts aberrants pouvaient reconnaître. Elle se sentit essayer de glisser dans le Tissage, son *kana* s'agitant en guise de réponse, et elle serra les dents et lutta pour le réprimer.

Puis le temps sembla brusquement ralentir, prémonition d'un désastre qui tombait sur ses épaules comme un linceul de plomb. Elle vacilla, ignorant d'où cela provenait, sentant juste que quelque chose allait se produire, quelque chose d'inévitable. Ses sens l'avaient mise en garde trop tard ; et tout ce qu'elle pouvait faire était attendre avec une horrible crainte que ce quelque chose se produise. Elle vit Cailin se tourner vers elle, avancer comme dans de la mélasse, et quand leurs regards se croisèrent, elle sut que sa sœur avait ressenti la même chose.

Un instant plus tard, les bombes explosèrent.

31

L'espace d'une seconde épouvantable, Mishani crut que les gardes impériaux de l'impératrice allaient la décapiter alors qu'elle était agenouillée comme une servante ordinaire, sans respecter aucun des rituels d'exécution utilisés pour honorer un adversaire noble. Puis elle sentit des mains rêches la tirer pour qu'elle se mette debout. Asara subissait le même sort. Anais et Durun étaient assis sur leurs trônes et regardaient en bas. Le visage d'Anais était froid, celui de Durun narquois. On l'emmènerait là où il fallait et, là, sa tête serait tranchée. Elle était noble, même si c'était une ennemie. Elle aurait le droit de mourir digne, sa servante à ses côtés, et non par terre dans la salle du trône de l'impératrice.

Le Barak Mos se tenait d'un côté de l'estrade et l'observait mollement. Elle croisa son regard et n'y vit rien. Il ne lui serait d'aucune aide, à Asara non plus ; son heure était véritablement venue.

Puis, le chaos.

Le bruit était un grondement assourdissant qui secoua le Donjon depuis ses fondations. Les gardes qui tenaient Mishani et Asara chancelèrent en arrière pour retrouver l'équilibre. Peu après, une seconde bombe explosa, plus proche. Celle-ci secoua la salle et une douche de pierres jaillit du plafond, brusquement lézardé. Le garde près de Mishani tomba à terre, et l'entraîna avec lui. Des cris d'alarme retentirent dans l'air, se multipliant brusquement lorsqu'une troisième explosion plus distante gronda dans la salle. Durun tenta de se relever et dut s'accrocher aux bras de son trône pour s'aider. Le Barak Mos regardait autour de lui, affolé, une expression proche de la colère sur son visage barbu.

— Qu'est-ce que c'est ? s'écria Anais, un mélange de peur et d'outrage dans la voix.

Qu'est-ce que c'est ?

— Le Donjon est attaqué ! hurla quelqu'un.

La porte principale du trône s'ouvrit d'un coup et plusieurs douzaines de gardes impériaux s'y précipitèrent, épées dégainées. Mishani, qui avait réussi à se défaire de l'emprise du garde en se contorsionnant, crut un instant qu'ils étaient venus rejoindre les gardes déjà à l'intérieur. Mais il ne lui fallut qu'une minute pour comprendre qu'elle se trompait. Ils n'étaient pas là pour protéger qui que ce soit ; ils étaient là pour tuer.

Les épées se balançaient dans le soleil matinal et se fracassaient contre des armures, du muscle et des os. Les gardes impériaux déséquilibrés par les explosions ne réagirent pas assez rapidement ; ils furent massacrés à coups d'épée avant même d'avoir mis la main sur leurs armes. La salle du trône se transforma en chambardement total, des gardes courant dans tous les sens pour prendre position et défendre l'impératrice Blood. L'homme qui tenait Mishani lui attrapa la cheville quand elle s'enfuit en rampant, refusant de la laisser partir. Mais dans la ruée, Mishani lui donna un violent coup au visage, sentit les nerfs craquer lorsque son nez se cassa, et il s'effondra. Brusquement, Asara, qui se trouvait là, la remit sur pieds ; son propre garde était allongé sur le dos, ayant enduré un destin similaire à celui du garde de Mishani.

Des épées se fracassaient, tout autour d'elles ; des hommes criaient. Elles étaient au beau milieu d'une vague d'armure de blanc et de bleu qui s'intensifiait, sans moyen de savoir où se trouvaient celles de l'impératrice et où étaient les imposteurs qui avaient pris d'assaut la salle du trône. Mishani s'effaroucha lorsque quelqu'un l'attaqua par-derrière et se retourna automatiquement, épée en l'air, prête à s'abattre. Que le garde ait frappé ou non quand il avait reconnu la noble qui reculait devant lui était une question qui resterait à jamais sans réponse : Asara enfonça sa main dans sa gorge, les doigts rigides, et écrasa son œsophage d'un seul coup. Il s'effondra en tentant de se raccrocher à de l'air qui ne viendrait jamais.

— Sortez d'ici ! cria Barak Mos à son fils debout sur les marches de l'estrade, sa grande épée en courbe devant lui. Le choix de ses armes reflétait sa tactique : la force sur la finesse. Derrière lui, Anais donnait des ordres inutiles, d'une voix inaudible dans le tumulte. Elle semblait désormais dépourvue de sa force impériale et toute l'incertitude, la peur et l'inquiétude qu'elle éprouvait depuis son ordalie commençaient à transparaître sur son visage. Elle était quelque part trahie. Quelqu'un avait pénétré le Donjon. Et s'ils étaient dans le Donjon, ils pourraient tenter de…

— Lucia ! s'écria-t-elle alors que son mari lui prenait le bras.

— Venez ! aboya-t-il en l'éloignant du trône.

Les imposteurs s'étaient introduits par la porte principale mais il y en avait une autre au fond, réservée à l'impératrice et à l'empereur, derrière laquelle se cachaient des pièces majestueuses où ils pouvaient vêtir leurs plus beaux atours avant de donner audience. Les gardes impériaux, ceux qui étaient loyaux, avaient formé une barrière de défense et déblayé le chemin pour que Durun et Anais puissent s'enfuir par cette porte.

Ils descendaient l'estrade à la hâte lorsqu'un garde sortit brusquement du groupe qui se battait, un imposteur se faisant passer pour l'un des loyaux défenseurs, et se précipita sur l'impératrice. Mais il rencontra l'épée de Barak Mos qui bondit pour s'interposer. L'homme hésita, pris au dépourvu par cet adversaire inattendu, et Mos l'abattit. Il tomba, une expression de surprise cocasse sur le visage.

— Rudrec ! s'écria Durun en conduisant sa femme dans un endroit sûr.

L'un des gardes, arborant les couleurs d'un commandant, s'éloigna de la ligne de défense et le rejoignit à la hâte.

— Allez-y ! siffla-t-il afin que personne à part eux trois ne puisse entendre. Allez chercher Lucia et amenez-la dans la Salle du Soleil.

Rudrec s'en alla, grommelant, sans prendre la peine de le saluer dans sa hâte. C'était un vétéran chenu qui consacrait peu de temps aux mondanités mais c'était aussi l'un de leurs hommes les plus fiables. Cela réconforta quelque peu Anais. Elle se raccrocha à son mari, se réjouissant brusquement de sa force. Elle avait toujours été une femme redoutable, en dépit de son teint clair, de ses traits délicats et de sa stature menue, mais elle n'avait jamais été menacée de violence physique dans sa vie, à l'exception des jeux qu'elle jouait dans sa chambre avec Durun. À présent, c'était lui qui possédait le pouvoir, brandissait son épée d'une main et l'entraînait de l'autre.

Six hommes se joignirent à eux quand ils sortirent – une escorte de gardes du corps. Des sonnettes d'alarmes retentissaient dans les hauts lieux du Donjon, et Anais sentit son cœur se serrer atrocement, un vide d'incertitude qui lui murmurait que c'était de la folie douce d'avoir ne serait-ce qu'envisagé de mettre sa fille sur le trône et de s'en sortir...

Kaiku toussa et s'étouffa en titubant dans la fumée, ses bottes glissant sur les gravillons des décombres. Elle entendait le grondement et le grognement du feu dans les environs, la chaleur la roussissant dans le voile obscur qui avait empli le corridor. Quelqu'un gémissait quelque part ; d'autres hurlaient des ordres et des instructions, que le bourdonnement à ses oreilles rendait incohérents. Elle se protégea le visage d'un bras et plissa ses yeux qui pleuraient, avançant non sans mal dans l'obscurité brûlante, cherchant les autres.

Elle les avait perdus de vue quelques secondes après l'explosion. La bombe était atrocement proche et avait détruit une grande partie de l'arrière-cuisine et dévasté les couloirs alentour. L'ébranlement avait mis Kaiku littéralement à terre, contusionnée par les gravats qui tombaient, et le bruit l'avait rendue temporairement sourde. Quand elle avait recouvré ses esprits, elle avait trouvé les couloirs déjà peu familiers en ruine, et fut immédiatement désorientée. Des servants désespérés cherchaient des survivants dans les pièces en flammes, la fumée rendant la vue impossible. Kaiku fut ramassée et mise dans un coin du couloir jusqu'à ce qu'il fût certain qu'elle n'était pas blessée. Quand elle sut où elle se trouvait, elle était perdue.

Le plus effrayant dans l'explosion était la panique abjecte qu'elle avait provoquée chez les servants. Ceux qui la dépassaient à toute allure avaient perdu la tête, terrorisés, incapables de comprendre pourquoi leur monde jusqu'alors stable s'était brusquement transformé en feu et en fumée en un clin d'œil. Plusieurs avaient l'air interdits, le regard fixe, comme des zombies sous le choc, comme si l'explosion avait ôté d'un coup leur cervelle de leur tête. Elle n'avait jamais vu personne l'air aussi *vide*.

Les incendies se propageaient désormais un peu partout ; les flammes s'étaient multipliées, plus violentes, et elle pouvait à peine les approcher sans sentir sa peau brûler. Elle commençait à douter de retrouver les autres dans cette folie, et encore moins de découvrir le chemin pour sortir. Mais elle poursuivit ses recherches. C'était de toute évidence la seule chose qu'elle pouvait faire.

Au hurlement strident dans ses oreilles vint s'ajouter le bruit d'un homme qui criait. Elle se dit un très bref instant qu'elle ne pouvait rien faire pour lui, qu'elle ne pouvait rien faire pour *personne* ici, et qu'elle devrait d'abord sauver sa peau car sa mission était plus importante qu'eux tous. Ça ne comptait pas. Elle ne pouvait pas ignorer cet homme.

Obstinément, elle surgit dans une pièce aux murs en flammes. Elle poussa d'un coup de pied une chaise qui fumait et se baissa vivement pour prendre un souffle d'air qui lui écorcha les poumons puis passa une petite porte, à l'autre bout.

Ça avait autrefois été une espèce de blanchisserie, supposa-t-elle. Mais l'eau dans les baquets bouillait et les tas de draps et de vêtements s'étaient transformés en cendres. Le mur opposé était presque intégralement démoli et elle voyait à travers la fumée ce qui restait des autres pièces au-delà : un désordre de gravats sans nom, car le toit était tombé et la pièce au-dessus avait dégringolé. Elle regarda nerveusement les poutres au plafond et constata qu'elles ployaient et se fissuraient sous la chaleur.

De nouveau le hurlement, et ses yeux larmoyants distinguèrent un homme allongé dans l'un des baquets, la peau calcinée et un moignon en sang en guise de jambe. Les brûlures sur son corps étaient atroces. L'explosion l'avait surpris et il avait dû ramper dans le baquet pour que l'eau le protège mais celle-ci bouillait et l'avait cuit comme un homard. Il alla sous l'eau et refit surface, hurlant. Kaiku ne pouvait pas l'aider, mais elle ne pouvait pas non plus lui tourner le dos. Des larmes de compassion et de chagrin lui montèrent aux yeux.

Puis elle perçut un autre mouvement, à l'autre bout de la pièce.

Elle retint son souffle. C'était une petite fille, vêtue d'une robe ordinaire. De longs cheveux clairs tombaient en boucles dans son dos. Elle avait un visage rond, empreint d'une expression curieusement perdue. Mais ce n'était pas un être de chair et de sang, c'était un spectre, un esprit qui s'estompait et clapotait comme un reflet dans l'eau trouble. Elle se dirigea vers l'homme dans le baquet, sans se soucier des flammes. Kaiku l'observa, clouée sur place, alors que le spectre mit une main dans l'eau qui cessa instantanément de bouillir comme une casserole que l'on enlève de la chaleur. L'homme dans le baquet se retourna pour la regarder et son visage ravagé arbora une expression de gratitude joyeuse. Puis le spectre posa sa petite main sur sa tête et les yeux de l'homme se fermèrent. Dans un soupir, il sombra sous l'eau.

Le spectre se tourna alors vers Kaiku, ses traits se transformant en ceux d'une petite fille rêveuse aux yeux écarquillés.

« *... aidez-moi...* »

Les mots semblaient provenir de très très loin et étaient vagues, arrivant quelques secondes après que le spectre les avait formulés. Le toit craquait au-dessus d'elle et Kaiku leva les yeux, paniquée. Elle repartit comme une flèche vers la porte juste avant que le plafond ne cède dans un rugissement torturé et qu'une furie de pierres et de flammes tonne dans la pièce, éructant de la fumée chaude sur le pas de la porte.

Kaiku se protégea le visage et jeta un coup d'œil dans la pièce où l'homme avait été enseveli. Il n'y avait que des rochers et le poids renflait aussi les murs de la pièce.

— Sortez d'ici ! hurla quelqu'un.

Elle se retourna et vit un homme rougeaud sur l'autre pas de porte, qui lui faisait signe. Il disparut de sa vue et laissa une voûte vide et, peu après, le spectre traversa cette voûte.

Kaiku repartit non sans mal dans la pièce en flammes puis emprunta le couloir derrière. Elle entraperçut le spectre dans la fumée. Toussant, elle le suivit, courant près du sol pour éviter la rivière noire d'obscurité au-dessus de sa tête. D'autres personnes hurlaient, mais au lieu de s'enfuir avant que tout ne s'écroule. Kaiku les ignora, résolue à suivre le spectre. Elle avait le sentiment que c'était très important et, ces derniers temps, elle avait appris à faire de plus en plus confiance à ses instincts.

— Kaiku ! fit une voix. Et Tane lui attrapa l'épaule. Elle serra son poignet pour s'assurer que c'était bien lui, mais ne quitta pas la fillette des yeux et ne ralentit pas le pas.

— Qu'est-ce que c'est ? s'enquit Tane, médusé, en se pressant à ses côtés.

— Vous ne voyez pas ? fit-elle.

— Voir quoi ?

Kaiku secoua la tête, impatiente.

— Venez avec moi.

— Et les autres ?

— Ils peuvent se débrouiller tout seuls, répondit-elle.

Par bonheur, le spectre conduisait Kaiku loin du pire de la destruction et, un plus loin, l'air s'était éclairci et elle put de nouveau respirer sans souffrir. Tane l'accompagnait, sans lui demander d'explication, convaincu par la détermination qu'il lisait sur son visage. La silhouette translucide était toujours devant eux, empruntait un corridor ou se déplaçait avec légèreté au bout d'un couloir. Ils pensaient qu'ils ne la rattraperaient jamais. Le feu ne tarda pas à être derrière eux et les voies dans lesquelles ils se hâtaient étaient de plus en plus obstruées par des gardes et des érudits chargés des tâches administratives qui couraient. Aucun ne vit la fille fantôme qui passait devant eux. À leur comportement, Kaiku devina qu'il y avait d'autres insurrections dans le château en plus des explosions qu'elle avait senties mais elle n'avait pas le temps de se demander ce que c'était. Où que le spectre aille, elle le suivit.

Cailin, Zaelis et Yugi se frayèrent un chemin dans les confins des couloirs enfumés, s'éloignant du feu jusque là où les murs tenaient encore et où la forte odeur de fumée était suffisamment ténue pour pouvoir respirer. La majorité des servants s'étaient enfuis vers un abri imaginaire lorsque les explosions avaient commencé ; de fait, les intrus pouvaient se déplacer plus rapidement. Cailin trouva cela plutôt agréable. Elle avait besoin de solitude.

— Par ici, dit-elle et ils la suivirent dans une cuisine exiguë sans fenêtres où un chaudron de ragoût mijotait sur le feu et où les murs de pierre semblaient transpirer. Des pots de fer et des casseroles pendillaient en désordre sur des patères, certaines étant tombées à terre, délogées par l'explosion. Cailin passa la pièce en revue.

— Ça fera l'affaire, dit-elle.

— L'affaire pour quoi ? s'enquit Zaelis. Nous ferions mieux de nous éloigner davantage du feu.

— J'ai besoin de ne pas être dérangée. Personne ne viendra ici. Nous sommes suffisamment loin de l'incendie pour l'instant.

— Dieux, avez-vous vu Espyn ? demanda Yugi en toussant et en passant une main dans sa chevelure noire de suie. Et les deux autres ?

Cailin avait vu Espyn, et pour cause, étendu dans les gravats, difforme, le visage en sang et le corps brisé. Il avait attrapé le plus gros du feu par pure malchance et n'avait pas survécu.

— Tane et Kaiku doivent se débrouiller tout seuls, dit-elle d'un ton froid.

Elle n'abandonnerait pas Kaiku comme ça, vu tous les espoirs qu'elle avait placés en elle, mais pour l'heure elle avait des choses plus importantes à faire.

Zaelis était fou d'inquiétude.

— Des bombes ? Des bombes dans le Donjon ? Sang du cœur, que se passe-t-il ? C'est une catastrophe.

— C'est l'œuvre de Vyrrch, dit Cailin.

Elle poussa des chaises sur le côté pour se faire de la place puis se mit debout face au chaudron. Ils l'observèrent en silence prendre son souffle et détendre ses épaules. L'odeur de ragoût emplissait l'air et la peau de Yugi le picotait de chaleur mais personne ne parut déranger la sœur. Elle ferma les yeux et tourna les doigts en dehors, là où ses mains pendillaient le long de ses côtes. Sa tête s'inclina et elle laissa échapper un soupir. Quand elle releva la tête et ouvrit les yeux, ses iris étaient couleur sang, et ils savaient qu'elle voyait des choses dépassant leur vision.

— Je vais m'occuper du seigneur Tisserand. Vous deux montez sur les jardins sur le toit. Trouvez l'impératrice héritière. Nous ne sommes pas encore vaincus. Cette confusion pourrait même nous aider.

Zaelis hocha la tête puis Yugi et lui s'en allèrent, la porte se refermant bruyamment derrière eux.

Cailin dérivait dans un océan de lumière, plusieurs millions de petits fils dorés s'agitant en vagues infimes. Comme toujours, l'euphorie l'avait touchée dès qu'elle avait pénétré le Tissage, se rassemblant sous son cœur et le soulevant, lui volant son souffle avec la beauté et la merveille de ce monde invisible qui les entourait. Elle s'octroya un moment pour en profiter puis sa disciplin,e pratiquée depuis si longtemps, canalisa ce sentiment, le faisant se disperser de sorte qu'il ne l'affriande pas avec ses fausses promesses de béatitude éternelle.

De nouveau les idées claires, elle envoya sa conscience dans les fibres, avança parmi elles avec un soin infini, dansa de l'une à l'autre comme les doigts d'un harpiste. Elle cherchait ces fibres qui s'étaient gauchies, ces traits de lumière qui étaient devenus des fils de marionnette pour des pantins involontaires dans le Donjon impérial. Quelqu'un manipulait les événements, quelqu'un tirait les ficelles à distance. Elle sentait la corruption du Tissage qui entourait plusieurs personnes dans le Donjon et savait qu'ils étaient sous l'influence d'un autre. Ils croyaient qu'ils étaient les instigateurs de la confusion qu'ils l'avaient semée, mais le *véritable* instigateur était hors de leur vue. Et le resterait jusqu'à ce que Cailin lui mette la main dessus.

Alors elle traversa les fils comme une flèche, en trouvant un ou un autre, les rassemblant, chacun renforçant le lien qui menait aux doigts du marionnettiste. Et enfin, lorsqu'elle fut prête, elle les suivit jusqu'à leur source.

Vyrrch n'avait pas bougé depuis l'aube de son endroit habituel, assis en tailleur au milieu de sa chambre à coucher. La vieille femme qu'il avait hachée en viande avait été tirée sur le bord de la pièce où le chacal entreprenant avait mangé quelques bouchées en cachette quand il pensait être hors de portée de Vyrrch. Bien sûr, il ne l'était jamais vraiment ; ni la fille qui lui avait échappé quelque part. Il aurait pu se servir du Tissage pour les retrouver, pour faire simplement s'arrêter leurs cœurs ou démettre leurs articulations. Mais c'était d'une simplicité enfantine et Vyrrch n'était pas aussi mauvais joueur. Il était impressionné que la fille ait été assez sage pour ne pas essayer de l'attaquer quand il tissait ou dormait car même s'il était comateux, elle aurait été morte avant même d'être à quelques centimètres de lui. Si elle ne trichait pas, alors lui non plus. Qu'elle continue donc à jouer à cache-cache. La seule clé de la porte était autour de son cou ; elle ne pouvait pas sortir. Ce serait amusant de voir combien de temps elle tiendrait.

Les femmes. C'étaient une race maligne. Bien trop malignes, si l'on s'en référait aux preuves du passé. Les membres des Tisserands étaient exclusivement des hommes adultes pour une seule raison : les enfants étaient trop indisciplinés et les femmes, trop *bonnes*. Il était devenu on ne peut plus évident les premiers jours de la découverte des pierres magiques que les talents féminins dépassaient de loin ceux des hommes dans la manipulation du Tissage. Le Tissage était l'essence de la nature, et les hommes pouvaient uniquement forcer la nature de leur volonté, maladroitement et sans cœur ; les femmes en faisaient partie, et cela venait à elles comme les cycles des lunes. Au cours des premières années de folie, tapi dans le village montagneux du grand monastère d'Aderrach, les femmes étaient presque venues à bout du pouvoir des hommes. Mais c'était un village minier et les femmes y étaient peu nombreuses. Le massacre fut rapide. Une fois que les hommes eurent senti le contact des pierres magiques, le peu de conscience qui subsistait encore en eux fut rapidement mis de côté. À partir de ce jour-là, seuls des hommes adultes étaient acceptés dans la fratrie, des hommes qui recherchaient le savoir, le pouvoir ou la sublimité.

Ce fut la même réflexion qui avait incité à tuer des nouveau-nés aberrants ces derniers siècles, lorsque l'on remarqua subitement que les filles naissaient avec une aptitude rudimentaire à contrôler le Tissage. Quelque part, par l'influence des pierres magiques sur leurs parents et l'alimentation de ceux-ci par la terre corrompue, les fœtus gagnaient un instinct que les Tisserands allaient devoir apprendre. Et pour eux c'était aussi naturel que respirer. Mais les Tisserands étaient déjà trop bien établis et la populace avait peur des pouvoirs anormaux que montraient les nouveau-nés ; ainsi commença la tuerie des Aberrants. Pas uniquement ceux qui pouvaient Tisser, car les intentions des Tisserands seraient alors bien trop évidentes. Tous devaient mourir, afin de préserver le secret des Tisserands.

Mais il n'avait pas le temps de se laisser aller à telles rêveries. Il fouilla le Donjon avec une partie de sa conscience, chercha l'anomalie dans le Tissage qui l'avait tant inquiété. Les plastiqueurs étaient hors jeu, annihilés par leurs propres créations. Vyrrch avait été contraint de contrôler directement ces moments ultimes car il restait la possibilité que ces pigeons refusent de se suicider. Vyrrch constata que leur volonté restait très forte jusqu'à la fin explosive.

L'intrus avait brièvement baissé sa garde après l'explosion des bombes mais Vyrrch avait été occupé à d'autres choses et, frustré, il n'avait pu sauter sur l'occasion. À présent, il concentrait toute son attention sur la tâche visant à le localiser. Le Donjon plongé dans le chaos, le reste du plan suivrait son cours. Son inquiétude la plus urgente était cet ennemi inconnu parmi eux.

Mais Vyrrch était un seigneur Tisserand depuis trop longtemps : il était habitué à avancer sans rencontrer d'opposition. Il virevolta sur lui-même et passa dans le métier à tisser du Tissage mais ne remarqua pas la veuve noire qui avançait à pas de loup sur les fils de sa toile jusqu'à ce qu'elle fût presque sur lui.

Trop tard, il réalisa son erreur. Ce n'était pas une maladresse de la part d'un petit Tisserand, c'était d'un ordre totalement différent. Même les Tisserands les plus puissants laissaient des accrocs là où ils se rendaient, cassaient des fils et emmêlaient des écheveaux, mais elle était comme du satin, glissait dans le Tissage et ne laissait aucune trace de son passage. C'était une femme qui avançait dans ce monde brillant et Vyrrch comprit qu'ils avaient eu raison d'en avoir peur.

Il se retira brusquement, terrorisé, sachant qu'elle se trouvait à l'intérieur de ses moyens de défense. Désespérément, il la frappa mais elle avançait comme le souffle du vent. Elle feinta et l'esquiva, pinça des fils pour l'attirer, puis se rapprocha furtivement lorsque son attention était ailleurs. Le seigneur Tisserand se mit à paniquer, tentant de se rappeler les anciennes disciplines qu'il connaissait si bien avant de devenir aussi content de lui, les arts qui la feraient s'éloigner de lui, mais la folie les avait dépouillés de sa mémoire et il ne parvint pas à rassembler ses pensées.

— Laissez-moi ! hurla-t-il dans le silence.

Le chacal sursauta et s'enfuit dans un grattement de griffes.

Il tourna ses pensées vers l'intérieur, sentant sa progression arachnéenne sur les fils qui le reliaient au monde extérieur, l'aspiration et le flux de son souffle, le contact de sa peau sur ses vêtements. Frénétiquement, il se mit à faire des nœuds, à installer des pièges, des corrals de fibres qui menaient dans des labyrinthes où elle se perdrait pour l'éternité. Mais il la sentait à peine, et pouvait encore moins l'arrêter, et tout ce qu'il faisait ne servait qu'à retarder l'inévitable de toute façon. Il ne pouvait même pas permettre à la plus petite partie de son esprit de retrouver l'origine de ses fils. Il ne savait pas qui elle était ni où elle se trouvait ; il n'avait nulle part où frapper.

Et elle semblait provenir de toutes les directions à la fois, avançant comme une flèche çà et là pour filer d'un bon pas et tirer d'un coup sec, envoyant de fausses vibrations racler le long des fibres étincelantes de leur champ de bataille. Il allait et venait avec légèreté, lui jouait des tours mais rien ne marchait et il réalisa, désespéré, qu'il n'avait pas d'autres méthodes à utiliser. Il comprit alors que la commande de ses pouvoirs n'était qu'à une seule dimension, lui, le plus grand de tous les Tisserands. Voilà si longtemps qu'il savourait sa suprématie que son aptitude d'adaptation s'était évanouie. Il ne pouvait pas la vaincre.

Sur cette prise de conscience, il baissa la garde. Ce qui, plus que tout ce qu'il avait entrepris jusque-là, fit hésiter l'intruse, incertaine, et cela lui donna le temps dont il avait besoin. Il rentra dans le Tissage comme s'il faisait une grosse boule de fils, et l'engloutit dans sa poitrine. Trop tard, son attaquante vit ce qu'il avait l'intention de faire, mais elle ne put entre-temps rien tenter pour l'en empêcher. Il lança la bobine en y mettant toutes ses forces et elle se défit et répandit un million de fils qui ondoyèrent sur tout le paysage du Tissage, s'enroulant et tournoyant au hasard, partout. Un gros carillon retentit, une émission assourdissante pour chaque Tisserand, qui s'entendit à Saramyr et au-delà. La puissance de son cri fit tituber l'intruse, un hurlement d'avertissement inarticulé à tous ses frères. *Attention ! Attention ! Une femme joue au Tissage !*

Mais Vyrch était intelligent et parmi les innombrables fils, il y en avait un qui était différent, un qui était extrêmement ciblé et dirigé. Et dans l'obscurité sans fond, où ils se cachaient de la lumière du jour, quatre démons d'ombre levèrent la tête à l'unisson, les yeux étincelant comme des lanternes.

Le message était simple. Une image de Lucia tu Erinima, impératrice héritière de Saramyr, jonchée d'impressions d'odeurs, d'emplacements, une vibration presque imperceptible qui constituait sa présence : tout ce dont avaient besoin les shin-shin pour la pourchasser. Et avec, un seul ordre, formulé non pas dans une langue mais dans un éclat d'intention emphatique.

Tuez.

Puis Cailin frappa, la morsure de la veuve noire venant de nulle part, et il réalisa qu'elle avait glissé sur chacun de ses murs pour atteindre son âme. Ses sens étaient paralysés, son contrôle du Tissage disparu. Il était sans défense. S'ensuivit un moment d'horreur pure et abjecte quand il sentit qu'elle se lovait dans son cerveau, prenant le fil de sa vie entre ses doigts et jouant avec. Puis d'un rapide tour de poignet, elle le cassa net.

Dans ses appartements, le seigneur Tisserand hurla, en proie à des spasmes, et s'affala sur le sol.

Le silence retomba. Il dura probablement une heure avant que le chacal ne rassemble le courage de sortir de là où il s'était enfui. Une autre heure s'écoula avant que la fille n'apparaisse, les vêtements en loques, déchirés, le visage recouvert de crasse. Elle passa le pas de porte en revue, tremblant de peur et de faim. Il n'y eut aucun bruit à l'exception d'un doux clapotis qui sembla durer une éternité.

Le seigneur Tisserand était face contre terre, nu sous ses haillons. Du sang épais ruisselait de son nez ; ses yeux et sa bouche avaient formé une flaque sous son Masque et dégoulinaient sur le carrelage crasseux. Le chacal le léchait tranquillement.

Elle resta debout à l'observer, osant à peine espérer. Elle redoutait que ce fût un piège. Ce ne fut que lorsque le chacal se mit à manger les doigts de Vyrrch qu'elle vit que ce n'en était pas un. Il était mort.

Dans un sanglot, elle s'approcha de lui. Le chacal se retira dans un grognement. Autour de la gorge de Vyrrch, caché sous ses haillons, une clé de cuivre. Elle la lui déroba furtivement, prête à courir à tout moment s'il bougeait. Il ne bougea pas. Elle le fixa longuement et finit par lui cracher dessus. Puis, craignant d'être allée trop loin, elle s'enfuit, en direction de la porte verrouillée donnant sur l'extérieur et sur la liberté, tandis que le chacal retournait terminer son repas.

32

— Qui a pu faire cela ? demanda l'impératrice à son époux qui avançait à longues enjambées dans les hauts couloirs du Donjon impérial, ses longs cheveux noirs s'agitant en rythme avec ses épaules. Qui a pu nous attaquer dans notre propre salle du trône ?

— Qui que ce soit, il va souffrir, fit-il. Maintenant, dépêchez-vous.

Anais avait un mauvais pressentiment qui grouillait dans son ventre. Ils se trouvaient dans les parties les moins fréquentées du Donjon, le domaine des érudits et les chambres d'amis, les pièces anciennes et vides, jadis utilisées à des fins sociales. Six hommes les accompagnaient, épées dégainées, en guise de gardes du corps. L'un, Hutten, qu'elle connaissait depuis des années, était un serviteur des plus loyaux. Un autre, qui s'appelait Yttris, qu'elle ne connaissait pas très bien ; mais elle se souvenait de son visage, et elle était persuadée qu'il n'était pas l'un de ces faux gardes qui les avaient attaqués dans la salle de réception. Les autres lui étaient également familiers, mais elle ne parvenait pas à se rappeler leurs noms.

Pourtant, en dépit de la présence des gardes, elle avait peur. Les émeutes, les explosions, l'attaque soudaine : c'était un plan orchestré, mais à quelle fin ? Cherchaient-ils à la tuer ou à tuer Durun ? Où était-ce à son enfant chérie qu'ils en voulaient ? En compagnie d'uniquement six gardes, elle se sentait terriblement vulnérable. Ceux qui avaient déclenché les émeutes dans la cité savaient parfaitement ce qu'ils faisaient ; le Donjon avait été ponctionné de la plupart de ses soldats, envoyés pour s'occuper des gangs ou défendre les murs contre les Blood Kerestyn. Les troupes des Blood Batik pénétreraient dans Axekami à la tombée de la nuit, mais il n'était pas encore midi et l'aide leur semblait atrocement loin.

— Lucia, gémit-elle, incapable de réprimer son inquiétude. Où est Lucia ?

— J'ai envoyé Rudrec la chercher, vous n'avez pas entendu ? aboya-t-il. Elle va nous retrouver.

Il avait raison. L'endroit où se trouvait Lucia n'était pas sûr. Elle avait été cachée et bien cachée, mais trop de gens savaient où. S'il y avait un ennemi dans le Donjon, comme elle le pressentait, mieux valait qu'elle soit avec ses parents, qu'elle se cache dans un endroit inconnu de *tous*.

Elle jeta un coup d'œil furtif à son époux. Durun était un malotru et un fainéant mais, dans sa colère noire, il était particulièrement impressionnant. Il avait à plusieurs reprises juré qu'il se vengerait en bonne et due forme de ceux qui *l'*avaient attaqué – mais pas *elle*, constata-t-elle – quand on les avait amenés en quatrième vitesse loin de la violence. Elle savait qu'il le ferait, s'il croisait leur chemin. Elle fut en proie à une ardeur déplacée. Parfois, quand il s'emportait, elle voyait presque un homme qu'elle pourrait aimer ; mais il était rarement passionné ou ses passions se consumaient rapidement, et il redevenait le fainéant qu'elle avait épousé voilà si longtemps.

Durun les fit s'arrêter devant la Salle du Soleil. Anais avait presque oublié l'existence de cette pièce mais, en dépit des événements, elle se surprit à regretter de ne pas s'être rendue ici plus souvent. C'était un endroit d'une véritable beauté, un grand dôme de vert délavé et d'or terni, avec d'immenses fenêtres en forme de pétales qui descendaient en décrivant une courbe symétrique depuis la protubérance ornementée au sommet. La lumière du matin se scindait en couches de couleur quand elle se répandait à travers le verre palmé, baignant la pièce dans une multitude de couleurs. Le sol était une vaste mosaïque circulaire, et les murs étaient bordés de trois galeries en bois et or. Celles-ci avaient jadis abrité des conseils lorsqu'un orateur prenait la parole en son centre, ou qu'une audience regardait de haut les acteurs en contrebas. À présent, à l'instar des étages supérieurs du Donjon, la pièce était vide et sentait le renfermé, spectre de sa splendeur d'antan.

— Où est Lucia ? geignit-elle.

Elle entendait à présent de quoi elle avait l'air : elle n'était plus l'impératrice Blood mais la femme faible qu'ils désiraient tous qu'elle soit. Elle se détestait d'être comme ça mais elle était incapable de s'en empêcher. L'attaque de la salle du trône l'avait extrêmement secouée ; pour la première fois elle avait regardé dans les yeux des hommes qui avaient l'intention de la tuer. Cela avait tourné son autorité en dérision, jeu auquel elle jouait, donnant des ordres qui gouvernaient la vie ou la mort de ses sujets tout en étant bien protégée, en sécurité, dans son Donjon inattaquable. Mais voilà que quelqu'un l'avait frappée en plein cœur, ou presque, et la terreur mortelle qu'elle avait ressentie ne disparaissait pas facilement.

Qui était-ce ? Vyrrch ? Très probablement, mais elle avait un millier d'ennemis désormais. Les bombes évoquaient une vengeance de l'armée d'Unger tu Torrhyc. Elle croyait les avoir tous anéantis mais peut-être en restait-il, plus que jamais prêts à venger la mort de leurs frères…

L'une des six portes de la chambre s'ouvrit et Rudrec entra, accompagné de Lucia. Elle le suivait d'un pas nonchalant, les yeux dans le vague, arborant cette expression qu'elle avait toujours, mélange d'ahurissement et de forte curiosité, laissant entendre qu'elle en savait beaucoup plus sur l'objet de son attention qu'elle ne le devrait.

Anais laissa échapper un cri de joie et se rua sur sa fille, s'agenouilla et la serra dans ses bras, soulagée. Elle n'osa pas imaginer ce qui se serait produit si les attaquants avaient tué son magnifique enfant. Tremblante, elle étreignit Lucia bien fort, qui lui caressa les cheveux d'un air absent. L'impératrice héritière semblait préoccupée, regardait les yeux écarquillés les fenêtres au-dessus mais Anais était trop bouleversée pour remarquer qu'elle avait l'esprit ailleurs.

— Donnez-moi des nouvelles de la bataille en bas, exigea Durun. (Ils avaient gravi plusieurs étages au-dessus de la salle du trône.) Comment va mon père ?

Rudrec fronça les sourcils, momentanément perplexe.

— Je suis parti en même temps que vous, mon empereur, et je me suis rendu directement dans les jardins sur le toit pour chercher Lucia, puis ici. Je n'ai parlé à personne. Je n'ai aucune nouvelle.

Durun parut satisfait.

— Bien. Donc personne à part nous ne sait que nous sommes ici ? Les choses doivent rester ainsi jusqu'à ce que nous découvrions qui est à l'origine de l'acte de violence d'aujourd'hui.

— Personne ne sait que nous sommes ici, confirma Rudrec. Dois-je retourner dans la salle du trône chercher le Barak ?

— Non, restez ici, dit rapidement Anais en se relevant. Nous avons besoin d'un autre garde.

Durun approuva d'un signe de tête. Lucia s'accrocha à la robe de sa mère.

— Nous devrions y aller, aboya brusquement Durun. On ne peut pas savoir à qui faire confiance jusqu'à ce que l'ennemi soit démasqué.

— Je propose que nous nous rendions à la Tour du vent nord, dit Yttrys. Il n'y a qu'une seule porte, épaisse et facilement barricadable. Mon impératrice et mon empereur seront en sécurité jusqu'à ce que nous rassemblions les gardes et dénichions les assassins.

— D'accord, fit Rudrec. Ma maîtresse impériale ? s'enquit-il, attendant confirmation.

Anais produisit un bruit neutre qu'ils prirent pour une affirmation.

La Tour du vent nord était accessible depuis la Salle du Soleil par un long pont rectiligne surplombant un précipice à vous donner le vertige. Le pont était garni de plaques sur le côté et en dessous il formait un treillis d'or qui attrapait le soleil en traits de feu aveuglants. Ses surfaces intérieures n'étaient pas moins belles, les parapets jonchés de peintures murales et le sol marbré de laques foncées. Sous eux s'étendait le côté pentu du Donjon, car il se trouvait à l'angle où se croisaient deux des flancs du Donjon aux multiples arches ; depuis le sol, de nombreux niveaux grimpaient vers eux dans un méli-mélo impressionnant, des sculptures s'érigeaient et surplombaient le vaste panorama des rues d'Axekami. Devant, se dressait le doigt mince de la tour, une aiguille en or lisse dont le sommet ratissait le ciel comme un monument en hommage à l'esprit qui faisait souffler les vents du nord. Ses tours jumelles s'élevaient derrière eux, aux angles ouest, est et sud du Donjon impérial.

Ils sortirent à l'air libre et sentirent le vent chaud souffler dans leurs vêtements, et là ils attendirent.

Le toit de la tour était noir de corbeaux. Ils étaient perchés sur le sommet en pointe ou attendaient sur les rebords des fenêtres cintrées sur toute leur longueur. Plus près, ils bordaient les parapets ornementaux de chaque côté du pont, et recouvraient le sol près de l'extrémité opposée, s'agitant nerveusement. Chacun posa ses yeux noirs et vifs sur les nouveaux venus, les observa avec une intelligence aviaire troublante.

Anais sentit un frisson la parcourir. Elle entendit Rudrec souffler un serment. Durun lança des coups d'œil accusateurs à Lucia mais celle-ci ne le regardait pas : elle fixait les oiseaux.

— Que faire ? demanda Yttrys à Durun.

— Sang du cœur ! s'exclama Durun. Ce ne sont que des *oiseaux* !

Mais il paraissait moins confiant qu'il l'aurait souhaité et avait l'air de fanfaronner.

Il prit le bras d'Anais et l'entraîna devant, avec lui, conduisant le groupe au milieu du pont. La brise chaude tirait sur leurs vêtements comme si elle cherchait une prise pour les pousser dans le précipice et les tuer. À leur droite, l'œil de Nuki formait une balle claire et mauvaise, jetant des coups d'œil malveillants à travers les nuages légers.

Durun espérait manifestement que les corbeaux s'éparpilleraient quand ils approcheraient. Ils n'en firent rien. Ils s'agitèrent et battirent des ailes, se lissèrent les plumes ou bandèrent leurs ailes noires, mais sans cesser de les observer.

— C'est *votre* œuvre, n'est-ce pas ? grommela Durun en repoussant brutalement Anais de côté et en attrapant le petit poignet de Lucia. Ce sont vos maudits oiseaux !

D'un seul coup il partit d'un rire méprisant, relâcha Lucia et dégaina son épée, l'enfonça dans le torse de Rudrec avant que le commandant de la Garde n'ait le temps de réagir. Hutten et Yttrys sortirent leurs épées en même temps mais si le premier se préparait à frapper l'empereur, le second enfonçait son épée dans les côtes de Hutten. Il hurla de surprise et de douleur mais sa voix se transforma en gargarisme lorsque le sang jaillit de sa gorge, et il glissa par terre, les yeux éteints.

Les oiseaux se mirent à croasser, produisant un vacarme de tous les diables, terrifiant. Mais Durun avait pris Lucia sous son bras, la pointe de son épée sur sa gorge.

— Fais-les partir, cria-t-il. Le premier oiseau à s'envoler te coûtera la vie, espèce de monstruosité aberrant !

Le croassement des corbeaux cessa et ils ne bougèrent pas mais la journée estivale torride sembla devenir brusquement glaciale sous leur œil torve. Yttrys s'approcha d'Anais, la menaçant de sa lame. Les quatre autres gardes observèrent la scène d'un œil froid. Il était évident qu'ils étaient du côté de Durun. Seuls Rudrec et Hutten avaient été à part, et leur ignorance les avait tués.

Les yeux d'Anais étaient rivés sur son mari, la haine brillant d'un éclat d'eau salée. Cela s'était produit en quelques minutes mais la raison avait surmonté le choc et l'assaillait de vérité. La trahison brute, l'incrédulité…

Durun. Tout ce temps, c'était lui. Son propre mari.

Et elle avait fait entrer ses troupes dans la cité.

Ses jambes s'affaiblirent brusquement, et elle recula d'un pas en titubant, sans jamais quitter son époux des yeux. Alors elle comprit, et l'ampleur de sa ruine l'écrasa. Barak Mos et son fils, travaillant à l'unisson avec...

— Vyrrch, murmura-t-elle. Vous travaillez avec Vyrrch...

Durun s'autorisa à sourire lentement.

— Bien sûr que oui, dit-il. Les Tisserands furent très mécontents lorsque vous avez insisté pour que Lucia soit l'héritière. Il ne demandait pas mieux que de m'aider. Mais ne croyez pas que tout a commencé là, femme. D'après vous, combien de temps a-t-il fallu pour trouver autant d'hommes loyaux aux Blood Batik, pour les intégrer dans vos gardes impériaux sans que personne ne le découvre ? Voilà huit ans que je planifie cela, Anais. Huit ans, depuis que cette *chose* est née.

Il resserra son étreinte sur le bras de Lucia.

Huit ans ? Anais était tout étourdie, comme si le pont faisait une grosse embardée sous elle et menaçait de la faire tomber. L'urgence de la situation la saisit, écrasant son souffle dans ses poumons. L'ampleur de son amertume, qu'il entretenait depuis huit ans, saignait dans chacun de ses mots.

— Je savais ce que vous ressentiez, Durun, dit-elle, la stupéfaction dans sa voix. Je savais ce que vous ressentiez. Un empereur que de nom, qui m'a épousée dans l'intérêt de sa famille, dans le cadre d'un marché. Je savais combien vous étiez frustré mais *ça*...

— Ça n'a rien à voir avec moi, Anais, répondit-il en jetant un œil aux corbeaux puis à elle. C'est de votre empire qu'il s'agit. Vous nous avez laissé nous déchirer par amour pour votre petite fille !

— *Notre* petite fille, s'écria-t-elle.

— Non, fit-il. *Votre* petite fille. Ne croyez-vous pas que j'ai suffisamment couru le jupon ? Étrange, non, qu'aucune progéniture bâtarde ne soit venue nous déranger pour réclamer la couronne ? Étrange, non, qu'après avoir essayé aussi longtemps d'avoir une héritière, vous soyez subitement tombée enceinte !

— De quoi m'accusez-vous ? cria-t-elle, honteuse que tout cela soit mis en pâture devant ses sujets, terrifiée par ce qui leur arriverait à Lucia et elle.

— Je n'ai pas de semence, femme, et je n'en ai jamais eu ! cracha-t-il. Ce monstre dans mes bras est la progéniture de quelqu'un d'autre. Et chaque fois que je la vois, ça me rappelle que j'ai été cocufié.

Alors c'était ça. Et d'un seul coup, tout s'expliqua. Anais sentit les larmes lui monter aux yeux, en colère contre elle d'avoir la faiblesse de pleurer. L'œil de Nuki la regardait méchamment, accusateur, derrière les minces éraflures des nuages à l'est. *Il* savait ce qu'elle avait fait et voilà que tombait le châtiment qu'elle redoutait depuis si longtemps. Si longtemps, et elle croyait que cela était tombé dans les ténèbres de l'histoire, tombé aux oubliettes. Mais Durun savait. Et cela coûterait cher à elle et à sa famille.

Elle essuya ses larmes, défiante. Elle avait eu des soupçons, toujours des soupçons... mais n'avait jamais été sûre jusqu'à maintenant. Bien, elle ne mentirait pas ou ne demanderait pas pardon, pas à lui.

— Oui, j'ai couché avec un autre ! cria-t-elle. Vous croyez que c'était facile pour moi, que tout le château sache que mon mari frayait avec des putains et des bonnes ? Qu'étais-je censée faire, tolérer vos cabrioles galeuses, rester vierge juste pour vous, pour les occasions où vous aviez décidé de faire attention à moi ? Je suis impératrice Blood, maudit soyez-vous ! Pas une petite marchande de poisson placide et un peu niaise !

— Alors qui c'était ? aboya Durun, la faisant taire. Un marchand ? Un musicien itinérant ? (Il posa les yeux sur le visage de Lucia. Elle était calme, comme une poupée.) Non, elle a des traits nobles. Un Barak peut-être ? Quelqu'un de haute naissance, sûrement.

— Vous ne le saurez jamais, dit-elle d'un ton méprisant.

Mais elle le savait. Et Lucia aussi.

Instinctivement, elle avait reconnu son père à l'instant où elle l'avait vu dans le jardin sur le toit. Et il l'avait reconnue, croyait-elle. Le Barak Zahn tu Ikati. Une aventure brève, une tempête d'amour qui s'était terminée trop vite. C'était comme si son utérus était en mal d'enfant, souffrant de malnutrition à cause du truc vide de Durun, en dépit des herbes qu'elle avait prises pour l'empêcher, elle était tombée enceinte presque aussitôt. Elle l'interrompit dès qu'elle sut, terrifiée par les implications. Était-ce réellement celui de Zahn ? Ou pouvait-ce être celui de Durun car elle avait couché de temps en temps avec lui au tout début de leur liaison, motivée par la culpabilité mal placée de le tromper ? Et s'il *était* de Zahn et qu'il lui ressemblait plus tard ? S'il essayait de réclamer ce qui lui revenait ?

Et pourtant, malgré toute l'ampleur de son erreur, elle ne mettrait pas un terme à sa grossesse. Après ses nombreuses tentatives, un enfant – *n'importe quel* enfant – était trop précieux pour qu'elle l'abandonne, quelles que furent les circonstances. Comment osait-elle penser qu'il n'était pas de son mari ? Plus facile de croire que c'était le sien et de ne rien dire à Zahn. Par rapport à la découverte ultérieure que cet enfant était Aberrant, sa lignée lui paraissait dérisoire. Et il fut étonnamment facile de se persuader que Durun était le père, jusqu'au point même où elle avait oublié l'autre possibilité. Elle ressemblait à sa mère, et pas à Zahn ni à Durun.

— Peu importe avec qui vous vous êtes prostituée, dit Durun, et elle décela dans sa voix la profondeur de sa rancune. Votre lignée polluée s'arrête ici, Anais. Une attaque traître des hommes d'Unger tu Torrhyc et l'impératrice et son héritière seront retrouvées mortes. En tant qu'unique survivant, je deviendrai à contrecœur l'empereur *Blood*, le véritable dirigeant de Saramyr. (Voilà qu'il commençait à s'amuser. Les corbeaux étaient coincés, Anais était enfin à lui. Tant d'années passées à jouer le pantin sur le trône, tant d'années dans l'ombre d'une femme, un mari cocu sans pouvoir. Il ne la laisserait pas mourir avant qu'elle ne sache qu'il l'avait intégralement dominée en étant plus malin qu'elle.) La nuit tombée, les gardes impériaux me jureront allégeance en tant qu'unique survivant de la famille impériale et les troupes de ma famille prendront la ville. Grigi tu Kerestyn peut se battre tant qu'il veut contre nos murs, il verra que c'est peine perdue. Le conseil m'acceptera en tant qu'empereur blood ; il n'aura pas le choix. En vérité, je pense qu'ils seront soulagés que toute cette débâcle avec vous et Lucia soit terminée.

— Et Vyrrch ? Que *lui* avez-vous promis ? cria Anais.

— Vyrrch est mort, dit tranquillement Lucia.

— Silence ! aboya Durun.

— La dame du rêve l'a battu, dit-elle.

— Je t'ai dit de te *taire* !

Les corbeaux s'agitèrent, un clapotement noir à travers leur couverture de becs et de plumes.

— Mon empereur, dit Yttrys d'un ton nerveux. Occupons-nous de nos affaires et partons d'ici.

Durun était sur le point de lui répondre lorsque sa main explosa.

Anais hurla quand du sang chaud l'éclaboussa mais son cri n'était rien comparé au rugissement d'agonie que laissa échapper son mari quand il retira le moignon étincelant de son bras droit. Lucia s'échappa rapidement de son étreinte, ses longs cheveux blonds en flammes, hurlant elle aussi. Au même moment, les corbeaux s'envolèrent tous ensemble dans un gros nuage noir, et l'air s'emplit du battement et du bruit sourd de leurs ailes.

Yttrys était trop paralysé de peur par la vue des oiseaux pour s'occuper d'Anais qui s'en allait, attrapait Lucia et la giflait pour éteindre les flammes. Les cheveux de Durun étaient en feu eux aussi, le noir brillant soyeux ruisselant de vagues de feu. Il se donnait des coups, en vain. Yttrys, réalisant subitement ce qu'il était advenu de sa prisonnière, courut vers Anais qui était accroupie sur Lucia. Il hésita un bref instant, contraint par les derniers vestiges de son autorité, puis enfonça son épée dans le dos de l'impératrice dans un cri.

Anais hurla, un hurlement de douleur qui écrasa le coassement des corbeaux approchant. L'agonie était indescriptible mais le froid qui envahit son corps comme un linceul était pire : il la paralysait. Elle sentit à peine la secousse lorsque la lame fut retirée d'elle, déchirant ses organes, ses muscles et sa peau pour se libérer dans un éclaboussement de sang artériel foncé. Elle sombrait déjà dans les plis gris de l'inconscience. Désespérément, elle serra Lucia contre elle, regarda le visage pâle de son enfant, et des larmes ruisselèrent de ses yeux quand la tache mouillée sur le dos de sa robe s'agrandit dans une ignoble osmose.

Yttrys se mit à courir mais il aperçut Tane et Kaiku à l'autre bout du pont. L'homme au crâne rasé et la jeune femme aux yeux couleur sang. Cette vision le fit s'arrêter, réévaluer la situation. Étaient-ils amis ou ennemis ? Pourrait-il les tuer tous les deux ? Étaient-ils responsables de ce qui était arrivé à Durun ? C'était un instinct automatique de soldat, une pause d'une seconde et ce fut juste le temps qu'il fallut pour que les corbeaux s'attaquent aux gardes impériaux.

Yttrys hurla lorsqu'ils l'ensevelirent, tentèrent de s'agripper à sa nuque, à son cuir chevelu et à son visage, un millier de petits poignards ratissant et becquetant sa chair. Il ouvrit la bouche pour hurler de nouveau mais ils coupèrent net sa langue et la picorèrent. Ils arrachèrent ses paupières et se gavèrent de la douce gelée de ses yeux. Il tomba, battit des bras et des jambes, et gémit mais ils étaient impitoyables, attaquant chaque parcelle de son corps jusqu'à ce qu'il n'y ait plus aucune partie de lui qui ne soit pas ensanglantée. Les autres gardes endurèrent un supplice similaire puis moururent.

Au même instant, les corbeaux bombardèrent l'empereur, des ailes battant son visage, le rouant de coups, frappant son corps. Touchant toujours frénétiquement ses cheveux pour éteindre la torche torride qui brûlait la peau de son dos et de sa nuque, il tomba en arrière, et dans un gémissement de peur, il bascula par-dessus le parapet et dégringola du pont en piqué. Son dernier cri s'évanouit et ils ne l'entendirent plus.

Lorsque Tane et Kaiku rejoignirent l'impératrice déchue, le calme était revenu. Ils n'entendaient que le bruissement des ailes des corbeaux, le doux bruit sonore quand ils dévoraient les cadavres des gardes. Anais sanglota et haleta, couchée en travers de sa fille. Son dos était trempé d'une grosse tache foncée et du sang avait dégouliné sur ses bras et ruisselait de ses manches, éclaboussant le pont de sinistres fleurs rouges. Kaiku s'accroupit auprès d'elle et toucha doucement son épaule.

— Est-elle vivante ? demanda-t-elle.

Anais se retira, ses yeux mouillés ne quittant jamais son enfant. Son visage était gris, et semblait avoir terriblement vieilli. Lucia restait allongée, immobile, les yeux fermés. Son dos avait été atrocement brûlé à travers la robe verte qu'elle portait, les fibres de son vêtement s'étant calcinées et détachées les unes des autres. Sa respiration était superficielle et un pouls battait dans sa gorge mais elle ne se réveillait pas lorsque Anais la berçait.

Le spectre qui les avait conduits dans le Donjon, qui les avait amenés ici, c'était cette petite fille. Elle les avait attirés intentionnellement. Elle avait dû savoir qu'elle était en danger.

Mais visiblement ils étaient arrivés trop tard.

— Aidez-la, c'est… ma fille, haleta Anais. Elle semblait inconsciente de sa blessure mortelle.

Kaiku hocha la tête. Et pour la première fois, Anais la vit, vit les iris écarlates de ses yeux. Elle toussa et du sang coula de sa bouche. Kaiku sentit les larmes monter. Elle, l'impératrice de Saramyr. Pendant si longtemps elle avait été une créature quasi mythique, détenant le pouvoir d'un vaste empire entre ses mains. Des millions se battraient et mourraient sous ses ordres, des armadas navigueraient sur les océans pour elle ; elle était aussi proche d'une divinité que l'humanité le permettait. Mais, au final, humaine. Elle semblait si petite, juste une femme fragile et mourante. Kaiku écouta Tane chuchoter des rites à Noctu et Omecha, des bénédictions ultimes à l'âme de leur dirigeante, et elle sentit une espèce de tragédie la submerger.

Anais prit brusquement la main de Kaiku dans la sienne, une emprise si forte que Kaiku aurait pu être une ancre l'empêchant de dériver. Ses yeux étaient dans le vague, et elle ne voyait pas.

— J'ai peur… sanglota-t-elle. Dieux que j'ai peur…

Kaiku lui caressa les cheveux, y étalant une tache de sang.

— Chut, dit-elle. Ce n'est pas si mauvais de mourir.

Mais que l'impératrice l'ait entendue ou non, elle ne le saurait jamais car la lueur dans ses yeux avait disparu et, dans un ultime soupir, elle s'affaissa.

— Bon voyage, murmura Kaiku et des larmes dégoulinèrent de ses cils. Ce ne fut que lorsqu'elle releva les yeux qu'elle aperçut les corbeaux, les entourant en vague noire, une couverture de plumes, de becs et d'yeux, tous tournés vers l'impératrice héritière.

— Nous devons y aller, dit brusquement Tane.

De mauvaise grâce, il fit rouler l'impératrice sur le côté et attrapa l'enfant, la souleva aisément malgré la maladie qui l'avait affaibli. Les corbeaux voletèrent, consternés, mais il les ignora.

— Ici, je ne peux rien faire pour elle. Elle a besoin d'un physicien.

Kaiku ne répondit pas. Mais elle se leva, le regard toujours rivé sur la femme morte allongée devant elle. Elle commençait à sentir la brûlure naissante d'avoir fait appel à son *kana* surgir sauvagement suite à l'effort qui lui avait fallu pour concentrer son énergie sur une aussi petite cible – la main de l'empereur. Quelles pensées la traversèrent alors, même elle ne le savait. Mais elle suivit Tane quand il repartit en courant vers le Donjon, l'impératrice déchue de Saramyr allongée dans ses bras.

33

Le Donjon impérial était en pleine agitation.

Les bombes qui avaient semé le chaos et la confusion avaient été plus efficaces qu'aucun des usurpateurs n'aurait pu le prévoir. Des lettrés se hâtaient de sauver des manuscrits précieux ou des œuvres d'art dans des pièces menacées par les flammes. Des servants allaient et venaient à toute allure avec des tuyaux d'eau pour circonscrire les incendies fous ; des enfants couraient en braillant à la recherche de leur mère. La confusion régnait parmi les gardes impériaux. Incapables de faire confiance à qui que ce soit, même dans leurs propres rangs, ils ne pouvaient organiser aucune sorte d'opération cohérente. La famille impériale avait été emmenée pour se cacher et personne ne savait où elle se trouvait. Un corps avait été découvert dans le soubassement de la Tour du vent nord mais les corbeaux l'avaient tellement étripé qu'il ne restait plus qu'un squelette ensanglanté. Il ne faudrait pas plus de quelques heures pour identifier les anneaux sur les doigts du cadavre : ceux de Durun tu Batik, ancien empereur de Saramyr. Le corps de l'impératrice fut découvert peu après ; mais il était beaucoup, beaucoup trop tard.

Rien n'avait pu être maîtrisé. Les bombes et la folie étaient indispensables pour fournir une couverture afin que l'impératrice et sa progéniture aberrant puissent être tuées en secret et que l'on impute la responsabilité de leur assassinat à quelqu'un d'autre de façon crédible. À présent, cela se retournait contre ses instigateurs car dans la confusion personne ne s'arrêta lorsque deux servants passèrent, transportant le corps d'une petite fille blessée. Peu dans le Donjon avaient jamais vu leur impératrice héritière et l'auraient encore moins reconnue dans un tel état, les vêtements brûlés et le visage recouvert par ses cheveux. Il était légèrement plus incroyable que l'un des servants soit une femme dans des vêtements d'homme et qu'elle avance d'un pas chancelant, les yeux bandés d'un bout de vêtement déchiré, la main posée sur l'épaule de son compagnon malade, un morceau de pierre projeté par l'explosion l'ayant manifestement rendue aveugle. Mais mieux valait que les gens du Donjon voient cela et non une Aberrant car les yeux de Kaiku étaient rouge sang pour s'être servie de son *kana* et la couleur ne disparaîtrait pas de sitôt. La concentration dont elle avait dû faire preuve pour canaliser son pouvoir et détruire uniquement la main de Durun l'avait complètement épuisée et pourtant elle avait échoué. L'impératrice héritière était inconsciente, brûlée, car elle n'était pas parvenue à suffisamment bien contrôler la force en elle. Et si elle mourait, ce serait de la faute de Kaiku. Elle se voyait mal supporter le poids de cette culpabilité.

Ils avançaient donc d'un bon pas, le plus rapidement possible, en se fiant à la mémoire de Tane, jusqu'aux quartiers des servants où les attendait Purloch. Ils n'avaient pas le temps de se demander ce qu'étaient devenus les autres. Ils ne pouvaient que prendre la fuite.

« *Asara !* »

Asara fit s'arrêter Mishani, l'entraîna sur le bord du couloir derrière une statue de Yoru, gardien des Portes d'Omecha, qui levait bien haut son verre de vin. Le désordre régnait désormais dans les passages froids et austères du Donjon impérial et servants et soldats couraient dans un grand fracas, leurs bottes cliquetant sur le *lach*, hurlant des ordres et des questions. Ils se trouvaient dans l'un des couloirs intérieurs dépourvus de fenêtres donnant au-dehors et, en dépit de ses hauts plafonds et de sa largeur, il était terriblement oppressant.

Toutes deux étaient en sueur et échevelées. Il s'en était fallu d'un cheveu pour qu'elles s'échappent de la salle du trône mais une noble et une servante n'intéressaient en rien les gardes impériaux trop occupés à s'entretuer. Les loyaux et les traîtres ne faisaient plus qu'un et, après la fuite du Barak Mos, le champ de bataille avait dégénéré en mêlée générale. Les conseillers et les scribes en robes, coincés dans la salle, étaient ignorés, et Mishani et Asara s'esquivèrent avec eux une fois la voie libre. Un garde avait tenté de les arrêter d'un coup d'épée mais Asara l'avait aussitôt tué de sang-froid. Mishani n'arrivait toujours pas à croire ce qu'elle avait vu mais la stupéfaction attendrait. Pour l'heure, elle souhaitait uniquement s'enfuir de cet endroit. L'annonce de son exécution l'avait tellement ébranlée qu'elle se souciait peu de l'impératrice héritière ou des projets du Libera Dramach ; elle avait uniquement besoin de sécurité et d'un refuge.

— Qu'est-ce que c'est ? demanda-t-elle, quelque peu choquée qu'Asara la traite de la sorte.

Elle n'était pas habituée à être malmenée par qui que ce soit. L'Aberrant la fit taire.

« *Asara !* »

C'était Cailin. Ce n'était pas la première fois que la sœur s'adressait à Asara à distance et cela ne la perturbait plus comme au début. Elle n'aimait pas avoir qui que ce soit dans la tête mais au moins Cailin était une invitée prévenante et si elle cherchait à découvrir les secrets les plus intimes d'Asara, c'était trop subtil pour qu'elle s'en rende compte.

Elle se concentra sur un torrent d'images, se rappela dans un ordre confus ce qui leur était arrivé, l'éclaircissant le plus possible. Elle n'avait aucun moyen de s'adresser directement à Cailin – elle ne possédait pas les mécanismes en elle pour lui envoyer des mots – mais des impressions suffiraient.

Cailin comprit. Elle répondit avec un autre ensemble d'images, agrémentées d'ordres et d'informations.

— *Que se passe-t-il* ? insista Mishani.

Asara cilla et le contact disparut.

— Cailin, dit-elle, elle a supprimé Vyrrch et elle a une pleine liberté d'action dans le Donjon. Elle est nos yeux, dorénavant. (Elle se retourna.) Nous devons faire quelque chose.

— Que *devons*-nous faire ?

À son ton, Mishani lui fit comprendre qu'elle n'avait nullement l'intention de bouger et encore moins de retourner dans le cœur du Donjon.

— Kaiku et Tane ont l'impératrice héritière, expliqua Asara. Nous devons les trouver. Cailin nous y conduira.

— Kaiku ? fit Mishani et elles s'en allèrent.

Une autre explosion gronda à travers le Donjon et fit trembler ses murs. Celle-ci ne provenait pas d'une bombe mais des réserves de poudre d'ignition dans les caves. Kaiku trébucha et tomba lorsqu'ils traversèrent un croisement entre deux couloirs, en plein dans le chemin d'un groupe de servantes terrorisées qui faillirent la piétiner. Un bruit de pieds qui couraient et d'armures qui cliquetaient s'ensuivit et Tane constata dans un frisson d'horreur qu'un groupe de gardes impériaux les rejoignait en courant. Il souleva le poids de Lucia sur un bras et se servit de l'autre pour attraper Kaiku et la traîner sur un côté, protégeant l'impératrice héritière avec son corps lorsque les gardes passèrent à côté d'eux à vive allure. Ils ne lui prêtèrent pas attention.

Les paupières de Kaiku tombaient derrière le bout de tissu qui lui cachait les yeux, sa tête pendillant en avant sur sa poitrine.

— Je ne peux pas continuer, fit-elle. Je suis si fatiguée.

Tane ne l'écouta pas. La fièvre qui avait gagné ses os ne semblait que renforcer sa détermination à ne pas se fatiguer, à le rendre plus impitoyable vis-à-vis de la fatigue, la sienne ou celle de Kaiku. Il avait beau transpirer et sa peau être tendue et jaunâtre, il ne s'autoriserait pas à succomber et se surmenait de plus en plus. Lâchant momentanément Lucia, il tira Kaiku pour qu'elle se relève. Elle gémit en guise de protestation.

— Du calme, siffla-t-il quand il entendit d'autres pas.

Il souleva Lucia, reposa la main de Kaiku sur son épaule et ils continuèrent.

Pour Kaiku, c'était une descente cauchemardesque qui devenait on ne peut plus familière. Les terribles brûlures, le vide absolu en elle après la libération de son *kana*, lui sapaient sa détermination de faire quoi que ce soit à part rester sur place et dormir. Un jour, à moins qu'elle n'apprenne à l'apprivoiser, cela signerait son arrêt de mort. Cela avait déjà dû signer l'arrêt de mort de Lucia et des espoirs du Libera Dramach. Elle suivit Tane en titubant, le détestant de l'obliger à courir ainsi alors qu'elle pourrait dormir, se détestant d'être aussi égoïste alors qu'il avait une enfant dans les bras qui pourrait mourir d'un instant à l'autre.

Tane avançait d'un pas assuré : après tant d'années à trouver son chemin dans les forêts, les couloirs ordonnés du Donjon ne représentaient aucun problème pour lui. Grâce à lui, ils descendirent rapidement dans les étages inférieurs en direction des quartiers des servants. Chaque nouvelle personne qu'ils croisaient faisait naître de la terreur en eux : toutes les paires d'yeux qui les jaugeaient pourraient reconnaître l'enfant qu'il transportait et ce serait la fin pour eux. Mais maintes et maintes fois la chance ne les abandonna pas et ils traversèrent le chaos sans être interpellés.

— Tane ! Kaiku !

Ils sursautèrent en entendant leurs noms mais leur grande inquiétude se transforma en soulagement quand ils reconnurent la voix. Ils s'arrêtèrent sur l'escalier étroit qu'ils descendaient et derrière eux surgirent Asara et Mishani. Des relents de fumée chaude s'élevaient d'en bas mais cela n'avait rien de surprenant : ils étaient presque dans les couloirs où attendait Cailin.

— Kaiku ? Es-tu blessée ? s'écria Mishani en voyant le bandeau autour de ses yeux.

Kaiku s'écroula mais Asara la rattrapa et la fit se redresser.

— Elle a utilisé son *kana*, expliqua Asara. Cela l'épuise. Elle a juste besoin de sommeil.

Les yeux de Mishani passèrent rapidement de son amie à l'enfant dans les bras de Tane puis au jeune homme. Il avait l'air malade. Son regard était gris et morne. Il avait peur pour l'impératrice héritière.

— Nous n'avons pas de temps à perdre, déclara Mishani, estimant que toutes les questions pouvaient attendre. On doit y aller.

Et sur ce, ils s'enfoncèrent dans les profondeurs des quartiers des servants. Des exhalaisons toxiques ondulaient en voiles minces le long du plafond. Ils entendaient vaguement des geignements et des appels à l'aide, au loin, même par-dessus le gémissement terne et prolongé qui avait assourdi les oreilles de Kaiku après qu'une bombe l'avait rendue à moitié sourde. Les murs n'étaient plus en bois verni ou en *lach* mais en brique brute. Des gravats jonchaient le sol à leurs pieds. Les gens qu'ils croisaient étaient crasseux de fumée et de transpiration, et la chaleur était quasi insupportable. Ils n'étaient pas aussi à l'étroit que la première fois que Tane et Kaiku étaient passés par là, car ceux qui avaient pu s'échapper l'avaient déjà fait, ne laissant derrière eux que les blessés et ceux qui avaient l'intention de les aider.

Ils commençaient à espérer pouvoir retourner dans le vieux Donjon où les attendait Purloch lorsqu'ils tombèrent sur trois gardes impériaux.

Ce fut de la pure malchance qui les mit sur le chemin des quatre compagnons et de la charge sur le dos de Tane. Les gardes avaient échappé à la bataille dans la salle du trône, découragés dans la confusion consistant à deviner qui était un allié et qui était un ennemi. Ils s'étaient enfuis dans les appartements des servants dans le but d'éviter le carnage au-dessus. Leur intention – s'ils devaient affronter un supérieur – était de lui expliquer qu'ils sortaient ceux qui étaient pris au piège dans les décombres fumantes, mais la malchance les avait mis nez à nez avec les kidnappeurs, et qu'ils soient traîtres ou loyaux, ils ne laisseraient pas l'impératrice héritière quitter le Donjon s'ils la reconnaissaient.

Tane, en tête, renversa les gardes tandis que ses compagnons se précipitaient dans une pièce carrée en pierre qui servait de jonction entre les corridors. Des séchoirs étaient accrochés au plafond et des vêtements pendillaient tour à tour, archi secs et tout plissés sous la chaleur. Les explosions avaient fissuré les briques marron des murs à certains endroits et le sol était jonché de poudre et de morceaux de pierre.

La présence des soldats les surprit tellement qu'ils ne purent dissimuler la culpabilité sur leur visage. Mishani constituait l'exception honorable mais ses efforts furent vains.

— Qu'est-ce ? s'enquit l'un d'eux, le fusil déjà braqué sur Tane.

Les deux autres levèrent leurs armes, plus de panique face à l'arrivée inopinée des nouveaux venus que pour parer à une éventuelle menace. Ils étaient nerveux car ils risqueraient leur peau si jamais leur lâcheté était découverte. Tous trois suaient comme des bœufs, cuisaient dans leur armure de métal, la laque blanc et bleu de leur armure zébrée de crasse.

— Elle est blessée ! s'écria Tane. Laissez-nous passer !

— Je vous ai vue dans la salle du trône, lança l'un des autres gardes, jaugeant Asara du regard puis Mishani. Vous aussi. L'impératrice vous a condamnée à mort.

Cette nouvelle ne fit réagir ni Tane ni Kaiku. L'esprit de Tane étudiait à cent à l'heure les options de fuite qui s'offraient à lui mais la fièvre le rendait léthargique. Kaiku était presque comateuse.

— Et vous devriez être avec elle, pas ici avec les servants, répliqua Mishani d'un ton doucereux. À moins, en fait, que vous ne soyez de faux gardes comme les traîtres qui ont essayé de prendre la vie de notre impératrice.

L'audace de Mishani fit trembler intérieurement Tane mais momentanément réfléchir les gardes. De toute évidence ils soupesaient leur loyauté, choisissaient la meilleure réponse à fournir à cette accusation.

— Cette fille, fit le garde qui avait parlé à Tane. Regardez ses vêtements. Ce n'est pas une servante.

— C'est l'impératrice héritière, dit le second, d'un ton que la menace rendait monotone.

— Ce n'est pas possible ! fit le troisième.

Le second plissa les yeux.

— J'ai été de service dans les appartements de l'impératrice héritière, c'est elle.

Tane sentit la nausée envahir son intestin lorsque le premier garde gratifia Mishani d'un sourire mielleux.

— En effet, dit-il. Alors Shintu nous sourit car cet enfant est un monstre et il doit mourir.

Il épaula son fusil, le braqua sans ambages sur Tane puis appuya sur la détente.

Rien ne se produisit. La poudre ne s'enflamma pas. Il avait des ratés.

Dans l'attente du coup de feu, tout le monde hésita à l'exception d'Asara. Elle avait parcouru en un éclair la distance qui la séparait du garde le plus proche, et son coude s'écrasa dans sa mâchoire tout en attrapant le canon de son fusil de l'autre main qu'elle lui arracha violemment. Il tira d'un coup sec et percutant, soufflant une écume de poussière grise du mur de pierre près de la tête de son compagnon, le propulsant brusquement en arrière dans un juron de panique. Tane poussa l'enfant dans les bras de Kaiku, trop faible pour la tenir, et toutes deux tombèrent à terre. Entre-temps, le garde qui avait raté sa cible avait dégainé son épée et mis son fusil de côté ; mais Tane l'attendait. Il se précipita sur la botte de l'épée du garde, l'attrapa par le bras, et le balança violemment contre le mur. Il n'y avait pas suffisamment de force derrière, et ses bras brûlés par la fièvre le lâchèrent. Le garde grommela et envoya un coup de genoux paré de son armure dans l'intestin de Tane. Cela lui fit mal mais ne lui coupa pas le souffle. Mishani ôta Kaiku du chemin et l'entraîna dans le coin de la pièce enfumée, laissant l'impératrice héritière inconsciente là où elle était tombée.

L'ennemi d'Asara lui opposait un combat plus conséquent qu'elle l'avait imaginé et si le premier coup qu'elle lui porta aurait achevé plus d'un homme, ce dernier était particulièrement coriace. Il la repoussa, s'efforça de mettre son fusil entre eux, mais elle le refoula d'un coup. Plus rapide et plus forte qu'elle n'en avait l'air, elle attrapa son avant-bras, le coinça sur son dos et le fit trébucher : il tomba dessus de tout son poids. L'os se brisa bruyamment, d'un coup sec, et son hurlement de douleur se tut d'un coup lorsque Asara lui envoya son pied au visage, écrasant les nerfs de son nez dans son cerveau.

Au même moment, Tane repoussa son ennemi vers Asara et lui fit perdre l'équilibre. Il était sur le point de lui donner un autre coup quand il avait l'avantage lorsque, du coin de l'œil, il constata que le troisième garde levait son fusil, et tenta de voir ce qu'il visait.

Sa première pensée était qu'il visait Kaiku mais elle était trop faible pour représenter une menace et avait toujours les yeux bandés. Mishani l'avait mise dans un coin, hors de portée, de sorte qu'on ne pouvait lui faire de mal. Ce n'était pas eux que visait le garde. C'était l'impératrice héritière, allongée par terre, sans protection, en plein milieu de la pièce.

Dans un juron, Tane se précipita sur le garde. Mais il était trop loin, et ne put éviter à temps qu'il appuie sur la détente, puis sur le chien, qu'il fasse exploser la poudre. En revanche, il eut le temps de se jeter devant lui.

La force fut semblable à celle de la main d'un géant le frappant en pleine poitrine, le foudroya, et le projeta sur le petit corps de Lucia, lui coupant le souffle dans une explosion d'agonie blanche. Il eut conscience qu'il tombait mais l'air s'était transformé en nuage de plumes et il eut la sensation de dériver tout doucement. Et si l'impact, quand il percuta le sol, lui fit plus de mal qu'il n'aurait pu l'imaginer à cette vitesse, il fut amorti par le choc qui s'était installé en lui.

Il entendit quelqu'un hurler son nom mais tout ce qu'il vit, c'étaient les formes idiotes et incompréhensibles du linge qui séchait au-dessus de lui, pendillant sur le séchoir et tanguant dans le brouillard de fumée.

Un fusil tira, fut amorcé, puis tira de nouveau. Deux corps tombèrent. Mishani et Asara se redressèrent brusquement à l'unisson pour trouver l'origine du bruit puis Yugi arriva, un fusil à la main, et Zaelis à ses côtés sur le pas de la porte. Les deux derniers gardes étaient allongés, inertes, sur le sol de pierre. Kaiku avait traversé la pièce tant bien que mal, ôtant son bandeau d'un coup, le désespoir faisant sortir sa force d'une réserve inexploitée, et elle hurla le nom de Tane. Il l'entendait à peine. Tous les bruits étaient devenus ternes, étouffés. Son corps était engourdi.

Mishani tira l'enfant de sous lui et la tendit à Zaelis. Son expression était sinistre lorsqu'il la regarda ; il échangea un coup d'œil avec Yugi. Ils avaient eu peur pour l'impératrice héritière lorsqu'ils s'étaient rendus sur les jardins sur le toit et avaient appris que Lucia avait été enlevée par Rudrec sur les ordres de Durun. Mais l'espoir était revenu lorsque Cailin les avait contactés puis dirigés là où se trouvaient les autres. À présent il voyait que Lucia était gravement blessée et l'espoir s'évanouit de nouveau. Les choses semblaient encore plus graves.

— Remets-le d'aplomb, Asara ! Remets-le d'aplomb ! pleurait Kaiku.

Asara se pencha sur elle. Elle regarda Tane. Ses yeux fixaient quelque chose au-dessus d'eux, scrutaient un point puis s'en détachaient frénétiquement. Sa peau bronzée était d'une pâleur mortelle. Un vif éclat de rouge et de noir trempait sa poitrine et à la façon dont il ruisselait sous lui, elle comprit que la balle du fusil l'avait carrément transpercé.

— Je ne peux pas, dit-elle.

— *Réanime-le* ! hurla-t-elle en le relevant et en le tenant dans ses bras.

Si elle avait possédé une once de *kana*, elle s'en serait servi, quelles qu'en furent les conséquences. Pour essayer de suturer sa blessure, de recoudre son ventre, de le faire redevenir entier. Elle avait fait si peu attention à lui, le pauvre homme ; il avait été son compagnon depuis qu'il l'avait trouvée dans la forêt, et elle ne lui avait rien donné en retour, s'était totalement fermée à lui. À cet instant, alors qu'elle le tenait dans ses bras, elle comprit qu'il était trop tard pour faire amende honorable. Ses larmes et sa voix avaient beau le nier, elle savait que son heure était venue, et aucun artifice de sa part ou de la part de qui que ce soit ne pourrait rien y faire.

Tane n'avait plus de souffle pour parler, même s'il avait les mots. Ses pensées étaient tournées vers l'intérieur, descendaient en vrille dans un vide comme de l'eau dans un égout, mais celles qu'il parvenait à saisir et à rassembler suffisaient à lui fournir les réponses dont il avait besoin. Tout ce temps, toutes ces questions, ces interrogations, cette incertitude, et tout ce dont il avait besoin, c'était d'avoir la foi. Il n'avait pas échoué. Il avait fait confiance à sa déesse, en dépit de tous ses doutes et de toutes ses peurs.

Pourquoi était-il ici ? Pourquoi l'avait-elle épargné des shin-shin, mis sur ce chemin pour accompagner les Aberrants ? Il le savait à présent, et la réponse était tellement claire qu'il s'émerveilla devant son ignorance de ne pas l'avoir vu plus tôt.

Elle l'avait envoyé ici pour mourir, à la place de l'impératrice héritière.

Je dois une vie aux dieux, songea-t-il, *et enfin je paie ma dette*.

Ses yeux se reposèrent sur Kaiku, dont les iris étaient aussi rouges que ceux d'un démon. Des yeux d'Aberrant mais qui n'en étaient pas moins magnifiques. Après tout, il s'était sacrifié pour une Aberrant, pour sauvegarder leur avenir. Et quand le désordre de son esprit se vida en tourbillonnant, il ne resta plus que la vérité. Elle était plus forte que ses croyances : l'impératrice héritière était précieuse pour le monde, même pour les dieux. Elle était importante pour eux tous. Si, en donnant sa vie, il l'avait sauvée, alors ça valait le coup d'abandonner.

Il se reput des traits de Kaiku qui le tenait dans ses bras et, même contorsionnés de douleur comme ils l'étaient, il ne baisserait pas les yeux, pas même lorsqu'ils semblèrent disparaître, et sous eux se trouvaient des mailles de fibres dorées, une brillance et une extase comme il n'en avait jamais imaginé. Il avait fait son travail et l'avait bien fait ; et les Champs d'Omecha l'attendaient pour l'accueillir dans leur magnificence.

Et malgré le ressentiment qu'il put éprouver pour n'avoir été qu'un pion sur l'échiquier des dieux, un sacrifice pour quelqu'un d'autre, au moins ils le laissaient mourir dans les bras de la femme qu'il aimait.

34

Ils s'échappèrent d'Axekami à la tombée de la nuit, passant par la porte sud à la faveur de l'obscurité. C'était plutôt simple. Tous les regards étaient braqués sur le Donjon et la porte est, par laquelle affluaient les armées des Blood Batik dans la cité. Des incendies continuaient à faire rage, sans être maîtrisés, dans la grande pyramide tronquée qui enveloppait la plus haute colline d'Axekami. Les émeutes avaient redoublé en voyant l'édifice, figure de proue de la cité, éructer de la fumée et étinceler de flammes dans l'obscurité grandissante. Et les forces des Blood Batik avaient sauvagement riposté. Parmi tout cela, personne ne remarqua un chariot couvert avancer vers la porte sud paisible. Les sentinelles avaient des ordres, naturellement, mais, bizarrement, après avoir échangé quelques mots avec la femme encapuchonnée assise près du chauffeur, le chariot passa et les kidnappeurs sortirent d'Axekami qu'ils laissèrent bouillonner dans sa propre colère.

À trois kilomètres au sud de la cité, ils quittèrent la route pour gagner une carrière abandonnée. Ils y laissèrent le chariot et prirent sept des douze chevaux qui les attendaient dans la carrière. L'homme qui les leur avait réservés regarda l'enfant d'un air inquiet quand elle passa dans les bras de Zaelis.

— C'est elle ? demanda-t-il avec déférence, les yeux brillant au clair de lune ourlé de vert.

L'air était chargé ce soir et les poils fins sur leurs peaux se hérissaient. Demain ou après-demain… la tempête lunaire ne tarderait pas à frapper. Ils devraient voyager dur pour la distancer.

— C'est elle, confirma Zaelis. Nous devons y aller. Chaque minute perdue la rapproche de la mort.

L'homme déglutit et opina du chef puis les observa s'en aller dans la clairière par voie de terre. Il retourna dans la hutte toute branlante où il s'était abrité ces derniers jours et qui appartenait autrefois au chef d'équipe de cet endroit triste. C'était l'un des nombreux arrêts le long de la route dont se serviraient les kidnappeurs pour échanger les chevaux. La vitesse était capitale car tous leurs plans reposaient sur un seul facteur – les kidnappeurs disparaîtraient avec l'impératrice héritière sans laisser aucun indice derrière eux. Même les montures fatiguées qu'ils laissaient seraient soigneusement cachées jusqu'à ce qu'elles retrouvent leurs forces. Si leur fuite était remarquée et qu'ils étaient suivis, le Bercail se retrouverait en grand danger et beaucoup trop de vies innocentes étaient en jeu pour prendre ce risque. La majorité de la populace n'était même pas au courant de cette mission et ignorait les tractations qui se tramaient dans les terres accidentées de la faille ; le Bercail n'était pas préparé et incapable de se défendre contre les puissances des Forces impériales. Il se demanda s'ils avaient réussi à voler l'enfant sans que personne ne le sache ou si, en ce moment, des armées ne sortaient pas de la capitale à leur poursuite.

Il essaya de dormir, en vain. Ce ne fut que vers l'aube qu'il commença à somnoler et ses rêves furent animés et troublants. Lorsqu'il se réveilla le lendemain matin, il ne savait pas très bien ce qui provenait de son imagination et de la réalité ; mais une image l'obséda et refusa de disparaître comme il est généralement de mise avec les cauchemars.

Il aurait pu jurer sur les dieux qu'il avait vu des choses avancer à la lisière de la clairière, juste avant l'aube. Des choses avec des pattes en forme d'échasses et des yeux brûlants comme des lanternes.

Ils voyagèrent difficilement, toute la matinée. Lorsque Zaelis proposa enfin de faire une pause, leurs chevaux étaient couverts d'écume, les flancs fumants et les babines tachetées de bave. Ils avaient complètement quitté la route, et s'enfonçaient dans les plaines doucement vallonnées et les collines sans chemins de la campagne de Saramyr. Ils s'abritèrent sous les immenses rameaux anciens d'un arbre jukaki qui se dressait en solitaire sur une colline et là, ils se reposèrent. L'air grouillait d'insectes et le soleil cognait fort sur l'herbe, éclaircissant les couleurs du monde. C'était une journée d'une beauté incongrue, qui ne s'accordait pas à leur humeur.

Kaiku s'endormit à la minute où elle mit pied à terre. On l'avait fait voyager au-delà de ses forces et elle avait failli tomber de la selle à plusieurs reprises. Elle avait retenu la vague d'inconscience beaucoup trop longtemps. Yugi fit un feu pour cuisiner. Zaelis étendit Lucia sur l'herbe et Cailin et lui s'accroupirent à ses côtés. Mishani, Asara et Purloch s'assirent à l'ombre, fatigués et pleins de courbatures.

Ils l'avaient fait. Ils avaient dérobé l'impératrice héritière sous le nez de la famille impériale et personne ne les avait vus. En tout cas personne de vivant. La chance avait rendu leur timing parfait. Les explosions dans le Donjon et le coup d'État des Blood Batik, le fait que Durun avait délibérément emmené Lucia et Anais en cachette, de sorte que personne ne savait où ils se trouvaient quand il les avait tuées ; il était tout à fait possible que les gardes impériaux ne s'étaient toujours pas rendu compte de la disparition de l'impératrice héritière et croyaient qu'elle était cachée quelque part dans le Donjon. Au milieu des décombres, les kidnappeurs avaient enlevé l'enfant sans laisser aucune piste.

Et pourtant cela n'avait pas le goût de la victoire car l'enfant était étendue sur l'herbe entre la vie et la mort. Si elle mourait, tout cela n'aurait servi à rien.

Lucia, en haillons, respirait superficiellement. Une grande partie de ses épais cheveux blonds avait disparu et les bords des fibres survivantes étaient légèrement roussis de noir et se cassaient au premier contact. Lorsque Zaelis lui dégagea soigneusement le visage, ils virent les terribles brûlures sur le haut de son dos et dans sa nuque, la peau craquelée et suintant.

— Pourquoi est-elle comme ça ? s'enquit-il doucement. Pourquoi ne se réveille-t-elle pas ?

— Les brûlures sont profondes, expliqua Cailin. Touchent la colonne vertébrale.

— Vous ne pouvez pas la soigner ?

Cailin secoua la tête. Même sans son maquillage sinistre, elle était pleine de grâce et de gravité.

— Je n'ose pas. C'est une créature sans précédent. Nous devons espérer que sa force tiendra jusqu'à ce que nous retournions au Bercail.

Elle jeta un œil à Kaiku, pelotonnée et endormie. Sans elle, l'enfant serait morte. Et pourtant à cause d'elle l'enfant risquait malgré tout de mourir. Cailin refusait de prendre en compte la responsabilité qu'elle partageait en ayant demandé à Kaiku de venir alors qu'elle savait combien ses pouvoirs étaient dangereux.

Mishani était exténuée et mal en point pour des raisons qui dépassaient même l'inquiétude que lui inspiraient Kaiku et l'état de Lucia. Elle avait été condamnée à mort par l'impératrice au vu et au su de nombreux gardes impériaux. Peu importait qui prenait le trône, certains gardes seraient encore en vie pour véhiculer la nouvelle. Tout cela parce que son père avait changé d'avis. N'était-ce pas cela qu'elle avait autrefois aimé dans la cour : il vous suffisait de fermer les yeux un instant et tout changeait ? Eh bien oui, en effet, et cela avait failli lui coûter la vie. Et lui avait sûrement coûté sa famille. Il n'y avait pas de retour en arrière, il n'y en avait jamais eu. Pas à la cour, pas à la baie de Mataxa. Elle était une paria.

Elle regarda Kaiku, dont le visage était calme dans son sommeil. *Mais au moins je ne suis pas seule*, songea-t-elle. Et, en cela, elle trouva un minimum de réconfort.

Ils cuisinèrent, mangèrent et se reposèrent, utilisant les vivres dans les sacoches des selles des chevaux. Zaelis versa du miel chaud dans du lait qu'il mit dans la bouche de Lucia et fut satisfait qu'elle avale par réflexe. Il ouvrit doucement ses yeux qui réagirent à la lumière. Mais elle ne voyait rien ; elle semblait morte intérieurement, s'être isolée par réaction à la douleur que provoquaient les brûlures. Une chose si sensible, si fragile…

— Je dois y aller, fit une voix derrière son épaule. Il leva les yeux et vit Purloch.

— Je comprends, répondit il. Vous avez mes remerciements, et les siens. Vous avez fait quelque chose de courageux, nous amener au Donjon et en nous en faire ressortir.

Purloch hocha la tête, peu convaincu. Le voyage dans les égouts avait été extrêmement pénible mais heureusement il n'y avait pas eu de maku-sheng lorsqu'ils en étaient ressortis. Ses nerfs étaient fragiles et en miettes et il se sentait étrangement vide. Sans lui peut-être Lucia aurait-elle bien grandi, aurait-elle appris à cacher ses pouvoirs et aurait pris le trône. Sans lui.

— J'ai payé ma dette, dit-il. (Ces mots semblaient creux mais il les dit malgré tout. Son courage connaissait des limites, qu'il avait atteintes.) Je vais me retirer, je pense, et aller à l'est. Vous ne me reverrez plus.

— Bonne chance, répliqua Zaelis.

— À vous aussi, fit Purloch, sincère.

Il jeta un coup d'œil furtif à l'enfant blessée, prit un cheval et s'en alla par les collines.

Puis, trop tôt, ce fut de nouveau l'heure de repartir. Ils éteignirent le feu et réveillèrent Kaiku qui avala quelques morceaux de nourriture avant de remonter. Elle était toujours extrêmement faible mais ses quelques heures de repos lui avaient fait le plus grand bien. Ils éperonnèrent leurs chevaux et galopèrent vers le sud, en direction de la faille de Xarana, en lieu sûr.

Ils changèrent de cheval dans la soirée, et voyagèrent tard dans la nuit. Kaiku avait peu de souvenirs car elle somnolait dans la semi-inconscience et son corps avait du mal à tenir droit sur la selle. Mishani avançait à côté d'elle, craignant constamment qu'elle ne tombe. C'était dangereux de voyager ainsi mais ils ne pouvaient se permettre que quelqu'un monte son cheval comme l'avait fait Asara à Fo ou que quelqu'un monte avec elle. Ils ne pouvaient se permettre de ralentir le pas pour personne.

Ils campèrent de nouveau à l'abri d'un affleurement bas et protégé et firent un petit feu, certains qu'on ne le verrait pas de loin. Ils n'avaient aucunement besoin de se réchauffer vu la chaleur de la nuit mais ils devaient cuisiner et firent bouillir de l'eau. Yugi possédait des herbes qui soit les aideraient à dormir d'un sommeil profond, soit les tiendraient éveillés et les feraient rester vigilants, selon qu'ils faisaient le guet ou non. Il but une grosse quantité d'herbes pour rester éveillé, sachant qu'il ne dormirait pas tant qu'ils ne seraient pas rentrés au Bercail. Asara veilla avec lui car elle n'avait besoin que de peu de repos et était parfaitement capable de s'en passer. Les autres s'allongèrent sous les triangles des lunes qui se dessinaient dans le ciel du nord et tombèrent dans l'oubli.

Il fallait plusieurs jours pour aller de la lisière nord de la faille à Axekami en voyageant à une vitesse normale. Zaelis estimait qu'ils pourraient le faire en deux jours, ce qui remettait l'heure de leur arrivée sur les terres accidentées aux alentours de la tombée de la nuit le lendemain. L'état de l'impératrice héritière empirait : elle devenait fiévreuse, pâle, frissonnait et marmonnait. Si Tane avait été là, il aurait pu se servir de sa grande connaissance des herbes pour soulager ses brûlures, pour nettoyer la plaie et éviter qu'elle ne s'infecte, mais ils ne disposaient pas d'un tel savoir et même les connaissances de Yugi ne s'étendaient qu'à quelques infusions simples. Ils ne pouvaient que mouiller le front de l'enfant et déchirer des morceaux de vêtements pour recouvrir la chair brûlée sur sa nuque. Cailin envoya un message aux sœurs du Bercail et leur demanda un physicien et des hommes qu'ils retrouveraient à la lisière nord de la faille de Xarana ; mais en regardant l'impératrice héritière, elle doutait que l'enfant pût tenir aussi longtemps.

Le lendemain fut tourmenté. Le cheval de Mishani se cassa une patte dans un terrier de lapin et la fit tomber. Elle ne fut pas blessée mais le cheval dut être abattu. Elle monta alors avec Kaiku, qui était redevenue elle-même après une nuit de repos, bien qu'elle parlât peu et pleurât parfois en pensant à Tane. Ils furent contraints de ralentir quelque peu le rythme mais Mishani était très légère et le cheval était encore fort et reposé, ce qui faisait très peu de différence.

Vers midi, l'œil de Nuki était d'une intensité abominable et Mishani attrapa une insolation qui la rendit patraque. Zaelis ne s'arrêta pas, même pour manger. Lui-même commençait à avoir des coups de soleil sur le nez et les joues mais il poursuivit la route, estimant que leurs petits désagréments n'étaient rien par rapport à la vie de l'impératrice héritière.

Quand le crépuscule tomba, ils étaient affamés et exténués et Lucia respirait péniblement et superficiellement. Dans une terreur croissante, ils contemplèrent le disque blanc et terne d'Aurus surgir indistinctement derrière eux, et la petite Iridima, claire, décrire un arc depuis l'ouest, que Nerryn chassait à un rythme plus rapide. L'air commençait à se tendre et à revêtir une odeur forte, piquante et métallique. Des nuages filaient à toute allure, surgis visiblement de nulle part, en direction du nord et en contradiction avec la brise.

Ils étaient parvenus à la périphérie de la faille de Xarana lorsque la tempête lunaire finit par les frapper.

Elle s'annonça dans un hurlement qui fit gémir les chevaux et les effaroucha, le bruit de l'air déchiré par des pesanteurs conflictuelles. Des éclairs pourpres vacillèrent entre les nuages, déchiquetés dans le maelström de forces invisibles, haut dans l'atmosphère. La terre s'éleva brusquement autour d'eux, de gros contreforts de rochers délogés par le cataclysme ancien qui avait englouti la cité de Gobinda et la lignée des Cho. Le temps avait poli les lisières d'herbe, de terre et d'érosion, mais on pouvait encore repérer les frontières à l'œil, l'endroit où la terre non accidentée descendait brusquement dans le chaos. Ils gagnèrent son abri en entendant le hurlement des sœurs lunes au moment même où les premiers crachats de pluie chaude se mirent à parsemer la terre. En quelques minutes, cela se transforma en déluge, et le ciel s'ouvrit pour leur offrir sa charge violente. Zaelis s'empressa d'envelopper l'enfant qu'il tenait sur ses genoux dans une couverture mais il ne leur permettrait pas de ralentir. Ils filèrent entre des rochers énormes, glissèrent le long de pentes superficielles qui se transformaient déjà en boue et disparurent dans le labyrinthe de la faille.

Une obscurité totale était tombée lorsqu'ils s'arrêtèrent dans une clairière entourée d'immenses bâtiments qui s'accroupissaient autour d'eux comme des ogres de pierre mythique. Une lumière pourpre et sinistre tremblotait sur le paysage, suivie par un hurlement furieux du ciel. Mishani, qui était sur le cheval de Yugi pour que celui de Kaiku se repose, tressaillit en entendant le bruit.

— Pourquoi nous arrêtons-nous ? cria Kaiku par-dessus le bruit de la tempête, de l'eau ruisselant sur ses joues et son menton.

Zaelis fit pivoter sa monture et parcourut le chemin du regard, scrutant les rochers.

— Cailin ? s'enquit-il.

— Ils nous retrouvent ici, confirma-t-elle. Le physicien, et les brancardiers. Ils ne sont jamais en retard.

— *Ils le sont*, pourtant, lança-t-il.

— Je sais, répondit-elle d'un ton neutre.

Le bruit d'Asara amorçant la culasse mobile de son fusil traduisait clairement leurs inquiétudes sans qu'ils n'aient besoin de les exprimer avec des mots. Yugi regarda nerveusement autour de lui.

Les yeux de Kaiku se posèrent sur un petit ruisseau qui coulait doucement dans une minuscule flaque que formait la cuvette du rocher en contrebas. Elle aurait été incapable de dire quel instinct lui avait fait plisser les yeux et regarder de plus près mais, à cet instant, un éclair sinistre tremblota dans la nuit et elle vit que l'eau de pluie claire était mélangée à quelque chose de plus sombre, affluant de quelque part derrière le rocher. Dans la faible lumière, il était impossible de deviner ce que c'était, mais elle le reconnut à ses remous lents et paresseux dans la flaque. Du sang.

— Vos hommes sont morts, Zaelis ! cria-t-elle tandis que tous ses sens lui hurlaient de s'en aller d'ici. C'est un piège ! Partons !

Peut-être était-ce la conviction dans sa voix ou le fait qu'ils étaient tous à cran mais ils réagirent sur-le-champ, sans réfléchir. Ce fut ce qui leur sauva la vie.

Ils sortirent de la clairière à toute allure au moment même où les shin-shin surgirent d'un bond de leur cachette. Les deux démons qui restaient filaient déjà le long des rochers, leurs yeux étincelants concentrés sur leur proie tandis que leurs pattes grêles en échasse les propulsaient rapidement sur le terrain accidenté. Des éclairs crachaient sur eux de la lumière pourpre, découpant leurs silhouettes sur les lunes agglutinées, puis l'obscurité retomba et il n'y eut plus que les deux feux de leurs yeux quand ils s'en prirent à l'impératrice héritière.

— Dispersez-vous ! hurla Cailin en tenant les rênes de sa monture dans une main et en tirant violemment dessus pour éviter de glisser sur la boue mouillée et de s'écraser sur un gros rocher qui se dressait devant elle. Les pierres accidentées fournissaient un millier de routes à suivre et quiconque pouvait se perdre à jamais dans ce labyrinthe. Mais ce n'était pas ça qui inquiétait Cailin. S'échapper était le seul choix qui s'offrait à eux. Elle ne pouvait pas les protéger contre quatre shin-shin sans que ses sœurs ne l'aident.

Zaelis fit tourner son cheval, aspergeant ses flancs d'eau de pluie, et voûté sur Lucia, il l'éperonna dans un passage étroit entre deux énormes morceaux de granite. Kaiku emprunta elle aussi ce chemin. Asara n'eut pas le temps de prendre de la vitesse et de se faufiler derrière eux ; elle se dirigea donc vers une petite pente boueuse en contrebas. Yugi la suivit avec Mishani. Cailin emprunta une autre route.

Le ciel hurlait, comme dans une fureur contrariée, et Kaiku se voûta pour se protéger de sa fureur, tout en cherchant à maîtriser sa monture. Zaelis avança à une vitesse imprudente, esquivant de justesse les rochers et les arbres, tandis que la pluie conspirait pour les aveugler de coups de vent mouillés. Par deux fois, il faillit cogner le crâne de Lucia contre une saillie de pierre impitoyable car elle était agrippée à sa poitrine, sa tête pendillant sur le côté. Kaiku était uniquement concentrée sur le dos de Zaelis et se repérait en fonction de ses mouvements. Elle osait à peine respirer quand elle traversa rapidement des fossés qui menaçaient d'écraser ses rotules et elle ne pouvait se permettre de perdre une seconde pour regarder en arrière et voir où étaient les shin-shin.

Vous ne m'aurez pas maintenant, songea-t-elle en elle-même avec une agressivité surprenante. *Je vous battrai et je recommencerai.*

Ils surgirent dans une petite étendue d'herbe plate, détrempée et marbrée de pierres. Avançant vers une lisière d'arbres devant elle, Kaiku trouva quelques moments de répit pour regarder derrière son épaule.

Elle en distingua trois : un qui filait sur le sol derrière eux et deux qui filaient entre les roches et les affleurements qui formaient les parois du labyrinthe que traversait leur proie. Ils étaient comme des ombres vivantes, de maigres morceaux d'obscurité sur lesquels l'œil refusait de se poser, fendant la pluie à une vitesse insectile.

Elle entendit Zaelis crier devant elle. Le quatrième shin-shin avait surgi des arbres et leur bloquait le chemin, se dressant sur ses pattes échasses dans un hurlement. Le cheval de Zaelis hennit et fit une embardée pour éviter le démon. Ses sabots dérapèrent sur un morceau de pierre glissante et Kaiku le regarda, horrifiée, se tordre et tomber. Zaelis, protégeant Lucia avec son corps, prit le plus gros du choc. Kaiku entendit le craquement de la jambe de Zaelis, écrasée sous le flanc du cheval. Il hurla de douleur mais Kaiku fonçait déjà sur lui et sauta de sa selle.

— Donnez-la-moi ! hurla-t-elle, désespérée, ralentissant le plus possible.

Zaelis, comprenant vaguement dans le brouillard de son agonie, souleva l'enfant le plus loin possible et Kaiku l'attrapa, le poids de la petite fille mourante s'écrasant dans ses bras et la faisant presque basculer de sa selle. Elle le ramena au pas, se redressa et se retrouva face au shin-shin qui avait surgi des arbres. Elle prit un seul souffle…

… et le fusil d'Asara claqua d'un coup sec dans le ciel nocturne ; la force du coup fit sauter le shin-shin. Il se débattit par terre, ses pattes en échasses donnant des coups convulsifs. Ses trois compagnons regardèrent d'où avait été tiré le coup et l'un d'eux prit feu dans un hurlement. Cailin était là, surgie d'un autre trou dans les rochers, les yeux étincelant de rouge.

— *Partez* ! rugit Zaelis, sa voix rauque surgissant sous la douleur tandis que son cheval se relevait brusquement et le laissait par terre.

Kaiku n'eut pas besoin qu'on le lui répète deux fois. Elle éperonna violemment sa monture qui s'en alla en bondissant vers les arbres, pourchassée par le hurlement ronflant de la tempête et sous l'œil des lunes sœurs qui l'observèrent s'en aller.

Elle s'enfonça dans l'obscurité, dans l'humidité des sous-bois, où chaque ombre était un visage dur de bois et chaque faux pas lui promettait une fin brusque. Ses oreilles s'emplirent du sifflement sinistre des branches qui s'agitèrent sous l'attaque du ciel, cinglant ses épaules quand elle passa. Elle ne se servait que d'une main pour avancer, son autre bras étant replié sur Lucia, la tête de l'impératrice héritière bringuebalée contre sa poitrine.

Le sol se déroba brusquement sous elle et son cheval réagit le premier, se retournant pour prendre une pente au meilleur angle possible. Kaiku s'agrippa bien sur sa monture qui glissait et dérapait à travers les arbres et les rochers, et visiblement, la chance n'était pas au rendez-vous ; toutes les collisions évitées de justesse et les sauts de côté les rapprochaient de plus en plus du moment où ils entreraient dans un arbre et où elle serait fracassée comme une petite poupée.

Et pourtant, quelque part, la pente abandonna avant son cheval et ils surgirent comme un bolide dans une ravine étroite, au fond de laquelle coulait un ruisseau. Ils traversèrent l'eau peu profonde à pas lourds, projetant des nuages de gouttelettes derrière eux. Kaiku savait que, désormais, plus personne ne pourrait les aider. Les autres n'avaient sûrement pas dû les suivre jusque-là, et risquaient encore moins de la retrouver. Son seul espoir était que les autre shin-shin aient subi le même destin que celui que Cailin avait brûlé ; mais elle ne préférait pas traîner pour en avoir le cœur net. Que ce soit elle ou son fardeau que poursuivait le shin-shin, elle s'enfuit.

Les parois de la ravine semblaient s'étrécir et, lorsque la tempête hurla contre les parois, elle hurla avec elle tant le bruit était amplifié et assourdissant le long de ce corridor de pierre. Ses yeux se plissèrent pour voir sous la pluie battante mais elle ne vit presque rien et n'avait aucune idée de la direction qu'elle prenait, si c'était un terrain plat, ou une falaise qui l'enverrait vers sa mort.

Ce fut la falaise. Un instinct la mit en garde, une partie d'elle inconsciente qui reconnut le changement dans l'agitation de la tempête au-dessus et elle ramena sa monture au pas, tellement fort qu'elle contusionna sa gueule. L'étalon gémit de douleur et chercha à s'arrêter au plus vite. Kaiku se cala sur sa selle et serra Lucia bien fort pour éviter qu'elle ne bascule par-dessus l'encolure du cheval et ne fasse sa chute fatale sur les cimes des arbres éclairées par les lunes. Les sabots dérapèrent sur les pierres mouillées et Kaiku eut un haut-le-cœur en réalisant qu'ils ne s'arrêteraient peut-être pas à temps. Mais sa monture retrouva assez de prise et ils s'arrêtèrent à quelques centimètres du précipice. Kaiku contempla le paysage enténébré si loin en contrebas, et son estomac se retourna à l'idée de dégringoler dans cet espace infini, les rochers déchiquetés de la falaise déferlant près d'elle, les averses cinglant son visage, la propulsant violemment vers le sol en dessous…

Tirant violemment sur les rênes, elle fit reculer l'étalon et regarda pardessus son épaule. Deux des démons fantômes tombèrent des cimes des arbres dans la ravine derrière elle, leurs yeux-lanternes s'attardant fixement sur l'enfant dans ses bras.

— Vous ne l'aurez pas ! cracha Kaiku dans le vent qui hurlait. Puis son cheval tira vers la gauche, contre les rênes, et elle remarqua que la ravine s'était suffisamment effritée sur le bord de la falaise pour former une pente instable et déchiquetée dont elles pourraient se servir pour sortir. Le cheval voulut l'essayer, motivé par la terreur que lui inspiraient les choses derrière eux, mais Kaiku se ravisa. Ses sabots n'étaient pas équipés pour un terrain aussi accidenté. Mais ses pieds l'étaient.

Elle descendit d'un coup de son cheval et balança Lucia sur son épaule comme un sac. Elle avait mal aux bras et aux jambes et l'enfant avait besoin qu'on la traite plus délicatement mais elle n'avait pas le temps d'être douce.

— Vous ne l'aurez pas ! hurla-t-elle de nouveau. Et la tempête lunaire entonna une mélopée funèbre en guise de réponse. Sur ce, elle gravit non sans mal la pente accidentée à quelques centimètres du précipice à sa droite. Un mince film d'eau glissait à toute allure sous ses pieds et, par deux fois, elle chancela et dut s'aider avec sa main pour ne pas perdre l'équilibre mais elle gagna le rebord de la ravine et constata que des arbres s'entassaient au bord du précipice. Les poumons brûlants, elle se précipita dans l'abri obscur des branches même si elle savait, par les shin-shin, qu'ils ne l'abriteraient pas du tout.

Son souffle n'était plus que halètements et son cœur battait dans ses tempes quand elle avança dans les enfers des arbres, obscurs et détrempés. Elle ne pouvait pas les distancer aussi facilement ; elle pouvait seulement espérer se cacher jusqu'au point du jour ou souhaiter que de l'aide arrive. Une pensée extravagante lui vint à l'esprit. Si elle parvenait à trouver un ipi, comme Asara la première fois qu'elle avait rencontré les shin-shin… mais les ipi ne se trouvaient que dans les forêts profondes et celle-ci n'était qu'une bordure dense de région boisée.

Tu ne peux pas te cacher. Tu ne peux pas les distancer. Réfléchis !

Son cerveau voltigeait en traître avec son *kana*, cette chose latente tapie en elle qui lui faisait si mal. Bien qu'elle pût s'en servir en dernier recours, tout en sachant qu'il avait failli tuer Asara et pourrait même être responsable de la mort de la petite fille qui sursautait sur son épaule, elle savait que cette option ne s'offrait même pas à elle. Elle ne s'était pas reposée suffisamment depuis la dernière fois qu'il s'était libéré ; il n'y avait rien en elle qui puisse l'encourager. Elle s'était épuisée toute seule.

Cette fois, il n'y aurait aucun sursis.

Les arbres se retirèrent brusquement, la débarquant sur un haut plateau plat de rochers battu par la pluie qui saillait dans le ciel nocturne. Les trois lunes lui lancèrent un regard noir, déployées juste au-dessus de sa tête, leurs bords se chevauchant dans un amas de nuages bouillonnants et de dents irrégulières d'éclairs pourpres. Leur luminescence dessinait des reflets mouillés sur la pierre froide à ses pieds. Elle s'arrêta en chancelant.

— Non… murmura-t-elle mais même à cette distance elle pouvait voir qu'elle s'était coincée toute seule. Le plateau de rochers s'achevait sur un autre précipice ; elle voyait, à la courbe que décrivait son bord, qu'il l'entourait complètement. Elle s'était enfuie le long d'un promontoire qui se rétrécissait régulièrement et d'où il n'y avait qu'un seul moyen de s'échapper : retourner de là où elle venait.

Elle entendit le shin-shin gémir dans les arbres derrière elle et se retourna d'un coup, terrorisée. Elle n'avait pas le choix.

Frénétiquement, elle traversa le rocher nu jusqu'à son rebord. Peut-être y avait-il un moyen de descendre, peut-être n'était-ce pas aussi désespéré que cela paraissait. S'il y avait ne serait-ce qu'un lac ou une rivière, peut-être oserait-elle sauter…

Mais le précipice donnait sur un tas de rochers en contrebas, une gueule de dents mouillées et accidentées qui attendaient, affamées.

Elle se retourna d'un coup, la silhouette molle de Lucia dans ses bras enveloppée d'une couverture trempée, mais elle savait ce qu'elle verrait avant même de regarder. Les shin-shin étaient là, sortant des arbres à pas de loup, tous les trois. La créature sur laquelle Asara avait tiré n'était pas restée sous l'eau et ils avaient échappé à Cailin avant qu'elle ne pût leur faire plus de mal. Ils rôdaient sous la lune, leurs corps se balançant entre leurs pattes échasses, leurs yeux jaunes étincelant comme des bijoux en feu.

Kaiku serra l'enfant très fort, sentant le petit cœur de Lucia battre contre sa poitrine. Les créatures avaient ralenti, sachant que leur proie était impuissante et à leur merci. Kaiku prit un souffle trépidant et regarda l'inclinaison derrière elle, la pluie tombant pour clapoter sur la pierre en contrebas.

Ce n'est pas si mauvais de mourir, se dit-elle, se rappelant ce qu'elle avait dit à l'impératrice. Mais elle avait encore tant à accomplir. Un serment non tenu, une nouvelle vie à commencer. Elle ne voulait pas mourir ici.

Lucia s'agita contre elle, gémissant.

— Chut ! murmura-t-elle sans quitter des yeux les démons qui approchaient tranquillement. (Elle trouva le rebord du précipice avec son talon.) Je ne les laisserai pas t'emmener, Lucia.

Le vent la fouettait et la tourmentait, la tirait, et elle crut que plus jamais elle ne sentirait le vent sur son visage et eut envie de pleurer.

Les shin-shin se raidirent brusquement, paralysés. Ils tournèrent la tête vers le ciel et s'élevèrent sur leurs pattes souples comme s'ils humaient l'air. Kaiku les dévisagea dans un mélange de perplexité et de terreur. Que se passait-il ?

Un coup de vent souffla des trombes d'eau sur le plateau de rochers et quelque chose sembla miroiter en même temps. Cela se produisit si vite que Kaiku se demanda si ça s'était réellement passé ; mais les shin-shin réagirent, leurs regards se posant là où le miroitement avait eu lieu. L'un d'eux recula d'un pas, hésitant.

Kaiku regarda derrière elle très rapidement, brusquement convaincue qu'il se passait quelque chose qu'elle ne pouvait voir ; mais il n'y avait que le visage immense et marbré d'Aurus, semblant assez gros pour engloutir le vide et, à côté d'elle, le disque blanc d'Iridima avec les fissures et les lignes bleues qui creusaient des rigoles sur sa peau, et caché tant derrière qu'entre eux, dépassant, la boule vert clair de Neryn.

Elle se retourna, et haleta. Car à présent elle *distinguait* quelque chose, une vague iridescente qui semblait flotter dans l'air. Sous ses yeux, le scintillement fondit et se scinda en trois. La tempête lunaire hurla de fureur derrière elle et les pattes pointues des shin-shin tapotèrent la pierre quand ils reculèrent de quelques pas en ricochant, leurs têtes pendillant de confusion.

Les perturbations prenaient forme à présent, se dressant de manière imposante pour faire le double de la taille de Kaiku. Lentement, la pluie étincelante devint cohérente, prit forme à partir des gouttelettes d'eau qui tombaient et fusionnaient pour former une masse spectrale.

L'air même semblait se calmer à mesure que les esprits se formaient, et le souffle de Kaiku se bloqua dans sa poitrine.

Elles étaient minces, mais des cascades volumineuses de cheveux, telles des plumes, dégringolaient dans leurs dos, et irradiaient une lumière fraîche et froide. De longues robes, à la fois sublimes et en haillons, enchevêtrées autour de leurs chevilles et de leurs poignets, des morceaux de tissus tournoyant et des ornements étranges qui se balançaient à mesure qu'elles avançaient. Leur peau était trop tendue, s'étirant sur eux comme pour parodier une forme humaine. D'aspect, c'étaient des femmes mais d'une apparence terrifiante, leurs traits bougeant et fondant comme le reflet des lunes dans une flaque trouble. Elles semblaient émaciées tout en étant légèrement *lissées*, leurs jointures et angles trop courbes, pas assez proéminents, comme des personnages en cire qu'aurait adoucis la chaleur du soleil. De longs ongles crochus saillaient de mains minces et cruelles. Elles posèrent les yeux sur Kaiku et sur l'enfant et, dans leur regard, brillait la malice, une méconnaissance de l'objectif qui affaiblit le corps de Kaiku et dessécha son âme. Cela revenait à regarder l'éternité, et à ne voir que du vide.

Pourtant, dans sa terreur, elle savait parfaitement qui elles étaient, car des légendes en parlaient longtemps avant qu'elle ne soit née. Elles ne venaient que lors de nuits comme celle-ci, parfois pour assouvir une vengeance, parfois par pure méchanceté, d'autres fois pour soigner, protéger et sauver. Leurs motivations dépassaient les capacités humaines ; elles étaient folles comme les loups qui avaient hurlé sur leurs maîtresses les nuits les plus obscures. Les esprits de la tempête lunaire. Les Enfants des Lunes.

Elles se tournèrent vers les shin-shin et les démons fantômes se retirèrent avec méfiance, s'aplatissant de soumission. Mais les Enfants des Lunes ne se calmaient pas aussi facilement. Les shin-shin vagirent et se contorsionnèrent, et Kaiku fut consternée de voir que les créatures qu'elle avait tant redoutées se rabaissaient devant ces femmes-esprits monstrueuses, combien l'importance du pouvoir des Enfants des Lunes devait être supérieure. Les shin-shin semblaient avoir perdu leur arrogance de démons, et rampaient, impuissants, à mesure que les esprits s'approchaient d'eux. Des épées claires surgirent de sous les robes incandescentes en lambeaux. Les shin-shin répondirent dans une frénésie mais, comme des papillons épinglés, ils ne purent que battre l'air. Ils ne pouvaient pas s'échapper. Les épées scintillaient, s'élevaient en formant un arc.

Le massacre fut bref, et immonde. Les shin-shin sursautèrent, en proie à des spasmes, quand elles les coupèrent et les déchirèrent, leurs corps lacérés et démembrés, leur sang bouillant et se transformant en vapeur quand leurs corps l'expulsèrent. Les Enfants des Lunes découpèrent les démons et les mirent en pièces avec leurs épées brillantes et mouillées par la pluie. Ce que vit Kaiku du massacre fut obscurci par la vision épouvantable des femmes-esprits mais elle entendit l'impact répulsif – et étonnamment humain – de l'épée sur la chair, le craquement des os, le crissement des nerfs. Les cris joyeux et grinçants des Enfants se mêlèrent aux gémissements des shin-shin et dérivèrent dans le ciel déchiré par la tempête.

Quelques instants plus tard, ce fut terminé. Et les démons s'étaient évanouis dans le néant, comme dans un rêve.

Kaiku frissonna dans la nuit et le vent, la petite fille toujours agrippée à elle, le départ des shin-shin n'ayant pas le moins du monde atténué sa terreur. Car les grands esprits reposaient à présent leur regard de spectre sur elle et se rapprochèrent jusqu'à ce qu'elle ne fût plus que toute petite à côté d'eux. Elle n'avait nulle part où aller et elle ne pourrait pas reculer sans sombrer dans la mort.

Elle ferma les yeux bien fort. Dieux, n'aurait-elle pas dû plutôt sauter au lieu d'affronter cela ? Ces créatures valaient-elles mieux que les shin-shin ? Elle eut le sentiment que son âme ne pourrait rien faire de plus, percluse de peur, de douleur et de lassitude. En terminer. Y mettre un terme.

Elle rouvrit les yeux et se retrouva face à l'un des Enfants des Lunes.

L'esprit avait posé genou à terre et s'était mis au niveau de Kaiku. Son visage immense et affreux ne se trouvait qu'à quelque trente centimètres de son nez et de ses joues, comme en train de se dissoudre puis de se reformer avec de légères inclinaisons de sa tête, les yeux semblables à des cratères dans l'éther. Kaiku sentit son sang se glacer et ralentir quand elle les regarda.

Puis l'esprit releva la main et, du long ongle recourbé de son index, toucha le paquet dans les bras de Kaiku, apposa une pression des plus légères sur la couverture qui enveloppait l'impératrice héritière. Kaiku sentit un frisson la parcourir, une attaque douce d'une chose tellement sublime qu'elle n'avait aucun nom pour la qualifier. Elle se retrouva soulevée de l'intérieur comme si son corps était soudainement capable de flotter, un courant d'extase qu'elle n'avait ressenti qu'une fois, lorsqu'elle avait touché le bord de la mort et regardé dans le Tissage. Une crainte joyeuse mêlée de respect menaça de la submerger entièrement et elle vit brusquement la nature de ces êtres épouvantables qui se tenaient devant elle, les vit pour *l'immensité* insondable et magistrale qu'ils étaient, dépassant de si loin l'entendement humain qu'elle avait l'impression d'être un atome dans un océan par rapport à eux. Elle vit un instant dans le monde des esprits et cela la mortifia.

Puis, un coup de vent souffla une vague de pluie cinglante sur son visage et elle ferma les yeux pour se protéger. Lorsqu'elle les rouvrit, les Enfants des Lunes avaient disparu.

Elle se tint sur le bord du précipice, la pluie virevoltant autour d'elle et la tempête lunaire cinglant d'éclairs les nuages dans le ciel derrière elle. Tremblante, elle s'éloigna du précipice et tituba en gagnant la sécurité du sol solide. Les arbres bruissèrent de vide, tel un public creux assistant au miracle et à la terreur de ces derniers instants. Elle leva son visage vers le ciel et sentit la pluie le lécher dans un crachat tiède et elle fut incapable d'avoir une seule pensée ou un seul mot résumant l'expérience qu'elle avait vécue en fixant le visage de l'un des grands esprits, d'avoir été touchée par lui. Abasourdie par un respect mêlé de crainte, elle remarqua à peine que l'enfant s'agitait dans ses bras et ne vit pas non plus l'impératrice héritière ouvrir les yeux. Elle remarqua juste qu'elle était éveillée lorsque l'enfant mit ses bras autour de son cou et l'étreignit.

— Avez-vous rencontré mes amis ? demanda Lucia.

Et Kaiku hocha la tête, rit et pleura en même temps.

35

Les semaines se transformèrent en mois et l'été déclina.

Le Libera Dramach était prêt à parer toutes représailles de la part d'Axekami, leurs espions plus que jamais sur le qui-vive dans les rues de la capitale et dans toute la faille de Xarana mais, à mesure que le temps s'étirait, ils commencèrent à croire qu'ils n'avaient pas besoin d'être aussi vigilants et se détendirent quelque peu. L'impératrice héritière avait bel et bien été enlevée sans que personne ne le remarque. Saramyr était vaste et des milliers d'hommes pourraient la rechercher des milliers d'années durant sans jamais la retrouver. Elle avait disparu sans laisser de trace, hors de la vue du monde.

Le Bercail, pour sa majorité, n'avait aucune idée de l'identité de la nouvelle petite fille. Une grande partie d'entre eux avaient décidé de vivre dans les plis et les vallées de la faille uniquement pour échapper aux liens qui les entravaient au-dehors, ou aux Tisserands. Les intérêts qu'ils trouvaient dans la politique du Libera Dramach étaient inexistants ; ils avaient simplement des vies à vivre, et avaient trouvé un endroit où les vivre. Ce n'était donc que le noyau dur du Libera Dramach qui connaissait le secret de la petite fille qui était arrivée chez eux, connaissait le pouvoir qu'elle exerçait, et savait qui elle était véritablement. Pour la populace du Bercail, Lucia n'était qu'une nouvelle petite fille, une autre réfugiée d'un conflit ou d'un autre, et cela n'avait rien d'inhabituel.

Quant à Lucia, elle récupéra des brûlures dont elle souffrait mais n'en perdit jamais les cicatrices. Le haut de son dos et sa nuque étaient ridés et plissés et la rougeur avait beau disparaître de temps à autre, c'était toujours une abomination sur la peau claire et préservée qui les entourait. Lucia, contrairement à ce que l'on attendait d'elle, décida de ne pas se laisser pousser les cheveux comme avant mais, au contraire, les coupa court comme un garçon. Lorsque Zaelis lui fit gentiment remarquer que des cheveux longs pourraient cacher ses cicatrices, elle le gratifia simplement de l'un de ses regards mystérieux et ignora son conseil.

Au début, Zaelis protégeait Lucia et se comportait comme un père pour elle. Sa jambe cassée avait mal guéri et, depuis, il boitait mais cela ne l'empêchait pas de la séparer des autres enfants et du mal. Ce fut surtout Mishani qui réussit à le convaincre de la laisser tranquille. Lucia n'avait jamais goûté à la liberté, n'avait jamais vécu en dehors d'une cage dorée, risque trop important à prendre. Mais le jour où le nouvel empereur accéda au trône, Mishani alla voir Zaelis et lui parla. Elle avait toujours été convaincante.

— Elle n'est plus impératrice héritière, fit remarquer Mishani. Et elle ne devrait pas être traitée en tant que telle. Vous rendez les gens suspicieux.

Zaelis rechigna mais permit finalement à Lucia de s'inscrire à l'école et cessa de lui donner des cours. Kaiku et Mishani prirent à cœur de jouer les grandes sœurs. C'était une petite fille étrange et distante mais il y avait quelque chose en elle qui attirait les gens et, en quelques jours, elle s'intégra à la petite communauté des enfants du Bercail, cicatrices ou pas. Zaelis se fit de la bile et s'inquiéta jusqu'à ce que Cailin lui fît remarquer que les corbeaux s'étaient récemment rassemblés sur les toits des bâtiments et perchés sur les arbres dans la vallée voisine.

— Ils veilleront sur elle bien mieux que vous, dit-elle.

Quant à Kaiku, elle trouva une étrange sorte de bonheur après l'enlèvement de la dernière de la lignée des Erinima. Ici, elle ne se considérait plus comme une Aberrant. C'était un terme qui ne voulait désormais plus rien dire, qui avait perdu la connotation de honte et de dégradation qu'il avait véhiculée la majeure partie de sa vie. Pour la première fois depuis que les Tisserands avaient assassiné sa famille, elle pouvait simplement être elle-même, se laisser aller sans qu'une pression soit exercée sur elle. Son serment à Ocha était toujours naturellement présent au fond de sa tête mais elle avait toute sa vie pour l'honorer. Et, de plus, elle avait déjà porté un coup fatal à ses ennemis. Sa découverte des pierres magiques, les responsables du fléau qui avait touché la terre, des Aberrants mêmes, avait fait fureur au sein du Libera Dramach et des plans étaient déjà échafaudés pour régler le problème. Qu'ils fassent des plans, songea-t-elle. Elle se surprit à mettre de côté ses inquiétudes lors des journées de paresse de la fin de l'été. Les Tisserands attendraient. Leur heure viendrait.

Mais d'abord elle devait apprendre. Elle s'inscrivit aux cours de Cailin. Et à ceux des autres sœurs qui revenaient de temps en temps de leurs courses secrètes dans les autres parties de Saramyr. Progressivement, son *kana* devint de moins en moins un ennemi et davantage un ami et elle apprit à ne pas le craindre mais à le chérir. Maîtriser ses dons aurait beau être un voyage long et ardu, elle avait déjà fait les premiers pas et ils lui procurèrent une joie plus grande qu'elle n'aurait jamais pu imaginer.

Mishani et elle partagèrent une maison dans l'un des étages de la cascade de plateaux rocheux qui constituaient l'ossature du Bercail. Comme elle était vide depuis longtemps, Zaelis la leur donna en reconnaissance de leurs actes et elles l'acceptèrent. L'amitié qui les unissait était plus forte qu'elle l'avait été depuis des années, depuis que Mishani était allée dans la cité pour apprendre les coutumes de la cour. Elles se soutinrent au fil des jours, quand elles se sentaient tristes, quand elles pleuraient la disparition de leur famille ou de leurs amis. Kaiku pensait souvent à Tane, plus souvent qu'elle l'aurait souhaité. Pour quelqu'un qui avait constitué un épisode aussi bref dans sa vie, il avait eu un impact plus fort qu'elle ne l'aurait alors cru. Ce ne fut que lorsqu'il disparut qu'elle s'en rendit compte et, entre-temps, il était trop tard.

Le Masque de son père se trouvait dans un coffre dans sa maison. Elle le sortit une fois pour le regarder et parfois elle sentait un déchirement, un étrange besoin urgent de le revêtir, de retrouver les odeurs et les souvenirs de son père. Parfois elle avait l'impression qu'il lui murmurait des choses dans l'obscurité de la maison la nuit, qu'il l'appelait. Ces nuits-là, elle restait éveillée mais ne se rendait jamais au coffre. Il y avait quelque chose dans cet appel qu'elle n'aimait pas, quelque chose semblable à un besoin maladif auquel elle ne désirait pas succomber. Occasionnellement, elle songeait à le jeter mais, quelque part, elle oubliait immanquablement peu après.

Quant à Asara, elle s'en alla peu après qu'il devint évident que personne ne suivrait Lucia au Bercail. Elle avait tellement en abomination les journées simples et paisibles que savouraient Kaiku et Mishani qu'un soir de chaleur où elles étaient assises sur les collines de la vallée, elle leur annonça son départ. Où elle se rendait et quand elle reviendrait, elle était la seule à le savoir. Mais Kaiku se rappela l'expression qui était passée entre elles lorsqu'elles s'étreignirent pour se dire au revoir et s'embrassèrent sur la joue, ce moment d'incertitude lorsqu'il sembla que leurs lèvres allaient s'effleurer, le crescendo de désir et de répulsion mélangés. Puis Asara baissa les yeux, la gratifia d'une sorte de sourire étrange et s'en alla. Ce sourire hanta Kaiku un moment. Elle se surprit à désirer le revoir.

Ainsi alla la vie pour elles, dans la sécurité de leur sanctuaire. Les jours passèrent, l'été s'écoula et elles se construisirent de nouvelles vies et les vécurent, à l'instar des autres habitants du Bercail. Mais tous étaient conscients, à chaque instant, qu'il y avait parmi eux un petit bourgeonnement d'espoir, une enfant sur qui reposait leur avenir. Une enfant qui pourrait malgré tout prendre le trône, et changer leur monde – en mieux.

Elle grandissait. Ils n'avaient qu'à attendre.

Le nouvel empereur Blood de Saramyr sortit à grandes enjambées de la chambre du conseil du Donjon impérial, des rugissements de désapprobation résonnant à travers les couloirs. Il avait l'air furibond mais ne s'était pas attendu à moins en réaction à son annonce. Les nobles mêmes qui avaient acclamé son accession au trône avec des cris de joie, qui avaient été là lorsqu'il avait été proclamé empereur et que tout Axekami l'avait acclamé, s'étaient retournés contre lui aujourd'hui. Savoir qu'ils ne pourraient rien faire contre les lois qu'il avait promulguées était encore pire que le scandale qu'elles avaient suscité. Le conseil était affaibli. Les nobles chancelaient, se réunissaient, gardaient à l'esprit le conflit récent et n'avaient aucunement envie d'en vivre un autre. Il n'y avait personne avec qui s'unir contre lui. Les Blood Amacha n'avaient absolument pas été écrasés par leur défaite à l'extérieur d'Axekami. Kerestyn et Koli avaient épuisé la majorité de leurs forces dans la tentative de prendre la cité et avaient été contraints de se retirer les mains vides. Ils se gardaient bien de se montrer à la cour en ce moment. Ils se cachaient et pansaient leurs blessures.

L'empereur Blood Mos tu Batik ouvrit les doubles portes à la volée et pénétra dans sa grande salle de réception privée, tout en sachant qu'il n'y avait plus personne pour s'opposer à lui.

C'était dans cette même pièce qu'il avait rencontré l'ancienne impératrice Blood pour la prévenir que Vyrrch et Sonmaga complotaient contre elle. Elle ne s'était pas doutée que ce n'était pas Sonmaga mais lui et son fils qui conspiraient avec le seigneur Tisserand. La tromperie et l'escroquerie cadraient mal avec un homme ayant le franc-parler de Mos mais il pouvait relever le défi lorsque l'occasion se présentait.

La pièce n'avait pas réellement changé. Elle avait échappé aux incendies qui avaient brûlé une partie du Donjon et anéanti de nombreux artefacts précieux. Autre conséquence de l'exécution chaotique de leur plan. Vyrrch était censé être là pour coordonner l'extinction des incendies après le coup d'État, employant ses pouvoirs impies pour aider à les éteindre. Mais à la place il avait été assassiné d'une manière ou d'une autre. Les portes qui menaient dans ses appartements avaient été ouvertes de l'intérieur. Et si les Tisserands savaient quoi que ce soit à ce sujet, ils n'en diraient rien.

Il n'avait pas voulu cela. Il avait voulu que son fils soit à sa place, qu'il soit l'empereur Blood pour la gloire des Blood Batik et de sa famille. Ce n'était pas juste que les choses se soient passées ainsi, que le père doive prendre la place du fils tandis que Durun était allongé dans les catacombes, cadavre identifiable. Mais il ne permettrait pas que Durun soit mort pour rien. Les Blood Batik étaient la famille souveraine à présent et des changements s'ensuivraient.

Il regarda autour de lui, chassant les pensées amères qui tournoyaient dans sa tête. L'énorme bas-relief ivoire de deux oiseaux rinji se croisant en plein vol dominait un mur, une cloison donnait sur un balcon ouvert derrière lequel s'élevaient des brises chaudes provenant de la cité en contrebas. Deux divans encadraient la table basse de bois noir. Son visiteur, comme il s'y attendait, avait refusé de s'y asseoir.

— Empereur Mos, dit-il, d'une voix semblable à un crissement bas derrière son Masque en peau séchée.

— Seigneur Tisserand Kakre, répondit Mos.

Mos se rendit à la table et se servit un verre de vin rouge, sans penser à en proposer un à son invité. Il le descendit d'un trait. Le nouveau seigneur Tisserand garda le silence, plein d'attente, son visage pareil à un cadavre sous le tas de fourrures déchiquetées et la peau de sa robe.

— C'est d'accord, finit par dire Mos.

Le seigneur Tisserand le regarda d'une manière déconcertante pendant un moment.

— Vous êtes un homme de parole, fit-il. Alors notre pacte est parfait.

Mos se servit, but d'un trait et hocha la tête.

— Les nobles ne peuvent s'opposer à moi. Les Tisserands se verront offrir toutes les concessions et les honneurs d'une famille noble, comme si vous étiez tous des Blood. Vous aurez le droit d'être présents à la cour, et au conseil. Vos votes auront le même poids que celui de tout autre noble. Vous aurez le droit de posséder vos propres terres sur les plaines de Saramyr au lieu de vivre dans les montagnes où ne s'appliquent aucune des lois du pays. Vous n'êtes plus de simples conseillers et des outils de communication, vous êtes une force politique indépendante.

— Et, naturellement, vous n'oublierez pas l'aide que les Tisserands vous ont octroyée, dit Kakre. Vous, empereur Blood de Saramyr, n'oublierez pas qui vous a fait monter sur le trône.

— Sang du cœur ! jura Mos. Nous avons passé un marché, et j'ai mon honneur ! Nous avons un partenariat. Respectez votre part et laissez-moi où je suis.

Kakre hocha lentement la tête.

— Je prévois de longues relations qui bénéficieront mutuellement aux Blood Batik et aux Tisserands, dit-il.

— Certes, acquiesça Mos, mais il était incapable de dissimuler l'ondulation de dégoût dans sa voix.

Kakre ne lui montra pas s'il l'avait discernée. Il lui fit ses adieux et laissa Mos perdu dans ses pensées.

Mos remplit son verre pour la troisième fois. C'était un homme fort et corpulent et l'alcool mettait bien du temps avant de l'affecter. Il sortit son verre sur le balcon et sentit la chaleur de l'œil de Nuki sur sa peau baigner les rues d'Axekami d'une lumière parfumée du soir. *Sa* cité. Il l'avait remise en ordre et avait donné au peuple le dirigeant en qui il pourrait de nouveau croire. Les Blood Erinima avaient été évincés et la paix était revenue.

Il parcourut des yeux la colline sur laquelle se tenait le Donjon impérial, le District impérial, le District des marchés en pleine effervescence puis contempla les docks et la courbe majestueuse et étincelante de la rivière de la Kerryn et, au-delà, les plaines et l'horizon lointain.

Le corps de l'impératrice héritière n'avait jamais été retrouvé. Elle avait disparu sans laisser de trace, sans laisser ni piste ni indice. Ses meilleurs hommes n'avaient rien trouvé et ils avaient beau continuer à chercher, il doutait fort qu'ils trouvent quoi que ce soit. Tel un fantôme, telle une vapeur, elle avait disparu. Il y avait des milliers de façons dont elle avait pu mourir dans le chaos qui avait gagné le Donjon ce jour-là. Il ne croyait à aucune d'entre elles.

Si seulement Vyrrch avait attendu que ses troupes se trouvent dans la cité, comme prévu. Mos ne saurait peut-être jamais ce qui avait poussé le seigneur Tisserand à faire exploser les bombes si tôt. Il ne saurait peut-être jamais ce qui s'était passé sur ce pont entre le Donjon et la Tour du vent nord, duquel était tombé son fils. Ils y avaient trouvé l'impératrice, poignardée dans le dos, et bien que tous les soldats allongés à côté d'elle eussent été touchés en plein cœur, elle était indemne. Qu'il s'agisse d'une diablerie ou d'un tour grotesque, peu importait. Ce qui importait, c'était qui l'avait fait. Et ce qu'ils avaient fait à Lucia.

Il regarda au loin, le plus loin possible. Quelque part, l'héritière, privée de ses droits électoraux, se cachait, grandissait, était de plus en plus soutenue. Il le sentait. On ne la trouverait pas tant qu'elle-même ne se ferait pas connaître.

Un jour, elle reviendrait et ce jour-là ferait trembler les fondations de l'empire.

Dans la même collection

Autrefois les ténèbres (Le Prince du Néant, vol. 1), R. Scott Bakker

Inversion, Iain M. Banks

Mars, Ben Bova

Retour sur Mars, Ben Bova

Cœur de lumière, Marion Zimmer Bradley

Les Fous d'Avril, Doa

Blanche neige, rouge sang, Ellen Datlow et Terri Windling

Les Laissés pour compte, David Eddings

La Chanson de Regina, David et Leigh Eddings

Le Réveil des anciens dieux, David et Leigh Eddings

L'Éveil de la magie, Jude Fisher

Le Baiser des ombres, Laurell K. Hamilton

La Caresse de l'aube, Laurell K. Hamilton

L'Ombre du Shrander, M. John Harrison

Le Sacre de glace, Kay Kenyon

Le Roi de bruyère (Les Royaumes d'épines et d'os, vol. 1), Greg Keyes

Glenravenne (Les Pouvoirs perdus, vol. 1), Holly Lisle et Marion Zimmer Bradley

La Faille entre les mondes (Les Pouvoirs perdus, vol. 2), Holly Lisle et Marion Zimmer Bradley

Les Ciels de Pern, Anne McCaffrey

Perdido Street Station, China Miéville

Le Puits ténébreux (La Trilogie de la Pierre souveraine, vol. 1), Margaret Weis et Tracy Hickman

Les Gardiens de la Pierre (La Trilogie de la Pierre souveraine, vol. 2), Margaret Weis et Tracy Hickman

Les Lanciers de Peshawar, S.M. Stirling

Les Tisserands de Saramyr, Chris Wooding

Achevé d'imprimer sur les presses de

BUSSIÈRE

GROUPE CPI

à Saint-Amand-Montrond (Cher)
en janvier 2005

FLEUVE NOIR
12, avenue d'Italie
75627 Paris Cedex 13
Tél. : 01-44-16-05-00

— N° d'imp. : 050232/1. —
Dépôt légal : février 2005.

Imprimé en France